A Conch on Mount Qomolanma
초모랑마

초모랑마
A Conch on Mount Qomolangma

초판 1쇄 발행	2025년 07월 23일
개정 1판 발행	2025년 11월 17일

지은이	황누보
옮긴이	한성례
펴낸이	김은정

펴낸곳	(주)봄이아트북스
등록	제2021-000079호
주소	경기도 파주시 회동길 209, 402호
전화	031)945-0156
팩스	031)935-0156
홈페이지	bomiart.com

A Conch on Mount Qomolangma by Huang Nubo
Copyright ⓒ Huang Nubo 2021 Published by arrangement with People's Literature Publishing House Co., Ltd., Peking

ⓒ 황누보, 2025, Printed in Korea
이 책은 신저작권법에 의해 보호를 받는 저작물입니다.
저자와 (주)봄이아트북스의 허락 없이 내용의 일부를 인용하거나 발췌하는 것을 금합니다.

ISBN 979-11-92497-28-0 (03820)
정 가 23,000원

초모랑마

황누보 지음
한성례 옮김

A Conch on
Mount Qomolangma

저자의 글

> **"사람은 죽임을 당해도 괜찮지만, 패배해서는 안 된다."**

저는 그동안 세계 7대륙 최고봉을 등정했고, 남·북극점에 도보로 도달했습니다. 그중에 세 번은 에베레스트 정상에 올랐습니다. 한 번은 산 정상 올랐을 때 내 자신에게 '절대 눈물을 흘리면 안 된다'라고 말했습니다. 그래도 눈물을 흘릴 수밖에 없었습니다. 8,848미터의 산 정상에서는 고글을 쓰고 있었기에 눈물이 흘러도 닦을 수가 없었습니다. 눈물을 닦기 위해 고글을 벗으면 눈물은 바로 얼어버렸습니다.

어렸을 때 굉장히 가난했습니다. 가난한 시절의 꿈은 돈을 벌어서 한 트럭의 사과를 사놓고 먹고 싶을 때 먹는 것이었습니다. 커서 안정적인 공무원이 되었지만, 중국의 개혁개방 시기에 사직서를 제출하고 기업가로 일을 시작했습니다. 기업가로서 생사를 넘나드는 다양한 일을 겪으면서도 청명함을 유지하려 했고, 자신과의 싸움도 게으름도 이겨냈습니다.

이 책은 에베레스트 정상에 올랐던 저의 경험을 바탕으로 중국의 경제 발전의 청사진을 응축하고, 끊임없이 혁신하는 불굴의 정신을 이야기하고 싶었습니다. 그래서 오랜 시간 기업가들을 만났고, 고산 등반자들과 인터뷰했고, 스스로 숨이 끊어질 듯한 고산의 공기 속을 걷기도 했습니다. 그리고 문장을 쓰는 손이 얼어붙을 것 같은 밤을 보내며 묻고 또 물었습니다. "이 혼란의 시대 속에서 인간이 지켜야 할 '정상'은 과연 어디인가?" 그렇게 10년간의 집필과 수정, 다듬기를 거쳐 소설 《초모랑마》를 세상에 내어놓을 수 있었습니다.

소설 《초모랑마》는 저의 기록이기도 합니다. 그동안 만나고 경험한 시대와 사람들, 그들의 노력과 분투, 그리고 그들 안의 거대한 침묵 너머의 진실을 향한 기록입니다. 단순한 높이에 대한 집착이 아니라, 그곳에 이르는 과정에서 벌어지는 치열함과 추락, 그리고 마지막까지 인간으로 남으려는 한 사내가 펼치는 고독한 싸움에 관한 서사입니다.

이 소설에는 두 가지 단서가 있습니다. 하나는 주인공 잉푸가 초모랑마를 등반하던 중 조난 전후의 3일간의 생사의 고비 속에서의 경험(첫째 날: 다가오는 대재난, 둘째 날: 거듭된 재앙, 셋째 날: 궁지에 몰린 늑대)입니다. 또 다른 하나는 주인공 잉푸가 초모랑마 등반 전후로 주관하여 건설 중인 베이징의 '동방몽도' 부동산 프로젝트에 대한 각계 세력의 권력과 이익의 치열한 쟁탈과 생사의 싸움입니다.

이 소설이 중국뿐만 아니라, 독일, 일본, 사우디아라비아에 이어 한국에서도 출간될 수 있어서 너무나 즐겁고 행복합니다. 또한, 미국, 프랑스, 스페인, 몽골, 대만 등 세계 여러 나라에서 곧 출간될 예정입니다. 멋진 번역으로 수고해 주신 한성례 교수님(세종대학교)에게 감사드리고, 한국에서의 출간을 허락해 준 (주)봄이아트북스(서밋북스) 대표님에게도 감사의 인사를 드립니다. 무엇보다도 세계 최고봉 초모랑마와 베이징을 무대로 펼쳐지는 이 이야기와 함께하는 한국의 많은 독자님에게 깊은 감사의 인사를 드립니다.

2025년 베이징에서

황누보

이 책의 목차

저자의 글
004

초모랑마 등정 루트
008

다가오는 대재난
009

거듭된 재앙
337

궁지에 몰린 늑대
639

에필로그
760

옮긴이의 글
796

모든 위대한 영혼의 심판자는 동시에 반드시 위대한 범죄자이기도 하다.

심판자는 심판대에서 상대방 범죄자의 악을 세고,

범죄자는 심판대 아래에서 자신의 선을 진술한다.

심판자는 영혼의 더러움을 파헤치고,

범죄자는 파헤쳐진 더러움에 묻혀 있는 빛을 설명한다.

그렇게 해서 영혼의 깊은 곳이 드러나는 것이다.

— 루쉰(魯迅) —

초모랑마(Qomolangma)

에베레스트산(Mount Everest)은 해발 8,848미터로 히말라야 산맥의 최고봉이며 지구에서 가장 높은 산이다. 네팔과 중국 티베트 자치구의 국경선이 이 산을 지난다. 이곳은 연중 얼음과 눈으로 덮여 있다. 에베레스트산 지역에는 해발 8,000미터 이상의 봉우리가 4개, 7,000미터 이상의 봉우리가 38개 있다. 히말라야라는 이름은 티베트어로 '얼음과 눈의 고향'을 의미한다. 에베레스트산은 티베트어로 '초모랑마(Qomolangma)', 즉 '대지의 어머니'라는 의미이다. 티베트어 'Jo-mo'는 '여신'을, 'glang-ma'는 '어미 코끼리'를 뜻한다.

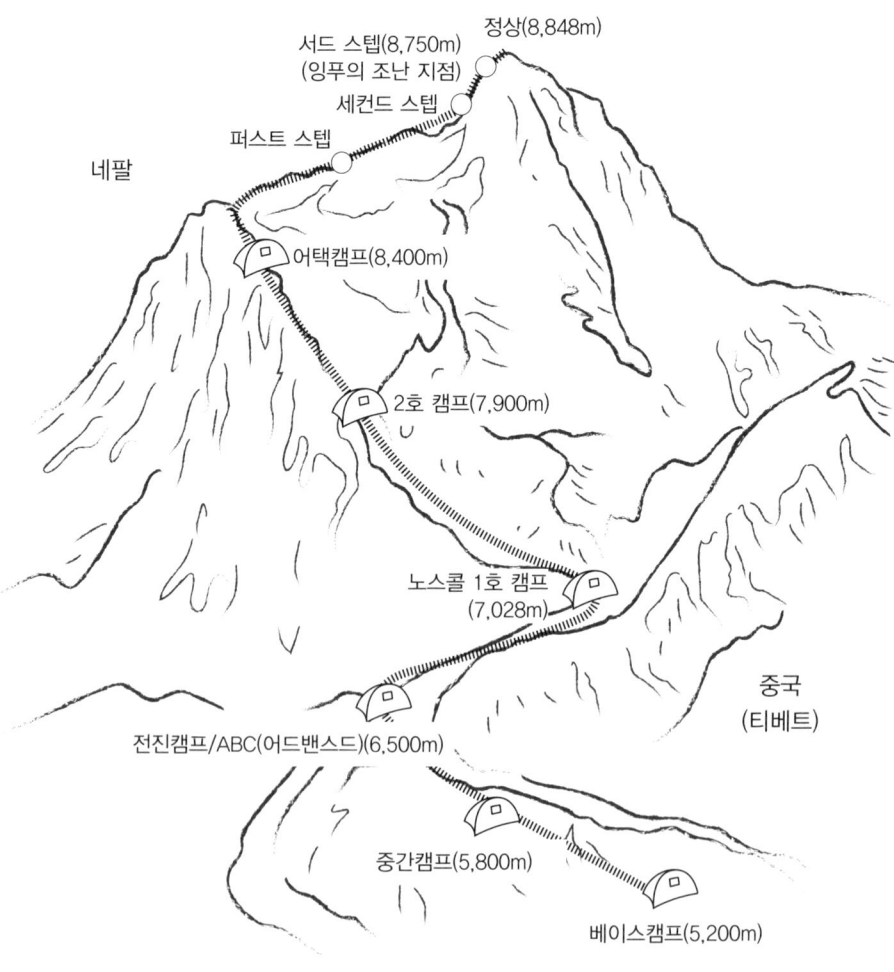

첫째 날

다가오는 대재난

※ 본문에 옮긴이의 주를 (　) 안에 넣었습니다.

'사람은 누구나 반드시 죽는다.'

톨스토이의 소설 《이반 일리치의 죽음》에서 주인공 이반 일리치(Ivan Dominic Illich)는 병상에 누워서야 그 사실을 절실하게 깨달았다. 그는 공포에 질려 천장을 올려다본 채 두 손을 꽉 움켜쥐고, 두 다리를 내던지듯 바닥을 치며 '악, 악' 소리를 지르다가 결국 사흘 뒤에 눈을 감았다. 드디어 그가 죽자, 아내와 딸은 '후유'하고 한숨을 쉬었다. 그동안 같이 트럼프를 즐겼던 친구들은 이반 일리치가 올랐던 자리를 누가 먼저 차지할까 골몰했다.

잉푸(英甫)는 해발 8,750미터 가파른 절벽에서 죽음을 기다리고 있었다. 바로 초모랑마(에베레스트산의 티베트 명칭, 해발 8,848.86미터의 지구에서 가장 높은 산)의 북동쪽 능선에 있는 바위 계단 서드 스텝(the Third Step) 아래였다. 서드 스텝은 퍼스트 스텝(the First Step), 세컨드 스텝(the Second Step)과 더불어 초모랑마 정상으로 향하는 관문(에베레스트 정상 부근의 인간이 등정을 막고자 버티고 서 있는 북동쪽 능선에 있는 3개의 거대한 암벽)이었다. 우뚝 솟은 산등성이에는 1미터 남짓한 둥근 버섯 모양의 검은 돌이 반쯤 빙설에 묻혀 있었다. 그는 그 차갑고 단단한 돌에 기대어 고개를 떨구고 있었다. 발아래는 세상으로부터 올라온 길이 아득하게 내려다보였다.

2013. 05. 17. 오후 6:00

그는 인류 역사상 최고 고도에서 눈보라에 시달리며 다가오는 죽음을 기다리고 있었다. 두텁고 무거운 눈보라가 사방팔방에서 불어와 이 세상의 꼭대기에서 소리치고 아우성치고 어지럽게 흩날리며 세차게 내리치고 있었다. 성난 산신령이 금방이라도 그를 산산조각 찢어버릴 것 같은 기세였다. 그는 선홍색 매듭이 달린 등산용 다운 재킷을 입고 머리부터 발끝까지 구명용 붉은 담요를 덮고 있었다. 사타구니는 등산 로프로 만든 간편한 클라이밍 하네스(로프에 몸을 고정하는 안전벨트)로 고정했다. 로프의 끝은 단단하게 돌 아래에 박힌 보호 포인트에 연결되어 있었다. 거센 바람에 그는 정물처럼 꼼짝하지 못하고 바위벽에 붙어 있었다. 살아서 이 산에서 내려가고 싶지만 그건 불가능에 가까운 일이었다.

며칠 전 산 정상에 걸린 깃발구름(산 정상 또는 능선에서 바람 아래쪽을 향해 깃발이 나부끼는 것처럼 걸리는 구름)은 고공 바람에 헝클어져 뒤엉켜 있었다. 번개가 우주 깊은 곳에서 번쩍하며 그의 머리 위로 내려쳤다. 이에 호응하듯, 바람이 미쳐 날뛰며 얼어붙은 눈과 얼음 그리고 날카로운 돌 조각을 휘감아 뒤덮었다. 그의 발아래 저 깊은 심연으로부터 지옥처럼 사악한 기운과 오물이 휘몰아쳐 올라와 온몸을 덮쳤다.

세상의 꼭대기는 너무 높았다. 이 세상 그 어떤 것보다 높아서 그 위에 있을 수밖에 없었다. 그는 너무나 높은 곳에 있었기에 그 어떤 것도 의지할 게 없었다. 지금은 끊임없이 울리는 번개와 천둥소리만 그의 곁에 있다. 이는 분명 신이 노여워해서 내린 불이다. 그가 신을 생각하자, 여러 가닥으로 갈라진 번개가 그의 머리 위에서 번쩍였다. 뭉쳐서 휘몰아쳐 오는 눈보라가 떨리는 소리를 내며 처절한 비명과 함께 폭발하듯 퍼져 나갔다. 마왕이 쇠로 만든 채찍이라도 휘두르기라도 한 듯, 순식간에 그 눈보라가 다시 돌아왔다. 더욱 크게 뭉쳐져서 더욱 차갑게, 더 미칠 듯이 휘몰아쳤다.

반짝이는 번개의 여광은 겨우 눈보라 한 줄기만을 찢었고, 죽음을 기다리는 그 남자를 억만년의 스포트라이트처럼 비추었을 뿐이었다.

'신이시여, 당신은 심판을 내리시는가?'

그때 신이 심판했던 자는 어쩌면 다른 사람이었을지도 모른다. 그 사람은 이미 죽은 지 여러 해가 지난 외국인 산쟁이다. 그 산쟁이는 잉푸가 기대고 있는 빙설 아래에 등이 경직된 채로 누워 조용히 그가 죽기를 기다리고 있었는지도 모른다.

외국인 산쟁이 허리에 찬 클라이밍 하네스에는 극히 가느다란 로프가 있었고, 이 로프는 돌 아래의 보호 포인트에 연결되어 있었다. 남색의 다운 재킷은 빙설에 일부가 노출되어 있었다. 그 산쟁이는 긴 세월을 몰아친 바람과 햇빛 때문에 생긴 돌 위의 오래된 상흔처럼 고통스럽게 웅크리고 있었다.

2

2013. 05. 17. 오전 8시

"일어나, 빨리 일어나! 죽더라도 여기선 안 돼!"

홀쭉하게 마른 가이드(에베레스트 등반을 안내하는 '셰르파' 또는 산악 가이드) 지아추어(加措)가 부리나케 세컨드 스텝의 금속 사다리에서 올라오자마자 잉푸를 향해 소리 질렀다. 그는 영국제 산소마스크를 턱으로 내리고 허리를 굽혀 양손을 무릎에 대고 눈을 부릅뜬 채 무릎을 꿇고 잉푸에게 머리를 바짝 붙였다.

바람이 매서웠다. 지아추어가 잉푸를 세게 흔들었다. 입에서 나오려던 말이 구름 위로 날아가 버렸다. 크게 숨을 들이마시고 다시 소리치려 하자, 잉푸가 고개를 들었다. 지아추어는 잉푸의 고개를 뒤로 젖혀서 영국제 산소마스크를 두 손으로 꽉 잡고 턱까지 내렸다.

"숨이, 안 쉬어져…."

잉푸는 힘겹게 입을 떼었다.

지아추어는 허리를 펴고 옆걸음으로 한 발을 떼어 잉푸의 눈앞으로 다가왔다. 잉푸는 입을 크게 벌리고 허겁지겁 공기를 들이마셨다. 오른손으로 크게 벌린 자신의 두툼한 입을 가리켰다. 오뚝하게 솟은 콧날까지도 떨리고 있었다. 평소에는 사람들이 말하는 것을 조용히 지켜보던 눈꼬리가 치켜 올라간 눈이 고통스러운 듯 삼각형 모양으로 가늘어져 있었다. 눈썹을 바짝 찡그리고 있어서 두 개의 눈썹이 평평해져서 하나로 이어진 번데기처럼 보였다.

"어서 일어나!"

지아추어는 소리치며 허리를 굽혀 잉푸를 잡아당겼다. 그러나 질풍이 세컨드 스텝의 금속 사다리에서 거슬러 올라와 그를 덮쳤다. 분노한 산신에게 손바닥으로 세게 얻어맞기라도 한 것처럼, 그는 잉푸 앞에 털썩 주저앉았다. 잉푸를 끌어당기려던 손은 오히려 그의 어깨를 붙잡는 모양이 되었다. 그의 심박수는 백팔십이 넘었을 것이다.

잉푸가 산소가 10퍼센트도 안 되는 산바람을 미친 듯이 들이마시는 것을 보면서 지아추어는 6미터쯤 되는 20단의 금속 사다리가 부서진 것이 아닌가 생각했다.

이른 아침 산바람이 북벽의 심연에서 불어 올라왔다. 산바람은 가파른 경사를 따라 엄청나게 딱딱하고 차가운 얼음덩어리를 넘어 울퉁불퉁 솟아 있는 뾰족한 암벽을 빠져나갔다. 이제 산바람을 가로막을 장애물은 아무것도 없었다. 잉푸가 두 손을 사다리에 올려놓았을 때, 그 바람이 기다렸다는 듯이 몰아쳐 왔다. 바람이 사다리 왼쪽 암벽에 부딪히자, 정면에서 오는 괴수로 변했다. 암벽에 단단하게 고정된 알루미늄 사다리가 갑자기 흔들리기 시작했다. 등 뒤에서 불어오는 바람을 맞으며 바위에 힘겹게 달라붙어 있던 잉푸는 알파인 크루저(등산화의 브랜드명)를 신은 왼발을 사다리에 걸치자, 이번에는 암벽에서 바람이 몰아쳐 다시 그를 사다리에서 끌어 내렸다.

"어서 올라가!"

지아추어는 산바람 속에서 성난 목소리로 외치며 오른손의 피켈(등반용 얼음 도끼)로 잉푸의 오른쪽 종아리를 찔렀다. 산바람은 기세등등하게 둘레를 빙글빙글 돌더니 모래를 휘감아서 아래로 불어 내려가면서 거센 폭풍 주변의 돌멩이를 훑으며 날카로운 휘파람 소리를 냈다.

지아추어가 재촉하자 잉푸는 다시 오른발을 들어 사다리에 걸쳤다. 그러나 오른손을 높이 뻗었는데도 어찌 된 일인지 위의 단을 잡을 수 없었다. 당황한 그는 두껍고 무거운 방풍 장갑을 벗었다. 그리고 얇은 보온 장갑만으로 사다리를 꽉 움켜쥐었다. 똥이 나올 만큼 온몸에 힘을 주어 왼발까지 위로 올려 사다리에 걸치려고 할 때 지아추어의 피켈이 다시 그의 오른쪽 종아리를 세게 때렸다. 고개를 뒤로 돌려 내려다보니 지아추어가 왼손으로는 자신의 다운 재킷 목 아래의 지퍼를, 오른손으로는 가슴을 가리켰다. 잉푸는 방풍 장갑이 목에 걸려 산바람이 부는 대로 흔들리고 있다는 것을 알았다. 장갑은 금방이라도 사다리에 감길 것만 같았다.

지아추어의 지시에 따라 잉푸는 왼손으로 목 아래 지퍼를 내리고 오른손으로 바람에 날리고 있는 방풍 장갑을 하나씩 잡아 판판하게 만들어 가슴에 집어넣었다. 지나간 산바람은 얼마간은 돌아오지 않았다. 잉푸는 그 사이에 사다리 가운데까지 올라갔다. 힘을 주고 다시 올라가려 했을 때 허리의 클라이밍 하네스가 세게 당겨지는 것이 느껴졌다. 밑을 보니 클라이밍 하네스의 고리가 로프 매듭에 걸려 있었다. 그는 양손을 높이 올려 머리 위 사다리를 붙잡고 놓치지 않으려고 안간힘을 썼다. 클라이밍 하네스는 심해의 닻처럼 이 불쌍한 인간을 산바람 속에 묶어놓았다. 그건 둘째치고 허둥대다 보니 그는 마구 발버둥 친 탓에 발을 올려놓을 자리를 제대로 찾지 못했다. 설상가상 왼쪽 등산화에 끼운 아이젠(빙벽, 빙판, 눈 쌓인 곳 등에서 미끄러지지 않기 위해 등산화에 끼우는 스파이크)이 사다리에 끼어버렸다.

지아추어는 황급히 산소마스크를 벗었다. 먼저 피켈을 등에 꽂고 왼쪽과 오른쪽 양손 장갑을 입으로 가져가 이빨로 물어서 벗은 후 품속에 넣고 허겁지겁 잉푸의 발밑까지 올라갔다. 그가 왼손으로 고리를 풀어주자 잉푸는 곧 편안해졌다. 그리고 얼어 있는 등산화 바닥의 아이젠을 조심스럽게 피해 오른손으로 힘껏 잉푸를 밀어 올렸다. 잉푸의 왼발이 그 힘에 따라 올라갔다.

몸은 자유로워진 순간 산바람이 다시 돌아왔다. 이번에는 강력했다. 먼저 픽스 로프(등산용 고정 로프)를 따라 상승한 바람이 왼쪽 암벽에 바짝 달라붙었다. 바람은 하늘로 올라갔다가 다시 내려와 고개를 돌리는 잉푸의 얼굴을 맹렬하게 후려쳤다. 고글과 마스크를 쓰고 있었지만, 잉푸는 예리한 칼날에 얼굴이 찢기는 듯한 통증을 느꼈다. 그가 눈을 부릅뜨고 밑에 있는 지아추어에게 도움을 청했으나 발밑의 심연만 보일 뿐이었다.

그 순간, 혼이 빠질 만큼 암석과 빙설이 크게 요동쳤다. 지옥의 천만 가지 비명과 고함소리가 들려오는 듯하고, 미친개의 울부짖음 같기도 하고, 해일이 몰아칠 때 광란의 파도 같기도 한 바람이 눈과 안개를 휘감으며 산의 모든 것을 삼켰다.

"올라가! 어서!"

지아추어는 고개를 들어 외치며 힘껏 오른손을 들어서 잉푸의 오른쪽 등산화를 잡고 흔들었다. 패닉 상태가 와서 정신을 놓을 뻔했던 잉푸는 지아추어가 도움으로 힘껏 오른발을 들어 올렸다.

잉푸와 지아추어가 세컨드 스텝에서 웅크리자, 눈보라는 더욱 세차게 등을 때리며 얼굴로 불어닥쳤다. 눈보라의 기세는 사람의 힘을 아득하게 앞지르고 그들을 뛰어넘었다. 그들이 머리를 숙였을 때, 바람은 중국 쪽을 관통한 후 급강하하여 수직 낙하해서 왼쪽의 네팔 쪽 계곡으로 내려갔다.

"일어나!"

지아추어는 오른팔을 뻗어 잉푸의 등을 때렸다.

"이제 난 틀렸어!"

잉푸는 두 손으로 땅을 짚고 힘없이 고개를 가로저었다.

"죽을 것 같아!"

지아추어도 웅크리고 앉아 두 손으로 땅에 짚고 얼굴을 잉푸의 얼굴에 바싹 붙였다.

"그래도 올라가야 해!"

지아추어는 뒤돌아보며 오른손으로 서드 스텝을 손가락으로 가리켰다.

바람이 미친 듯이 포효하며 휘몰아치는데 눈발까지 장단을 맞추었다. 두껍고 무거운 눈발이 하늘에서 층을 만들며 쏟아져 내려, 경사면에서 무수한 눈 둔덕이 솟아올랐다. 침침하고 우중충했다. 해가 떠오른다 해도 맑은 하늘과 청량한 세상은 볼 수 없었다.

"이 인간, 정말 안 되겠네."

지아추어는 투덜거리면서 잉푸의 등 뒤로 붙었다. 잉푸가 로프를 잡은 채 한 발 내딛고 세 번 흔들리고, 다시 세 발 내딛고는 멈춰 서서 숨을 몰아쉬었다. 그 모습을 보고 지아추어는 고개를 흔들었다.

서드 스텝 밑의 버섯 모양 바위 옆에서 지아추어는 잉푸에게 일어나라고 다시 소리쳤다. 잉푸가 그 바위 옆에 주저앉아 움직이지 않았기 때문이다. 지아추어가 잉푸의 입에 코코아를 흘려 넣어 주자, 기계적으로 마셨다. 지아추어는 잉푸의 고글을 들어 올려 그의 상태를 살펴보았다. 반짝반짝 빛나던 두 눈은 죽은 잉어 눈알처럼 탁했다. 지아추어는 양손으로 잉푸의 어깨를 붙잡고 여러 번 흔들었다. 다시 그의 눈을 살펴보니 이번에는 원숭이의 눈으로 바뀌어 아기처럼 웃었다.

눈보라는 점점 더 세졌다. 지아추어는 눈보라 속에서 어두운 머리를 드러낸 산 정상을 보니 마음이 흔들렸다.

"네 뒤에 시체가 있어!"

잉푸가 일어나지 못한 채 바위에 등을 붙이고 몸을 의지하고 있는 것을 보고, 지아추어는 큰소리로 외쳤다. 그 말이 효과가 있었다. 잉푸는 지아추어가 잡아당기는 힘으로 겨우 일어섰다. 뒤를 돌아보니 빛바랜 남색 다운 재킷을 입은 남자가 뒤쪽 경사면에 등을 대고 네팔 쪽을 향해 누워있는 모습이 보였다.

"누구야?"

"몰라!"

"언제 죽었어?"

"몰라!"

"왜 죽었어?"

"몰라!"

"그는….."

잉푸가 계속 질문하려 하자, 지아추어는 참을 수 없다는 듯 화가 난 얼굴로 오른손을 들어 올려 산 정상을 가리켰다.

"알고 싶으면 올라가든지!"

지아추어는 턱까지 힘주어 고개를 쳐들었다.

"석가모니가 저 위에서 널 기다린다. 어서 가서 석가모니에게 물어봐!"

악을 쓰고 나서야 지아추어는 허리를 굽혀 잉푸의 클라이밍 하네스를 점검했다. 그런 다음 방풍 장갑 끼는 것을 도와주었다. 잉푸가 다시 말하려고 할 때, 산소마스크를 후두부에 단단히 고정했다.

"안 돼!"

움직이려다가 잉푸는 산소마스크를 내려놓고 소리쳤다.

"숨이 안 쉬어져!"

"산 정상에 안 가고 싶어?"

지아추어는 화를 내며 오른손으로 피켈을 흔들었다.

"내려가자!"

잉푸는 힘없이 말하고 오른손으로 산 밑을 가리켰다.

"내려가자고?"

지아추어는 왼손으로 잉푸의 오른쪽 어깨를 잡은 채, 목을 쭉 빼고 그의 배낭에 있는 산소통 유량계를 들여다보았다.

"벌써 3이다."

그는 세차게 고개를 흔들더니 오른손으로 잉푸가 내려놓은 산소마스크를 뒤집었다.

"큰일 났다!"

소리치자마자 황급히 배낭을 내리고 잉푸를 다시 앉혔다.

"산소마스크 흡입구를 얼음이 막았어!"

지아추어는 가슴이 철렁 내려앉았다. 자신의 실수였다. 잉푸의 호흡이 몹시 빨라졌다. 차가운 눈보라 때문에 마스크 속에서 호흡으로 내뿜은 습기가 급속히 얼어붙었기 때문이다. 지아추어는 잉푸의 걷는 속도가 느려진 것을 단순히 힘이 빠져서 그런 거라고 생각했었다. 자신을 질책하면서 지아추어는 배낭에서 러시아제 구식 산소마스크를 꺼냈다. 산소마스크를 잉푸의 입에 맞춰 부착하자 그의 눈빛이 돌아왔다. 아는지 모르는지 잉푸는 시체가 죽은 경사면에 등을 기댔다. 지아추어가 그 모습을 바라보는 순간, 잉푸는 감전을 당한 것처럼 일어나 산소마스크 속에서 외쳤다.

"가자!"

"위로? 아래로?"

지아추어는 피켈을 들어 잉푸에게 쥐여주고 다시 큰소리로 물었다.

"위로 가자!"

잉푸는 그렇게 대답하고 고개를 들어 얼어 있는 피켈을 받아 쥐고, 그 끝으로 산 정상을 가리켰다.

그리고 돌아서서 영원히 잠든 산쟁이를 향해 꾸벅 인사를 했다.

3

2013. 05. 17. 오전 10:50

잉푸는 정산 부근의 얼음덩어리 아래 어느 바위에서 얼굴을 들었다. 우측을 보니 타르초(티베트의 오색 기도 깃발)가 그들을 맞이했다.

"일어서!"

지아추어는 다시 화난 목소리로 소리를 질렀다. 눈 쌓인 경사면에 엎어져 있는 잉푸를 보고 쾅쾅 발을 구르며 외쳤다. 눈이 쌓인 경사면을 올라가니 잉푸는 다리에 힘이 풀려 눈 속에 무너지듯 주저앉았다. 그리고 배낭을 눈 속에 집어 던지고 시체처럼 경사면에 쓰러졌다.

"너무 힘들어…."

그는 눈을 감고 석가모니에게 마음속의 고통을 고해하듯 깊은 한숨을 내쉬었다.

"빨리 일어나!"

지아추어는 또다시 잉푸의 왼발을 꽉 밟았다.

"난 자고 싶어."

"자고 싶다고?"

지아추어는 황급히 다시 그의 두 다리를 밟았다.

"여긴 석가모니의 땅이야."

"그럼, 맘 편히 잠들겠군."

"맘 편히… 라고?"

지아추어는 오른발로 잉푸의 왼발을 걷어찼다. 등산화의 아이젠끼리 부딪쳐 불꽃이 튀었다.

"너, 죽고 싶어?"

지아추어의 질책을 듣고 잉푸는 고개를 조금 흔들며 말했다.

"더는 살고 싶지 않아."

"난 살고 싶어!"

"그럼, 너 혼자 올라가."

지아추어는 성난 야크(티베트에서 사육되는 긴 털을 가진 소의 일종)처럼 오른발에 힘을 주어 얼음을 찼다. 그런 다음 오른쪽 무릎을 굽혀 한쪽 다리로 무릎을 꿇고 오른손을 뻗어 잉푸의 클라이밍 하네스를 잡았다.

"난 네 가이드야!"

"아니야!"

잉푸는 엎어진 채로 고개를 흔들었다.

"뭐가 아닌데?"

"석가모니가 내 가이드다."

"일어서!"

지아추어는 얼음 조각을 발로 차서 잉푸의 얼굴에 뒤집어씌우고, 오른손으로 그의 클라이밍 하네스를 흔들었다.

"석가모니라니, 거참 그럴듯하군."

지아추어는 왼손도 뻗어서 클라이밍 하네스를 꽉 잡았다.

"넌 내 등정 보너스를 말아먹을 작정이냐?"

잉푸는 이 말을 듣고 입을 다물었다. 그리고 일어서서 자신의 클라이밍 하네스를 끌고 설원을 걸어갈 지아추어에게 모든 것을 맡기기로 했다.

10분도 안 돼서 이 세상에서 가장 높은 곳에 앉아 타르초를 묶은 얼음 덩어리에 박은 나사못 아이스스크류(얼음에 박는 약 15cm의 나사못으로 머리에 로프를 통과시키는 후크가 있다)를 꽉 잡았다.

"빨리 봐봐!"

산 정상에서 지아추어가 잉푸에게 소리쳤다. 오른손에는 디지털카메라를 들고 왼손으로는 여기저기를 손가락으로 가리켰다.

"맞은편은 작년에 네가 등정한 초오유(에베레스트산에서 서쪽으로 약 20킬로미터 떨어진, 네팔과 중국 국경에 위치한 세계에서 여섯 번째로 큰 봉우리)다."

"조금 오른쪽이 시샤팡마(중국의 티베트 자치구 남부 히말라야에 위치한 8,000미터급 14좌의 마지막 봉우리)야."

지아추어는 잉푸가 반응하지 않자, 디지털카메라를 품속에 집어넣고 눈 덮인 케른(산의 정상이나 등산길을 표시하기 위해 쌓아 올린 돌무더기)으로 몇 걸음 걸어가 등 뒤에서 잉푸의 왼쪽 어깨를 끌어안았다. 그 자세로 왼손을 뻗어 시샤팡마를 가리켰다. 산 정상에는 내장을 파먹을 듯한 바람이 불지 않았다. 쏟아지던 눈은 싸락눈으로 바뀌어 안개를 머금어 짙어졌다 옅어졌다 했다. 수많은 봉우리가 고개를 들고 위를 올려다보고 있었다. 그러나 그 봉우리 아래로는 온통 여러 겹의 짙은 구름으로 덮여 있었다. 태양빛은 구름 위로 흐르며 구름바다를 황금빛으로 물들이고 있었다. 구름은 끊임없이 솟아나, 금빛 파도가 끝없이 반짝반짝 떠올랐다가 내려앉았다.

지아추어는 잉푸가 그다지 감동하지 않는 것을 보고, 다시 손을 뻗어 그의 얼굴을 남쪽으로 돌렸다.

"이거 봐 저게 로체(세계에서 네 번째로 높은 산)야. 너는 내년에 나와 함께 저 봉우리를 올라야지."

"자, 일어나서 뒤를 좀 봐. 저건 마칼루(세계에서 다섯 번째로 높은 산)야."

그는 계속 화가 난 목소리로 소리를 지르면서 두 팔을 앞으로 올렸다가 내렸다. 그러나 잉푸는 꼼짝도 하지 않았다. 잉푸는 자신의 성스러운 제단을 빼앗기지 않으려는 사람처럼 아이스스크류를 꽉 잡고 있었다. 지아추어는 당황해서 자신의 클라이밍 하네스에서 후크를 떼어 잉푸에게 걸고 힘주어 그를 일으켜 세웠다.

"빨리 내려가자!"

지아추어는 하늘을 올려다보며 말하면서 힘주어 벨트를 풀었다.

"날씨가 바뀔 것 같아. 안 걸으면 못 내려간다!"

지아추어가 초조해하며 하늘을 올려다보고 있을 때, 잉푸는 손에 힘이 풀려 다시 주저앉고 말았다.

"난 정말로 지쳤어."

이렇게 말하면서 고개를 푹 숙였다.

"지쳤다고? 누군 안 지쳤나?"

지아추어는 큰소리로 말하며 두 손으로 벨트를 잡아당겼다.

"나 좀 자게 내버려 둬, 부탁이야!"

지아추어가 확 잡아당기자 잉푸는 고개를 들며 말했다.

"자게 해달라고?"

지아추어는 고개를 숙이고 잉푸의 오른쪽 귀에 대고 소리쳤다. 잉푸의 눈이 지아추어의 어깨 넘어 산바람을 보고 있었다. 네팔 쪽에서 불어온 산

바람은 벵골만(인도양에 있는 큰 만)의 구름바다를 실어와 들과 산을 덮는다.

"이 높은 곳까지 고작 잠이나 자려고 올라왔나?"

지아추어의 마음은 단단한 얼음처럼 쩍 소리를 내며 금이 갔다.

"여기 최고봉이 너의 집이야?"

지아추어는 양손에 힘을 주어 벨트를 흔들고서 놓아주었다. 그런 다음 무릎을 꿇고 두 손으로 힘껏 잉푸의 어깨를 앞뒤로 흔들었다.

"말해 두는데, 네가 여기까지 올라올 수 있었던 건 다 내 덕인 줄 알아!"

지아추어는 다시 잉푸의 몸을 흔들었다.

"여기서 죽을지 말지는 석가모니께서 정하실 일이다."

"넌 왜 석가모니가 용서치 않는다는 것을 알고 있지?"

하늘에서 대답할 기운을 내려준 것처럼 잉푸는 대답했다.

"당연히 알고 있지."

"왜?"

잉푸는 지아추어의 고함치는 소리를 듣고 고개를 흔들었다.

"왜냐고?"

지아추어는 고개를 들고 손가락으로 높은 하늘을 가리키며 말했다.

"죽으려면 내려가서 죽어! 넌 그런 수행을 한 적이 없으니까 여기서 죽을 자격 따윈 없어!"

곧바로 잉푸가 고개를 들었다. 눈앞에서 미친 듯이 소리치는 지아추어를 보며 다시 고개를 흔들었다.

"아무 데서나 죽으면 어때? 난 좀 자고 싶을 뿐이야!"

"그럼 나는?"

지아추어는 두 손으로 잉푸의 어깨를 잡고 격렬하게 흔들었다.

"잉푸!"

잉푸의 얼굴은 타쉬룬포 사원(티베트에 있는 최대의 사원, 초대 달라이 라마에 의해 건립)에서 불경을 나르는 노파의 경통(불교의 경전이나 경문을 넣어서 보관하는 통)처럼 심하게 흔들렸다.

"내려가!"

"나만 내려가면 어쩌라고?"

"집에 가자!"

"집에 가자고?"

지아추어는 자신의 얼굴을 잉푸의 눈앞에 바짝 대고 잉푸의 고글을 이마로 올렸다.

"네 머리에 물이 찼나?"

잉푸는 귀로는 지아추어의 말을 듣고 있으면서 눈은 멍하니 그를 바라보았다. 눈동자는 죽은 물고기처럼 변해 있었다.

"이걸 어쩌지, 큰일 났다!"

그 말이 자신도 모르게 입에서 튀어나왔다. 지아추어는 갑자기 잉푸의 눈동자에서 골치 아픈 문제를 발견했다. 이 남자의 헛소리는 제정신으로 하는 게 아니었다. 바로 뇌수종 때문이다.

얼마 지나지 않아 맹렬한 눈보라가 다시 돌아왔다. 방금까지는 고함이라도 쳐서 대화할 수 있었던 산 정상이 순식간에 척수액이 들어찬 잉푸의 뇌처럼 모든 것이 혼돈의 도가니가 되었다.

지아추어는 숨을 몰아쉬며 잉푸의 오른쪽 귓가에 납작 엎드려서 외쳤다.

"좋다. 우리는 내려간다! 내려가서 자자!"

잉푸는 이젠 어떤 반응도 없었다. 그는 꼭두각시처럼 지아추어에게 이끌려 갔다. 지아추어가 클라이밍 하네스의 고리를 잡아당기는 대로, 걸음을 내딛는 대로 흔들리면서 로드 로프(미끄럼이나 추락 방지용으로 암벽 등에 설치되는 등산용 자일)를 따라 내려갔다. 잉푸가 넋을 잃고 멍하니 서드 스텝을 내려갈 때, 손에 쥐었던 카라비너(로드 로프에 거는 쇠 장식)를 제대로 잡지 않아, 공중에 거꾸로 매달린 채 눈보라 속에서 사방으로 흔들렸다. 지아추어는 온몸의 힘을 끌어모아 잉푸를 도왔다. 그러나 잉푸는 올라갈 때 쉬었던 버섯 모양 바위 근처에 주저앉은 후로 다시는 일어서지 못했다. 그런 그의 뒤에 얼어 죽은 남자의 등이 붙어 있었다. 지아추어의 마음은 금세 천 킬로그램의 거대한 바위에 이끌려 심연에 잠겼다.

"큰일이다! 사고다!"

배낭을 내려놓고 무전기를 꺼내서 노스콜(초모랑마와 부속 봉우리 사이의 골)에 있는 1호 지휘 텐트의 대장 루어뿌(羅布)를 호출하려고 했을 때, 그는 더욱 절망했다. 이젠 끝이다. 무전기의 배터리가 얼어버렸다.

4

2013. 05. 17. 오전 8시

키가 작고 다부진 체형에, 얼굴이 까만 마흔쯤 되어 보이는 캄파(중국 사천성의 티베트 자치주)의 남자 루어뿌는 돔형 지휘 텐트에서 몇몇 외국팀 대장들과 이미 한바탕 말다툼을 벌이고 있었다.

"루어뿌!"

미국 팀 대장은 키가 190센티미터쯤 되어 보이는 중년 남성으로, 얼굴의 절반이 마른풀 같은 노란 수염으로 뒤덮여 있었다. 거대한 새우처럼 허리를 굽힌 채, 양손으로 무릎을 껴안고 캔버스 천으로 만든 의자에 앉아 핏발 선 눈으로 루어뿌를 뚫어지게 노려보았다.

"하루만 더 기다릴 수 없나?"

"안 돼!"

미국 팀 대장의 말이 채 끝나기도 전에 루어뿌는 바로 손사래를 쳤다.

"왜지?"

서른 살가량의 깡마르고 날렵하게 생긴 일본 팀 대장의 눈빛은 루어뿌의 손사래를 따라갔다. 그는 대학교 체육 교수로서 테 없는 붉은 안경을 쓰고 있었다.

"날씨를 좀 봐."

루어뿌는 일본 팀 대장 말하는 것을 보면서 가만히 고개를 끄덕였다.

"확실히 요 며칠 바람이 좀 세게 불었지. 근데 내일 산 정상의 풍속은 고작 초속 15미터 아닌가?"

동유럽 팀 대장이 이해할 수 없다며 항의했다. 그는 머리를 검은 반다나(머리나 목에 둘러 착용하는 삼각 또는 사각형 모양의 천 조각)로 감쌌다. 두 눈은 숫염소처럼 부풀어 있었지만 아래 눈꺼풀은 처져서 반창고를 두 장 붙인 듯한 얼굴이었다.

"내일과 모레는?"

루어뿌는 표정이 침울해졌다. 눈의 흰자와 검은 눈동자의 경계가 또렷한 루어뿌는 오목한 눈으로 동유럽 팀 대장을 힐끗 쳐다보았다.

"초속 25미터."

한국 팀 대장은 중년 남자로, 검고 마른 얼굴은 뱀처럼 피부가 벗겨져 떨어졌다.

"올라갈 수 있을까?"

"아니, 그건 어렵다."

한국 팀 대장은 오른손에 커피잔을 들고, 왼손으로 잔의 바닥을 받친 채 한 모금 마시고 나서 고개를 흔들면서 말하고는 눈을 감았다.

루어뿌의 건너편에 앉아 오른손으로 커피잔을 들고 왼손으로는 가스스토브를 만지고 있던 인도 팀 대장은 한국 팀 대장의 말에 약간 고개를 끄덕였다.

"못 올라간다."

루어뿌는 한국 팀 대장을 바라본 후, 지휘대 앞 의자에 앉아 있는 스위스 팀 대장을 향해 고개를 돌렸다.

"바람이 세서 걷지 못하겠다니요? 얼어 죽는 게 두려운 것이겠지요."

스위스 팀 대장 에리히가 두 손으로 가슴을 누른 채 시선을 좌우로 움직이며 말했다.

"우리 팀은 어제 그 세찬 눈보라 속에서도 목숨 걸고 길을 고쳤는데…."

"우리가 길을 고치는 비용을 다 내주지 않았나?"

동유럽 팀 대장은 오른손으로 얼굴 앞에서 휘젓고는 주변을 쓱 돌아보았다. 루어뿌는 오른손으로 자기 허벅지를 '퍽' 소리와 함께 힘껏 때렸다. 맞은편 스위스 팀 대장이 검지를 입에 대고 세우는 것이 눈에 들어왔다. 그리고 그의 말투는 초속 10미터의 바람처럼 부드러워졌다.

"돈을 받았으니 길을 고쳤다. 올라갈지 말지 결정은 당신들 몫이다."

루어뿌는 동유럽 팀 대장을 째려보았다.

"어쨌든 나는 내려간다. 아무튼 내 고객을 초모랑마 북벽 아래로 날아가게 할 생각은 없으니까…."

"그럼, 당신들은 언제 산 정상에 오르려고?"

"5일 뒤에…."

일본 팀 대장은 왼손에는 작은 노트를 들고 오른손에는 펜을 쥐고 있었다.

"5일 뒤라고?"

동유럽 팀 대장은 다시 눈을 부릅뜨고 아래쪽 눈꺼풀을 떨며 말했다.

"안 돼!"

스위스 팀 대장 에리히가 일어섰다. 스위스 팀은 매년 등산 시즌마다 초모랑마 북벽을 등반하는 최대의 팀이다. 둥근 얼굴의 그는 볼에 난 붉은 수염을 가만히 어루만지고 콧구멍을 소의 코처럼 벌름거리며 말했다.

"이번 산 정상 공격 기간은 내일 종료다."

에리히의 말을 듣고 일본 팀 대장이 앞으로 나와, 양손을 겨드랑이에 끼고 가볍게 절을 했다.

"그럼, 다음 산 정상 공격 기간은 언제인가?"

"이번 달 23일부터 25일까지."

"그쪽이 내려간다면 나도 내려가겠다. 그냥 때려치우자고. 안전이 제일이니까."

미국 팀 대장이 흔들흔들하면서 일어서자, 돔 모양 텐트 천장의 빛이 반쯤 벗겨진 그의 머리를 비추었다. 그의 말투는 차가웠다.

"말해 두지만, 올해는 너희들의 야크가 늦게 오는 바람에 도로 수리도 늦어졌어. 그래서 우린 이 기간을 놓쳤단 말이지."

그렇게 말하는 미국 팀 대장의 낯빛은 낙엽처럼 초췌했다. 고개를 젖혀 가슴에 팔짱을 끼고 한숨을 쉬었다.

"젠장, 어제 7,900미터까지 올라갔는데."

"야크가 늦게 온 탓이 아니야. 올해는 눈이 너무 많이 내렸어. 게다가 이상하게 늑대가 자주 출몰해서 야크도 여러 번 도망을 쳤지."

루어뿌 뒤에 앉아 있던 수리 대장 딴쩡(ㅌ)은 고개를 흔들며 손까지 흔들었다.

"그래서, 누가 잘못했다는 건가? 올라갔다 내려갔다 하면서 우리는 또 야크를 부리지 말고, 식량과 산소를 보급해야 한다는 말인가?"

동유럽 팀 대장은 아직도 불만이 있는지 고개를 흔들며 말했다. 이번엔 아래쪽 눈꺼풀도 좌우로 흔들렸다. 나방이 부화해서 날아갈 것 같은 모양새였다.

"그쪽은 아직도 산소를 보급하고 싶나?"

딴쩡은 미국 팀 대장에게 반론하자마자 일어섰다. 그의 입술은 여러 곳이 갈라져서 말할 때마다 피가 조금 배어났다.

"무슨 말이지? 몇 통을 주겠다고?"

동유럽 팀 대장은 눈을 부릅뜨고 딴쩡을 바라보았다. 날아갈 것 같은 그의 눈알이 좌우로 움직였다. 그것은 유리구슬 같아서 금방 바닥에 떨어져 깨질 것 같았다.

"준다고?"

딴쩡은 '흥'하고 콧방귀를 뀌더니, 검게 치켜 올라간 눈을 동그랗게 떴다.

"또 받을 필요가 있나?"

"그럼 어쩌자는 건가?"

"어쩌라니?"

그러면서 딴쩡은 동유럽 팀 대장을 향해 입을 삐죽였다.

"훔친 거!"

"바보 같은 소리!"

고함을 지르며 동유럽 팀 대장은 가슴을 내밀었다.

"훔치지 않았다고?"

딴쩡은 뒤돌아서 그쪽으로 얼굴을 돌리는 일본 팀 대장을 보았다.

"그렇다면 어제 왜 저 위 2호 캠프에서 일본 팀의 산소 여덟 통이 당신들 텐트로 가 있었지?"

"훔쳤다는 증거가 있어?"

동유럽 팀 대장은 얼굴을 붉혔다.

"있지!"

일본 팀 대장은 동유럽 팀 대장의 얼굴을 정면으로 바라보았다.

"어젯밤 우리 측 셰르파(히말라야 고산지대에 사는 티베트계 종족, 고소 적응 능력이 뛰어나고 산을 잘 타서 히말라야 등반대의 짐을 나르고 길을 안내하는 일을 한다) 두 명이 인정했거든."

"인정했다고?"

동유럽 팀 대장은 웃음을 터트렸다. 목울대에서 변기 물 내리는 듯한 소리가 났다.

"우리는 돈을 냈다."

"얼마를?"

일본팀 대장은 눈살을 찌푸리며 그를 물끄러미 쳐다보았다.

"한 통에 200달러!"

동유럽 팀 대장은 고개를 들고 돔 모양 텐트의 밝은 꼭대기를 바라보며 두 팔로 가슴을 감쌌다.

"그걸 2호 캠프로 옮기는 게 얼마나 비싼지 알고는 있지?"

일본 팀 대장은 눈물을 글썽였다. 양손으로 주먹을 만들어 동유럽 팀 대장에게 내밀었다가 바로 거두었다. 그리고 다시 오른손을 들어 검지와 중지를 똑바로 세웠다.

"한 통에 1,200달러!"

일본 팀 대장은 두 손으로 얼굴을 감쌌다.

"학교 경비는 하나하나 계산하니까 그 이상은 우리가 부담할 수밖에 없었다."

"도둑놈!"

딴쩡은 몹시 못마땅하다는 듯이 발로 바닥을 찼다.

"너희들이야말로 도둑이지."

동유럽 팀 대장은 격노해서 두 다리를 번갈아 가며 쿵쿵 힘주어 발을 굴렀다. 전쟁터의 북소리 같았다.

"너희의 무엇을 훔쳤다고?"

"무엇이라니?"

딴쩡의 차가운 대답을 듣고 동유럽 팀 대장은 옆에 있던 루어뿌에게 시선을 돌렸다.

"돈!"

"무슨 돈?"

루어뿌의 얼굴이 빨개졌다. 검게 글린 얼굴은 가지 껍질 같았다.

"길을 고치는 돈!"

"그걸 어떻게 훔치는데?"

루어뿌는 흰색과 검은색이 또렷한 쌍꺼풀진 눈을 동그랗게 뜨고 동유럽 팀 대장을 차갑게 노려보았다. 굳어진 표정이 얼어붙은 가지처럼 차갑고 딱딱했다.

"로프, 너희들은 6밀리 로프를 많이 가져다 썼어."

동유럽 팀 대장의 입에서 침이 튀자, 일본 팀 대장이 침을 피해 조금 떨어지려다 발밑에 있던 등산 스틱에 걸렸다. 뒤로 넘어지려는 순간, 딴쩡이 왼손을 뻗어 그를 잡아주었다.

"우리는 해발 6,600미터부터 산 정상까지 6,000미터의 로드 로프를 가설했다. 그리고 여러 곳에서 로프를 여러 겹으로 묶어야 했지. 거기에 2,000미터를 더 사용했다."

루어뿌는 왼손을 펴서 오른손으로 왼쪽 손가락을 하나씩 구부리며 계산했다. 그리고는 동유럽 팀 대장을 쌀쌀맞은 눈으로 쏘아보며 말했다.

"알려주지. 그 8,000미터의 로프는 단 1센티미터도 8밀리미터가 아닌 것이 없었다."

"그럼, 왜 7,500미터를 넘었을 때 우리 대원의 어센더(로프 등강기, 로프를 당겨 오를 수 있는 장비)가 로프를 물지 않았지?"

"올해 바람이 너무 셌다. 가설한 로프가 바위를 때리는 바람에 로프가 벗겨져서 심이 드러난 거다."

에리히는 비웃듯 동유럽 팀 대장을 보며 말했다.

"하켄(암벽이나 빙벽에 박는 금속제의 못)도 아이스스크류도 몽땅 고물이다. 몇몇 포인트에선 조금만 잡아당겨도 하켄이 붕 떴거든."

"8,000미터의 로프, 80개의 하켄(머리 부분에 구멍이 있는 못, 바위 틈새에 박아 자일을 꿰거나 손잡이나 발판 따위로 쓰임), 70개의 드릴은 다 올해 새로 산 거야!"

루어뿌는 고개를 저으면서 오른손 검지를 세워 동유럽 팀 대장에게 흔들어 보였다.

"그건 너와 이 인간이 멍청이라서 그렇다. 어센더를 작년에 올라간 길에 설치한 로프에 물렸으니까 말이다."

한국 팀 대장은 웃음 띤 얼굴로 고개를 저으면서 동유럽 팀 대장의 시선을 피했다.

"그렇다고 우리가 바보도 아닌데 그런 얼빠진 짓을 할 리가 없잖아?"

루어뿌는 동유럽 팀 대장의 얼굴을 쏘아보았다.

"그게 무슨 말이지?"

루어뿌의 말에 심상치 않은 의미가 들어있다는 것을 알아차리고 동유럽 팀 대장은 눈을 가늘게 떴다. 그런 그의 눈이 둘로 쪼갠 호두 같았다.

"나쁘다는 말이지."

"나쁘다니?"

동유럽 팀 대장은 껄껄 웃더니, 이번에는 눈이 땅콩 모양으로 바뀌었다.

"도움이 안 되는 칸파 녀석, 그자가 나쁜 놈이라는 얘기야?"

그는 다시 고개를 저었다.

"이봐, 미리 말해 두지만, 이 산은 너희들이 쥐락펴락할 수 있는 산이 아니야. 더구나 신선놀음하는 건 어불성설이지. 이 산을 그렇게 판단하는 건 너무 빨라."

눈꺼풀에 힘을 준 채 다시 눈을 부릅뜨고 이어서 말했다.

"지금까지 7,790미터였던 2호 캠프를 올해에는 7,900미터로 높였지. 그리고 산 정상 어택캠프는 8,300미터에서 8,400미터 지점으로 올렸다. 그게 바보 같은 짓이었고, 실수였어. 사람이 등정도 하기 전에 무너졌잖아?"

그 말을 듣고 루어뿌는 눈을 부라리며 두 주먹을 '탕'하고 내리쳤다.

"좋아. 어찌 되었든 간에 길은 이미 고쳤다. 누구나 자유롭게 올라갈 수 있도록…."

"네가 산에서 내려가면 이 산골짜기는 누가 서포트하고 누가 지키지?"

루어뿌의 말이 끝나자마자 에리히는 고개를 저었다. 몇 명의 눈길이 서로 오갔다.

"그래, 다들 1996년에 남쪽 벽에서 일어난 조난사건 기억하지? 그 해는 각자 베이스캠프를 꾸리는 바람에 아무도 대장으로 나서지 않았고 구조팀도 짜지 않았지."

한국 팀 대장은 컵을 내려놓고, 루어뿌를 바라보고 고개를 저으면서 말했다.

"그해에 나는 북벽에 있었다."

줄곧 가스난로 앞에 앉아 있던 인도군 등반 팀 대장이 일어섰다. 그는 방풍모를 쓰고 있었는데 양쪽 귀가 가려지도록 푹 덮였고. 까만 콧수염이 말할 때마다 실룩거렸다.

"날씨를 고려하지 않고 산 정상 정복을 강행했다. 그래서 세 명의 우리 대원들이 세컨드 스텝에서 동사했어."

"기뻐하기엔 이르다. 오늘 철수했다고 이걸로 다 끝났다고 생각하지 마. 너에게 큰 재난이 닥칠 테니까!"

모두 입을 다물고 있는데 동유럽 팀 대장은 딴쩡을 매서운 눈으로 노려보고는 텐트를 나갔다. 미국 팀 대장이 손을 들어 말하려 할 때, 텐트 입구의 지퍼가 '찌익' 소리를 내며 다시 열렸다.

다시 들어온 동유럽 팀 대장은 사람들을 물끄러미 바라보다가 다시 모습을 감췄다.

"저 친구는 내년에 오지 않겠군."

한국 팀 대장이 다시 컵을 두 손으로 들고 몸을 웅크린 채 한 모금 마신 후 말했다.

"저놈에게 내년이 있기나 할까?"

루어뿌는 차갑게 웃었다. 그 말을 듣고 몇 명이 그의 얼굴을 쳐다보았다.

"그게 무슨 뜻이지?"

한국 팀 대장이 눈을 크게 뜨고 루어뿌에게 물었다.

"오늘 밤 베이스캠프를 철수하면 경찰이 놈을 기다리고 있겠지."

"뭐라고?"

미국 팀 대장이 놀라서 손을 귀에 대고 고개를 돌려 말했다.

"산소 훔친 것을 추궁하자, 놈의 셰르파 중 한 명이 산에서 내려오는 것을 두려워했지. 그래서 몰래 딴쩡에게 알려주었어. 산에서 대사건이 하나 발생할 거라고."

"무슨 대사건인데?"

에리히는 의자에서 일어나 루어뿌 앞으로 갔다. 그의 눈을 주시하면서 자기 눈을 가늘게 떴다.

"산 정상을 공략한다는 두 녀석의 가방에 티베트 독립파가 국기로 삼는 깃발 설산사자기(중국으로부터 티베트 해방 때 사용되었던 깃발, 현재 티베트 독립파가 국기로 삼고 있다)가 들어있었지."

"오, 신이시여!"

에리히는 오른손을 들어 이마를 철썩하고 쳤다.

"그렇군. 등정한 후에 네팔로 내려갈 생각이군!"

루어뿌는 입술을 물고 있다가 에리히를 바라보았다.

에리히는 두 손을 위로 올려 크게 흔들었다,

"반드시 멈춰야 해."

"신은 이미 답을 주셨다."

루어뿌는 하늘을 올려다보며 오른손을 위로 뻗었다.

"강력한 눈보라가 녀석들에게 기회를 주지 않는군."

"왜냐고? 그놈들은 잘못을 저질렀으니, 그놈들은 당해야 해."

미국 팀 대장은 어깨를 으쓱하며 양팔을 벌렸다. 에리히는 손을 쥐고 상하로 흔들었다.

"몇 년 전 그때도 동유럽 사람이었지. 초오유산에 올랐어. 설산사자기를 꽂고 사진을 찍은 후, 올라왔던 길을 되돌아오지 않고 네팔 쪽으로 내려갔지. 그 결과…."

"어찌 되었는데?"

미국 팀 대장은 머리를 숙이고 에리히를 바라보았다.

"그다음 해, 중국 정부는 티베트로 등반하는 외국 단체들에 한 팀도 허가를 내주지 않았지."

미국 팀 대장은 주먹 쥔 오른손으로 왼쪽 손바닥을 두드렸다.

"그렇군, 무슨 말인지 알겠다."

일본 팀 대장은 루어뿌를 향해 고개를 끄덕였다.

"오늘 당신이 철수를 고집하는 이유가 천재 말고도 인재도 있기 때문이군."

정곡을 찌르는 그의 말에 에리히는 눈썹에 주름을 만들었다.

"천재는 피할 수 있지만 인재는 피할 수 없어."

"어서 빨리 쫓아내자!"

한국 팀 대장은 텐트 밖으로 부리나케 달려 나갔다.

"가자. 안 그러면 우리도 휘말린다."

미국 팀 대장이 일어섰다.

"딴쩡, 우리의 철수를 준비해 주게."

"전원 철수합니까?"

딴쩡은 발걸음을 옮기다가 텐트 앞에 멈춰서 명령을 내린 루어뿌를 돌아보며 물었다.

"철수한다! 여기 있어봤자 먹고 싸기만 할 뿐이지."

루어뿌는 고개를 끄덕였다.

"그럼, 8,400미터 산 정상 어택캠프에서 지아추어와 잉푸 회장을 기다리는 대원 두 명과 7,900미터에서 철수하는 등산로 수리 대원 4명이 내려오면 그때 함께 하산할까요?"

딴쩡은 눈을 크게 뜨고 루어뿌가 다시 고개를 끄덕이는 것을 보았다.

"우리 두 사람과 샤오라빠(小拉巴)는 여기서 대기한다. 아마도 오늘 잉푸 회장은 여기까지밖에 못 내려올 거야."

루어뿌는 그렇게 말하면서 돔 모양의 텐트 꼭대기에 내려앉는 눈을 올려다보았다.

"내일 우리는 오전 일찍 그 사람들을 따라 내려간다. 그리고 내일 밤 베이스캠프에 도착한다."

"오전 8시에 그 사람들이 내려옵니까?"

딴쩡은 손목시계를 슬쩍 보고 텐트의 꼭대기를 올려다보았다.

"지아추어 녀석, 언제나 무전기를 들고 다니질 않아. 내려오면 혼내주게."

루어뿌는 화를 내며 오른손으로 주먹을 만들어 딴쩡에게 다가가 그의 눈앞에서 한번 휘둘렀다.

"에리히는 어떻게 할까요?"

딴쩡은 다시 루어뿌에게 물었다.

"등정한 자기 대원이 내려올 때까지 기다려야 할 걸?"

"올라가지 못하게 제지했어야 하는데…!"

딴쩡의 말을 듣고 루어뿌는 두 눈을 부릅떴다.

"뭐라고?"

"당신은 분명 알고 있었을 겁니다."

딴쩡은 눈을 가늘게 뜨고 가만히 고개를 흔들며 말했다. 루어뿌는 팔짱을 끼고 텐트 안을 왔다 갔다 했다.

"잉푸 회장을 누가 막겠나?"

"그럼, 최근 며칠간 날씨가 얼마나 나빴는지 몰랐다는 겁니까?"

"아아, 사람은 누구나 혼란스럽고 잡념이란 게 있는 법이지."

루어뿌는 한숨을 쉬었다.

"그 사람에게 무슨 약점이 있다고?"

딴쩡은 손을 뻗어 텐트 입구의 지퍼를 잡아당겼다.

"에리히의 스페인 고객인 페르난데스라는 사람은 우리가 말하는 잉푸 회장처럼 그도 거역할 수 없었다."

"그리고 이 산에서 우리가 감히 누구를 거역할까? 도로 수리가 끝나고 나면 아예 그런 일을 할 수도 없지. 오늘 철수한 사람들은 우리가 산에서 내려가기로 해서 구조팀이 없을 거라는 정보를 미리 몰랐다면, 아마도 그들은 벌써 등정하러 산에 올랐을걸?"

루어뿌는 고개를 숙였다.

"거역할 수 없다면 산신이 벌을 내릴 때까지 기다리겠습니다."

말이 끝나기 무섭게 딴쩡은 벌써 텐트에서 나가고 없었다. 그가 밖에서 큰소리로 외쳤다.

"중국 팀은 9시에 철수한다. 반드시 텐트를 살펴봐라! 대원들이 침낭이나 오줌통을 두고 가는 일이 없도록…."

오전 9시, 북쪽 저지대 캠프는 모두 철수했다. 사람들이 떠나자마자 눈보라가 거세게 휘몰아쳤다. 눈보라는 텐트를 하나하나 뒤흔들었고 고정되어 있던 로프에서는 무시무시한 소리가 났다.

"지아추어, 지아추어! 여기는 노스콜! 응답 바람!"

루어뿌는 지휘대 앞에 앉아 오른손으로 무전기를 들고 계속해서 외쳤다. 딴쩡은 올해 열여섯 살인 샤오라빠와 포커를 치고 있었다.

5

2013. 05. 17. 오전 9:00

"노스콜, 노스콜! 여기는 베이스캠프, 베이스캠프!"

루어뿌가 산 위에 있는 지아추어를 아무리 호출해도 응답이 없어 애가 타고 있을 때, 아래쪽에서 그에게 호출이 왔다.

"큰일 났다. 긴급 구조다!"

루어뿌의 입에서 튀어나온 말을 듣고 딴쩡은 손에 든 카드를 내던졌다. 그러고는 아직 따뜻한 티엔차(홍차에 우유와 설탕을 넣고 끓인 달콤한 중국 차)를 손에 들고 단숨에 들이 마셨다.

"위쪽이야!"

"위쪽이요?"

딴쩡이 눈을 동그랗게 뜨자, 숨어 있던 쌍꺼풀이 또렷이 드러났다.

"위라고? 지아추어는 아니겠지?"

"아니야! 이탈리아인 두 명이다!"

그러면서 루어뿌도 지휘대에 놓인 티엔차 찻잔을 손에 들고 딴쩡과 똑같이 단숨에 들이 마셨다.

말이 끝나기가 무섭게 미쳐 날뛰는 광풍이 휘몰아쳐서 돔 모양 텐트를 세차게 흔들었다. 루어뿌가 가느다란 로프에 걸어 놓은 고글과 헤드캡 타월도 지면으로 떨어졌다.

"엄청나게 세찬 바람이야! 현재 그들의 위치는?"

몸을 가누기 힘들 정도로 강한 바람이 불어오자, 딴쩡은 방한 내피의 지퍼를 올렸다.

"베이스캠프 담당 아완(阿旺)이 말하기를, 이탈리아 외무성에서 우리 외무성으로 연락이 왔다고 한다. 그 나라 등반대원 두 명이 8,500미터 근처에서 고립되었다는군."

루어뿌는 위아래가 이어진 점프슈트형 다운 재킷을 입고 방풍모를 가지러 갔다.

"베이스캠프는 어떻게 알았을까요?"

딴쩡도 외피를 입고 모자를 썼다.

"위성전화."

루어뿌는 이번에는 바닥에 나뒹구는 스노우 고글을 주우러 갔다.

"셰르파는?"

딴쩡은 스노우 고글을 얼굴에 썼다.

"도망쳤지. 내려간 거야!"

"나쁜 놈!"

"지금 누구한테 화를 내신 거죠?"

루어뿌의 심한 욕설에 딴쩡은 입이 딱 벌어졌다. 모자를 쓰던 손이 머리 위에서 멈춰졌다.

"그 동유럽 팀 대장 놈 말이야!"

루어뿌는 오른손 주먹을 들어 왼쪽 손바닥을 힘주어 때렸다.

"진짜 나쁜 놈이야. 놈은 오전에 내려온 셰르파에게 그 이탈리아 사람들이 못 내려온다는 말을 들었다고 했어."

딴쩡은 두 손을 주먹 쥐고 맞부딪혔다.

"먼저 사람부터 구출하죠. 그다음에 끝장을 냅시다!"

루어뿌는 텐트 밖으로 나갔다.

산 위에서는 입 밖으로 내는 말들은 다 이렇다면 이런 거고, 그렇다면 그런 거다. 딴쩡은 몇 번 해본 경험으로 지금 당장 구출할 인원을 차출해야 한다고 생각했다. 루어뿌를 따라 텐트에서 나오자 갑자기 머리가 날아가 버릴 듯한 눈보라가 휘몰아쳤다. 그는 무전기를 들고 8,400미터의 산 정상 어택캠프를 향해 소리쳤다.

"뚠주(頓珠), 뚠주! 여기는 노스콜!"

"노스콜! 여기는 뚠주! 송신 바람!"

뚠주와 구조대원 한 명이 마침 텐트에 있어서 금방 응답했다.

"퍼스트 스텝 아래에 이탈리아인 두 명이 내려가지 못하고 있다. 바로 출발하라!"

"알았다!"

뚠주는 딴쩡의 말이 끝나기도 전에 대답했다.

"각각 산소를 두통 더 매고 올라가라. 쑤어뚜어(素多) 팀이 뒤따라 올라갈 테니까!"

딴쩡도 덧붙여 말했다.

뚠주가 무전을 끊자, 딴쩡은 다시 7,500미터 지점의 큰 경사면 쪽을 바라보았다.

"쑤어뚜어, 쑤어뚜어! 여기는 노스콜! 즉시 응답 바람!"

"노스콜! 여기는 쑤어뚜어팀 송신 바람!"

쑤어뚜어는 열 번을 넘게 호출한 후에야 겨우 응답했다.

이처럼 세찬 눈보라 속에서 행군할 때 누구도 장갑을 벗으려 하지 않기에 딴쩡은 쑤어뚜어가 호출을 못 받은 것에 대해 화내지 않았다.

"자네들 현재 어느 지점까지 내려왔나?"

"곧 큰 경사면에 도착합니다."

"당장 하산을 멈추게."

"무슨 말씀입니까?"

"다시 위로 올라가!"

루어뿌는 딴쩡 손에서 무전기를 받아서 들었다.

"지아추어 일행에게 무슨 일 생겼습니까?"

쑤어뚜어와 지아추어는 같은 해에 등산학교도 입학하고 등산 회사에도 함께 취직한 동기 동창이다. 이곳 등산 캠프에서는 두 사람이 피울 담배가 같은 배낭에 들어있을 정도다.

"아직은 잘 몰른다."

루어뿌는 고개를 흔들었고 시선은 산 정상을 향해 있었다. 얼음 알맹이로 변한 눈발이 짙어지면서 초모랑마가 흔들리고 있었다. 그럴 때의 봉우리는 냉혹하면서 신비했다.

"이탈리아인 두 명이다!"

쑤어뚜어가 바로 응답했다.

"알았습니다. 대장님! 어디까지 올라가서 수색할까요?"

"8,500미터 지점, 퍼스트 스텝 근처다!"

"대장님, 산 정상 어택캠프의 구조대원 두 명을 먼저 올려보내도 되겠습니까?"

"미리 그들과 연락했다."

루어뿌는 시선을 다시 퍼스트 스텝에 두고 그곳을 뚫어지게 바라보았다.

"알았습니다!"

쑤어뚜어는 딴쩡의 자세한 지시 사항을 듣고 무전기를 끊었다.

"큰일이군."

눈과 안개 속에서 흐릿하게 우뚝 솟아 있는 산 정상을 바라보며 딴쩡은 고개를 흔들며 중얼거렸다. 루어뿌가 미간을 찌푸리며 딴쩡의 입을 다물게 하려던 순간, 뒤에서 누군가가 숨을 헐떡이며 외치는 소리가 들렸다.

"안 되겠어!"

돌아보니 에리히가 넋이 나간 늙은이처럼 무설(싸라기눈처럼 생긴 직경 1mm 정도의 우윳빛을 띤 얼음의 낱알)이라고 부르는 얼음알갱이 눈발 속에서 빠져나왔다. 바람에 날리는 듬성듬성한 흰머리가 한눈에 들어왔다. 오렌지색 다운 재킷의 지퍼도 올리지 않았다. 옷이 바람에 날려 마치 거대한 부엉이처럼 부풀었다.

눈보라 속에서 고글도 쓰지 않아 눈을 찌푸린 건지 눈을 뜬 건지 감은 건지 구분이 되지 않았다. 세찬 눈보라가 그의 목소리조차 날려버려 웃는지 우는지도 분간이 안 갔다.

"에리히 선생님, 무슨 일입니까?"

루어뿌와 딴쩡이 동시에 뛰어나가서 비틀거리는 에리히의 몸을 부축했다. 루어뿌는 자신의 방풍모를 재빨리 벗어 에리히의 머리에 씌워주었다. 딴쩡은 에리히의 다운 재킷 지퍼를 올려주고 자신의 고글을 벗어 씌워주었다.

"이제 난 못 내려간다."

"뭐라고요?"

흥분해서 잘 이어지지 않는 에리히의 말을 듣자, 루어뿌의 머리가 '쿵' 하고 울렸다.

"어느 지점에서 고립되었나?"

딴쩡은 얼굴을 들어 8,500미터 지점의 퍼스트 스텝을 올려다보았다.

"퍼스트 스텝."

"그나마 괜찮군,"

루어뿌는 한숨을 내쉬고 손으로 가슴을 쓸어내렸다.

"뭐가 괜찮다는 거야?"

에리히가 큰소리로 물었다. 입이 크게 열린 탓에 얼음알갱이 눈 조각이 그의 목구멍으로 날려 들어갔다.

"산소가 없어졌다고!"

그 말을 듣고 루어뿌와 딴쩡은 서로 힐끗 쳐다보았다. 딱딱한 눈 조각이 이번에는 그들의 눈으로 들어갔다. 그 순간 그들은 시야가 흐려져 앞이 잘 보이지 않았다.

"내가 올라갈게!"

딴쩡은 돌아서서 텐트로 들어갔다.

"사람들이 깔끔하게 사라졌다."

딴쩡이 텐트에 들어가자 에리히가 한숨을 쉬며 말했다. 컵을 들고 루어뿌의 지휘 텐트의 캔버스 재질의 의자에 앉아 그를 향해 고개를 흔들며 응답했다.

"사라지는 것도 빠르군!"

루어뿌가 텐트의 천장으로 하늘을 올려다보았다. 그것을 본 에리히는 다시 볼멘소리를 터뜨렸다.

"깔끔하게 철수하지 않으면….”

루어뿌도 깊은 한숨을 쉬며 시선을 에리히에게 돌렸다.

"나는 직장이 사라진다."

이번엔 에리히가 침묵할 차례다.

"빨리 철수하지 않으면…."

루어뿌의 시선이 에리히가 든 컵으로 향했다. 빨간 컵에는 입을 크게 벌린 토끼가 그를 보고 헤헤 웃고 있었다.

"내년에도 나와 등산할 생각이 있는가?"

그의 기분이라도 맞춰주는지 텐트는 그 말에 따라 한바탕 요란스럽게 팡팡 소리를 냈다. 이미 바깥의 눈보라는 늑대에 놀란 야크 떼처럼 허둥대며 모든 것을 짓밟았다. 에리히는 눈을 크게 떴다. 그 표정과 짙은 갈색 눈동자가 풍기는 냉담한 기운은 간담을 서늘할 정도로 냉기가 돌았다.

"루어뿌."

그는 천천히 말을 이었다. 한마디 한마디가 텐트 바깥의 소음을 물들일 정도였다.

"나는 산에서 살림을 차린 인간이다."

그렇게 말하면서 그는 오른손 검지를 자신의 눈앞으로 치켜들었다.

"너는 너의 모든 결정을 너 스스로 정하지. 그러나 나는…."

에리히의 손가락이 루어뿌에게 향했다.

"나는 내 대원들을 안전하게 하산시키고 싶다."

"그럼, 저희 대원들은 어쩌고요?"

루어뿌도 눈을 크게 뜨고 검고 큰 눈동자로 에리히를 노려보았다.

"너의 대원들?"

에리히는 '흥'하고 냉소를 보내고 고개를 조금 흔들었다. 진한 그 갈색 눈동자가 반짝 빛났다.

"너의 대원들은 올라갈 의무가 있다."

"왜지요?"

"왜냐고?"

되묻는 에리히의 눈에는 슬픔이 가득했다.

"방금 전 우리 측 가이드인 앙뚜어지에(多傑)가 해준 말이다. 그들이 세컨드 스텝에 도착할 때쯤 당신 측 보호 포인트의 하켄이 제대로 고정되지 않았기 때문에 손님 페르난데스가 미끄러져 추락했다고…."

"떨어진 건 아니잖아요?"

루어뿌의 얼굴이 다시 빨개졌다.

"퍼스트 스텝에서 고립되지 않았을까?"

에리히의 눈시울이 붉어졌다.

"내 대원들은 올라가 버렸어."

"올라가면 안 되나요?"

에리히는 오른쪽 손등으로 눈물을 훔쳤다.

"에리히 선생님!"

루어뿌는 흥분한 에리히를 보고 일어서서 주전자에서 김이 오르는 티엔차를 따라주었다.

"산 정상 어택캠프의 구조대원 두 명이 이미 올라가고 있어요. 정오쯤에 에리히 선생님 대원들에게 산소통을 전달할 수 있을 겁니다."

티엔차를 몇 모금 마신 에리히는 몸이 따뜻해졌다. 그는 왼손으로 목카라의 지퍼를 조금 내리고는 고개를 숙여 티엔차의 김을 불어 넣었다. 김이 텐트 속에서 찬 공기로 퍼져가는 것을 바라보다 고개를 다시 들고 루어뿌를 바라보며 물었다.

"그러면, 어떻게 구조할 셈인가?"

"모두 구해낼 것입니다."

"모두 구한다고?"

"내 말이 틀렸나요?"

"물론이지!"

"왜요?"

"왜일까?"

에리히의 입술이 떨리고 있었다. 손에 든 컵을 털썩 발밑에 내려놓더니 일어섰다.

"이보게 젊은이, 나를 보게나!"

에리히는 텐트 입구에 쭈그려 앉더니, 지퍼를 밑에서부터 머리 높이까지 '좍'하는 소리가 나도록 올렸다. 휘몰아치는 눈보라가 눈 깜짝할 사이에 도둑처럼 휘파람을 불며 몰아쳤다. 번개가 번쩍이고 초모랑마 북벽의 어둑어둑한 산등성이가 흐릿하게 보였다. 에리히는 돌아서서 옆에 서 있는 루어뿌를 바라보았다.

"지금 누가 가장 가까이에 있나?"

"당신의 대원이요."

"좋다."

에리히는 팔을 쭉 뻗어 검지로 퍼스트 스텝을 가리켰다.

"지금은 위쪽부터 구출해야 한다."

"루어뿌, 루어뿌! 여기는 지아추어! 즉시 응답 바란다!"

에리히의 말이 끝나자마자 지휘대의 무전기가 울렸다. 에리히가 아직 돌아보지 않고 손가락으로 산을 가리키는 중이었다. 루어뿌는 텐트로 성큼성큼 큰 걸음으로 걸어가 지휘대 앞 무전기를 낚아챘다.

"지아추어! 여기는 루어뿌! 등정했나?"

"등정했습니다."

"지금 어디까지 내려왔나?"

"서드 스텝 밑입니다."

"좋다. 멈추지 말고 신속히 손님을 데리고 내려오도록."

"손님이 움직이지 못합니다."

"뭐라고?"

루어뿌는 눈앞이 캄캄해져서 당황하여 손이 지휘대에 부딪쳤다.

"큰일 났습니다."

무전기를 통해 들리는 지아추어의 어조는 수직기류로 인해 곧장 심연으로 밀려난 듯했다. 8,750미터 지점에서 미친 듯이 몰아치는 바람 소리가 뚜렷하게 들려왔다.

"큰일이라니 무슨 일인가?"

그는 눈에 힘을 주고 감았다. 루어뿌의 머릿속에 그 검은 버섯 모양의 바위가 떠올랐다. 초모랑마 북벽에서 유일하게 인간이 지키는 보호 포인트지만, 그러나 그곳은 죽은 사람들이 지키는 곳이다.

"수두증입니다."

"그 사람의 눈꺼풀을 뒤집어 봤나? 맥은 짚어봤고?"

루어뿌의 몸이 또다시 불어온 눈보라의 충격으로 좌우로 흔들렸다.

"눈이 반응하지 않습니다. 맥박이 너무 빠릅니다."

"그렇다면…."

루어뿌는 갑자기 목소리를 낼 수 없었다. 루어뿌에게 딱 붙어서 텐트로 들어간 에리히는 휘몰아치는 눈발이 쏟아져 들어오는 것을 알아차리고, 황급히 텐트 입구의 지퍼를 위에서 아래로 내렸다. 텐트로 돌아온 에리히는 캔버스 재질의 의자를 루어뿌 쪽으로 당기고 그의 등을 가볍게 두드렸다. 루어뿌가 뒤돌아보니 에리히는 검지를 입에 대고 고개를 저었다. 미쳐 날뛰는 성난 눈보라가 텐트를 때렸다. 루어뿌는 다시 눈에 힘을 주어 감았다.

"지아추어, 그를 앉혀라. 그리고 겉옷 후드를 조금 벗기고 뇌를 식혀줘라. 그런 다음 되도록 따뜻한 물을 먹여라!"

"이미 그렇게 했습니다."

"좋다. 산소 상태는?"

"지금 들이마시고 있습니다. 눈금은 현재 100입니다. 제 배낭에 여분이 한 통 있습니다."

"네가 마실 산소는?"

"아직 110쯤 남아 있습니다."

"알았다."

루어뿌는 일어서서 투명한 텐트의 천장으로 하늘을 힐끔 올려다보았다.

"그 사람의 다운 재킷 지퍼를 바람이 들어가지 않도록 목까지 올려서 단단히 여며줘라. 절대로 체온이 빠져나가게 해선 안 된다."

루어뿌는 미간을 잔뜩 찡그렸다.

"루어뿌, 바람은 몸에 들어가지 않습니다."

"뭐라고? 네 머리도 이상해졌나?"

루어뿌는 고함을 치고 에리히를 옆 눈으로 살펴보았다. 그는 다시 자신을 향해 입에 검지를 세워 보였다.

"손님이 구명 담요를 저에게 짊어져 달라고 했습니다. 그래서 손님이 주저앉았을 때 그 담요로 머리부터 발끝까지 감싸주었습니다. 장갑 속에도 배 위에도 손난로를 넣었습니다."

루어뿌가 흥분해서 왼손으로 꽝하고 지휘대를 내리쳤다. 들어오자마자 벗어둔 고글이 튀어 올랐다가 바닥으로 떨어졌다.

"몸이 얼지 않으면 살 수 있다."

"그럼, 빨리 구조대원을 보내주십시오."

"지금 바로 보내지."

그렇게 말하면서 그는 다시 에리히를 돌아보았다. 에리히의 얼굴은 이미 머리 위의 하늘처럼 어둡고 침울했다.

"현재 그 사람의 산소 출력은 얼마나 되지?"

루어뿌는 고개를 젖혀 다시 하늘을 보았다.

"2입니다."

"4로 올려라."

"알겠습니다. 시간은 어느 정도로 할까요?"

"한 시간!"

"이유는 무엇입니까?"

"산소를 대량 주입해서 소생시켜야 한다. 수두증 진행을 막지 않으면 살아나지 못한다."

루어뿌는 지아추어가 산소가 부족하게 될까봐 걱정한다는 것을 알고 있다.

"알았습니다. 루어뿌, 구조대원이 언제 옵니까?"

"오후 6시 반!"

지아추어가 더는 말을 하지 않아서 루어뿌가 다시 덧붙였다.

"지아추어, 무전기를 켜놓게. 나에게 계속해서 그쪽 상황을 알려야 한다."

"안 됩니다."

"안된다고?"

"그렇습니다."

"왜지?"

"예비 전지가 없습니다."

"이런 미친!"

루어뿌는 욕을 하려다 그만두고 오른손을 꽉 쥐었다.

"위성전화는? 손님의 위성전화는?"

"안 가져왔습니다."

"왜?"

"산 정상 어택캠프에 두고 왔습니다."

"야, 이 미친 새끼야!"

결국 욕이 입 밖으로 튀어나왔다. 옆에 있던 에리히는 눈을 꼭 감고 고개를 흔들었다. 길게 한숨도 쉬었다.

"둘 다 서로 배낭에 넣고 온 줄 알았습니다."

지아추어는 즉시 무전을 끊었다.

"지금은 위쪽부터 구출해야 한다."

무전기를 내려놓고 루어뿌는 고개를 돌려 눈을 피하지 않고 똑바로 에리히를 바라보며, 그가 방금 한 말을 반복했다. 그 후, 그들 두 마리의 늑대는 텐트 안에서 서로를 물어뜯었다.

6

2013. 05. 17. 오후 1:00

초모랑마 북벽의 눈보라가 천지를 뒤덮었다. 그 눈보라가 북에서 남으로 휘몰아칠 때 산에도 들에도 굉음이 울려 퍼졌다. 마치 수많은 기관차가 제어 불능 상태에서 질주하는 듯했다. 육중한 산봉우리마저 떨렸고, 북벽은 버티지 못할 만큼 출렁거렸다. 눈보라가 남쪽에서 북쪽으로 불어올 때는 7,500미터의 나팔관 같은 좁은 경사면에서 높이 치솟았다가 다시금 사정없이 노스콜로 내동댕이쳤다. 그렇게 모든 산과 계곡은 금세 다시 천지를 뒤흔들었고 끝없는 절규로 이어졌다.

끔찍한 날씨는 지휘 텐트 속의 루어뿌와 에리히의 계속되는 충돌처럼 걷잡을 수 없었다.

"지금은 아래쪽을 우선 구출해야 한다. 위쪽은 그다음이야."

에리히는 손을 계속해서 머리카락 속에 집어넣으며 말했다.

"이유는요?"

루어뿌는 끊임없이 주먹을 쥐었다 풀었다 반복했다. 그 모습은 화가 난 수컷 야크와 같았다.

"그럼, 위에 있는 사람은요? 두 사람을 죽게 할 건가요?"

루어뿌는 움켜쥔 두 주먹으로 쿵쿵 자기 허벅지를 내리쳤다.

"그럼, 나보고 어쩌란 말인가?"

"내가 직접 올라가서 두 사람을 구조하겠습니다."

"아래쪽 사람들은?"

"그들은 이미 찾았으니, 산소통을 보내주면 됩니다."

"만약 움직이지 못한다면?"

"참아달라고 해야지요. 딴쩡 일행이 도착할 때까지 말입니다."

"동사한다는 생각은 안 하나?"

루어뿌의 눈이 빨개졌고 다시 주먹을 쥐고 두 발을 세게 굴렀다.

"먼저 죽을 것 같은 사람부터 구출해야 한다니까요!"

에리히의 눈에 눈물이 고였다. 두 손으로 이마에서 뒤통수로 머리카락을 쓸어 넘겼다.

"좋아, 내기하자?"

"어떤 내기를요?"

"누구 팀이 먼저 죽게 될지⋯."

루어뿌는 세차게 고개를 흔들고서 두 손을 머리 위로 들어 올리며 의자에서 일어섰다. 고개를 젖히고 위에 달라붙어 있는 눈의 결정을 보았다. 샤오라빠가 온기 유지를 위해 가스난로를 제일 세게 틀어놔서 텐트 안은 뜨거웠다. 바람에 날아가지 않은 눈의 결정이 앞면은 얼어붙고 뒷면은 녹아 있었다. 그것은 괴수가 어금니를 드러낸 그림 같았다.

"아무도 죽지 않아요!"

"왜 그렇게 생각하지?"

이 불길한 느낌의 그림을 보고 루어뿌는 잠시 눈을 감았다. 순간 머릿속에 그려진 광경은 이름은 잘 떠오르지 않지만, 성스러운 꽃으로 바뀌었다.

"왜냐하면⋯."

루어뿌는 말을 길게 늘어뜨리며, 위를 보며 말했다.

"내가 있으니까요."

"네가?"

에리히는 눈을 깜빡였다.

"설연(히말라야에 사는 고산식물로 해발 4,000미터 이상의 바위틈에서 자라는 여러해살이풀)입니다."

루어뿌는 에리히에게 산신이 보내준 선물 같은 머릿속에 떠오른 빙설의 꽃 이름을 알려주었다.

"루어뿌, 루어뿌! 여기는 쑤어뚜어!"

둘이 막 뜨거운 눈물을 흘렸을 때, 지휘대의 무전기가 울렸다.

"쑤어뚜어! 응답 바란다!"

둘 다 지휘대로 달려갔다. 에리히가 먼저 무전기를 잡았지만, 그가 말하지 않고 황급히 루어뿌에게 무전기를 넘겨주었다. 루어뿌가 무전기를 들고 대답하기 전에 쑤어뚜어의 첫마디가 끝나 있었다.

"찾았습니다."

"누구를?"

루어뿌와 에리히는 둘 다 동시에 같은 말을 외쳤다.

"이탈리아인 두 명입니다."

"살아있나?"

생사를 물으면서 힘이 빠진 탓에 낮은 목소리로 말했다.

"물론입니다."

"상태는 어떠한가?"

"둘 다 동상입니다."

"걸을 수는 있나?"

"그렇습니다. 이제 막 산소를 마셨습니다. 아직 상태가 심각하진 않습니다. 갈 수 있을 정도입니다."

루어뿌는 눈물이 쏟아졌다. 곁에 있는 에리히를 쳐다보았다. 쑤어뚜어의 보고를 들은 에리히의 미간이 몹시 좁아졌다.

"에리히 선생님의 대원들은 어떻게 되었나?"

"곧 찾을 수 있을 것 같습니다."

"그걸 어떻게 알았지?"

"오전에 우리 어택캠프 측은 지아추어 일행을 구출하는 선발대를 보낸 후에 이탈리아인을 수색했습니다. 퍼스트 스텝 아래까지 내려갔는데도 아무도 없었습니다. 그리고 정복 캠프 측 인원을 에리히 선생의 대원들을 수색하는 데에 차출시켰습니다. 그런 다음 우리는 뒤로 다시 올라가서 이탈리아 사람들을 찾았습니다."

"어떻게 찾았나?"

루어뿌는 에리히를 슬쩍 쳐다보았다. 그의 눈썹은 팔자가 되어 있었다.

"그 사람들은 8,400미터 근처에서 몸을 맞대고 구덩이에 절반가량 눈에 묻혀 있었습니다."

"아, 찾아서 다행이다."

루어뿌는 다시 눈물이 쏟아졌다. 그가 기뻐서 입을 벌리고 크게 웃자, 눈에서 다시 눈물이 쏟아졌다.

"쑤어뚜어, 지금 네게 명령한다!"

루어뿌는 시야를 가린 눈물을 오른쪽 엄지로 닦았다.

"팀에서 두 명을 뽑아서 이탈리아인의 하산을 도와라. 그들을 어택캠프에서 조금 쉬게 한 다음, 차도 내주고 라면도 대접하라."

루어뿌는 그에게 말하면서 이번에는 왼손을 펴서 검지로 한마디씩 말에 따라 까닥였다.

"알았나? 30분만 쉬게 해드려라. 그러나 그들이 잠들게 놔두지 마라."

"네, 알겠습니다."

"좋다. 이제 너희들은 곧바로 위로 올라가라! 딴쩡이 곧 너희들과 합류할 것이다."

"루어뿌?"

"말해라!"

"지아추어 일행은 어떻게 할까요?"

"뭐라고?"

"무전기를 켜놓으셔서 저희 대원들도 다 들었습니다."

루어뿌는 눈을 끔뻑이며 왼손으로 오른쪽 귀 언저리의 무전기를 두드렸다.

"네가 언제부터 내 마누라가 된 거지?"

"그냥 그런 셈 치겠습니다."

쑤어뚜어의 목소리도 눈보라에 묻힌 것처럼 들렸다.

"빨리 올라가! 에리히 선생님의 대원들을 찾으면 다시 연락 바란다."

"대장, 대장! 여기는 뚠주, 여기는 뚠주!"

쑤어뚜어에게 소리치고 한 시간이 채 안 지났을 때, 말없이 컵을 든 채 눈을 감고 바람 소리를 듣고 있는 에리히와 마찬가지로, 컵을 들고 무전기를 째려보고 있던 루어뿌도 무전기에서 울리는 큰소리에 놀라 두 사람의 커피와 차가 바닥에 쏟아졌다. 이때도 에리히는 다시 무전기를 들어 루어뿌에게 넘겨주었다. 그러고는 입을 반쯤 벌리고 가만히 무전기를 응시했다.

"여기는 루어뿌, 그들을 찾았나?"

"찾았습니다!"

무전기에서 젊은 티베트족 사람의 기뻐하는 웃음소리가 들려왔다.

"왜 계속 응답하지 않았나?"

루어뿌는 아까부터 산 위의 상황이 궁금하여 계속 채널을 연결했지만, 욕이 오가는 엉뚱한 채널만 연결되었다.

"급하게 걷느라 무전기를 품속에 넣어야 하는 것을 잊어버렸습니다. 무전기를 녹이느라 20분이 걸렸습니다."

루어뿌가 그 말을 듣고 화를 내려 하자, 옆에서 에리히가 얼른 팔을 뻗어 루어뿌의 입 아래로 무전기를 밀었다.

"20분이라고? 사람은 괜찮나?"

"둘 다 그다지 좋지 않습니다. 방금 산소를 들이마셨습니다. 그런데…."

"그런데 뭐?"

뚠주가 말을 삼키려 하자 루어뿌가 소리를 질렀다.

"페르난데스가 이상합니다."

에리히의 얼굴이 바짝 긴장했다.

"무슨 일이지?"

"정신이 나갔습니다."

"어떻게?"

"말이 오락가락합니다."

"수두증인가?"

"그런 것 같습니다."

루어뿌의 얼굴에서도 금세 핏기가 사라졌다. 루어뿌가 말하려고 하자 에리히가 무전기를 바로 채갔다.

"앙뚜어지에, 앙뚜어지에!"

무전기에 대고 말하는 에리히의 목소리가 바람 소리를 삼켰다.

"사장님, 앙뚜어지에입니다."

셰르파 대장의 얼음장 같은 목소리가 무전기에서 흘러나왔다.

"페르난데스는 걸을 수 있나?"

에리히의 목소리는 연못 속 올챙이처럼 흔들렸다.

"네 그렇습니다."

"빨리 내려보내!"

"안 됩니다!"

"왜지?"

"이성을 잃었습니다."

"어떤 식으로?"

"통제가 안 됩니다. 계속 올라가려고 합니다."

"두 손 두 발 다 붙잡아서 끌고서라도 내려와!"

에리히는 소리를 지르면서 왼손으로 주먹을 쥐어 얼굴 옆에서 휘둘렀다.

"그렇게는 안 됩니다!"

"어째서?"

"저 빼고 다들 동상입니다."

에리히는 쿵하고 발을 굴렀다.

"손인가? 발인가?"

"저는 손끝에만 감각이 없습니다."

"나머지는?"

에리히는 다시 머리 위를 올려다보았다. 얼음알갱이 눈발은 보이지 않았다. 투명한 텐트 천장은 두껍게 쌓인 흰 눈에 눌려서 휘어 있었다.

"손발이 다 동상이라 걷지도 못합니다!"

"알았다! 앙뚜어지에, 지금 바로 물과 초콜릿을 줘라. 그리고 내 대원들에게 페르난데스의 상태를 보여줘라. 20분 뒤에 다시 연락하겠다."

무전기를 끄려다가 에리히가 다시 소리쳤다.

"앙뚜어지에, 모두에게 두려워 말라고 전해라. 내 대원들이 금방 간다!"

20분 뒤, 루어뿌는 무전기를 집어 들었다. 위를 올려다보고 있는 에리히를 바라보고 나서 쑤어뚜어를 호출했다.

"지금 어느 지점에 있지?"

"이제 에리히 씨의 대원들이 보입니다."

쑤어뚜어는 또박또박 발음해서 대답했다.

"너희 네 명은 대원들이 합류하면 곧바로 그들을 데리고 내려와라!"

"내려오라고요? 우리 네 명이?"

"그럼, 너희들은 뭘 하고 싶은 건가?"

첫째 날 : 다가오는 대재난　057

눈 속에서 쑤어뚜어의 목소리가 흔들렸다.

루어뿌는 눈을 번쩍 떴다.

"저는 올라가고 싶습니다."

"혼자 올라가서 어쩌겠다는 건가?"

"산소통을 주고 지아추어랑 같이 있겠습니다."

"안 돼!"

옆에 있던 에리히가 갑자기 말을 끼어들었다.

루어뿌는 미간을 조금 찌푸렸다.

"에리히 선생님, 왜 안 된다는 겁니까?"

"왜긴?"

에리히는 왼손을 들고 손목시계를 보여주었다.

"지금 오후 3시다."

그리고 오른손으로 가리켰다.

"곧 돌풍이 불 것 같다."

"그러니 쑤어뚜어는 빨리 올라가야 한다. 안 그러면 내 손님이 죽을지도 모른다."

루어뿌의 얼굴이 다시 붉은 가지처럼 달아올랐다.

"당신은 우리 대원 다섯 명이 8,500미터에서 죽는 것은 생각 안 하나요?"

에리히의 얼굴도 붉어져서 이번에는 큰 염소가 싸움을 거는 것처럼 턱을 치켜들었다.

"그런 뜻이 아니다."

루어뿌가 오른발을 구르면서 고개를 숙였다. 그리고 다시 힐끗 쳐다보는 자세가 박치기하려는 야크 같았다.

"그런 뜻이 아니라고요?"

"그쪽에도 내 대원이 있다."

"그쪽에 선생님의 대원이 있다고요?"

에리히는 '흥'하고 코웃음을 쳤다.

"몇 명인데요?"

에리히는 오른손을 뻗어 루어뿌의 왼쪽 어깨를 가볍게 두드렸다.

"1996년 남벽에서 일어난 조난을 잊었나?"

"여긴 북벽이다. 북벽은 바람이 더 세지. 안 그런가?'"

루어뿌는 눈을 감고, 굳게 입을 다물었다. 그의 감은 눈에서 두 줄기 눈물이 흘러내렸다. 그것을 본 에리히는 고개를 저었다.

"그때 북벽에서 인도군 등산대가 세 명 동사했었다. 맞나?"

루어뿌는 두 손으로 얼굴을 감쌌다.

"루어뿌, 빨리 딴쩡도 올려보내서 저 다섯 명을 퍼스트 스텝까지 보내도록 하자. 필사적으로 내려가면 오늘 밤 안으로 2호 캠프까지는 도착할 수 있다."

에리히는 그렇게 말하면서 루어뿌의 왼쪽 어깨를 흔들었다. 루어뿌가 눈을 뜬 것을 보고 그는 손길을 멈추었다.

"이렇게 눈보라가 세게 분다면, 퍼스트 스텝에서 아무리 서둘러도 쑤어뚜어는 저녁 7시쯤이나 겨우 서드 스텝에 도착할 수 있다. 그러나 저녁 6시경에 돌풍이 불어닥칠 거다. 그때 거기에 몇 명이 있든지 간에 모두 8,500미터 위에서 발이 묶일 수밖에 없다. 그리고는 모두 영혼이 저세상으로 돌아가 버리겠지."

말이 끝나기 무섭게 에리히는 루어뿌가 들고 있는 무전기를 뺏어 들고 앙뚜어지에를 호출했다.

"앙뚜어지에, 페르난데스에게 덱사메타손을 투여해 줘!"

"정말로 그래도 될까요?"

앙뚜어지에의 말투는 한 조각 돌멩이 같아서 바람에 날아가 버릴 것 같았다. 그 덱사메타손은 강심제(심장박동을 강화시키는 약물)로 부신피질호르몬의 일종임을 알고 있기 때문이었다. 이 약은 심장 기능이 저하되었을 때 강한 자극 효과가 있다. 그러나 대형 망치처럼 약한 심장을 단번에 죽일 수도 있다.

"투여하지 않으면 살아서 내려갈 수 없을 거야?"

에리히는 무전기를 끄고 쎄려보고 있는 루어뿌에게 돌려주었다.

"그럼, 지아추어는요?"

루어뿌는 눈은 뜨고 있지만 멍하니 에리히를 바라보았다.

"내려보내게, 당장!"

"그 손님은요?"

"내일 오전 일찍 2호 캠프에서 딴쩡이 사람을 데려올 테니 그때 올라갈 것이다."

"그 손님은 살아 있을까요?"

루어뿌는 크게 한숨을 쉬며 팔짱을 꼈다.

"살았으면 산소를 마시게 하고, 일어설 수 있으면 내려보내야지."

"죽었으면요?"

"죽었으면 가져간 침낭에 넣어서 옮긴다."

에리히의 눈은 다시 누군가와 싸우는 것처럼 힘주어 동그랗게 떴다.

"석가모니 부처님!"

루어뿌는 다시 고개를 젖히고 빙설로 뒤덮인 하늘을 올려다보았다.

"나는 잘못을 저지른 죄인이 아닐까요?"

"죄인이라고?"

에리히는 가슴 앞에서 십자를 그었다.

"신 앞에 죄인 아닌 자가 있을까?"

"그러면 속죄는 어떻게 하지요?"

루어뿌는 수두증에 걸린 사람처럼 머리를 흔들었다.

"내 대원과 이탈리아 사람을 내려보내고, 그러면…."

에리히는 다시 오른손으로 루어뿌의 왼쪽 어깨를 툭 쳤다.

"그러면 당신은 속죄할 수 있을 거야!"

"어떻게 속죄를요?"

루어뿌는 고개를 돌려 물에 빠진 사람처럼 에리히를 바라보았다. 에리히는 두 손으로 위에서 아래로 얼굴을 쓸었다.

"왜냐하면, 이번에는 혼자만 위에 남기 때문이다. 그러면 당신의 죄는 훨씬 가벼워질 것이다."

에리히가 눈보라를 뚫고 자신의 지휘 텐트로 돌아가자, 루어뿌는 텐트에서 나왔다. 그때 산 정상은 눈보라 속에서 언뜻 보면 밝게도 보였고 뿌옇게도 보였다. 얼음알갱이 눈은 산신의 장막처럼 끊임없이 열렸다 닫혔다 했다. 머리 위의 태양은 얼음알갱이 눈에 가려져 햇빛을 제대로 볼 수 없었고 예전의 따뜻함도 느낄 수 없었다. 발밑은 금방 빙설로 뒤덮였다. 인간이 밑으로 가라앉는 듯했다. 18층 아래의 지옥까지 말이다.

루어뿌는 자신이 직접 눈 경사면에 설치한 천체망원경에 오른쪽 눈을 들이댔다. 산도 바위도 점점 더 보이지 않았다. 멍하게 서 있는 동안에 그는 북벽 앞에서 선회하는 여러 마리의 대머리독수리를 본 것 같았다.

'하늘이시여, 저들은 육식동물입니다. 누구를 쪼아 먹으려고 저리도 높이 날아온 것입니까?'

마음이 돌처럼 딱딱하게 얼어붙는 것 같았다. 루어뿌는 두 손으로 힘껏 가슴을 치고 발길을 돌려 텐트 지휘대로 돌아와, 무전기를 들고 지아추어를 불렀다.

"지아추어, 당장 내려가!"
"루어뿌, 루어뿌! 여기는 딴쩡! 응답 바란다!"

2013. 05. 17. 저녁 10:00

저녁 10시가 다 되어 이탈리아인과 에리히의 대원은 마침내 2호 캠프에 도착했다. 루어뿌가 '후유'하고 안도의 숨을 내쉬며 에리히에게 취침 인사를 하려고 했을 때, 십여 분 전에 지휘대에 올려놓은 무전기가 다시 요란하게 울렸다. 그때 에리히는 루어뿌를 바라보기만 하고 손을 내밀지 않았다.

"뭐야? 시먼췌이쉬에(西門吹雪)?"
"그 녀석입니다."
"그놈은 어제 오전, 제일 먼저 철수하지 않았나?"
"아니요, 녀석은 머리가 아프다면서 텐트에서 자고 있었습니다."

에리히는 눈을 가늘게 뜨고 오른손 검지와 엄지손가락으로 코를 가만히 쥐었다.

"지금 상태는 어때?"

루어뿌는 눈을 감고 머리를 흔들었다. 헬멧 전조등이 바로 눈앞에 있는 에리히의 길쭉한 얼굴을 비추었다.

"남아 있는 놈을 텐트에서 지아추어가 발견해 산소를 마시게 했습니다. 내일 오전에 같이 내려갈 수 있을 것 같습니다."

피곤함에 절어 있는 딴쩡의 말투에는 노기도 묻어났다.

"텐트는 어때? 오늘 밤은 붐빌 텐데….”

"앙뚜어지에와 쑤어뚜어가 페르난데스에게 붙고, 시먼췌이쉬에와 이탈리아인이 한 텐트를 쓰고, 에리히 쪽 3명과 지아추어가 같은 텐트를 쓰면 됩니다. 우리 가운데 몇 명은 남아 있는 일인용 텐트 두 동에 들어가야 합니다.

"딴쩡!"

"무슨 일입니까?"

"내일 전진캠프로 철수하면 내 대신 그놈을 로프로 후려쳐 줘."

"알겠습니다!"

7

2013. 05. 17. 오후 3:00

"내려가겠나?"

지아추어가 품에서 무전기를 꺼내 전원을 켜자마자 루어뿌가 말이 짧게 들렸다.

조금 전 피켈로 머리를 일격 당한 듯한 말을 듣고 지아추어는 오른손으로 무전기를 다시 움켜쥐었다.

"저 말입니까?"

"다른 누가 더 있겠어?"

지아추어는 무전기를 오른쪽 귀에 바짝 대고 잉푸와 시체로부터 등을 돌렸다. 지아추어는 쏟아지는 얼음알갱이 눈을 강렬한 시선으로 멀리 바라보았다. 노스콜에서 그를 올려다보고 있을 루어뿌와 시선을 맞추려는 듯한 눈빛이었다.

"저는 안 내려갑니다!"

"뭐라고?"

루어뿌는 소리를 지르며 텐트 입구의 지퍼를 열고 뛰쳐나갔다. 눈보라 속에 서서 산 정상을 향해 왼쪽 주먹을 흔들었다.

"돌풍이 온다니까."

"압니다."

"어떻게 아는데?"

"여기는 아까부터 더 이상 서 있지 못할 정도입니다."

무전기 속 지아추어의 목소리와 비슷한 바람 소리를 듣고 루어뿌는 치켜든 주먹으로 가슴을 쳤다.

"그럼, 넌 바로 안 내려가겠다는 거야?"

"네, 저는 다른 사람이 올 때까지 기다리겠습니다. 빨리 오면 좋겠습니다."

루어뿌는 오열할 뻔했다. 울음을 터트리지 않으려고 목을 억누르자, 속이 쓰려왔다.

"오늘은 사람 못 올려보낸다고!"

"어째서입니까?"

지아추어는 몸을 좌우로 흔들며 다른 방향에서 몰아치는 눈 폭풍에 저항했다.

"8,500미터와 8,400미터 사이에 사람이 갇혀 있다."

루어뿌의 목소리가 바람 소리에 섞였다.

"형제여, 빨리 내려오게!"

그의 울음소리는 작았지만 뚜렷하게 지아추어의 귀에 들려왔다.

"그와 함께 죽어도 괜찮을 것 같습니다."

지아추어는 고개를 숙이고 발밑 수십 미터 아래의 바위 속 침낭을 내려다보았다. 살아 있다면 그는 올해 32세가 된다. 젊은 그의 죽음이 끊임없이 마음을 아프게 했다. 2009년 5월 18일, 그와 형제들은 오전 일찍 일어나 저 아래 바위 속 침낭에 직접 얼어붙은 손님, 야오띠(姚迪)를 집어넣었다.

"그 영웅 말인가?"

루어뿌는 눈보라 속에서 갑자기 큰 손이 뻗어오는 것을 두려워하듯, 왼손으로 오른손에 움켜쥐고 있던 무전기를 눌렀다.

"야, 이 정신 나간 놈아!"

고함을 지르며 고개를 돌려, 얼굴을 때리는 사악하고 비릿한 눈보라에서 고개를 돌려 충격을 피했다.

"넋이 나간 새끼보다는 나아요."

지아추어는 조금 허리를 굽히고 거대한 얼음알갱이 눈발을 등 너머로 넘겼다.

"넋이 나가?"

루어뿌는 고개를 들어 산 정상을 바라보았다.

"이 해충 같은 자식!"

"제가 누구를 해쳤습니까?"

"나!"

"왜 그렇습니까?"

"왜라니?"

루어뿌는 잠깐 입을 다물고 혀로 윗입술에 달라붙은 눈을 녹였다.

"오늘 네가 내려가지 않으면 내일 침낭을 더 많이 보내야 하잖아!"

"무슨 말인지 모르겠습니다."

"정말 모르겠나?"

"네!"

"왜 말을 안 들어!"

루어뿌는 왼손으로 점점 더 쓰려오는 위를 눌렀다.

"그럼, 묻겠다. 구명 담요 하나 더 있나?"

"없습니다."

"너는 영하 70도의 추위를 견딜 수 있나?"

"못합니다."

"너는 그 사람이 가진 마지막 산소를 빼앗아 마실 수 있나?"

"못합니다."

"그런데도 빨리 안 내려온다고?"

루어뿌는 허리를 굽혔다. 위가 쓰려서 온몸에 경련이 날 지경이었다. 무릎이 꺾여 그대로 바닥에 주저앉고 말았다.

"잉푸 회장님은요?"

"구명 담요가 있으니 얼어 죽지는 않아. 산소 출력을 1로 맞추면 내일까지 살 수 있어. 내일 몇 사람을 더 올려보내면 그를 짊어지고 내려갈 수 있을 것이다. 알겠나?"

"알겠습니다."

지아추어는 뒤쪽의 네팔 영토에서 큰 얼음알갱이 눈 폭풍이 밀려오는 것을 보며 큰소리로 외쳤다.

"그럼, 내려가겠습니다."

"몇 명이 더 올라온다고요?"

지아추어는 말을 마치고 꿈쩍도 하지 않는 잉푸를 돌아보았다. 분노가 용솟음치고 속이 부글부글 끓어올랐다.

"지아추어, 지아추어!"

2013. 05. 16. 오후 3:00

지아추어가 예나(葉娜)의 가이드 쌍빠(桑巴)와 뚜어지(多吉)가 8,400미터의 세찬 바람 속에서 각자 자기 텐트를 설치할 때, 희미하게 잉푸와 예나가 있는 텐트에서 지아추어를 부르는 소리가 들렸다. 조금만 방심해도 막 설치한 텐트가 금세 날아가 버릴 듯했다. 쌍빠와 뚜어지는 바람이 불어오자 즉각 몸으로 텐트를 눌렀다.

"빨리, 밧줄을 돌에 묶어!"

지아추어는 두 젊은이를 밀치고 매가 병아리를 잡듯이 자신이 직접 팔을 벌려 부풀어 오른 텐트를 끌어안았다.

"어서, 텐트 지퍼를 닫아라!"

반쯤 열린 텐트 입구로 바람이 불어와 텐트가 찢어질 것 같았다. 먼저 밧줄을 텐트의 사각형 모서리 방향에서 돌까지 연결했다. 지퍼를 닫자, 눈보라는 텐트 위로 넘어갔다. 텐트는 바람을 피하고 눈을 막아주는 따뜻한 집이 되었다.

"빨리 나 좀 도와줘!"

십여 분 후 쌍빠와 뚜어지가 자신들의 텐트 설치가 끝나자, 지아추어는 잉푸가 있는 텐트의 그늘막으로 기어들었다. 머리를 집어넣다가 그늘막 밖으로 나오려는 예나와 머리를 부딪혔다. 창백한 안색과 오뚝한 콧날에 눈썹이 짙고 반듯한 얼굴이 눈에 들어왔다. 하얗고 가지런한 이를 악물고 입꼬리가 약간 올라간 얇은 입술은 시옷 자 모양이 되었다. 속눈썹이 길고 푸른빛을 띤 눈은 숨은 쌍꺼풀이었는데, 놀란 브리티시 쇼트헤어 품종 고양이처럼 휘둥그레져 있었다. 지아추어도 놀라 눈을 동그랗게 떴다.

"무슨 일이야?"

"토했다."

잉푸는 그렇게 말하면서 악취를 풍기는 짙은 녹색 방수 주머니를 꼭 닫았다.

"밖에 나가서 뭘 하려고?"

"똥!"

잉푸는 예나를 보고 입을 삐죽 내밀며 말했다. 지아추어는 얼른 돌아서서 쭈그리고 앉아 예나를 끌어냈다. 일어서서 보니 예나의 몸이 바람에 휘청거렸다. 그녀가 텐트 위로 쓰러지려고 하자, 지아추어는 그녀의 허리를 잡아주었다.

"덩어리야? 아니면 줄줄 새?"

지아추어는 왼손으로 예나의 어깨를 감싸주었다. 오른손으로는 텐트 안의 잉푸를 잡고서 그녀를 바라보았다.

"덩어리야."

예나의 목소리는 산소통에서 마지막에 새어 나오는 기체 같았다.

"클라이밍 하네스, 산소마스크, 산소통, 방풍모…."

지아추어는 단어를 한 마디 한 마디 외치면서 잉푸가 텐트에서 꺼내준 물건을 하나하나 차례대로 예나의 몸에 장착했다. 그리고 예나의 허리에 찬 클라이밍 하네스 벨트를 손에 들었다. 예나는 그를 따라 몇 걸음 걸어가서, 바람을 막아주는 텐트 아래로 돌아섰다.

"앉아!"

지아추어는 빙글 돌아서서 단단히 벨트를 움켜쥐었다. 뒤에서 나는 소리가 들리지 않았다. 눈보라가 자욱한 산과 계곡을 보며 지아추어가 외쳤다.

"괜찮아, 뒤돌아보지 않을게!"

잠시 후 예나는 벨트를 당겼다.

"다 했나?"

바람이 그의 말을 뒤로 전달해 주었다.

"휴지…."

"뭐라고?"

"휴지!"

예나도 소리를 질렀다.

"휴지를 달라고!"

지아추어는 허리를 굽혀 머리를 텐트에 들이밀고 소리쳤다.

"예나는 내려보내자!"

침낭에 엎드려 있는 예나 허리의 클라이밍 하네스를 지아추어가 풀기 시작하자, 잉푸는 그녀의 등을 어루만지며 고개를 든 지아추어에게 말했다.

"그러면 자네는?"

"난 올라간다."

그 말을 하는 지아추어의 코가 약간 움찔했다.

"그럼, 지금 당장 그렇게 하자. 어두워지면 바람이 더 세지니까."

지아추어는 텐트 입구까지 기어가 머리를 내밀고 밖을 내다보았다.

"예나의 물이 얼어졌으니 다시 끓여야겠다. 내려갈 때 마시려면….''

잉푸는 예나와 자신의 물 세 통을 지아추어에게 건넸다.

"뜨겁나요?"

"녹일 눈을 찾는 게 힘들지?"

잉푸는 바람을 막아줄 방풍모를 벗어 지아추어의 머리에 씌워주었다.

"내가 가지."

"움직이지 마. 둘이 나란히 토하거나 설사하지 마. 곤란하니까!"

지아추어는 뒤로 기어나가면서 돌아보며 큰소리로 외쳤다.

"쌍빠, 눈을 찾아보자!"

말을 끝내고, 지아추어는 텐트 밖에 서서 눈보라 속의 경사면을 살폈다. 해발 8,400미터의 어택캠프에서 바람은 영원히 불었다 잦아졌다 할 것이다. 눈발은 찢어진 양털 담요처럼 거대한 조각을 만들며 허공을 맴돌았다. 눈은 경사면에 영원히 붙어 있다. 눈을 끓이려면 바위틈까지 찾아가서 파올 수밖에 없다.

"쌍빠, 물을 끓이고 나서 너도 예나를 따라 내려가!"

지아추어의 말이 끝나자마자 텐트에서 잉푸가 큰소리로 외쳤다. 지아추어는 그 소리를 듣고 오른발을 휙 하고 돌려서 돌멩이를 걷어찼다.

"그쪽과 나, 누가 가이드지?"

예나의 모습이 눈보라 속으로 사라지자, 잉푸는 지아추어를 향해 눈을 부라렸다. 지아추어는 텐트 침낭 위에 무릎을 꿇고 앉아 머리를 처박고 배낭에서 물건을 꺼내려던 참이었다.

"내가 당신의 가이드지."

지아추어는 고개를 들고 자신을 노려보는 잉푸를 힐끗 보고는 고개를 흔들었다.

"가이드는 나의 역할이다."

"좋아."

잉푸는 얼른 손을 뻗어 러시아제 산소마스크를 낚아채서 가부좌를 틀고 앉아 있던 자기 다리 사이로 집어넣었다.

"내가 짊어질게."

"고집도 세."

지아추어도 지지 않고 그에게서 산소마스크를 빼앗아 자신의 배낭에 쑤셔 넣었다.

"그쪽은 왜 스스로 산에 올라갈 생각을 안 하지?"

그러면서 그는 다시 가방에서 구명 담요가 담긴 빨간 주머니를 꺼내 텐트 모서리로 던졌다. 잉푸는 눈살을 찌푸리며 고개를 흔들었다.

"나 스스로 그럴 힘이 없으니까."

잉푸는 구명 담요를 집어 손바닥에 올리고 무게를 가늠해 보았다.

"300그램 정도면 괜찮을 거야."

그가 고개를 흔들며 입을 비쭉이는 것을 보고 지아추어의 표정은 더욱 어두워졌다.

"300그램? 여긴 초모랑마라고!"

그는 다시 구명 담요를 잉푸의 손에서 빼앗아 더욱 난폭하게 자신의 배낭에 던져 넣었다. 그리고 잉푸를 향해 그는 흰자를 드러내며 눈을 흘겼다.

"넌 오히려 서로를 끌어당길 거야."

"무슨 말이지?"

잉푸는 뒷짐을 지고 지아추어의 어깨 너머로 예나가 아래로 사라진 반쯤 열린 천막 입구를 내다보고 있었다. 그의 말은 점점 간결해졌다.

"마치 플러스와 마이너스가 서로 끌어당기는 것처럼."

"당최 무슨 말인지 모르겠군."

"300그램 더 많이 들고 가면….".

"무거워질 거다."

"오히려 500그램이 줄어들 거야."

"뭐가 줄어든다는 거지?"

잉푸는 웃으며 두 손으로 자기 배를 두드렸다.

"불만이….".

"내가 그 쪽한테 스트레스를 푼다는 뜻인가?"

지아추어의 얼굴이 더욱 붉어졌다. '휭' 소리를 내며 눈 덩어리가 바람과 함께 천막 안으로 날아들어 그의 목뒤에 달라붙었다. 그는 황급히 텐트의 입구 쪽 지퍼를 소리 내어 잠갔다. 그러고는 다시 돌아서서 싸움을 거는 염소처럼 잉푸를 노려보았다.

"그렇지 않나?"

"말도 안 돼."

지아추어는 텐트 안이라는 것을 잊고 두 손을 짚고 일어나려다가 머리를 텐트 천장에 부딪쳤다. 그는 엉거주춤하게 서 있었고 눈빛은 어두웠다.

"그쪽은 산에 들어온 이후로 쭉 저 여자와 노닥거렸지."

"그럼, 안 되나?"

잉푸는 턱을 치켜들며 '흥'하고 코웃음을 치며 웃었다.

"당연하다. 그래선 안 된다."

"내가 기분을 나쁘게 했나?"

"산에서 여자하고 노닥거리는 것은 엄청난 금기다."

"산의 금기가 참 많군."

"가장 심한 금기는 목숨으로 장난치는 짓이다."

잉푸는 두 손을 머리 위로 치켜들고 고개를 흔들었다.

"그런 금기는 아무도 깨려 하지 않지."

"그쪽이 깼다."

지아추어의 어조는 깨진 바위 조각처럼 날카로웠다.

"그게 무슨 뜻인지 말해봐?"

"첫째, 그쪽은 부처에게 불경스러운 짓을 했다."

지아추어의 말을 듣고 잉푸는 오른손을 입에 대며 말했다.

"어, 내게 그런 큰 죄가 있었나?"

"그렇다. 당신은 죄를 지었다."

"들어주지."

지아추어는 고개를 흔들었다.

"그쪽 배낭에는 타쉬룬포 사원의 활불(티베트 불교 부처의 화신. 달라이 라마, 판첸 라마 등이 이에 해당함)이 주신 하얀 둥카르(티베트 불교에서 제의용으로 부는 자연산 소라고둥으로 만든 악기)가 있지 않나?"

"네가 이걸 들고 가겠다고?"

잉푸는 오른손을 내리고 웃었다.

"이보게, 내가 갚아야 할 죄, 나에게 그런 인과응보 따위는 없어. 그렇다면 내가 어떻게 석가모니를 배반했다는 말이지?"

그 질문에 지아추어의 검고 야윈 얼굴이 어두워지며 한층 더 심하게 발끈했다.

"하타(보은 선물용 비단 천)로 싼 성스러운 성물을 짊어지고서 여자를 끌어안았지."

"두 번째는?"

잉푸는 얼굴이 붉어지며 지아추어의 시선을 피했다.

"당신은 오늘 오전에 저 여자를 데리고 산 정상에 오르려고 했다."

"아까 여자는 내려보냈잖아, 벌써 내려갔다고."

"내 조수도 따라 내려갔고."

"석가모니가 우리를 노려보고 있으니 올라가지도 못하고 내려가지도 못한다는 말인가?"

"아마도!"

잉푸는 두 손으로 세차게 지아추어의 클라이밍 하네스를 잡아당겼다. 지아추어는 그 바람에 무릎을 꿇고 말았다.

"알겠어, 그럼 올라가지 않겠어."

"이미 늦었어!"

"왜?"

그렇게 말하면서 잉푸는 지아추어에게 바짝 다가가 그에게 자기 눈을 바라보게 했다.

"석가모니에 대해 내 체면이 말이 아니라서 그래."

지아추어는 자신의 손을 보며, 배낭의 지퍼를 하나하나 닫기 시작했다.

"오오, 석가모니여! 이젠 체면이 중요하지 않습니다. 목숨을 잃게 됩니다."

2013. 05. 17. 오후 3:00

지아추어는 무전기를 품에 넣고 하늘을 올려다보았다. 쌍빠를 내려보내는 게 아니었다는 것을 깨닫고 후회가 되었다. 크게 한숨을 내쉬고 그는 허리를 구부렸다. 산에 오르면서 교체한 영국제 산소마스크를 배낭에서 꺼내 잉푸의 러시아제와 바꿨다. 막 교체한 산소통을 점검하고 유량을 1로 조절했다.

영국제 산소마스크는 숨을 쉴 때면 산소의 출구가 자동으로 닫힌다. 구식 러시아제와 비교하면 산소를 30퍼센트 절약할 수 있다. 한 통에 4리터인 러시아제 구식 포이스크 고산용 산소통은 유량을 1로 맞춰서 쓰면 17시간 동안 산소를 공급할 수 있다. 이에 비해 영국제 산소통은 3시간 이상을 더 오래 쓸 수 있다.

만약 내일 11시 이전에 루어뿌가 사람을 보내지 못하면 이 사람은 죽게 될 것이다. 남아 있는 산소를 계산하면서 지아추어의 마음은 갈기갈기 찢어졌다. 그는 두 손을 잉푸의 어깨에 올리고 가만히 두드리며 고개를 흔들었다. 그런 다음 잉푸의 배낭에서 하얀 비단에 싸인 둥카르를 꺼내 잉푸가 입고 있는 다운 재킷의 가슴 주머니에 넣어 주었다.

"석가모니께서 당신의 죄를 용서해 주시기를….'

그렇게 말하고 내려가는 밧줄을 붙잡았을 때, 지아추어는 눈앞이 흐려졌다. 머리 위에서 갑자기 천둥소리가 울려 퍼졌다. 번개의 섬광은 날카로운 얼음알갱이 눈에 갇혀 있었다. 산신의 노여운 불꽃이 가슴속에서 타고 있는 것 같았다. 두 시간 후, 그는 퍼스트 스텝 밑에서 딴쩡과 함께 철수한 그룹을 따라잡았다.

8

 이번엔 정말로 죽는 줄 알았다. 지아추어가 얼음알갱이 눈발 속으로 사라지는 것을 보면서 잉푸는 환각의 세계에 빠져들었다. 어제 오후 지아추어와 어택캠프에서 말다툼을 벌였던 장면이 머릿속에 번뜩 떠올랐다. 그런데 무엇 때문에, 이번엔 왜 꼭 올라와야만 했을까?

2013. 03. 13. 오전 9:00

 베이징 변두리의 한 건설 현장에서 징과 북소리가 하늘에 닿을 만큼 요란하게 울려 퍼졌다. 멀리서 바라보니 높이 솟은 수십 개의 크레인은 생기 넘치는 강철 숲 같았다. 강철 숲의 거목들은 각각 좌우로 길게 뻗은 모습이다.

 크레인 아래로는 건축 단지의 거대한 공사장이 지면에 우뚝 솟아 있다. 그 공사장에 아홉 동의 200미터 정도 되는 고층 빌딩이 반원형을 이루며 줄지어 서 있다. 강철빛을 반사하며 반짝이는 유리 벽은 그 건축 단지를 차가우면서도 우아하게 만들었다. 그리고 그 빌딩들을 둘러싸듯 60미터에 가까운 부속 건축 단지가 연달아 붙어 있다. 그 모습이 마치 바지 입은 철강 콘크리트 괴수처럼 보였는데, 반짝반짝 햇빛을 반사해서 지나가는 사람들의 눈살을 찌푸리게 했다.

 공사장 부지 내에는 고대 로마풍의 대광장이 조성되어 있다. 정면에는 30미터 정도 크기의 남쪽을 향한 개선문이 세워져 있는데, 그곳을 방문하는 내빈들은 모두 고개를 들어 그 문을 올려다보았다. 그 문에는 '동방몽도(東方夢都)'라는 네 개의 금색 글자가 새겨져 있었다.

광장 중앙에는 커다란 무대가 마련되어 있었다. 무대 뒤편의 눈부신 붉은 현수막에는 '동방몽도 제1기 공사 준공식 축하 행사'라고 쓰여 있었다. 천여 명의 건설 인부들은 벌써 질서 정연하게 앉아 있었다. 화려한 사자 춤을 출 서른 마리가 넘는 사자들이 밝고 즐겁게 공을 가지고 유희 중이었다. 그것을 보고 노동자들은 흥이 나서 큰소리로 박수갈채를 보냈다. 다른 시공사에서 왔는지 디자인이 다른 작업복을 입거나 색깔이 다른 안전모를 쓴 사람들이 각각의 구역에 줄지어 앉았다.

광장을 빙 둘러싼 60개의 크고 붉은 열기구가 공중에 있었고, 그 아래로 바람에 팔랑이는 붉고 긴 현수막이 매달려 있었다. 무대와 노동자들 사이에는 백 미터가 넘는 널찍한 공간에 불꽃과 폭죽들이 설치되어 있었다. 넓은 무대 중앙에는 내빈석이 있었고, 그 양쪽으로 식순이 쓰인 하늘색 패널이 있었다.

그때, 내빈들이 모여들어 왼쪽 패널 앞에서 확성기를 들고 열변을 토하는 잉푸를 에워쌌다.

"이 프로젝트의 계획 총 면적은 얼마나 됩니까?"

빨간 넥타이를 맨 중년 남자가 왼손을 높이 들고 물었다. 그 남자의 손목에는 수집가용 스위스 명품 파텍 필립 시계를 차고 있었다. 시계의 금색 빛이 잉푸의 눈에 반사되었다. 잉푸가 왼쪽으로 조금 고개를 기울이자, 그의 벗겨진 대머리에서 반짝이는 빛이 눈에 들어왔다.

"70만 제곱미터입니다."

"용적률은 얼마죠?"

"평균 4.1입니다. 이 프로젝트는 세 구역으로 오피스, 상가, 주거용으로 나누어져 있습니다. 오피스 구역의 용적률은 4.5, 상가 구역 용적률은 2.5, 주거 구역은 5.3입니다."

"짝, 짝, 짝⋯."

그 중년 남자는 사람들의 주의를 끌려는 듯, 박수를 치려는 듯 두 손을 머리 위로 치켜들고 손바닥을 세게 쳤다. 명품 손목시계를 찬 손을 좌우로 크게 흔들자, 거기에서 반사된 빛이 잉푸의 눈을 찔렀다.

"이 공사는 3백만 제곱미터의 거대 프로젝트입니다. 중국 최고의 100위 안에 드는 나의 1급 부동산 기업이 도대체 왜 입찰에서 3급의 소기업에게 밀렸을까요?"

"정경유착이다!"

붐비는 사람들 속에서 누군가 큰소리로 외쳤다.

잉푸는 손에 쥔 확성기를 소리 나는 쪽으로 돌렸다.

"저희는 조건에 맞춰서 입찰했습니다."

"어떤 조건입니까?"

그 중년 남자는 다시 왼손을 높이 치켜들고 머리 위에서 휘둘렀다. 모두 얼른 눈을 감았다.

"사전 토지 정리에 참여했습니다."

잉푸는 그의 손목시계가 흔들리기 전에 눈을 감았다. 그리고 눈을 뜨자 중년 남자의 굵은 목이 눈에 들어오자 이런 생각이 들었다.

'저 사람의 머리는 왜 어깨에 딱 붙어 있는 것일까?'

중년 사내의 두툼한 입술이 쩍 벌어지며 말했다.

"그 토지 정리가 국가가 정한 토지정책에 부합했나요?"

"이건 옛 시가지 재개발 프로젝트지, 새로운 토지사업 경매가 아닙니다."

그러면서 잉푸는 중년 사내가 그 불수감나무 열매 같은 왼손을 다시 들려는 것을 보고 차갑게 쏘아붙였다.

"그쪽이 관공서에 고발했죠?"

"그게 나라고 어떻게 증명할 수 있죠?"

중년 남자는 입이 벌어진 채 들던 손을 내렸다.

"웃기지 마!"

군중 속에서 패널을 쳐다보던 쉰 살쯤 되는 남자가 뒤를 돌아보지도 않고 말했다.

"애도 세 살인데, 이제 와 증명이고 나발이고 다 무슨 소용이 있나. 어휴, 1급이 3급보단 낫지. 근데 탄탄할지는 모르겠어. 밭이 있으니 밭을 갈고 수확하는 거지, 애를 낳았으니 아비가 되는 법이고."

그 말에 이어 누군가가 훼방을 놓았다.

"그럼, 그 아이는 뭐로 키울 건가요? 알려주시지요?"

백금 테 안경을 쓴 마흔 살쯤 되어 보이는 얼굴이 하얀 남자가 왼손을 높이 들었다. 그는 손목에 검게 윤이 나는 흑단 염주를 차고 있었다. 손이 움직일 때마다 강한 향기가 풍겼다.

"돈이죠!"

잉푸는 비웃음을 지으면서 염주를 바라보며 냄새를 맡았다.

"그건 어디서 났을까요?"

얼굴이 하얀 그 사람은 겉으로는 웃으면서 눈은 화가 난 표정이었다.

"내가 훔쳤다는 건가요?"

잉푸의 눈은 한 가닥 선처럼 가늘어졌다.

"대강 비슷한 얘기죠!"

"그럼, 비슷하지 않다는 건 뭐지요?"

잉푸는 눈을 부릅뜨고 다시 팔에 찬 흑단 염주를 바라보았다.

"공명정대!"

얼굴이 하얀 남자가 말하자, 군중 속에서 목소리가 들여왔다.

"그건 우리다."

"형제여, 도대체 누구 돈이 공명정대한가요?"

군중 속에서 얼굴을 돌리지 않은 채 다시 누군가가 큰소리로 말했다.

"우리라니, 우리가 누구인데?"

"우리는 은행그룹이다. 국유은행(국가가 소유하고 있는 은행)에서 만든 파이낸셜 그룹!"

얼굴이 하얀 남자는 소리 내어 웃고 나서 이번에는 오른손을 든 채 움직이지 않고 그 자리를 빙 돌았다. 무대 위의 절반은 고개를 들고 그의 팔에서 나는 흑단 염주의 향기를 맡았다. 나머지 절반은 그쪽을 보지 않고 내빈석으로 발걸음을 옮기고 있었다.

"국유은행이라도, 돈을 빌려주지 않을까 봐 걱정하는 건가요?"

누군가가 헤헤 비웃듯이 웃으며 말하자, 얼굴이 하얀 남자는 대답했다.

"돈이란 무엇인가요? 돈은 빌리지 않아도 됩니다. 그러나 남을 속이면 안 되는 것이지요!"

이 말을 듣고 이동하던 사람들은 발걸음을 멈췄다. 군중은 조용해졌다. 바람을 타고 징과 북이 리듬을 맞추는 소리만이 들려왔다. 어떤 이는 눈살을 찌푸렸고, 어떤 사람은 눈 부신 햇살에 눈을 꼭 감았다.

"좋소! 그럼, 질문 하나 하지요."

잉푸는 숨을 깊이 들이마시며 얼굴이 하얀 남자를 가만히 노려보았다. 얼굴이 하얀 남자도 차갑게 응시했다.

"돈이 돈 아니면 뭡니까?"

"자본입니다. 마르크스에 따르면 돈은 이 세상에 나타났을 때부터 이미 피투성이 자본이랬지요."

"그게 어쨌다는 겁니까?"

얼굴이 하얀 남자는 얼굴이 붉어지기 시작했다.

"어쩌긴요? 천하 사람들은 모두 이익을 위해 모여들고, 모두 이익을 위해 떠납니다. 나의 이 프로젝트의 자본은 어느 것도 천사가 아닙니다."

"우리 파이낸셜 그룹은 당신에게 한 번에 30억씩 3년의 개발 자금을 대출해 주기로 했습니다. 서로 합의하고 서명도 하고 돈도 다 마련했습니다. 그런데 당신이 한 합의는 거짓이었습니다. 당신은 결국 다른 데서 30억 위안을 가져다 썼습니다."

얼굴이 하얀 남자의 얼굴이 빨개졌다.

"조건은 어땠지요?"

잉푸의 얼굴도 붉어지기 시작했다.

"엄격하지 않았나요?"

얼굴이 하얀 남자의 눈도 붉어졌다.

"그게 아니었나요?"

잉푸는 까치발을 들고 확성기 방향을 군중 쪽으로 향했다.

"여러분, 들어보세요. 저들이 제시한 이자는 겉만 보면 별로 높아 보이지 않습니다. 10퍼센트죠. 그러나 대출을 약속해 놓고선 일 년 치 이자를 먼저 한 번에 떼겠다고 했습니다."

"뭐야, 사채업자 아니야?"

군중 속에서 한 여성이 작은 소리로 말했다. 소리는 작았지만, 사람들에게 그 소리가 다 들렸다.

"그 정도는 양반입니다. 저들은 우리 회사에 대해 프로젝트는 좋지만 민간 기업이라 자금의 안전 보장을 할 수 없다고 했습니다. 그래서 저들은 담보 회사를 소개해 주었습니다. 그런데 그 담보 비용이라는 게…."

그는 이번에는 군중을 돌아보았다.

"너무 비싸서 제가 말씀드려도 아무도 믿지 못할 것입니다."

"민간 기업은 이런 식으로 피를 다 빨립니다."

아까 말한 여자가 또 중얼거렸다.

"우리 민간 기업은 요강으로 받아내는 정도로 만족하지만, 아무리 그렇다고 마구 싸지르면 안 되지!"

그때 잉푸는 얼굴이 하얀 남자가 웃는 것을 보았다. 군중 쪽에서 들끓었다.

"아들놈이 자본의 피를 빨아먹고 자랐으니 배고픈 아비가 걸신들렸다는 말이군."

얼굴이 하얀 사내는 웃으며 잉푸를 향해 왼손을 들어 올리고 팔에 찬 흑단 염주를 흔들었다.

"됐습니다! 이 지역의 경제발전을 위해 어느 쪽이든 도망갈 길을 남겨 두지요. 다만 당신이 이용한 30억 위안의 외국 부동산 기금과 펀드에도 우리가 흘린 피가 섞여 있지요."

잉푸도 그를 향해 웃어주며 고개를 끄덕였다.

"저들과 엮이지 않고선 모를 겁니다. 그런데 당신들이 내 계좌에서 말도 없이 빼간 5천만 위안은 돌려받을 수 있겠지요?"

"뭐라고요? 그런 일이 있었다고요?"

"그럼, 없었다는 건가요?"

"무슨 명목으로 말인가요?"

"당신들이 말하는 벌금 말입니다."

"말도 안 돼, 우린 그런 짓을 하지 않습니다."

"그러니까, 그 짓을 당신들이 하지 않았다고요?"

"그건 당신 말이잖아요."

얼굴이 하얀 남자는 고개를 흔들었고, 잉푸도 고개를 흔들며 확성기를 올렸다.

"내빈 여러분, 제자리로 돌아가 앉아 주시길 바랍니다."

잉푸는 말을 끝내고, 멀지 않은 곳에서 뒷짐을 지고 이야기를 나누고 있는 두 명의 남자에게 차가운 시선을 던졌다. 그러고는 좌우로 줄지어 앉은 내빈들 앞에서 흰 장갑 낀 손을 높이 들고 확성기를 입에 댄 예성(葉生) 사장 쪽으로 시선을 옮겼다. 예성 사장의 시선에서 오싹함이 느껴졌다.

드디어 징과 북이 일제히 울리기 시작했다. 육십 개의 현수막도 하늘을 붉고 환하게 물들였다. 근로자들의 안전모에서 햇살이 빨갛게 반사했다. 그 모습은 색채가 풍부한 바다와 같았고, 형형색색으로 빛나는 버섯밭과도 같았다.

9

"아이고, 시(施) 구장(区長). 저 애송이는 천하제일 부자가 될 놈이지."

동방몽도 공사 준공식 축하 행사에 모인 사람들이 차례차례 자리에 앉기 시작했을 때, 두 명의 중년 남자만이 축하 행사 현수막 아래에 서서, 자리에 앉아 있는 잉푸의 뒤통수를 바라보고 있었다.

테 없는 안경을 쓴 한 중년 남자는 늘어진 눈을 가늘게 뜨고 고개를 흔들었다. 그러고는 왼팔을 펴서 검지로 잉푸를 가리키며 신경질적으로 콧방귀를 뀌었다.

시 구장이란 사람은 부구청장이다. 키가 작고 뚱뚱한 데다 들창코가 얼굴의 절반을 차지한다. 그도 황소 같은 눈을 가늘게 뜨고 잉푸를 바라보며 고개를 흔들었다.

"이(伊) 은행장(은행 지점장), 미꾸라지가 용문(잉어가 넘으면 용이 된다는 황하의 관문)을 넘을 수 있을까?"

그렇게 말하면서 시 부구청장은 고개를 들어 왼쪽에서 오른쪽으로 현수막을 의미심장하게 바라보았다.

"아무리 뛰어봤자 벼룩 아니겠어?"

"미꾸라지 말인가?"

이 지점장은 웃으면서 깡마른 얼굴에 하얀 이를 드러냈다. 오렌지색 빛이 씹다 만 스테이크 조각을 비추었다. 고기는 삼켰지만 고기 핏줄이 입술에 달라붙어 있었다.

"그거 맛있나?"

"뭘 말하나?"

시 부구청장은 눈을 부릅떴다. 때마침 여러 개의 열기구가 하늘에 날아올라 커다란 붉은 빛을 띠고 있었다. 그의 두 눈은 격분한 투우처럼 붉고 흉포해 보였다.

"이 스테이크라면, 아직 먹어보지 않아서…."

그렇게 말하고 이 지점장은 다시 잉푸의 뒤통수를 노려보았다.

"내가 살던 시골에선 냄비에 두부 한 모를 넣고 거기에다 미꾸라지를 열 마리 넘게 넣지. 물이 끓고 나면 어떻게 될까?"

이 지점장은 옆눈질로 잉푸의 뒤통수를 노려보았다.

"두부가 익으면 미꾸라지도 같이 익겠지."

시 부구청장은 잉푸의 뒤통수에서 눈을 떼지 않고 말했다.

"틀렸네!"

"그게 무슨 소리야?"

틀렸다는 말을 듣고 시 부구청장은 이 지점장 쪽으로 눈길을 돌렸다.

"뭐야, 재미도 없구면!"

"시 부구청장, 그 익은 미꾸라지가 무슨 맛인지 아나?"

"또 틀리겠군."

이 지점장은 히죽거리며 시 부구청장과 눈을 마주쳤고, 그가 눈을 가늘게 뜨는 것을 보고 잉푸 쪽으로 시선을 바꿔 입을 삐죽거렸다.

"물이 뜨거워지면 미꾸라지는 뜨거움을 못 참고 두부로 기어들어 가지."

"이야, 이야기가 재밌어지는군. 그거 맛있겠다."

시 부구청장은 손바닥을 치고 가볍게 소리를 내며 발로 바닥을 쳤다.

"동네 처녀가 작은 배의 노를 젓고, 배 위에서는 술 두 홉에서 김이 나고, 젊은 사람들은 파, 생강, 마늘을 바르고, 추어탕을 안주 삼아 한잔하지. 군침 돌지 않나?"

"맛있겠어."

시 부구청장은 그 말을 듣고 다시 축하 행사 현수막을 올려다보았다.

"이거, 분하군."

그가 고개를 흔들었다.

"우리는 노를 저을 뿐이다."

이 지점장은 고개를 들고 광장 주위의 현수막을 돌아보며 검은 얼굴을 찡그렸다.

"난 20년 동안 주인의 노새(암말과 수당나귀 사이에서 난 잡종, 고된 노동과 희생을 상징) 노릇을 하며, 여러 해를 차에서 잠을 자면서 온갖 충성을 다했지."

시 부구청장은 고개를 들고 열기구 하나를 바라보면서 말했다. 거기에 매달린 현수막이 바람에 이리저리 흩날리고 있었다. 현수막의 금색 대문자가 유독 눈길을 끌었다.

'마지막까지 잘 해내고 빛을 발하자'

"결국 내가 모신 주인님은 영광스러운 퇴직을 했지. 그러나 그는 나에게 구청장 자리를 물려주지 않았지."

고개를 조금 숙이고 이 지점장을 바라보는 그의 눈에는 눈물이 고였다. 마치 연못에서 얼굴을 드러낸 두꺼비 같았다.

"이 은행장, 나는 내년에 쉰다섯이 된다네."

"나는 내년에 쉰넷이네."

이 지점장의 눈도 붉어졌다. 한가운데만 껍질을 벗긴 리치(중국 남부가 원산지인 당도가 높고 향이 나는 빨간 열매)라는 과일 같았다.

"난 칭화대학에서 7년간 공부했고, 미국에서 박사학위를 받았고, 치( ) 주석의 비서를 8년간 했네. 심지어 샤워할 때조차 한 손에 휴대전화를 들고 있을 정도였어."

그러면서 이 지점장도 고개를 들어 거대한 열기구를 노려보았다. 거기에 달린 현수막에는 '열심히 하자, 구와 인민을 위해 진력하자'라고 쓰여 있었다.

"그런데 지금은 어떻게 되었게?"

그는 눈을 잠깐 감았다가 뜨더니, 다시 시 부구청장을 쳐다보았다.

"그래봤자 아직 고작 은행 지점장에 불과하지. 그 노인(치 주석)은 이제 집에 틀어박혀 그림만 그린다네. 다빈치라도 되려나 봐."

이 지점장의 말이 끝날 무렵, 내빈석 아래에서 일제히 놀라는 소리가 터져 나왔다. 목소리가 들리는 쪽을 보니, 근로자들이 모두 고개를 들어 위를 가리키는 것이 눈에 들어왔다. 이 지점장과 시 부구청장도 고개를 돌려 두 개의 거대한 열기구가 바람에 날려 허공에서 엉켜 있는 것을 보았다. 마치 논란을 좋아하는 두 논객처럼 두 개의 열기구가 끊임없이 부딪치고 있었다. 열기구에 매달린 두 개의 현수막도 화난 채찍처럼 사정없이 상대를 갈기고 있었다.

"도요새와 말조개가 서로 물어뜯고 지낸 지 수십 년…."

이 지점장은 기구가 엉켜서 서로 부딪치는 것을 보고 시 부구청장을 향해 말했다.

"그 두 사람(치 주석[치예안]과 우 이사장[우테빙])은 정말로 죽어서도 서로 얼굴을 안 볼 것 같아."

"옛날에는 같은 장교 관사에서 탄피도 세고, 포로도 잡고 했다던데…."

시 부구청장은 두 열기구가 마침내 서로 착 달라붙어 있는 것을 보고 잠시 말을 멈추었다.

"늙어서 다시 같은 관사에 살면서도 서로 모함할 계략을 짜고 있을까?"

그러면서 그는 손을 뻗어 이 지점장의 어깨를 두드려 주었다.

"우리 둘은 그 사람들이 앉을 자리를 데워주거나 물을 끓여주는 서생이었지. 타고 다니는 말 나부랭이에 불과했지."

"사실 그렇지."

이 지점장은 고개를 끄덕이고는 다시 잉푸의 뒤통수를 바라보았다.

"그 추어탕이 인민들 입까지 돌아갈 리 없지."

그는 이번에는 고개를 돌려 시 부구청장을 바라보았다.

"서생이든 말이든 얻어걸리지도 않지."

"그렇다면 어떻게든 국물 한 숟가락이라도 떠먹어야지 않겠나?"

시 부구청장은 이 지점장의 눈을 뚫어지게 바라보았다.

"아니지, 그건 아니지."

이 지점장은 차갑게 웃으며 시 부구청장에게 고개를 흔들었다.

"왜 그러나?"

시 부구청장은 놀라서 눈이 휘둥그레졌다.

"나라면 진한 것을 한 잔 받겠네."

"진한 거라니 그게 뭔가?"

"바로 고깃국이지!"

이 지점장은 손을 뻗어 시 부구청장의 어깨를 두드렸다.

"사람의 피를 적신 찐빵은 우리에게는 돌아오지 않아. 하지만…."

그는 잉푸의 뒤통수를 뚫어지게 바라보았다.

"저 애송이의 고깃국을 한 그릇 대접받아야겠군."

"좋은 생각이야."

시 부구청장은 흥분해서 목소리가 커졌다. 잉푸는 뒤돌아 보고 두 사람을 향해 약간 고개를 숙여 인사한 후, 손으로 양옆의 빈자리를 가리켰다. 시 부구청장과 이 지점장은 웃는 얼굴로 바뀌어 나란히 잉푸에게 고개를 끄덕였다. 그리고 서로 얼굴을 마주 보고 다시 고개를 끄덕였다.

"일개 인민인 이상…."

이 지점장이 입을 열었고 시선은 다시 잉푸에게로 향했다.

"운명임을 인정하자."

"1기 프로젝트는…."

시 부구청장의 시선도 잉푸에게로 향했다.

"우리 아들과 딸내미가 얼굴을 내밀었지만…."

이 지점장이 이어서 말했다.

"2기 프로젝트는 자네가 알아서 해야지."

그 말을 듣고 시 부구청장은 예성 사장에게로 시선을 돌렸다. 예성 사장은 이리저리 뛰어다니면서 환하게 웃으며 손님을 자리에 앉히고 있었다. 그의 하얀 장갑은 햇빛을 받아 눈부시게 빛났다.

이 지점장도 말을 마치고 예성 사장의 하얀 장갑을 쳐다보았다.

"지금부터 재미있는 연극이 시작되겠군."

시 부구청장은 무대 아래의 노동자들에게로 눈길을 돌렸다.

"우리는 관객이 되는 걸세."

이 지점장은 히죽히죽 웃으며 무대 아래에서 춤을 추고 있는 사자춤을 보았다.

"우리는 스포츠맨이 되는 거야."

"36홀에서?"

이 지점장은 시 부구청장의 골프채 흔드는 포즈를 바라보면서 고개를 끄덕였다.

"판돈을 크게 걸어볼까?"

이 지점장이 질문하자 시 부구청장은 천천히 묵직하게 고개를 끄덕였다.

"그렇게 하지."

이 총재도 질문하면서 두 손으로 골프채를 뒤로 쳐드는 시늉을 하고선 앞으로 흔들었다.

"클수록 좋겠지?"

시 부구청장은 이 지점장이 골프채를 골프공에 대는 듯한 자세를 보고 다시 물었다.

"물론이지!"

이 지점장은 홀인원을 하는 자세를 취하고서 온몸이 흔들릴 만큼 웃음을 터뜨렸다. 갑자기 무대 밑에서 파도가 기슭을 때리는 것처럼, 군중들의 놀라는 소리가 울려 퍼졌다. 두 사람이 몸을 돌려 그곳을 떠날 때, 무대 아래 노동자들이 일제히 일어섰다.

10

재미있는 연극이 시작되자 바람이 차츰 잠잠해졌다. 모든 거대 열기구는 움직임을 멈춘 채 막을 드리우고 있었고, 햇살은 따스하게 사람들을 비추고 있었다. 거대 열기구들의 빨간색이 연하게 보였다. 하늘의 구름은 초봄 삼월의 숨결 속에서 나타났다가 다시 슬그머니 사라졌다. 청중들은 연극에 집중했다.

2013. 3. 13. 오전 9:19

잉푸는 고개를 돌려 내빈석 오른쪽에 서 있는 정라이칭(鄭来青) 부장을 향해 고개를 끄덕였다. 마침 정라이칭 부장이 무전기를 입에 대고 사회자에게 무대에 오르라고 지시하고 있었다. 그때, 예성 사장이 발소리를 죽이며 잉푸의 등 뒤로 왔다.

"시 부구청장님과 이 지점장님은 볼일이 있어서 먼저 자리를 뜨셨습니다."

예성 사장은 잉푸의 오른쪽 귓가로 몸을 숙였다. 아직 입을 가까이 대지 않았는데도 잉푸의 귀는 벌써 움찔거렸다.

"회장님께 직접 자신들의 충고를 전해달라고 저에게 말했습니다."

잉푸의 오른쪽 귀가 다시 꿈틀거리는 것을 보고 예성 사장은 말을 삼켰다.

"말하게."

잉푸는 진지한 표정이 되었다.

"빨리 시공업자에게 돈을 지급하랍니다."

"저 자리의 사람들은?"

잉푸는 자리 왼쪽을 힐끗 쳐다보았다.

"안 왔습니다."

"왜지?"

"국유자산 감독위원회에서 임시로 회의를 열겠다는 통보를 받았다고 합니다."

예성 사장은 허리를 굽힌 채로 잉푸가 뜨악한 표정으로 무대 밑을 응시하는 것을 보았다. 그의 눈은 내사시(안구가 안쪽으로 향하는 사시)였지만 이제 더는 움직이지 않는 잉푸의 오른쪽 귀를 바라보았다. 잉푸의 시선이 차가워졌다. 초봄 사냥에 나선 여우가 토끼를 노리는 것 같았다.

젊은 남녀 사회자가 마이크를 들고 무대에 섰다.

"현재 시각이 2013년 3월 19일 오전 9시 19분입니다."

남자 사회자가 때맞춰 말을 꺼냈다.

"좋은 날, 좋은 시간에 축하 행사가 시작됩니다!"

여성 사회자가 활짝 웃으며 선언했다.

그녀의 말이 끝나자 서른네 마리의 사자가 다리를 뻗고 일어섰다. 입에서 일제히 검고 긴 혀를 뱉어냈고 그 위에는 하얀 글씨가 쓰여 있었다. 하늘을 뒤흔드는 징과 북이 1초도 어긋남 없이 '쿵'하는 소리와 함께 울려 퍼졌다.

자리에 앉아 있던 천여 명의 근로자들도 로봇 군대라도 되는 듯 일제히 벌떡 일어났다. 여섯 개의 그룹 모두의 한가운데에서 검은 바탕에 흰 글씨로 쓴 현수막이 머리 위에 내걸렸다. 순식간에 60개의 거대 열기구를 묶었던 밧줄이 풀렸다. 열기구들은 염세적인 아이처럼 기쁜 듯 하늘로 올라갔다. 그것들은 머리와 꼬리를 흔들며 땅 위에서, 이 세상에서 점점 멀어져 갔다. 여성 사회자는 입을 다물 새도 없이 가만히 일어서는 잉푸를 뒤돌아보았다.

열기구가 보이지 않게 되자 바람이 다시 멈췄고, 거대한 광장이 갑자기 장례식장처럼 조용해졌다. 8,700미터 높이의 눈 쌓인 경사면에서 미끄러져 내리듯 잉푸는 머릿속이 빙글빙글 돌았다. 몇 초 사이에 그의 눈앞에는 다섯 살 때 배고파 쓰러졌던 어느 골목의 식당 앞이 떠올랐다. 이어 2009년 3월 19일 오전 9시 9분 자신이 눈물을 글썽이며 동방몽도를 위한 정초식(건축에서 기초 공사를 마치고 머릿돌을 설치하여 공사 착수를 기념하는 의식)을 했던 장면이 떠올랐다.

"좋았어."

가슴 속에 담겨있던 열기가 입에서 튀어나왔다. 잉푸의 사자 후 같은 열변은 마이크 없이도 천하의 명도처럼 칼자국을 만들고 한기를 내 뿜었다. 무대 아래 모두가 한겨울 정월의 눈보라 속에서 방뇨라도 한 것처럼 한차례 진저리를 쳤다. 고함과 함께 잉푸는 두 손으로 사회자석을 짚고 벌떡 일어나 무대 위로 뛰어 올라갔다.

"여러분!"

공수(중국에서 두 손을 맞잡아 공경의 뜻을 나타내는 전통 인사법) 자세의 팔을 그대로 머리 위로 올렸다. 그는 빙글 한 바퀴를 돌았다. 내빈석은 텅 비어 아무도 없었다. 아이들이 하느님 앞에서 숨바꼭질하다가 눈가리개를 한 술래 아이가 안대를 풀었을 때, 자신 앞에 아무도 없다는 사실을 확인하는 격이었다. 자신만이 홀로 어둠 속 묘지에 남겨진 것 같았다.

잉푸는 행사장 현수막을 향해 두 손을 마주 잡고 공손하게 공수 인사를 했다. 오늘의 축하 행사장 안에서 붉은색은 그 현수막뿐이었다. 그는 다시 몸을 돌려 무대 아래로 향하더니, '흥'하고 냉소를 보내고는 큰소리로 모든 구호를 읽기 시작했다.

"즉시 지급하라! 피땀 어린 돈을 내놓아라!"

"속이 시커먼 개발업자! 남을 해치고도 왜 보상하지 않는가?"

"동방몽도는 노동자의 무덤이다!"

"임금 체불하면 설 명절을 보내지 못한다! 집에선 남편 취급을 못 받는다!"

"왜들 이러십니까? 이게 어찌 된 일입니까?"

경찰서에서 나온 리(李) 경찰서장이 무대 아래에서 군중을 향해 고함을 질렀다.

"장(張) 부경찰서장, 다들 빨리 이쪽으로 와!"

그는 마흔 가까운 경찰관이었다. 그는 얼굴을 붉히고 눈을 부라리며 무대 위에서 온갖 구호를 읽고 있는 잉푸를 바라보았다.

"이것들을 빨리 철거해라!"

리 경찰서장이 고개를 돌리자, 장 부경찰서장은 데리고 온 십여 명의 경찰관들에게 명령했다. 그런 다음 장 부경찰서장을 다시 돌아보니 그는 오른손을 들어 권총을 쏘는 자세로 정신없이 구호를 읽고 있는 잉푸를 가리켰다.

"지금 장난하십니까?"

잉푸에게 들리지 않을까 봐 이번에는 두 손을 입에 모아 크게 소리 질렀다.

"당신 부하 직원들은 어디 있나?"

리 경찰서장이 비지땀을 뻘뻘 흘리며 발을 동동 구르는 모습을 보고, 잉푸는 껄껄 웃음을 터트렸다.

"경찰서장님, 제 부하들은 모두 밑에 있습니다."

"지금 웃음이 나오나?"

리 경찰서장은 두 손을 들어 양쪽 집게손가락으로 잉푸를 가리켰다.

"축하 행사장이 장례식장이 돼버렸습니다."

잉푸가 다시 돌아보자, 리 경찰서장은 양팔을 둘로 겹쳐 엑스 표시를 해 보였다.

"축하 행사든 장례식이든 둘 다 제겐 경사 아니겠습니까?"

잉푸는 만면에 미소를 띠어 보였다.

"경사라고 했나?"

리 경찰서장은 고개를 돌려 부하들이 잉푸의 손에서 구호가 적힌 종잇장을 빼앗는 것을 보았다. 그리고 다시 두 손을 입에 대고 소리쳤다.

"내 장례식은 아니지만….";

소리를 질러도 마음이 가라앉지 않자, 그는 왼손을 들어 올려 휘둘렀다.

"빨리 내려와! 그러다 잉푸 당신은 오늘 여기서 생매장당한다."

"생매장이요?"

잉푸도 두 손을 나팔처럼 입에 대고 외쳤다.

"저는 이미 목까지 묻혔습니다."

"잉푸 회장, 어서 빨리 내려오게!"

리 경찰서장의 말이 끝나자, 노동자들은 말귀를 알아듣지 못하는 학생들처럼 일제히 함성을 지르기 시작했다. "쿵, 쿵" 조용하던 징과 북이 염라대왕의 순행(巡幸, 동양에서 왕이 국가 현안을 살피기 위해 궁궐 밖으로 거동하던 행위)처럼 마구 울리기 시작했다. 사자들은 머리를 좌우로 흔들며 길고 검은 혀를 생명줄처럼 음울하게 흔들었다.

리 경찰서장이 '후유' 하며 한숨을 내쉬었을 때, 잉푸가 이상한 행동을 하는 것이 얼핏 눈에 들어왔다. 그때 잉푸는 두 무릎을 굽혀 '획'하고 점프하고 있었다. 팔을 앞으로 뻗은 채 사냥감을 잡는 매처럼 공중에서 뛰어내려, 몰려든 닭 떼들 같은 일부 무리를 향해 덤벼들었다. 그가 두 발로 땅을 딛었다가 벌떡 몸을 일으켰을 때, 백 명쯤 되는 젊은이들이 즉각 그를 빽빽하게 에워쌌다. 리 경찰서장은 얼른 달려가 잉푸의 왼쪽 허리를 감싸 안으며 그 젊은이들을 험악하게 바라보았다. 젊은이들은 모두 검은 양복을 입었고 검은 넥타이를 매고 있었다. 흰 테에 검은 뿔테 안경을 쓴 한 젊은이가 손을 흔들자, 그들은 일제히 품에서 흰 헝겊을 꺼내 머리 위로 올려서 폈다. 거기에 쓰인 검은색 글씨가 눈길을 사로잡았다.

'빚을 갚지 않으면, 하늘이 용서치 않을 것이다!'

"누가 너희 우두머리지?"

리 경찰서장은 한발 물러서서 축제의 불꽃놀이 상자 위로 올라섰다.

"이 겁쟁이들!"

잉푸는 코웃음을 치며 말했다. 군중은 쥐 죽은 듯이 조용해졌고 아무도 나서지 않았다. 잉푸는 달려온 정라이칭 부장에게 고개로 신호를 보낸 후, 그의 손에서 확성기를 받아 들고 한 발짝 뒷걸음질해서 불꽃놀이 상자 위에 있는 리 경찰서장을 잡아당겨 내려오게 하고, 오른손으로 확성기를 입에 바짝 댔다.

"지금이다!"

고성과 함께 깨진 벽돌 반쪽이 잉푸를 향해 날아왔다. 정월의 꽃처럼 붉은 벽돌은 장례식장으로 변해버린 축하 행사장의 군중들 머리 위에서 포물선을 그렸다. 잉푸가 순식간에 손을 뻗어 그것을 잡아냈을 때까지 행사에 참석한 모든 사람의 시선이 벽돌의 움직임을 따라갔다. 너무 놀라고 긴장해서 눈알이 튀어나오는 것 같았다. 잉푸는 손을 내리고 날아오는 벽돌을 오른쪽 무릎을 펴서 냅다 올려 찼다. 붉은 벽돌은 산산조각이 났다. 그는 왼쪽 눈은 번쩍 뜨고 오른쪽 눈은 가늘게 떴다. 능수능란한 플레이보이처럼 악랄해 보였고, 비수를 품에 숨긴 살인마처럼 흉악해 보였다.

"구호가 적힌 종이를 높이 드세요!"

붉은 가루가 공중에 뿌려지는 가운데, 잉푸는 큰소리로 노동자들에게 명령했다. 구호가 쓰인 패널을 빼앗던 경찰관들은 손을 멈추고 리 경찰서장을 보았다. 리 경찰서장은 고개를 흔들며 잉푸를 쳐다보았다.

"일단 대화부터 합시다."

잉푸의 목소리를 들은 노동자들은 모든 구호가 적힌 종잇장을 내렸다.

"말부터 하고 싸웁시다."

잉푸는 팔을 머리 위로 올려 주먹을 쥐고 모두를 향해 힘껏 흔들었다.

"좋습니다."

파란 작업복에 흰색 안전모를 쓴 패거리들 사이에서 허난(河南) 사투리의 남자가 소리를 질렀다.

"누가 먼저 말하겠습니까?"

잉푸는 그를 향해 소리쳤다.

"내가 말하겠습니다."

산둥 사투리가 주황색 작업복과 회색 안전모를 쓴 무리 속에서 울렸다.

"말해보세요."

잉푸는 확성기를 그쪽으로 돌렸다.

"따로 할 말이 있는 게 아닙니다."

산둥 사투리가 다시 울렸다.

"그럼, 뭐 하러 왔습니까?"

잉푸는 틈을 주지 않고 물었다.

"돈을 내놓으세요."

"무슨 돈입니까?"

"체불임금입니다."

"누구에게 돈을 내놓으라 하는 건가요?"

"바로 당신입니다."

고성이 여섯 그룹의 모든 노동자에게서 일제히 터져 나왔다. 광장 상공에는 축하 행사를 위해 빌려온 비둘기 몇 마리가 바구니에서 막 풀려나와 자유롭게 날고 있었다. 그 우렁찬 함성이 천둥처럼 비둘기를 때렸다. 비둘기들은 날개에 힘이 풀리는지 아래로 곤두박질쳤다. 무시무시한 모습으로 이빨을 드러낸 사람들의 기세에 놀랐는지 비둘기들은 날갯짓하다가 고개를 들고 순식간에 푸른 하늘 저편으로 날아가 버렸다.

"내가?"

잉푸는 비둘기들이 날아가는 모습을 올려다보고 고개를 끄덕이며 눈을 부릅뜬 군중들을 둘러보았다. 이어서 히죽거리는 리 경찰서장을 내려다보았다.

"어때요? 폭죽 냄새 좀 맡아보고 싶어요?"

잉푸는 그렇게 말하고 까치발로 딛고 섰다. 순간 비틀거렸지만, 폭죽 상자는 부서지지 않았다. 까치발로 똑바로 딛고 서서 잉푸는 확성기를 입으로 가져갔다. '후, 후'하며 확성기를 테스트한 후 잉푸는 말을 시작했다.

"노동자 형제들, 설 명절이나 축일 때 위문차 여러분들을 만나 뵈었습니다. 오늘 여러분들은 체불임금을 정산해달라며 돈을 받으러 왔습니다. 여러분의 구호를 저도 다 읽었습니다. 제가 틀린 말을 하는지 아닌지, 쓸모가 있는지 없는지를 먼저 제 이야기를 듣고서 판단해 주시기를 바랍니다. 우선 이 공사장에 계신 여러분을 위해 돈에 관한 두 가지 전문지식을 말씀드리겠습니다. 괜찮겠습니까?"

짙은 남색 작업복 차림을 한 그룹에서 누군가가 소리를 질렀다.

"헛소리하지 마시지요. 그게 말입니까, 방귀입니까?"

사람들은 일제히 그렇게 말하는 노동자를 쳐다보았지만, 그는 얼른 고개를 숙이고 군중 속으로 숨어버렸다. 잉푸는 왼손을 높이 쳐들고 검지를 폈다.

"수탁지불(受託支払)이란 말을 아시는 분?"

갑자기 추모회를 하는 것처럼 광장의 사람들은 모두 고개를 숙였다. 리 경찰서장은 눈에 불을 켜고 잉푸를 바라보고 있었다. 리 경찰서장의 눈에 잉푸는 대단한 인물로 보였다. 당신은 당장 돈을 낼지 안 낼지는 일언반구도 없이, 그럴싸한 전문지식을 내세워 군중들을 주목하게 했다. 그렇게 군중의 호기심을 자극하여 상황을 단번에 진정시켰다.

"이 거대한 프로젝트는 전체가 300만 제곱미터로, 전기 프로젝트와 후기 프로젝트로 나뉘어 있습니다. 전기 프로젝트는 오피스와 상업 구역으로, 지상과 지하를 합해 60만 제곱미터입니다. 여러분들 덕분에 준공을 마쳤고, 지금 검사를 받는 단계입니다. 후기 프로젝트는 넓고 큰 최고급 주택가로, 하반기에 시작합니다. 만약 인연이 계속 이어진다면 여러분들은 다시 하반기에도 일하실 수 있습니다."

리 경찰서장은 웃었다. 잉푸의 말은 아주 간단명료하지만, 이미 그는 대화의 주도권은 쥐었고 노동자들에게 판단과 결정권을 넘긴 셈이다. 그는 돈으로 유혹하고 협박하는 것이다. 시공업체는 모든 시행사의 고용주를 부모처럼 모시기 때문에 오늘처럼 경솔하게 소란을 피우지 않는다. 이 소문이 귀에 들어가면 다른 시행사도 소란을 피운 시공업체와 다시는 거래하지 않는다. 게다가 이 프로젝트는 후기의 공사량이 방대하고 최고급 주택가이기도 하다. 미분양 염려도 없고 이익도 커서 공사비를 떼일 염려도 없다. 그가 말한 의도는 그 자리에 모인 목수나 전기공조차도 이해할 수 있었다. 그 말에 모두 고개를 들고 물끄러미 잉푸를 바라보았다.

그렇다. 이 거물 회장님을 화나게 할 경우, 이번 공사에서 체불임금은 어찌어찌 받아낸다 해도 후기 프로젝트 시에는 거래가 끊어져 일자리를 잃을 게 뻔했다. 사람들의 표정을 둘러본 잉푸는 왼손을 뻗어 눈앞의 고층 건물을 가리켰다.

"1기 프로젝트는 그다지 돈이 되지 않았습니다. 베이징 교외인 이 지역은 아직 상권이 발달하지 않았기 때문입니다. 정부와 시는 이 프로젝트를 통해 이 지구의 발전을 견인하기로 확실하게 정했습니다. 다만 기업이 먼저 주택개발을 하지 않도록 대출을 미루고 있지요. 그래서 토지 매각을 공시할 때 조건을 달아 여러 규정을 만들었습니다. 그래서 한꺼번에 일감을 몰아주지 않고 구역을 나누어 개발하기로 했습니다. 우리는 먼저 오피스 구역과 상업 구역을 개발해야 합니다. 필요한 자금은 막대합니다. 저희는 은행에서 그 돈을 빌렸습니다. 금액은 말씀드리진 않겠지만 건설비용으로 충분합니다. 그 말인즉슨 공사할 자금은 확보했다는 뜻입니다. 그런데 은행은 우리가 이 자금을 다른 데로 유용할까 대출 조건을 달았습니다. 어떤 조건이었을까요?"

잉푸는 다시 사람들을 돌아보고서 리 경찰서장에게 가볍게 고개를 끄덕였다.

"그것이 바로, 수탁지불이라는 것입니다."

"말을 자꾸 빙빙 돌리는데, 그게 우리와 무슨 상관이란 말입니까?"

다시 짙은 남색 작업복을 입은 무리 속에서 누군가가 말했다. 그러나 어조는 바뀌어 있었다.

"상관이 있습니다. 그게 바로 지금 여러분이 품고 있는 원망의 근원입니다."

잉푸는 노동자들의 마음속에 쌓인 원망을 그 자리에서 받아들이는 마음으로 말을 이었다.

"아시나요? 매달 우리의 공사 총감독과 재무 총감독이 여러분들 회사가 보고한 시공량과 인건비를 심사해서 결정합니다. 그 상세 내용을 우리에게 돈을 빌려준 은행에 보고합니다. 은행도 심사를 거쳐 그 돈을 직접 여러분이 속해 있는 회사에 지급합니다. 이 말은 지금부터 제가 여러분께 말씀드리고자 하는 내용을 의미합니다. 첫째, 우리는 분명히 정해진 날짜에 여러분 회사에 돈을 지급했습니다. 둘째, 우리는 여러분의 돈을 빼내거나 손댈 수 없게 되어 있습니다. 셋째, 매달 우리는 한 번도 빠짐 없이 열심히 은행에 요청하여 여러분 회사에 대출금을 보내드리라고 재촉해 왔습니다. 왜냐하면 공사 대금을 지급하지 않으면 그만큼 우리는 이자를 더 물기 때문입니다."

잉푸의 설명을 듣고 광장의 노동자들은 모두 눈을 부릅떴다. 갈색 작업복을 입고 보라색 안전모를 쓴 무리 속에서 낮고 쉰 목소리가 들려왔다.

"무슨 말인지 알았고, 믿어 드리겠습니다. 그런데 정말로 우리에게 임금이 들어오지 않아요. 그렇다면 그 돈을 누가 가져가는 걸까요?"

잉푸는 그것은 한 하청업자의 목소리인 것을 알았다. 온화하고 예의 바른 말투였기 때문이다. 잉푸의 눈썹이 꿈틀했다. 그는 왼쪽 손의 다른 손가락을 오므리고 엄지손가락을 반듯하게 세웠다.

"좋은 질문입니다. 그러나 물어볼 상대를 잘못 찾았습니다. 저에게 묻지 말고 여러분의 원청에 물어보세요."

그 말을 하고 잉푸는 사방을 둘러보며 사람을 찾았다.

"원청, 원청에서 나온 분 있나요?"

아무도 그 말에 대답하지 않았다.

"빌어먹을 중앙직속기업 놈들! 우리를 인간 취급도 안 하지. 특급 간판을 내걸고 있으면 뭐 하나. 재주는 곰이 부리고 돈은 다 그 새끼들 호주머니로 들어가는데."

멀리서 갈색 작업복을 입고 보라색 안전모를 쓴 무리 중 누군가가 소리쳤다.

군중은 다시 웅성거리며 끓어올랐지만, 그들의 원망은 잉푸가 아니라 이미 원청으로 향하고 있었다.

"그뿐만이 아닙니다."

잉푸는 왼손을 높이 들어 머리 위에서 휘둘렀다.

"여러분은 모두 6개 회사의 하청으로 고용되었습니다. 그런데 딱 한 회사만 매달 전액을 지불하고 있습니다. 그걸 아시나요?"

그는 두 손으로 확성기를 들고 목청껏 소리 질렀다.

"어느 회사인지 알고 싶으시죠?"

"예, 알고 싶습니다!"

군중은 구호처럼 이구동성으로 외쳤다.

잉푸는 잠시 말을 멈추고 군중 뒤를 돌아서 오는 예성 사장을 보았다. 그리고 천천히 고개를 들어 여러 색깔로 각각 작업복을 입고 있는 군중을 다시 돌아보았다. 마지막으로 그는 짙은 남색 작업복 노동자들에게 시선을 고정하고 왼쪽 검지를 펼쳤다.

"그 회사 이름은 영리건설유한회사, 사장은…."

그렇게 말하면서 잉푸는 화난 표정이 되었다. 리 경찰서장은 가슴 앞에 두 손을 모았다.

"이 프로젝트를 담당하는 한 사람, 부구청장! 바로 부구청장의 처제죠!"

"잉푸, 이 못돼먹은 놈아! 그럼, 내가 부구청장 처제이니 굶어 죽으란 말이냐? 내 돈은 내가 번 돈이고 내 것이다. 노동자 임금은 네가 지급해야지 무슨 헛소리야. 넌 헛소리를 떠벌린 대가를 반드시 치르게 될 거야!"

마흔 안팎의 키가 작고 뚱뚱한 여자가 짙은 남색 작업복 무리 속에서 잉푸를 향해 손가락질하며 날카로운 목소리로 외쳤다. 그 여자는 키가 크지 않은데도 금방 눈에 들어왔다. 노동자들 속에서 작업복도 입지 않고 안전모도 쓰지 않았으니 당연히 눈에 띌 수밖에 없었다. 푸른색의 얇은 다운 재킷을 입고 검은 야구모자에 커다란 선글라스를 쓰고 있었다. 노동자들이 일제히 따가운 시선을 그녀에게 쏘았을 때, 잉푸도 목청을 높여 응수했다.

"재미있군요. 상황이 이리되었으니 내가 묻고 싶은 것이 있습니다. 당신은 공사 대금을 충분히 받았는데 왜 오늘 여기에 소란을 피우러 왔지요? 당신의 형부를 도우러 오지 않았나요?"

리 경찰서장은 장 부경찰서장과 눈빛을 교환했다. 시 부구청장의 처제가 말하려 하자, 옆에 있던 중년의 노동자가 눈앞을 막고 서서 한 마디 한 마디 또박또박 외쳤다.

"당신처럼 속이 시커먼 사장이야말로 우리 하청업자들을 괴롭히고 있지요. 공사가 끝났는데도 왜 임금을 안 주는 거지요? 체불 정산용 서류에 서명도 하지 않았으니, 자신의 죄도 인정하지 않겠다는 말이지요?"

"이 못돼먹은 인간, 두고 봐! 지금 이 자리에 당신을 죽이고 싶은 사람들 천지다!"

중년 노동자의 말이 끝나자, 등 뒤에서 또 젊은 남자가 불쑥 나와서 두 손을 입에 대고 외쳤다. 사람들은 시선을 돌려 일제히 잉푸를 주목했다. 리 경찰서장과 장 부경찰서장은 다시 눈을 마주 보았다. 잉푸는 그들의 눈빛이 군중만큼이나 의문에 가득 차 있다는 것을 알아챘다. 그리고 예성 사장, 펑쉐에민(豊学民) 부장은 굳은 표정으로 물끄러미 잉푸를 바라보고 있었다.

"잉푸 자네는 정말 대단하군. 명명백백하게 열쇠가 될 문제를 깨닫게 해주었네. 우선 감사하다는 인사부터 하지."

잉푸는 웃으면서 두 손을 모아서 머리 위로 올려 공수 인사를 했다. 햇빛에 비친 그의 웃는 얼굴은 장난스러워 보일 정도였다.

"제가 여러분의 임금을 떼먹고 있는지 아닌지를 알려면 저의 두 번째 전문지식을 말씀드려야 합니다."

그러면서 그는 다시 왼손을 높이 들고 사람들이 잘 보이도록 검지와 중지를 쭉 펴 보였다.

장례식장 분위기였던 광장이 깨어났다. 사람들이 모두 고개를 들었다.

사람들은 잉푸의 연설에 이끌려, 그가 또 어떤 전문지식을 내놓을까 하고 내심 긴장하고 있었다. 저마다 다른 생각을 품고서 그가 입을 열기를 기다렸다.

리 경찰서장은 알고 있었다. 잉푸의 이야기는 극단적이긴 하지만, 촌철살인의 설명으로 오늘 소동의 근본적인 문제점을 파헤쳐서 알려주고 있었다. 아무래도 좋다. 이곳에서 상황이 더 거칠어지지만 않는다면 상관없었다.

예성 사장은 오른손 검지로 펑쉐에민 부장의 허리를 쿡쿡 찔렀다. 둘은 바싹 붙어서 몸을 굽히고 있는 잉푸에게 귓속말했다. 하지만 잉푸는 상대의 입이라도 때릴 것처럼 손을 들어 둘을 밀어냈다. 그리고선 확성기를 켰다.

"여러분, 오늘 이 자리에 모인 사람들은 모두 소란을 원했죠? 조금 전까지 다들 충분히 소란을 피웠으니, 이번엔 저도 소란 한번 피워보겠습니다."

말을 마치자 잉푸는 왼손으로 예성 사장과 펑쉐에민 부장을 차례로 가리켰다.

"부하 직원 둘이 저에게 말하기를 아까 제가 너무 심하게 말했으니 이제 그만하고 빠져나갈 구멍을 남겨놓으라고 했습니다."

잉푸는 눈물을 글썽였다. 목소리가 한순간에 한 옥타브 높아졌다.

"다 쓸데없는 소리입니다. 민간 기업 따위가 무슨 꽃길이 있겠습니까? 관공서를 그만둔 그날부터 저는 칼날을 밟고 서서 똥통에서 돈을 긁어모아야 했습니다. 걸음걸음마다 한 발짝도 목숨을 걸지 않은 적이 없었습니다."

잉푸는 검은 옷을 입은 젊은이들을 돌아보았다.

"당신들은 고리대금업자지? 내가 하나 묻지. 난 춘절(음력 1월 1일로 중국에서 가장 큰 명절) 전에 빌린 돈을 깨끗이 갚으려고 했는데 너희들은 안 된다고 했다. 높은 이자를 받을 셈으로 안 된다고 제지했다. 월 이자 36%는 사람의 피를 빨아먹는 짓이다. 그런데 이번에는 왜 갑자기 앞당겨서 상환하라고 재촉하는 거지?"

검은 옷 무리는 침묵했고, 아무도 나서지 않았다.

"너희 우두머리가 누구야? 여기 모인 노동자들 앞에서 분명히 하자!"

잉푸는 검은 옷 무리를 둘러보았다.

"자, 우두머리가 나오지 않으니 그러면 노동자 여러분께 말씀드리겠습니다. 저들의 우두머리는 법원 신(申) 부소장의 처남입니다. 그가 높은 이자로 돈을 빌려주고 그의 매형 신 부소장은 변제 재촉을 도왔습니다. 이런 세상이 공평합니까?"

그러자 노동자들은 저마다 욕설을 퍼부었고, 몇몇은 검은 옷 무리 앞에 침을 뱉었다. 검은 옷 무리 속에서 한 젊은이가 노동자들 앞으로 용감하게 불쑥 나섰다. 그는 타원형 렌즈가 들어간 가느다란 백금 안경을 쓰고 있었다. 안경테 모서리에는 반짝반짝 빛나는 다이아몬드가 박혀 있었다. 그는 사람들을 향해 오른손을 높이 쳐들었다.

"나는 나이고 매형은 매형이다. 내가 하는 일은 금융업이고 매형이 하는 일은 재판이다. 공명정대하게 일했기 때문에 마음속에 한 점 부끄럼도 없다."

"좋다. 대사 하나는 훌륭하군. 그 말을 한번 믿어보지."

잉푸는 젊은이에게 손을 조금 흔들어 보였다.

"그렇다면 오늘 당신이 이 행사를 망치러 온 이유는 무엇인지?"

"여기 온 모두와 똑같다. 당신은 질질 끌면서 시공사 정산서에 사인하지 않았기 때문이다. 우리가 춘절 전에 돈을 받을 수 있을까? 대출을 회수하지 않으면 나는 주린 배를 움켜쥘 수밖에 없다. 미리 알려주는데, 이

건 리스크 관리의 일환이다. 비가 오기 전에 비 가릴 준비를 한다는 뜻이다."

"당신이 주린 배를 움켜쥔다고?"

잉푸는 코웃음을 치며 오른손을 머리 위로 치켜들고 광장의 노동자들을 바라보았다.

"노동자 여러분, 여러분들이 제게 반기를 들었던 건 하루 몇십 위안의 체불임금 때문입니다. 그런데 이 애송이를 잘 보십시오."

그러면서 잉푸는 젊은이를 노려보며 오른손 검지로 그의 안경을 가리켰다.

"저 독일제 로토스(LOTOS, 독일의 명품 안경 브랜드) 백금 안경은 만드는 데만 반년이 걸리고, 가격은 백만 위안이 넘습니다."

"죽여버리자! 부숴버리자!"

잉푸의 말이 끝나기가 무섭게 광장은 불이 붙은 것처럼 사람들이 흥분했다. 잉푸가 다시 말하려 하자, 리 경찰서장이 얼른 확성기를 낚아채며 검은 옷 무리를 향해 손을 올렸다.

"자자, 노동자 여러분! 돈이 아직 들어오지 않았다고 합니다. 그러므로 지금 여러분이 이 상황을 만든 건 원칙적으로 잘못된 판단 때문이고 사회질서를 문란케 하는 행위입니다. 내가 이제부터 셋을 셀 때까지 구호 종잇장을 내려야 합니다. 다 셌는데도 내리지 않으면 그때는 봐주지 않겠습니다."

리 경찰서장이 말하는 동안 수십 명의 경찰이 노동자들을 에워쌌다. 경찰들은 각자 손에 수갑을 들고 어슬렁거렸다.

"하나!"

리 경찰서장은 숫자를 세면서 엄지손가락을 구부렸다. 손가락이 세 개만 펴져 있다. 하나라고 하면서 그는 약지도 구부렸다.

"둘!"

그리고 다시 검지를 구부렸다.

잉푸는 고개를 들어 리 경찰서장의 꼿꼿이 세운 가운뎃손가락을 바라보았다. 얼굴에는 미소를 짓고 있었다. 리 경찰서장은 잉푸의 시선을 느끼고 고개를 들더니 금세 얼굴이 붉어졌다. 힘차게 셋을 외치자, 검은 옷 무리가 일제히 구호가 적힌 종잇장을 내렸다. 종잇장을 손바닥만 한 크기로 작게 서너 번 접어서 재빨리 양복 가슴 속 주머니에 넣는 것이 보였다. 검은 옷 무리가 구호 종잇장을 내렸을 때, 슬로건이 적힌 광장에 매달려 있던 현수막도 사라졌다. 경찰들의 표정은 이제 널빤지처럼 딱딱하지 않았고 다들 잉푸를 쳐다보고 있었다. 잉푸는 리 경찰서장의 손에서 다시 확성기를 받아 들고, 다시 왼손 검지와 중지를 똑바로 세웠다.

"동방몽도는 시의 중대 프로젝트 공사입니다. 1기 프로젝트 때 우리는 60만 제곱미터의 오피스 구역과 상업 구역을 만들었지요."

프로젝트의 중요성을 강조하며 잉푸는 다시 리 경찰서장을 쳐다보았다.

"60만 제곱미터의 프로젝트는 3년 걸렸지만, 그 3년간 날마다 주어진 설계도에서 수정해야 할 부분을 찾아냈습니다. 사흘에 두 번은 예상치 못한 상황과 맞닥뜨렸습니다. 예를 들자면….."

잉푸는 고개를 돌려 이번에는 영리건설회사의 노동자들을 바라보았다.

"기초 굴착공사가 막 시작되었는데 지질조사에 문제가 있다는 것을 알고 몹시 놀랐던 적이 있습니다. 지반이 한 군데 무른 곳이 있었는데 그걸 놓친 거죠. 공기를 늦추고 보강 공사를 해야만 했습니다. 꼬박 20일 동안, 이 작업을 하느라 그만큼 공사가 지연되었습니다. 그때 영리건설회사 쪽 사람들은 3백 명이었습니다. 1인당 하루 노임을 계산해 볼 때, 공사 연기로 인한 손실은 6천 명분입니다. 맞죠?"

"그래요. 맞습니다!"

영리건설 소속 노동자들은 큰소리로 대답했다.

"설계가 바뀌어 공정이 지연되면 저에게 모든 변상을 요구하죠."

잉푸는 왼손으로 영리건설 사람들을 가리켰다. 아까 그 여자가 옆 사람에게 귓속말하는 것이 보였다.

"저에게 변상을 요구하면 저희와 감독관리회사, 그리고 시공사가 협의해야 합니다. 숫자를 확인하고 제삼자가 서명합니다. 저희는 정산 때 그 숫자에 따라 보상해야 합니다."

잉푸의 어조는 한결 부드러워졌다. 머릿속으로는 숫자를 더듬었고 눈으로는 공중의 빨간색 열기구 현수막이 흔들리는 것을 쫓고 있었다.

"3년간의 공사에서 당신들 쪽에서만 1,700통의 변상보고서를 제출했습니다. 솔직히 말해서 저희는 거의 모든 것을 승인해 주었죠. 총 23만 명분의 노임을 보상했습니다. 임금으로 따지면 총 2,990만 위안입니다."

"아니, 다릅니다. 하루치 노임은 70위안입니다. 잉푸 회장님은 노임을 왜 그렇게 많이 계산했나요?"

노동자들은 잠자코 듣고 있었지만, 군중 속에서 하청업자 같은 사람이 큰소리로 그렇게 물었다. 잉푸는 그 말을 듣고 얼른 그쪽으로 눈을 돌렸다.

"형제여, 당신이 말하는 노임은 맞기도 하고 틀리기도 합니다. 왜냐하면 하청은 중앙직속기업이라서 특급 시공 자격이 있습니다. 임금은 비싸고 그들의 태도에서 예의라곤 눈곱만큼도 없습니다. 그들은 하루 노임이 130위안이라고 우기며 거기서 한 푼이라도 빼면 사람을 파견하지 않겠다고 하죠."

하청 측 경영자가 또 큰소리를 말했다.

"잉푸 회장님, 2012년에 제정된 '북경시 건설공사 적산표 예산 가격'은 2013년 7월 1일부터 실시되고 있습니다. 그 안에 규정되어 있는 노임 종합 단가는 하루 80위안입니다. 그들이 그렇게 비싼 금액을 제시한다는 건 말이 안 되지 않습니까?"

노동자들은 고개를 끄덕이거나 고개를 흔들며 논의를 시작했고, 한바탕 술렁였다. 리 경찰서장은 위험을 감지하고 고개를 흔들었다.

"너무했군. 단물을 빨아먹어도 너무 빨아 먹었어."

잉푸는 확성기를 입에 대고 폐기종에 걸린 듯 쌕쌕거리는 목소리로 말했다.

"저는 통이 큰 편입니다. 이렇게 큰 프로젝트는 돈이 물처럼 줄줄 새어 나갑니다. 하루라도 빨리 완공하려고 그 조건도 받아들였습니다. 원청은 노동자 여러분에게 하루 품삯으로 60위안만 지불하고 나머지 노임을 가로챘습니다. 3년 전 노임이라면 노동자 여러분이 70위안을 받았더라도 낮은 임금은 아니었습니다."

그가 말을 거기서 멈추고 다시금 영리건설 측 사람들을 바라보았다.

"물론 당신들은 행복했을 겁니다. 영리건설 쪽 사람들은 누구나 하루 품삯을 130위안씩 받았으니까요."

영리건설 노동자들이 동요하기 시작했다. 그들 속에서 누군가 소리쳤다.

"야, 이 새끼야! 들었냐? 네가 우리 임금으로 따낸 건 하루 130위안이라는데, 왜 우리에게 준 돈은 고작 60위안이었지? 그것도 춘절 전에 절반밖에 안 줬잖아? 이래서 집에 돌아가면 친척들과 가족들 얼굴을 어떻게 보겠어? 애들 줄 세뱃돈도 없다고!"

노동자들의 눈에 핏발이 섰을 때, 리 경찰서장은 팔을 뻗어 잉푸를 조금 밀었다.

잉푸는 고함을 질렀다.

"형제여, 끝까지 내 말을 듣고 잘 생각해 주시기를 바랍니다."

그러면서 그는 다시 두 손으로 확성기를 움켜쥐었다.

"3년간 저희는 변상 요구에 일일이 응해야 했습니다. 노동자 여러분의 보수는 높았습니다. 그러나 여러분은 현장 쪽의 임금 지급이 늦다면서 우리 집 앞으로 몰려왔습니다. 그리고 건설위원회를 찾아가서 소란을 피웠고, 법원에 고소도 했습니다. 아시나요? 이 프로젝트 하나만으로 우리 회사는 법원 단골이 되었습니다."

노동자들은 모두 고개를 숙였다. 실제로 지난 3년간 너나 할 것 없이 잉푸의 집으로 몰려갔고 법원에 고소했기 때문이다. 잉푸는 고개를 흔들며 눈을 깜빡였다.

"여러분들이 나쁘다고는 말하지 않겠습니다. 이 프로젝트는 숨바꼭질 같아서, 상황이나 때에 따라 저희 역할만 바뀔 뿐입니다. 춘절 전에 공사 대금을 청산해야 하지만 시공사 측은 또다시 총배상 안을 제출했습니다. 항상 양보만 해서 손해를 보았다더군요."

그러자 광장은 찬물을 끼얹은 듯 조용해졌다. 잉푸는 '이때다!' 생각하고 더 크게 소리쳐 말했다.

"60만 제곱미터의 프로젝트는 본래 예산은 날짜로 쳐서 사백십만 일치입니다. 지금 저희가 인정한 이십삼만 일치의 보상 외에도 그들은 육십만 일치의 보상을 요구했습니다. 양심적으로 생각해 보세요. 제가 그 숫자에 서명할 수 있었겠습니까?"

사람들이 여기저기서 고개를 흔들었다.

"더 심한 이야기도 있습니다. 60만 제곱미터의 프로젝트 예산은 30만 세제곱미터의 레미콘, 14만 톤의 시멘트, 7만 톤의 철근으로 정해져 있었습니다. 그것들이 지금 어찌 되었을까요? 그들은 모두 그 용량의 30퍼센트가 넘게 청구했습니다. 여러분들은 매일 시멘트와 철근을 취급하니까 잘 아시겠지만, 그것이 얼마나 많이 초과된 용량인지 감이 잡힐 겁니다."

노동자들 중 누군가가 크게 외쳤다.

"당신의 회사 공사 부서에는 직원들이 매일 근무하는 거 아닙니까? 그리고 관리감독회사도 말입니다."

"좋은 질문입니다. 우리 공사 부서가 사인을 거부하자, 여러분들은 일을 멈추고 난리를 쳤지요. 관리감독회사라고 해도 대주주는 지금 거기 계시는 영리건설인지라 현장에서도 누구에게 결정권이 있는지 다들 잘 알고 있었겠지요."

"온통 엉터리군!"

시 부구청장의 처제는 자리에서 벌떡 일어나 두 주먹을 잉푸를 향해 흔들었다.

"증거를 대! 증거를! 이 자리에서 확실하게 밝혀놓지 않으면 난 이곳을 네 무덤으로 만들어 주겠다."

잉푸는 코웃음을 쳤다.

"어디서 죽든 죽는 건 마찬가지입니다."

그러고는 확성기를 그녀 쪽으로 돌렸다.

"당신에게 묻겠다. 프로젝트 실시 중엔 건설위원회가 안전을 관리하고 환경보호국이 오염을 관리하지요. 현장에서 콘크리트를 섞지 못하게 되어 있을 텐데, 어째서 당신 회사는 현장에서 콘크리트 3만 톤을 섞었다고 보고했지요?"

누군가가 손을 들고 소리쳤다.

"그래 맞아! 삼 년 동안 아무도 현장에서 콘크리트를 섞는 교반기 소리를 들어본 적이 없어!"

"저 사장은 낯짝도 두껍지, 부끄럽지도 않나?"

영리건설 측 노동자 중 반쯤은 얼굴을 붉히고 나머지 반쯤은 시 부구청장 처제를 향해 눈을 부라리며 욕설을 퍼부었다.

"속이 시커먼…! 다른 사람들의 큰돈을 착취하고도 모자라 우리에게 지급해야 할 임금에서도 일부를 빼먹었단 말이지?"

십여 명의 노동자들이 붉은 안전모를 벗어 그녀에게 던졌다.

"망할 놈들, 난 당신 회사 일을 때려치우겠어. 사흘 안에 우리의 임금을 하루 130위안씩 계산해서 지급해라. 우리는 다른 회사로 갈 것이다."

다른 회사의 사람이 그들에게 외쳤다.

"멋지다 형제여, 우리 쪽으로 와라!"

건설노동자는 모두 외지에서 온 농민들로, 농촌에서 한 사람 한 사람 도급업자가 데리고 나온다. 그러다 보니 원래 같은 마을에 살았고, 같은 성씨인 경우가 많아서 공사 현장에서 함께 일하다 보면 서로 친하고 다들 아는 사이였다. 도시의 발전은 빠르고 공사 현장도 많아서 늘 일손이 부족했다. 그런 연유로 현장에서 일하는 사람들은 모두 건설사의 요청에 따라 모여든 사람들이다. 이 프로젝트는 원청의 입김이 세서 사업주가 주는 임금이 많다. 제대로 공평하게 임금을 받는다면 이 현장은 다른 현장보다 훨씬 벌이가 좋았다. 그리고 지금 일하는 회사를 바꿔 봤자 공사판의 식당인 함바집만 바뀔 뿐이다.

산둥 사투리를 쓰는 남자가 군중 속에서 외쳤다.

"알았수다 형씨! 이제부터 우린 잉푸 회장과 일합니다. 앞서 저질렀던 바보 같은 행동은 용서해 주시고, 2기 주택 공사는 일을 제대로 해서 보상하겠습니다."

도급업자들은 매일 돈 계산을 하므로 지금까지의 상황을 보면 옳고 그름을 잘 구분할 수 있다. 그리고 잉푸 회장의 담력도 꿰뚫어 보고 있다. 사업주만 입김이 세면 문제없다. 후일을 위해 시공업자는 양보할 수밖에 없다. 결국 법정에 회부 되어도 종종 충분한 배상 청구 증거를 제출하지 못하는 경우가 많다. 그러다가 일 년여의 다툼 끝에 업계에 나쁜 평판이 퍼진다. 그렇게 해서 일감을 못 받게 되는 것이다.

잉푸에게 충성을 표명한 산둥 출신이 돌아서서 노동자들에게 고함을 질렀다.

"누명에는 원인이 있고, 대출자에게는 차용인이 있다. 우리의 원청은 속이 새까맣다. 가자, 나와 함께 우리와 형씨의 울분을 풀어주자. 하루에 130위안 청구해서 안 주면 집 앞으로 몰려가자, 어때?"

"좋지!"

광장의 천 명 가까운 사람들이 다시 일제히 외쳤다.

"좋습니다. 집에 몰려가서 돈 받으면 형씨에게 한턱내겠습니다. 그렇지 않으면 2기 공사를 맡을 체면이 서지 않지요."

그때 장시 사투리를 쓰는 사람이 소리쳤다.

"형제여, 이래선 안 되지. 중앙직속기업은 자기들만 잘난 줄 알고 아무도 나오지 않았어. 게다가 매일 몇백 명씩 감시하고 있지."

"그럼, 어쩔 셈인가?"

이렇게 소동을 일으켜서는 안 된다는 의견으로 바뀌었다.

잉푸는 입을 열지 않았다. 도급업자들은 모두 소란을 피우는 데 전문가라서 스스로 타개책을 찾아내는 법을 잘 알고 있기 때문이다.

방금 안 된다고 말했던 도급업자가 다시 소리쳤다.

"내 생각엔, 그 시커먼 놈들이 이번 소란을 부추겼다. 우리가 알아서 우리 밥통을 걷어차게 만들려고 했다. 더러운 놈들, 좋다! 놈들의 방식대로 놈들에게 똑같이 되갚아 주자. 통근용 버스를 끌고 와서 몇백 명을 태우고 국유자산관리위원회로 가서 이곳의 상황을 쏟아놓자!"

좋은 생각이었다. 노동자들은 머리에 피가 끓고 잉푸의 부추김에 눈이 벌게져서 앞다퉈 떠났다.

시 부구청장의 처제는 초조한 모습으로 눈을 붉히며 다른 일당을 따라가는 노동자들에게 큰소리로 화를 냈다.

"배은망덕한 놈들, 꺼질 테면 꺼져! 그 대신 내가 준 옷은 벗고 꺼져!"

영리건설 노동자는 마음속 깊이 불만이 쌓여 있었기 때문에 차례차례 붉은 안전모를 벗고 덤볐다. 그녀는 도망칠 겨를도 없이 안전모로 머리를 한 대 맞았다. 공중에 두 개의 모자가 날았다. 한 개는 노동자의 붉은 안전모, 다른 한 개는 여자의 검은 야구 모자였다. 갑자기 군중들은 폭소를 터뜨렸다. 아뿔싸! 그녀의 정수리가 훌러덩 벗겨졌다. 그녀가 쓰고 있던 가발이 야구모자와 함께 날아가 버렸기 때문이다. 악랄한 본성이 폭발하여 그녀는 마구 팔을 흔들며 악을 썼고, 눈을 동그랗게 뜨고 미친 어미돼지처럼 돌진해 왔다.

"싸움을 걸어 놓고 어딜 도망가려고? 그렇게는 못 하지, 이젠 내 차례다!"

다른 도급업자들도 벌써 그녀의 횡포를 증오하고 있었다. 온갖 단물은 다 빨아먹고 혼자서 꿩 먹고 알 먹고 뼈도 발라 먹을 정도였으니까 말이다. 돈을 가로챈 사람은 그 여자뿐이었다는 사실을 이젠 다 알게 되어, 그 자리에 모인 군중 모두가 그녀를 향해 소리 질렀다.

"빌어먹을…, 걸레 같은…, 잉푸 씨를 손대면 네 못자리부터 파주마!"

누군가가 거침없이 말했다.

"형제여, 그녀를 거꾸로 세워놓고 탈탈 털어봐도, 옆으로 공처럼 굴려봐도 자네에게 돌아올 돈은 한 푼도 없다. 부구청장 나리가 벌써 그 돈을 다 챙겼을 테니까…."

현장 노동자들의 그녀와 관련된 농담은 거칠고 강렬했다. 부구청장의 처제는 주위의 몇 사람을 쩨려보더니 고래고래 소리를 질렀다.

"자, 덤벼라! 죽여버리겠다!"

몇 무리의 노동자들은 서로 뒤엉켜서 싸웠다. 그러자 갑자기 폭죽에 불을 붙인 사람이 나타났다. 바로 옆에서 귀를 먹먹하게 만드는 폭죽 소리에 사람들은 우왕좌왕하며 달아났다. 그때 잉푸의 발밑에서 불이 붙었다. 리 경찰서장이 달려들어 잉푸를 밀치자마자 '꽝'하고 불꽃이 터졌다. 한순간에 불꽃이 잉푸와 리 경찰서장을 삼켰다. 연기가 걷혔을 때 그녀가 사람을 데리고 무대 아래로 돌진해 왔다. 그녀 주위의 그 젊은이들은 힘이 세 보였다. 경찰도 즉각 이들을 막지 못하고 안절부절못했다. 선두에 선 사내가 '휘익'하고 손을 흔들자, 얼음장처럼 차가운 빛이 잉푸를 향했다. 사람들은 놀라서 허둥댔다.

그때 잉푸는 갑자기 다른 사람이 된 것처럼 보였다. 그는 리 경찰서장을 밀쳤다. 그러나 리 경찰서장은 힘이 너무 세서 꼼짝도 하지 않았다. 사람들은 무슨 일이 일어났는지 몰라서 그곳을 덮은 연기만 바라보았다. 잉푸는 몸을 돌려 칼끝을 피해 휙 위로 뛰어올랐다가 무대 밑으로 내려섰다. 그러고는 순식간에 훌쩍 뛰어올라 사뿐히 무대 위로 착지했다. 잉푸가 군중을 향해 돌아서자, 모두 어안이 벙벙해서 멍하니 바라보기만 했다. 잉푸는 오른쪽 눈을 힘주어 감았다 떴다. 두 눈이 손오공의 눈처럼 반짝반짝 빛났다. 두 귀는 토끼처럼 쫑긋쫑긋 움직였다. 잉푸는 무대 아래의 사람들을 둘러본 후, 숨을 가다듬고 마음을 가라앉혔다. 그러고는 갑자기 무대 위에서 뛰어내려 곧바로 시 부구청장 처제를 향해 달려갔다.

사람들은 잉푸가 그녀를 응징할 거라고 느꼈다. 그는 팔을 벌리고 번갈아 가면서 막으려 하는 짙은 남색 작업복 사람들을 차례로 밀쳤다. 그녀 바로 앞까지 가서 오른손을 높이 쳐들었다. 그녀는 두 손으로 얼른 머리를 감싸 안았다. 잉푸는 오른손을 아래로 내리면서 그녀를 제치고 바로 직전에 암살을 시도했던 스무 살 정도의 젊은이를 확 잡아 머리 위로 들어 올렸다. 그는 키가 170센티미터 정도로 덩치가 크고 건장한 몸이었지만 매의 손아귀에 사로잡힌 병아리처럼 두 손을 머리 위로 쳐들고 있었다. 잉푸는 몸을 돌려 껑충껑충 뛰어 다시 무대 아래로 돌아와 약간 몸을 숙였다가 다시 사뿐히 무대로 뛰어올랐다.

그 젊은이를 늘어뜨린 채로 잉푸는 입을 열었다. 이번에는 목소리마저 잉푸답지 않았다. 높지도 않고 낮지도 않고, 굵지도 않고 가늘지도 않았다. 마치 큰 종이 울리듯 식장 전체에 울려 퍼졌다. 폭죽 소리도 배경 소리로 바뀌었다.

"영리건설 인간들아, 이게 바로 네가 오늘 소란을 피운 목적이겠지? 이놈이 바로 오늘 나를 잠재우려고 보낸 자객이었군! 네 형부한테 가서 전해라! 내 돈을 뺏어 먹기가 그리 쉽지 않다는 것을, 아직 내 목숨을 빼앗을 때가 아니라는 것도 말이다!"

잉푸는 말을 마치자고선 양손을 내밀어 '쾅'하고 탁자를 내리쳤다. 그리고 그가 붙들고 있던 사내를 무대 아래 폭죽 속으로 밀어버렸다.

"칼이다 칼! 이놈은 흉기를 갖고 있다."

눈이 날카로운 경찰관 한 명이 소리쳤다. 그 젊은이가 무대 위에서 땅바닥으로 굴러떨어질 때, 군용 칼이 그의 소매에서 삐져나오는 것을 한 경찰관이 발견했다. 젊은이는 떨어진 충격으로 정신을 못 차린 채 일어나려고 몸부림치고 있었다. 폭죽이 그의 얼굴과 몸 위에서 터졌다. 그는 소리조차 못 내고 땅바닥에서 흐느적거렸다. 리 경찰서장은 폴짝 뛰어 올라가 그 젊은이를 땅바닥에 짓누르고 순식간에 뒤에서 쇠고랑을 채웠다.

쇠고랑을 채우자, 그 젊은이는 고개를 들어 부경찰서장에게 소리쳤다.

"부경찰서장, 특수경찰을 불러라. 폭발물처리반을 불러!"

리 경찰서장은 일어서서 젊은이를 모여든 경찰관 몇 명에게 인도하고 잉푸가 땅에 놓은 확성기를 집어 들었다.

"3분 이내에 여기 모인 사람들 모두 이 장소에서 이탈할 것을 명령한다. 이에 불응할 시, 발생하는 모든 책임은 각자가 져야 한다."

노동자들은 너무 놀라서 오금이 저릴 정도였다. 소란을 피우는 행동은 사흘에 두 번을 해도 상관없지만, 칼을 가졌다는 것은 살인을 기도한 것이나 다름없다. 사람들은 다들 손에 땀을 쥐고 소동이 벌어진 장소를 한시라도 빨리 벗어나려고 허둥지둥했다.

"아무도 내 허락 없인 이곳을 나갈 수 없다!"

벼락이라도 내려치는 듯한 함성이 머리 위에서 울렸다. 리 경찰서장이 고개를 들어 살펴보니 잉푸가 두 손을 번쩍 들고 군중에게 공수 인사를 하는 것이 보였다.

"잉푸, 자네 무슨 짓을 하려는 거야? 미쳤나?"

리 경찰서장은 고개를 쳐들고 고함을 질렀다. 곧이어 폭죽 소리가 그의 목소리를 삼켰다. 잉푸의 귀가 다시 쫑긋거렸고, 눈에서는 강렬한 빛이 반짝였다.

"여러분, 오늘 소동이 왜 일어났는지, 이제 그 목적을 아시겠죠? 내 목숨을 빼앗으려고 했습니다. 제가 운이 좋아서 다행히 살아났습니다. 저는 이 자리에서 여러분께 노래 한 곡을 불러드리고 싶습니다. 노래가 끝나면 오늘의 식도 마무리될 겁니다. 이것으로 이 식이 망치지 않은 걸로 칩시다."

이것을 기이하게 느낀 사람들은 잉푸가 미쳤다고 생각했다. 바로 전 그가 보여준 뛰어난 무술을 떠올렸다. 그에게서 풍기는 기상이 경이로워서 사람들은 자신들이 꿈속에 있는 것 같았다. 마법에 걸린 듯, 자신도 모르게 그 자리를 뜨지 못하고 일제히 일어서서 그의 노래를 기다렸다. 무대 위의 소란은 두 시간이 다 되어갔고, 두 명의 사회자는 대기실을 겸하는 분장실에 들어가 서성거리다 잉푸가 노래를 부른다는 말을 듣고 서둘러 그 자리를 수습하러 나왔다.

남성 사회자가 입을 열었다.

"여러분, 안녕하세요. 저희의 축하 행사는 공연을 즐기는 시간이었습니다. 부디 잉푸 회장님이 여러분을 위해 선사하는 노래를 한 곡 감상하시길 바랍니다."

여성 진행자는 잉푸를 바라보며 말했다.

"왕펑(汪峰)의 노래, '더 높이 날자'입니다."

잉푸의 눈이 금빛으로 반짝였다.

남자 사회자는 얼른 손뼉을 치며 말했다.

"좋습니다, 원래 오늘 공연 중에 이 노래가 들어 있었습니다."

그는 돌아서서 분장실 쪽을 향해 말했다.

"밴드만 올라오세요. 가수는 안 오셔도 됩니다."

리 경찰서장은 경찰관에게 젊은 피의자를 연행하도록 지시한 후, 시부구청장의 처제가 메기처럼 앞장서서 졸개들을 이끌고 붐비는 사람들 속을 헤치며 빠져나가려는 것을 발견하고 황급히 부경찰서장에게 손짓했다.

"여럿이서 저 여자를 저지해라. 잡아서 경찰서로 연행해!"

돌아서서 눈을 찡그리고 무대를 올려다보고 있는 예성 사장에게 물었다.

"예성 사장, 너희 회장 지금 제정신이야? 노래를 부르다니? 노래를 부를 수나 있나?"

예성 사장은 어두운 표정으로 고개를 흔들었다.

"잉푸 회장님은 지금 미쳤나 봐요. 지금 무슨 노래를 부르시겠다고 저러시는지 모르겠어요. 보통 때도 장단도 제대로 못 맞추는 음치입니다."

그러나 리 경찰서장은 금방 그가 잘못 알고 있었다는 것을 깨달았다. 밴드가 등장하고 기타가 울리기 시작하자 잉푸는 전혀 다른 사람으로 바뀌었다. 잉푸는 가수인 양 여자 진행자가 건네준 마이크를 두 손으로 잡고 무대 위의 붉은 카펫으로 눈을 내리고 허리를 깊이 숙여 인사를 했다.

그런 다음 천천히 일어섰을 때, 마이크에서 이상한 노랫소리가 식장에 울려 퍼졌다. 그 노랫소리를 듣자 그 자리에 있던 사람들은 금방 가슴이 아려왔다.

  목숨은 거대한 강과 같아서

  때로는 고요하고 때로는 미쳐 날뛰고

  현실은 목에 씌우는 칼과 같구나

  옭아매어 빠져나갈 수 없는

  수수께끼 같은 삶은 나이프와 같아서

  한 번, 또 한 번, 나에게 깊은 상처를 주누나

    여기까지 불렀을 때 잉푸는 눈에 눈물이 핑 돌았다. 그때 햇살이 그의 얼굴을 비추었고, 눈을 들어 태양을 올려다보았다. 눈 속의 빛은 한밤중에 하늘에서 반짝이는 밝은 별처럼 빛났다. 무대 아래 사람들은 너나 할 것 없이 고향을 떠나온 사람들이었다. 잉푸의 노랫소리는 그들의 심중을 깊이 파고들어 마음을 울렸다. 노래가 다 끝났을 때 그들은 고개를 숙이고 눈물을 훔쳤다.

    감정이 한껏 오른 잉푸는 하늘을 우러러보았다. 군중을 잊고 그는 하늘에 그 노랫소리를 들려주려는 것 같았다. 남자의 비애뿐만 아니라 여자의 애수도 노래하고 싶은 듯했다. 그보다는 영혼이 그의 아픔과 괴로움을 대신 울어주고, 호소하는 것 같았다. 가사 하나하나가 온통 인간에 대한 실망 같았다.

  내가 찾는 행복은 저 높은 하늘에 있어서

  더 높이 한없이 높이 날아가고 싶어

미친 듯이 추는 춤, 그 광란의 포옹에서 벗어나고파

무대 아래의 사람들도 모두 흥분했다. 잉푸의 노랫소리에 따라 일제히 합창했다. 연주하는 밴드조차 눈물을 글썽이며 완전히 노래에 녹아들어 연주했다. 노랫소리가 그쳤을 때 광장은 찬물을 끼얹은 듯 조용해졌다. 잉푸는 다시 큰절하고 일어나 스타처럼 두 손을 가슴에 올리고 사방팔방으로 공수 인사를 했다.

"기념행사는 이것으로 마칩니다, 여러분 고맙습니다. 2기 프로젝트 때 일로 다시 만납시다."

그 한마디에 도급업자들은 눈을 번쩍 떴다. 산둥 사투리의 사내가 큰소리로 말했다.

"가자! 국가자산위원회로 몰려가자!"

근로자들은 서로 손을 꼭 붙잡고 광장 밖 통근버스로 향했다. 몸을 휙 날려 잉푸는 허공을 가르며 뛰어내려 리 경찰서장과 악수했다.

"경찰서장님, 폐를 끼쳤습니다. 언제 날 잡아 술 한잔하지요."

리 경찰서장은 눈을 둥그렇게 떴다.

"아니, 자네가 세상에 드러나지 않은 천하제일의 능력자였다니 놀랍군. 몸이 제비처럼 가볍고 힘도 세고 용감무쌍하고, 금빛 눈동자를 가진 손오공이 따로 없네. 어떻게 천 명이나 되는 군중 중에서 범인을 골라낼 수 있었는지 참으로 신기할 따름이네."

잉푸는 리 경찰서장이 고개를 흔들며 감탄하는 것을 보고도 미소만 지었다.

"제게 그런 힘이 어디 있겠습니까? 오늘은 아직 죽을 때가 아니라고 부처께서 아수라(고대 인도 신화에 등장하는 존재로 인간과 신의 혼혈인 반신)를 제게 보내주셨겠지요."

그렇게 말하고 잉푸는 원래로 돌아와 침착해져 있었다. 눈은 조금 전과 달리, 좌우가 같은 크기였고 귀도 이젠 움직이지 않았다. 멀리서 부경찰서장이 시 부구청장 처제와 실랑이를 벌이는 것을 보고 잉푸는 다시 리 경찰서장에게 공수 인사를 하고 깊이 고개를 숙였다.

"죄송합니다. 무대는 끝났지만 이제 무대 아래서 시작되는 연극에 나가야 합니다."

리 경찰서장의 눈이 커졌다.

"무대 아래서 연극이라고? 어떤 연기를 하나?"

"한잔할 겁니다."

"한잔한다고?"

"예 그렇습니다. 친구끼리 뭉친 기념으로 마시는 술입니다."

"무슨 술이라는 건가? 원래 친구끼리 술을 마시지 않나? 친구끼리 뭉친 기념 술자리는 뭔가? 처음 듣는 말일세."

잉푸가 웃으며 대답하려고 했을 때, 옆에서 법원의 신 부소장의 처남이 거들었다.

"형제가 대결하는 술자리입니다. '시경(詩経)'에 '형제혁장외어기모(兄弟鬩牆外禦其侮)'라는 구절이 있는데, 형제가 담장 안에서는 서로 싸우다가도 외부에서 업신여김을 받거나 공격당하면 싸우던 형제들이 힘을 합쳐 그 공격을 막아낸다는 뜻입니다. 바로 그것을 가리키는 말입니다."

리 경찰서장은 곁눈질로 살피고는 오른손을 뻗어 발끈하며 광장 밖을 가리켰다.

"시경에 별 헛소리도 다 있군. 빨리 가게, 늦으면 못 나가네."

"저를 구속이라도 하겠다는 겁니까?"

범죄자 젊은이는 비웃는 듯한 말투로, 고개를 흔드는 리 경찰서장에게 말했다.

첫째 날 : 다가오는 대재난

"훌륭하신 리 경찰서장님, 다행히 가지고 계신 쇠고랑이 그렇게 굵지는 않군요!"

그렇게 말한 후 신 부소장의 처남은 고개를 돌려 잉푸를 바라보며 고개를 흔들었다.

"위대하신 잉푸 회장님, 제가 여기서 기다린 이유는 한 말씀 드리고 싶어서였습니다."

잉푸가 얼굴을 가까이 들이대자, 그는 양손을 가슴에 대고 공수 인사를 했다.

"그럼, 다음에 또 만납시다."

그가 싸늘하게 웃는 것을 보고, 신 부소장의 처남은 부하인 범죄자 젊은이를 데리고 돌아섰다. 잉푸는 뒤돌아서 주위에 있는 예성 사장의 무리를 차가운 눈길로 쏘아보았다.

"예성 사장과 회사 간부 직원 여러분, 여기서 한 명이라도 빠져나가면 절대 용서하지 않을 것입니다. 이제 점심시간이니까 다들 저와 함께 술을 마십시다. 이 연극을 시끄럽게 펼쳐봅시다. 여러분들을 위한 술자리에 술과 음식을 미리 듬뿍 준비해 두었습니다. 어쨌든 오늘은 먹고 마십시다. 그래야 하지 않을까요?"

그는 두 눈을 가늘게 뜨고 예성 사장의 얼굴을 바라보았다.

"들었지? 다들 어서 가자! 회장님과 술잔을 기울이면서 위로해 드리자!"

예성 사장은 웃으면서 머리 위에서 두 손을 세게 흔들었다.

12

2013. 05. 17. 오후 6:00

  산 정상에서 몸이 산산조각이 날 것 같은 커다란 낙뢰 소리가 울렸다. 잉푸는 환각에서 깨어났다. 번개 한 줄기가 산신이 검을 내리치는 것처럼 정상에 쌓인 눈과 얼음, 안개를 두 동강 냈다. 비릿한 내음을 머금은 커다란 눈 덩어리가 순식간에 해발 8,000미터까지 미끄러지듯 떨어져 내렸다. 산신의 화원에서 뭉텅 쓸려나가는 티끌 덩어리인 듯, 굉음이 세상을 뒤덮었다. 짙고 검은 안개가 잉푸의 발밑에서 한순간에 사방으로 흩어졌다. 주위를 돌아보기도 전에 수많은 산봉우리가 한꺼번에 고개를 들었다. 각각의 산봉우리는 석양 아래 황금 왕관처럼 빛났다.

  바람이 갑자기 위에서 아래로 불어왔다. 잉푸는 머리가 깨질 듯이 아팠다. 여전히 죽음의 감촉이 남아 있다. 그 상태로 눈을 뜬 잉푸는 갑자기 끝없는 공포에 빠져들었다. 고개를 들어 올려다보았다. 하늘은 맑게 개어 있었다. 고글 너머로 보는 태양만이 서쪽 하늘로 가라앉고 있었다. 몸에 남아 있는 잔열이 사그라지는 불덩이처럼 잉푸의 마음을 싸늘하게 만들었다.

  산과 계곡을 내려다보았다. 얼음알갱이 눈덩이가 쌓여 있는 층의 위쪽에서 온갖 암석이 그림자를 늘어뜨리고 선명하게 빛나고 있었다. 얼음알갱이 눈덩이가 쌓여 있는 그 아래는 인간의 눈으로는 보이지 않았다.

  '결국 정상에서 죽으려고 산에 올랐나?'

  잉푸는 저무는 태양을 바라보며 고개를 저었다. 저 태양은 내일 오전에 다시 떠올라 굳어 있는 시체를 비출 것이다. 그 시체는 한때 큰 꿈을 품고 신나게 살았을 것이다. 좋은 시절을 만나 재미있는 인생이 펼쳐질 거라고 여겼을 것이다. 재미있었다고? 하루라도 지옥문이 아니었던 날이 있었던가?

잉푸는 공무원을 그만두고 나서 밤마다 거대한 산을 뛰어오르는 악몽을 꾸었고, 언제나 바닥없는 심연으로 추락했다. 매일 밤 그는 통곡하다 잠이 깨곤 했다. 그리고 마침내 그는 산에 올랐지만, 이번에는 산에서 내려가지 못하게 됐다. 그는 드디어 이해했다. 자신이 7대륙 최고봉에 오른 이유는 자신의 마음속 악몽을 이겨내기 위해서였다는 것을 말이다. 자신이 큰 집을 짓고 싶었던 이유는 안심감이 필요했다는 것을 말이다.

잉푸의 뇌리에 '안심'이라는 말이 스쳤을 때, 하늘을 찢고 땅을 뒤엎는 천둥소리가 또다시 저 멀리 높은 하늘에서 작렬했다. 곧바로 사방팔방의 산꼭대기로 번개가 내리쳤다. 흡사 산신이 강철 채찍으로 얼음 알갱이 눈 더미를 내리치는 것 같았다. 잉푸는 위를 올려다보았다. 발아래 산과 계곡으로 얼음 알갱이 눈 더미가 수북수북 자욱한 안개를 일으키며 쏟아져 내리고 있었다. 주변의 수많은 산이 눈 더미에 파묻히는 것을 보면서 자신도 매몰될 것이라는 공포와 함께 슬픔이 북받쳐 올랐다.

그렇다. 내 인생은 원래 한바탕의 악몽이었다. 어떻게 벗어난단 말인가? 그 의기양양했던 날들은 얼마나 우스꽝스러웠던가? 다시 돌풍이 불어왔다. 잉푸는 굳게 눈을 감고 다시 인생의 악몽으로 걸어 들어갔다.

2013. 03. 13. 행사 후

베이징에서의 동방몽도는 후발 대형 프로젝트였다. 몇 년 전부터 그 일대에는 대형 프로젝트가 몇 개 더 있었다. 그러나 대부분 사무실이나 상점 등이 들어가는 복합단지가 아닌 저층 주택 건설 개발이었다. 사람들은 오전 일찍 출근했다가 낮에는 시내에서 일하고, 배우고, 치료받고, 밤이 되면 돌아와서 잠만 자는 누구나 다 아는 베드타운이었다.

본래 행사 계획은 본식이 끝나면 내빈들을 모시고 잔치를 베푸는 거였다. 우징(吳菁) 주임이 꼼꼼히 따져가며 행사장에서 가깝지도 멀지도 않으면서 행사장에서 바로 연결되는 대로변에 있는 호텔을 골라 놓았다. 행사장에서 차로 20분 정도 걸리는 곳이었다.

잉푸의 운전사 라오리(老李)가 랜드로버(영국의 자동차 메이커) 오른쪽 뒷문 앞에 서 있었다. 그의 곁에는 서른 살쯤 되어 보이는 여인이 잉푸를 마중 나와 있었다. 라오리는 문을 열고 잉푸를 차에 태웠다. 그녀는 앞자리 조수석에 앉았다. 그녀는 5년째 잉푸의 여비서로 일하고 있는 장단단(張丹丹)이었다. 그녀는 중구상학원(상하이에 있는 중국과 유럽이 공동으로 설립한 국제 경영대학원)을 졸업했고 엠비에이(MBA) 학위도 있었다. 운전사 라오리는 쉰 살 정도로 바짝 깎은 각진 머리 모양에 가늘고 긴 귀가 버드나무잎처럼 찰싹 붙어 있었다. 그는 평소 말수가 적은 편이었으며, 15년 가까이 잉푸의 운전기사로 일하고 있다. 그는 시동을 걸고 잉푸를 돌아보았다.

"용문호텔로…."

잉푸는 입을 조금 움직였다.

차가 출발하자 잉푸는 자연스럽게 팔짱을 꼈다. 시트에 몸과 머리를 기대고 눈을 감자, 눈물이 양쪽 눈꼬리에서 흘러내렸다. 라오리와 장단단이 백미러로 잉푸의 눈물을 보고 잠깐 서로 눈을 마주쳤다. 장단단이 가방에서 휴지를 꺼냈다. 잉푸에게 휴지를 건네려고 보니, 이미 잠들어 있었다.

20분 후, 차가 용문호텔 로비에 도착했다. 예성 사장이 일행을 데리고 마중을 나와 있었다. 예성 사장이 차 문을 열자, 잉푸는 아무 문제 없다는 듯 평소와 같이 상쾌한 표정을 지었다. 피로한 흔적은 없었다.

잉푸는 반듯하게 서서 양손을 가슴에 올리고 공수 인사를 하는 자세로 말했다.

"오늘 수고 많았네."

예성 사장도 미소를 지으며 양손을 가슴에 올리고 공수 인사를 했다. 그는 약간 치켜 올라간 고양이 같은 눈을 가늘게 뜨고 얇은 입술을 오므렸다. 콧방울은 큰데 살이 없어 콧구멍이 크게 보였다.

"아닙니다. 저희가 제대로 제지하지 못해서 회장님께 잘못했습니다."

헤이이지에(黑一傑) 관리부장, 그의 얼굴은 편평하고 검고, 주름투성이여서 고목의 뿌리 같았다. 헤이이지에가 끼어들어 처진 눈을 부릅뜨고 마늘 모양의 콧구멍까지 벌렁대며 거칠고 굵은 목소리로 말했다.

"회장님 굉장하십니다. 행사장에서 신기를 부리고 재미있는 연극을 보여주셨습니다."

그 말을 듣고 잉푸는 주위를 둘러보았다.

"재미있는 연극이라고? 재미는 술자리에 있지. 자, 어서 마시고 마음을 가라앉히자고."

용문호텔은 3층으로 된 주택 지구에 어울리도록 지어진 호텔이었다. 1층은 대연회장을 축하 행사에 초대한 손님용으로 예약했고, 2층은 십여 개의 1인실 방으로 이뤄져 있었는데 전체를 통째로 빌렸다. 2층 역시 중요한 내빈용으로 예약되어 있었다. 3층은 호화롭게 꾸며진 널찍한 1인용 방이었는데, 전체를 빌렸다. 3층 방에는 22명이 앉을 수 있는 커다란 원탁이 놓여 있었다.

그곳에 들어서자, 예성 사장은 주위를 둘러본 후 잉푸에게 말했다.

"회장님, 소파에 앉아서 먼저 차 한 잔 드시겠습니까? 바로 자리에 앉으시겠습니까?"

잉푸는 느긋하게 그 방을 한 바퀴 돌다가 예성 사장에게 미소를 지어 보였다.

"차 한 잔으로는 오늘의 이 기분을 도저히 진정시킬 수 없을 것 같네.

사지에서 나와 함께 인생의 쓴맛과 고통을 끝까지 맛보았으니, 자네도 어서 자리에 앉게."

그 말에서 기쁨이 묻어났다. 예성 사장은 바로 여종업원을 손짓으로 불렀다.

"메뉴판!"

그 방에는 여종업원 세 명이 배치되어 있었고, 그 외에도 책임자로 보이는 남자가 그 옆에 서 있었다. 그 남자는 앞으로 나와서 인사를 하고 자기소개를 했다.

"회장님, 처음 뵙겠습니다. 저는 용문호텔 연회실 지배인입니다. 오늘은 특별히 이곳을 도맡아 서비스해 드리고 있습니다. 필요하거나 부족한 점이 있으면 무엇이든 말씀해 주십시오."

지배인은 인사를 마치고 메뉴판을 예성 사장에게 건네주었다. 예성 사장은 고개를 들어 잉푸를 바라보며 말했다.

"우롱차 어떨까요?"

잉푸는 고개를 끄덕이고 눈을 감았다. 예성 사장은 잉푸를 살펴보고 잰걸음으로 창가에 가서 좌우 붉은 벨벳 커튼을 쳤다. 북쪽을 등지고 남쪽을 향한 건물이었지만, 정오가 가까운 시간이라 손을 뻗으면 바깥의 버드나무 가지를 부러뜨릴 정도로 유리창은 투명했다. 창문 너머 풍경이 아름다웠다. 멀리 희미하게 동방몽도 일대의 건축물 윤곽이 눈에 들어왔다. 햇볕이 쏟아지고 있었다. 마침 은색 여객기가 높은 하늘을 서쪽에서 동쪽으로 날고 있었다. 여객기가 초봄에 버들강아지가 솜처럼 흩날리는 것처럼 하늘을 날아가는 것을 보고 잉푸는 침착한 표정을 지었다.

"지배인 양반, 정말 미안하게 됐습니다. 호텔 직원들을 며칠간 헛수고하게 했습니다."

잉푸는 오른손을 들어 지배인에게 사과하고 예성 사장을 향해 말했다.

"예성 사장, 호텔에서는 모든 준비를 다 마쳐놓았으니, 계산은 예약했던 대로 해주게."

그렇게 말하면서 잉푸는 다시 지배인을 바라보았다.

"그럼, 이렇게 하지요. 오늘은 손님이 없으니 우리 형제끼리 많이 마시겠습니다. 원래 시켜놓은 음식은 취소하고 훠궈(중국식 샤브샤브)를 부탁합니다. 따끈한 샤부샤부와 함께 실컷 마시려고 합니다."

지배인은 깊이 허리를 굽혀 대답했다.

"배려해 주셔서 감사합니다. 즉시 화로를 준비하겠습니다. 닝샤 옌츠(육질이 부드러우면서 누린내가 없는 중국의 대표 양고기) 양고기와 호주 소갈비를 반반씩 섞어 드시면 어떨까요?"

잉푸가 고개를 끄덕이는 것을 보고 지배인이 돌아가려 하자, 잉푸가 지배인을 향해 오른손을 들고 다시 말했다.

"서두르지 않아도 됩니다. 고기는 얇게 썰어 주고 오징어와 얼린 두부 몇 접시도 갖다주세요."

잉푸의 시선은 예성 사장에게서 다른 몇 사람의 얼굴로 옮겨갔다. 잉푸가 그들을 주시하자 모두 굳은 표정으로 고개를 숙인 채 눈앞의 찻잔을 바라보고 있었다. 다들 하나같이 진회색 정장에 칙칙한 홍색(밝은 빨강) 넥타이를 매고 있었다.

"배부르게 먹고 마십시다. 오전에는 진탕 싸웠으니 우리 모두 신나게 뒤풀이해서 다 털어버립시다."

잉푸가 음식을 주문하는 동안 예성 사장은 아홉 사람이 앉을 의자를 준비하도록 여종업원에게 부탁했다. 일동이 앉으려 하자 잉푸는 오른손으로 탁자를 쳤다.

"잠시, 서두르지 말고 열 사람이 앉을 의자를 준비해야지."

예성 사장은 한 사람 한 사람의 머릿수를 세고는 잉푸를 가만히 바라보며 말했다.

"회장님과 저, 펑쉐에민 부장, 헤이이지에 관리부장, 왕라이왕(汪来旺) 영업부장, 정라이칭 부장, 챠오첸(趙臣) 공사부장, 위만리(於曼麗) 재무부장, 그리고 추메이(朱玫) 법무부장 이렇게 아홉 명인데요?"

잉푸는 눈썹을 살짝 치켜세웠다.

"우징을 잊었군."

"우징 주임은 지금 경찰서에서 보고 중이지 않습니까?"

"조금 있으면 그녀도 돌아올 거니까 같이 한잔해야지. 오늘 나 때문에 모두 고생했습니다. 오늘 같은 날 술을 안 마시면 섭섭하겠지요? 다들 한 잔이라도 덜 마시면 안 됩니다."

잉푸는 다시 오른손으로 탁자를 쳤다.

"우리는 조조가 아니니 영웅은 못 되고, 그렇다고 이름난 의적도 아니잖은가? 흉내를 낼 수 없으니, 오늘은 영웅을 논할 수조차 없지 않은가?"

그는 왼손으로 다시 테이블을 쳤다.

"공무원을 그만두고 이 회사를 창업한 이후로 나는 오늘 술을 가장 많이 마실 겁니다. 취해도 멈추지 않을 겁니다."

잉푸는 말이 마치고 테이블에서 휴대전화를 집어 들었다.

"자, 한 사람도 빠짐없이 휴대전화를 내어놓지요. 일은 잊고 오늘은 술만 마시는 겁니다. 집에서 가족이 죽거나 집에 불이 나지 않는 한 휴대전화 사용을 불허합니다."

그렇게 말하고 잉푸는 오른손을 들었다.

"여종업원, 여기 모인 모든 사람의 휴대전화를 접시에 모아놓게."

"이걸 따르지 않는 사람의 휴대전화는 훠궈 화로에 던져 넣어 샤부샤부로 만들겠습니다!"

치아 사이로 한마디씩 짜내듯이 던진 그 말은 대장간 화로의 불꽃처럼 그 자리에 있던 사람들 위로 쏟아졌다. 예성 사장의 손이 떨렸다. 펑쉐에민 부장과 헤이이지에 부장이 시선을 보냈을 때 그는 가볍게 고개를 끄덕이고 휴대전화를 접시에 담았다. 그런 다음 넥타이를 조금 느슨하게 풀었다.

방문은 동쪽에 있고 원래의 상석은 서쪽이었다. 잉푸가 먼저 북쪽 자리에 앉았기 때문에 상석이 북쪽을 등지고 남쪽을 향하는 형세로 바뀌었다. 창을 등지고 예성 사장은 잉푸를 마주하고 아랫자리의 한가운데에 앉았다. 그의 왼쪽은 펑쉐에민 부장, 오른쪽은 위만리 재무부장이었다. 헤이이지에 부장은 펑쉐에민 부장 옆이고, 왕라이왕 영업부장은 위만리 재무부장 옆에 앉았다. 그렇게 그 다섯 사람이 아랫자리에 나란히 앉았다.

잉푸의 왼쪽에 정라이칭 부장, 오른쪽 자리는 우징 주임을 위해 비워놓았다. 챠오첸 공사부장은 정라이칭 부장 옆자리, 왼쪽에는 왕라이왕 영업부장이었다. 추메이 법무부장은 우징 주임의 빈자리 왼쪽, 그 오른쪽이 헤이이지에 부장이었다. 잉푸를 중심으로 그 다섯 사람이 상석에 나란히 앉았다.

그렇게 앉은 것을 보고 잉푸는 무심코 웃었다.

"정말로 갈라진 술자리군! 사람은 선악으로 나뉘고, 만사는 옳고 그름으로 나뉜다. '할석분좌(자리를 갈라서 따로 앉는다는 뜻으로, 교제를 끊고 같은 자리에 앉지 아니함을 비유적으로 이르는 말)' 옛말 그대로라니."

헤이이지에 부장이 이마에 주름을 모으고 눈을 깜박이며 무엇인가 말하려 하는 것을 보고 잉푸는 웃었다.

"당황하지 말게. 이건 모르는 일이야. 이거야말로 가방끈이 짧은 놈의 장점이지. 모르면 걱정도 덜 한 법이야."

그렇게 말하고 잉푸는 찻잔을 들었다.

"우선 차부터 마시고, 나중에 자네들에게 몇 가지 이야기하고 술자리의 흥을 돋우자고….”

펑쉐에민 부장은 표정 없이 웃으며 네모난 얼굴에 삼백안(눈동자가 위로 치우쳐 좌우 및 아래쪽 세 부분의 흰자가 드러나 보이는 눈)인 눈이 위쪽을 향했다. 그는 왼손을 들어 뾰족한 코끝을 문지른 뒤 머리에 감은 붕대를 만졌다.

"회장님, 오늘 저는 슬로건 팻말을 들어 올리다가 머리를 맞아 다쳤습니다. '홍문연(홍문연은 중국 진나라 말기에 항우와 유방이 함양 쟁탈을 둘러싸고 홍문에서 회동한 일을 뜻한다. 오늘날 음모와 살기가 가득한 살벌한 연회를 뜻하는 관용구로 쓰인다)' 같은 건 설마 안 하시겠지요?”

잉푸는 흐려진 얼굴에 굳은 표정으로 차갑게 고개를 저었다.

"홍문연은 오랜 세월이 지났으나 다시는 볼 수 없는 진기한 연회다. 우리는 보통 사람일 뿐이다. 그런 행운이 주어질 리가 있나?”

때마침 지배인이 준비한 술을 들고 들어왔다. 잉푸는 오른손을 들고 지배인을 불렀다.

"지배인, 메뉴판 좀 갖다주지요.”

그렇게 말하고 잉푸는 펑쉐에민 부장 쪽을 바라보았다.

"홍문연이라고 했으니, 요리를 몇 가지 더 주문해야겠지? 샤부샤부만으로 연회석이라고 이름을 붙일 수 없지 않은가?”

잉푸는 메뉴판을 들고 주변을 돌아보며 예성 사장에게 말했다.

"예성 사장, 홍문연은 천하를 위한 것이었지. 우리의 이 좌석, 나눠 앉은 술자리는 형제들을 위한 자리다. 이렇게 하지. 나를 10년 이상 따른 자는 요리를 하나씩 시키도록 하자고. 그 외의 사람들은 어쩔 수 없이 나온 것을 같이 나눠 먹기로 하고….”

왕라이왕 부장이 의자에서 엉덩이를 들었다. 삼각형 모양의 눈을 한쪽은 반듯이 뜨고 한쪽은 가늘게 뜨고서 콧구멍이 벌어진 사자 코로 힘차게 숨을 들이마셨다. 당황한 그의 입에서 산시성 사투리가 마구 튀어나왔다.

"아니, 10년이라지만 저들과는 몇 년 차이 안 납니다. 다들 거기서 거기죠. 한 울타리 안의 소나 다름없습니다. 저는 5년을 일했지만, 사장님을 위해 40억 이상의 건물을 팔아드렸다고요. 삼척동자도 다 아는 사실입니다."

헤이이지에 부장이 그 말에 고개를 끄덕였다.

"그렇다. 양산박(수호전의 주요 배경이 되는 습지대, 진한시대부터 삼국시대, 송나라 말까지 끊임없이 악명 높은 해적과 도적들이 들끓었다. 협객들이 모여들었던 양산박이라는 지명의 의미가 전환되어 뛰어난 인물들이 모이는 장소로 사용되기도 한다)의 논공행상은 누가 수급을 더 베었느냐로 정해졌지. 산에 누가 먼저 오르고 늦게 오르고의 차이로 우열을 가리지 않았으니까 말이다."

예성 사장은 두 손을 머리 위에서 흔들었다.

"좋아, 이건 구실이었는데, 사실로 받아들인 거야?"

잉푸는 펑쉐에민 부장을 훑어보았다.

"빨리 음식을 시켜서 많이 먹고 많이 마시자. 신나게 먹고 마시고 후딱 잔치를 끝내자. 자네들은 아직 산더미처럼 뒷정리할 일이 남았으니 말이지."

그는 휴대전화를 담은 접시가 있는 테이블로 고개를 돌렸다.

"회장님, 들리십니까? 우리 모두의 휴대전화가 대들보가 흔들릴 정도로 계속 울리고 있습니다. 오늘 이렇게 큰 소동이 벌어졌으니 여기저기 관공서에서 저희를 부르는 벨 소리일 겁니다."

"좋아, 빨리 잔치를 끝내고 싶으면, 어서 요리를 주문하게."

잉푸는 예성 사장의 말투를 흉내 내어 말을 끝내고 메뉴판을 집어 들었다. 예성 사장은 잉푸가 음식을 주문하는 동안 오른손을 들어 지배인을 불렀다.

"내가 가져온 술 있지? 그 술 중 15년산 마오타이주(독한 증류주)를 몇 병

갖다주게."

잉푸는 시선을 위로 올려 메뉴판을 보며 잘라 말했다.

"오늘 우리는 천하라든가 나라를 논하지 않는다. 진탕 마시고 삼류 패거리들의 이야기나 하자고."

"여기 훙싱얼궈토우(이과두주, 중국 베이징의 대표적인 백주 브랜드) 좀 갖다주게. 56도짜리 샤오얼(작은 사이즈의 얼궈토우를 부르는 명칭) 한 박스부터."

예성 사장의 표정이 어둡게 가라앉았다. 잉푸는 즐거운 표정으로 웃었다. 그는 메뉴판을 두드리고는 콧노래를 흥얼거렸다.

"재미있군. 나는 문화적인 요리를 시키겠네."

모두가 일제히 그를 바라보았다. 자리에 앉아서 대화를 나누니, 사람들의 말속에 칼날이 숨어 있는 듯했다. 회장이 지금부터 한바탕 연극을 할 것이라고 모두가 생각했다. 그러나 연극은 공사장에서 술자리로 옮겨졌을 뿐이다.

추메이 부장은 긴장한 나머지 손에서 땀이 흘렀고 심박수는 120을 넘어선 것 같았다. 그는 프랑스에서 유학하고 돌아온 법학 석사로 인텔리한 집안 출신이었다. 입사 3년 차였다. 전임 법무부장(마오마오) 추천으로 들어왔기에 난투와 암투로 가득한 권모술수의 현장을 경험했을 리 없었다.

"어떤 요리입니까?"

잉푸는 추메이 부장을 향해 고개를 살짝 끄덕였다.

"푸타오치앙(불도장, 중국의 8대 요리 중 하나인 민 요리의 대표적인 음식), 이 음식은 고대부터 전해지는 요리지. 여덟 가지 산해진미가 들어가는 음식이라 옛날에는 고위 관료나 귀족이 아니면 먹을 수 없었다. 닉슨 대통령이 중국을 방문했을 때 저우언라이(周恩來, 1898-1976, 중화인민공화국의 정치가, 혁명가, 정치 지도자, 사회주의 운동가) 전 총리가 베푼 국빈 만찬에도 나온 요리다."

펑쉐에민 부장은 입을 삐죽이며 갑자기 반말로 말대꾸했다.

"그래, 지금 당신은 큰 회사의 회장이 되었으니, 황제의 요리를 먹을 자격이 있겠지. 나는 북경의 토종 거북이 신세이니 이 상황에서 당신의 하수 자리나 맡을 수밖에 없다. 맨날 공사 현장에서 땀 흘리며 철근이나 만지고 시멘트 반죽하고, 패스트푸드나 컵라면을 먹는 게 어울리겠지."

그때 예성 사장이 발딱 일어나 그의 말을 잘랐다. 그는 두 손을 들고 얘기했다.

"이게 무슨 소리야? 싸움은 아까 다 끝나지 않았나? 여긴 밥 먹는 자리니, 빨리 음식이나 시키게! 어서 먹고 가자고!"

예성 사장은 시선을 벽 위의 크리스털 시계로 옮겼다. 잉푸도 그 시선을 따라갔다. 벌써 30분이 지나, 낮 12시 30분이 되었다.

"알았네, 예성 사장! 지금은 당신의 말을 들어주지. 하긴 여기서 이런 저런 말할 필요 없지. 빨리 먹고 빨리 가자고. 그렇다면 나는 가장 싸구려 요리를 주문하지."

펑쉐에민 부장은 잉푸를 향해 한 음절씩 또박또박 말했다.

"루안… 뚜(고기와 야채를 섞어 조린 음식)."

헤이이지에 부장이 큰소리로 말했다.

"우리 집안은 3대 조상까지 톈챠오(중화민국 시기에 대중적인 시장과 오락 장소로 알려진 베이징의 거리)의 하인 점원으로 하루 벌어 하루 먹고사는 가난뱅이였으니 뚠땨오쯔(부속고기 조림)로 하겠습니다."

예성 사장은 위만리 부장을 쳐다보았다. 위만리 부장은 요염한 눈빛으로 잠깐 바라보더니 또렷한 발음으로 말했다.

"홍사오리위(잉어 간장조림)."

정라이칭 부장은 음식을 주문할 자격이 없었다. 다른 사람이 주문하는 것을 바라보았지만 다들 주문하는 요리의 이면에 뜻이 있다는 것을 알고 있었다. 정라이칭 부장은 예성 사장을 재촉했다.

"사장님, 사장님 차례입니다."

"처우꾸이위(취궐어, 삭힌 쏘가리를 이용한 요리)."

예성 사장은 침착하고 차갑게 요리의 이름을 말했다. 추메이 부장은 눈을 동그랗게 뜨고 얼굴을 예성 사장 쪽으로 돌렸다.

"사장님, 그 생선이 다른 요리와 어울릴까요?"

예성 사장은 '푸'하고 뿜으며 웃었다.

"음식에 대해서 추 부장은 아직 애송에 불과하겠지. 추 부장은 프랑스의 미슐랭 식당 입맛에 길들여져서 이 음식 맛을 잘 모를 거다. 이 호텔 이름이 '용문'임을 기억하나? 위만리 부장의 잉어는 간장조림이라 용문과는 상관없지. 그 요리를 주문한다는 것은 곧 위 부장의 심정을 말한다. 무슨 말인가 하면…."

그러면서 예성 사장은 위만리 부장을 힐끗 보고 시선을 잉푸의 얼굴에 고정했다.

"두꺼비가 얼굴을 기는 꼴이니, 물리지 않았어도 징그럽다."

추메이 부장은 두 손으로 가볍게 탁자를 두드리고서 가늘고 긴 봉황 형의 눈을 부릅뜨고 고개를 조금 끄덕였다.

"그럼, 처우꾸이위는 무슨 뜻인가요?"

"내 처우꾸이위? 재미있는 질문이군. 이건 나의 상황이다. 미녀는 남자에게 시집가면 가치가 없어지고 처우꾸이위가 되어 버린다. 내가 회장님을 위해 일한 지 16년, 지금 회장님은 나의 공으로 이름을 날리고 있으시고, 너처럼 유학 다녀온 사람을 고용해서 현대적인 경영을 하고 계시고 있는 거지. 우리는 당연히 그 처우꾸이위 같아서 먹으면 맛있다고는 하지만 보기 흉하고 고약한 냄새가 나서 국빈을 대접하는 만찬에는 내놓을 수가 없네. 베이징에 '쇠똥구리는 방귀를 따라간다'라는 옛말이 있는데, 그렇기에 입에 넣을 수 없는 거지."

눈꺼풀이 불그레해진 예성 사장이 지그시 잉푸를 노려보았다.

"회장님, 그렇지 않나요?"

잉푸는 일어나서 그를 쳐다보기만 하고 다시 앉았다.

"예성 사장, 당신은 내 기분을 반대로 이야기했어. 물고기로 이야기했으니, 물고기로 설명해 주지. 그 물고기는 배를 열어 요리를 만들어도 결국 물고기일 뿐이다."

그는 차례차례 예성 사장 쪽의 사람들을 돌아보았다.

"차라리 이렇게 하는 게 좋겠군. 앞에서 말한 푸타오치앙은 너무 우아하고, 루안뚠은 너무 천하다. 헤이이지에의 뚠땨오쯔는 더럽다. 뚠따오쯔는 돼지 창자로 만드는 거다. 고기가 표면은 반들반들하고 깨끗해 보이지만 뒤집을 수가 없지. 왜냐하면 뒤집으면 똥이라서 그렇다. 형제가 손바닥을 뒤집는 것과 똑같다."

잉푸는 일어나서 예성 사장을 바라보았다.

"그러니까 이렇게 하면 되겠군! 주방에 말해서 푸타오치앙과 뚠땨오쯔, 루안뚠을 한 냄비에 다 쏟아붓고 끓이는 거야. 우아하면 극한까지 우아하도록, 천하면 극한까지 천하도록, 먹을 때 토는 달지 않기다. 어떤가?"

위만리 부장은 깜짝 놀라서 소리를 질렀다. 요염한 눈이 예성 사장을 향했다.

"예? 그건 그냥 꿀꿀이죽 아닌가요?"

예성 사장은 차갑게 말하면서 두 손으로 테이블을 두드렸다.

"그래 맞다, 오늘 회장님께선 꿀꿀이죽을 드시고 싶어 하신다."

13

농담과 말다툼을 늘어놓고 있는 사이에 여종업원이 주문한 음식을 전부 가져와 테이블 위에 차리고 있었다. 그런 다음 사람들 앞에 샤오얼을 세 병씩 늘어놓았다. 잉푸는 병뚜껑을 열고 두 손을 귓가로 올리고 말했다.

"컵은 필요 없다. 병째로 입을 대고 마시는 거다. 옛날 우리가 형제의 의를 맺었을 때 자주 이런 식으로 마시면서 전골 요리를 먹었지. 예성 사장, 안 그런가?"

예성 사장은 냉랭한 표정으로 잉푸를 바라보며 말했다.

"오, 회장님이 정에 호소하는군. 사물은 변하지 않지만, 사람은 변하고, 지금은 옛날에 비할 바가 아니네요. 우리에게 이제 그런 즐거움 따위는 없습니다. 당신을 봐도 애틋한 마음이 없습니다. 미안하지만 당신이 먼저 분열을 시작했기에 우린 이쯤에서 실례하겠습니다. 당신이나 알아서 잘 마시기를…."

잉푸가 두 손으로 테이블을 툭툭 치고 있는 사이에 예성 사장이 일어나서 나가려고 했다. 말석에 앉았던 일행들도 곧바로 휴대전화를 가져가려고 일어섰다. 잉푸는 오른손을 머리 위로 올렸다가 힘껏 테이블에 내려쳤다. 열기가 남아 있는 테이블의 훠궈 국물이 그 충격으로 사방으로 쏟아졌다. 여종업원이 달려와 행주로 말끔하게 닦았지만, 앉아 있던 사람들은 자리에서 떨어질 수밖에 없었다.

"어이, 누가 가서 경비대장 좀 불러와!"

잉푸는 눈을 번쩍 뜨고 오른손 집게손가락으로 예성 사장 무리를 일일이 가리켰다.

"당신들 눈에 내가 회장으로 보이지 않는 이상, 이제는 너희들을 형제로도 부하로도 여기지 않겠다! 너희 같은 녀석들을 뭐라 부르는지 아나?"

그는 예성 사장 무리를 돌아보며 목소리를 길게 뽑아 말했다.

"배신자! 은혜를 원수로 갚는 배신자!"

그렇게 말하면서 그는 팔짱을 꼈다.

"어차피 잘됐다. 나는 너희들 체면은 충분히 살려줬다."

잉푸는 몸을 돌려 날듯이 예성 사장에게로 가서, 늑대가 눈앞의 양을 막힌 곳으로 몰아넣듯이 그 앞을 막아섰다. 잉푸의 눈을 똑바로 바라보면서 예성 사장은 굳게 쥐고 있던 주먹을 풀었다.

"알았다. 고집도 세지. 알아서 해. 당신이 배신자라고 한다면 그런 거겠지."

잉푸는 웃으며 비스듬히 바라보고 눈을 반짝이며 천천히 걸었다. 팔짱을 끼고 예성 사장 쪽 사람들 앞을 지나갔다. 예성 사장과 펑쉐에민 부장은 눈을 부라리며 그를 보았고, 헤이이지에와 왕라이왕 부장은 눈을 돌려 창밖을 보았다. 하늘에는 은빛 여객기가 별처럼 반짝이며 날아가고 있었다. 위만리 부장은 입술과 손을 떨고 있었다. 그녀는 예성 사장과 잉푸를 번갈아 보다가 떨리는 목소리로 말했다.

"집에 볼일이 있는데, 전화해도 될까요?"

"안 돼!"

"왜지요? 회장이라고 우리를 배신자 취급하고 못살게 굴어도 된다는 건가요?"

위만리 부장도 팔짱을 끼고 팔꿈치로 잉푸를 밀치고 휴대전화를 잡으려고 했다.

"재미있군! 예성, 너희들 속에도 패기 넘치는 녀석이 있네."

잉푸는 빠른 걸음으로 위만리 부장의 옆구리를 빠져나와 왼손으로 휴대전화가 담겨 있는 접시를 들었다. 모두의 눈앞에서 예성 사장의 휴대전화부터 시작해서 차례차례 오른손으로 모든 휴대전화를 샤부샤부 냄비 속에 던져 넣었다. 손으로 무게를 재는 것처럼, 잠시 들고 있다가 '퐁당' 하고 끓는 국물 속에 던져 넣었다. 모두의 얼굴이 창백해졌다.

"사람을 바보로 만드는 데도 정도가 있지!"

그렇게 외치는 헤이이지에 부장의 얼굴이 더욱 어두워졌다. 헤이이지에 부장이 손을 들고 테이블을 내리치려고 할 때 경비대장이 문을 열고 들어왔다. 헤이이지에 부장은 방금 들어온 경비대장을 몰랐다. 헤이이지에 부장은 고급 아파트 맨션 관리부장이다. 경비업체는 그의 관할이었다. 헤이이지에 부장이 놀라서 화를 내며 입을 열려고 할 때, 전 경비대장이 따라 들어왔다. 헤이이지에 부장은 그를 보자 눈을 부라리며 크게 소리쳤다.

"어찌 된 거야? 누가 이 자를 경비대장으로 만들었지?"

전 경비대장은 차렷 자세로 그에게 경례했다.

"헤이이지에 부장님께 보고합니다. 회장님의 명령으로 우리 동방몽도의 경비대는 이미 새로운 경비회사와 합병했습니다. 지금 저는 부대장입니다."

"언제 합병했나? 내게 왜 알리지 않았지?"

예성 사장은 눈을 부릅뜨고 잉푸를 노려보았다.

"어제 합병했다. 네 녀석한테만은 알리고 싶지 않았지."

잉푸는 히죽거리며 예성 사장을 쳐다보았다. 그가 눈을 깜빡이자, 분노가 웃음에서도 비쳐 보이고 눈빛에서도 묻어났다.

"만약 네가 알았다면 내가 오늘 무사했을까? 난 오늘 오전에 틀림없이 살해당했을 거야. 안 그런가?"

예성 사장은 양손이 떨어지지 않았다. 오늘 오전에 경비대가 경찰의 지휘 아래 씩씩대며 슬로건이 적힌 현수막을 빼앗던 그때, 잉푸는 증오가 섞인 미심쩍은 눈빛으로 차갑게 헤이이지에 부장을 관찰하고 있었다. 이 영리한 회장은 오늘 소동이 일어날 것을 예상했고, 미리 상대의 의표를 찌른 것이다. 그 사활이 걸려 있는 문제에 헤이이지에 부장이 전 경비대장과의 경쟁에서 졌다고 예성 사장은 생각했다.

"이 배은망덕한 놈! 당신은 돈 좀 벌었다고 주인을 배신하는 건가? 기억하나? 나 혼자서 그 많은 인원을 모아 경비대를 꾸렸다. 그리고 당신에게 항상 300명분의 인건비를 요구했는데 확인해 보니 겨우 180명분의 인건비만 지급되고 있었다. 건방진 놈 같으니라고, 횡령이나 하는 주제에…."

전 경비대장이 헤이이지에 부장에게 공격했다. 그러고는 전 경비대장은 잉푸를 향해 경례했다.

"우리의 대장인 회장님! 저놈에게 하고 싶은 말이 있는데 말 좀 해도 되겠습니까?"

"말해 보게. 모두 듣고 있는 이 자리에서 저놈의 몸과 마음이 검은지 한 번 들려줘 봐."

잉푸의 명령을 받은 전 경비대장은 헤이이지에 앞으로 걸어가서 오른손 중지로 헤이이지에 부장의 코를 가리켰다.

"보이지 않는 네 마음속은 보이는 네 녀석의 얼굴보다 훨씬 검다. 120명의 차액을 네가 매달 절반씩 가져갔지. 그것도 현금으로…. 너는 경비대 모두의 신분증을 빼앗으라고 했고, 그들에게 매달 생활비 정도밖에 지급하지 않았다. 매년 춘절 전에도 대원들에게 돈을 덜 주었고. 그렇게 덜 준 돈은 또 네가 몽땅 가져갔지."

헤이이지에 부장은 온몸을 후들후들 떨고 있었다. 그는 그 자리에 있는 사람들이 보내는 멸시의 시선을 느꼈다.

"그건 그렇다 치자. 천하 어딜 가도 다 까마귀처럼 시커멓고 어느 관리

업체나 다 그 꼴이니까 말이다."

전 경비대장은 슬픈 얼굴로 눈물을 흘렸다.

"하지만 이번 건은 너무했다. 네 녀석은 나에게 명령했지. 오늘 행사장에서 슬로건이 적힌 현수막을 30분만 봐주고 빼앗으라고 했지. 우리는 가난해도 양심이란 게 있다."

그러면서 전 경비대장은 울음을 터뜨렸다. 그는 잉푸 쪽을 향해 오른손을 들어 손등으로 눈물을 닦았다.

"회장님은 그들 모두의 회장입니다. 그런데도 그들은 환한 대낮에 대중 앞에서 목숨을 빼앗으려고 했습니다. 어떻게 그런 짓을 꿈에도 생각지 못했습니다."

술자리의 공기는 굳어졌고 잉푸는 전 경비대장의 어깨를 두드려 주었다.

"자네는 아직 젊네. 어떤 일이 있어도 비즈니스 전쟁에서는 놀라선 안 돼네. 중국의 개혁개방이 대단한 것은 바로 누구에게나 그 기회를 주었다는 것일세. 그러나 시장경제의 문제는 사람이 누구든 늑대로 변한다는 데 있다. 오늘 나는 죽을 뻔했고, 운이 좋아 죽음을 면했다. 그러나 나는 누가 누구를 미워하든 그것을 이상하게 생각하지 않는다. 왜냐하면, 공무원 관리를 그만둔 지 20년이 되면서 내가 어떠한 이치를 깨달았기 때문이지."

잉푸는 다시 예성 사장을 흘끗 쳐다보았다.

"그것은 이 사업장에서는 누구나 잘못하고 죄가 있다는 것이다. 동시에 누구나 옳고 무고하다는 것이다."

잉푸는 전 경비대장에게 웃으며 말했다.

"가난해지고 싶은 자가 어디 있으며 부유해지고 싶지 않은 자가 또 어디 있겠는가?"

잉푸는 두 손으로 전 경비대장의 어깨를 흔들어 주고 고개를 창밖으로 돌렸다. 훠궈 냄비에서 휴대전화가 부글부글 끓고 있는 것을 보고 그는 웃었다.

"좋아, 냄비에 든 것이 다 끓었다. 먹고 마시자!"

잉푸는 문을 가리켰다.

"밖에서 이 문을 지켜주게. 지금 오후 한 시다. 네 시가 될 때까지는 아무도 내보내면 안 돼! 자, 종업원들은 휴대전화를 끓인 냄비는 가져가고 새 냄비를 가져다주지요."

돌아서서 예성 사장 쪽 사람들이 멍하니 서 있는 것을 보고 그는 웃으며 고개를 끄덕였다.

"자, 다들 자리에 앉아. 내가 하는 세 가지 이야기를 다 듣고 나면 여기서 나가도 되네."

그렇게 말하고 그는 펑쉐에민 부장을 보았다.

"펑쉐에민, 나를 죽이려 한 킬러가 어떻게 됐는지 알아보는 걸 서두르지 말게. 지금은 편안하게 마셔라. 한 병 마시면 한 병 줄어드는 거다. 마실 거면 제대로 마시는 거다. 개의 피나 말의 오줌을 마시지 마라. 나는 오늘 귀 기울여 네가 무슨 말을 하는지 듣고 싶다. 자, 병뚜껑 좀 따지."

펑쉐에민 부장은 앉자마자 왼손을 뻗어 눈앞의 술병을 들었다. 고개를 들더니 목을 젖히고 꿀꺽꿀꺽 소리 내어 단숨에 들이켰다.

"좋아, 이제 남자다워 보이는군."

잉푸는 그렇게 말하며 예성 사장 쪽으로 시선을 돌렸다. 손을 뻗어 술병을 들고 입에 대자마자 단숨에 들이켰다.

"사는 것도 죽는 것도 두려워하지 않고 무서워하지 않는다. 두려워하지 않고 사랑하고 미워하고, 두려워하지 않고 선과 악을 행한다. 그런 놈이 나의 원수로 제격이다."

예성 사장은 고개를 떨구고, 열기가 얼굴을 덮고 머리카락에 스미고 입에 들어오는 것을 내버려 둔 채, 뜨거운 숯을 물고 있던 것처럼 말했다.

"천하의 남자다움을 모두 네가 독차지한 것 같군. 그걸로 너와 대적할 사람은 아무도 없을 것 같다."

예성 사장은 왼손을 뻗어 술병을 들고 고개를 젖혀 단숨에 마셨다. 헤이이지에 부장은 오른손으로 술병을 들고 왕라이왕 부장과 마주 섰다.

"자, 우리는 이 세상에 흔하지 않고 쉽게 들을 수 없는 저 남자의 말을 들어보기로 하고, 다시 한 병을 마시자!"

왕라이왕 부장은 고개를 약간 움츠리며 말했다.

"여러분은 내가 표리부동한 인간이라는 것을 잘 알 것이다. 그러나 오늘 일은 너무 우습게 봤다. 나는 취하고 싶다. 술에 취해서 당신들 형제들이 물어뜯고 이간질하는 의리, 그런 이 세상의 의리와는 이젠 결별하고 싶다."

위만리 부장은 일어서서 고개를 숙이고 눈앞의 끓는 냄비를 보았다.

"나는 너희 형제가 아닌데도 말려들었다. 후회에 붙이는 약은 없으니까 나는 뒤돌아보지 않을 것이다. 하지만 눈앞의 일은 무섭다. 앞도 안 보이고…."

그녀는 말을 멈추고서 손을 뻗어 예성 사장 앞에서 술 한 병을 집어 들었다. 병뚜껑을 따려 했으나 굳게 닫혀 있어서 잘 열리지 않자, 예성 사장에게 건넸다. 그는 그걸 받아 열어주면서 위만리 부장을 올려다보았다.

"위만리, 괜찮겠어? 백주 마시는 것을 본 적이 없어서."

위만리 부장은 고개를 흔들었다.

"당신들의 싸우는 모습과 그 살기에 간이 너무 떨리네요. 나는 서로 용서할 수 있다면 용서하라고 말하고 싶습니다. 당신들은 이제 겨우 천하가 손에 들어왔는데 왜 두 마리 개처럼 서로 물어뜯고 싸우는 거지요?"

그 자리에 있는 사람들 모두가 놀란 표정이었다. 위만리 부장은 술병을 받아 두 손으로 잡고 위로 올리더니 단숨에 마시고 나서 눈을 반짝 뜨더니 잉푸에게 큰소리로 말했다.

"얘기 좀 해봐요! 얘기하고 싶은 게 있다고 했지요? 들어줄 테니까, 당신이 대체 무엇을 더럽히고 싶은 건지 알고 싶습니다. 오래된 내 휴대전화를 끓여서 술안주로 삼고 싶은 건가요?"

14

잉푸는 미소 지으며 일어섰다.

"첫 번째 이야기는 형제간의 분열이다."

그는 눈을 가늘게 뜨고 예성 사장 쪽 사람들을 잠깐 건네다 보았다. 그들은 무표정했다. 그리고 정라이칭 부장을 비롯한 다른 사람들을 돌아보았다. 정라이칭과 챠오첸 부장은 술을 마시지 않았다. 분명히 그들은 오늘의 관객이었다. 오전에 사람의 목숨이 오가는, 사느냐 죽느냐 하는 목전에서의 충돌에 그들은 놀라고 당황해서 아직도 안정이 안 되는지 눈을 동그랗게 뜨고 있었다. 그들은 마음속으로 '오, 하늘이여, 이것이 바로 사업장 내의 투쟁입니까?'라고 생각하고 있는 듯했다.

추메이 부장은 눈을 감은 채 말했다.

"회장님, 그 얘기는 저희가 초등학교 때 배웠습니다."

잉푸는 그녀에게 가볍게 고개를 끄덕였다.

"같은 이야기라도 세대에 따라 그 세대만의 해석이 있고 말투가 있다."

예성 사장은 눈을 감았다.

"귀를 닦고 들어보겠습니다."

잉푸는 웃으며 오른손 손가락을 모두 펴고 북을 칠 때처럼 얼굴 앞에서 흔들었다.

"서두르지 말게 먹고 마시기에 아직 시간은 충분하네."

"위만리, 이 멋진 구절의 출처가 시경의 어느 부분인지 알고 있나?"

말문을 열고 잉푸는 위만리 부장을 말똥말똥 쳐다보았다. 위만리 부장은 눈을 부릅뜬 채 젓가락으로 양고기를 들고 냄비 속에서 끊임없이 익히고 있었다. 잉푸는 그녀가 상대하지 않는 것을 보자 눈에 싸늘한 그림자가 드리워졌다.

"이 말은 시경의 '소아(小雅)'에 나오는 구절이다. '형제혁우장, 외어기무(兄弟鬩于牆, 外禦其務)', 즉 형제는 집안에서는 서로 싸울지라도 그것을 타인이 알게 하지 않고, 또 밖에서 적이 공격해 왔을 때는 힘을 합해 그것을 막아야 한다는 뜻이다."

잉푸는 목이 메어 예성 사장을 중심으로 한 반대편 자리에 앉은 사람들을 바라보고 눈이 붉어졌다. 예성 사장은 일어나 얼굴 앞에 두 손을 올리고 손뼉을 쳤다.

"잉푸 회장, 당신이 무슨 말을 하고 싶은지 우리는 다 알고 있다. 옛것을 빌려서 지금을 말하려는 것이겠지?"

예성 사장은 시선을 정라이칭 부장 쪽으로 돌렸다.

"정라이칭, 그가 입을 열 때마다 형제라고 하는 말을 들었지? 그러나 정라이칭 부장이 온 지 5년이 되었는데 우리를 형제로 대하는 걸 본 적이 있나?"

예성 사장은 다시 잉푸를 보았다.

"당신은 언제 어디서든 형제를 들먹였고, 형제가 없으면 기업도 없다고 말했었지…."

잉푸는 고개를 가만히 끄덕였다. 예성 사장도 눈물을 글썽였다.

"2008년 춘제 전날, 나는 직원들과 함께 동방몽도의 프로젝트 연구 보고를 마치고 나서 병이 났었고, 일주일 동안 열이 펄펄 끓었다. 겨우 앉아서 밥을 먹게 되었을 때 집사람에게 호되게 욕을 먹었다."

예성 사장의 눈물은 두 뺨을 타고 흘러내렸다. 위만리 부장도 따라 울기 시작했다. 그녀는 테이블 위의 종이 냅킨을 집어 예성 사장의 손에 건네주었다. 예성 사장이 잉푸를 노려보았다.

"집사람이 나에게 무슨 욕을 했는지 알고 싶나?"

잉푸는 고개를 끄덕였다. 예성 사장의 얼굴에 느껴지는 한기가 한겨울 눈 덮인 얼음장 속으로 내던져진 듯했다.

"나더러 패기가 없고 남자도 아니라고 욕을 퍼부었어. 내가 기꺼이 하인이라는 올가미를 쓰고 당신의 집과 정원을 지키고 있다고 하더군. 당신이 기르는 한 마리 개가 되어 짖으라 하면 짖고, 던져주는 것이나 받아먹으면서 좋아서 어쩔 줄 모른다고 했어."

예성 사장은 '악'하는 소리를 지르고 한숨을 쉬고 눈을 세게 감았다가 다시 한숨을 쉬었다.

"나는 몹시 놀라서 아무 말도 할 수 없었지. 집사람은 오히려 내가 당신과 싸울지를 걱정했고, 항상 당신과의 인연과 기회를 소중히 하라고 말했지."

"그녀가 왜 그런 말을 했지?"

잉푸는 고개를 갸우뚱했다.

"내 아내가 말했다. 나는 열이 나서 며칠 동안 밖에 나가지 못하고 거실 텔레비전만 보고 있었다. 그러던 중 우연히 당신이 텔레비전 인터뷰 프로그램에 나와서 유유자적하게 말하는 걸 보았다고 하더군."

"그걸 보고 왜 화가 나지?"

"네 인생의 목표가 기업 왕국을 만드는 것이고 이 시대에 결코 누구에게도 밀리지 않는 것이라고 말했기 때문이다."

"그게 뭐가 잘못됐다는 거야?"

예성 사장은 눈썹을 치켜뜨고 오른손으로 테이블 가장자리를 '탕'하고 세게 내리쳤다.

"당신 입장에서는 틀린 말이 아니겠지. 그러나 내 아내는 그 이야기를 주의 깊게 들었다. 당신은 우리 형제들을 위해 기업을 세우고 싶다는 말은 한마디도 하지 않았어."

"그녀가 잘못 생각하고 있는 게 아니야? 잊은 것은 아니겠지? 내가 창업한 지 4년째가 되었을 때, 자산이 5천만 위안으로 올라 겨우 기업답게 되었다. 그때 너는 일하던 관공서에서 그만두려고 했던 참이었고, 그래서 내가 너를 우리 회사로 데려왔던 것을…."

예성 사장도 오른손을 뻗어 '톡톡' 테이블 가장자리를 두드렸다.

"네가 일했던 관공서를 그만뒀을 때 너는 한직으로 밀려난 사무과장이었지. 네가 한 여직원과 미묘한 관계라고 누군가 말해주었어. 뇌물을 받아 당신을 조사하고 있다는 사람도 있었지. 너는 공직을 그만두어야만 했어. 우리 회사에 처음 왔을 때 너는 빈털터리였다. 우리 회사에 처음 온 날, 너는 국산 검은색 정장을 입었다. 네가 의자에 앉자마자 나는 옷장에서 파란색 명품 아르마니 넥타이를 꺼내서 맸을 거다. 잊었나?"

잉푸의 말에 예성 사장은 대답하지 않고 두 손으로 뜨거운 물수건을 가져다 얼굴에 댔다. 조금 더 있으면 귀까지 덮을 듯했다.

잉푸는 이어서 펑쉐에민 부장을 쳐다보았다.

"그리고 당신, 펑쉐에민! 당신은 베이징 교외의 직업고등학교 교사였다. 학교가 문을 닫아 일할 곳이 없어지자, 나의 친척에게 부탁해서 우리 회사에 왔다. 너는 처음으로 넥타이를 맸다는데 넥타이가 스웨터 밖으로 나와 있던 것을 기억한다. 그렇지?"

평쉐에민은 훌쩍 콧물을 들어 마시고 고개를 창밖으로 돌렸다.

"헤이이지에, 당신은 내가 그만둔 관공서의 배관공이었다. 네가 우리 회사로 오는 것을 동의하고 처음 우리 회사에 왔을 때 너는 작업복을 입고 공구 가방을 들고 왔다. 기억하고 있나?"

헤이이지에 부장은 가볍게 고개를 끄덕였다.

"물론 기억하지. 그렇지 않았다면 지난 몇 년 동안 당신을 위해 이렇게 맨션을 잘 관리하진 못했을 거니까."

"잘하고 못하고는 다른 문제다. 그것을 기억하는 만큼 너는 양심이 있다는 거다."

잉푸는 위만리 부장을 향해 고개를 돌렸다.

"위만리, 당신은 2008년 춘절이 지난 2개월 후, 예성 사장의 추천으로 우리 회사에 왔지?"

위만리 부장은 고개를 들었다.

"말씀하신 대로입니다."

"네가 맡은 일은 보통의 회계업무였다. 지금은 간부가 돼서 연봉 백만 위안을 받지. 아직 그 연봉이 충분하지 않나?"

아랫자리에 앉은 사람들 모두 표정이 침울해졌다. 잉푸의 표정도 침울해졌다. 그가 하는 말은 철퇴가 되었고, 한 사람씩 쾅쾅 가슴에 대못을 박는 것 같았다.

"마르크스의 말은 훌륭하다. 자본은 이 세상에 나타났을 때부터 이미 피투성이였다. 이것이 자본의 잔혹함을 보여준다. 그러나 아무리 잔혹하고 비정해도 자본은 자본이다. 그게 아니라면 어떻게 시장경제가 있었겠나? 상인들은 시장에서 뭘 할 것이고?"

잉푸는 눈을 부릅뜨고 예성 사장을 노려보았다.

"이것이 당신이 생각나게 만든 우리들의 과거다. 첫째, 당신은 창업 주주가 아니다. 둘째, 투자자도 아니다. 무엇을 근거로 내 회장 의자를 노리지?"

잉푸는 예성 사장의 대답을 기다리지 않고 다시 창밖을 바라보았다.

"오늘 집에 돌아가면, 이 말을 당신의 아내에게 해주고 설득해 봐."

펑쉐에민 부장은 입을 약간 삐죽 내밀었다.

"지금 말은 잘하지만, 당신은 공무원을 그만둘 때 빈털터리였다. 그런데 돈이 어디에서 나왔지? 우리가 목숨 걸고 일했기 때문에 오늘의 당신이 있는 게 아니겠어?"

"내 돈은 내가 목숨과 바꾼 것이다."

잉푸는 오른손 엄지손가락으로 자신의 가슴을 가리키며 말했다.

"알아? 내가 만들어 준 배에 너희들도 함께 올라타고 여기까지 왔다. 하지만 배를 어떻게 만들었는지 너희들은 모르잖아? 누가 도와주고 누가 마음을 써줬지?"

잉푸는 오른손을 떨며 얼굴을 젊은 사람들 쪽으로 돌렸다.

"공무원을 그만둔 후로 나는 지금까지 하루도 편히 발 뻗고 잔 적도 없었고, 한밤중에 가위눌려 벌떡 일어나곤 했다. 다들 내가 사람들 앞에서 웃는 것밖에 못 봤겠지. 누가 한밤중에 일어나 엉엉 우는 나를 본 적 있었나? 공무원을 그만두고 나와서 처음에는 잎 차와 복사기를 되넘기는 장사밖에 할 수 없었다. 6만 위안을 빌렸지만, 손에 들어오자마자 사기를 당했다. 공무원을 그만두고 일 년이 되었을 때 나는 운 좋게도 누구도 아무 데도 쓸모없다고 여기고 관심을 두지 않은 땅을 손에 넣을 수 있었다. 자본은 피투성이로 이 세상에 등장했고, 돈 위에 내 피로 범벅이 되어 있지."

치열 사이로 밀어내듯 그 말을 하고 잉푸는 펑쉐에민 부장을 노려보았다.

"너희들의 피가 묻어 있을까?"

펑쉐에민 부장은 웃으며 두 손을 탁자 가장자리에 대고 잉푸를 비스듬히 바라보았다.

"우리들의 땀이 묻어 있지. 말은 형제라고 하면서 당신은 자본을 말한다. 그러나 나는 피와 땀을 말하고 싶다."

그렇게 말하는 펑쉐에민 부장의 눈에도 눈물이 흐르기 시작했다.

잉푸는 가볍게 고개를 끄덕였다.

"동방몽도만 해도 그렇다. 나는 기공 때부터 지금까지 머리를 다섯 번이나 다쳤다. 다리는 세 번 철근에 찔렸다. 감전되어 기절한 적이 두 번이고, 현장에서 4명이 사망했다. 그때마다 그 시체를 모두 내가 어깨에 메고 옮겼다."

펑쉐에민 부장은 펑펑 울며 말했다. 눈물이 두 뺨을 타고 줄줄 흘러내렸다. 그 자리에 있는 사람들 모두 눈이 붉어졌다. 펑쉐에민 부장은 한참을 흐느끼고 나서 다시 말을 이었다.

"23층에서 미끄러져 떨어진 그 비계공은 머리가 으스러졌다. 뇌 속 내용물이 달걀흰자처럼 땅바닥에 흩어졌고 피범벅이 되어 있었다. 그 전기공은 몸이 절반은 불에 탔다. 조금만 잡아당겨도 손목이 뚝 떨어져 나왔고…."

펑쉐에민 부장은 소리를 내지 않고 오열하며 잉푸를 바라보았다.

"오늘 당신은 형제 관계를 절연하는 술을 마시겠다고 하는데, 작은 병에 든 샤오얼 세 병으로 나를 쫓아내겠다는 잠꼬대 같은 소리는 하지 마라. 우리는 벽돌 하나하나, 기와 하나하나를 쌓아 올려서 당신의 몽도를 만들어 주었다. 이 상황에 대해 제대로 결론을 지어주지 않으면 이번에는 우리가 박살 내겠다. 믿기지 않으면 두고 봐."

그 말을 끝내고 그는 눈물을 쏟았다. 눈물을 훔치며 일어나더니 오른손으로 샤오얼 한 병을 들고 단숨에 들이켰다. 그런 다음 술병을 머리 위에서 흔들더니 힘껏 화강암 바닥에 내던졌다. 유리 조각이 술 냄새를 풍기며 발밑에 흩어지는 것을 보면서 헤이이지에 부장이 일어섰다.

"지급이 늦어지면 시공사가 물건을 넘겨주지 않는다. 수백 명의 업자가 내장공사를 할 수 없게 되어 내 사무실을 찾아와 여러 번 부쉈다. 오늘 그들은 엄청난 인원이 모여들어 현장에서 소동을 벌일 계획을 세웠다. 현수막을 여기저기 마구 걸고 있는 그들을 나와 맨션을 관리하는 직원들이 겨우겨우 설득하고 사정해서 현수막을 걸지 못하게 했다."

"나는 머리를 맞아 붕대로 감았다."

왕라이왕 부장은 왼손에 들고 있던 찻잔을 탁자에 '쾅'하는 소리를 내며 내려놓았다.

"선수금을 낸 손님은 건설위원회에 막혀 인터넷으로 계약할 수 없다. 영업 로비 창구에서 서류도 받을 수 없다. 오늘도 잔뜩 몰려왔다. 다들 현수막도 가지고 왔지. 나와 같이 영업하는 젊은 여성들이 겨우 달래서 현수막을 철거했다."

왕라이왕 부장은 절실하게 잉푸를 쳐다보았다.

"솔직히 말해서, 회장 당신이 하는 일은 착한 사람을 가지고 노는 놀이다. 우리가 당신을 섬기며 대신 고생하는 것을 모른다."

손으로 눈을 비비면서 잉푸는 펑쉐에민 부장을 쳐다보았다.

"당신들이 힘들다는 건 나도 잘 안다. 이 수십억의 매출이 동방몽도의 토대가 되어 준다는 것도 알아주었으면 한다. 그 매출은 영업하는 젊은 여성들이 한 평 한 평 땅을 팔아서 전표를 한 장 한 장 사장 품으로 날랐다."

이야기가 끝나자, 잉푸는 오른손에 들었던 찻잔을 내려놓았다. 이번에는 샤오얼을 한 병 따서 꿀꺽꿀꺽 마시고 먹고 있던 빵과 빈 병을 테이블 위에 내동댕이쳤다.

예성 사장은 두 손을 들어 머리 위에서 크게 흔들었다.

"회장에게 괴로움을 호소하는 것은 자신의 가치를 낮추는 것이 아닌가? 필요한 것은 찾아야 한다. 오늘 여기까지 말했으니 회장 당신도 솔직하게 말하길 바란다."

잉푸는 높이 오른손 엄지손가락을 치켜들었다.

"말 잘했다. 형제간의 절연은 이렇게 해야 한다. 하고 싶은 말을 다 속에서 꺼내 놓아라. 술의 힘을 빌리면 말하기가 쉽지. 칼이 아니라, 말로 사람을 도려내는 거다."

"당신은 겉은 번지르르하고 좋아 보이지만, 나중에는 들판이 되어라, 산이 되어라 그러겠지?"

예성 사장의 목소리가 높아져서 칼끝처럼 그 말이 잉푸를 찔렀다.

펑쉐에민 부장은 예성 사장의 힐문을 듣자 몸을 뒤로 젖혀 등을 의자에 기댔다. 그런 다음 팔짱을 끼고 비스듬한 시선으로 잉푸를 차갑게 바라보았다.

헤이이지에 부장은 샤오얼을 마신 취기가 채 가시기도 전에 예성 사장의 비난을 듣자 금세 눈이 휘둥그레졌다.

"예성 사장, 당신 말에는 가시가 돋쳐 있어. 네 말을 들으면 회장님이 우리를 땅에 묻으려는 것 같잖아."

예성 사장은 다시 소리를 질렀다.

"잉푸 회장, 대답해 줘."

"뭘 대답하라는 거지?"

잉푸는 의자에 등을 기대고 시선을 펑쉐에민 부장 뒤의 창가에 있는 후

한 말 무장인 관우의 관제상으로 돌렸다.

"당신이 우리 몰래 판 거 아냐?"

"당신들은 모두 닌자(일본의 가마쿠라 시대부터 메이지 유신 직전까지 활동했던 특수 전투 집단)처럼 날렵하고 기운은 산하를 삼킬 정도지. 내가 어떻게 당신들 모르게 팔 수 있겠어?"

잉푸는 오른손으로 '탕'하고 테이블을 쳤다.

"이 정도뿐인 인간들이군! 다들 듣고 있으니 당신이나 이야기해 봐."

"그 말은 당신이 먼저 꺼냈잖아?"

예성 사장도 의자에 등을 기대고 비스듬히 잉푸를 쳐다보았다.

"석 달 전 당신은 중앙직속의 대형 부동산그룹에 동방몽도 프로젝트 회사의 주식을 팔겠다는 의향서에 사인하지 않았나?"

일동은 침묵했다. 누군가가 아까부터 하던 딸꾹질을 뚝 그칠 정도로 무거운 정적이었다. 벽걸이 크리스털 시계가 북처럼 울렸다. 추메이 부장이 일어나 이야기하려고 했다. 잉푸가 오른손을 올리자, 그녀는 다시 앉았다.

"맞다. 그런 협의가 있었다. 원래 계획으로는 올해 8월 말까지 동방몽도의 1기 공사가 끝난다. 그에 따라 해외 부동산펀드가 투자한 십억 위안, 3개 신탁그룹이 투자한 이십억 위안을 모두 상환해야 한다. 저당 잡혀 이십억 위안을 빌린 채무도 잔액을 갚아야 한다."

잉푸는 고개를 들어 밖을 내다보고 다시 관제상을 보았다.

"해외 부동산펀드와 신탁회사의 계약 조항으로는 만약 채무를 상환하지 못하면 앞으로 우리는 프로젝트 권리를 잃게 된다. 은행 채무를 상환하지 못하면 그들은 건축물을 경매에 부칠 수 있다. 만약 그렇게 되면, 모두의 고생은 헛수고가 되고, 2기 공사도 할 수 없게 된다."

위만리 부장은 술 냄새와 함께 숨을 내쉬며 말했다.

"그럼, 그 중앙직속의 부동산그룹이 우리 주식을 잡는다는 것과 똑같나요?"

"똑같지 않아요."

추메이 부장이 의자를 뒤로 젖히고 양손으로 테이블 가장자리를 짚으면서 일어섰다.

"그 그룹 기업과 얘기한 조건은 그들이 해외 부동산펀드와 신탁 부채를 전액 상환하고 은행 잔액을 지급한다는 것입니다. 그들의 주식 취득은 51퍼센트, 우리는 49퍼센트, 그렇지만 프로젝트 회사의 운영권은 우리에게 있습니다. 2기 공사 주택이 출시되는 것과 동시에 거기서 나오는 매출은 먼저 그 투자 금액을 상환하게끔 되어 있습니다. 그리고 상환이 끝나면 주식은 21퍼센트가 우리에게 돌아옵니다. 결국 그들은 30퍼센트의 주식을 소유할 뿐입니다."

예성 사장은 눈을 가늘게 뜨고 비스듬히 앉아서 흘끗 추메이 부장을 쳐다보았다.

"추메이 부장, 하나만 묻겠는데, 그 협상은 당신과 잉푸 회장 두 사람만이 비밀리에 실행했지? 조건은 제대로 얘기해 줬으나 사람들의 업무에 대해서는 말하지 않았다. 그건 어떻게 정했나? 우리의 앞날은 어찌 되는 건지 지금 우리 모두에게 말해주게. 어떤 조건인가?"

"그들이 최대 주주일 동안에 재무, 운영, 판매의 권리는 교체되어야 합니다."

그렇게 말하면서 추메이 부장은 헤이이지에가 '후유'하고 한숨을 쉬며 젓가락으로 고기를 집어 입에 넣는 것을 보고는 씩 웃으며 말했다.

"헤이이지에 부장님, 잠깐만요. 먹는 것을 잠시 멈추세요. 당신의 자리도 내놓으라고 했습니다."

헤이이지에 부장은 몹시 놀라서 젓가락으로 집어 든 고기를 의자에 떨어뜨렸다.

"뭐라고? 그렇게 해서 우리를 쓸어내겠다는 거야?"

"잠깐만 그렇다는 겁니다. 우리가 주식 권리를 되찾으면 재무권 외에는 다 우리가 결정할 수 있습니다."

펑쉐에민 부장은 깍지 낀 팔을 풀고 오른쪽 손바닥으로 탁자 가장자리를 탁탁 두드렸다. 그리고 작은 소리로 천천히, 한 음절 한 음절 씹듯이 말했다.

"이게 당신이 말하는 형제의 정이라는 거다. 당신 같은 사람을 죽이겠다고 나서는 놈이 없다는 게 이상하지."

펑쉐에민 부장의 말과 어조는 한겨울의 하수구나 시궁창에서 올라오는 냄새 같았다. 위만리 부장은 눈을 붉히며 크게 입을 벌리고 두 손으로 탁자 가장자리를 두드렸다.

"말 잘했어!"

15

"이 술은 당신 거지만 내 말을 다 듣지 않고는 마실 수 없어."

위만리 부장의 붉은 얼굴을 비스듬히 보며 잉푸는 미소 지으며 일어나 그녀의 곁으로 가서 다시 샤오얼 한 병을 단숨에 비웠다. 그리고 그는 그녀 뒤에 서서 상석에 있는 젊은이를 둘러보았다.

"예성, 당신은 내가 머릿속이 텅 비어서 아무것도 모르고, 자신은 전지전능해서 뭐든 다 안다고 생각하겠지. 그래서 그 비밀스러운 계약을 알고 있다고 말하는 거고. 그렇지 않으면 오늘의 행사에서 나를 죽이려고까지 했겠어?"

예성 사장이 벌떡 일어나 잉푸를 마주 보았다. 잉푸가 두 손을 그의 어깨를 잡자, 몸에 힘이 빠져 다시 자리에 앉아버렸다.

"서두를 것 없어. 당신이 날 죽이려 했는지 아닌지는 경찰이 결정할 테니까. 하지만 사실 그 계약은 원래 당신을 대비하기 위한 거였지. 당신들은 재산을 빼앗고, 사람을 죽이는 일을 그 약속 이전부터 시작했어!"

잉푸는 그 말을 하면서 빙글 한 바퀴를 돌아 자신의 자리로 천천히 돌아갔다. 자리에 앉자, 샤오얼을 다시 한 병 집더니 단숨에 들이켰다. 커다란 목젖이 술이 넘어감에 따라 꿈틀꿈틀 움직였고 술은 병에서 꿀꺽꿀꺽 소리를 내며 입으로 흘러 들어갔다. 뜻하지 않은 상황이 전개되자, 예성 사장과 헤이이지에 부장, 펑쉐에민 부장은 숨죽이고 그 목젖을 바라보며 두 주먹을 꽉 쥐었다.

"이 술은 맛이 없다. 술을 마시면 조상을 욕하고 싶어지고, 너희들의 결점을 들추고 싶어진다. 이건 돌림병과도 같다."

잉푸는 자신을 죽일 듯이 바라보는 예성 사장의 시선과 마주치자, 그에게 고개를 끄덕여 주고 웃었다.

"예성 사장, 해외 부동산펀드는 이 지역 지도자의 아들이 가져온 것이다. 당신에게 묻겠는데, 3년 전 그들과의 투자 협정을 계약했을 때 당신은 별도로 그들과 개인적인 계약도 맺지 않았던가?"

예성 사장은 굳게 입을 다물고 차가운 표정으로 고기를 집어 냄비에 넣고 익혔다.

"그 펀드는 도입하자마자 다른 이의 둥지를 몽땅 가로채게 돼 있었다. 너희들의 규정에 따르면 1기 프로젝트가 끝났을 때, 만약 회사 자금에 문제가 생기면 그들은 자금을 모아 신탁 펀드와 은행 부채를 갚기로 했다.

그런 다음, 이 프로젝트 회사의 너의 지분 10%의 평가액을 5억으로 하고, 그 절반을 그들이 산다. 그리고 너를 회장으로 옹립해서 2기의 프로젝트를 계속할 수 있게 하고, 2기 프로젝트가 완성되면 그들은 이익과 원금을 다 가져가고 회사는 당신 소유로 해주기로 했다. 그렇지 않나?"

"그래, 맞다. 그것이 불법은 아니다."

예성 사장은 얼굴을 들어 잉푸를 쳐다봤다.

"왜 내가 틀렸지? 너에게는 능력이 있으니, 돈을 갚을 수 있으면 그걸로 된 거 아냐?"

"돈을 갚는다고? 나에게 갚게 하겠다는 건가? 오늘 너희들은 난동을 부려 프로젝트를 엉망으로 만들어 놓았다. 나를 짓밟고 죽여서 너희들의 생각대로 되었다면 이 프로젝트는 너희들 것이 되었겠지?"

"너무 비열해!"

정라이칭 부장이 큰소리로 외쳤다.

"가장 비열한 놈은 저자다. 자기 부하를 모두 내쫓는 거니까."

잉푸가 그렇게 말하자, 펑쉐에민, 헤이이지에, 위만리, 왕라이왕 부장은 모두 젓가락을 놓고 일제히 예성 사장을 돌아보았다. 그리고 다시 잉푸에게로 고개를 돌렸다.

"계약에서는 이렇게 결정되어 있었다. '자금이 생기면 현대적인 회사 경영을 추진한다. 제삼자 전문가 그룹을 불러서 인재를 초청해 부장으로 임명한다'라고."

잉푸는 마주 앉은 사람들을 한 명씩 차례차례 보며 말했다.

"너희들은 모두 퇴직금을 받고 그만두는 거야!"

펑쉐에민 부장이 예성 사장을 향해 물었다.

"아니지? 나에게는 5퍼센트의 주식도 있다."

"너의 그 주식은 예성의 책임하에 이미 결정했다. 천만 위안의 평가액으로 그에게 양도하기로 정해졌지."

"뭐라고? 천만 위안? 예성 사장 당신 미쳤어? 당신은 잉푸 회장보다 훨씬 더 뻔뻔하고 더 치사한 인간이다. 이거야말로 똥 묻은 개가 겨 묻은 개를 나무라는 격이잖아. 남의 악행은 폭로하고 자신의 악행은 감쪽같이 속이겠다는 거지."

펑쉐에민 부장은 두 손으로 탁자를 힘차게 내리쳤다. 예성 사장은 다시 왼손으로 젖은 물수건을 집어 얼굴을 닦았다. 얼굴을 펑쉐에민 부장 쪽으로 돌리자, 그는 고개를 흔들었다.

"펑쉐에민 부장, 당신은 이미 충분히 가졌잖아? 나는 쭉 이 프로젝트에 전념했지만, 아직 뇌물을 한 푼도 받지 않았다. 그런데 당신은 어때? 철거 때부터 시 부구청장의 여동생과 짜고 철거 회사와 건설회사를 만들었지. 이 프로젝트가 가동되면 너희들은 수억을 손에 넣게 되어 있지. 나도 사실대로 말하겠다."

"증거가 있나?"

펑쉐에민 부장은 고개를 들어 샹들리에를 올려다보았다.

"뭐든 다 밝혀주마."

"예성 사장을 번거롭게 할 필요는 없다. 한 병 더 마시면 뭐든 다 원하는 대로 될 거야. 보증하겠다."

잉푸는 가벼운 투로 말했다. 그러나 예성 사장은 눈을 깜박이며 크리스털 시계만 바라볼 뿐이었다. 문득 눈에 힘을 주어 감았다 뜨고서 예성 사장은 잉푸를 향해 말했다.

"잉푸 회장, 벌써 오후 3시다. 이번에는 칼로 사람의 살을 찢을 건가? 다 마시고 다 먹어야 문을 열어줄 건가?"

싸늘하게 웃으며 예성 사장은 다시 고개를 흔들었다.

"넌 누구도 흉내 낼 수 없는 뛰어난 무술을 지녔지. 그럼, 지금 우리를 갈아서 냄비에 끓여 먹는 건 어때?"

잉푸가 자리를 떠나 창가에서 밖을 내다보았다. 이젠 비행기가 보이지 않았다. 잉푸는 돌아서서 예성 사장을 향해 '흥'하고 코웃음을 치고는 고개를 끄덕이며 말했다.

"서두를 것 없다. 내 말을 잘 들으면 4시에 풀어주지. 너희들은 병영을 차리고 진을 치고 싶을 것이다. 그럼, 나는 그것을 방해하고 문을 굳게 닫아 너희들을 개처럼 대접하면 된다."

그렇게 힘주어 말하고 나서 예성 사장을 향해 잉푸도 고개를 흔들었다.

"우리는 공통의 생각을 가져야 이 문을 나서면서부터 부담이 사라져 마음이 가벼워진다. 그래야만 앞으로 사활이 걸린 이 프로그램을 그만두게 될 것이다."

"들어봅시다."

곧바로 펑쉐에민 부장이 눈을 부릅뜨며 말했다. 예성 사장이 고개를 갸웃하면서 힐끗 돌아보며 고개를 흔들었다.

"예성 사장 고개를 흔들지 마라. 체면은 엉망이 되었다. 공통된 생각을 가져야 한다. 그 이유는, 목숨이 왔다 갔다가 하는 일이기 때문이다."

잉푸는 조금 웃어 보이고 그에게 고개를 끄덕였다.

"좋아!"

예성 사장도 고개를 끄덕였다.

"어떤 공통 인식이라는 거지? 이런 억지를 부리는 건 뭐야?"

"할석분좌(割席分坐), 즉 자리를 잘라서 앉은 곳을 나눈다."

추메이 부장은 얼굴 앞으로 두 손을 올려서 가볍게 맞댔다.

"자리를 잘라서 앉은 곳을 나눈다는 말은, 남조 송나라의 관녕(管寧)과 그의 친구 화울(華韵)이 도포를 갈라서 정과 의리를 절교한 고사 말인가요?"

잉푸도 손뼉을 쳤다.

"매우 훌륭하다. 그것을 기억하고 있다니…. 고사이긴 하지만 그 이야기를 가져와서 오늘의 주제를 표현하는 것은 모두에게 퇴로를 남기기 위해서다."

잉푸는 가볍게 테이블 가장자리를 두드리고 일어섰다.

"예성 사장, 이렇게 하지. 결론부터 말하자면, 우리는 십몇 년간 같이 동고동락해 왔다. 오늘부터 우리는 싸우거나 소란을 피우지 말고, 함께 이 1기 프로젝트의 등기를 하자. 그런 다음, 당신은 당신 자신이 가진 펀드의 꼬리를 잡아라. 나는 나의 중앙직속기업에 몸을 팔 것이다. 먼저 돈을 손에 넣은 사람이 회장 의자에 앉기로 한다. 그렇게 하면 어떨까?"

예성 사장은 힘차게 손뼉을 치며 허리를 쭉 폈다.

"좋아, 그 제안을 받아들이겠어."

예성 사장은 두 손으로 테이블 가장자리를 누르고 일어나 잉푸를 마주 보았다.

"그렇게 해서 자리를 잘라서 앉은 곳을 나누기로 하지."

"오오, 두 사람은 드디어 의기투합했군. 친구를 소중히 여기게 되었고, 사이좋은 관계도 처음같이 원상 복귀되었군. 그런데 우리는 뭐지? 이 식탁에 올라 있는 잉어 조림과 냄새나는 쏘가리 요리 같잖아?"

펑쉐에민 부장은 팔짱을 끼고 고개를 들어 머리 위의 샹들리에를 보았다.

"나는 이렇게 생각했다. 밖에서 어떤 모욕을 당한다 해도 형제가 살기 등등하여 서로 물어뜯고 상처를 입히는 것보다는 낫다고…. 이렇게 하지 않겠나? 나는 이대로 회장 자리에 앉아 있고, 너희들은 각각 돈을 준비하여 자신만의 쌀 창고라 할 수 있는 회사를 만들어서 그곳의 사장이 된다. 각각 그런 식으로 합작하겠다면 나는 너희들과 최우선으로 손을 잡겠다. 부족한 비용은 프로젝트에서 보완하면 된다. 비즈니스 방식으로 일을 처리하자."

잉푸의 말이 끝나기가 무섭게 펑쉐에민 부장이 일어나서 잉푸와 예성 사장을 번갈아 바라보고 나서 잉푸에게 두 주먹을 가슴 위에 모아 공수 인사를 했다.

"알았다. 나는 당신을 믿겠다. 회사를 나눌 때의 돈은 다시 이야기하기로 하고, 2기 공사는 사십만 평을 받아야 한다."

"맞다. 정말로 그보다 적게 받아선 안 된다. 역시 자넨 내가 데려온 사람답군. 자네는 배포가 커. 좋아, 잘 알았다. 계약하는 걸로 하지."

잉푸는 펑쉐에민 부장에게로 가서 하이 파이브를 했다. 그때 샹들리에가 반짝 빛나는 것 같았다. 창밖의 햇빛이 안으로 쏟아져 들어와 단박에 몇 배나 더 밝아진 느낌이었다. 추메이 부장은 긴 속눈썹에 약간 치켜 올라간 눈을 동그랗게 떴다.

"서두르지 말게! 아직 3시 30분이다. 나의 세 번째 이야기를 아직 못 들었지 않나?"

예성 사장이 일어서는 것을 보고 잉푸는 그쪽으로 가서 그의 앞을 막아섰다.

"그럴 마음 없어, 그건 네가 알아서 즐기면 돼."

예성 사장은 창밖을 힐끔거리면서 잉푸의 잔뜩 찌푸린 시선을 피했다. 추메이 부장은 손뼉을 치며 고개를 돌려 예성 사장을 보았다.

"예성 사장님, 함께 들어주어야 대화잖아요. 놓치면 아깝지 않을까요?"

예성 사장은 입꼬리를 일그러뜨리며 눈썹을 치켜뜨고 펑쉐에민 부장을 보았다. 위만리 부장은 얼른 손을 뻗어 예성 사장의 팔을 잡아당겼다.

"사장님, 앉으세요. 어쩌면 그는 물구나무서서 입에서 연꽃을 꺼낼지도 모르잖아요."

잉푸는 위만리 부장에게 웃어 보이면서 고개를 끄덕였다.

"눈치가 빠르군. 지금부터 하는 이야기는 개의 입에서 상아가 나오는 이야기다."

이렇게 말하면서 잉푸는 양손을 뒤로 잡고 창밖을 내다보았다.

"오늘 나는 드디어 내가 누구인지 확신했다."

잉푸는 그 말을 듣고 그 자리에 있는 사람들이 눈을 크게 뜨고 일제히 그를 바라보았다.

"예성 사장은 나에게 이 세상 제일의 무술을 익혔다고 했지만, 그건 내 전생이 아수라인 것을 모르기 때문이다."

위만리 부장은 왼손으로 '탕'하고 탁자를 쳤다.

"뭡니까? 오늘 당신은 지식을 과시하며 당신을 경배하는 예배라도 드리자는 건가? 그 아수라라는 게 신인가 인간인가?"

"어차피 넌 인간이 아니다!"

예성 사장은 이를 악물고 이 사이로 그 말을 짜냈다. 그때 그의 찡그린 눈썹 사이의 이마가 더욱 가운데로 모였다. 그는 잉푸가 이야기를 계속하려는 목적이 시간을 지연하려는 것이고, 자신을 호텔에 가두어 외부와의 연락을 끊는 것에 있다는 것을 알아차렸다. 그런데 놈이 어떤 비장의 카드를 꺼낼 것인지도 궁금했다.

잉푸는 히죽히죽 웃으며 고개를 끄덕였다.

"예성 사장은 지식의 폭이 넓고 뭐든 잘 아니까 아수라가 사람이 아니라는 것쯤은 잘 알고 있겠지? 그렇다면 아수란 무엇일까?"

잉푸는 위만리 부장을 돌아보았다. 그녀는 몽롱한 표정으로 두 손으로 테이블 가장자리를 잡고 후들거리는 몸을 간신히 지탱하고 있었다. 그러더니 눈을 부릅뜨고 잉푸를 향해 소리쳤다.

"당신이 직접 말해! 당신의 정체는 대체 뭐냐고?"

추메이 부장이 입을 삐죽거리며 말했다.

"무례하군, 술의 힘을 빌려 고마운 분을 욕하다니. 그분이 누구냐고? 당신의 회장님, 당신에게 입을 옷과 먹을 양식을 주는 분, 바로 당신을 먹여 살리는 부모잖아요!"

위만리 부장은 두 손으로 탁자를 탕탕 치며 맹렬하게 대들었다. 예성 사장의 말투와 비슷해서 쇠똥구리를 잡아다 굴리고 있는 느낌이었다.

"제멋대로 지껄이지 마라. 네가 뭘 알아? 네가 이 회사에 온 지 얼마나 됐다고…. 너보다 십 년이나 밥그릇이 많아. 나는 밖으로 나가겠어. 이런 자리에서 신이니 귀신이니 하는 터무니없는 농간에 휘말리고 싶지 않아. 뒷골목을 떠도는 은거자가 쇠똥구리 설사하는 것을 보았다는 식의 말도 안 되는 얘기를 하러 자리에 온 거야."

말을 마치자, 위만리 부장은 양손으로 테이블 가장자리를 짚고 일어나 자리를 뜨려고 했다. 예성 사장은 휘청거리는 그녀를 부축하고 여종업원에게 눈짓했다.

"술에 취했으니, 도로까지 데려가서 택시를 잡아 보내주세요."

잉푸는 차 테이블 앞으로 가서 냄비 안의 휴대전화를 보았다. 끓고 있던 여섯 개의 휴대전화는 푹 젖은 채 이미 기능이 멈춰 있었고, 지친 듯 냄비 안에서 침묵하고 있었다. 돌아보지 않고 그는 조용히 말했다.

"그녀를 보내줘라. 그런데 집으로 돌아가는 게 아니다. 감옥으로 간다!"

위만리 부장은 즉각 걸음을 멈추었다. 돌아서서 왼손으로는 잉푸를 가리키고 눈은 예성 사장 쪽을 쳐다보았다.

"이 거짓말쟁이가 이제 미치기까지 했나?"

"어이, 아직도 추파를 던지는 거야?"

잉푸는 표독한 얼굴로 말했다.

"재무부장이면서 위만리 넌 그동안 살금살금 도둑질을 해왔지. 지난 3년 동안 넌 대담하게 내 인감도장을 열일곱 번이나 몰래 사용해서, 이 프로젝트에서 1억 8천만 위안을 빼냈다."

그렇게 말하면서 잉푸도 예성 사장을 바라보았다.

"오늘 너희들이 각본을 짜서 벌인 연극은 나를 고개 숙이게 했다. 너희들과 한 통속인 건설회사가 요구하는 돈을 꿀꺽하겠다는 그런 줄거리의 연극이었다. 다행히 나는 프로젝트가 종료하기 전에 허리띠를 졸라맸다. 내가 양보하지 않을 것을 알고 너희들은 아예 나를 죽여버리기로 작정했다. 나를 죽여야만 자본을 너희들 것으로 만들 수 있기 때문이다."

실내의 공기는 딱딱하게 굳어 있었다. 진한 술 냄새에 훠궈 냄비를 끓이는 알코올 냄새까지 뒤섞여 방 안의 공기가 혼탁했다.

"증거는? 증거가 없다면 우리는 법정에서 만나게 될걸."

위만리 부장은 두 손을 허리 뒤에 짚고서 눈을 부릅뜨고 잉푸를 노려보았다.

"증거는 4시가 되면 나올 테니, 곧 확인할 수 있다."

"기분이 나빠 견딜 수가 없어. 나 지금 토 나오려고 해. 집에 돌아가서 토하고 싶어."

"돌아간다고? 거짓말하고 여길 나가서 킬러한테 연락할 작정이었잖아? 내가 술에 취해 있어서 예성 사장이 너의 엉덩이를 찌르는 걸 못 봤다고 생각해?"

"이 얼빠진 인간아! 당신은 이제 우리의 회장 나부랭이가 아냐!"

"하하하"

잉푸는 웃음을 터뜨렸다. 그 웃음소리 속에는 울음소리도 섞여 있었다. 추메이 부장은 순간 눈물이 터져 나왔다. 정라이칭과 챠오첸 부장도 고개를 숙이고 눈물을 닦았다.

"내가 여섯 살 때, 3년을 키운 커다란 검은 개를 데리고 황하의 강변에서 '쇠를 통한 윤회' 같은 걸 경험한 적 있다."

잉푸는 창밖의 검푸른 하늘을 바라보며 말했다. 그곳에는 한 조각 흰 구름이 바람에 날려 흔들리고 있었다.

"6월의 어느 날 저녁이었지. 강변에는 몸집이 큰 기러기가 가득했다. 강가에는 두 마리 커다란 메기가 수염을 세우고 헤엄치고 있었어. 비가 올 것 같아서 철사를 구부려 만든 쇠고리를 돌리며 집으로 돌아가려고 했다. 그때 번개가 번쩍 내리쳤고 천둥이 귓가에서 작렬했지. 무서워서 눈을 감았다 떠 보니, 그 검은 개가 내 몸 위에서 불타고 있었다."

애달픈 표정을 지으며 잉푸는 창가로 가서 먼 곳을 바라다보았다. 4시가 가까워져 오자 저녁노을이 깔리기 시작했다. 동방몽도의 그림자가 지평선 위에서 희미하게 흔들리고 있었다.

"그때 나는 슬프고 괴로워서 큰소리로 엉엉 울기 시작했다. 비는 계속 내렸고 빗줄기가 점점 세차게 덮쳐왔어. 강변의 진흙탕 속에서 나는 두 손으로 구덩이를 파고 검은 개를 묻었지. 나는 개를 남겨두고 그곳을 떠나기 싫어서 엉엉 울고 있었다. 그런데 갑자기 귓가에 누군가의 목소리가 들려왔다. '꼬마야, 어서 돌아가거라. 이 개는 너를 위해 윤회 환생했다.' 나는 깜짝 놀라서 일어섰지만, 강변에는 아무도 없었다. 그때부터 나는 세찬 비바람이 불고 천둥이 칠 때면 언제나 사람이 앞에 없는 데도 사람이 눈에 보이고 목소리가 들려왔어. 그 검은 개는 강가에서 죽기 3년 전 어느 날 밤, 우연히 나에게로 왔다. 그때 어머니는 보릿대를 쌓아놓고 보리를 탈곡하던 중, 잠시 쉬면서 짚 더미 위에서 나를 안고 잠들어 있었어. 갑자기 내가 울기 시작하기에 일어나 주위를 보니, 커다란 검은 개가 내 옆에 와 있었다. 그 짚 더미는 사람 키만큼 높이 쌓여 있었고, 짚을 딛고 올라오려면 미끄러지는데 어떻게 그 개가 소리 없이 짚 더미 위로 올라왔는지 어머니는 신기해하셨어."

어릴 적 추억에 젖은 잉푸의 얼굴은 평온해졌다. 그는 눈을 들어 마침내 서쪽 하늘로 사라져가는 흰 구름을 올려다보았다. 그것은 방 안에서 그를 불러내려고 하는 커다란 검은 개처럼 느껴졌다.

"검은 개가 온 뒤로는 그 누구라도 나를 두려워해서 다가오지 않았지. 그런데 검은 개가 죽고 나서는 마을 아이들과 싸울 때면 늘 당했어. 어느 날 빗속에서 뒤엉켜 싸우고 있는데 마침 천둥소리가 울리고 번개가 쳤다. 나는 야수로 변해서 그들을 마구 때리고 발로 찼지. 순식간에 여러 아이를 피투성이로 만들었어. 두들겨 맞은 아이들은 집에 돌아가서, 그놈은 보통 애들과 다르다고 동네방네에 소문을 냈다. 그 이후로는 아무도 나에게 덤벼들지 않게 됐지."

그때의 정경을 떠올리며 잉푸는 웃음을 터트렸다. 추메이 부장은 잉푸의 치아에서 금속이 빛나는 것을 보았다. 추메이 부장 눈에 두려움이 감도는 것을 보고 잉푸는 웃었다.

"겁내지 마, 내 치아는 합금을 씌웠으니까. 열한 살 때, 또 그 이상한 사람을 만났다. 그 여름에 나는 허란산(닝샤 회족 자치구에 있는 무슬림 성산)에 살구를 따러 올라갔다. 오후가 되자 비가 내리기 시작했다. 오래된 사당을 향해 달려가 문 안으로 들어가려는데 커다랗고 뚱뚱한 염소가 튀어나왔다. 살펴보니 고개를 숙이고 달려오는 것이었다. 그 순간 번개가 내리쳤다. 어떻게 된 건지, 나도 모르는 사이에 그 동물을 붙잡고 있었다. 그 동물이 마구 팔을 휘저으며 발버둥 쳤기 때문에 나는 황급히 두 손으로 들어 올렸다. 그때 갑자기 그 사람의 목소리가 들렸다. '꼬마야, 놔줘라. 그 동물은 지금 막 윤회 환생한 인간이다. 수행을 방해하면 안 된다'라고 말이다. 연거푸 번개가 내리쳐서 나는 다시 정신을 잃었다."

그 이야기는 거짓 같기도 하고 진실 같기도 하고 동화 같기도 하고 실화 같기도 했다. 예성 사장은 펑쉐에민 부장과 눈을 마주 본 후, 다시 크리스털 시계로 눈을 돌렸다. 헤이이지에 부장은 왕라이왕 부장을 보고 입을 삐죽 내밀었다.

"그리고 어떻게 됐어요?"

추메이 부장은 잉푸의 이야기에 푹 빠져 있었다.

"눈을 떴을 때 나는 오래된 사당 옆 초가집에 누워있었지. 양치기 노인이 그릇을 들고 세 살쯤 되어 보이는 남자아이에게 오줌을 누이고 있었다. 말해도 믿지 않겠지만 눈 깜짝할 사이에 그 아이는 그릇 가득 오줌을 누었다. 노인은 그것을 나에게 먹이려고 했다. '꼬마야, 너의 전생은 아수라였다. 그래서 넌 싸움에 강하다. 이대로라면 너는 남에게 상처를 입힐 것이고, 너 자신도 다칠 것이다. 이것은 아이의 오줌이다. 이걸 마시면 너의 마성이 사라진다'라고 말하면서 말이다."

펑쉐에민 부장은 오른손으로 탁자를 치고 잉푸를 째려보았다.

"그리고, 그다음에는 신선이 하계로 내려왔다고 말하고 싶은 건가?"

"믿든 말든 그건 네가 알아서 하고."

잉푸는 펑쉐에민 부장을 바라보았다.

"오늘 그 폭죽은 번갯불과 천둥소리보다도 더 나를 자극했지. 그 한순간에 주변 사람들의 머릿속 생각을 완전히 알 수 있었다. 옷 속에 감춘 그 군용 칼이 옷 사이로 훤히 눈에 보였어. 나는 벼락을 맞아 남의 목숨을 빌려 살아난 후로 전혀 다른 사람이 되었다. 지금까지 말한 이야기는 오늘 너희들이 본 그대로야."

"그건 거짓말이 아니다. 당신이 오늘 보여준 이 세상 최고의 무술은 세 번째 이야기와 부합한다. 그런데 너는 형제간의 분열을 이야기하다가 자리를 자른다고 하고, 앉은 곳을 나눈다고 하더니, 또 네가 아수라가 될 때까지를 이야기했다. 오늘 네가 말한 이야기의 결말은 뭐지?"

펑쉐에민 부장도 팔짱을 끼며 덧붙였다.

"우리를 빨리 죽이자는 건 아니겠지?"

"원수는 반드시 보답한다. 악은 반드시 제거한다."

잉푸의 머리에서 뜨거운 김이 뿜어져 나오는 듯했다. 방 안에 있는 사람들 모두 두려움을 느꼈다. 여종업원들은 겁을 먹고 가만히 옷자락 끝을 잡았다.

16

그때 문이 열렸다. 우징 주임이 왼손에는 하도롱지(화학 펄프를 사용한 다갈색의 질긴 종이)로 만든 서류 봉투를, 오른손에는 노트북이 든 가방을 들고 미소를 지으며 들어왔다. 크리스털 시계는 4시가 되기까지 10분이 남아 있었다.

"회장님, 회장님은 참으로 현명하셨어요."

우징 주임은 곧장 다가와 잉푸의 오른쪽 빈자리에 앉았다.

"오늘 회장님은 여기서 저들을 상대로 전갈이나 호랑이와 싸운 것과 진배없습니다. 저들을 여기에 가둔 덕분에 저는 대풍작입니다."

우징 주임은 서류 봉투를 무릎 위에 올려놓은 채 한 손으로는 누르고 다른 손으로 두드렸다.

예성 사장은 눈을 동그랗게 떴다.

"우징 주임, 당신은 조서를 쓰러 가지 않았었나?"

우징 주임은 오른손을 귓전에 올리고 경례했다.

"예성 사장님께 보고하겠습니다. 배는 조금 고파요. 그러나 먼저 속에 든 악을 뱉어 버리지 않고선 먹을 수 없습니다."

"뭐야, 악인들의 계곡에 빠지기라도 한 거야? 어느 입이든 죄다 악취가 풀풀 나네."

펑쉐에민 부장이 곁눈질로 우징 주임을 노려보며 말했다.

"흥, 사람이 비겁하면 아예 적이 없지요."

우징 주임은 히죽히죽 비웃으며 펑쉐에민 부장을 보며 말했다.

"당신들은 여태껏 수치심이 뭔지도 모르면서 여전히 착한 사람인 척 살고 싶은 거였어요. 내가 한 번 진짜 악인이 되어 줄까요? 당신들 뱃가죽을 찢고 낯가죽을 벗겨줄게요."

"얼마든지 그렇게 해보시지!"

예성 사장은 탁자를 짚고 일어나서 잉푸에게 공수 인사를 하며 말했다.

"잉푸 회장, 오늘 형제들은 충분히 싸웠다. 더 이상 싸우면 안 된다."

예성 사장은 우징 주임을 향해서도 공수 인사를 했다.

"우징 주임, 집안의 수치는 밖으로 드러내선 안 된다. 이 일은 나와 회장님 사이의 일이니 둘이 이야기하겠다. 자네는 어서 식사부터 하게."

잉푸는 차갑게 예성 사장을 노려보았다.

"협박을 안 하면 죽일 것이고, 죽이지 않으면 대화할 것이다."

잉푸도 예성 사장에게 가슴 위에 두 손을 올리고 공수 인사를 했다.

"형제여, 당신에게 융통성이란 손톱만큼도 없구나."

잉푸는 얼굴을 우징 주임 쪽으로 돌리며 말했다.

"우징 주임, 그들의 뱃속을 열어서 보여줘라. 뱃속에 얼마나 많은 똥이 들어있는지."

잉푸는 예성 사장과 펑쉐에민 부장 등을 비롯한 사람들을 천천히 둘러보았다.

"모든 일은 올바른 도리에 근거해야 한다. 결백해야만 자신 있게 말할 수 있다. 그렇지 않나?"

아무도 그 말에 응대하지 않았다.

"잉푸 회장, 만약 당신이 이기면 중앙직속기업이 프로젝트를 양도할 수 있다. 그럼 어떻게 되는 거지?"

위만리 부장은 두 눈을 부릅뜨고 큰소리로 물었다.

"감옥에 들어간다. 너는 그와 함께 감옥으로 직행한다."

"이 나쁜 놈! 남편을 망치더니 나까지 바보로 만들었어."

위만리 부장은 벌떡 일어나 왼손을 쳐들더니 예성 사장의 따귀를 후려쳤다. 그는 부르르 떨며 자신도 손을 들어 위만리를 내려치려 했다. 그러나 위만리의 고통스러운 얼굴과 성난 눈을 마주하자, 한숨을 쉬며 두 손으로 얼굴을 감쌌다. 위만리 부장은 잉푸 앞에서 목 놓아 울었다.

"회장님, 저 사람은 저를 속여 단기간만 쓴다고 돈을 빌렸어요. 그 빚은 3개월이면 다 갚을 수 있다고 말했어요. 그 돈에는 공제한 세금도 포함되어 있어요."

잉푸는 눈을 감고 고개를 흔들었다.

"바로 그것이 오늘 오전에 당신들이 나를 죽이려고 했던 이유였다."

위만리 부장에게 맞은 예성 사장의 뺨은 빨갛게 손자국이 나 있었고, 오른뺨에는 위만리 부장에게 맞으면서 긁힌 손톱자국도 남아 있었다. 예성 사장은 위만리 부장을 제대로 바라보지 못하고 눈을 감고 한숨을 내쉬었다.

"아이고, 형제가 갈라져 싸우면 서로 상처받는다."

"잠깐! 뭔가 이상해? 계약서를 어떻게 손에 넣었지? 혹시 위조 아냐? 보여줘 봐."

펑쉐에민 부장은 서서 크게 소리를 지르더니 곧바로 우징 주임에게로 갔다. 그때 잉푸는 그것을 알아차리고 얼른 계약서를 집어 들었다.

펑쉐에민 부장도 공수 자세로 절을 하며 말했다.

"회장님, 사람을 죽이려 한 일과도 관련이 있으니 그 증거가 될 만한 서류를 확인해 보고 싶습니다. 잠깐만 볼 수 없을까요?"

잉푸가 펑쉐에민 부장을 가볍게 밀자, 뒤로 물러났다.

"그럼 말해주지. 사실을 말하면, 아까 내가 너희들에게 장광설을 늘어놓고 있는 동안 우징 주임이 사람을 데리고 당신들의 사무실 금고와 컴퓨터, 서랍을 다 뒤졌다."

"뭐라고?"

헤이이지에와 왕라이왕 부장은 벌떡 일어나 눈을 부라리며 우징 주임을 노려보았다.

예성 사장은 두 손을 머리 위에서 흔들며 분노 가득한 눈으로 잉푸를 노려보았다.

"잉푸와 우징, 당신들이 한 짓은 분명 사생활 침해다."

추메이 부장은 오른손을 높이 쳐들고 싸늘한 눈빛으로 예성 사장을 노려보았다.

"예성 사장, 잊으셨나요? 우리 전 직원은 입사 시 복무규정에 사인했습니다. 그 복무규정 중에, '직원은 사무실에 개인 소지품을 두어서도, 사무실 컴퓨터에 개인적인 비밀번호를 사용해선 안 된다. 개인 금고를 두어서도 안 된다'라고 되어 있습니다."

"그 문제는 간단하다."

잉푸는 손을 내밀어 추메이 부장이 계속 말하려는 것을 제지했다.

"만약 우징의 행동이 불법이라고 생각한다면 법정에서 만나자."

잉푸는 고개를 들어 펑쉐에민 부장을 바라보았다.

"펑쉐에민, 법정은 너희들의 집이지 않아?"

펑쉐에민 부장이 입을 열 때까지 기다리지 않고 그는 우징 주임을 향해 고개를 끄덕였다.

"이제 곧 4시다. 중요한 것을 골라 펑쉐에민, 헤이이지에, 왕라이왕에게 말해줘라."

그렇게 말하면서 잉푸는 눈을 가늘게 뜨고 웃었다.

"좋은 연극은 보여줄 만한 마땅한 장소가 있어야지. 모두가 배우니까 어떤 식으로든 서서 두세 걸음이라도 걸어야지."

우징 주임이 또 다른 계약서를 꺼내어 보여주었다. 그때 헤이이지에 부장이 다리를 후들후들 떨기 시작했다. 그도 두 손을 가슴에 올려 공수 자세로 절을 하며 우징 주임을 향해 손을 위아래로 흔들었다.

"우징 주임, 사람을 이런 식으로 막다른 골목까지 몰아붙이는 게 아니야."

"헤이이지에 부장님, 당신은 불안전한 자리일지라도 간부입니다. 돈을 거머쥘 때는 엄청난 실력을 발휘하면서 왜 배짱은 이렇게 작나요?"

우징 주임은 곧바로 한 발짝 물러서서 고개를 숙이고 테이블 밑을 살폈다.

"어머, 바닥에 쏟아져 있는 이 물은 당신이 싼 오줌은 아니겠죠?"

헤이이지에 부장은 독한 얼굴을 하고 양손을 테이블 위로 올렸다. 그런 다음 일부러 힘을 주어 왼손으로 오른손의 굵고 검은 손가락을 하나하나 움직여 보였다.

"멋대로 떠들지 마라. 지금 여기는 당신들의 자리지만, 이 문을 나서면 당신들에게 받은 만큼 되갚아 줄 것이다. 그때가 올 것이다."

"좋아, 그래야 남자지. 이것이야말로 빼도 박지 못할 증거다. 석 달 전, 당신이 시 부구청장 처제와 맺은 계약서."

우징 주임은 왼손으로 계약서를 들고서 헤이이지에 부장을 향해 흔들었다. 예성 사장은 고개를 들고 뒤로 몸을 젖힌 채 헤이이지에 부장을 보았다.

"그녀(시 부구청장의 처제)가 1천만 위안, 당신(예성 사장)이 2천만 위안을 출자해서 공동으로 일급 자격의 고급 아파트 관리회사를 인수하기로 했다. 그녀의 역할은 동방몽도의 1기 프로젝트 아파트 관리를 건설위원회의 허가를 받아내는 것. 당신의 역할은 2기 주택 프로젝트의 고급 아파트 관리를 손에 넣는 것. 당신은 아내의 명의로 출자하지만, 아내 여동생의 이름으로 주식을 갖는 것이 목적이다. 그런데 투자하는 돈은, 우리의 고급 아파트 맨션 관리 비용에서 나왔다."

예성 사장이 오른손을 들어 힘껏 '탕'하고 탁자를 내려치자, 헤이이지에 부장은 눈을 똑바로 뜨고 그를 노려보았다.

"왜 탁자를 내려치나? 당신은 이 회사를 이미 당신 것으로 생각하는 거야? 회장은 우리에게 아무리 화를 내고 소리를 질러도 우리에게 조금이라도 먹고살 양식은 준다. 그런데 당신은 뭐야? 실권을 쥐고 나면 다들 짐을 싸자는 거지?"

헤이이지에 부장은 회장과 예성 사장을 번갈아 보며 오른손으로 가슴을 세게 쳤다.

"사실대로 말하면, 그동안 이 회사에서 3년 동안을 봤는데, 당신은 회장과 대적할 수 없다고 생각했다. 며칠 밤을 생각하고 나 자신에게 이 퇴로를 남겨주자고 결심했다."

예성 사장은 길게 한숨을 쉬었다.

"바보 같으니라고, 그 길은 막다른 길이야."

헤이이지에 부장도 '후유'하고 한숨을 쉬었다.

"당신들의 암투는 회사를 엉망으로 만들었다. 나는 어리석었고 한심했다. 내 나이가 되어 보라고, 늙어서 다시 배관공으로 일할 수는 없지 않겠어?"

헤이이지에 부장은 두 손을 눈앞에서 흔들었다.

"이것 봐, 이 손으로 다시 파이프 렌치를 잡을 수 있겠어?"

우징 주임은 고개를 흔들고 얼굴을 들어 펑쉐에민 부장을 잠깐 쳐다보았다. 펑쉐에민 부장은 긴장해서 오른손으로 머리를 긁적이다가 무심코 머리에 감은 붕대를 머리카락인 양 뒤로 넘겨 붕대가 풀어져 버렸다. 피가 배어 있는 붕대는 땀에 흠뻑 젖어 있었다. 그의 이마에 난 상처를 보고 우징 주임은 왕라이왕 부장에게로 눈을 돌렸다.

잉푸는 우징 주임이 가방에서 다시 계약서를 꺼내는 것을 보고, 샤오얼을 손에 들었다. 술병을 들고 왕라이왕 부장을 향해 고개를 끄덕였다.

"자, 왕라이왕! 한 모금 마시고 마음을 가라앉혀라. 그런 다음 저 젊은 놈과 맞서라. 기운 빠진 네 모습을 좀 봐!"

왕라이왕 부장은 말없이 두 손으로 병을 받쳐 들고 단숨에 술병을 비웠다. 잉푸는 다시 병을 들고 예성 사장에게 말했다.

"예성 사장, 누구나 다 범인은 아니네. 현명하군. 이 회사가 자네 것이 되면 왜 모두를 쫓아내려고 했는지 이제야 알겠어."

예성 사장은 그 순간 잉푸를 향해 하얗게 눈을 흘겼다. 이제 더는 눈물을 흘리지 않고 싸늘하게 자신을 바라보는 위만리 부장을 돌아보았다.

"위만리, 맹세컨대 일부러 널 속이려고 했던 건 아니었어. 요즘 세상에 인심은 거칠어지고 영업도 엉망이었다. 내가 낮에 한 일을 밤에 생각하면 토할 것 같았어. 나에게 잠깐만 시간을 주면, 사정을 소상하게 설명하겠다. 이 술은 당신과 마시겠다."

위만리 부장은 멍하니 그를 쳐다보았지만, 곧 잉푸에게서 눈을 돌렸다.

"회장님, 이 어디가 모두의 집인가요. 합장 무덤인 만인갱을 팠을 뿐이죠. 지금 모두의 집은 하늘을 찌르는 북경에 세워져 있어요. 그럼, 우리는 어떡하죠? 한 사람 한 사람 생매장당할 것 같아요. 자, 당신의 잔인함에 건배!"

이번엔 위만리 부장이 참을 수 없었는지, 샤오얼을 꿀꺽꿀꺽 들이마셨다. 예성 사장은 잉푸를 향해 왼손에 들고 있던 샤오얼을 흔들었다.

"손을 내려야 남자라는 거지?"

예성 사장의 어조는 초봄의 서리처럼 차갑고 어둡고 축축했다.

"당신이 어떤 이야기를 만들었든, 아수라가 환생했든 간에 오늘은 우리의 살갗을 벗겨 생매장했다. 그렇다고 당신이 이긴 건 아니야. 당신은 절체절명이다."

고개를 돌리자, 예성 사장은 샤오얼을 높이 들었다. 술을 한 방울도 남기지 않고 입안에 쏟아붓는 것을 모두는 몹시 놀라워하며 지켜보았다. 잉푸도 샤오얼을 입으로 가져갔다. 그리고 단숨에 들이켰다.

"예성, 네가 그렇게 자신이 있는 것은 남의 손끝이라고 너 스스로 알고 있기 때문이다. 외상은 누군가가 너를 대신해서 갚아줄 테니까."

잉푸는 좌우의 사람들을 돌아보았다.

"불행하게도 비즈니스맨이 되어 이 비즈니스 싸움에서 남의 손아귀가 아닌 사람은 아무도 없다."

우징 주임이 잉푸의 얼굴에 대고 계약서를 흔들었다.

"회장님 너무 많이 드셨어요. 손끝이니 발끝이니 하는 건 그들이 출옥한 다음으로 미뤄주세요."

우징 주임은 그녀는 '흥'하고 코웃음을 치며 바로 앞의 왕라이왕 부장을 보았다.

"왕라이왕 부장님, 부장님 장갑은 서왕모(중국 신화에 나오는 여신)가 짠 거죠? 비싸 보여요."

예성 사장은 눈을 감고 뒤로 기댔다. 의자는 참을 수 없다는 듯 방귀 뀌는 듯한 소리를 냈다. 그는 오른손을 테이블 가장자리에 올리고 검지로 툭툭 쳤다.

첫째 날 : 다가오는 대재난

17

"우징 주임, 지금 나 어떻게 해야 좋지?"

술에 취해 주절거리는 일행을 데리고 우징 주임은 밖으로 나왔다. 우징 주임이 경비대장들에게 잘 설명하고 단속시킨 후 그들을 중형 버스에 태웠다. 여러 사람의 눈총을 받은 주정뱅이들이 태운 버스는 멀어져 갔다. 우징 주임은 맑은 하늘을 올려다보았다. 왈칵 눈물이 쏟아졌다. 장단단은 1층 로비에서 기다렸다가 울고 있는 우징 주임을 발견하고 로비에서 나와 우징 주임에게 살며시 말을 걸었다. 우징 주임이 돌아보니 장단단이 휴지를 내밀었다. 휴지를 받아 볼에 흐르는 눈물을 닦고는 그것을 동그랗게 말아서 손에 쥐었다.

"지금 당신이 뭘 해야 하는지 알아?"

우징 주임은 눈을 크게 뜨고 장단단을 돌아보며 말했다.

"당신은 이제 나가야 하잖아?"

"하지만 아직 회장님이 안에 계십니다."

"당신은 지금 무슨 꿈을 꾸고 있는 거지? 이 회사는 바로 회장님이 만든 회사야. 누가 회장님의 회사를 빼앗을 수 있다는 거지?"

우징 주임의 쏘아붙인 말에 장단단의 하얀 볼이 점점 붉어졌다. 그녀는 홑 눈꺼풀의 기다란 눈을 가늘게 뜨고 엷은 입술을 꽉 오므렸다.

"우징 주임, 당신은 술을 안 마셨잖아요?"

"맞아, 난 한 모금도 안 마셨어. 그러니까 분명히 말해두지. 당신이 여기서 나가지 않으면, 당신은 해고당할 거야."

"뭐라고요? 결국 나를 자른다는 겁니까?"

장단단은 고개를 숙이더니 샤넬 핸드백에서 검은 고무줄을 꺼냈다. 손을 머리 뒤로 돌려 반들반들한 길고 검은 머리를 목뒤로 묶고 꽉 조였다. 그러고는 팔짱을 끼고 왼손으로 샤넬 핸드백을 움켜쥐고 눈을 부릅뜬 채로 우징 주임을 쏘아보았다.

"왜 나를 자르는 건데요?"

"나가라고!"

"당신 먼저 나가세요. 회사 그만두는 시범 좀 보여줄래요?"

"나는 벌 받을 짓을 한 적이 없거든요?"

"그건 아직 뭐라고 말할 순 없죠. 얘기를 해보기 전에는…. 지금이 어떤 세상인지 당신은 제대로 알아야 해요. 가슴에 손을 얹고 지금 세상의 이치를 생각해 보세요."

"그거 좋네. 이 백일하에 그게 뭔지 얘기 좀 해보시지? 지금 세상이 어떤 세상이지? 지금 세상의 이치가 뭐야?"

"지금은 시장경제 세상입니다. 지금 세상은 비즈니스 경쟁 원리로 돌아가고 있어요."

그 말을 듣고 우징 주임은 장단단의 얼굴을 위에서 아래로, 오른쪽에서 왼쪽으로 찬찬히 훑어보았다. 그러고는 고개를 끄덕였고, 다시 고개를 저었다.

"그래, 중구상학원에서 공부는 제대로 했네. 역시 내 후배야."

그녀는 다시 고개를 세차게 저었다.

"하지만 나쁜 짓을 하기 전에, 감춰둔 더러운 것을 깨끗하게 청소하라는 것은 유럽에서 가르치지 않았나 봐?"

장단단의 목소리가 커졌다.

"유럽에서 가르친 것은 협력과 팀워크입니다. 직원이나 종업원을 말이나 하인으로 취급하라는 것은 가르치지 않습니다. 그런 야만적인 시대는 이제 끝났습니다. 솔직히 입사하자마자 곧 알게 됐어요. 당신의 보스는 파트너 의식이 전혀 없다는 것을…. 그러나 예성 사장은 직원의 고통과 괴로움을 알고 있고, 그 생각을 바탕에 깔고 프로젝트에 온 힘을 쏟고 있다는 것을 말입니다."

그 말을 듣고 우징 주임은 눈을 동그랗게 뜨고 장단단을 바라보았다.

"프로젝트의 계획, 배치, 개념 설계 그리고 자금 조달은 모두 회장이 직접 했잖아? 당신이 칭찬하는 예성 사장에게 그런 지혜가 있다고 생각해?"

"회장님의 용기와 비전이 없었다면 이 프로젝트는 불가능했다는 건 인정합니다."

장단단은 고개를 끄덕였다.

"그러나 실행할 때 예성 사장을 참가시켜야 했습니다. 일하는 사람은 속사정을 알 권리가 있습니다!"

"그것밖에 모르면서 네가 유럽에서 공부했다고 말할 수 있어? 우리 회사는 민간 기업이야. 직원의 알 권리란 누구나 의사결정에 참여할 수 있다는 뜻이 아니지."

"그 의견에는 동의합니다. 하지만 직원들, 특히 관리직은 이유도 알지 못한 채 보스에게 먹히지 않도록 자신을 지킬 권리가 있습니다."

"그럼, 네 논리에 맞춰서 따져 보자고. 직원들이 버젓이 회사를 훔치고 보스 자리를 빼앗아도 된다는 거야?"

장단단도 눈을 부릅떴다.

"예성 사장은 도둑이 아닙니다. 그는 이 프로젝트의 주주이자 조타수입니다."

우징 주임은 곁눈질로 장단단을 보며 말했다.

"오, 예성 사장의 매력은 무적이네. 네가 한 말은 그가 한 말과 행동보다 몇 배나 고상해. 역시 뭐든 돈에 달렸구나. 지옥의 사태도 돈이면 다야. 그의 해외 부동산펀드에서 매월 5만 위안씩 수당을 받는지 얼마 안 됐는데, 넌 벌써 몸도 마음도 예성 사장에게 팔았나?"

장단단의 얼굴에서 붉은빛이 싹 가시더니 순식간에 파랗게 변했다.

"너희들은 도둑이야! 내 서랍을 뒤지고 컴퓨터에 들어가 그 안의 내용을 훔쳤잖아?"

"적이 적을 잡는 것이지."

우징 주임은 눈을 가늘게 뜨고 고개를 왼쪽으로 돌려 곁눈질로 장단단을 보면서 오른손 집게손가락을 흔들며 말했다.

"너는 회장 곁의 도둑이고, 예성 사장은 이 기업의 도둑인데 그런데도 자신을 로빈 후드(Robin Hood, 영국 전설에 나오는 의적)라고 생각하지."

"내가 계약서를 주주에게 보여주었다고 그것만으로 도둑은 아니잖아요? 주주의 권리는 어찌 되는 거죠? 예성 사장이 회장의 동정을 주의 깊게 살피라고 한 것은 우리 모두 다른 곳에 팔릴 것을 걱정했기 때문이에요. 예성 사장이 이 기업을 훔쳐서 누구한테 판다는 얘기예요?"

"누구한테 파냐고? 그건 당신에게 수당을 주고 있는 그 사람에게 파는 거지. 예성 사장이 그건 너에게 말해주지 않았나 봐? 돈은 이미 준비되었고, 프로젝트 1기 등기부를 받는 즉시 채권을 전부 사서 대표이사를 이사회에서 쫓아내기로 되어 있다던데?"

"말도 안 돼, VAM(변형 조정 메커니즘 계약)은 알고 있어요. 그렇게 되면 회장님은 은행 돈과 펀드를 현금화하면 그만 아닙니까?"

"현금화? 네가 한 짓 덕에 회장이 누구에게 돈을 빌렸는지 그들은 일목요연하게 다 알고 있어. 그래서 오늘 그것을 알면, 내일은 그 상대에게 경고하지. 만약 상대가 듣지 않으면, 3일 후에는 은행 직원들이 부정 사용할 우려가 있다며 계좌를 체크하러 오거든. 그래도 듣지 않으면 민간 기업일 경우, 세금 조사가 나오지. 중앙직속기업이라면 국가자금위원회와 규율 검사 담당 부서에서 최근의 사업계획을 보고하라는 전화가 와. 지시를 따르지 않으면 국경을 넘어간 해외 투자 여부를 확인할 거야."

"속이면 안 되죠. 그런데 그게 말이 되나요? 그런 일이 있기나 해요? 어딘가에서 수배를 당해 당신 보스가 갈 곳이 없다는 것이?"

"원래도 그렇지만 지금은 비즈니스 전쟁 중이다. 중국의 민간 기업가에 대한 일반적인 방식이다. 그러나 오늘 그들이 사람을 죽이려던 짓은 강탈을 위한 작전이었잖아?"

우징 주임은 목소리를 다시 높였다. 문득 꿈속인 듯 살려 달라는 목소리가 귓가를 스쳤다.

장단단은 입을 다물었다. 그녀는 핸드백에서 거울을 꺼내 얼굴을 들여다보았다. 다시 돌아 우징을 보았을 때, 그녀는 눈은 감고 있었다.

"참으로 비참해. 유럽의 대학을 졸업한 후, 반 친구 몇 명과 창업한 것이 내 첫 번째 일이었어요. 하지만 일 년도 못 가서 서로 싸우고 헤어졌어요. 그다음엔 부장 비서로 국영기업에 들어갔죠. 그는 회장과 숨기도 하고 드러내 보이기도 하며 피 터지게 싸웠고, 결국 회장은 이중으로 규제당했어요. 그는 징계위원회 차가 자신을 데리러 온 것을 알고 13층 창문에서 뛰어내렸죠. 바닥에 흥건하게 흐르던 피가 아직도 뇌리에서 떠나지 않아요. 이번의 민간 기업에서도 몇 년 일하지 않았는데 다시 피비린내 나는 폭풍우에 휘말려 쫓겨나다니…."

그렇게 말하고 장단단은 소리 내어 울었다.

"우징 선배, 세상은 넓은데 왜 나 같은 여자가 일할 자리 하나 없는 거죠?"

우징 주임의 눈에서도 눈물이 흘러내렸다. 그녀는 장단단의 두 손을 잡고 흔들었다.

"장단단, 회장은 너를 빈털터리로 쫓아내지는 않겠다고 했어. 너는 도전 정신이 있어서 남들과는 다르다며, 너에게 투자해서 창업을 도와줄 생각이라고 했어."

장단단은 놀라서 입을 벌린 채 입술을 떨었다.

"아아, 그렇게 좋은 분이셨군요? 내가 구두쇠 짓을 하며 독하게 돈을 모았던 것은 그 돈으로 창업하기 위해서였죠."

우징 주임은 고개를 들어 하늘에 떠가는 구름을 보았다.

"회장은 너에게 오백만 위안을 투자하겠다고 하더군. 투자를 받는 것과 갚을 약속은 네가 정하라고 했고. 공평하면 됐다면서…."

"만약, 손해를 봐서 빈털터리가 된다면요?"

"돈을 건지지는 못했어도 희망이 보이면 다시 이백만 위안을 더 도와주기로 했어. 그가 당신을 믿는 것은 당신은 반드시 보답할 사람이라고 생각하기 때문이야."

장단단은 눈물을 글썽였다. 나중에는 눈물이 펑펑 쏟아져 얼굴은 눈물 범벅이 되었다. 장단단은 오른손으로 세게 자기 머리를 때렸다.

"우징 선배, 회장은 왜 자신에게 상처를 준 인간에게도 이처럼 잘해 줄까요?"

"회장님도 사실은 널 꺼림칙하게 여겼어. 왜냐하면 회장님도 너를 이용해서 예성 사장에게 알리고 싶은 것은 다 전해졌잖아?"

조금 전의 정황을 떠올리며 우징 주임은 웃었다.

"아까 예성 사장 쪽 사람들은 회사에서 정직당했고, 주식 권리도 다 회수되었어. 다 네 덕분이지. 이제 그 악인들을 일망타진했어. 아, 그래 바로 잡탕찌개구나."

우징 주임은 장단단의 손등을 두드리며 말했다.

"우징 선배, 지금 나를 욕하는 거죠? 내가 왜 악인에서 공신으로 바뀌었을까?

우징 주임은 진지한 얼굴로 장단단을 보았다.

"장단단, 재작년 6월에 넌 휴가를 내고 이탈리아 베로나에 가서 예성 사장을 만났지?"

장단단의 얼굴이 발갛게 물들었다.

"네. 그는 프랑스 와이너리 시찰을 핑계로 나를 초대했어요."

"넌 알고 있었던 거야?"

우징 주임은 장단단이 머뭇거리는 모습을 보고 그녀의 어깨를 돌려 얼굴을 마주 보았다.

"그때부터 회장님과 우리는 네가 예성 사장 사람인 걸 알고 있었어. 나는 너를 당장 해고해야 한다고 요청했는데 회장님은 '상대의 계략을 뒤집어 역이용할 것'이라고 했어."

장단단은 얇은 입술을 다시 굳게 다물었다.

"그때 너희들은 실제로 거래처 상대를 숨기고 엉터리 협상 내용을 나를 통해서 예성 사장에게 전달하라고 했지."

우징 주임은 고개를 끄덕이며 기쁘다는 듯이 웃었다.

"맞아! 만약 회장이 중앙직속기업과 짝을 이루면 예성 사장의 해외 부동산펀드는 손도 못 대지. 초조해서 서두르면 그들의 절차는 엉망이 될 거고. 그래서 오늘 오전에 바보 같은 짓을 해서 참패한 거야."

장단단은 두 손으로 얼굴을 감쌌다.

"부끄러워요. 지난 몇 년간 나는 홀라당 벗겨진 채, 내 속을 훤히 들여다보고 있는 당신들의 도구가 되었군요."

"그건 너 자신이 뿌린 씨앗이니, 남을 원망할 순 없지."

"물어봐도 돼요? 나는 나갈 사람이니까 믿어도 돼요. 이제 두 번 다시 예성 사장과는 만나지 않을 거니까요. 나를 미끼 삼아 회장은 무슨 수를 쓴 거죠? 누구와 어떻게 함정을 팠나요?"

우징 주임은 빙그레 미소를 지었다.

"천기누설하면 안 된다고 했어. 너 스스로 생각해 봐."

기분 좋은 듯 그렇게 말하고 그녀는 오른손으로 장단단의 턱을 살짝 들어 올렸다.

"넌 피부가 하얀 편이긴 하지만 얼굴은 보통이야. 그런 얼굴로 저 노회한(경험 많고 교활한) 두 남자를 손아귀에 넣을 수 있을까?"

우징 주임의 얼굴에는 환한 빛이 감돌았다.

"어서 가서 그 돈으로 창업해. 돈을 벌면 체면이 서겠지만, 손해를 본다 해도 어쩔 수 없지. 안 그래?"

"좋아요. 지금 미리 말해두지만, 절 지켜봐 주세요."

장단단은 떠나려다가 다시 고개를 돌리고 말했다.

"우징 선배, 사실 말해선 안 되지만 회장님의 도량이 그처럼 크니까 중요한 이야기를 알려드려 할 것 같습니다. 내가 열두 살 때 부모님이 이혼하셨어요. 나는 초등학교 교사인 엄마와 살았는데, 5년 전 엄마가 폐암에 걸려 수술한 후로는 매달 이탈리아의 이레사(Iressa, 특정 유형의 폐암을 치료하는 데 암세포의 성장을 억제하고 퍼지는 것을 방지하는 약)를 먹어야 해요. 그게 한 달에 오만 위안이에요. 예성 사장은 그걸 알고 해외 부동산펀드에 내 명의만 올려놓고 매월 오만 위안을 받을 수 있게 해주었죠. 그 조건이 회장의 일거수일투족을 보고하는 것이었어요. 그는 투자자들을 염려해서라고 했어요."

"이젠 됐어. 나는 너희들의 비밀까지 듣고 싶지는 않아. 그게 무슨 소용이 있겠어?"

고개를 흔들고 우징 주임은 손을 올려 지쳤다는 듯 얼굴을 문질렀다.

"의미가 있다고 생각해요. 들어보세요. 어쩌면 회장님의 목숨을 구할 수도 있어요."

우징 주임은 너무 놀라서 입이 벌어졌고, 손으로 심장을 세게 눌렀다.

"무슨 소리야, 놀라게 하지 마!"

"잘 들어보세요. 나는 재작년에 원래는 혼자서 베로나에 갈 계획이었어요. 그런데 예성 사장이 그걸 알고 제가 프랑스에 갈 만반의 준비를 그가 해줬어요. 그렇게 나와 베로나에서 만나기로 했죠."

"넌 베로나에 무슨 일로 갔어? 예성 사장과 밀회하러?"

"아니에요. 부모님이 이혼한 후로, 어머니가 웃는 얼굴을 한 번도 본 적이 없어서 내 가슴에 어두운 그림자가 드리워져 있었어요. 학교 다닐 때는 더러 애인이 생기기도 했지만 다 어색하게 헤어졌어요. 이 세상에는 로미오와 줄리엣의 사랑 외에는 진정한 사랑이 없다고 생각했죠."

"그 얘기랑 베로나가 무슨 상관이지?"

"줄리엣이 살았던 집이 그 도시에 있었기 때문이에요. 그 집의 발코니에서 줄리엣이 로미오가 구애하는 말을 들었죠. 마당에 그녀의 동상이 있는데 그 동상의 오른쪽 가슴을 만지면 진정한 사랑을 만날 수 있다는 속설이 있어요."

"그래서 만졌어?"

"예, 만졌어요."

"그렇게 해서 예성 사장에게 홀딱 반했던 거야?"

"그는 거기에 어울리지 않은 인간이에요. 그는 잔혹하고 음흉해요."

"그렇게 말하는 이유라도 있어?"

"사장이면서 항상 회장을 어떻게 죽일까만을 생각했으니까요."

우징 주임은 놀라서 엉겁결에 소리쳤다.

"그게 사실이란 말이야?"

"그날 밤 호텔에서 그는 술에 취해 나를 껴안고 놓아주지 않았어요. 그래서 말을 시켜야만 했어요."

"널 침대로 데려갔어?"

"예, 침대에서 같이 잤어요."

"사랑도 하지 않으면서 같이 잤단 말이야?"

우징 주임은 눈이 휘둥그레져서 물었다. 장단단은 비웃듯이 웃고서 우징 주임의 질문에 대답했다.

"우징 선배, 웃기지 마세요. 선배는 참 순진해요. 지금이 어떤 시대인데 한 번 잔 걸 가지고 사랑이니 진심이니 따지나요?"

우징 주임은 갑자기 혀가 꼬여 손만 흔들었다.

"그래, 너 잘났다. 넌 똑똑해! 그건 그렇고 얘기를 계속해 봐."

"술에 취해 횡설수설하면서 묘한 이야기를 했어요. 예성 사장은 4년 전 이 프로젝트의 기초공사 때 누군가 사람을 시켜 회장님을 납치했다고 했죠. 그런데 아쉽게도 오백만 위안의 몸값이 들어오자 놈이 회장님을 풀어줬다더군요. 나는 겁이 나 '회장님은 운이 좋으셨네요'라고 했더니 예성 사장은 코웃음을 치면서 '아무리 운이 좋아도 어차피 죽을 놈'이라고 했어요."

"뭐라고?"

우징 주임은 심장이 밖으로 튀어나올 것 같았다. 회장의 납치 사건은 중요 기밀 사안이었다. 그녀와 퇴직한 마오마오 법무부장밖에 몰랐다. 당시 마오마오 부장은 예성 사장이 꾸민 일이라고 단정했는데 회장은 믿지 않았다. 두 사람은 그 일로 말다툼하다가 서로 몹시 화를 냈고, 그 일로 인해 아르헨티나 출장에서 돌아오자마자 회사를 그만두었다. 우징 주임은 장단단의 이야기를 듣고 마오마오 부장의 판단이 옳았다는 것을 깨달았다. 그런데 왜 예성 사장은 회장을 죽이려고 하는 것일까? 장단단은 두 손으로 우징의 차가운 오른손을 움켜잡았다.

"우징 선배, 예성 사장은 자객이 회사 안에 있다고 했어요. 그는 회장의 일거수일투족을 손바닥의 손금처럼 속속들이 알고 있다고 했어요."

"그런데 내 손은 언제 놓을 건가?"

"저승사자를 부르는 방울은 자기 손아귀에 있다고도 했어요. 자신이 그 방울을 흔드는 날이 회장의 제삿날이라면서요."

말을 끝내고 장단단은 문득 석양을 바라보았다.

"지금이 그가 방울을 흔들 때인 것 같아요."

우징 주임의 눈앞에는 붉은빛이 가득했다. 눈을 조금 비비자 다시 하얀빛으로 변했다. 장단단의 손을 힘주어 잡고 그녀는 멍하니 혼잣말했다.

"어떻게 하면 좋을까?"

"삼십육계? 도망쳐봤자 소용없어요."

장단단은 오른발로 바닥을 쿵 치며 말했다.

"몇 달간 우선 몸을 숨기자. 프로젝트가 끝나면 모든 것이 밝혀질 테니까 그때 가서 다시 생각하자."

"하지만 그 사람은 뻔뻔해서 도망치지도 않을 거예요. 그런 상황에서 날 어디에다 숨기려고요."

우징 주임은 눈을 꼭 감았다. 두 눈에서 눈물이 쏟아져 내렸다. 눈물이 떨어져 손등이 젖어 있었다. 우징 주임은 눈물 젖은 손등을 바라보다가 떠나려는 장단단을 불러 세웠다.

"기다려."

장단단이 뒤돌아보았을 때, 우징 주임은 벌써 그녀의 눈앞에 와 있었다. 갑자기 짝 소리가 나게 힘주어 장단단의 뺨을 때렸다. 장단단은 웃으며 뺨을 비비면서 말했다.

"고마워요. 우징 선배! 이제 우리 헤어져요. 서로 원망하지 말기로 해요."

그녀는 하염없이 눈물을 흘렸다. 그리고 몸을 돌려 잉푸가 있는 3층 창문을 향해 깊이 허리를 숙여 절을 했다.

"신의 가호가 있으시기를!"

우징 주임은 그것이 장단단의 회장에 대한 감사와 우려의 표시라는 것을 알고 있었다. 그러나 아무리 봐도 그 모습은 팔보산 영안소에서 시신과 작별을 고하는 동작을 연상케 했다. 그녀는 겁에 질려 온몸에서 힘이 빠졌다. 힘주어 바닥을 밟고 발길을 돌려 올라가려는데, 추메이 부장이 식사하자고 우징 주임을 데리러 내려왔다. 우징 주임은 멍하니 추메이 부장을 바라보았는데, 그때 그녀의 마음은 갈기갈기 찢어져 있었다.

'아아, 이 심정으로 밥이 입에 넘어갈까?'

그녀는 재빨리 쿵쾅쿵쾅 계단을 뛰어 올라갔다. 그녀는 잉푸에게 다급하게 말하고 싶었다. 빨리 도망치라고….

18

2013. 05. 17. 저녁 12:00

'빨리 도망치자!'

이 세상 꼭대기에서 악몽을 꾸고 있던 잉푸는 온 힘을 다해 그렇게 외치며 전용으로 빌린 용문호텔의 방에서 문밖으로 나오려고 했다. 그러나 문은 아무리 잡아당겨도 열리지 않았다. 겁에 질려 주위에 도움을 청하려 하지만 식탁에는 아무도 없다. 식어 빠진 냄비마저 냉기를 내뿜어 숨쉬기조차 힘들었다.

그가 알콜 화로의 흔들리는 불꽃에 손을 가까이하고 차가워진 몸을 녹이려 했을 때, 열 개의 화로가 일제히 폭발했다. 그 작렬하는 불꽃은 차가운 공기에 휩쓸려, 불빛은 랜턴처럼 주변에 가득 찼고 한 덩어리, 한 덩어리 천장으로 올라갔다.

고립무원 속에서 고개를 들자, 하늘에서 요란한 소리가 들려왔다. 잉푸는 부르르 몸을 떨고 세찬 눈 폭풍 속에서 눈을 떴다. 귀를 찢는 천둥소리와 함께 쉬지 않고 내리치는 번개가 밤하늘을 밝혔다가 다시 어둡게 하는 것이 눈에 들어왔다.

'어디로 도망칠까?'

잉푸는 자신이 이 세상 꼭대기의 돌풍 속에 있다는 것을 알아차렸을 때, 마음속 환상이 사라졌다. 고개를 들자, 사방이 깜깜했다. 별과 달의 그림자조차 보이지 않았다. 끝없는 암흑은 거꾸로 비치는 거친 바다 같았다. 겉으로는 보이지 않지만, 엄청난 무게에 짓눌려 숨이 막힌 이 인간은 지구의 5,330억 톤의 대기에 분쇄될 것 같았다.

고글을 사이에 두고 잉푸의 시선은 세찬 눈 폭풍 속에서 한 줄기 한 줄기 내려치는 번개의 차갑고 어두운 반짝임을 따라 이동했다. 오늘 밤 내리치는 번개는 유난히 화가 나서 끝도 없이 꺼졌다가 다시 빛났다. 왼쪽 눈으로는 온통 나뭇가지 모양의 번개가 산 정상의 서쪽에서부터 하얀 삼림이 되어 열리는 것을 보고 있었고, 오른쪽 눈으로는 동쪽에서 빛이 하나로 이어져 보석처럼 동그랗게 만들어지는 번개를 응시했다.

겁에 질려 그가 눈을 감으려 했을 때, 정면으로 눈부시게 푸른 불꽃의 거대한 덩어리가 불타오르기 시작했다. 그것은 십만 와트급 번개였다. 그것은 보통의 번개보다 백 배 이상의 강도라는 것을 그는 알고 있었다.

왜 이처럼 하늘의 불로 나를 죽이려 하는 걸까? 잉푸의 심장은 극한의 최대까지 뛰었고, 호흡은 분당 30회 이상으로 빨라졌다. 그는 화가 나서 고개를 들었다. 마음속은 슬픔으로 가득 차 있었다.

'저 위에 있는 놈아! 너는 영원한 고공의 기류로 나를 찢어놓으려고 하고 있다. 냉혹하고 무지막지한 아열대의 남 제트 기류를 부딪치게 해서 꽁꽁 얼어붙게 만들려는 수작이다. 벵골만 남 기압골 기류의 벼락으로 나를 질식시키려 하고 있다. 결국 참을 수 없게 만들어 인류의 죄라는 죄를 다 나에게 뒤집어씌워 심판하겠다는 건가? 왜 한 사람, 나만을 선택했단 말인가?'

잉푸는 속으로 그렇게 외치면서 그는 다시 고개를 숙이고 바닥이 보이지 않는 계곡을 내려다보았다. 암흑 속에서 천만의 귀신이 곡을 하고 있었다. 그 울부짖는 울음소리가 산 전체를 뒤흔들고 있었다.

'저 아래에 있는 놈아! 너는 왜 연화생대사(蓮花生大師, 밀교의 법술로 요마를 잡았다는 인물)가 잡은 천년의 요마를 풀어주어, 스웨이드 빙하를 뛰어올라 내가 도망가는 길을 막으려 하는가? 너는 인간들의 탐욕의 청구서를 나에게서 청산하려는 것이냐? 오늘 밤은 인류의 악행에 대한 너의 잡탕찌개란 말인가? 그런데 넌 무엇을 근거로 나에게 왔단 말인가? 이 하계의 인간 세상을 누가 탐욕스럽지 않다고 했는가?'

마음속으로 하늘을 원망하며 잉푸는 굳게 눈을 감았다. 어둠의 눈 폭풍 속에서 아무것도 보이지 않았지만 두려움에 떨었다. 그곳에는 모든 것이 존재했고, 모든 것이 그를 바라보고 있다는 것을 알고 있기 때문이었다. 그는 그 어디로도 도망칠 수 없었다.

폭음하고 깨어났을 때의 끝없는 공허처럼, 그의 눈앞에는 다시 용문호텔에서 샤오얼 술을 들고 있던 광경이 떠올랐다. 그때 그는 흡족해서 '잡탕찌개야!'라고 외치고 나서 바로 토했다.

2013. 03. 13. 저녁 6:00

잉푸는 다 토해내고 나서 장관급 관사로 갔다. 그때 잉푸에게 잡탕찌개가 되었던 예성 사장도 장관급 관사로 갔고, 그 역시 뱃속에 가득한 미식을 다 토해냈다.

"그래, 아무도 서로 원망하지 않아. 놈이 스스로 죽음을 택했으니까!"

고위 선임 지도자의 서재에 앉았을 때, 예성 사장은 술독에서 기어 나온 사람 같았다. 머리카락과 모공에서는 온통 지독한 월궈터우 냄새가 풍기고 있었다. 그의 눈두덩은 눈을 뜰 수 없을 정도로 무거웠고, 눈 전체에 혈관이 드러나 있었다. 오른쪽 뺨에는 위만리 부장에게 얻어맞은 손바닥 자국이 아직도 선명하게 남아 있었다. 얼굴 왼쪽 뺨에도 손바닥 자국이 있었다. 그것은 예성의 아내가 때려서 생긴 걸작이었다.

2013. 03. 13. 오후 4:10

예성 사장 쪽 사람들은 경비대장과 그 부하들에게 이끌려 중형 버스를 탔다. 차에 올라타자 위만리 부장은 뒷좌석에 벌러덩 드러누웠다. 차가 움직이기 시작하자 그녀는 웩웩거리며 토하기 시작했다. 토하면서 엉엉 소리 내어 울었다. 술 냄새가 지독해서 예성 사장은 숨을 쉴 수가 없었다. 고개를 돌려 오른쪽 용문호텔을 보자 울컥 화가 치밀어 갑자기 입을 벌리고 토하기 시작했다.

환상 3호선 도로에 들어서자, 버스는 중일우호병원 앞에 멈춰 섰다. 전 경비대장과 현 경비대장은 펑쉐에민과 위만리 부장을 부축해서 차에서 내렸다. 펑쉐에민 부장은 응급실에서 치료받았고, 위만리 부장은 응급실 입구의 긴 의자에서 링거를 맞았다. 이들의 술 냄새로 복도의 간호사와 환자들이 코를 막고 다녔다.

헤이이지에과 왕라이왕 부장은 그나마 조금 나았다. 예성 사장은 반쯤 취한 상태여서 경비원의 부축을 받아 집에 들어갔다. 아파트에 도착하자 몹시 취기가 돌았다. 경비대장에게 자신을 중일우호병원에 다시 데려다 달라고 하면서, 위만리 부장이 링거를 맞고 있는 그 옆에 붙어 있겠다고 했다.

경비대장은 할 수 없이 예성 사장의 집 문을 두드렸다. 예성 사장의 아내는 얼굴이 검붉은 여자였다. 올해 쉰 살이 다 되었는데, 배는 임신 4개월 정도로 돌출되어 있었다. 그녀는 화를 내며 내려오다가 마침 예성 사장이 위만리 부장의 이름을 말하는 것을 들었다. 아무 말도 하지 않고 그녀는 오른손을 들어 짝 소리가 날 정도로 세차게 예성 사장의 뺨따귀를 때렸다. 오른손에 그녀는 녹색 다이아몬드 반지를 끼고 있었기 때문에 예성 사장의 왼쪽 뺨에는 긁힌 상처도 생겼다.

그녀는 소리쳤다.

"맞아야지! 또 그 불여우 계집이랑 놀아먹었지? 지난번에는 술에 취한 그 여자가 네 목을 할퀴었지? 또 나를 바보로 만들 셈인가 본데 이번에는 안 속지. 넌 나와 정식으로 결혼한 남자야. 너 여자한테 맞는 거 좋아하지? 이거 보라고! 그 여자가 오른쪽 뺨을 치면 난 왼쪽을 쳐 줄게. 그년한테만 좋게 해주진 않을 거야."

그녀가 또 때리려고 하자 경비대장이 예성 사장을 안고 힘들게 걸음을 떼어 집 안으로 옮겼다.

저녁 6시. 예성 사장은 아내가 난폭하게 흔들어 깨워서 눈을 떴다. 누구의 침대에서 자고 있는지 몰라 어리벙벙해 있을 때 아내의 악쓰는 소리가 들렸다.

"여자 좋아하는 이 색광아, 어서 일어나! 누가 아까부터 와서 기다리고 있다고."

"누구지?"

"누구냐고? 말은 잘하네. 그 불여우 여자는 아니야. 당신 형 쪽이야."

예성 사장은 단박에 술이 깼다. 일어나니 머리가 깨질 것처럼 아팠다. 서둘러 샤워를 끝내고 예성 사장은 아래로 내려갔다. 검은색 아우디가 헤드라이트를 깜빡이고 있었다. 그의 온몸에서 뿜어져 나오는 술 냄새를 맡자, 고위직 고위 지도자의 운전사는 지겹다는 표정을 지었다. 그는 늙은 개처럼 상하좌우로, 두꺼비처럼 생긴 코를 쿵쿵거리며 세모눈을 하고 불만 섞인 눈빛으로 쳐다보았다.

"하하, 예성 사장님, 대단하십니다. 저는 오후 5시부터 계속 기다렸습니다. 사장님은 좋겠어요. 술도 밥도 실컷 먹고 마시고, 살찐 마누라도 안고 자고."

라오장(老張)은 올해 52세로 고위직 선임 지도자에 딸린 운전사로 일한 지 20년이 넘었다. 지도자의 지위도 권력도 높아서 아무도 그 운전사를 소홀히 대하지 않았다. 지난해 춘절에 예성 사장은 그의 사례금으로 천 위안을 썼다. 그는 대놓고 더 많은 돈을 원했다.

"예성 사장님, 제 상사가 그만두면 당신의 사례금도 줄어들겠지요."

예성 사장은 하는 수 없이 또 축의금을 내밀었다. 그는 직접 받지 않고 자동차의 계기판 옆에 붙은 글로브 박스를 열고서 말했다.

"보이세요? 이제 더는 들어갈 자리가 없어요."

예성 사장이 고개를 숙여 자세히 들여다보니 글로브 박스 안은 두툼한 축의금 봉투로 가득 차 있었다. 그는 조수석에 올라타 안전벨트를 맸다. 차는 급발진했다. 차가 흔들리자, 예성 사장은 곧 몹시 우울해졌다. 앞쪽에서 비치는 가로등 불빛에 잠깐 현기증이 났고, 오전부터 밤까지의 정경이 눈앞에 떠올랐다. 잉푸가 마지막으로 의기양양하게 잡탕찌개로 시작하자고 선언했던 모습을 떠오르자, 그는 참지 못하고 고함을 질렀다.

"빌어먹을!"

라오장은 급브레이크를 밟아 차를 길 한복판에 세웠다. 뒤차가 차례로 급제동하는 소리가 들려왔고, 여러 차의 경적이 한꺼번에 울려 퍼졌다.

"누구에게 호통치는 겁니까?"

라오장은 화가 나서 수염을 기른 말상 얼굴을 씰룩거렸다.

"어서 운전이나 해요. 난 그냥 내 멋대로 욕한 겁니다."

"성격 참, 이름 뒤에 사장 붙고 몇 년 지나니, 이제 남이 다르게 봐준다고 생각하고 편하게 욕하는 거요?"

하루 동안 잘되지 않았던 일이 예성 사장의 분노에 불을 붙였다. 그는 오른손 엄지와 검지를 잡고 나머지 세 개의 손가락을 세웠다.

"셋 셀 때까지 운전하지 않으면 나는 내릴 겁니다. 자, 어서 갑시다."

라오장은 눈을 동그랗게 뜨고 비스듬히 예성 사장을 바라보았다.

"헤헤, 정말 사람이 떠나니 마실 차가 식는다는 말이 맞네. 당신 형이 그만둔 지 2년. 그동안 친절하게 대해 줬는데 이젠 윗사람처럼 빼기다니 말입니다."

예성 사장은 세웠던 손가락을 얼른 접었다.

"좋소! 운전하리다. 운전기사 된 내가 잘못이지."

라오장은 다리를 뻗어 급발진했다. 가는 내내 급발진과 급제동을 반복했다. 커브 길에서도 감속하지 않아 차는 비명을 질러댔다. 장관급 관사에 들어가 감속해야 하는 곳에서도 난폭 운전을 했다. 그때마다 예성 사장은 머리를 자동차 천정에 박았다. 뭐든 되는 게 없는 날이다. 그는 화산의 화구에 앉아 있다고 생각했다.

차에서 내릴 때 라오장은 백미러로 그를 노려보며 차갑게 말했다.

"예성 사장, 충고하자면 잉어가 아무리 용문을 넘고 싶어 발버둥 쳐도 맘대로 되는 건 아니요. 조상의 무덤을 파서 명당으로 옮긴다 해도 운이 당신에게 돌아가진 않아."

라오장은 고위직 형의 심복이었다. 그 말을 듣고 그는 땅을 밟는 순간 기분이 착 가라앉았다.

19

"일이 완만할 때는 원칙을 따라 한다. 이 시국에 누가 '잉어 용문을 넘는 것'을 바라지 않겠는가? 셋이 나눌 수 있을까?"

예성 사장의 고위직 선임 지도자(吳铁兵, 우[우테빙] 이사장)는 1947년생으로 공화국 출신의 대형 중앙직속기업 총수 자리에서 물러난 지 2년이 지났다. 잉푸와 예성 사장은 둘 다 군인 관사에서 자랐었다. 예성 사장의 이복형과 고위직 선임 지도자는 같은 중학교와 고등학교 출신이다. 그런 관계로 예성 사장은 자연스럽게 선임 지도자를 형이라고 불렀다. 예성 사장이 군대에서 전역할 때 선임 지도자는 중앙부처 부장관이었다. 당시의 전역 촉진 정책은 '지방에서 일자리를 마련할 것인가, 아니면 군대 근무 연수에 따라 퇴직금을 받고 스스로 일자리를 구할 것인가'로 나뉘었다. 예성 사장은 자신이 있었으므로 퇴직금을 받아 선임 지도자가 있는 중앙부처의 과장 자리를 택했다.

예성 사장이 중앙부처에 입성한 지 얼마 지나지 않았을 때, 선임 지도자가 총책임자로 있던 부서의 행정 부문 과장이었던 잉푸는 사직하고 나가서 창업하였다. 4년 뒤 선임 지도자는 금융을 주 업무로 하는 대형 중앙직속기업 대표로 취임해 장관직을 내려놓았다. 그가 관공서를 떠나기 전에 예성 사장을 잉푸의 회사에 추천했다.

군인 출신으로 오랜 세월 골프와 테니스를 쳤기 때문에 선임 지도자인 형은 다리와 허리는 튼튼했다. 깍둑썰기 모양의 머리에는 흰 머리카락이 섞여 있었지만, 햇볕에 탄 피부와 사람을 주춤거리게 만드는 불의 고리 같은 갈색 눈, 높고 둥글며 콧구멍이 안 보이는 코는 사람들에게 그의 건강과 위엄을 느끼게 했다.

예성 사장의 호소를 듣고 난 형은 글을 쓰고 있던 책상에서 고개를 들어 냉랭하게 예성 사장을 바라보았다. 그러고는 다시 고개를 숙이고 오른손으로 늑대 털로 만든 해서용 붓을 들고 왼손으로는 화선지를 펴서 한 획 한 획 글을 쓰기 시작했다.

예성 사장은 형이 오늘 일어난 사건에 크게 불만인 것을 알아차렸다. 예성 사장은 순간 취기가 사라졌고 술도 완전히 깼다. 예성 사장은 눈으로 형의 붓 움직임을 보면서 입을 열려고 했지만 열리지 않았다. 예성 사장은 형의 등 뒤 벽에 있는 세 장의 유화를 올려다보고, 돌아서서 자신의 등 뒤 벽에 있는 수금체(북송의 휘종이 고안한 서체) 글씨를 올려다보았다. 형은 평소에는 응접실에서 예성 사장을 맞았는데 오늘 밤은 전례를 깨고 처음으로 그를 서재로 불렀다. 형의 키는 180센티미터 정도여서, 사용하는 책상을 보통보다 약간 높게 만들었다.

예성 사장은 책상 앞에 앉아 형을 올려다보았을 때 가슴에 강한 압박감을 느꼈다. 마지막 글씨를 쓰고 나서 형은 필세(붓을 씻는 그릇)에 붓을 씻고 조심스럽게 붓을 책상 위 필까(붓을 걸어 놓는 문구)에 놓았다. 형은 예성 사장의 얼굴을 보고 고개를 가로저으며 웃었다.

"너희들의 오늘 싸움은 용과 코끼리의 싸움일까, 아니면 물고기와 새우의 싸움일까? 시시한 말싸움은 그렇다 쳐도 피까지 보며 할퀴고 물어뜯고…."

형의 날카로운 눈빛은 칼날이 되어 예성 사장을 찔렀다.

"옛사람이 말한 '형제끼리 싸우다 집안싸움 한다'라는 구절은 그 뒤에 오는 '바깥에서 받는 업신여김을 받는다'를 강조한 말이다. 너희들은 앞일에만 매달려 뒤의 일은 보지 않는다. 둘 다 나의 옛날 부하 직원이고, 밖으로 당당하게 치고 나갔는데 어쩌다 독수리 탈을 쓰게 되었을까?"

고개를 흔들면서 그는 다시 오른손으로 창을 가리켰다.

"이러다간 옆에 있는 놈만 기쁘게 해줄 뿐이다. 잉푸는 지금 너무 기뻐서 30년 된 마오타이 술을 마시고 있겠지."

예성 사장은 창문으로 눈을 돌렸다가 다시 형을 보며 말했다.

"형님, 오늘 잉푸란 놈이 별거 아닌 일로 소동을 일으키고 이유도 없이 다 엎었어요. 그런데 왜 제가 되려 경고를 받나요?"

그러면서 예성 사장은 왼손을 뻗어 창밖을 가리켰다.

"십중팔구 잉푸라는 놈은 이 관사 안의 그분(치 주석)에게 의지해서 자리를 쪼개서 앉으려고 할 겁니다."

"좋아, 앉아서 이야기하자."

형의 힘을 준 눈썹이 가운데로 모였다. 손을 뻗어 아래를 가리키며 의자로 돌아가 앉으라고 했다. 예성 사장은 의자에 앉자 다시 형을 올려다 보며 두 눈을 깜빡였다.

"나이가 들었는데도 옆의 그분은 아직 투지가 꺾이지 않았더군요."

형도 자리에 앉아, 유난히 키가 높은 모과나무 의자에 등을 기대고 시선을 창밖으로 돌렸다.

"너희 둘 다 군인 관사에 살면서 진흙 놀이와 약협(탄알의 화약이 들어 있는 금속제의 통)을 가지고 놀던 불알친구였는데…."

그러면서 그는 고개를 들어 천장을 바라보았다.

"우리는 유치원부터 고등학교에 이르기까지 함께 다녔다. 그는 그림을 잘 그렸고 나는 운동을 잘했지. 최초의 대자보도 함께 붙였고, 최초의 홍위병 완장도 함께 찼다. 손을 잡고 함께 톈안먼 광장으로 올라갔고, 마오쩌둥 주석이 붉은 완장을 채워줄 때도 같이 있었다. 얼마 지나지 않아 우린 다시 손을 잡고 수갑을 차고 장칭 교도소에 감금되었지만….”

예성 사장은 조금 부은 눈을 부릅떴다. 그것은 처음 듣는 형의 청춘 시절 이야기였다. 예성 사장은 형의 목이 움직이지 않는 것을 보고 형의 손을 눈앞에서 마주 잡았다.

“형님, 두 분이 지식 청년(문화대혁명 시기에 도시 출신의 지식인 청년들이 농촌으로 하방되었던 운동, 즉 하방운동에 참여한 사람들을 지칭)이 된 곳은 같은 직장인 공사에서였나요? 그런데 왜 그 후에 불과 물 같은 사이가 되었나요?”

형의 눈은 어둡게 가라앉았고, 따뜻한 찻잔을 들었다.

“문제는 같은 곳에서 지식 청년이 된 데 있었어.”

그는 거기서 말을 멈추고 일어나 유화를 가리켰다.

“저 그림을 봤니? 저건 그때 초원에서 일어난 큰 화재를 내가 그린 그림이다. 불 속에 앉아 있는 저 소녀가 나와 그가 둘 다 좋아했던 동급생이다. 그 소녀가 불에 타 죽고 난 후로 우리는 서로 길가의 돌을 보듯 데면데면한 사이가 되었다.”

예성 사장은 그 유화가 가져다주는 슬픔에 강하게 이끌려 크게 눈을 떴다. 유화의 배경은 푸릇푸릇한 초원이었고, 원근법으로 한눈에 다 들어오지 않는 원경이 그려져 있었다. 길고 구불구불한 몇 줄기 강이 화폭 가운데로 흘러들어, 큰 화재가 일어났던 장소는 피처럼 붉은빛으로 물들어 있었다. 단정한 차림의 소녀는 카키색 군복을 입고 있었다. 불길은 머리칼을 둘로 갈라서 딴 갈래머리가 허리까지 닿은 그녀의 머리카락에 붙어 활활 타오르고 있었다. 불덩어리는 그녀를 화장시키는 듯했다. 그녀의 눈빛은 온화했고, 뭔가 죽음에서 구원을 얻고 행복을 느끼는 것 같았다. 그녀의 오른손은 땅바닥에 쓰러져 불에 그슬려 있는 말의 머리에 놓여 있었다. 그 말은 이미 머리도 어깨도 불에 휩싸여 있고 떠 있는 눈만이 소녀를 향해 있었다. 그 눈동자 속에는 불길에 휩싸인 젊고 아름다운 소녀의 모습이 담겨 있었다.

"그때 그녀는 스물셋이었다."

예성 사장은 형을 바라보며 물었다.

"그 소녀는 두 사람 중 누구를 사랑했나요?"

형은 얼굴을 쓰다듬고 나서 깊이 숨을 들이마셨다가 내쉬었다.

"그녀는 미술 천재였기 때문에 그와도 자주 대화를 나눴고 친했다. 나는 학교에서 주목하는 운동선수였고, 그녀는 시합 때마다 왔었지. 문화혁명 때 나는 무력 투쟁이나 비판 투쟁에서 항상 그녀를 지켰지만, 그는…"

거기까지 얘기했을 때 형의 얼굴은 가을 서리가 내린 듯 초췌해 보였다.

"그는 그녀를 부채질하고 부추겨 투쟁에 데리고 나가곤 했다."

형은 나무 섶 더미에 불이라도 붙은 듯 의자를 뒤로 젖히고 유화에서 조금 떨어져서 불길 속 소녀를 찬찬히 바라보았다.

"수십 년이 지났지만, 하루도 그날을 잊은 적이 없고 마음 아프지 않은 날이 없다."

형은 마음속 고통이 도졌는지 더는 그림 속의 소녀를 보지 않고 고개를 돌렸다. 형은 뒤돌아서서 책상에 두 손을 얹고 예성 사장을 물끄러미 바라보았다.

"1966년 8월 19일, 그는 그녀를 선동했다. 같은 반인 여학생을 앞세워 여자 반 담임선생님을 비판 투쟁에 내걸었다. 당당하게 어깨를 펴고 그녀는 연단에 뛰어 올라가 담임선생님의 얼굴을 잡아당기고 뺨을 후려쳤다. 담임선생님은 그녀에게 여러 해 동안 유화를 지도했는데 그녀에게 뺨을 맞자 그 자리에 무릎을 꿇고 울음을 터뜨렸다. 담임선생님은 다음 날 새벽 학교 축구장 골대에 목을 맸다. 집에 3개월 된 아기를 남겨두고 말이다."

"엄청난 죄를 지었군요."

예성 사장은 오른손으로 가볍게 테이블을 두드렸다.

형은 고개를 끄덕였다.

"그래, 우리 세대는 그런 야만의 시대를 살았다. 누구나 죄를 지었지. 죄를 짓지 않았다고 장담할 놈은 어디에도 없다. 그래도 평생 마음 아파 하는 놈은 없어."

예성 사장은 형에게 겁먹은 듯한 낮은 소리로 물었.

"그런데 그녀는 왜 불에 타 죽은 거죠?"

형은 다시 시선을 그림 속 소녀에게로 돌렸다.

"사실 자신은 어차피 죽은 것이나 마찬가지라고 그녀는 말했어. 선생님을 축구장 골대에서 내려놓은 날부터 그녀는 매일 그 밑에 앉아서 울었어. 사람들은 그녀가 자살하지 않을지 걱정했지. 그 후 우리는 문화혁명이 불씨가 되어 상산하향(중국에서 1957년 이후 상급 간부들의 관료화를 막기 위해 실시한 운동으로 중국공산당 당원과 국가 공무원들을 벽지 농촌이나 공장에 보내 노동에 실제로 종사시켰다. 또한 도시의 학교를 졸업한 젊은이들을 변경 지방에 정착시킴으로써 정신노동자와 육체노동자 간의 거리감을 없애고, 낙후된 농촌 산간 지역을 근대화시키려는 목적)을 했다. 그녀는 우리의 요청대로, 후룬 베이얼 초원(몽골 자치구에 위치한 대초원)의 키라린 마을까지 따라와 주었어. 아르군하 기슭에 있는 그곳에서 해가 뜨면 방목하고 해가 지면 음식을 만들었다. 밤이 깊어지면 고통이 더욱 심해졌기 때문에 몽골의 천막집 파오 밖에서 우리는 그녀를 따라 밤새워 별을 헤아렸어. 눈이 피곤해지면 잠이 오련만 그녀는 잠을 자지 않았다. 눈을 감으면 아기를 안고 째려보는 담임선생님이 보인다고 했지. 그러다 말하지 않게 되었어. 그녀는 원래 뛰어난 기수였지만 어느 날 어찌 된 일인지 낙마해 떨어진 채 얼굴을 가리고 울면서 '아아! 난 죽었는데, 왜 아직도 살아 있는 거야?'라며 물었지. 그녀는 살아 있는 것보다 죽는 편이 나았던 거야."

예성 사장은 그녀가 너무 애처롭게 생각되어 자신도 모르게 눈이 붉어졌다.

"1972년 4월 14일, 그녀는 베이징으로 돌아왔어. 다음 날 초원에 큰불이 났다. 우리는 사람과 말을 살리려 초원으로 달려갔어. 그날의 화재는 굉장히 이상했다. 풍향이 최대라고는 할 수 없었지만, 바람이 시시각각으로 변했거든. 그녀가 말을 타고 가는 곳마다 세찬 바람이 그곳으로 불어와 불길이 치솟았어. 결국 그녀의 말은 토끼굴을 잘못 밟아 다리가 부러졌지. 그녀도 내동댕이쳐졌고. 우리가 달려들었을 때는 하늘을 찌를 듯한 큰 불길이 일어났어. 어느 순간 타오르는 불더미 사이로 그녀가 불길 속에 앉아 있는 것이 보였다. 그때 그녀의 표정이 이 그림에 그려진 그대로야."

"그녀는 그것으로 마침내 구원받았을까요?"

예성 사장은 그림 속의 불꽃과 그녀를 번갈아 보면서 물었다.

"그렇다. 그녀는 구원받았을 거야. 그런데 살아남은 우리는 지옥이었지."

예성 사장의 말을 듣고 형은 두 손으로 얼굴을 덮었다. 그리고 얼굴을 비비고 나서 다시 일어나 왼쪽에서 오른쪽으로 여학생이 그려진 그림의 양옆에 걸린 유화를 가리켰다.

"초원에서 살았던 몇 해 동안 그녀는 오직 두 작품만 그렸단다."

형은 왼쪽의 그림을 가리켰다.

"이 그림은 '메듀즈 호의 뗏목'이라는 작품으로 프랑스의 화가 테오도르 제리코(Th odore G ricault, 1793~1824, 프랑스 낭만주의의 선구자)가 1819년에 그린 그림이다. 1816년 프랑스의 순양함 메듀즈 호가 침몰했을 때를 그렸다."

"형의 반 친구들은 왜 이 그림을 모사했나요?"

예성 사장은 눈을 가늘게 뜨고 그림을 바라보았다.

"인간의 성(性)이다!"

형은 담백하게 냉랭한 목소리로 그렇게 말했다.

"배에는 원래 400여 명이 타고 있었는데, 암초에 부딪혀 난파된 배가 침몰하기 시작하자 선장은 총독과 고급 선원 250명만을 데리고 6척의 구명보트를 타고 달아났어. 남겨진 150여 명은 그림처럼 뗏목을 만들어 생존을 위한 사투를 벌여야 했다. 싸움, 살인, 식인 등의 다툼. 10여 일 동안 망망대해를 표류하다가 주변을 지나던 아르구스 호가 그들을 발견했을 때 뗏목에는 단 15명의 생존자와 5명의 시체밖에 남아 있지 않았지."

"그 뒤 그 열다섯 명은 살았나요? 살았다면 그들 모두 사람의 살을 먹었겠죠?"

예성 사장은 눈을 부릅뜨고 다시 화폭을 응시했다.

"모두 죽었다."

형은 얼음장처럼 차갑게 대답했다.

"구조정에 오른 직후에 5명은 바로 사망했어. 나머지 10명도 표류 과정에서 겪은 충격을 이기지 못하고 연이어 세상을 떠났다. 최후의 한 사람이 세상을 떠날 때 옆 사람을 가리키며 말했지. '나는 죽고 너는 산다. 어느 게 더 나은가, 나는 안다.'"

"아, 그 말도 이 그림과 마찬가지로 숨이 막히는군요."

예성 사장은 눈을 감고 고개를 흔들었다.

"너는 똑똑하다. 그 말은 소크라테스가 죽음에 임했을 때 한 말로, 죽는 인간에게 자신의 심정을 겹쳐놓은 거야. 그녀는 몇 년 동안을 그 말이 못처럼 가슴에 박혀서 자신을 책망하고 죄책감을 느끼며 전심전력으로 영혼을 바쳐 그 그림을 모사했어."

"그녀가 신에게 구원을 바랐을까요?"

"그랬겠지. 이걸 봐!"

형은 예성 사장을 일으켜 '메듀즈 호의 뗏목' 그림 앞으로 가서 그림 안을 가리켰다.

"화폭에는 이미 죽은 사람도 있다. 살아있는 사람들도 죽고 싶지 않아 필사적으로 저 멀리 보이는 배를 향해 손을 흔들어 구조를 기다리고 있지."

형은 몸을 조금 젖힌 채 눈을 가늘게 뜨고 화면을 가만히 응시했다. 그런 다음 돌아서서 예성 사장을 보았다.

"이 화면은 배의 돛과 뗏목에 매달린 생존자가 삼각형 모양을 이루고 있고, 그것이 그림의 중심을 이룬다. 즉 그림을 바라보는 사람에게 뗏목이 바다에서 표류하고 있는 정황을 제시해 주는 거지. 화폭에서는 이미 여러 명이 죽었어. 어떤 사람은 곧 죽을 것 같고, 어떤 사람은 자신과 가까웠던 사람의 시체를 안고 슬픔과 생각에 잠겨 있어. 손을 흔들며 외치는 이쪽 사람들은 커다란 삼각형의 속박에서 벗어나 격정에 차서 활발하게 움직이며 다른 삼각형 구조를 구성하고 있지. 이들은 한 사람이 다른 한 사람에게 포개어져서 역동감이 있어 보이고 살려고 하는 욕망이 드러나지. 맨 윗사람은 높이 쳐든 빨간 천을 흔들고 있다."

"그렇습니다. 사람은 진퇴양난의 어려움을 겪어봐야 투지가 샘솟는 것 같습니다."

예성 사장은 귀로 형의 설명을 듣고, 눈으로는 사느냐 죽느냐의 갈림길에 선 화폭 속의 사람들을 보면서 그의 말에 끼어들었다.

형은 돌아서서 강한 눈빛으로 예성 사장을 보고 다시 뒤돌아서 화면을 응시했다.

"예성아, 그들이 손을 흔들며 소리치는 저 먼 곳의 희미한 배의 그림자가 네 눈에는 작아 보이냐? 그게 바로 구조자야! 눈앞의 죽음과 비교해 볼 때 희미하게 보이는 저 배의 출현은 구원과 삶의 희망을 의미한다."

"아, 그것이 바로 오늘 제가 형님을 찾아온 이유이고 비유일 수 있겠지요?"

예성 사장은 감탄해서 시선을 형의 얼굴로 옮겼다. 형은 웃으며 돌아서더니 다시 오른쪽 검지로 화폭을 가리켰다.

"제리코의 이 그림은 철학적이야. 그는 일부러 배경에 돛을 그려서 역풍에 뗏목이 뒤로 떠내려가게 했어. 그 예술적 효과는 구원받을 수 있을까, 없을까를 느끼도록 만들었지. 구원을 구하는 자는 구원해 줄 자에게만 몰두해 있지만 목숨을 바칠 뗏목은 운명의 바람을 따라갈 뿐, 살겠다는 희망에서는 멀어져간다. 그건 우리네 운명의 메타포가 아닐까? 그렇다! 그렇지 않다면 왜 우리의 삶이 이다지도 힘들까?"

예성 사장은 그림을 보면서 현기증이 나서 한 발 뒤로 물러섰다. 그리고 시선을 오른쪽 벽에 걸려있는 그림에 고정했다.

"예수 그리스도인가요?"

"그렇다. 그녀가 모사한 또 하나의 그림으로 '봄의 예수'이다. 18세기 러시아의 작품이야."

"그런데 왜 불꽃 속 소녀의 표정과 이 그림 속 예수의 표정이 똑같아 보일까요?"

"잘 보는군. 예리해."

형은 눈으로만 웃었다.

"그녀는 몽골 초원에 가자마자 러시아 정교로 귀의했지. '메두사호의 뗏목'을 그리고 나서 바로 이 그림을 그렸고…."

예수를 바라보고 있다가 형은 고개를 돌리고 눈을 감았다.

"그녀는 자신을 책망하면서도 누군가가 자신을 구해 주길 바랐다. 그러나 신 이외에 누가 이 세상에서 그녀를 구해 줄 수 있을까?"

"그녀는 마음이 무너졌겠군요."

예성 사장은 그렇게 말하면서 오른손으로 왼쪽 가슴을 눌렀다.

"내 마음마저 무너진 것은 그녀가 남긴 두 폭의 그림을 그(치 주석)가 먼저 그녀의 유품을 정리해서 자신의 것으로 만들어버렸기 때문이다."

"그러면 저 두 폭의 그림은?"

"이건 내가 그렸지."

"아, 형님! 오랫동안 제가 곁에 있었는데도, 이 정도로 그림이 뛰어나다는 것을 미처 몰랐습니다."

"남에게 말할 정도는 아니다. 이건 순전히 나 자신을 위해서 그렸을 뿐이다."

"정이 많으면 오래 살지 못한다고 하네요. 그런데 그분과 같은 관사에 사는 게 마음이 편하세요?"

형은 잠시 입을 다물었다가 다시 말했다.

"예성아, 옆에 사는 그가 어떤 사람인지 너도 잘 알잖아. 그는 사람을 잡아먹고 뼈도 씹어 먹는 놈이지. 사람을 죽여놓고도 아무렇지도 않은 얼굴을 하고 남을 인간임이 분명하지!"

"형님 말씀이 맞습니다. 여기에 잉푸와 그의 비밀 협정서가 있습니다. 1기 프로젝트 등기부가 손에 들어오면 회사 주식 권리를 그의 딸이 운영하는 신탁 펀드에 넘긴다고 되어 있습니다."

"허, 매미가 허물을 벗겠다고…."

형은 고개를 흔들며 웃었지만, 눈을 가늘게 뜨고 화염 속의 소녀를 흘끔 바라보았다.

"까치가 비둘기 집을 빼앗겠다고…."

형은 그림 속의 예수를 흘끗 보았다.

"좋아! 우리 둘 다 자신이 늙었다고 생각하지 않거든. 다시 한 판 붙어야겠군!"

말을 마치면서 두 손을 들어 책상을 세게 두드렸다. 칼등처럼 곧게 선 그의 귀까지 움직였다. 소리가 울려 퍼지는 동안 그는 시선을 '메두사호의 뗏목' 위에 증오스러운 눈빛을 내리꽂고 있었다.

20

"형님, 잉푸를 상대하는 일이 앞으로 더 버거워질 것 같습니다."

"으음, 그건 하기 나름이지."

그렇게 말하면서 형은 예성 사장을 힐끗 쳐다보았다. 눈빛에 차가운 빛이 다시 비쳤다.

"예성아, 방법을 바꿔라! 싼 가격에 네 주식을 이빙(亦兵)에게 파는 거야. 이빙은 주식을 가졌으니 이야기해서 60억을 대출받도록 주선해 주겠다."

자금에 관해 얘기하면서 형은 오른손을 들어 오른쪽에서 왼쪽으로 한 번 흔들었다.

"우리 힘을 합쳐서 그놈들을 쫓아버리자!"

예성 사장은 고개를 숙였다. 그의 얼굴에는 아직도 손자국이 남아 있고 피가 말라붙어 있었다. 그는 이를 굳게 다물고 이를 갈았다.

"예성아, 너는 혹시 다른 대책이라도 있어?"

"저는 빈털터리가 됐습니다."

예성 사장은 형이 오늘 밤 자신을 부른 목적을 이윽고 알아차렸다. 형은 고개를 숙이고 언뜻 예성 사장을 보았다.

"너의 슬픔은 네가 지금 누구와 싸우는지 모르는 데 있다."

"그건 잉푸도 아니고 그 배후에 있는 옆의 그놈도 아니야. 넌 아직도 정말 그걸 모르는 것 같구나."

형은 고개를 흔들며 예성 사장을 바라보았다.

"나는 20년 동안을 중앙직속기업에서 일했다. 내가 그만둘 때 국가로부터 받은 창업자금은 3억 원뿐이었다. 재작년에 내가 일선으로 물러났을 때 그 돈을 가지고 얼마나 많은 이익을 남겼다고 생각해? 그 자산은 3조 원로 늘어났다. 내가 돈을 어떻게 벌었는가 하면 시장화 운용을 통해서였다. 자본이 시장경제의 중심 플레이어야. 지금 세상은 자본 천하다. 자본이 있어야 말할 자격이 있거든. 그래서 네가 잉푸를 당해낼 수 없는 것이다. 놈은 자본을 대표로 내세우고 있어. 너는 놈과 싸울 때 형제자매 결연을 말하지만, 나와 옆에 있는 그와의 싸움은 자본과 자본의 승부인 거야."

"형님 말씀을 들으니 마음 깊이 서늘해집니다."

예성 사장도 고개를 흔들었다.

"형님 생각에 이제 제가 어떤 역할을 할 수 있을까요?"

형의 말투에서는 화장실 배수관의 냄새가 배어 있었다.

"책임자야!"

형의 얼굴도 싸늘해졌고, 말투는 늦가을에서 동지에 걸친 초목 마름 같았다.

"프로젝트 운영을 책임지는 경영자다."

"그럼, 제 말로는 어떻게 될까요? 그렇게 되면 맷돌을 내리려다 깔려 죽는 당나귀 꼴 아닙니까?"

"오호, 너도 그 이야기를 알고 있구나. 배부른 이야기지."

형은 뒤돌아서 예수를 가리켰다.

"보았지? 이 그림 속의 신은 경외심을 불러일으키지만, 그렇다고 현실에서 세상 사람을 구할 수는 없지. 예성아, 뒷벽의 '인터내셔널' 노래를 읽어봐라. '처음부터 구세주란 있지도 않았다'라는 문구를 생각해. 하늘에서 모란 떡이 내린다고 생각하지 마. 좋은 결말을 맞이하고 싶다면 길은 하나밖에 없다. 자본에 협력하는 거야. 이빙이 하는 이 2기 프로젝트를 도와라. 그렇게 되면 너는 네 자본을 만들 수 있고, 넌 너의 천하를 가질 수 있다."

예성 사장은 시선을 벽에서 형의 얼굴로 옮겼다.

"형님, 불평 좀 해도 될까요?"

형이 그 말을 듣고 굳게 입을 다물자, 늘어진 입꼬리가 얼굴을 더욱 강해 보이게 했고 눈빛은 초겨울의 첫서리처럼 차가웠다.

"말해봐. 오늘은 뭐든지 말해도 돼."

"형님, 고맙습니다. 이빙의 해외 부동산펀드에 쏟아부은 1억 8천만 위안은 제가 차입을 도운 것입니다."

"그게 네 돈이었어?"

"회사 자금이었습니다."

"그 회사는 누구 것이지? 잉푸의 것이구나! 놈이 창업해서 성공했으니까 내가 너를 추천했던 거지."

형은 고개를 숙이고 치켜 올라간 검은 눈썹을 찡그렸다.

"넌 그놈과 노동 협약을 맺었겠지?"

"예, 맺었습니다, 무기한 단체협약입니다."

"그거면 됐어. 그 협약은 너와 놈의 고용관계를 증명하는 거니까 말이다. 그건 그렇고, 왜 넌 회사 자금도 네 돈이라고 주장하는 거지?"

"저에게도 회사 주식이 있지 않습니까?"

예성 사장은 고개를 들어 형 뒤의 예수를 보았다.

"무슨 주식?"

"직원이 받은 우리사주 주식, 지주입니다."

그 말을 듣고 형은 반론을 불허하는 표정이었다. 형은 한바탕 웃음을 터뜨리고 나서 고개를 들어 예성 사장을 바라보았다.

"너의 직원 주식, 지주는 아직 권리를 행사할 때가 안 됐잖아?"

"그러면 제 위험은 더 커집니다."

"얼마나 위험하지?"

형은 두 눈을 동그랗게 뜨고 탁자 위에 놓은 두 손을 움켜쥐었다. 예성 사장은 왼손을 내밀어 손바닥을 앞으로 하고 오른손으로 왼쪽 엄지손가락을 구부리면서 말했다.

"첫 번째, 차관이라고 해도 계약서도 절차도 없습니다. 두 번째, 3개월만 빌려 쓰기로 해놓고선 벌써 3년이 지났습니다."

예성 사장이 왼쪽 네 번째 손가락을 접었을 때, 형의 얼굴은 경련이 일기 시작했다.

"세 번째는 훨씬 더 성가신 이야기입니다."

예성 사장이 왼쪽 가운뎃손가락을 구부렸을 때, 형은 아예 입을 굳게 다물었다.

"말해봐라. 그 하늘만큼 큰 골칫거리가 무엇인지."

"하늘보다 더 큰 것 같습니다."

"들어보자!"

"정말 모르시겠습니까? 그 1억 8천만 위안에서 6천만 위안은 세금을 공제받았습니다."

"어떤 세금?"

"영업세, 토지증치세의 선납, 도시 건설세와 인지세, 거기에다 소득세는 선납입니다."

"왜 진작 말하지 않았지?"

"당시에 형님은 단 3개월이라고 하셨으니까요."

"예성아, 그건 말도 안 돼. 끔찍한 재앙이야! 넌 왜 프로젝트 내부 자금에서 세금을 메우지 않았어?"

예성 사장의 눈에 눈물이 고였다.

"형님, 형님은 나를 하수인처럼 사용해 왔지만, 이제 이 하수인도 더는 버틸 힘이 없어요."

예성 사장은 더 이상 말을 잇지 못하고 고개를 숙였다. 그는 손등으로 눈물을 훔쳤다. 형의 표정이 부드러워졌다. 그는 일어나서 책상을 돌아가서 예성 사장의 옆에 앉았다.

"예성아, 나도 너의 괴로움은 안다. 그러나 힘들지 않은 기업경영이 어디에 있겠나? 자, 같이 생각해 보자. 프로젝트에서 자금을 끌어다 빨리 세금을 메워야 한다."

그는 예성 사장의 어깨를 두드려 주었다.

"그 구멍을 메우기 위해 너와 이빙이 2기 프로젝트를 완수하도록 내가 지원하겠다. 일이 끝나면 이빙은 철수한다. 너는 용문을 넘은 잉어가 되어, 그 기업의 사장이 되고, 그리되면 너도 자본가 대열에 오르는 거다."

"형님, 여와(중국의 천지 창조 신화에 나오는 여신)가 하계로 내려온다 해도 그 구멍은 메워지지 않을 겁니다."

"왜 그렇지?"

"아까도 말씀드렸지만, 이 졸개는 이제 더 이상 버틸 수가 없어요. 1기 프로젝트는 수십억의 자금이 있었는데 시공업자의 거센 추심으로 가진 돈은 말끔히 없어졌습니다. 아마도 그 사실을 모르실 겁니다."

그리고 예성 사장은 무엇인가 말하려다 입을 다시 다물었다.

"말해 봐. 이제 와 뭘 숨기겠다는 거야?"

형은 예성 사장의 어깨를 팡 소리가 날 정도로 세게 두드렸다. 예성 사장은 말을 꺼냈다.

"형님, 형님의 노림수와 수법은 도를 넘습니다. 이 모든 일은 프로젝트로 큰돈을 벌자는 것이었습니다. 그런데 저를 속이고 제 부하와 결탁하여 이런저런 명목으로 큰돈을 가져갔습니다. 제가 아직 어떤 조정을 할 수 있다는 건가요?"

형의 눈이 갑자기 밤길에서 귀신을 만난 것처럼 동그랗게 커졌다.

"그건 쟈오시(小施)와 쟈오이(小伊) 일인가? 놈들이 그 정도로 개차반인가?"

예성 사장의 끓어올랐던 감정이 조금 가라앉았다.

"형님, 시 부구청장은 형님의 운전기사였던 인연으로 형님은 그에게 힘을 실어주고 뒷배가 되어 키웠습니다. 그래서 시 부구청장은 이 프로젝트의 완성을 도와야 한다는 것쯤은 잘 알고 있었을 것입니다. 그러나 그는 대담하게도 건설공사의 최대 이윤을 자기 처제의 건설회사에 주었습니다. 그 회사는 돈은 과다하게 청구하고 부실 공사를 했습니다. 그렇게 이 프로젝트의 자금을 빨아먹었습니다. 형님의 비서였던 이 은행 지점장(쟈오시)은 저의 부하인 펑쉐에민 부장과 결탁했습니다. 그는 고리대금업자를 소개하여 자주 돈을 빌리도록 해서 그 수익을 착복했습니다."

"잠깐! 난 그 사실을 몰랐다. 쟈오시가 수완이 뛰어나다는 것은 잘 안다. 그러나 그가 어떤 방법으로 그 짓을 했는지는 전혀 몰랐지. 놈은 너희 회사 대부 은행이 아니었어? 그놈이 고리대금업자와 무슨 관계가 있는 거지?"

"형님, 형님이 키운 사람들은 다 똑똑하고 재주가 있죠. 그는 3개월에 두 번은 구실을 만들어, 프로젝트 수당으로 잡힌 돈이 유용되었다고 떠들었습니다. 돈을 차입하지 못하면 임금을 받지 못한 노동자들이 파업하게 되고 공사는 멈췄습니다. 펑쉐에민 부장은 그들과 짜고 청부업자를 시켜 우리 집 앞에서 소란을 피웠죠. 하는 수 없이 울며 겨자 먹기로 그에게서 고리대금업자를 소개받았습니다. 그 꿀맛을 알고 법원의 신 부소장도 처제에게 고리로 우리에게 대출하도록 만들었습니다. 모두 월 3.6퍼센트입니다."

"빌어먹을 놈!"

형은 오른손으로 책상을 두드리며 그 기세로 벌떡 일어났다.

"놈들이 그런 못된 짓을 하고서 그게 잘 수습될 거라고 믿었을까?"

"프로젝트에 구멍과 흠이 엄청나게 크다는 것을 알기 때문에 그 구멍을 가리려고 그들은 오늘의 소동을 획책했던 것입니다."

"잉푸를 죽이면 놈들에게 무슨 좋은 일이라도 있나?"

"있지요. 시 부구청장 쪽은 준공 결산을 이용해 그 구멍을 메우려고 했던 겁니다. 그래서 시공업자에게 공임과 청구 금액을 부풀리게 했습니다. 총 3억 위안입니다."

"그런 게 통하나?"

"가능합니다. 이처럼 큰 공사를 결산할 때 투자 금액이 30퍼센트 늘어나는 경우도 흔치 않기 때문입니다."

"그럼, 넌 어떻게 생각했어?"

"원래 그들이 악착같이 덤비는 건 싫었습니다. 그러나 생각해 보면 그 일이 잘되면 그 상황을 틈타 세금을 메울 수 있습니다. 그래서 저는 부풀려서 그들에게 6천만 위안을 더 청구했습니다."

"그래, 그건 좋은 방법이었다. 그런데 왜 이렇게 된 거지?"

"형님, 저 잉푸라는 놈은 평소에는 내숭을 떨어 우리를 방심하게 해놓고 모든 책임을 제가 지도록 만들었습니다. 그러나 그가 이때다 하고 저에게 서류를 내밀었을 때 저는 죽을 때 죽더라도 절대로 사인하지 않았습니다. 그런데 우리는 오늘 뿌리째 뒤집혔습니다."

예성 사장은 한숨을 쉬며 두 손을 꼭 쥐었다.

"우리에게 한바탕 소동을 벌이는 짓 외에 달리 어떤 방법이 있겠습니까?"

"그건 그렇지. 프로젝트는 우리 모두가 협력해서 시작했지. 쟈오시가 없었다면 그 땅의 매도 가격은 이미 몇십억을 지불할 판이었다. 너그럽게 양보하고 온화하게 벌어야 한다. 죽임을 당할 정도로 해야 할 일은 아무것도 없어."

목이 타서 예성 사장은 두 손으로 찻잔을 들고 목젖이 꿈틀거릴 정도로 단숨에 차를 들이켰다. 형이 차를 더 끓이려고 찻주전자를 들자, 예성 사장은 손으로 제지했다.

"이제 됐습니다. 더 귀찮은 말을 해야 합니다."

"말해봐라."

"두 가지가 있습니다."

예성 사장은 가슴 앞에서 두 손을 주무르듯이 맞잡았다.

"하나는, 오늘 잉푸는 수천 명 앞에서 시 부구청장과 신 부소장을 파헤쳤습니다."

"그것참 난감한 일이군. 놈이 배수진을 쳤구나."

"두 번째, 시 부구청장을 포함하여 그들이 찻집에서 벌인 짓을 녹화해 놓은 것입니다"

"찻집에서 벌인 녹화가 무엇이지? 그런데 그게 무슨 소용이 있겠어?"

"그 영상은 보고만 있을 물건이 아닙니다."

"그 영상이 어째서?"

"침대에서 그들이 홀라당 벗고 젊은 여자들과 알몸으로 뒹구는 영상입니다."

"어이쿠, 멍청한 새끼들!"

"언제든 그 영상을 보실 수 있습니다."

형은 그 이야기에 힘이 빠졌는지 어깨가 기울어지고 몸이 축 늘어졌다.

"예성아, 말해봐. 그 깡패는 왜 그런 짓까지 한 거지? 다행히 너와 이빙은 말려들지 않았지만."

"하고 싶은 말은 이빙에 관해서입니다."

형은 눈을 껌벅이며 조금 횡설수설했다.

"뭐, 뭐라고? 이빙까지 문제를?"

"형님, 제가 이빙에게 1억 8천만 위안을 빌리도록 해주었는데 아직 2천만 위안이 부족하다고 했어요. 그는 다른 곳에서 빌렸다가 반년 기한이 되자 갚았습니다."

"그건 알고 있다. 그래서 이빙이 돌려준 게 아닐까?"

"갚지 않는 것보다 더 성가십니다."

"그게 무슨 소리야?"

"이빙은 몰래 내 부하인 영업부장 왕라이왕과 감옥에 갈 일을 꾸몄습니다."

"위협한 게 아닐까? 놈은 그렇게 대담하지 않은데."

형의 얼굴은 구겨진 종잇장처럼 고통스러운 얼굴이 되었다. 예성 사장의 말은 느려졌고, 한마디 한마디가 망치처럼 무거웠다.

"그는 해외 부동산펀드에 동방몽도의 오피스동 삼천 평을 사라고 제안했습니다. 팔기 시작한 지 얼마 안 됐을 때 그는 왕라이왕과 은밀히 손을 잡고 한 평당 구천 위안의 우대 가격으로 사고 이백만의 선수금을 주기로 했습니다. 하지만 그 후 지지부진해서 거래가 성사되지 않았고 작년에 3년이 지났는데 가격이 한 평당 삼만 위안으로 뛰었습니다. 거기에서 그는 표면적인 장부상으로는 평당 이만 삼천 위안의 우대 가격으로 구입하고, 돈은 해외 부동산펀드 통장에서 지급했습니다. 그러나 우리 회사는 한 평당 구천 위안을 받았을 뿐입니다. 사만 이천 위안의 차액인 2천만 위안은 판매 중개 회사에 입금되었습니다. 그걸 오늘에서야 알게 되었는데, 그 회사의 사장은 왕라이왕의 세 번째 부인입니다. 나머지 이백만 위안은 펑쉐에민 부장의 차 트렁크에 들어 있습니다."

형의 눈은 다시 귀신을 본 것처럼 휘둥그레졌다.

"나머지 2천만 위안은?"

"형님 자녀의 회사 장부에 입금되었습니다. 잉푸가 그들의 거래 서류에서 단서를 발견했습니다."

"그놈이, 그놈이 대체 무슨 짓을 한 거야!"

형은 오른손 주먹으로 탁자를 내리쳤다. 필세에서 물이 튀어 그가 아까 써놓은 화선지에 스며들었다. 형이 테이블을 두드리는 것을 보고 예성 사장은 차갑게 웃었다. 예성 사장의 표정을 보고 형은 오른손으로 이마를 '탁'하고 쳤다.

"예성아, 네가 만약 잉푸처럼 음흉했다면 나는 참혹하게 당했을 것이다."

"형님, 우리는 어찌해야 할까요?"

예성 사장은 '메두사호의 뗏목' 그림을 쳐다보았다. 형은 책상을 돌아 성큼성큼 의자로 돌아와, 두 손을 의자의 등에 올리고 '톡톡' 쳤다.

"어떻게 할까? 우선 이삼일 동안 참으면서 시청과 구청의 상황을 살피는 거야."

형은 고개를 들어 아무것도 놓여 있지 않은 선반 위를 올려다보고 있었고, 그의 어조는 공기를 향해 말하고 있는 것처럼 힘이 빠져 없었다.

"이 국면까지 왔으니 이젠 비즈니스 싸움이 아니다. 죽느냐 사느냐 피 튀기는 전쟁이야. 옆에 사는 그와의 한판은 쉽지 않아. 이렇게 하자, 내일 나는 잉푸를 불러 장부를 모두 인정하게 할 것이다. 놈은 결코 쉽게 사인하지 않겠지. 내가 작전을 짜서 사인하게 만들겠다. 법인 회사이므로 장부를 인정하면 만사 해결 아닌가?"

"그럼, 시 부구청장의 녹화 동영상은 어떻게 할까요?"

"사실인지 아닌지는 확인해 봐야겠지만 먼저 시 구청장에게는 미리 경고해 둬야지. 그게 사실이라면 너무 많이 놀아서 그를 누구도 구해 줄 수 없다. 며칠은 다들 참고 있어야 해. 잉푸가 계속 소란을 피우고 시간을 끌면 내가 조건을 말할 것이다. 네 수하를 붙여 잉푸 뒤를 밟으라고 단단히 일러라. 이번에 잉푸가 숨 쉴 수 있게 해주면 나도 놈에게 몇 가지 길을 알려줄 거야. 삼킬지 뱉을지 선택은 놈에게 달려 있다. 살 것인지 죽을 것인지도 놈이 결정한다."

"여기까지 와서 놈이 양보하겠습니까?"

"양보해야지, 놈의 배후에 있는 옆의 그자와 이야기하겠다. 비즈니스는 비즈니스다, 이치에 구애받는 사업가가 어디 있겠어? 놈은 조금 양보해서 회사 손실을 해외 부동산펀드 수익에서 메울 것이다. 그가 양보해 주는 게 고작 그 정도인데도 거절하면, 내가 좀 더 양보해서 이 옆의 그에게 2기 프로젝트 주식을 안겨줄 거야. 사람을 죽이면 목이 땅에 떨어지는 것뿐이다. 수십 년의 은혜와 원한에 대해서는 내가 패배를 인정하면 그만이다."

예성 사장은 두 손으로 테이블을 가볍게 두드렸다.

"형님, 서둘러야 합니다. 잉푸 놈이 내일부터 분주해질 것 같습니다. 틀림없이 외국으로 나갈 겁니다."

"도망간다고? 그것도 쉽지 않은 방책일걸? 그건 틀림없이 옆의 그자가 배려했을 것이다. 공사가 끝나면 흑인지 백인지 총결산으로 다 알게 된다. 놈은 영리하다. 너희는 지금 엉덩이 똥을 닦는 것을 더럽다고 망설여서는 안 된다. 지금으로서는 똥을 닦을 수도 없는 상황인데 우물쭈물하다간 놈을 속일 수조차 없게 된다. 놈을 국내에 가둘 방안을 염두에 두고 나를 만나게끔 해라."

"좋은 생각입니다. 그건 형님께서 손을 써 주세요."

형은 안심한 표정으로 오른손을 의자 등에 얹었다.

"예성아, 너의 일생에서 단 한 번뿐인 기회다. 함께 이 관문을 통과하면 너희의 주식을 팔지 않아도 돼. 주식을 자기 자본으로 삼아 2기에 투자하면 된다. 그러면 너는 누구의 심복도 아니고 하수인도 아닌, 너 자신을 위해 일할 수 있지."

예성 사장은 벌떡 일어나 눈앞의 형에게 오른손을 들어 군대식 경례했다.

"형님, 형님이 안 계셨으면 오늘의 저도 없습니다. 형님이 계시기에 저의 통쾌한 후반 생이 있습니다. 안심하십시오. 형님과 저를 위해 이 악전고투에서 절대로 후퇴하지 않을 것입니다."

"놈은 너를 회사에서 정직시켰지만, 아직 퇴직시키지 않았다. 내일 여느 때처럼 변함없이 회사에 가서 놈을 잘 살펴라. 놈의 눈치도 보지 말고 추종도 하지 말고, 네가 무슨 생각하는지 알 수 없도록 있어라. 놈들이 마음을 돌리지 않으면 우리 모두의 퇴로가 사라진다."

"그렇게 되면 우리는 어떻게 해야 할까요?"

"천기누설하면 안 된다."

그렇게 말하고 형의 얼굴이 한순간 굳어졌다.

그러고는 예성 사장은 형의 집을 나왔다. 그때 예성 사장은 서재 커튼 뒤에서 틈새로 형이 자신의 뒷모습을 바라보고 있다는 것을 알아채지 못했다. 예성 사장은 늦저녁의 밤하늘을 올려다보며 '후유'하고 긴 한숨을 내쉬었다. 그때 커튼 뒤의 형은 '흥'하고 세게 콧방귀를 뀌고는 늑대 털로 만든 붓을 두 동강 냈다. 부러진 붓을 다시 둘로 포개어 세게 힘주어 그것을 꺾었다.

운전사 라오장은 그림자도 보이지 않았다. 예성 사장은 천천히 걸어서 문을 나섰다. 정문 관리소에서는 젊은 무장 경찰이 무표정하게 그가 지나가는 것을 바라보았다. 정문 맞은편 길가에서 택시를 부르려는데, 검은색 아우디가 정문에서 나오더니 왼쪽으로 돌려고 했다. 예성 사장은 라오장이 그를 태우러 온 것으로 생각하고 차를 주시했다. 그러나 그 차는 서지 않았고 방향 지시등을 깜빡이며 큰길로 나갔다. 길을 도는 순간 가로등 불빛이 때마침 뒷좌석을 비추었다. 뒷좌석에는 남자가 한 명 타고 있었는데, 그를 향해 냉랭한 표정으로 고개를 끄덕였다. 왼쪽 눈썹을 내리고 오른쪽 눈썹을 찡긋하며 위로 올렸다. 어이없게도 잉푸가 저녁 인사를 보내고 있었다.

21

2013. 05. 18. 오전 3시

　잉푸는 악몽에 시달리다 잠에서 깼다. 눈을 뜨자 칠흑같이 어두운 밤이었다. 사나운 눈덩이가 자신을 향해 휘몰아치고 있었다. 번개가 사라진 천지는 빛이 통하지 않는 통 안에 그를 가두고 억압했다. 그 암흑의 통은 눈이 돌만큼 빠르게 회전했다. 바람이 네팔 남쪽 사면의 협곡에서 불어올 때마다 무겁고 축축한 눈이 돌을 휘감아 그의 등을 사정없이 때렸다.

　'형제여, 귀찮게 하지 마라.'

　그는 어둠 속에서 상체를 움직이면서 마음속에 의지하고 있는 죽은 사람에게 감사했다. 그의 오른쪽 반신이 빙설에 파묻혀 있는 이국의 인간은 그를 위해 눈 폭풍의 반을 가려주었다.

　'형제여, 넌 자는 모습이 잘못되어 있구나. 두 다리를 너무 쭉 뻗었어. 그건 죽은 사람이 영원히 자는 자세다. 날이 밝으면 나를 구하러 온 사람들에게 부탁해서 당신의 오른손을 오른쪽 뺨 아래에, 왼손은 왼쪽 다리 위에, 왼발은 오른쪽 다리 위에 올려놓을 것이다. 그러면 너는 지옥이나 아귀도에 떨어지지 않을 것이다. 형제여, 넌 그 자세가 뭔지 알기나 할까? 그것은 사자길상와(獅子吉祥臥)라고 하는 석가모니가 입적할 때 잠든

모습이다.'

석가모니를 생각하고 있을 때 갑자기 광풍을 동반한 폭설이 한바탕 그의 발아래 산에서 돌멩이와 함께 치올라왔다. 그 바람이 너무 세서 그는 고개를 들 수조차 없었다. 눈을 크게 뜨자 그의 얼굴은 아우성을 쳐서라도 목숨을 구걸하고 싶을 정도로 아팠다.

'목숨을 구걸한다고? 나는 치(斉延安, 치옌안) 주석에게 '옥쇄하더라도 기와로서는 살지 않겠다'라고 말하지 않았던가?'

날이 활짝 개어도 만약 아무도 나를 구하러 오지 않는다면 나는 틀림없이 죽는다. 석가모니의 발아래 죽는 것은 옥쇄인가 아니면 기와로서 완수한 것인가?

2013. 03. 13. 저녁

"옥쇄란 무슨 뜻이지? 기와로 산다는 게 무슨 말인지 얘기해 보게."

치 주석은 서재의 의자에 앉아 있었다. 깍지 낀 양손을 책상에 올려놓은 채 싸늘하게 잉푸를 바라보며 그렇게 물었다.

"돈 때문에 프로젝트를 파는 것이 기와로 사는 것입니다."

"팔지 않으면, 너의 신분으로 동방몽도의 프로젝트를 완수할 수 있을 것 같아?"

치 주석은 입을 오므리고 조롱의 눈빛으로 바라보았다.

"해내지 못하면 뛰어내릴 겁니다."

치 주석은 두 손으로 가볍게 책상을 두드리며 웃기 시작했다.

"지금 자네도 일개 사업가인데 건물 같은 데 목숨을 걸겠다고?"

"예, 저의 신분은 민간 기업가로 동방몽도를 완성하는 것은 제 인생의 사명입니다."

잉푸가 호언장담하자 치 주석은 고개를 흔들었다.

"으음, 다들 지금은 위대한 시대라고 말하는 것 같군. 자네 같은 자를 이 시대의 신귀족으로 만들어버렸으니 말일세."

"귀한지 아닌지는 제 입으로 말할 자격이 없습니다. 하지만 만약 악마와 거래해서라도 얻을 수만 있다면 저는 분명 영혼을 팔고 천박한 인간 쪽을 택할 것입니다."

"영혼까지 내걸 건가? 좋아, 한층 진보했군. 하지만 기개는 기개일 뿐이다. 기업을 움직이는 데 무슨 일이 있어도 목숨을 거는 건 아니다. 사람은 인생에서 걷지 않는 길을 세 번은 걷게 된다. 옥쇄나 기와로 살겠다는 말은 너만의 말이다. 하늘에 길이 한 줄기뿐이고 땅에는 빠져나갈 문 하나 없는 지점까지 자신을 밀어붙여서는 안 된다."

치 주석의 묵직한 경고를 듣고 잉푸도 말을 이었다.

"저 같은 사람에게 인생에서 민간 기업가가 될 수 있는 길은 딱 한 번뿐입니다. 돈을 벌 것인가 아니면 부채를 짊어질 것인가. 각오한 도박입니다. 영혼을 팔지 않는 것도 하나의 길일 것입니다."

치 주석이 너털웃음을 터뜨렸다.

머릿속을 기차가 달렸다고 생각하는 순간, 등 뒤에서 불어오는 눈 폭풍과 발밑의 광풍이 세차게 잉푸를 내리쳤다. 산신의 미친 듯한 웃음소리는 그의 오장육부를 갈라놓았다. 천지는 암흑이었다. 고개를 들어도 별 하나 보이지 않았고, 고개를 숙여도 흔들리는 돌멩이 하나 보이지 않았다. 지금은 나 자신이 옥쇄할 때인가, 아니면 기와로 살아가는 일상인가?

'치 주석, 당신은 훌륭해! 지금 나는 정말로 세계에서 유일하게 하늘에 길이 없고, 땅에 문이 없는 상태에 놓였다. 당신 말이 옳았어, 영혼을 내걸었지만, 아무 소용이 없었다.'

한없이 원망하고 후회하며 잉푸는 초모랑마 사방에서 불어오는 눈 폭풍을 맞으며 고글 속에서 굳게 눈을 감았다. 그리고 다시 치 주석의 서재로 돌아갔다.

그날 밤, 잉푸가 아우디의 뒷좌석에 앉아 예성 사장에 인사하는 것을 보고 예성 사장도 희미하게 웃으며 고개를 끄덕였다. 아우디가 도로로 나가자 잉푸는 눈물이 맺혔다. 길 가운데 철책을 사이에 두고 마주 오는 차량은 강물처럼 멈추지 않았다. 이것이 잠들지 않는 수도의 밤이다. 가로등 아래 언뜻언뜻 지나치는 차창 밖의 얼굴들은 다들 무표정하고 낯설다. 잉푸는 눈을 감고 이 세상은 왜 이렇게 차갑고 무정한 것인가 생각했다.

치 주석의 말을 떠올리며 잉푸는 고개를 저었다. 가슴에 쌓인 울분을 토해내듯 길게 한숨을 쉬었다. 치 주석의 운전사는 잉푸의 한숨을 듣고 좌우 백미러를 둘러본 뒤 머리 위 룸미러로 그의 얼굴을 냉랭하게 바라보았다.

오전의 난리에 오후의 큰 술이 합해져 잉푸의 심신은 엉망진창으로 지쳐 있었다. 우징 주임은 시즈먼(베이징의 내성 서북쪽에 있던 성문) 국무원 초대소에 방을 마련해 잉푸를 쉬게 했고, 경비대장이 응접실에서 경호하면서 물을 마시게 했다.

저녁 6시. 경비대장이 잉푸를 깨웠다. 치 주석의 운전기사가 아래층에서 계속 기다리고 있다고 했다.

"운전기사가 다섯 시에 와서 회장이 몹시 취한 것을 보고 치 주석님에게 연락했어요. 치 주석님이 6시까지 재우라고 했고, 그때까지 기다리라고 했습니다."

경비대장의 말을 듣고 잉푸는 눈살을 찌푸렸다.

"내가 그렇게 많이 잤나?"

경비대장은 웃었다.

"회장님, 변기가 막힐 정도로 토한 거 기억 안 나세요?"

차에 오르자, 운전사 라오왕(老王)은 재빨리 운전석 옆의 창문을 내렸다.

"회장님, 많이 드셨나 봐요."

"미안하네. 이렇게 오래 기다리게 해서."

"아닙니다. 사람을 태워다 드리고 기다리는 게 제 일이니까요. 그러나 이렇게 치 주석을 오래 기다리게 한 사람은 회장님이 처음입니다."

"라오왕 씨, 빨려 가 주게."

"아닙니다. 빨리 달리면 흔들려서 또 토합니다."

잉푸는 지독한 취기에 머리가 심하게 아팠다. 그는 완서우루에 위치한 장관급 관사의 지도자들은 신중하다는 것을 알고 있었다. 관사에 들어가려면 미리 신청해서 자동차 번호를 정문 관리소에 등록해 놓아야 해서 자신의 차를 운전하지 않는 편이 나았다. 평소 잉푸는 관사를 될 수 있으면 방문하지 않았다. 어쩌다 방문하는 것도 대부분 전 상사(우 이사장)의 집이었다. 치 주석의 집은 한 번, 4년 전 1기 프로젝트가 시작되기 전에 방문한 것이 고작이었다. 치 주석과 잉푸의 전 상사는 어릴 때부터 불알친구로 함께 초원에서 8년간 지식 청년으로 생활했다. 대입 시험이 부활하자 그는 베이징대 경제학부에 합격했다. 나중에 경제를 주관하는 지도자의 비서가 되어 금융학 박사학위도 취득했다. 치 주석이 1년 전, 국유자산감독관리위원회 주석 자리에서 물러날 무렵, 그의 딸 치팅팅(斉婷婷)은 미국에서 금융학박사를 취득해서 돌아와 창업한 지 3년 가까이 되었다.

4년 전 어느 날 밤에, 잉푸의 직원인 총마오마오(鐘牦牦) 법무부장이 함께 장관급 관사로 가자고 그에게 권했다. 잉푸는 고개를 흔들었다.

"마오마오, 또 전 상사의 집에 가라고? 가서 무슨 말을 하라는 거야?"

"그렇게 크고 넓은 관사에 회장님 상사만 사시나요?"

"그럼, 누구네 집에 가라는 거야?"

"누구라니요? 돈, 돈을 마련하러 가는 거죠."

"돈? 으음, 아가씨! 머리가 어떻게 된 거 아냐?"

잉푸는 순간 가슴이 떨렸다.

"그 관사에는 권력이 얼마든지 있다. 그러나 권력을 돈으로 바꾸고 싶다고 생각하는 순간, 지나친 욕심이 도리어 해가 된다."

"저는 회장님의 법무부장입니다, 매일매일 나쁜 일을 시키지 않고 법을 어긋나지 않도록 대비하는 일이 제 일입니다. 회장님 같은 보스가 비리를 저지르지 않았는데도 왜 권력과 돈이라고 하면 겁먹은 토끼처럼 변하는 거죠?"

잉푸는 고개를 흔들며 웃었다.

"법무부장은 말을 참 잘하는군. 좋아! 그런데 누구 돈이라는 건가?"

"자본의 돈입니다."

"누구의 자본?"

"치 주석의 딸!"

잉푸는 왼손을 번쩍 들어 머리를 두드렸다.

"아, 알았어! 일전에 그의 딸이 신탁회사의 주인이라고 했지? 아주 좋은 생각이다. 현재 당장 20억을 준비할 수 있는 곳은 신탁밖에 없다. 좋아, 가자!"

오늘 차가 그 관사에 들어갔을 때, 사물은 변하지 않았는데 사람은 변해 있었다. 4년 전 그 자금의 대출이 결정된 직후에 잉푸는 괴한에게 납치당했다. 마오마오의 기지로 잉푸는 다행히 사지에서 탈출할 수 있었다. 그녀는 단호하게 예성 사장이 한 짓이라고 했다. 그러나 아무리 말해도 잉푸가 믿지 않자, 마오마오는 화가 나서 직장을 떠났다. 나중에 들은 바에 의하면, 그녀는 일 년 동안 공백을 둔 후, 치 주석 아래에 들어가 팅팅 회사의 운영부장이 되었다. 그로부터 4년이 지나도록 두 사람은 한 번도 만나지 않았다. 헤어지는 마지막 밤에 마오마오가 룸 스탠드 불빛을 바라보며 눈을 가늘게 뜨고 이렇게 말했기 때문이다.

"이제 각자의 길을 가는 겁니다. 제가 회장님께 가는 건 괜찮지만 회장님은 저에게 오시면 안 됩니다."

잉푸가 눈을 크게 뜨고 입을 맞추려 하자 그녀는 손을 뻗어 그의 입을 가렸다.

"어제 옹화궁(중국 베이징에 위치한 티베트 불교 사찰이자 청나라의 황실 사찰)에서 점괘를 뽑았어요. 점괘에 따르면 당신은 성불할 수 없는 죽음으로 세상을 떠난다고 나왔지요. 떠나는 것은 당신을 구하기 위해서입니다. 회장님을 만나는 날은 제가 회장님을 구하러 갈 때입니다."

22

"잉푸! 오늘 너희들은 개도 꼬리를 감고 도망갈 정도로 큰 소란을 피웠구나. 여기저기서 물어온다. 영향이 크다."

치 주석은 1947년생이다. 보통의 키에 마르고 살집이 없는 몸이다. 카멜의 캐시미어 브이넥 스웨터를 입고 안에는 하늘색 셔츠를 받쳐 입었다. 콧방울은 반듯하고 곧은 콧대에 검은 뿔테 안경을 쓰고 있었다. 마르고 하얀 얼굴의 가느다랗게 올라간 눈은 침착한 눈빛이었다. 오른쪽 가르마를 한 머리는 흐트러짐이 없었고 염색을 한 듯 불빛 아래 검게 빛이 났다. 지난번 방문했을 때 그를 만난 것은 응접실이었다. 그는 얼마간 사방산(중국 광동성 후이저우에 위치한 산) 이야기를 하고, 곧 자리를 떠나 서재로 갔다. 서 있을 때 잠깐 마오마오를 보았다.

이번에는 그가 잉푸를 서재로 초대했다. 잉푸에게 접는 의자를 건네고 책상 맞은편에 앉도록 했다. 그리고 다시 문으로 가서 잠금쇠를 굳게 잠갔다. 그와 마주 앉았을 때 잉푸는 눈을 크게 뜨고 그의 뒤쪽 벽을 보았다.

벽에 세 장의 유화가 걸려있었다. 왼쪽 한 점은 이전 상사의 서재에서 본 '메두사호의 뗏목'이었다. 가운데 한 장은 역시 초원의 대화재를 그린 그림이었다. 그러나 불길 속의 소녀가 입고 있는 옷은 청결한 하얀 몽고 의상 치파오(옆이 터진 원피스식의 중국 여성복)였고, 그녀는 죽어가는 백마의 머리를 쓰다듬고 있었다. 그 백마의 눈빛은 슬퍼 보였다. 소녀를 바라보는 눈빛이 금방이라도 일어나서 그녀를 태우고 불바다에서 도망칠 것 같았다.

오른쪽 한 장은 '봄의 예수'였다. 그러나 전 상사의 그림 속 예수는 천국에서 온 예수였다. 오른손 검지와 중지를 하늘로 향하고, 왼쪽 손바닥은 가슴에 대고 똑바로 사람들을 바라보며 나를 믿으면 구원을 얻을 수 있다는 것을 보여주는 듯했다. 배경의 색조는 따뜻한 담황색이었다. 예수는 선명한 붉은 장의를 입었고 받쳐 입은 흰옷이 드러나 보였다. 맨발인 채로, 금방이라도 그림 속에서 걸어 나올 것만 같았다.

치 주석 서재의 예수는 산속에 있었고 머리 위에는 금빛 무리가 빛나고 있었다. 따뜻하고 인자한 눈빛으로, 두 팔에 안긴 막 태어난 어린 양을 바라보고 있었다. 예수는 흰 무명옷을 입었고, 어린 양은 그의 가슴에 폭 안기어 있다. 고요하고 편안함이 가득한 화면이었다.

순간 잉푸의 눈에 눈물이 맺혔다.

'지쳤다. 하지만 이 세상 어디에 예수처럼 자신이 의지할 수 있는 자가 있을까?'

잉푸의 모습을 보고 치 주석은 미소를 지었다.

"잉푸, 차를 들게."

잉푸는 두 손으로 찻잔을 들고 한 번에 절반을 마셨다.

"치 주석님, 저를 부른 것은 싸움을 도와주시려는 의도는 아니시겠죠?"

치 주석은 눈썹을 살짝 치켜올렸다.

"왜 그런 걸 묻지?"

잉푸는 얼굴을 서쪽 방향 전 상사의 집 쪽으로 돌렸다.

"윗분들은 서로 통하는 사이이고, 더욱이 두 분은 어렸을 때부터 친구였고 전우였죠."

치 주석은 오른손 검지로 테이블을 툭툭 쳤다.

"잉푸, 먼저 마음의 방패를 거둬라. 나와 그는 퇴직한 노인일 뿐이다. 이젠 관료가 아니고 그저 평범한 시민일 뿐이야."

치 주석이 의자에 등을 기댔다.

"돌아보아라. 뒤의 벽 대련(한시의 대구)은 내가 썼다. 매일 나 자신을 훈계하기 위한 글이다."

잉푸는 일어나서 뒤로 돌아 액자에 걸린 단정하고 아름다운 수금체의 대련을 보았다. 위 연은 '영웅도로종귀불(英雄到老終歸佛)', 아래 연은 '명장환산불언병(名將還山不言兵)'이라고 쓰여 있었다. 치 주석은 잉푸 옆에 나란히 섰다.

"이 대련의 가장 오래된 원문은 천문상(天文祥)이 썼다. 그는 남송 때 사람으로 난세의 영웅이었다. 그 원문은 '영웅 늙음에 이르러 마지막은 부처에 귀의하노라, 숙장산에 돌아가 병법을 설하지 아니하노라'이다."

형형한 눈빛으로 그는 잉푸를 보았다.

"북양군벌(청나라 말기에 위안스카이가 만든 북양 신군을 모체로 하여 신해혁명 때 베이징의 정권을 장악한 군벌)의 손전방도 난세의 영웅이라고 할 수 있다. 왜냐하면 그에게는 민족에 대한 절조가 있었기 때문이다. 텐진에 은거하며 불문에 귀의한 후, 일본 군관학교에 유학했을 때의 소대장 오카무라 야스지(1884~1966, 일본의 육군 군인, 중국 파견군 총사령관)가 여러 번 찾아왔다. 일본군 총사령관으로서 그에게 북중국 괴뢰 정부의 주석이 되어달라고 요청하기 위해서였다. 그러나 그가 오카무라에게 위 시에서 몇 글자 바꾼 그 대련을 보여주자, 오카무라는 다시는 그를 찾아오거나 귀찮게 하지 않았다."

그런 다음 치 주석은 자신의 의자로 돌아가 찻잔을 들고 차를 한 모금 마셨다. 차를 마시면서 그는 왼손으로 잉푸에게 앉으라고 권하고 고개를 끄덕였다.

"이 두 영웅은 둘 다 뜻하지 않은 최후를 맞이했어. 난세에 처했기 때문에."

찻잔을 내려놓고 치 주석은 그 손으로 가볍게 가슴을 두드렸다.

"아는가? 웬( ) 총리는 3월 5일 정부 활동 보고에서 말했다. 중국 국민 총생산은 이미 세계 2위이며 51억 9천만 위안에 도달했다. 그것은 우리 중앙직속기업과 국유기업의 성과가 크다는 것을 보여준다. 나는 한 치 부끄럼 없이 이렇게 말할 수 있다. 주어진 사명을 욕되게 하지 않으면 말년을 편안하게 보낼 수 있다고."

치 주석은 다시 의자 등에 기대어 두 손으로 가만히 찻잔을 들었다.

"이 심정으로 대체 내가 누구 편을 든다는 건가?"

"치 주석님, 주석님의 말씀은 제 시야를 넓혀주셨습니다. 그러나 아까 말씀하신 어투는 유쾌하지 않았습니다."

"내 어투가 언짢았군. 좋아, 오늘 일을 얘기해 보게."

잉푸도 두 손으로 찻잔을 들고 점차 엄숙해지는 치 주석을 바라보고 악몽을 되풀이하듯 오늘 낮에 일어난 일을 이야기했다.

"대세를 돌아보지 않으면 아량도 없다."

치 주석의 얼굴이 창백해졌다. 이 말을 한 후 다시 일어나 뒷짐을 지고 책상 주위를 왔다 갔다 서성거렸다. 앉았을 때 그는 왼손을 뻗어 검은 뿔테 안경을 집어 머리 위의 불빛에 대고 말했다.

"자네의 판단이 옳았어. 그것은 그놈을 뿌리부터 송두리째 무너뜨리는 일이었다. 1기 프로젝트가 끝나니까 열매를 노렸던 거지. 달콤한 복숭아 열매를…."

"따는 것만이 아닙니다. 나무까지 베어 가려고 했습니다. 주석님, 주석님과 그분은 어렸을 때부터 친구였고 오랜 세월 함께 지냈고 서로 지위도 권력도 있는데, 그분은 왜 이렇게 맹렬한 것일까요? 환한 대낮에 저의 것을 강탈하고 저를 죽이려 하는지요?"

"그래, 그는 옛날부터 그랬다."

치 주석은 일어서서 그가 사는 서쪽을 가리켰다.

"내가 그보다 다섯 달 먼저 태어났지만, 어릴 때부터 진흙탕에서 놀 때 항상 내가 양보했지."

그는 고개를 들어 가운데 그림의 불꽃 속 소녀를 경건하게 올려다보았다.

"생각하면 견딜 수 없지만 41년과 27일이 지났다. 나는 그녀를 잊은 적이 없어. 나는 매일 그녀를 생각했고, 가슴이 아팠다. 자주 꿈을 꾸었다. 그 때문에 아내도 떠나갔다."

치 주석의 눈가가 붉어졌고 목소리도 낮게 가라앉았다.

"1972년 4월 15일의 일이다. 우리는 아르군시 변두리의 키라손이라는 곳의 초원에서 방목하고 있었어. 하늘이 밝아오더니 큰불이 났다. 처음에는 불이 아르군강 건너 러시아인들이 사는 초원에서 바람을 타고 넘어왔어. 모두 깊이 잠들어 있었고 타는 냄새를 눈치채지 못해서 불이 가까이 왔을 때는 이미 늦었다. 다들 연기에 숨이 막히고 당황해서 어쩔 줄 몰랐어. 말은 고개를 흔들고 발굽을 찼다. 혼란 속에서 나는 어서 말을 타고 밖으로 도망치라고 외쳤지. 사람이 불에 타 죽지 않았다면 어떤 말을 해도 상관없다. 그러나 그자는….”

치 주석은 다시 그가 사는 서쪽을 가리켰다.

"영웅인 척 말을 잡아끌더니 사람을 데리고 불 속으로 들어갔다. 말을 살려야 한다는 거였다. 그 초원의 화재는 끔찍했다. 큰불도 아니었는데 그 불길에 지식 청년 셋, 목동 둘, 말 열일곱 마리가 타 죽었어.”

치 주석은 왼손으로 안경을 벗고 오른손으로 안경집에서 안경 닦는 천을 꺼내 천천히 렌즈를 닦았다.

"그녀는….”

그는 불길 속의 소녀를 손가락으로 가리켰다. 소녀는 하늘을 우러러보고 있었다.

"그를 따라 불길 속으로 돌진해 순식간에 불길에 휩싸였어. 내가 그녀를 찾았을 때는 이렇게 말의 얼굴에 엎드려 있었다.”

치 주석은 시선을 그림에서 위를 향해 옮기고 한숨을 쉬었다. 눈물이 양 볼을 타고 흘러내렸다.

"사람도 말도 불에 타 죽었고 말았지.”

치 주석과 잉푸는 잠시 입을 다물었다. 저마다 마음속에 아픔이 있었다. 잉푸는 화면 속 대화재의 불길을 보면서 마치 자신이 그 안에서 불타고 있는 듯했고, 어디로도 도망칠 곳이 없는 것처럼 막막하게 느껴졌다. 머릿속에 왠지 모르지만 마오마오와 헤어질 때 그녀의 걱정 가득한 눈빛이 떠올랐다.

"주석님, 저는 그의 집에서도 이 소녀의 그림을 봤습니다."

잉푸가 치 주석의 눈치를 살폈다.

"여쭤보기 송구하지만, 당시 이 소녀는 두 분 중 누구를 사랑했나요?"

"그놈은 무모하고 무서운 것이 없었어."

치 주석은 양손으로 안경을 들고 방안을 또박또박 걸었다. 그리고 찻잔을 들고 한 모금 마신 후 긴 한숨을 쉬었다.

"그와 나, 그녀는 유치원부터 같은 반이었다. 그는 나와 그녀를 제외하고 누구든 괴롭히는 악당이었지."

그때를 떠올리면서 치 주석은 씩 웃었다.

"고등학생이 되어 우리는 최초의 홍위병이 되었다. 나는 무력 투쟁을 좋아하지 않았지만, 놈이 그녀를 데려갔어. 하루 내내 그녀는 손에 군용 벨트를 들고 있었다. 당시 나와 그녀는 유화를 배우고 있었지. 우리 반의 여자 담임 선생님이 미대를 나온 분이어서 학교 과외 활동으로 몇 년 동안 가르쳐 주셨거든."

치 주석은 생생하게 그때를 기억해 냈다.

"안타깝게도 서쪽의 그가 그녀를 선동해서 그림 붓을 부러뜨리고 물감을 쏟아버리고 이젤도 불태웠어. 우리 담임 선생님을 비판 투쟁에 내걸기 위해서였다."

"그로부터 이 이야기를 들었습니다. 주석께서 담임 선생님을 속여 학교에 데려왔다고 하더군요."

잉푸는 불길 속의 소녀를 올려다보았다.

"저런 거짓말쟁이! 사기꾼!"

치 주석은 격노하여 오른손의 찻잔을 격하게 책상에 던졌다.

"그때 나는 선생님 댁에 갔었다. 그런데 선생님은 울고 있는 3개월 된 갓난아기를 안고 있었어. 선생님이 아이를 안고 세상이 끝나는 것처럼 울고 있는데 어떻게 끌어낼 수 있었겠는가?"

원한이 뼛속까지 사무치는 듯 치 주석은 팔을 들고 서쪽을 가리켰다.

"놈이 졸개를 데려왔어. 그리고 선생님의 머리채를 움켜잡더니 자전거 짐칸으로 끌고 갔다. 학교에 들이밀자, 그녀가 연단으로 선생님을 끌고 올라갔지."

치 주석은 말을 멈추고 두 손으로 얼굴을 가리고 울었다. 눈물이 손가락 사이로 흘러내렸다.

"다음 날 새벽, 아직 어두울 때 선생님은 집에서 나와 조용히 축구 골대에 목을 매셨다. 그곳은 서쪽에 있는 저놈의 무리가 날마다 공을 차고 뛰놀던 장소였지."

얼굴에서 손을 떼고 눈물을 닦은 후, 치 주석은 잉푸 뒤의 벽을 바라보았다.

"그녀는 달려와서 선생님 발밑에 무릎을 꿇고 통곡했어."

"그리고 일어나서 주위를 살피더니 우리를 가리키며 다시 말했지. '우리는 모두 악인이다. 살인자다. 벼락을 맞아 지옥에 떨어져 버려야 해! 그렇잖아?'라고."

치 주석은 천장을 응시하며 고개를 끄덕였다.

"우리는 모두 고개를 끄덕였다. 그것은 1966년 8월 20일의 일이었다."

치 주석은 연월일을 한 자 한 자 분명하게 말했다.

"주석님, 그녀는 왜 선생님을 때렸을까요?"

잉푸는 고개를 흔들며 그림 속 소녀에게 다가가는 불길을 보았다.

"사실 나도 나중에 초원에서 방목하고 있을 때 같은 말을 그녀에게 물어보았어."

"뭐라고 대답했나요?"

"분명하게 대답하지 않았다. 그 무렵 서쪽에 있는 그에게 달라붙어 매일 여러 선생님을 규탄하고는 매번 따귀를 때렸다. 연단에서 규탄할 때 우선 습관적으로 따귀를 때리는 거야. 요컨대 인간성을 그걸로 마비시키는 거지."

잉푸는 소녀에 대해 말하고 눈을 감았다.

"당신들 셋은 그런 참혹한 사건 뒤에 왜 헤어지지 않고 함께 초원으로 하방했나요?"

치 주석은 잉푸에게서 고개를 돌리고 다시 눈을 감았다.

"그날부터 나와 그녀는 다시는 어떤 활동에도 참여하지 않았다. 집에 틀어박혀 조용히 그림을 그렸다. 나는 '메두사호의 뗏목' 밑그림을 그렸고, 그녀는 '봄의 예수' 구상을 연마했다."

"왜 하필 그 두 그림에 몰두했죠?"

"담임 선생님이 러시아 정교도였어. 놈이 선생님을 붙잡은 것은, 그녀가 러시아 정교회에 자주 가는 것을 누군가 보고 고발했기 때문이지. 그녀는 우리에게 그림을 가르칠 때 자주 말했다. 언젠가는 프랑스 루브르 미술관에서 '메두사호의 뗏목'을 모사하고 싶다고, 소련 레닌그라드의 에르미타주 미술관에서 '봄의 예수'도 모사하고 싶다고 했고. 우리도 선생님이 왜 그렇게 그 그림을 중시하는지 여쭤보았어. 그러자 구제받기 위해서라고 선생님은 대답하셨지. 우리 인간에게는 모두 죄가 있다. 그런데 혼자서는 저주를 받을 수도 있지만 다른 사람과 함께 할 때 비로소 구원을 얻을 수 있다고 말이야. '메두사호의 뗏목'이 보여주는 것은 마지막에 사람들이 집단으로 구원을 받는 것이고, '봄의 예수'는 구세주의 출현에 의해서만 인간은 구원받을 수 있는 것이라고."

잉푸는 서쪽 그의 벽에서 '인터내셔널' 가사가 걸려있던 것을 떠올렸다. 잉푸의 그 말을 듣고 치 주석은 '풋'하고 웃었다.

"알았지? 그게 그놈의 수법이야. 우리 둘이 그림을 그리고 있을 때 놈은 사흘이 멀다고 찾아와서는 우리를 비웃으며 '인터내셔널'을 들고나왔어. 마르크스도 말했다면서 자신은 구세주 같은 건 처음부터 싫어했으니, 모든 것을 자기 자신에게 의지해야 하고 봉건적인 미신 같은 건 말하지 말라면서."

"그래서 세 사람의 관계가 소원해졌군요?"

"맞아, 하지만 놈은 뻔뻔했어. 1969년, 우리 둘은 하방하기로 했지. 놈은 같이 가겠다는 말도 하지 않았고 우리가 준비하는 걸 외면하더니 열차가 베이징역을 출발하자마자 끼어들어 우리 둘 사이에 엉덩이를 들이밀었어."

"싸웠어요?"

"싸웠지! 그 이후로는 놈과 같이 술을 마시지 않았다."

"어떻게 싸웠습니까?"

"1971년 6월 17일 저녁이었어. 나와 그녀는 초원의 경사면에서 그림을 그리고 있었다. 말은 발밑 웅덩이에서 물을 마시거나 풀을 뜯고 있었지. 우리는 하방 지역인 그곳에 도착하자마자 그 두 폭의 그림을 그렸는데, 감각을 되찾기까지는 시간이 걸렸다. 나날이 성장하면서 달라지고 있었기 때문이었는지도 몰라. 매일 해가 뜨면 방목하고 해가 지면 취사하는 단순한 생활이 우리들의 운명에 부정적인 생각을 품을 수도 있었어. 어느 날 깨달음처럼 머릿속에 번쩍 영감이 떠올랐고, 나는 다시 붓을 들고 화폭에 물감을 풀자 곧 반응이 왔어. 그날 그녀에게 첫 그림을 그려주고 싶었다. 그녀와 나는 그림에 몰두해 있어서 말 떼를 몰아 돌아오는 일이 늦어졌지. 해가 지고 있었고 물웅덩이가 온통 붉은 빛이었어. 우리는 붓을 멈추고 키 큰 나무에 기대어 서서 석양을 바라보고 있었다. 그때 개 짖는 소리가 들려서 돌아보니 놈이 멀리서 말을 몰고 돌아오고 있었어. 그녀는 놈이 말에서 내려오자, 완성된 그림을 보라며 불렀지. 말 위에 있을 때는 몰랐는데 내려오자, 놈은 휘청거렸고 술 냄새가 확 풍겼단다. 그 악취는 6월의 초원을 덮은 풀 냄새와 상쾌한 들꽃 향기마저 지워버렸었지."

이야기를 듣는 잉푸의 이마에 땀이 흥건했다.

"그가 그림을 보았나요?"

"봤지. 놈은 칼을 들고 봤어. 얼른 막았지만, 놈은 '봄의 예수'를 둘로 찢어버렸다. 그때 이상하게도 회오리바람이 불어와 붉은 장의를 입은 예수의 상체는 허공으로 날아갔고 하체는 웅덩이에 떨어졌다.

"그녀가 놀라고 화가 나서 이성을 잃었을 것 같습니다."

"그랬지, 울음소리가 터져 나올 새도 없이 놈의 뺨을 후려쳤어."

"주석님은요?"

"놈은 그녀에게 당하자, 나를 향해 오더니, 내 그림을 찢으려고 했다."

"그래서, 한바탕 붙었겠군요."

"그래, 놈은 술에 취해 있었고 나는 매일 말을 방목하면서 몸이 단련되어 있었으므로 서로 맞붙자마자 나는 놈을 풀밭에 냅다 던져 꽂아버렸어."

치 주석은 오른손을 올려 왼쪽 소매를 걷어 올렸다.

"이 상처를 봐. 엉켰을 때 그 틈을 이용해 놈이 칼로 이 팔을 찔렀어. 평생, 이 칼자국이 사라지지 않더라."

"그래서 어떻게 됐어요?"

"놈은 싸움을 멈추고 갑자기 풀밭에 쓰러져 울기 시작했어. 자기 여자를 나에게 빼앗겼다며 울분을 터뜨리더군."

"그녀의 반응은 어땠어요?"

"뛰어가서 놈을 앉히고 물을 마시게 했다. 다 마시고 나서 차가운 얼굴로 그녀는 이렇게 말했어. 홍위병 완장을 찼던 날, 넌 이젤을 부수고 내 꿈도 부쉈다. 오늘 나는 3년이나 걸려 예수상을 완성했어. 넌 내가 이날을 얼마나 기다렸는지 모를 거야. 넌 내가 구제받을 기회를 엉망으로 만들어버렸어. 너란 인간은 어쩌면 신이 나를 벌하기 위해 보낸 건지도 몰라. 넌 나의 애인 따위가 아니야. 어서 말을 타고 사라져 버려!"

"그래서 그는 떠났나요?"

"떠났지. 일어서서 들고 있던 칼로 자기 왼팔에도 상처를 만들고는 나에게 '이걸로 내가 그녀를 사랑해서 널 봐준 걸로 친다.' 외쳤어. 그리고 그녀를 돌아보지도 않고 피를 흘리면서 말을 달려 떠나갔지."

"주석님과 그녀는요?"

"우리? 우린 그날 밤, 말을 들여보내지 못했어. 서로 껴안고 그녀의 윗옷을 밑에 깔고, 내 윗옷으로 덮고 우리는 꼭 껴안고서 별이 초롱초롱하게 빛나는 밤하늘 아래에서 그 밤을 보냈다."

치 주석의 눈이 젖어왔다.

"다음 해 4월 15일, 그녀는 베이징 귀성길에서 돌아온 다음 날 초원 대화재의 불길 속에서 타 죽었다."

치 주석은 눈을 들어 그림 속의 불꽃에 휩싸인 소녀를 바라보았다.

"아, 이렇게 시간이 흘렀는데도 나는 아직 모르겠어. 아무래도 그녀가 서둘러 초원에 돌아온 것은 그 화재를 위해서였던 것 같아. '예수가 찢겨 나갔으니 죽음으로라도 구제를 증명할 수밖에 없었던 것일까'라는 생각이 들곤 했다."

그 말은 듣고 있는 잉푸의 눈에도 눈물이 맺혔다. 고개를 숙이고 찻잔을 들려다가 순간 찻잔을 엎어버렸다. 치 주석이 놀라서 눈을 동그랗게 뜨고 서둘러 행주를 가져왔다. 침착하게 잉푸는 눈을 들어 벽의 유화를 바라보았다.

"이 '봄의 예수'는 나중에 주석님이 그리신 겁니까?"

"그렇다네, 이 그림은 두 종류가 있어. 하나는 그녀가 구원받고자 그린 첫 번째 그림이고, 두 번째 그림은 내가 그렸어. 바로 이 그림이야."

치 주석은 일어섰다. 그림 속의 그녀는 행복한 어린 양처럼 조용히 구원자의 가슴에 기대어 있었다.

"잘 이해가 안 돼요. 그 사람 집에는 왜 같은 이미지의 그림이 세 장이나 있죠? '메두사호의 뗏목' 외에 다른 두 장의 그림은 정경이 이 그림과는 다릅니다."

치 주석은 웃으며 고개를 흔들었다.

"서쪽의 그는 생각도 행동도 독특해서 남과 다르지 않으면 못 견디는 성격이야. 큰불이 나고 그녀가 불에 타 죽은 후, 놈은 그녀의 무덤 앞에서 꼬박 사흘 밤낮을 술을 들이마시고 취해 있었어. 우리는 행여 잘못될까, 걱정되어 번갈아 가며 지켰다. 넷째 날 오전 해가 떠오르자, 놈은 세 번 머리를 엎드려 절을 한 후 말했지. '너는 천국에 가고, 나는 지옥에 떨어질 것이다. 오늘부터 나는 유화를 배워 찢어버린 그림을 너를 위해 다시 한번 그려서 보여주겠다.'라고…."

"귀신을 만나면 귀신을 죽이고, 부처를 만나면 부처를 죽이는 사람이군요."

치 주석은 위를 보고 눈을 감았다.

"곧 놈은 손을 써서 다른 지식 청년의 거점으로 옮겼어. 그 후 나는 그와 인연이 끝났다고 생각했는데, 몇십 년이 지난 시점에 너를 이용해 나에게 보복하려 하다니…."

잉푸는 크게 눈을 부릅뜨고 '메두사호의 뗏목'을 올려다보고 눈을 질끈 감았다.

23

"그는 나를 향해 왔다."

치 주석은 잉푸의 얼굴을 바라보며 고개를 흔들었다.

"2007년 올림픽 성공을 위해 베이징시는 거리 개조를 단행했고, 그 공사를 할 기업과 자금을 유치하는 것을 도와달라고 나에게 요청해 왔어. 조사연구 단계에서 자네가 이미 동방몽도 프로젝트로 아파트 여러 동을 지었다는 것을 알았네. 그래서 나는 정부가 중심이 돼서 사회 자본을 끌어들이고 민간 기업도 참여시키도록 건의했지. 마침 내 딸 팅팅의 신탁회사에 자금도 있었고, 너도 베이징에 기초와 발판이 마련되어 있었다. 그래서 즉결로 프로젝트가 시작되었다."

"그때는 정말 큰 은혜를 입었습니다. 주석님의 지지와 도움이 없었다면 그처럼 큰 프로젝트는 감히 꿈도 꿀 수 없었을 것입니다."

잉푸는 치 주석에게 고개 숙여 절을 했다.

"진실인가? 자네 가슴속에 들어있는 속마음인지를 묻는 거다."

치 주석은 표정이 어두워졌다.

"자네는 서쪽에 있는 그에게도 같은 말을 했겠지?"

"진짜 얘기를 듣고 싶으신가요?"

"웃기는 소리 하지 마라. 내가 너의 겉치레 소리나 듣고 싶을 것 같은가?"

"주석님, 이런 큰 프로젝트는 기획부터 착수까지 모두 주석님께 의존해야 합니다. 하지만 프로젝트 시행은 전 상사에게도 감사해야 합니다."

잉푸의 말을 듣고 치 주석은 벌떡 일어섰다.

"넌 그런 가벼운 말로 놈을 끌어들이겠다는 거야?"

그의 하얀 얼굴이 붉어졌다.

"자네는 몰랐겠지. 이 프로젝트를 위해 나는 온갖 방책을 다 써서 일천억 위안을 베이징 시 거리 개조 자금으로 마련했어. 그리고 이미 팔백억이 마련되어 있다. 그 돈이 없으면 이 프로젝트를 진행할 수 있을 것 같아? 거리 개조 자금 외에도 고압선의 지하 부설, 교통 스테이션의 프로젝트 자금 등 전부 내가 심혈을 기울여 은행의 지지를 끌어모았지."

그러면서 치 주석은 다시 서쪽을 가리켰다.

"그가 이 프로젝트를 위해 무슨 일을 했지? 팅팅의 신탁 펀드는 계약하자마자 약속대로 너희 회사 계좌로 입금했다. 저놈은 어땠어? 자기 아들의 해외 부동산펀드 십억 위안은 기한을 연장해서 지난 반년 만에 겨우 채우지 않았나?"

"주석님, 참고로 말씀드리자면, 그분 아들 펀드의 연간 이자율은 주석님 따님 펀드보다 5포인트 낮습니다."

치 주석은 다시 자리에 앉아 양손으로 책상을 세게 두드렸다.

"자네, 그게 무슨 소리인가?"

그는 그렇게 말하면서 점점 더 화가 난 눈빛으로 바뀌었다.

"신탁회사 돈은 은행에서 빌리는 금융상의 돈이다. 알고 있나? 은행 신탁 협업이기 때문에 당연히 비용이 많이 든다."

"하지만 주석님, 저는 그 돈 때문에 금리변동조정 메커니즘 계약에 사인했을 뿐 아니라 신탁회사가 은행에 담보를 넣는 것도 따랐습니다. 공평하다고 생각하십니까?"

"공평이라고? 뭘 새삼스럽게 이제 와 공평을 말하지?"

붉어졌던 주석의 얼굴에서 핏기가 가셨다.

"그 해에 오십육 개의 신탁회사 중에 어디가 너의 프로젝트에 대출하겠다고 나섰지? 잊었나? 그해 부동산 정책은 매우 엄격해서 중앙은행은 여섯 차례 예금지급준비율을 올렸고 이자율도 두 차례나 올렸어. 금융 정책은 긴축 국면에 접어들었다. 내 딸이 그 신탁회사의 사장이다. 팅팅이 없었다면 넌 그 돈을 손에 넣기나 했을까?"

잉푸는 치 주석의 눈을 빤히 바라보고 말을 꺼내려다 입을 다물었다. 치 주석은 이번에는 왼손으로 가볍게 책상을 두드렸다.

"잉푸, 이 프로젝트의 1기가 끝나도 팅팅 신탁 펀드의 연간 수익률은 16퍼센트도 안 돼. 은행 수익을 빼면 나머지가 8퍼센트가 안 된다. 바로 이타(利他)가 먼저 있고 이기(利己)가 뒤에 있다는 신탁의 핵심적인 이념을 구현하고 있는 거야."

"주석님, 2기는 주택개발입니다. 총량이 크고, 유입되는 현금도 충분합니다. 이제 신탁 자금이 꼭 필요한 건 아닙니다."

잉푸의 말을 듣고 치 주석은 고개를 흔들었다. 그러고는 손을 들어 천천히 찻잔을 들어 한 모금 마셨다.

"잉푸, 너희 세대의 민간 기업가는 선이면 선의 극치, 악이면 악의 극치다. 사행성이 강하고 잔인하다. 내기에서 이기면 바로 유아독존이 되어 손바닥을 뒤집듯이 뒤집어 버리고 입을 다문다. 부모나 자식 앞에서도 말하지 않고 누구든 모른 척하지. 반대로 내기에 지면 도망을 가거나 뛰어내리는 것이다. 지옥에 떨어진다 해도 눈 하나 깜짝하지 않아."

오른손으로 다시 가볍게 책상을 두드리고서 치 주석은 일어나서 두 손을 책상 가장자리를 짚고 얼굴을 잉푸에게 바짝 갖다 댔다.

"그러나 자네의 이 게임은 이제 막 시작했을 뿐이다. 자네가 가진 돈은 아직 판돈을 내기에는 부족하다. 넌 돈이 전부라고 생각할지 모르겠지만 그렇지 않다. 미리 말해주지. 그렇다면 넌 지금 돈의 함정에 빠진 거야. 기업이 작을 때는 상인에 불과하다. 기업이 커지고 나면 기업인이다. 그럼, 기업가란 무엇일까?"

치 주석은 오른손 검지를 반듯하게 펴서 잉푸 앞에서 흔들었다.

"가슴속에 대국관(바둑이나 장기 등에서 어느 국면에 있어서 우열의 판단 또는 그 형세를 보는 관점)을 가진 사람이다. 그런 사람을 개혁개방의 엘리트라고 할 수 있다. 프로젝트 성공하는 것은 지구를 부유하게 하고 사회를 부유하게 하고, 협력한 상대를 편안하고 기분 좋게 한다. 그렇지?"

잉푸는 치 주석의 시선을 피했다.

"주석님, 주석님의 충고는 겸허하게 받아들이겠습니다."

그는 고개를 숙이고 나서 두 손을 벌려 바로 앞의 그림을 보았다.

"밤의 시작에 나를 생각하고, 밤의 끝에 사람을 생각한다는 그 이치를 잘 압니다."

위를 올려다보는 잉푸의 눈에 눈물이 고였다.

"저는 원래 기업을 경영하는 상인이 아니었습니다. 영문도 모르고 민간에 나가 매일 악몽에 시달렸습니다. 돈이 필요하면 모두가 나를 선인이라 했고, 시대의 선봉이라고 치켜세웠습니다. 정산이 끝나면 모두가 나를 악인이라 했고, 부유하고 인색하다고 했습니다. 열매가 익으면 모두가 내 목숨을 노리고 하루바삐 나를 지우려고 합니다. 사실 내가 지금 무얼 하고 있는지 잘 모릅니다. 그저 나를 몰아붙이고 있을 뿐입니다."

그는 다시 앉아 그를 바라보고 있는 맞은편의 치 주석을 힐끗 건네다보았다.

"저는 이제야 알았습니다. 원래 기업가가 되려는 큰 뜻은 없었고 그저 큰 집을 만들고 싶었을 뿐이었습니다. 1기 프로젝트에서 그것으로 공을 세우고 이름을 올리고 싶었던 것입니다. 주석님 말씀대로 2기는 팅팅과 합작하겠습니다. 주석님께는 지도 편달을 부탁드리겠습니다."

그러자 치 주석은 고개를 끄덕이며 웃었다.

"자네가 이 정도쯤 왔을 때 대국을 말할 사람이라는 것을 난 진작부터 알고 있었다. 자네도 관료 출신이니까. 그런 연유로 나는 너의 프로젝트를 지지했지. 일거양득이다. 자네는 돈을 벌고, 지방정부는 거리 개조를 시작해서 투자 환경을 개선하고 세수도 늘어난다. 사회자금도 활성화할 것이다."

그는 눈을 가늘게 뜨고 두 손으로 찻잔을 들었다.

"2기 프로젝트를 위해 팅팅이 민간 부동산펀드를 만들었다. 규모는 60억! 한 분기가 끝나면 너의 회사 매출액은 은행 상환과 공사비 청산으로 거의 사라진다. 우선 해외 부동산펀드의 잔금을 상환하고 2기 프로젝트를 시작하는 걸로 하자. 너는 돈이 어디서 왔는지 신경 쓸 필요가 없다. 모두 팅팅과 마오마오의 그룹에 맡기자."

"그 말씀대로라면, 2기에서는 제가 할 일이 없다는 말씀인가요?"

"남의 자본에 관한 것이니 자네는 충분히 그것을 맛보면 된다. 3할의 주식을 자네에게 남게 하겠다던데, 어떤가?"

잉푸가 느닷없이 웃음을 터뜨렸다.

"하하하, 존경하는 주석님, 농담이시죠? 제가 보기에 그건 '교묘한 약탈'입니다."

"무슨 말도 안 되는 소리를 하고 있어?"

"그 말은 통하지 않습니다."

잉푸의 얼굴이 밀랍처럼 굳어졌다.

"2기가 되면 기초공사 단계에서 예약 판매할 수 있습니다. 최근 몇 년간 규제 조치가 해마다 엄격해졌기 때문에 가격은 점점 오를 것입니다. 자금 조달은 어렵지 않습니다. 합작하고 싶은 사람이 넘쳐납니다."

"시도해 보는 것은 좋다. 최종적으로 어디와 손을 잡을지를…."

치 주석의 얼굴도 잉푸처럼 어둡게 가라앉았다.

"분명 이익이 막대할 것이기 때문에 복잡하고 성가실 것이다. 다들 자네의 목숨을 노리고 있다고 했지? 그렇다면 재물을 버리고 화를 피해라."

잉푸의 목소리가 점점 거세어지자 치 주석의 눈빛도 싸늘해졌다.

"사실대로 말하지. 이 생각은 마오마오에게서 나온 것이다. 그녀는 자네를 아끼고 있어. 행여 자네 목숨을 잃게 될까, 진심으로 걱정하고 있다."

잉푸는 고개를 숙이면서 두 주먹을 불끈 쥐었다. 치 주석은 왼손으로 찻잔을 들었지만 마시지 않았다. 오른손으로 뚜껑을 들고 찻잔 가장자리를 문지르고 있었다.

"알겠습니다. 주석님, 마오마오가 붙인 가격이라면 협상해 보겠습니다."

잉푸가 고개를 들고 맑은 눈으로 주석을 바라보았다.

"2기 프로젝트가 끝나면 3천억이 넘는 수익이 예상됩니다. 이렇게 하면 어떨까요? 팅팅의 펀드가 49퍼센트의 주식을 갖습니다. 제가 51퍼센트입니다. 프로젝트는 원래대로 제 조직이 운영하고요."

"그래, 너는 역시 발자크(Honoré de Balzac, 오노레 드 발자크, 프랑스의 소설가이며 극작가)의 그랑데(발자크의 걸작 소설 '외제니 그랑데'의 주인공) 할아버지야. 넌 돈을 껴안고 관에 들어가는 거야."

치 주석은 눈을 부릅떴다.

"팅팅의 돈은 천사의 투자가 아냐. 주식을 못 받으면 누가 거기에 투자하겠는가?"

"그녀가 십억을 투자해 준다면 충분합니다. 나머지 자금은 제가 찾겠습니다."

"네가 찾겠다고? 어디서? 누가 너에게 안심하고 돈을 내주겠어?"

치 주석은 눈을 동그랗게 떴다.

"전국에 178개의 민간 부동산펀드, 68개의 신탁회사, 170여 곳의 은행이 있는데 전부 내 손을 거친 곳이지. 내가 오케이 하지 않는 한 그 어디도 너와 협력하지 않을 것이다."

"협력이 아니라 내 몸을 팔아서 이 몸을 의탁하는 것입니다."

"몸을 누구에게 판다는 거야? 어디에 몸을 의탁할 거고?"

"중앙직속기업에 몸을 팔고 국유자본에 몸을 의탁할 겁니다."

"그것으로 주식의 소유권은 보장할 수 있다는 건가?"

"할 수 없습니다."

"그런데 왜 그렇게 하겠다는 건가?"

"그 중앙직속기업이 보유한 땅을 원가로 제게 일부 팔게 하는 것입니다. 조건은 협력하여 개발하는 것이지요. 제 파이는 그것으로 점점 더 커질 것입니다."

치 주석은 고개를 끄덕였다.

"과연! 너는 악만 남은 상인이 되었구나. 그러나 그 길은 나아갈 수도, 물러설 수도 있는 길이다. 그렇다면 내 딸 팅팅과 자네의 마오마오는 이 프로젝트에서 빠져야겠지?"

"제가 아까 말한 조건에서 팅팅을 우선시하면 수익을 훨씬 더 높일 수 있습니다."

"좋다. 나는 자네를 오해하고 있었다. 자네가 여기까지 올 수 있었던 것은 자신의 방식이 있었기 때문이구나. 이때다 싶을 때 그처럼 뛰어난 수를 내놓을 수 있다니! 평소에는 돼지 행세하고 있었지만 실제로는 호랑이였군."

"주석님, 제가 오늘 여기 온 것은 헛되지 않았습니다. 주석님 덕분에 이제 어느 정도 매듭이 지어졌습니다."

잉푸는 미소를 지으며 치 주석을 바라보았다.

"배우고 싶은 것이 또 있습니다."

"말해 보게."

"첫 번째는 서쪽의 그를 어떻게 하실 건지요?"

"그는 오늘 낮에 법도 규칙도 없는 짓을 하지 않았나? 그것은 자본 게임의 방식이 아니다. 놈이 그런 식이라면 이쪽에서도 나름대로 대응이 있다."

치 주석은 벽에 걸린 그림 속 소녀를 보다가 소매를 걷어붙이고 왼팔의 상처를 잉푸에게 보여주었다.

"몇십 년을 기다렸다. 되돌려줄 때가 왔다."

"두 번째, 주석님은 왜 그렇게 마오마오를 좋아하십니까?"

치 주석은 잠시 침묵하고 있다가 허리를 굽혀 책상 아래 금고에서 거무스름한 하도롱지(화학 펄프를 사용한 다갈색의 질긴 종이) 봉투를 꺼냈다.

"열어보면 안다."

잉푸는 봉투에서 조심스럽게 한 장의 흑백사진을 꺼냈다. 사진 속에는 서른 살쯤 되어 보이는 여성이 머리를 짧게 둘로 땋아 내리고 가느다란 버드나무 잎사귀처럼 아름다운 눈으로 조용히 앞을 바라보는데 그 시선이 사람의 내면을 응시하는 듯했다.

"이 여성은 마오마오가 아닙니까?"

"구분이 어려울 만큼 똑같이 생겼지?"

"그럼, 누구신가요?"

"앞에서 얘기했던 나의 담임 선생님. 그 시절 다른 동급생 여자아이에게서 이 사진을 받았지. 원래는 그녀의 초상화를 그리고 싶었는데 영정사진이 될 줄은 몰랐다."

잉푸는 오른손으로 머리를 만지며 말했다.

"주석님, 마오마오에게 이 사진 보여주셨나요?"

"보여줬는데 단박에 아니라고 하더군. 자기 엄마는 로스앤젤레스에서 건강하게 살아 계시고, 77세라고 했다."

잉푸는 불길 속의 소녀를 올려다보았다.

"주석님, 우연이 아닐까요? 마오마오는 분명 1966년 5월생입니다. 그런데 어떻게 주석님은 마오마오와 알게 되었습니까?"

"팅팅이 미국에서 마오마오와 먼저 알게 됐어. 팅팅이 집에 데려왔는데 처음 만난 순간 깜짝 놀랐다. 그러나 어머니가 살아 있다고 했으니, 기이한 인연이라고 인정할 수밖에 없었다. 어쨌든 나는 동급생 그녀를 대신해 꼭 죗값을 치러야 한다."

그는 돌아서서 다시 예수를 보았다.

"이것은 신이 내린 벌이다. 마오마오를 보내서 나를 매일 괴롭히고 있는 거야."

그는 이번엔 시선을 '메두사호의 뗏목'으로 돌렸다.

"잉푸, 그녀가 내 앞에 나타났으니 지켜볼 수밖에 없다. 하지만 이번 개발 협력에서는 나는 딸의 불공평을 위해 싸우고, 자네는 마오마오를 위해 좀 더 생각해 볼 수 없을까?"

"주석님 세대에서는 그 은혜와 복수의 시비가 있고, 우리 세대에서는 고생과 행복이 있습니다. 주석님, 이제 됐습니까? 역시 사무적으로 하는 것이 좋겠습니다."

"무엇이 사무적이라는 건가? 네 것을 위해서는 죽어도 굴복하지 않는다는 얘기군!"

잉푸는 손에 들고 있는 사진을 다시 보았다.

"기와로서 완수하기보다는 옥쇄를 택하겠습니다."

한밤중 정원에 길 잃은 고양이 한 마리가 울고 있었다. 잉푸가 집을 나간 뒤 치 주석은 서재로 돌아갔다. 벽에 걸린 세 장의 유화를 왼쪽에서 오른쪽으로 바라본 후에 눈을 감았다가 다시 떴다. 오른손으로 잉푸가 마신 찻잔을 잡고 높이 들어 올려 던지려고 하다가 고개를 흔들고 다시 손을 내렸다. 그리고는 구석에 놓은 쓰레기통으로 가서 그 찻잔을 버렸다.

24

2013. 03. 19. 오전 11:30

    베이징의 3월 한밤에는 아직 한기가 감돌았다. 잉푸가 서서히 달아오르는 것을 본 예성 사장은 가증스럽다는 표정을 지으며 택시를 잡아서 탔을 때 찬 바람이 몰아치고 어디선가 옅은 구름이 나타나 달을 가렸다.

    그때 창핑구(베이징시 교외) 남사 강가에 세워져 있던 일본제 혼다 자동차의 뒷좌석에 장 부경찰서장이 머리를 유리창에 기대고 있었다. 눈을 감고 얼굴에는 수수께끼 같은 미소가 떠올라 있었다. 오른손은 주사기를 늘어뜨린 채 들고 있었다. 왼쪽 소매가 말려있고 희미하게 주사 자국이 보였다. 은은한 달빛 아래 그는 이미 죽어 있었다.

    오전 11시 30분, 장 부경찰서장은 범인을 경찰차 뒷좌석에 밀어 넣은 뒤 자신도 그 옆에 올라탔다. 그러나 경찰차가 아직 출발하지 않았을 때 범인이 깨어났다. 범인은 경찰차에 붙잡혀 양쪽에 경찰관이 앉아 있고 팔에 수갑이 채워져 있다는 것을 알아차리자마자 힘껏 앞좌석 차단막에 머리를 박았다. 큰 충격을 받아 단단한 플라스틱 차단막이 깨졌다. 범인은 그 자리에서 다시 기절했다.

젊은 범인의 발광에 장 부경찰서장은 놀라서 숨이 막히고 펄쩍 뛰어올랐을 정도였다. 하지만 장 부경찰서장의 반응도 재빨랐다. 범인이 머리를 부딪히려는 순간에 범인의 왼팔을 이미 제압하고 있었다. 범인을 돌려서 밀쳤을 때 그의 휴대전화가 울리자, 오른쪽 귀에 대고 '네'라고만 했다. 전방을 응시하면서 장 부경찰서장은 운전하는 경찰관의 어깨를 두드렸다.

"경찰서 말고 중일우호병원부터 가게."

경찰차는 적색등을 번쩍이며 20분도 안 돼서 병원에 도착했다. 잉푸가 용문호텔에 막 도착했을 때, 경찰관들은 병원 응급 병동 입구에 차를 세웠다. 병원 경비소장이 병동에서 대기하고 있었다. 장 부경찰서장을 보자 고개를 흔들며 말했다.

"장 부경찰서장님, 조금 전에 교통사고가 크게 나서 다친 학생 열 명도 넘게 실려 왔습니다. 지금 응급실이 꽉 차서 복도에서 기다려야 할 것 같습니다."

장 부경찰서장은 그의 소매를 잡아당기며 말했다.

"소장님, 저자를 먼저 치료해 주시지요. 무슨 일이 있어도 병실 하나를 비워주었으면 합니다."

그때 의사가 왔다. 의사는 범인의 혈압을 재고 심장 소리를 듣고, 눈꺼풀을 올려보았다. 그의 머리를 흔들자, 신음했다. 의사의 손이 그의 왼쪽 갈비뼈에 닿자 화들짝 몸을 움츠렸다. 의사는 고개를 들어 장 부경찰서장을 보았다.

"큰일은 아닙니다. 뇌진탕과 갈비뼈 골절인 것 같습니다. 뇌파 검사를 하고 엑스레이를 찍어야 할 것 같습니다."

응급실에서 누군가 의사를 큰소리로 불렀다. 학생들의 부모라고 여겨지는 사람이 의사에게 달려와 소리쳤다.

"아직 죽지 않았어. 순서가 있잖아! 우리 애가 계속 피를 흘리는데 무슨 일이라도 생기면 가만두지 않겠어. 끝까지 병원과 싸울 테니까!"

장 부경찰서장은 문득 자신과 동료들이 경찰 제복을 입고 있음을 깨달았다. 고개를 숙이고 들것에 누워있는 범인의 반짝반짝 빛나는 수갑을 보았다. 그는 경찰 제복을 벗어 범인을 덮고 경찰관에게 속삭였다.

"빨리 전화해서 경찰서에 있는 사람에게 사복을 가져오라고 하게."

경비소장은 병원 침대를 밀고 엑스레이실로 갔다. 부모의 불만과 항의를 직면한 상황에서 그 자리에 있을 수는 없었다. 오후 2시에 결과가 나왔다. 그 범인은 왼쪽 갈비뼈 두 개가 부러지고 중간 정도의 뇌진탕이었다. 의사는 복도에 있는 다친 자녀들로 인해 넋이 나간 부모들과 장 부경찰서장을 번갈아 바라보았다.

"먼저 링거를 맞고 내일 오전 외과수술을 합시다."

옆에 있던 경찰관이 장 부경찰서장을 살짝 밀었다.

"부서장님, 병원을 옮기는 게 좋겠습니다."

의사가 그 경찰관을 노려보았다.

"어느 병원에 가든 먼저 염증과 통증을 완화해야 합니다. 갈비뼈가 몇 개 부러져도 죽지는 않아요. 내일 오전에 수술받을 수 있는 것만으로도 다행이라고 생각하세요. 이리저리 뛰어다니면 귀찮기만 할걸요?"

장 부경찰서장은 웃으며 고개를 끄덕였다.

"선생님 말씀이 맞습니다. 여기 복도에서라도 링거를 맞게 하죠."

경비소장과 의사는 서로 눈을 마주쳤다. 범인의 치료를 일인실에서 해야 한다는 것을 장 부경찰서장은 알고 있기에 손을 흔들며 말했다.

"상관없어요. 아이들을 먼저 치료해 주세요."

사복이 도착하자 장 부경찰서장과 두 명의 경찰관은 교대로 경찰차에서 옷을 갈아입었다. 그러고는 병원 침대 시트를 찾아 범인을 머리부터 발끝까지 덮었다. 간호사가 링거를 주사하고 있는 사이에 장 부경찰서장은 경찰관에게 돌아오겠다 속삭이고 아래층에 내려가 전화했다.

"경찰서장에게 보고했는데 형사과 팀들이 모두 나가 있다는 거야. 유혈 사태도 아니고 칼만 들고 있었으니, 상황을 두고 봤다가 내일 오전에 다시 얘기하자고 하더군."

한 경찰관이 손뼉을 쳤다.

"오늘 운이 안 좋은 날입니다. 오늘 밤 여자 친구와 저녁 식사를 약속했어요."

장 부경찰서장은 그 경찰관의 어깨를 토닥여 주었다.

"어서 가게. 빨리 먹고 돌아와. 우리 셋은 자정까지 지켜야 하네."

장 부경찰서장은 나이가 조금 위인 다른 경찰관을 바라보며 말했다.

"먼저 여기서 감시하고 있어. 아무도 접근하지 못하도록 하고, 나는 집에 좀 다녀와야겠어. 열흘이나 집에 못 들어갔거든."

장 부경찰서장의 집안 사정은 모두가 다 알고 있었다. 그의 열여섯 된 아들은 중간 정도의 지적 장애를 갖고 있었다. 아내의 류머티즘은 점점 심해져 호르몬제 사용이 늘고 있었다. 어머니는 작년에 돌아가셨고, 살아 계신 일흔둘의 아버지는 평소의 식사 등 모든 것을 그에게 의지하고 있었다. 동료들은 장 부경찰서장에 대해 이야기할 때면, 왜 그렇게 힘든 삶을 짊어졌는지 안 됐다며 모두가 고개를 흔들었다.

저녁 10시, 장 부경찰서장이 돌아오자 두 명의 경찰관이 대기하고 있었다. 응급실을 살펴보니 낮보다도 더 혼잡했다. 나이가 위인 경찰관은 고개를 흔들었다.

"네 명의 아이가 지금 생명이 위험해서 의사들이 달라붙어 있고, 예닐곱 명의 아이는 병동으로 옮겼습니다."

장 부경찰서장도 고개를 저으며 손가락으로 시트를 넘겼다. 범인은 눈을 감고 있었고, 두 손은 침대 테두리에 수갑으로 채워져 있었다. 링거병은 제거한 상태였다. 젊은 경찰관은 나른하다는 듯이 허리를 폈다.

"장 부경찰서장님, 진정제를 맞았으니 새벽쯤 눈을 뜰 것 같다고 의사가 말했습니다. 그 뒤에 수술하겠답니다."

장 부경찰서장은 시계를 보며 말했다.

"수고했어. 밑에서 담배라도 한 대 피우고 오게. 차 안에서 눈을 붙이든지. 여기는 내가 지키고 있을게. 12시에 교대가 오면 해산이다."

두 명의 경찰관은 아래로 내려갔다. 침대에서 몇 미터 떨어진 통로의 긴 의자에 빈자리가 있어서 장 부경찰서장은 얼른 앉았다. 눈을 깜빡이며 반대편 통로의 벽을 바라보다가 멍해졌다.

저녁 11시, 마스크로 얼굴을 가린 젊은 여자 간호사가 계단 입구에 나타났다. 장 부경찰서장은 그녀를 힐끗 쳐다본 후 고개를 숙이고 눈을 감았다. 한 노인이 응급실에서 나와 빈자리가 없는 것을 보고, 울분을 풀 길 없다는 얼굴로 장 부경찰서장 옆에 엉덩이를 들이밀고 앉았다. 장 부경찰서장은 고개도 들지 않고 코를 골며 자고 있었다.

여자 간호사는 왼손으로 범인의 시트를 살짝 걷어 올리고 오른손으로 시트 밑으로 주사기를 넣었다. 10초도 안 돼서 그녀는 범인의 시트를 다시 덮고, 주사기를 주머니에 넣고 사라졌다. 여자 간호사는 10미터쯤 걸어가면 나오는 복도 끝의 화장실로 들어갔고, 나올 때는 청바지와 얇은 패딩을 입은 젊은 여자로 바뀌어 있었다. 얼굴에는 마스크를 쓰고, 간호사 모자 대신에 분홍색 야구 모자로 바꿔 썼다.

25

"손들어!"

저녁 12시 30분. 장 부경찰서장은 징짱 고속도로 출구에서 혼다 자동차를 몰고 나왔다. 200미터를 달려서 오른쪽 난샤허 강변의 샛길을 돌아 다시 약 1킬로미터를 운전해서 감시카메라가 없는 나무 밑에 멈춰 섰다. 뒤따라오던 일본제 크라운 자동차 한 대가 바짝 붙어서 그의 차 뒤에 섰다.

바짝 붙은 뒤차가 불빛을 깜박이자, 장 부경찰서장은 차에서 내려 뒷좌석 왼쪽 문을 열고 안으로 들어갔다. 뒤차 운전자가 손전등을 켜고 걸어와 오른쪽 문을 열었다. 그는 서른 살이 채 안 된 젊은 남자로, 175센티미터 정도의 키에 마른 체형이었고, 얼굴에는 검은 뿔테 안경을 쓰고 있었다. 안경 안에서는 작고 동그란 눈이 싸늘한 빛을 발하고 있었다.

그는 장 부경찰서장의 차에 들어가서 검은 금속제의 손전등을 끄고 검은 소형 여행용 가방을 그와 장 부경찰서장 사이의 좌석에 놓았다. 장 부경찰서장은 차가운 눈빛으로 그를 향해 단호하게 명령했다.

"오후에도 손들었잖아?"

젊은이는 고개를 흔들며 말했지만, 곧바로 손전등을 옆에 놓고 두 손을 들었다.

"오후는 오후이고 지금은 지금이다."

장 부경찰서장은 냉정하게 말하면서 젊은 남자의 허리 주변을 살폈다.

"귀찮게 구는군."

"습관이다."

젊은 남자의 허리 주변을 살피던 장 부경찰서장은 오른손 집게손가락으로 여행 가방을 가리켰다. 그는 입꼬리를 약간 일그러뜨렸다.

"장 부경찰서장, 네 돈이야! 확인해 봐. 내가 손을 댔을까 봐 걱정되지 않나?"

"깨끗한 돈이 어디 있어? 더럽지 않은 놈이 어디 있고?"

장 부경찰서장이 왼손으로 여행 가방을 누르고 오른손으로 지퍼를 열려고 할 때였다. '찍' 소리가 나면서 파란 불꽃이 한순간에 차 안에서 반짝였다. 장 부경찰서장이 눈을 들자 엄청나게 강한 빛이 번쩍했다. 장 부경찰서장은 오른손으로 목을 잡고 소리를 내려고 했다. 그러나 한마디도 못 하고 자동차 시트에 쓰러졌다. 정신이 들었을 때는 수갑으로 양손이 앞좌석에 채워져 있었다. 어둠 속에서 젊은 남자가 피우고 있던 담뱃불이 빛났다.

"아직 젊군! 입막음하려고 나를 죽이려는 건가? 돈을 뺏기 위해서인가?"

장 부경찰서장은 깨어나자, 수갑 밑과 팔에 수건이 감겨 있는 것을 알고 화가 났다.

"사람도 죽이고 돈도 뺏는다."

젊은 남자는 얼굴을 바짝 붙이고 장 부경찰서장을 노려보았다. 오래 기다렸던 사냥꾼이 드디어 그 사냥감을 포획한 듯했다.

"저건 강화 티타늄 합금 전격 총이지? 이백 위안?"

"오, 정확하군. 딱 맞췄다!"

장 부경찰서장은 한숨을 쉬었다.

"매일 같이 그 총을 몰수해서 놔둘 곳이 없을 정도야. 그런데 내가 왜 너를 제대로 못 봤던 거지?"

"이 세상에서 너희들 경찰의 눈에는 온통 도둑뿐이지. 대체 언제 사람을 제대로 보기나 했어? 늘 잘 보지 못하잖아."

"맞는 말이다. 나는 항상 너와 함께 마시고 마작을 즐겼지. 그리고 문득 생각했어. 이 철거꾼은 왜 그런 서생을 부사장으로 만들었을까? 싸움을 해도 손도 입도 대지 못하던데, 오늘은 일격으로 이 베테랑을 쓰러뜨렸군. 내가 잘못 본 정도가 아니야. 내 눈이 옹이구멍이지."

그 말을 듣고 젊은 남자는 비웃음을 짓고 나서 장 부경찰서장을 향해 고개를 흔들었다. 그리고 콧방울이 밖으로 벌어진 매부리코를 쥐었다.

"경찰 신분을 내세워 위협적으로 대했지만, 지금 너의 신분은 철천지원수다."

장 부경찰서장의 눈이 가늘어졌다.

"지난 몇 년간 나는 줄곧 철거 꾼의 퇴거와 싸움을 도왔는데 언제 네가 나를 원망하게 만든 적 있었나?"

"바로 그게 문제야."

젊은 남자는 소리를 질렀다.

"철거 회사의 퇴거를 위해 네가 사람을 체포한 것이 화근이었다."

"그게 뭔데? 누명이잖아?"

젊은 남자는 다시 담배에 불을 붙이고 시트에 기댔다.

"아직도 2008년 베이징 올림픽 이전을 기억하나? 그 프로젝트의 퇴거를 위해 너는 어떤 남자를 감옥에 보냈지?"

"어느 놈이지? 그 프로젝트로 감옥에 보낸 사람은 백 명이 넘는다. 판결이 난 것만 해도 열 명이 넘지. 가장 무거운 판결이 7년, 지금도 복역 중이지."

"그 사람이 바로 나의 형이다."

"너의 형? 넌 외동아들이라고 했잖아?"

"외동아들이나 마찬가지지. 한 명은 지금도 감옥에 처박혀 있으니까."

"그래도 겨우 7년이잖아?"

"7년은 너에게 숫자에 불과하겠지만, 당하는 사람 집안에서는 재앙이야."

장 부경찰서장은 고개를 흔들었다.

"내 잘못이 아니야! 놈이 경찰을 덮쳤어. 그날 놈은 자신을 6층 창밖에 쇠사슬로 묶었다. 내가 뼈가 부러진 놈을 창안에 들여놓았는데 갑자기 내 코를 때려서 부러뜨렸다. 그랬으니 풀려날 리가 없잖은가?"

"경찰을 덮치면 실형을 받는다는 건 누구나 다 안다. 그런데 왜 부모님, 아내와 아이들이 보는 앞에서 체포했나?"

"너는 그 자리에 없어서 모른다. 그때 놈은 격렬하게 저항하는 바람에 도저히 힘으로는 누를 수가 없었다."

"그래, 그것도 일리가 있다. 하지만 형은 너에게 결국 제압당했다. 그런데도 왜 다시 전기충격총으로 쐈지? 왜 경찰봉으로 이빨 네 개나 부러뜨려야 했지?"

"놈이 나를 다치게 했으니, 나도 반격하는 건 당연하다."

젊은 남자는 오른손을 뻗어 전기충격총을 잡고 팡팡 왼쪽 손바닥에 내리쳤다.

"얼굴을 망가뜨리는 것은 가족의 마음에 상처를 입히는 것과 똑같다."

마침내 젊은 남자는 울음을 터뜨렸다.

"형은 고생을 많이 했다. 군대에서 전역한 후 많이 힘들어했다. 베이징에 나가 샤부샤부 가게를 연 지 반년 만에 가게가 헐리고 너희들에게 당했다. 돈이 없어진 것은 어쩔 수 없다고 치자. 잡힌 것도 할 수 없다고 치자. 왜 그렇게 무거운 실형을 내린 거지? 하늘의 이치는 어디에 있단 말인가?"

장 부경찰서장은 고개를 끄덕이고는 다시 눈을 감았다.

"이보게 젊은이, 나도 이 제복을 입었지만, 이것도 먹고 살기 위해서다."

그의 목소리도 가라앉았다.

"누구를 원망하겠나? 그는 돈을 벌고 싶었을 것이다. 그 프로젝트의 철거비는 어느 프로젝트보다 비쌌다. 네 형은 훨씬 더 터무니없는 액수를 요구했다. 그런 경우 정부는 물러서지 않을 수 없다. 나는 월급을 받아 가족을 부양한다. 그것이 내가 할 일이다. 그런데 지금 넌 왜 내 목숨까지 빼앗으려는 거지?"

"터무니없는 액수라고?"

젊은 남자는 오른손을 들어 힘껏 창을 내리쳤다.

"확실히 그 프로젝트의 퇴거 비용은 비쌌다. 같은 지역의 비주거 구역 보상은 한 평 당 이만 위안이었다. 그 프로젝트는 이만 오천 위안이나 되었다. 실제로 그 돈을 받은 사람은 건물주다. 형은 증표뿐인 오십만 위안의 폐업 손실비만 받았을 뿐이다."

"오십만 위안이 적다고? 기억나는데 그의 투자 비용은 많아야 삼십만 위안이었지?"

"이자가 있었다. 형은 돈을 빌린 곳은 고리대금업자였어."

"아, 그렇다면 네 형이 무척 힘들었겠군. 그나마 내가 더 나았던 것 같다. 젊은 남자, 나는 외톨이가 되어 돈에 목숨을 걸었다."

그는 고개를 들고 젊은 남자를 바라보았다. 달빛에 그의 두 눈에서 눈물이 별처럼 희미하게 빛났다.

"난 오래전부터 사는 데 지쳤다. 다만 이제 우리 가족을 어찌하면 좋을지 그것만이 걱정이다."

"내 앞에서 가족의 정 따위 꺼내지도 마."

젊은 남자는 앞의 뿌연 어둠 속을 바라보며 고개를 좌우로 저었다.

"네가 가족을 걱정해? 사는 데 지쳤다고? 누구한테는 가족이 없어? 누구는 사는 데 지치지 않았을까? 알아? 우리 집은 조상 대대로 닝샤(중국 북서부의 닝샤 후이족 자치구)의 해원 산속에서 양을 기르고 수수를 심었다. 비가 안 오면 수확이 적었다. 1980년대 정부가 이주 정책을 추진하면서 마을 사람들을 마르고 물이 없는 땅에서 전수 인찬의 허란산 기슭으로 이주시켰다. 옮겨온 마을 사람들에게 과일나무와 포도나무를 심게 했다. 하지만 형은 몇 년 동안 군대에서 근무하다 돌아오더니 마음이 변했다. 전역하고 돌아와서는 평생 황토만 보고 사는 게 싫다고 했어. 형은 돈을 빌려 베이징으로 나가 닝샤 샤부샤부 식당을 시작했지. 너희들, 경찰 야쿠자들을 만나리라고는 꿈에도 생각 못 했어. 너는 그날 형의 가족을 위협해서 완전히 공포에 떨게 했다. 2년도 지나지 않아 부모님은 병으로 숨겼고 형수는 도망쳤다. 불쌍한 조카는 자폐증에 걸렸고. 나는 조카를 부양하기 위해 결혼도 미뤘다.”

장 부경찰서장이 '흥'하고 비웃었다.

"오늘 나를 죽일 셈인가?"

"그렇다."

젊은 남자는 어둠 속에서 무언가를 본 것처럼 강하게 고개를 끄덕였다.

"그해 나는 시안(중국 산시성의 성도)의 대학 건축학과 3학년이었다. 졸업하자마자 그 철거 회사에 지원했다. 그 회사는 시 부구청장 처제가 사장이고 1급 자격이 있는 회사인 것을 알고 있었으니까 말이다. 너의 임무는 그곳을 지켜주는 것. 프로젝트 퇴거 때마다 너의 계좌로 그에 대한 사례금이 입금되었지. 그전에도 그렇고 내가 오고 나서도 벌써 너에게 37만 5천 위안이 입금됐지. 안 그래?”

장 부경찰서장의 대답을 기다리지도 않고 젊은 남자는 왼손으로 시트를 두드렸다.

"이 혼다 자동차는 내가 작년 연말에 너에게 가져다주었지?"

"아, 시궁창 안에서 내 배가 전복되었구나."

"시궁창? 너 자체가 시궁창에 살잖아. 사람을 쫓는 걸로 만족하지 않고 이번에는 회장을 죽이고 남의 회사를 빼앗으려 하다니!"

젊은 남자는 두 손을 꽉 쥐었다.

"나는 잘 모르겠다. 너희들은 왜 목숨보다 돈이 더 중요하지? 정말 무섭지 않나?"

"이제 됐다. 목숨은 포기했다. 내가 만약 더 살 수 있다면 오후에 받은 백만 위안도 너에게 줄 테니, 네 조카를 치료하는 데 써라. 이제 됐나?"

젊은 남자가 입을 다물고 있는 것을 보고 장 부경찰서장은 눈에 힘을 주어 동그랗게 떴다.

"안 돼!"

젊은 남자는 시선을 어둠 속에 둔 채 고개만 흔들었다.

"내가 기다린 건 바로 이날이었어. 이렇게 하자! 너는 살인을 돕고 백만 위안을 손에 넣는다. 나는 너를 죽이고 원수를 갚는다. 다른 사람을 위해 넌 해를 끼쳤으니 그 죄를 사해주는 의미에서 백만 위안은 네가 가져라. 너와 나, 둘 다 아픈 아이가 딸려 있고, 둘 다 돈이 필요하니까 그게 공평하다."

장 부경찰서장은 잠자코 듣고 있다가 고개를 숙이고 차가운 수갑에 얼굴을 댔다. 몇 초가 지난 후 그는 다시 고개를 들었다.

"젊은이, 물어보고 싶은 게 있다. 이 짓은 누군가의 명령을 받고 내 입을 막으려고 벌인 짓인가? 아니면 전부터 짜놓고 명령을 기다렸나?"

"아무도 명령하지 않았다."

"그럼, 어떻게 복명하지? 명령을 받고 일을 처리했으니, 결과를 보고해야 하지 않나?"

"복명이라고?"

젊은 남자는 어둠 속에서 시선을 돌려 장 부경찰서장을 바라보면서 눈을 가늘게 뜨고 웃었다.

"넌 매일 사람들 손에 수갑만 채웠지. 너의 손에 수갑이 채워질 줄은 몰랐겠지?"

그는 얼굴을 다시 오른쪽 차창으로 돌렸다.

"뭐가 복명이야? 정당하지 못한 돈을 너는 받았다. 가족들도 네가 살고 싶어 하지 않는 것을 알고 있었다. 그래서 넌 세상이 싫어져서 자살했다. 그뿐이다."

장 부경찰서장은 더는 아무 말도 하지 않았다. 몸뚱이가 납덩이처럼 무거웠다. 지그시 눈을 감고 긴 한숨을 쉬었다. 얼굴에는 두 줄기 눈물이 하염없이 흘러내렸다. 젊은 남자는 오른손으로 가슴 안주머니에서 주사기를 꺼내 천천히 바늘을 끼웠다. 장 부경찰서장의 왼쪽 소매를 팔꿈치까지 걷어 올린 후 얼굴을 가까이하고 오른손으로 바늘을 안쪽으로 돌려 가볍게 찔렀다. 바늘이 살에 꽂힌 것을 느끼자, 장 부경찰서장은 호흡이 빨라지고 목소리도 떨리기 시작했다.

"넌 바보다. 죽어야 할 사람은 내가 아니야. 퇴거 시 일어난 문제는 모두 잉푸 회장 때문이다. 어제 오전에 현장에서 나는 문득 후회되어 다들 싸움터를 떠나라고 권하려 했다. 만약 그 애송이가 칼을 꺼내는 짓을 하지 않았다면 이런 일이 일어나지 않았을 것이다."

젊은 남자는 바늘을 더 깊이 꽂았다.

"형씨, 이제 걱정하지 마. 잉푸라는 놈도 네 뒤를 따를 거니까. 그리 오래 걸리지 않을 것이다. 반드시 누군가가 그놈의 목숨을 노리고 있을 테니까…."

그가 목숨을 노린다고 말했을 때 밤하늘의 구름 사이로 별들이 깜빡이기 시작했다. 흘러내리는 장 부경찰서장의 두 줄기 눈물이 별빛에 비쳤다. 눈물은 가을 서리가 녹아 여름의 이슬이 된 듯했다. 그의 눈물은 흙

냄새 나는 강둑에서 펑펑 쏟아져 내렸다.

"카즈(尕子), 내 진짜 이름은 카즈다."

젊은 남자가 웃으며 말했다. 그때 바람이 불어왔다. 어둠 속 난샤허의 물은 백 년, 천 년을 흘러온 것처럼 느긋하게 흐르고 있었다. 달빛이 무심하게 강물에 흔들리고 있었다. 은빛 작은 물고기가 갑자기 입을 삐쭉 내밀고 수면 위로 뛰어올랐다가 깊이 숨을 들여 마신 후 다시 소리 없이 가라앉았다.

26

2023. 03. 20. 오전 9:00

"이 프로젝트는 생각하면 생각할수록 알 수가 없습니다."

지구위원회 빌딩 17층의 남향 회의실에서 궈이촨(郭-川) 구청장은 입을 열자마자 큰 눈을 부릅뜨고 불만을 토로했다.

"무엇을 알 수 없나요?"

지구위원회의 정(鄭) 서기는 멍한 얼굴로 물었다. 치켜 올라간 눈썹과 눈은 마주하고 있는 물음표 같았다. 좌우로 고르게 생긴 두툼한 콧방울도 꿈틀거렸다.

"오늘은 각 위원회 사무국도 한자리에 다 모였으니, 함께 궈 구청장님의 의문점을 풀어보기로 하지요."

궈 구청장은 오른손을 쭉 뻗어서 찻잔을 들고 차를 한 모금 마셨다.

"서기님, 저는 서기님의 명을 받고 당교(중국 당 간부학교)에서 급히 휴가를 받아 이 회의에 달려왔습니다."

궈 구청장은 차를 다 마시고는 긴 회의용 책상에 둘러앉은 사람들을 둘러보았다.

"서기님, 이 지역의 선임 지도자로서 최근의 이 지역 발전은 모두 서기님이 배려해 주신 덕분입니다. 하지만 이 프로젝트에 관해서 직언하는 것을 양해 바랍니다. 부디 오해가 없으셨으면 합니다."

"흠, 역시 시에서 나온 간부답군요. 말이 명쾌하고 지적도 날카로워요."

정 서기도 찻잔을 들고 차를 한 모금 마시며 말했다.

"저도 한 잔 마셔야겠네요. 궈 구청장님과 마찬가지로 오전을 먹을 생각이 없었거든요."

회의에 모인 지구위원회 부서 사람들도 모두 찻잔을 들고 차를 마셨다.

"이 지역에서 나는 구청장으로 5년, 서기로 2년 일했습니다. 그러니까 이 일은 내가 가장 심혈을 기울인 프로젝트라고 할 수 있지요. 작년 춘절이 끝나자, 시는 당신을 이곳 구청장으로 파견했습니다. 나는 당신이 부임한 날 밤에 푹 잤습니다. 지난 1월 20일 시장은 인민 대표회의 정부 활동 보고에서 최적화된 도시공간 계획을 내놓았고, 살기 좋은 지역사회, 상업 중심의 거리라는 업무와 일의 균형적 발전 방향을 제시했습니다. 나는 오래 가지 않아 우리의 이 프로젝트가 가장 선두에 설 거라고 믿었습니다."

정 서기는 등을 의자에 기댔다.

"힘들었습니다. 몇 년 동안 고생해서 결국 당신을 위해 고기찜을 한 냄비 끓였는데 맛이 어떨까요? 그런데 아무래도 당신 입맛에는 안 맞는 것 같네요."

"서기님, 저는 나중에 온 사람입니다. 고맙다는 인사조차 없군요. 내가 당신의 프로젝트에 대해 트집을 잡다니, 말도 안 됩니다."

그렇게 말하면서 궈 구청장은 시 부구청장을 쳐다보았다.

"이 프로젝트는 지리적 위치가 매우 좋아서 우리 구의 새로운 중심 사업으로 운영될 수 있습니다. 제가 제안한 다각적인 진보, 내외의 조화, 과학의 발전이라는 이념은 이 프로젝트에서 나온 겁니다."

궈 구청장은 얼굴을 정 서기에게로 돌렸다.

"다만 그 땅의 경매가가 왜 그렇게 쌌는지 저는 전혀 몰랐습니다. 왜 2기 주택 프로젝트를 시작하지 않았을까요? 만약 3년 전에 시작했더라면 지금은 세금이 착착 들어오는 수확의 계절이 아니었을까요? 서기님, 당신이 준 3년 동안 우리 구의 세수가 오백억을 넘게 하라는 임무에 대해 땅을 먼저 팔았다면 어떻게 잘 요리할 수 있지 않았을까요?"

정 서기는 그를 보며 눈을 감더니 다시 크게 떴다.

"그 문제는 배의 키잡이 리더인 시 부구청장에게 대답을 듣도록 하지요."

그렇게 말하고 정 서기는 맞은편의 시 부구청장을 향해 고개를 끄덕였다.

"시 부구청장님, 왜 구청장을 상사로 대우해 주지 않지요? 왜 진작 경위와 결과를 궈 구청장에게 제대로 보고하지 않았지요?"

정 서기는 이번에는 궈 구청장을 향해 고개를 끄덕였다.

"저분은 경력을 쌓기 위해 여기에 왔다던데요."

자리에 있던 사람들은 모두 웃었지만, 얼굴은 굳어 있었다.

"제가 다 나쁜 것은 아닙니다."

시 부구청장은 궈 구청장을 보고 나서 다시 정 서기를 쳐다보았.

"궈 구청장은 부임하자마자 기반 작업에 들어갔습니다. 지금까지 구청장이 찾아가지 않은 촌락과 동네가 없을 정도입니다. 거의 모든 마을을 돌았습니다."

시 부구청장은 귀 구청장에게 얼굴을 돌려 다시 말을 이어갔다.

"구청장님 기억나세요? 여러 차례 지구 사무국 회의에서 제가 이 프로젝트를 언급할 때마다 구청장님은 말씀하셨지요. '서기님이 낸 프로젝트니까 우리는 논의하지 말자'라고요."

시 부구청장은 이번에는 정 서기에게로 돌아섰다.

"한번 제가 과감하게 문서로 보고했더니 구청장님은 이렇게 서면으로 지시했습니다. '프로젝트의 위치 결정은 어렵다. 네 직책은 전력을 다해 적절히 처리하는 것이다.'"

"이제 됐습니다. 제가 오해했습니다."

정 서기는 손을 들어 얼굴 앞에서 흔들었다.

"간단하게 땅값을 설명하죠. 여러분이 모이셨으니 잘 들어 주시기를 바랍니다."

시 부구청장은 눈앞의 파일을 열었다.

"정 서기님이 구청장으로 부임하기 전 이 프로젝트 주변 지역은 조악한 주택개발 대 프로젝트 위주였습니다. 왜냐하면 당시에는 행정 서비스, 교통, 의료, 교육 시설이 완비되어 있지 않았기 때문입니다. 땅값은 오르지 않고, 구의 재정은 '허리가 휜 노인이 산을 오르는데, 주머니마저 텅텅 빈 격'이어서, 매우 궁핍한 상황이었습니다. 그럼 어떻게 해야 할까요?"

시 부구청장은 오른손 검지에 침을 묻혀 자료를 넘겼다.

"허리띠를 졸라매고 비약적인 발전을 꾀해 닭과 달걀의 관계를 처리할 수밖에 없었습니다. 어떻게 처리하겠습니까? 땅을 팔 수밖에 없었습니다. 누가 땅을 사겠습니까? 물론 민간 기업뿐입니다. 중앙직속기업이나 국영기업은 사고 싶어 하지 않습니다. 왜 사고 싶어 하지 않습니까? 스스로 돈을 내고 정해진 대로 정부가 정비하는 기본적인 시설을 완성해야 하기 때문입니다. 예를 들어 수도, 전기, 가스, 도로 건설 등입니다. 그 결과 박리다매로 넓은 베드타운을 만들 수밖에 없었습니다. 어떤 베드타운이었을까요?"

시 부구청장은 다시 검지 끝에 침을 발라 한 페이지 한 페이지의 자료를 넘겼다.

"오전 일찍 모두가 전쟁 치르듯 시내로 출근합니다. 밤에는 피곤하고 배고픈 사람들이 줄지어 귀가하죠. 수십만 명이 그 땅에 살지만, 생활이 불편하고 문화적 오락이 없으며, 어린이는 통학 문제, 노인은 의료 문제를 안고 있죠. 집값은 오를 것 같지 않고, 현지에서의 취업은 어림도 없고, 첨단 기술자는 들어오지 않습니다. 그 결과, 인근 지구는 현대 도시로 불리지만 우리 구는 여전히 농촌 지역으로 남아 있었습니다."

궈 구청장이 고개를 끄덕였다.

"그 말은 맞습니다. 그 몇 년 동안 나는 베이징시에서 부비서장으로 일했는데, 보기만 해도 이 지역은 걱정스러웠지요."

정 서기는 검지를 치켜세우고 말했다.

"구청장님, 당신은 대국을 생각할 수 있는 젊은 지도자이니 앞장서야 합니다. 장벽을 뚫고 비약적 발전의 대도에 들어서려면 누군가는 그 문을 걷어차야 하지요."

시 부구청장은 손뼉을 치며 허리를 꼿꼿이 세웠다.

"그렇습니다. 제가 서기님을 대신해서 말씀드리죠. 서기님의 발차기는 정확하고 강했습니다. 이 프로젝트를 위해 70헥타르에 가까운 땅을 찾기 시작했습니다. 구의 국토국은 이리 뛰고 저리 뛰며 분투해서 토지의 용도를 농촌의 집단 건설 용지에서 도시 건설 용지로 전환했습니다. 기획국은 대담하게 건축의 높이 규제를 대폭 수정해서 평균 용적률을 2.6에서 4.1까지로 변경했습니다. 거의 변혁 수준이었습니다. 교통위원회는 시에 궤도 교통의 확충과 연장을 요청하고 그 프로젝트를 시작했습니다. 그럼, 누가 투자를 할 것인가? 저는 서기님의 지도하에 죽음도 두려워하지 않는 잉푸 회장을 찾아내어 상세한 설명도 하지 않고 잡아끌었습니다. 절대 쉽지 않았습니다. 여러 차례 그와 술을 마셨고 기억을 잃은 것도 예닐곱 번입니다. 그런데 드디어 되겠구나 싶으면 그는 도망쳤습니다."

"왜지요?"

궈 구청장은 눈을 부릅뜨고 물었다.

"현장에 가서 둘러보면 공사할 땅은 아직 철거 중이었습니다. 공교롭게도 몇 집은 강제집행을 막다가 머리를 다쳐 피를 흘리고 있었습니다. 수수께끼 같은 한 집은 온 가족이 가스통을 안고 불 속에 서 있었습니다. 경찰관도 여러 명이 화상을 입었습니다. 그것을 본 잉푸 회장은 백지화하고 싶다고 했지만, 나는 주변 지역의 80퍼센트 가격에 당신에게 양도했고 체면도 충분히 세워줬다. 내일 간판을 걸지 않으면 앞으로 이 지역에 한 발짝도 들어갈 수 없다고 협박까지 했습니다. 그는 계속 이러쿵저러쿵 이유를 대며 미루고 있어서 저는 경고했습니다. 나의 친절을 원수로 갚지 마라. 내일 당장 땅을 고르고 정지 작업을 하는 당신의 주택 프로젝트에 사람을 시켜 제대로 세금을 내라고 요구하겠다고 말했을 정도입니다."

"왜 그가 아니면 안 되었습니까?"

궈 구청장은 오른쪽 귀를 기울였다.

"그는 당시 실력이 뛰어나다고는 할 수 없었지만, 중앙부처에서 근무하다 전업한 인물인지라 인맥도 넓고 담력도 커서 자금을 조달할 힘이 있었기 때문입니다."

시 부구청장은 고개를 들어 궈 구청장을 바라보았다.

"모르십니까? 저는 예전에 잉푸 회장과 같은 관청에서 일했습니다. 그 무렵 저는 지도자 옆에서 근무했습니다. 잉푸는 당시 처장이었습니다."

궈 구청장은 눈을 가늘게 뜨고 고개를 끄덕였다.

"이어서 말씀드리자면, 기댈만한 큰 나무가 없으면 아무도 그 일을 맡지 않습니다. 그는 결국 도급을 맡았습니다. 역시 관공서에 있었던 인물이라 우리가 무슨 말을 하고 싶은지, 하고 싶은 일은 무엇인지를 잘 알고 있었습니다."

잠시 쉬었다가 시 부구청장은 천천히 다시 말문을 열었다.

"물론 가장 중요한 것은 서기님이 구 전체의 상하 관계자들에게 그가 일하는 데 협조하도록 압력을 넣어 주었다는 점입니다. 많은 허가증과 절차 등을 미처 조건이 갖추지 못했을 때 허가해 주었습니다. 저도 퇴거와 철거는 제가 감독하겠다고 보증했습니다. 철거할 때 말이 통하지 않으면 하루도 기다리지 않고 강제 시행했습니다. 그는 정말 하루도 지체하지 않고 돈을 꼬박꼬박 준비했습니다."

정 서기는 오른손을 올렸다 내렸다 했다.

"이제 됐어요. 궈 구청장님은 아이큐가 높은 사람입니다. 속으로만 삼키고 있을 것입니다."

정 서기는 찻잔을 들고 다시 차를 마시기 시작했다. 서두르지 않고 당황하지 않고 몇 모금 마시고서 찻잔 뚜껑을 덮는 것을 그 자리의 사람들은 지켜보았다.

"궈 구청장님, 이 고기찜은 돼지를 키우는 것부터 시작했고, 그 고기로 요리를 한 겁니다. 당신은 얼마나 운이 좋습니까? 구청장 자리에 앉자마자 바로 좋은 냄새가 나는 음식이 눈앞에 펼쳐졌으니 말입니다."

정 서기는 일어나서 자리에 앉은 사람들에게 각자 먹을 만큼 자르도록 권했다.

"모두 훌륭한 간부입니다. 밤낮없이 이 프로젝트의 1기를 완성해 주었습니다. 과학 연구 영역을 넓혀주었습니다. 세수의 원천을 당신에게 마련해 주었습니다. 가장 기대되는 것은 2기 프로젝트의 고급 주택을 기공하는 것입니다. 최근 이 지역의 땅값, 집값 모두 점점 오르고 있습니다. 중앙직속기업, 큰 국영기업들이 앞다퉈 이 지역에 와 있습니다. 그들이 고르고 선택하는 게 아니라 우리가 골라잡는 것입니다. 운이 좋아서 당신이 그걸 잡은 겁니다. 거짓말이 아닙니다. 비약적 발전의 기적이 울리니 모든 구민의 축복입니다."

발전개혁위원회 주임이 오른손을 들었다.

"서기님, 보충해도 될까요?"

"얘기해 보세요."

정 서기는 싱글벙글하면서 고개를 끄덕이고 앉았다.

"구청장님, 이 프로젝트의 효과가 나타나기 시작했습니다. 마침 어제 우리 시의 거리 개조 자금이 은행의 연도 예산에 편성되었습니다."

"정말로요? 내가 며칠 당교에 가 있는 사이에 그런 좋은 일이 있었군요."

궈 구청장은 흥분해서 두 손으로 테이블을 짚고 일어섰다.

"서기님, 시의 거리 개조 프로젝트는 우리 구가 반드시 시 전체에서 1등이 되어야 합니다. 내가 선두에 설 것입니다. 꼭 실현합시다. 당신을 부끄럽지 않게 할 것입니다."

정 서기는 발전개혁위원회 주임 쪽으로 고개를 돌렸다.

"얼마나 받을 수 있습니까? 올해 납부될 수 있는 금액이?"

"모두 이백억입니다. 시의 거리 개조 자금이 총예산의 30퍼센트를 차지합니다. 만약 우리의 착수가 빠를 시 올해는 이백억이 납부될 수도 있습니다."

"큰 공적이네요. 참으로 잘했습니다."

궈 구청장은 발전개혁위원회 주임을 향해 눈을 가늘게 뜨고 웃었다. 발전개혁위원회 주임은 오른손 검지로 시 부구청장을 가리켰다.

"구청장님, 시 부구청장은 정말 구청장님의 유능한 조수입니다. 이 공로는 대부분 그의 것입니다."

궈 구청장은 시선을 시 부구청장에게로 돌렸다.

"그게 무슨 뜻입니까?"

시 부구청장은 두 손을 높이 들어 머리 위에서 크게 흔들었다.

"나를 칭찬하지 마세요. 당신 말대로라면 나는 서기님의 조수일 뿐이어서 나의 존재가 없어져 버리지 않았습니까?"

시 부구청장이 입을 벌리자, 니코틴으로 누렇게 변색한 앞니가 드러났다.

"궈 구청장님, 구청장님이 당교에서 깊이 연구하는 동안 서기님은 구청장님을 대신해 많은 일을 했습니다. 말하지 말라셨지만, 제 상사만 해도 세 번을 방문했습니다."

궈 구청장은 두 손을 높이 들고 공수 자세로 절을 했다.

"친애하는 서기님, 오늘 당신의 수업은 당교 수업보다도 훨씬 실용적입니다."

궈 구청장은 두 손을 자신의 밖을 향해 폈다.

"각 부서의 책임자가 다 있지만, 오늘은 서기님의 전략적 행동을 잘 알 것 같습니다. 말할 필요도 없지만, 제대로 일하는 것입니다. 두 번 다시 의심은 허용되지 않습니다. 올해는 어떻게든 동방몽도의 2기 프로젝트를 시작하고, 시의 거리 개조의 1기 프로젝트에 시동을 걸겠습니다."

궈 구청장은 눈을 가늘게 뜨고 시 부구청장을 쳐다보았다.

"시 부구청장님, 기억해 두세요. 일단 리스트에 있는 수지 균형이 맞는 몇 개 마을에서 사람들을 퇴거시키도록 하지요. 예산을 따기 위해서 그리고 내가 당교에서 공부하는 이 3개월 동안 거리 개조 프로젝트 명목으로 반드시 많은 중앙직속기업과 국영기업을 유치하도록 하세요."

궈 구청장은 입이 다물어지지 않을 정도로 싱글벙글했고 앉을 때는 정 서기에게 끊임없이 공수 자세로 절을 했다.

"우리의 훌륭한 서기님, 다 서기님 덕분입니다. 서기님의 장대한 전략으로 우리 구 4백만 명이 비약적인 발전의 쾌속 열차를 탈 수 있게 되었습니다."

정 서기는 오른손으로 '탕'하고 테이블을 치더니 일어나서 모두에게 공수 자세로 절을 했다.

"그룹의 공적이자 여기 모인 모두의 공적입니다. 물론 시 부구청장은 최일선에 서 있는 충실한 키잡이입니다. 이에 대해 나는 이 구의 4백만 명을 대표해서 감사드립니다. 그러면 오늘 회의 의제로 돌아가 봅시다. 어떻게 힘을 보태서 이 프로젝트를 가속할지 의논해 보지요. 올해는 우리 구가 시 전체에서 가장 빛나는 성과를 거둬야 합니다."

모두 고개를 끄덕였다. 자리에 있는 사람들은 정 서기가 내년 차기 부시장 후보임을 누구나 다 알고 있었다.

27

오십이 넘은 구의 리 경찰서장이 일어섰다. 소처럼 큰 눈을 부릅뜨고서 시 부구청장을 흘끗 쳐다보았다.

"서기님, 구청장님, 좋은 요리는 뛰어난 요리사가 솜씨를 발휘해야 합니다. 이 프로젝트는 제대로 고삐를 죄지 않으면 대소동이 일어납니다."

정 서기는 눈썹을 찌푸리며 어두운 얼굴을 했다.

"경찰서장님, 협박이 너무 심하지 않나요?"

"서기님, 사실 이 프로젝트가 철거 단계에 들어간 이후 경찰들은 하룻밤도 잠을 제대로 잔 적이 없습니다."

"경찰서장님의 말은 서기님의 프로젝트가 경찰에게는 폐가 된다는 건가?"

시 부구청장의 얼굴도 싸늘해졌다.

"시 부구청장, 서기님을 앞세워 바람막이로 삼아선 안 됩니다."

리 경찰서장도 시무룩한 얼굴로 말했다.

"프로젝트는 당신도 파악하고 있으니, 서기님에게 귀찮은 일을 만들지 마세요."

"또 농담을…. 육십만 평의 건물을 이처럼 짧은 시간에 지어냈는데, 내가 무슨 죄인이라도 된단 말인가요?"

시 부구청장은 눈썹은 치켜세우고 경찰서장을 응시했다.

"내가 말하고 싶은 건 문제입니다. 나도 좋아서 당신의 죄를 묻는 건 아닙니다."

"그럼, 되었습니다. 그래서 어떤 문제를 말하는 겁니까?"

리 경찰서장은 정 서기와 궈 구청장을 뚫어지게 쳐다보았다.

"강제집행입니다."

시 부구청장은 책상을 '탕'하고 치고 일어섰다.

"강제집행을 나 혼자만 한다는 것입니까? 내가 단 한 번이라도 법 절차를 밟지 않은 적이 있나요?"

"당신이 한다고 하면 누가 그걸 막을 수 있죠?"

두 사람의 대화는 살벌해져서 그 살기의 불꽃이 사방으로 튀는 것 같았다. 궈 구청장은 일어서서 두 손을 뻗어 두 사람을 앞히고 입을 열었다.

"잠깐만, 물어볼 게 있습니다. 그 강제집행이 왜 문제가 되지요? 내가 온 지 2년, 부동산 개발 때 시 자치단체로서의 시정용 건설, 도로 토지 수용, 이것을 하나로 묶어 강제 집행하지 않는 경우가 있었나요?"

리 경찰서장은 궈 구청장이 말을 마치자 다시 일어서 말했다.

"구청장님, 당신이 말씀하신 강제집행은 합리적이고 합법적입니다."

"오호, 요컨대 리 경찰서장은 지금 나의 강제집행이 불합리하며 비합법적이라고 말하고 싶은 건가요?"

시 부구청장은 얼굴이 붉어지며 말했다. 리 경찰서장의 얼굴은 초봄 버드나무 껍질처럼 푸르스름해지고 눈빛은 겨울나무 가지 끝에 남은 고엽처럼 되어 시 부구청장을 바라보았다.

"철거 회사는 어디나 설득하러 철거할 집을 찾아다니지요. 높은 보상금을 요구하기도 하지만 아무리 높은 금액을 요구해도 한도가 있습니다. 얼마 남아 있지 않은 철거 대상은 어쩔 수 없이 강제 집행하도록 결정합니다. 하지만 당신은 그렇다 치고, 철거 회사에서 사흘 만에 철거하라고 독촉할 경우, 철거하는 상대가 원하는 대로 값을 치러야 합니다. 그렇게 되면 철거 회사는 돈이 안 되니까 나서지 않습니다. 그래서 열심히 일하는 사람을 당신은 바로 강제 집행합니다. 강제 집행하면 싸움이 벌어지고, 싸움이 나면 체포할 수밖에 없죠. 그런 식으로 체포자가 증가하면 치안 유지에 유익할까요? 그건 오히려 서기님과 구청장에게 골칫거리가 아닐까요?"

"어디를 말하는지 예를 들어보세요. 차분히 이야기해 보지요."

시 부구청장은 팔짱을 끼고 의자에 기대어 천장을 노려보았다.

"그럼, 시링 마을 철거 대상 가옥에 대해 조금 이야기해 보겠습니다. 철거 사실을 알게 되자 그 집은 사람을 고용해서 넓은 땅에 천삼백 그루의 편백 나무 묘목을 밤새워 심었습니다. 너무 심한 짓이었습니다. 백만 위안이나 보상하라고 요구했다고는 하지만, 그래도 당신들은 그들과 차분하게 대화했어야지요. 그러나 당신들은 그곳을 휙 둘러보고 불도저를 불러 단박에 그 집 정원의 절반을 밀어버렸죠. 그 집 주인 남자는 형제와 친척을 불러 모아 스키 판을 무기 삼아 목숨 걸고 저항했습니다. 그럼, 우리는 어떻게 해야 할까요? 일단 체포하는 수밖에요. 지금도 매일 그 남자는 상급 기관에 진정을 올리고 있습니다."

그렇게 말하고 나서 리 경찰서장은 차갑게 덧붙였다.

"서민들이 당신을 '악랄한 관리'라고 욕하는 건 알고 있습니까?"

"좋아요, 끝났나요?"

시 부구청장은 눈을 정 서기 쪽으로 돌렸다.

"누가 악랄한 관리라는 겁니까? 당신은 어디 가든 제복을 입고서 노려보고 수갑을 딸그락거리며 호루라기를 불지요. 위엄이 있어 보이고, 다들 당신이 지나가면 길을 양보하겠지요. 우리 쪽에서도 당신이 현장에 나타나면 둘러쌉니다. 현장에서 대화로 문제를 해결한다고 생각하는 사람이 어디 있을까요? 사람들은 소동을 벌이고 난리를 치고 죽기 살기로 덤빕니다."

시 부구청장은 한숨을 쉬면서 리 경찰서장을 쳐다보았다.

"당신이 말한 그 집은 마을의 보스가 살지요. 마을을 거닐면 길을 양보하지 않는 사람이 없지요. 놈의 규칙은 70세 이상은 때리지 않고 엉덩이만 걷어찹니다. 사 온 묘목은 한 그루에 십 위안도 안 되는데 우리는 평온하게 해결하려고 십만 위안을 주려고 했지요. 그러나 놈은 밭에 오두막집을 짓고 사람을 고용해 숙식하게 해요. 집 앞에 기름통을 쌓아놓고 다가오면 죽겠다고 겁박하지요. 그럴 땐 어떻게 해야 할까요?"

"그렇다면 일단 뒤로 물러나서 사람을 사이에 넣어 이야기해야겠지요."

리 경찰서장은 창밖을 바라보며 그렇게 말했다.

"뒤로 물러난다고요? 경찰서장, 그건 너무 모험이 아닐까요?"

"그게 무슨 소리입니까?"

"무슨 소리냐고요?"

시 부구청장은 궈 구청장을 향해 얼굴을 돌렸다.

"구청장님, 구청장님의 구 사무국 회의에서 그 지역 경찰서의 위치를 빨리 정하라는 요구를 받았던 것을 기억하십니까?"

궈 구청장은 고개를 끄덕이며 리 경찰서장의 얼굴을 쳐다보았다.

"기억합니다. 그런데 하필이면 누가 그 집 자리를 선택한 거지요?"

"리 경찰서장입니다."

시 부구청장은 두 손으로 리 경찰서장을 가리키고는 고개를 들어 입을 삐죽 내밀었다.

"경찰서장이 계획도에서 그 땅을 골랐습니다. 상업지역에서 멀지 않고 그곳만 간선도로에 접해 있기 때문입니다. 그의 부하는 젊은 과장이고 똑똑하고 성실해서 사흘에 두 번은 철거 회사에 왔습니다. 생각해 보세요. 철거 회사는 아무리 어려워도 경찰을 화나게 하고 싶진 않을 겁니다. 철거가 늦어지면 담당 경찰은 다시 당신을 만나 요청하겠지요. 그러면 내가 혼납니다. 그것도 거래입니까?"

리 경찰서장의 얼굴도 붉어졌다.

"좋습니다. 당신이 나를 그런 식으로 몰아세운다면 나도 당신에게 물어볼 게 있습니다."

리 경찰서장은 정 서기를 쳐다보았다.

"서기님, 이 프로젝트의 시공회사가 관공서에 몇 번이나 들이닥쳤는지 아십니까?"

"시공회사는 중앙직속기업이 아닌가요?"

"중앙직속기업이라고요? 서기님, 당신은 속고 있습니다. 시 부구청장

처제의 건설회사입니다. 어제 오전 준공식 현장에서 그 잉푸 회장이 수천 명 앞에서 그렇게 말했습니다."

정 서기는 어두운 얼굴이 되어 굳게 입을 다물고 시 부구청장을 쳐다보았다.

"시 부구청장, 그럴 수가 있나요?"

"서기님, 오늘은 경찰서장에게 감사해야 합니다. 마침 저는 그 일을 설명할 수 있는 기회를 얻었습니다."

시 부구청장은 이번에는 궈 구청장을 바라보았다.

"구청장님, 얘기가 길지 않습니다. 몇 마디면 됩니다."

"시 부구청장, 이건 분명하게 설명해 주어야 할 것 같은데요?"

궈 구청장은 눈을 크게 떴다. 하지만 눈빛은 싸늘했다.

"구청장님, 문제없습니다. 숨길 게 없습니다. 제가 전 상사 옆에서 일하고 있었을 때 제 처제는 이미 1급 자격의 건설회사 사장이었습니다. 그녀는 오랫동안 중앙직속기업의 협력업체와 하청 업체를 경영하고 있었습니다. 당시 서기님는 이러한 대 프로젝트를 계획했지만, 디벨로퍼(지역 개발을 행하는 단체나 업자. 부동산에 대규모로 투자하여 그 잠재력을 개발, 택지의 조성·분양, 주택의 건설·판매를 행함)와 건설사 둘 다 민간에서는 할 수 없었습니다. 그래서 저에게 특급 자격이 있는 중앙직속기업을 끌어들이라는 요청을 내려서 그 회사가 들어갔습니다. 중앙직속기업은 총 원청(주문 당사자로부터 직접 일을 도급 맡음)만을 할 뿐입니다. 일을 맡으면 그 회사 나름의 방식이 있습니다. 하청을 주는 것입니다. 한 회사에만 주지 않고 여섯 회사에 나눠서 줍니다. 그 안에 물론 제 친척도 있었던 겁니다."

"그럼, 그 하청 업체가 왜 관청에 와서 소란을 피웠지요?"

궈 구청장의 두 눈은 가늘고 날카로워졌다.

"그 잉푸 회장 때문입니다."

시 부구청장은 왼쪽 검지로 테이블을 두드리며 말했다.

"잉푸는 악덕 업자입니다. 관공서에 있을 때는 그런대로 좋은 사람이었는데, 전업한 지 오래되어 사람이 변했습니다. 이익은 독차지하고 정이 없어서 그를 아무도 따르지 않습니다. 그의 부하는 아무렇지도 않게 하청회사의 목을 조르는 짓을 서슴지 않고 행합니다. 사흘에 이틀은 공임의 지급을 거르거나 지연합니다. 그래서 노동자들은 견딜 수 없어 홧김에, 관공서에 쳐들어간 것입니다."

"어제는 무슨 일이 일어난 거지요? 그들은 천지가 뒤집힐 만큼 큰소리로 떠들며 시의 관련 부서를 여기저기 몰려다녔습니다. 그런 일이 없었다면 나는 이 회의를 소집하지 않았을 겁니다."

정 서기는 테이블을 양손 손가락으로 꽉 물렀다. 마치 미꾸라지를 잡듯이 힘을 주었다.

"어제 그 정도로 악랄하게 떠들 줄은 저도 생각 못 했습니다."

시 부구청장은 고개를 흔들며 눈알이 쏟아질 정도로 눈을 부릅떴는데, 마치 서기의 손안에 든 미꾸라지가 머리와 꼬리를 흔들며 도망치려는 듯한 표정이었다.

"지난 며칠은 마침 프로젝트 준비를 하고 있었습니다. 그러나 잉푸 회장이 무슨 생각을 했는지 모르겠지만, 죽어도 공사의 총결산서에 사인하지 않았습니다. 그래서 3억짜리 공사의 배상에 지장을 준 겁니다. 생각해 보십시오. 그러니 노동자들이 소란을 피우지 않고 가만히 있었겠습니까?"

정 서기는 양손을 다시 테이블에 올려놓고 손가락을 깍지 끼어 손바닥으로 알을 덮는 것처럼 만들었다.

"시 부구청장, 당신은 최일선에서 일을 주관하는 부구청장입니다. 눈앞에서 불붙는 것을 보고 있지 말고 물을 가져다 꺼야지요."

정 서기는 궈 구청장을 날카롭게 쳐다보았다.

"하지만 어제 준공식 행사는 개도 도망칠 만큼 큰 소동이었습니다. 그건 그렇다 치고 소동이 끝나자, 수백 명의 노동자가 국가자산관리위원회로 몰려갔지요. 게다가 다른 수백 명이 우리 지구 법원에도 들이닥쳤고요."

궈 구청장은 들으면서 두 눈을 깜빡였다.

"국자위원회에 들이닥친 이유는 알고 있습니다. 하지만 왜 법원에는 들이닥쳤는지 그 이유를 도무지 모르겠습니다."

정 서기는 내내 언짢은 듯 고개를 들지 않는 법원 원장을 가리켰다.

"진(金) 법원장님, 정황을 설명해 주셨으면 합니다."

진 법원장은 시 부구청장을 곁눈질하며 입을 내밀었다.

"서기님, 이 프로젝트는 기공한 지 오래돼서 우리 법원의 거대 업무입니다. 삼백 개 이상의 안건이 있습니다. 소송 내용은 모두 작은 공사의 배상과 재료비 미지급 건입니다."

"그 건들로 다 입건할 건가요?"

궈 구청장은 고개를 절레절레 흔들었다.

"신 부법원장이 입건과 집행을 맡고 있습니다. 그에 대해 몇 번이나 대화했고 안건 검토회에서도 의견을 말했지만, 누구의 의견도 들어 줄 수 없습니다. 그는 선임이고 군대에서 이직한 지 이제 곧 20년이 됩니다, 제가 말을 하면, 자기를 경질해 달라고 합니다. 다만 왜 자신을 경질하는지를 제가 서기님에게 보고해야 한다는 겁니다."

경질이라는 말을 하면서 진 법원장은 두 손은 가볍게 떨었다.

"서기님, 그를 누가 경질할 수 있을까요? 그는 구의 발전을 위해 일하는 사람이고, 오로지 서기님의 비약적인 발전 전략을 지지하고 있습니다."

"그게 입건과 무슨 관계가 있지요?"

이번에는 정 서기가 눈을 깜빡였다.

"그 사람이 말하기를 '많은 관계가 있다. 입건하면 그는 빨리 판결하라고 재촉할 것이다. 판결하면 바로 집행에 들어갈 수 있다. 돈은 물론 업자의 손에 들어간다. 공사비가 있으면 공사 기간이 늦지 않을 것이고, 프로젝트는 당신의 예정한 대로 완성된다'라고 하더군요."

진 법원장은 눈을 감고 한숨을 쉬었다.

"어제는 틀림없이 누군가가 교사해서 노동자들의 소동을 부추겼습니다. 그것은 나에게 압력을 주기 위해서입니다."

"골치 아프게 됐군요."

궈 구청장은 고개를 흔들며 말했다.

"서기님, 결단하셔야 합니다. 2기의 고급 주택 프로젝트를 취소하시지요."

그는 시 부구청장에게 재빨리 오른손을 흔들었다.

"몇 개 중앙직속기업이 뛰어들려고 하지 않았나요? 사업 주체를 바꿉시다."

"그럴 수 없어요."

시 부구청장은 두 손으로 테이블 가장자리를 붙들고 벌떡 일어섰다.

"왜지요? 그는 민간 기업에 불과한데요?"

시 부구청장은 궈 구청장에게 고개를 흔들었다.

"구청장님, 프로젝트는 오늘에 이르기까지 모든 증명서를 법규에 따라 발행하고 있습니다. 사업 주체를 바꾸는 것은 괜찮다고 해도 이유를 찾아 땅을 회수하고 다시 경쟁 입찰 절차를 밟아야 합니다. 그건 한두 해로는 해결할 수 없습니다."

정 서기는 오른손을 흔들었다.

"됐어요. 어느 프로젝트든 일관되게 한 주체가 해야 합니다."

정 서기는 궈 구청장을 돌아보며 말했다.

"이번에는 우리도 참아야 합니다."

정 서기는 고개를 들고 다시 시 부구청장을 바라보며 말했다.

"시 부구청장, 중요한 시점에 왔습니다. 당신은 참고 두 가지 일을 진행해야 합니다."

정 서기는 오른손을 들어 가볍게 찻잔 뚜껑을 두드렸다.

"맨 먼저, 당신의 친척에게 말해서 이 프로젝트에서 손을 떼게 합니다. 어차피 1기에서는 돈을 벌었으니까요. 2기는 당신에게도 나에게도 폐를 끼쳐서는 안 됩니다. 괜찮지요?"

정 서기가 강한 어투로 말했기 때문에 시 부구청장은 즉각 고개를 끄덕였다.

"안심하십시오. 반드시 실행하겠습니다!"

정 서기는 그 말을 듣고 언뜻 눈짓했다.

"그리고 당신은 잉푸 사장을 알고 있으니, 구에서 말썽을 피우지 말라고 나를 대신해서 그에게 전해주세요. 순탄하게 벌어서 재앙을 초래하지 않도록 하라고요. 2기가 순조롭게 끝나면 내가 한턱내겠다고 하더라고요. 그럼, 됐지요?"

그 말은 잉푸에게 물은 것이었다.

"서기님, 순탄치 않습니다. 재난도 못 막습니다. 대사건입니다."

리 경찰서장은 앞에서 궈 구청장이 큰일 났다고 말했을 때 문밖에서 사람이 불러서 자리를 비운 상태였다. 방금 그는 쓰러질 듯 회의실로 돌아와 입구에 선 채 서기의 말이 끝나자, 큰소리로 외쳤다.

정 서기는 리 경찰서장의 얼굴이 새파랗게 질린 것을 보고 눈을 부릅떴다.

"놀라게 하지 마세요. 하늘이 두 쪽이라도 난 겁니까?"

28

누군가가 리 경찰서장에게 물을 건넸다. 리 경찰서장은 물을 한 모금 마시고는 오른손으로 두 눈을 누르고 자기 자리로 돌아갔다. 정 서기와 자리에 있는 사람들은 리 경찰서장이 입을 열기를 기다렸다.

"살인사건입니다."

리 경찰서장은 선임 경찰관으로 52세였다. 숱한 사건을 겪었다고는 하지만 지금 그가 말할 때 입술이 떨리고 발음이 뚜렷하지 않아서 정 서기는 알아들을 수 없었다.

"제대로 설명하세요. 못 알아듣겠습니다."

정 서기는 왼손을 귀에 갖다 댔다.

리 경찰서장은 세차게 머리를 흔들고 오른손으로 차를 들고 몇 모금 마셨다.

"서기님, 두 명이 죽었습니다."

"둘이라고요? 어디서요?"

"한 사람은 병원에서, 한 사람은 차 안에서입니다."

"어떤 사람입니까?"

"한 사람은 어제 낮 준공식 소동 현장에서 붙잡은 피의자입니다. 또 한 사람은…."

리 경찰서장은 입술을 말라리아에 걸린 것처럼 떨었다.

"우리 경찰입니다."

"뭐, 경찰이라고요?"

정 서기는 왼손으로 테이블에 짚고 오른쪽으로 의자를 뒤로 밀며 일어섰다.

"이 프로젝트를 담당하는 경찰서의 장 부경찰서장입니다."

"서기님, 초조해하지 마시고 그에게 천천히 말하도록 해주세요."

궈 구청장도 눈을 부릅뜬 채 손을 약간 떨었다.

자리에 앉자, 정 서기는 입을 조금 벌리고 리 경찰서장을 쳐다보았다.

"서기님, 구청장님, 어제 오전에 행사장에서 현장의 소동을 틈타 노동자 풍의 젊은 남자가 잉푸 사장을 덮쳐 칼로 찌르려 했습니다. 하지만 오히려 잉푸 사장이 역공해서 짓눌려 상처를 입었습니다. 저는 장 부경찰서장에게 그 남자를 경찰서로 연행하라고 했고, 데려오면 형사에게 넘기려고 했지만, 어찌 된 영문인지 장 부경찰서장은 연락도 없이 그 피의자를 중일우호병원으로 데려갔습니다."

"구급 상황이었나요?"

궈 구청장의 입술도 떨렸다.

"사실 그 정도는 아니었습니다. 검사를 해보니 중간 정도의 뇌진탕이었고, 몇 개의 좌조골 골절이 있었습니다. 어젯밤 공교롭게도 공항로에서 교통사고가 나서 십여 명의 중학생이 크게 다쳐 응급 병동에서 구급 치료 중이었습니다. 의사는 그를 손댈 상황이 아니어서 링거를 맞게 하고 진통제만 처방했습니다. 오늘 오전에 수술하겠다고 했습니다."

"그런데 왜 죽었지요?"

서기가 물었다.

"장 부경찰서장은 경찰관 두 명을 데리고 심야까지 교대로 감시했습니다. 서에서는 세 사람이 교대해 주러 갔습니다. 오늘 이른 오전 맥을 짚어보고서야 범인이 죽었다는 것을 알았습니다."

"사인은요?"

궈 구청장은 이번엔 눈을 깜박이지도 않고 동그랗게 뜨고 있었다.

"그 정보를 알고 나서 부 부장은 즉시 나에게 보고하지 않았습니다. 그의 말은 병원 책임인지 아닌지 알 수 없어서 원인을 조사해야 했기 때문이라고 했습니다. 동시에 신속하게 병원 당직자들도 전수조사했다고 합니다. 경찰들은 휴식을 취하거나 병원에서 대기하고 있었는데, 장 부경찰서장만이 한밤중에 집을 살피러 가겠다며 돌아갔습니다."

"그럼, 그는 왜 차 안에서 죽었나요?"

정 서기의 얼굴은 화강암처럼 푸르고 딱딱해졌다.

"전화를 걸어도 받지 않아 사람을 그의 집으로 보냈습니다. 그의 집은 멀리 난샤허 근처입니다. 동료 경찰이 집을 찾아 나선 것은 오전 9시 반이었습니다."

정 서기가 손목시계를 보니 정확히 10시 반이었다.

"그의 아버지가 문을 열고 말하기를 '장 부경찰서장은 어제 오후에 한 번 들어왔다가 한 시간쯤 지나 다시 나갔다'라고 했습니다. 그 후로는 집에 돌아가지도 않았고 전화도 없었다고 합니다."

리 경찰서장의 안색은 점점 나빠졌고 말하면서 거친 숨을 몰아쉬었다.

"서에서 즉시 그의 휴대전화 위치를 추적해서 그가 난샤허 강변에 있다는 것을 알아냈습니다. 경찰을 찾아냈을 때 그는 이미 차 안에서 숨져 있었습니다."

"어떤 상태로요?"

서기의 어조는 화살처럼 갑자기 날카로워졌다.

"그의 오른손에는 주사기가 들려 있었고, 왼손에는 주사 자국이 있었습니다."

"다량의 각성제를 주사했나요?"

"아니요. 청산가리였습니다."

"청산가리? 자살인가요 타살인가요?"

"아직 결론은 안 났지만, 현장 상황으로는 자살인 것 같습니다."

"왜 바로 보고하지 않았지요?"

"결과를 기다리고 있었습니다."

리 경찰서장의 어조는 가라앉았다.

"그의 주사기 바늘을 과학수사팀이 확인했을 때, 병원에서 죽은 남자의 사인도 알았습니다."

"사인이 뭐였나요?"

"역시 청산가리였습니다. 왼손 팔꿈치 바깥쪽에 주사 자국이 있었습니다."

"누가 그런 짓을 했지요?"

"아직 모릅니다. 형사 그룹이 이미 두 곳의 현장을 통제하고 있습니다."

회의실에 침묵이 내려앉았다. 누군가 손을 테이블에 올려놓았다가 내리고 다시 올려놓기를 반복하며 손가락으로 무의식적으로 테이블을 두드렸다.

"테이블을 두드리지 마세요. 조용히!"

정 서기는 소리를 지르고 뒤로 힘주어 기댔다.

"뛰어난 연극이군요."

정 서기는 자신이 테이블을 두드리지 말라고 주의 준 것을 잊고 오른손으로 소리 나게 테이블을 두드렸다.

"노동자들을 부추겨 소동을 일으키게 하더니, 분명히 자객을 이용한 살인입니다."

"자객은 입막음 때문에 죽었고, 우리 쪽 사람도 목숨을 잃었습니다. 이 연출력은 상당히 정교합니다."

궈 구청장은 고개를 흔들며 검지로 테이블을 두드렸다. 서기는 고개를 끄덕이며 두 손으로 의자 팔걸이를 움켜쥐었다.

"그 잉푸 회장 보통내기가 아닙니다. 수천 명 앞에서 구더기를 파냈어요. 그것은 우리에게 보여주기 위해서입니다."

정 서기는 시 부구청장에게 눈길을 돌렸다.

"시 부구청장, 아무래도 당신의 목적과 뭔가 맞아떨어지는 것 같습니다."

시 부구청장은 두 손을 짚고 벌떡 일어났다가 다리에 힘이 빠진 듯 다시 주저앉았다.

"서기님, 왜 살인사건을 저한테 연루시키십니까?"

"사실 어제 오후 경찰서장이 나에게 왔었습니다. 어제의 소동을 분석한 후 나는 당신 처제가 잉푸 회장의 일부 부하들과 내통해 실타래를 잡아당겼다고 생각했었습니다. 목적은 칼을 잉푸 회장의 목에 들이대서 그가 결산서에 사인하게 만들기 위해서였겠지요."

정 서기는 얼굴이 흐려지면서 무겁게 말했다.

"그러나 어떤 일이 있어도 사람을 죽여선 안 되지요. 잉푸 회장을 죽이면 누군가 돈을 벌 수 있을 것입니다. 그렇게 되면 이 프로젝트도 엉망이 되고 멈출 수밖에 없습니다. 나와 구청장도 여기서 멈춰 설 수밖에 없지 않겠습니까?"

정 서기는 오른손을 들고 또닥또닥 테이블을 두드렸다.

"흙탕물에서 물고기를 잡아 근본적인 문제를 해결하자는 전략입니다. 구청장님, 누가 우리를 모함하고 함정에 빠뜨리려고 했을까요?"

궈 구청장은 이를 악물었다.

"경찰서장, 장 부경찰서장의 집은 수색했나요?"

"지금 막 수색을 마쳤습니다."

"말도 안 돼! 이제야 수색했다고요?"

리 경찰서장은 위를 보고 눈물을 글썽였다.

"구청장님, 경찰서의 다른 사람은 누구도 이 사건을 손댈 수 없고 움직일 수도 없었습니다. 부 부장이 형사과를 지휘합니다. 그가 시킨 대로 이제야 수색한 겁니다."

"그건 왜지요?"

"장 부경찰서장의 가정환경은 참담합니다. 지능이 모자란 아이는 똥과 오줌 속에서 잠들고, 아내는 심한 관절염으로 일어나지 못합니다. 칠순이 넘은 아버지는 독감에 걸려 혈담을 토합니다. 너무나도 불쌍해서 선뜻 방문할 용기를 낼 수 없기 때문입니다."

"살인사건입니다. 수사해야 합니다."

구청장은 리 경찰서장을 빤히 쳐다보며 말했다.

"형사가 수색했습니다. 원래 장 부경찰서장은 시내에 집을 가지고 있었습니다. 그 집을 다른 사람에게 세를 내주고, 시내와 시골의 경계에 있는 난샤허 부근의 낡은 집을 얻었습니다. 집이 작아서 수색은 쉬웠다고 합니다."

"뭘 찾았나요?"

"돈입니다."

"얼마나요?"

"백만 위안입니다"

"현금?"

"맞습니다. 단단히 묶은 돈이 침대 밑 상자에 들어 있었습니다."

여기까지 듣고 정 서기는 회의용 테이블을 돌아보았다.

"다들 들었겠지만 이건 큰 사건입니다. 시에 보고하겠습니다. 이 문을 나서면 누구도 절대 입 밖에 내서는 안 됩니다. 언론이 냄새를 맡으면 그 책임은 내가 다 짊어져야 합니다."

정 서기는 다시 얼굴을 리 경찰서장에게 돌리며 말했다.

"시 본부에 사건 처리를 맡기고 손을 떼세요."

이번에는 시 부구청장을 바라보며 말했다.

"나는 지구위원회를 대표해 선언합니다. 당신을 지금부터 정직 처분합니다. 조사를 기다리세요. 그리고 진 법원장….."

정 서기는 진 법원장을 향해 오른손 집게손가락을 세웠다.

"당신의 임무는 신 부법원장과 이야기를 나누는 것입니다. 그를 설득해서 우선 시공업과 관련된 모든 소송을 취하시키세요. 그런 다음 잉푸 회장과 업자와의 관계를 조사하고 정리해서 그의 조카의 역할을 밝혀내세요."

정 서기는 말을 끝내고 두 손으로 의자 팔걸이를 누르고 일어섰다.

"내가 궈 구청장을 위해 가져온 맛있는 고기는 벌써 파리가 달라붙고 구더기가 슬었다는 것을 알게 되었습니다. 구청장님, 마음이 아프네요."

정 서기는 리 경찰서장을 노려보았다.

"지금 당장 경찰을 배치해서 시공업자의 경거망동을 용납하지 마세요. 중앙직속기업에는 내가 시에 요청해 접촉하겠습니다. 시공 현장의 사람들을 모두 잘 지켜보세요."

"서기님, 아무래도 모든 움직임은 잉푸 회장의 목숨을 노리고 있는 것 같습니다. 그마저 죽으면 요란한 뉴스거리가 될 겁니다."

궈 구청장의 눈이 다시 매섭게 가늘어졌다.

"구청장님, 그런 것 같네요."

정 서기는 오른손으로 리 경찰서장을 가리켰다.

"그를 잘 보호해 줘요."

"어떻게 지켜야 할까요? 그는 활동적인 데다 범죄도 저지르지 않았습니다. 가둘 수는 없습니다."

"살고 싶으면 내일 해외로 나가라고 전해요. 관광이든 경마든 뭐든 상관없어요. 죽지만 않으면 됩니다. 경찰서장님, 그에게 우리 쪽이 정리하면 돌아오라고 해요."

말하는 동안 정 서기의 미간에 주름이 만들어졌다.

"이 사건을 해결하는 데 아무리 늦춰 잡아도 두 달까지는 안 걸리겠지요?"

"서기님, 좋은 생각입니다. 그가 출국하면 우리는 걱정을 덜고 전력으로 해결에 집중할 수 있습니다. 방금 몇몇 업체의 책임자를 구속하라는 명령을 이미 내렸습니다."

리 경찰서장은 정면에서는 서기의 질문에 답변하지 않았다. 정 서기는 테이블 위에 펼쳐놓은 자료를 끌어모으면서 궈 구청장을 쳐다보았다.

"궈 구청장, 당신은 당교로 돌아가세요. 이 일은 내가 대응할 테니."

궈 구청장은 고개를 숙이고 눈을 감았다. 구청장의 낙심한 표정을 보고 정 서기는 뒷줄에 앉아 있는 사람들을 돌아보았다.

"비서실, 시에 연락해 줘. 내가 지금 보고하러 간다고."

정 서기는 다시 돌아보며, 시 부구청장이 입을 열려고 하는 것을 보고 손을 저었다.

"지금은 변명할 때가 아닙니다. 내가 했던 권유대로, 이 회의실을 나가면 이제 아무것도 하지 마세요. 한 마디 더 말하지만, 절대로 당신의 전 상사를 끌어들이면 안 됩니다!"

정 서기가 말을 마치고 나가려는데 비서실 주임이 문을 밀고 들어왔다.

"서기님, 구청장님, 지금 시에서 연락이 왔습니다. 내일 오전 부 비서가 이끄는 조사그룹이 우리 구에 온다고 합니다."

정 서기는 눈을 깜빡였다.

"뭘 조사한다는 거야? 이건 살인사건이다."

"인명 때문이 아니라 인재 때문이라고 합니다."

"그게 무슨 뜻이지?"

"서기님, 부에서 말하길, 동방몽도 프로젝트에 대혼란이 일어나서 노동자들이 이곳저곳 몰려들었기 때문에 무슨 상황인지 알아봐야 한다는 겁니다."

귀 구청장은 눈을 부릅떴다.

"어떤 사람이 오는 거야?"

"통보받기로 기율(紀律)검사위원회, 건설위원회, 은행감독위원회, 세무, 환경보호입니다. 우리와 상응하는 이 모든 부서에 협조하라는 것이었습니다."

정 서기는 눈을 감고 위로 한숨을 쉬었다.

"보통내기가 아니군요! 그 잉푸 회장은 분명 '삼국지연의'를 숙독했을 것입니다. 아무튼 그는 준공식 행사 때 사건이 일어날 것을 미리 알았을 뿐 아니라, 소동이 일어나기를 기다리고 있었습니다."

"왜 그렇게 생각하시죠? 그에게서 얻을 게 있다는 말인가요?"

귀 구청장의 눈썹에 주름이 잡혔다.

"당신은 젊으니까 그 사람이 세운 계책의 깊이와 담력의 정도가 보일 것입니다."

정 서기는 다시 고개를 흔들었다.

"우리는 그 사람의 말이 되었네요. 그는 먼저 적이 자신들의 계략대로 소란을 피우고 소동을 벌이게 했습니다. 현장에서는 바보 행세를 하고 실제로는 적을 독 안으로 끌어들였습니다. 이처럼 관련된 사람들을 한 곳에 들어가게 함으로써 반대로 적들의 상황을 뚜렷이 드러나 보이게 만들었습니다. 그리고 이번엔 초선차전(草船借箭, <삼국지연의>에 나오는 이야기로, 제갈공명이 짚 더미를 쌓은 작은 배 20척을 이끌고 조조 진영에 다가가 화살을 쏘게 만들어 10만 대에 달하는 화살을 획득했던 고사에서 유래)입니다. 상대가 쏜 화살을 모두 되쏘았다. 그 사람은 누군가가 프로젝트를 몽땅 빼앗는 것을 두려워했던 것 같습니다. 우리는 어떨까요? 잘못하면 본전도 못 찾고 맙니다. 이 프로젝트를 할 수 없게 되는 것은 말할 것도 없고, 수수방관하다가는 시의 거리 개조 자금도 놓치게 될 것입니다. 그건 그렇고 회의를 계속합시다. 아무래도 누군가가 그에게 일격을 당했습니다. 그리고 그는 지금 우리 중 누군가에게 반격하려고 하고 있습니다."

말을 마치고 정 서기는 시선을 시 부구청장에게 고정했다.

"당신은 우리까지 덫에 걸리도록 만들었네요."

정 서기는 일어서서 사람들을 돌아본 후 궈 구청장을 힐끗 쳐다보았다.

"불공평하군요. 그 사람에게는 이 상황이 비즈니스 전쟁이지만 우리에게는 뭔가요? 말려들어 꼬리표가 달리면 인생 후반생은 낙오자로 살게 됩니다."

궈 구청장은 고개를 흔들며 고개를 끄덕였고, 돌아서서 회의실 사람들을 둘러보았다.

"다들 들었지요? 관련된 사람들은 회의가 끝나고 남기 바랍니다."

그는 정 서기가 나가는 모습을 눈으로 배웅했다. 그의 등이 약간 굽은 것처럼 보였다.

"회의를 계속합시다."

시 부구청장은 앉은 채 움직이지 않았다.

"시 부구청장, 이 자리는 이제 당신과는 상관없습니다."

궈 구청장은 싸늘하게 말했다. 시 부구청장이 일어나 출입구까지 가자

마침 리 경찰서장과 법원장도 수군거리며 들어오던 길이었다. 그가 먼저 나가려고 했고, 두 사람은 차갑게 그를 보았다. 그 경멸하는 눈빛에 그는 자신도 모르게 뒤돌아섰다. 리 경찰서장이 어깨 끝으로 툭 치자, 시 부구청장은 뒤로 밀렸다. 시 부구청장은 두 손을 아래로 내리면서 주먹을 불끈 쥐었고, 손바닥이 땀으로 흥건히 젖어 있는 것을 느꼈다.

29

2013. 03. 20. 저녁 8:40

　선임 지도자(우[우톄빙] 이사장)는 옆 책상 위에 놓인 전기포트의 스위치를 켜고 포트의 물을 천천히 끓이기 시작했다. 그리고 그는 조심스럽게 대나무 상자를 열어 원반 모양의 보이차를 꺼내 잠시 살펴보더니 그것을 다시 원래대로 넣었다. 고개를 숙이고 옆 책상 위의 화선지를 한 장 집어서 그것을 정성스럽게 두 번 접어 그 위에 보이차 덩어리를 다시 꺼내 놓았다. 물끄러미 잠시 보더니 보이차 덩어리를 돌려서 위에 쓰인 글자가 맞은편 좌석의 정면에 오도록 했다. 맞은편 자리에서 고개를 들면 바로 그의 등 뒤 벽에 있는 세 장의 유화가 눈에 들어왔다.

　차 덩어리를 놓자, 물이 김을 내뿜기 시작했다. 손을 뻗어 스위치를 끄고 테이블 아래서 백주 두 병을 꺼냈다. 술의 라벨도 맞은편 자리를 향해 돌려놓은 후, 이번에는 낡은 군용 물통을 테이블 밑에서 꺼냈다. 뚜껑을 열어 냄새를 맡아 보고는 고개를 끄덕이며 물병도 테이블 위에 올려놓았다. 이어서 테이블 가운데에 있는 음식 덮개를 들어 올리고 뛰어난 칼솜씨로 깔끔하게 차려놓은 몇 접시의 술안주를 살폈다. 다시 고개를 끄덕이고는 의자에 등을 기대고 눈을 감았다.

갑자기 유선전화가 몸을 떠는 듯한 소리로 울려 퍼졌다.

"아, 이빙인가?"

선임 지도자는 수화기를 집어 들고, 미간에 주름을 만들며 손목시계를 보았다.

"오늘 일은 다 알았다. 공작 그룹이 이렇게 빨리 오게 되는 것은 옆에 사는 치 주석 그자의 방식이다. 걱정하지 말라, 놈은 금방 올 것이다. 술 한잔 마시고 조금 양보하면 그래도 얼굴을 짓밟는 짓은 하지 않겠지."

선임 지도자는 말을 멈추고 술병을 바라보았다.

"너는 손댈 수 없다. 더 이상 하면 안 돼. 기억해 둬라. 절대로 예성 사장 무리와 어떤 연락도 해서는 안 된다!"

수화기를 내려놓고 서재로 돌아와 다시 의자에 등을 기대었다. 그리고 두 손으로 가볍게 얼굴에 덮고서 위아래로 비빈 후 한동안 움직이지 않았다.

9시 정각에 현관의 벨이 울렸다. 선임 지도자는 몽롱한 채로 튕겨 오르듯이 일어나 두 손으로 세게 얼굴을 비비고는 빠른 걸음으로 서재를 나왔다. 현관 로비로 나가자, 치 주석 그자가 공손하게 인사를 했다.

"술을 마시러 왔다. 사십이 년이 지나서 차 한 잔이면 서운하지 않겠어?"

선임 지도자가 큰소리로 웃으며 말했다. 현관문이 잠기는 사이, 바깥의 나뭇가지에 깃든 새들이 파닥파닥 날갯짓하는 소리가 들렸다.

"옛사람들은 '고향이 가까워지면 정이 더욱 두려워져서 감히 오는 사람에게 묻지 못한다'라고 했는데, 너의 경우는 옛사람 밤에 문으로 들어와 감히 묻지 못하는 건가?"

다정하게 웃으면서 옛 친구였던 둘은 서재로 들어갔다.

"오, 초특급 우롱차군!"

치 주석은 놀라서 자리에서 일어나 허리를 굽히고 보이차에 얼굴을 가까이 댔다.

"역시 피엔첸윤인(중화민국 초기의 유명한 보이차 브랜드) 보이차다. 우와! 이런 보이차를 접하다니 참으로 은혜롭군. 오늘 첸반샨 고목의 진품, 손으로 비비는 차를 볼 수 있다니…."

"갑자기 귀에 거슬리는 말을 하는군."

선임 지도자는 웃으며 고개를 흔들었다.

"송핀이나 홍타이 류의 보이차는 희소하긴 해도 마실 수는 있다. 복원한 제품이나 동칭하오는 귀하지만 운이 좋으면 아직도 찾아볼 수 있다. 하지만 이 첸반샨만은 하늘로 치솟은 산을 헤치고 올라가서 16년 전에 겨우 이 한 조각을 찾았다."

"마시기 아깝겠군."

치 주석은 눈을 가늘게 뜨고 선임 지도자를 보았다.

"설마 오랜 한을 풀지 못해서, 오늘 나를 이렇게 부럽게 만드는 건 아니겠지?"

"점점 더 귀에 거슬리는군."

선임 지도자도 눈을 가늘게 뜨고 웃었다.

"옛날에 우린 고난을 함께 했다. 오늘은 복을 함께하자!"

선임 지도자는 치 주석을 힐끗 쳐다보았다.

"고난을 함께 하기는 쉽다. 하지만 복을 함께 하는 건 여러 가지 해석이 따르지."

치 주석은 그렇게 말하고 고개를 들어 선임 지도자를 쳐다보았다.

"이 차를 혹시 네가 만들어 낸 건 아니겠지? 1951년부터 첸반샨 보이차는 사라져 아무도 이 상표의 차를 본 적이 없다던데."

"이젠 사람의 마음이 옛날처럼 순수하지 않아."

선임 지도자는 짝하고 손뼉을 쳤다.

"자, 깨뜨려 보자!"

그렇게 말하고 그는 차 한 덩이를 집어 가볍게 쪼개서 두 동강을 냈다. 오른손의 반 조각의 한가운데에 찻잎을 굳게 붙여 봉한 누런 종잇조각이 보였다.

"너는 전문가지 않은가? 자, 그 표기를 감정해 주게."

"흠, 이 보이차는 분명히 진품이다. 게다가 이 공장의 표기 글씨체는 정말로 시솽반나(중국 윈난성 최남단에 위치하는 보이차 주산지) 표기다."

선임 지도자는 눈을 실타래처럼 뜨고 웃었다.

"잘 알고 있군. 그러면 이제 맛을 봐야지."

"이렇게나 진귀한 보이차를 왜 빨리 맛보게 해주지 않았나?"

"오래된 차는 마음을 아프게 한다네."

"몇 번인가 기가 막혔을 때 이 차를 마시려고 했지. 그런데 어째서인지 물이 끓으면 그럴 마음이 없어지는 거였어. 생각해 보니 그것은 하늘의 은총이었지, 손아귀에 잡고 있다가 사람과 앙금을 푸는 데 사용해야 한다는 것을 나중에 알았으니까 말이다."

"어떤 앙금일까?"

"너와 나 사이의 앙금!"

"너와 나의 앙금을 푼다고?"

"당교 수업에서 철학 선생님이 하신 말씀 기억나나? 아리스토텔레스는 사람을 두 종류로 나누었다. 한 종류는 우연적인 존재, 다른 한 종류는 필연적인 존재다. 당시 우리는 젊고 경험이 얕아 우연적인 존재였다. 그래서 앙금이 생겨 사십이 년간 한 번도 같이 술을 마시지 않았어. 지금은 둘 다 이순의 나이이고 어느 정도 견문도 넓어졌으니 '필연적인 존재'라고 할 수 있지. 그렇다면 응어리도 풀 수 있지 않을까?"

"좋은 말이군!"

치 주석은 손뼉을 쳤다.

"사별삼일 즉당괄목상대(士別三日 卽當刮目相對, 선비는 헤어지고 나서 3일이 지나면 마땅히 눈을 크게 뜨고 상대해야 한다는 뜻)로군, 오늘 너의 심경과 나를 기다리는 모습을 보니 부끄러워할 필요가 없는 것 같다."

선임 지도자도 웃었다.

"어렸을 때부터 너는 글에 뛰어났고, 나는 몸을 조금 쓰는 졸개에 불과했다. 결박을 풀려고 안간힘을 쓰다 보니 나도 모르게 문인풍이 되어버렸다."

그가 차를 끓이려고 움직였다.

"잠깐만! 이 선경의 차향을 맡아보고 싶다. 이 차가 잠든 지 십여 년이다. 내가 차를 끓이겠다."

치 주석은 두 팔의 소매를 걷어붙였다.

"넌 이야기하는 것으로 충분하다. 벗인 내가 차를 우려내겠다. 진주와 보석의 조합으로 가자. 옥천자노동(玉川子盧소, 당나라의 시인)의 '칠완다가(七碗茶歌, '차 일곱 잔을 마시는 노래'라는 뜻으로, 좋은 차를 마시면 괴로움과 고민을 덜어내고 몸과 마음이 맑아지고 신선과 통할 만큼 변화가 온다는 뜻)'의 시에 대입해 보면, 좋은 차를 일곱 잔 마시면 인생에서 풀리지 않는 응어리가 어디 있겠나."

"좋아, 어렸을 때부터 넌 나의 형이었지. 역시 넌 지금도 마음이 넓다. 오늘 밤 드디어 너와 첸반샨 보이차를 맛볼 수 있게 되었다. 좋은 손님이 찾아오는 시원한 저녁, 소나무의 겨우살이 싹으로 항아리에 담가둔 신선한 차 한 잔을 내놓는 것을 좋아한다."

"오오, 네가 먼저 투차(차 겨루기)를 걸어오다니?"

치 주석은 눈썹을 약간 치켜올렸다.

"좋아, 네가 청나라의 시인 정판교(鄭板橋)를 들고나왔으니, 나는 송나라의 시인 구양수(欧陽修)로 겨루겠다."

치 주석은 책상의 붓 통에서 해서용 작은 붓을 꺼내더니 그것을 거꾸로 들고 쨍쨍 리듬을 붙여 술병을 두드렸다.

"나는 늙어감에 따라 세상에는 흥미가 없어지고, 오로지 차 마시는 것만은 쇠퇴하지 않고 그대로 좋아하네."

시구를 한 자 한 자 읊조리며 치 주석의 눈에 눈물이 글썽거렸다.

"이 구양수 인생의 고통은 우리와는 비교도 안 된다."

선임 지도자의 시 해제는 더욱 치 주석의 마음을 편안하게 했다.

"우리는 은퇴한 사람이지만 일생을 돌이켜보면 결코 이 첸반샨 보이차 맛보다 싱겁지는 않다."

"좋은 차다. 확실히 흔히 볼 수 없는 귀한 차다."

이야기하는 동안 치 주석은 찻잎을 한번 우려내서 한 모금 머금고는 찬탄의 말을 아끼지 않았다.

"그래, 백 년이 넘은 차나무는 세월의 맛이 날 수밖에 없다. 너와 나도 비바람에 수십 년 천지를 놀라게 하고 귀신도 울고 갈 정도로 활약했잖아?"

선임 지도자의 말이 감겼다가 풀리는 것을 보며 치 주석은 한숨을 쉬었다.

"네 말이 옳다. 누가 우리 민족의 오늘날 모습을 상상이나 할 수 있었겠어? 우리가 초원의 큰불에서 벗어나 씩씩하게 땅을 딛고 살 줄 누가 알았겠는가?"

그는 손을 뻗어 검지로 선임 지도자의 가슴팍을 가리켰다.

"나는 네가 말을 타고 칼을 휘두르는 초원의 깡패인 줄 알았다. 그런데 지금은 어떤가? 길지 않은 20년 만에 한 기업을 수십만 위안에서 6조 위안의 자산을 가진 국가의 대들보로 키워냈다. 그것을 모르는 사람은 없다. 자, 이번이 다섯 잔째다. 노동 시인에 의하면 다섯 잔째는 기골이 맑아진다고 했다. 차를 맛보고 영웅을 논하자. 자, 개혁개방 대장군에 온 힘을 쏟아붓자!"

선임 지도자는 탁자를 치고 눈썹을 치켜세우며 일어섰다.

"오로지 대장군의 참된 면목만을 참된 명사로 삼아 스스로 풍류를 안다. 너야말로 국가의 대들보이고 호걸이다. 네가 금융을 장악하고 나서 중국의 금융 감독 체제는 국제적인 궤도에 올랐지. 근래 금융 서비스의 발전은 누구나 다 아는 사실이다."

선임 지도자는 오른손으로 주먹을 만들어 얼굴 앞에서 한 번 또 한 번 휘둘렀다.

"우리 사업가들은 전선에서 돌격하지만, 네가 하는 금융업은 그야말로 시장경제의 핵심이다. 논공행상을 따진다면 넌 국가 발전과 민족 진보의 고수라고 할 수 있어."

치 주석은 들으면서 두 손을 머리 위로 올리고 가볍게 머리를 두 번 두드렸다.

"흠, 너는 오늘 어떻게든 우리 응어리를 풀고 싶은 거구나. 이 바보야, 우선 좋은 차로 그 기분을 느끼게 한 후에 차차 달콤한 말로 마음을 녹이자. 이젠 됐어. 이제 차는 그만 마시자. 나무에 올리는 말을 해도 좋으니, 술로 바꾸자. 진작부터 이 아르군 술을 노렸지."

선임 지도자는 손을 뻗어 찻주전자 뚜껑을 열었다.

"이제 됐어? 이 한 잔만으로도 굉장하다."

"재미있군, 드디어 결점이 나왔구나."

치 주석이 다시 눈을 가늘게 뜨고 웃자 안경 렌즈가 전등 빛을 반사했는데, 그것이 그의 눈빛을 조금 빛나게 했다.

"무슨 뜻이야?"

"무슨 뜻이냐면, 노동의 시 '칠완다가'를 뛰어넘을 수 없다는 거야."

"그에 의하면, 일곱 번째의 차는 '채 마시지도 않았건만 양 겨드랑이에서 맑은 바람이 솔솔 인다'라고 했다."

"잘 알았다."

선임 지도자는 흥분해서 오른손으로 탁상을 쳤다.

"차는 마셨으니 이제 술을 마시자!"

"그래 그러자. 참으로 좋은 차였다."

치 주석은 안경을 벗고 왼손으로 귀를 잡았다.

"내 양 겨드랑이에도 맑은 바람이 솔솔 일고, 마음의 응어리도 한꺼번에 사라졌다. 너의 배려에 감사한 마음이다."

30

"오래된 술은 슬퍼지지 않는다."

선임 지도자가 두 병의 아르군 술을 65식 군용수통(중국 인민해방군이 사용한 수통)에 따르고 있을 때 치 주석은 눈을 들어 벽에 걸린 유화를 유심히 바라보았다. 치 주석의 한탄을 듣고 선임 지도자는 왼손으로 수통을 누르고 오른손으로 병을 든 채 바로 술을 따르려고 했다. 그러나 상대방이 그림을 멍하니 바라보고 있어서 고개를 흔들고 입을 열지 않았다. 그리고 조심스럽게 술 한 병을 수통에 붓고, 또 한 병을 부었다. 한동안 두 사람은 말이 없었다. 술을 따를 때 술병에서 마음속 소리처럼 쪼르륵 쪼르륵

하는 소리만 울렸다.

두 병의 술은 1리터의 군용 물병을 가득 채웠다. 선임 지도자는 테이블에 놓여 있던 두 개의 잔을 들고 오른손으로 수통을 들어 각각의 잔에 술을 반만 차게 부었다. 그 하나를 치 주석 앞으로 밀고 오른손으로 테이블의 음식 덮개를 열었다.

"소고기 조림, 족발과 땅콩이다. 그 시절의 술안주야."

그렇게 말하고 그는 두 손으로 유리잔을 들어 올렸다.

"술도 그 당시 우리가 마셨던 술이다."

치 주석이 술 냄새를 맡는 것을 보고 그가 가볍게 웃었다.

"1947년 합격 통지서를 받고 맨 먼저 이 아르군 술을 몇 병 샀지. 오늘까지 이 술을 보관하고 있는 건 놀라운 일이지."

"친구여, 그야말로 많은 세월이 흘렀다. 자, 건배하자!"

치 주석은 두 손으로 유리잔을 머리보다 높게 올렸는데, 그 잔은 그림 속의 소녀를 향해 있었다. 선임 지도자도 몸을 비틀어 그에 맞춰서 높이 잔을 들었다. 아주 가까워서 잔에 든 술로 소녀의 몸을 감싸고 있는 불꽃을 끄려는 듯 보였다.

"좋아, 세월을 위해 건배!"

오래된 술을 마시자, 선임 지도자의 이마에 땀이 맺혔다. 그는 잔을 놓고 두 손의 소매를 걷어 올리고 다시 수통을 들어 각각의 잔에 반만 차게 따랐다. 그때 치 주석의 시선이 그의 왼손에 닿았다.

"뜨거워졌어, 노동은 대단해, 이 일곱 잔째는 역시 마시면 안 되는 거였어."

치 주석도 소매를 걷어붙였다. 그 후 말없이 왼손을 테이블에 올렸다. 선임 지도자도 눈썹을 힘주어 치켜뜨고 왼손을 테이블에 올려놓았다.

"아무래도 넌 그 상처에 대한 대가를 치르고 있는 것 같구나."

선임 지도자는 눈시울을 붉혔다.

"이렇게 하자. 술을 다 마시고 이 집을 나서기 전에 그 종이칼로 나에게 상처를 내는 거다. 피는 피로 갚는다. 어차피 내가 진 피의 부채다."

"피의 부채는 갚을 수 있다."

치 주석도 눈을 붉혔다.

"그러나 마음의 부채는?"

그렇게 말하고 그는 고개를 들고 왼쪽에서 오른쪽으로 다시 유화를 바라보았다. 눈빛을 오른쪽에서 왼쪽으로 돌렸는데, 시선은 불길 속의 소녀에게서 움직이지 않았다.

"그때 넌 나를 찌른 후, 너 자신을 찌를 수도 있었다. 하지만 그날 네가 찢어버린 그림은 몇십 년을 고생해서 다시 그린다 해도 그걸로 끝나지 않는다. 그것은 그녀의 마음이었어. 너에게 묻겠는데 오늘 나를 부른 건 다시 한번 내 마음에 상처를 주기 위해서였나? 아니면 나와 실력을 겨루고 싶었나?"

"그것은 술이 시켜서 하는 말이다. 그 팔의 상처는 막아버리면 안 보이니까 더는 아프지 않아. 그러나 이 마음의 상처는 피를 흘리지 않는 날이 없었다."

마음속을 털어놓으면서 선임 지도자는 고통스러운 듯 오른손으로 가슴팍을 눌렀다.

"이렇게 매일 아프다."

그는 손을 내리고 일어섰다.

"그렇구나. 네 마음속 응어리는 단단하고 깊구나. 술의 힘을 빌려서라도 이 칼로 내 그림을 모두 찢어버려라."

치 주석의 눈썹이 위로 치켜 올라갔다.

"칼? 그건 네 방식이야. 내 방식은 화필을 쓰는 거다. 중학교 때부터 나는 기름 화필을 쥐고 있었다. 사실을 말하자면, 오늘 만약 차만 마시고 돌아갔다면 어쩌면 내 마음속 응어리는 풀렸을지도 모른다. 그러나 너는 일부러 나를 이 그림의 맞은편에 앉혔다. 친구여, 그것은 정에도 이치에도 맞지 않는다."

"아아, 마음의 응어리가 더욱 단단해졌다니. 어디가 어떻게 잘못됐는지 얘기해 주지 않겠나?"

"우선 이치부터 얘기하자."

치 주석은 일어섰다.

"그 전에, 손에 든 술을 마셔 없애자."

두 사람은 두 손으로 잔을 들어 반쯤 차 있는 술을 뱃속에 쏟아부었다.

"그 이치란 예술상의 이치다. 그녀가 죽고 나서 네가 유화를 배우겠다고 맹세한 것을 나는 잘 알고 있다. 그러나 우리 같은 인간은 경쟁해서 대가가 되려 하지도 않고 작품을 세상에 남기려 하지도 않는다. 왜냐하면 그림은 심경이기 때문이다. 그녀가 '메두사호의 뗏목'을 그렇게 잘 모사했던 것은 그녀가 고통받고 절망했기 때문이다. 너는 그녀가 네가 아니라 나를 사랑했다고 믿고 있지? 그런데 그게 아니었다. 그녀는 이미 사람들의 인간성에 실망했다. 그래서 그녀는 또 '봄의 예수'를 그렸다. 왜냐하면 구원의 길을 찾고 싶었기 때문이었지. 그런 그녀에게 속죄의 열망이 있었기 때문에 그런 그림이 나온 거야."

치 주석은 벽 근처로 가서 고개를 숙이고 '메두사호의 뗏목'을 바라보았다.

"그녀의 그림은 회색이 기조여서 그 심경에 잘 어울린다. 그에 비해 너의 그림은 살찐 것이 마른 것을 억누르고 있는 형상으로, 한 겹 한 겹 덧칠된 느낌이다. 왜냐하면 너는 진정한 화가가 아니기 때문이야. 너는 일심으로 마음속 죄책감을 지우려고 했어. 그녀에게 그림을 돌려주어야 한다는 부채감이 앞설 뿐. 그 결과 이 작품은 그저 구도에 주의를 기울일 뿐 색채를 잊고 있다. 색채 처리가 나쁜 탓에 명암이 너무 강해서 그림이 본질을 벗어나 버렸다. 슬픔은? 죽음은? 둘 다 본질을 벗어났어.”

선임 지도자는 웃으며 오른손을 흔들었다.

“'백단향은 떡잎 때부터 향기롭다(될성부른 나무는 떡잎부터 알아본다)'라는 것은 안다. 너는 소질이 넘쳤어. 그런데 색채에 대해서는 떡잎에 비견해서 다시 한번 설명해 주지 않겠나?”

“'봄의 예수'의 붉은색은 너무 선명하고 예수 얼굴의 회색은 너무 무겁다.”

“이쪽 그림은 어떤가?”

선임 지도자는 불길 속의 소녀를 손가락으로 가리켰다.

“이 그림은… 인물의 경지가 표현되어 있지 않다.”

“무슨 이유로 그렇게 말하지?”

“알고 있나? 테오도르 제리코의 '메두사호의 뗏목'이 낭만주의의 선구에서 대표작이 된 것은 인간의 슬픔과 사람의 운명에 대한 조롱 때문이었다. 이 그림은 화면의 죽은 5명과 살아남은 15명의 명암 대비를 잘 처리해야 한다. 그런데 네 것은 너무 뚜렷이 드러나게 그렸어. 그래서 화면이 혼연일체가 안 되어 있다. 삶과 죽음의 대비는 아주 작은 차이일 뿐이야. 그리고 이 초원의 불길 속 인물은 어떤가? 화면 속 피라미드의 중심에 놓긴 했지만, 시점이 틀렸다. 내려다보는 각도가 너무 낮아. 말 위에서 내려다보는 각도여야 하는데 그 자리에 서는 각도다. 내려다보는 각도가 높으면 사람과 말이 삼각형이 되어, 사람과 말이 쫓긴 상황이 확연하게 드러난다.”

치 주석은 거기까지 말하고 다시 화면을 자세히 들여다보고 반걸음 뒤로 물러나 왼쪽 눈을 감고 오른쪽 눈을 가늘게 떴다.

"그리고 넌 아직 공기 투시법을 몰라. 여기를 봐, 인물 뒤의 초원 처리가 너무 명확하잖아. 만약 빛을 좀 더 모호하게 하고 색채를 좀 더 몽롱하게 해서 윤곽을 흐리게 했다면 인물의 죽음으로 향하는 표정이 더 선명해졌을 것이다."

말을 마치자, 치 주석은 두 손으로 잔을 들고 선임 지도자를 바라보며 술을 마셨다. 선임 지도자도 희미하게 웃으며 한 모금 마셨다.

"너의 비평은 훌륭하다. 계속해서 정(情)적인 면을 이야기해 주지 않겠나? 너의 비평이 끝나면, 너의 학생으로서 나한테도 예술에 대한 나의 마음가짐을 말할 기회를 주기 바란다."

"그렇게 하지."

치 주석은 이번에는 왼손으로 불길 속의 소녀를 가리켰다.

"그녀를 괴롭힌 가장 큰 고통은 그 시대의 아픔이었어. 단지 그녀는 몸에 소의 날카로운 뿔이 박혀 움직일 수 없게 되었다. 그녀는 러시아 정교를 믿었다. 러시아 정교가 설파하는 것은 인류 전체의 구제다. 그렇기에 그녀는 '메두사호의 뗏목'과 '봄의 예수'를 모사하는 작업을 그리도 중시했던 거다. 그녀의 고민이 점점 깊어진 큰 원인이 바로 그 점이었다고 나는 생각해. 왜냐하면 그럴 경우, 어떻게 하면 선생님의 죽음에 속죄할 수 있을지 알 수 없게 된다. 그녀는 자신의 열반도를 다 그리고 나면 그녀에게 생명은 아무런 의미가 없기 때문이야."

"그래, 그녀는 견딜 수 없을 만큼 괴로워했다."

선임 지도자도 불길 속의 소녀를 바라보았다.

"너의 말은, 나는 그녀를 위해 그리고, 그녀는 신을 위해 그렸다는 건가?"

"맞다. 그 말이 맞아!"

치 주석은 크게 소리 내어 그를 칭찬했다.

"네가 이렇게 오래 그림을 그릴 줄은 몰랐다. 그러나 그림 그리는 기법은 진보했을지 모르지만, 신과의 대화는 아무나 할 수 있는 게 아니다."

"오늘은 너에게 오래된 귀한 차와 술을 맛보게 했는데, 차로 나를 해치고 술로 나를 매도하다니? 앙금을 풀기는커녕, 내가 널 괴롭히려 했다고 말하고 싶은 건가?"

"이제 됐다. 나는 여기에 와서 네가 무슨 말을 하고 싶은 건지 알았다. 이제 됐으니 내 비평에 응답해라."

선임 지도자는 또 두 개의 잔에 술을 따랐다. 절반만 따르고 나서 수통을 흔들어 남은 술을 술잔이 찰랑거리게 다 따랐다. 술이 술잔 안에서 흔들리는 것을 보다가 고개를 들었다.

"앉아서 고기를 먹으면서 천천히 마시자. 이 술은 그럴만한 술이다."

치 주석은 돌아와서 앉았고, 두 사람은 술잔을 들고 단숨에 한 입을 털어 넣었다. 치 주석이 오른손을 뻗어 땅콩을 집었을 때 선임 지도자가 입을 열었다.

"그림의 기법을 논하자면 넌 전문가지만, 너의 생각을 너무 덮어씌웠다."

선임 지도자는 그렇게 말하면서 다시 일어섰다.

"'메두사호의 뗏목'은 구도가 복잡하기 짝이 없다. 대각선, 교차 선 그리고 서로 겹치는 형체가 형태를 만들며 화면의 생동감과 격정을 드러낸다. 이 그림의 긴장감을 돌출시키기 위해 나는 주로 회색으로 명암 대비를 조절했다. 자 이걸 보게."

그는 오른손으로 화면 속 하늘을 가리켰다.

"이 뗏목 위의 구름과 그것이 만드는 음영은 중간 회색과 짙은 회색의 그러데이션(화면 등의 농담도)을 이용했어. 돛 그림자 아래의 네 명과 뗏목 위의 사망자는 중간 회색과 짙은 회색이야. 그게 아니라고 아무도 말할 수 없다. 넌 너만의 삶의 방식이 있고, 나는 나만의 죽음의 방식이 있다. 삶과 죽음은 뚜렷하게 나눌 수 있는 게 아니지."

"호오, 술을 마시더니 다시 나를 파헤치기 시작하는군. 좋아, 계속해 봐."

치 주석은 오른손으로 술잔을 들고 호로록 소리를 내며 다시 단숨에 마셨다.

"'봄의 예수'의 붉은색은 탕카(티베트 회화, 천이나 족자 같은 큰 두루마리에 부처나 불교의 보살, 성현, 불교 경전의 일화를 그려 벽이나 주요 전각에 봉안해 두는 불화) 안료의 주사를 사용했다. 표현하고 싶었던 것은 신의 고귀함과 신비다. 그녀를 그리는 데는 티베트 고원의 꼭두서니즙을 이용해 초원의 녹음을 강화했다. 그 결과 세부적인 처리는 잘했지만, 공기 투시를 고려하지 않았다. 인물을 둘러싼 불길이 이렇게 밝은 것은 주자석으로 화염의 땅 색깔을 드러냈기 때문이다. 그날의 화재는 기이했다. 어쩌면 신의 불이었을지도 모른다. 그래서 색채 위에 불꽃을 돌출시켜야 했다."

세 장의 작품을 올려다보며 선임 지도자는 치 주석에게 얼굴을 돌렸다.

"어때? 정과 이치에 대해 모두 충분히 설명했는데."

"오오, 그렇게 연구했을지 몰랐다. 교묘하게 서투른 부분을 지적하며, 이치를 가지고 정을 설파하는군."

"그렇기도 하고, 안 그렇기도 하다."

선임 지도자는 웃었다.

"그렇다고 말하는 것은, 그림을 그리고 나서 그것을 바라보면서 마음의 응어리를 풀었기 때문이야. 화법에 학문적 논리가 결합 되지 않아도 좋았을 것 같다. 뭔가를 하려면 새로운 맛과 돌파가 없으면 안 되기 때문이다. 너와 내가 다른 것은, 나는 신기함을 찾는 데 있다. 즉 새롭고 기묘함을 추구한다. 너와 내가 걸어온 길은 보통 사람들과는 다르다. 이야기는 가슴속 아픔을 뚫고 나와 불에 기름을 부어서 구워내지 않고는 할 수 없다."

"그렇다면 나는 풍취도 풀어놓지 않았고, 진보도 요구하지 않았다는 얘기군."

"이봐, 다시 이야기를 옆길로 끌고 가지 마."

선임 지도자는 손을 뻗어 잔을 들고 한 모금 마셨다.

"아까 너는 테오도르 제리코가 낭만주의 회화의 선구자라고 했는데, 무엇과 비교해서 얘기한 거지? 그것은 신고전주의 회화와 크게 다르지 않다. 신고전주의 회화가 중시한 것은 데생이었고, 가벼워진 것은 색채였다. 제리코는 진정으로 색채의 관계를 중시했다. 자, 여길 봐."

그는 돌아서서 오른손으로 '메두사호의 뗏목'을 가리켰다.

"그가 그린 원작은 청록색을 띤 회갈색으로 화면을 통일했다. 그 색채가 그림의 비극적 분위기와 일치한다고 여겼기 때문일 것이다. 그러나 나는 티베트 회화 탕카 안료의 감색으로 색을 조절했다. 회색을 더 중후하게 만들면 비극적인 느낌이 더해진다고 생각했다."

"확실히 이치는 있다."

치 주석은 고개를 끄덕였다.

"우리들의 이 여자 친구는 하늘나라로 갔으니 이 불길은 밝아야 한다. 그래서 나는 시점을 조금 낮췄다. 그래야 화염에 휩싸이지 않고 그것을 투시할 수 있기 때문이다."

"아아, 이제 됐어. 더 얘기하면 마음이 부스러질 것 같다."

그렇게 말하며 치 주석은 허리를 굽혀 실내 슬리퍼와 양말을 벗었다. 그리고, 다리를 조금 들어 테이블에 올려놓았다.

"봤지? 이 발은 엄지손가락 외에 다른 네 개가 없어졌다."

그는 고개를 들어 소녀 주위의 불길을 보고, 테이블 위의 오른쪽 다리를 보았다.

"그날 말을 타고 그녀를 구하러 갔다. 말이 미끄러져 넘어진다고는 아무도 생각하지 않았다. 불룩한 정강이를 부러뜨린 것은 그렇다 치고 나는 말에 깔렸다. 불이 말의 배를 태우고, 내 말의 발굽에 끼운 편자까지 다 태웠다."

"내 그림을 봐."

선임 지도자도 얼굴이 붉어진 채 고개를 조금 숙이고 왼쪽 다리 슬리퍼와 양말을 벗었다. 그리고 쿵 소리를 내며 테이블에 발을 올렸다.

"여기를 봐. 너보다 하나 적지만 세 개가 없어졌다. 그뿐 아니라 엄지도 없어졌다."

그는 얼굴을 붉게 물들이며 잔을 가슴 앞으로 가져와 한 입을 마신 후 맛을 확인했다. 그리고 눈을 감았다가 다시 떴다.

"그날의 불은 참으로 기묘했다. 몇십 년이 지났지만, 그 불은 우리 셋을 향해 타올랐다고 생각한다. 수백 헥타르의 초원에서 불탄 곳만 모두 원을 그린 것 같았다. 바람은 동쪽에서 서쪽으로 불었는데 한가운데에서 우리 주위를 맴돌고 있었다. 나는 이곳저곳 그녀를 찾아다녔다. 하필이면 큰바람이 불어와 불길이 내 쪽으로 다가오고 있었다. 불이 옮겨붙기 직전에 나는 말과 함께 필사적으로 풀을 헤치고 얼굴을 묻었다. 다행히 목숨은 건졌지만, 이 다리는 화상을 입어 짐승의 발처럼 일그러졌다. 최근까지도 깊은 밤에 자주 불에 타오르는 꿈을 꾼다. 눈을 뜨면 이 다리를 본다. 이걸로 속죄했을까? 이걸로 빚을 갚았을까 생각한다."

"아아, 생각만 해도 끔찍하다. 그 시대를 살았던 우리 세대는 누구나 정신적 불치의 병에 걸린 장애인이다. 남들은 스무 살 무렵을 떠올리면 청춘이었겠지, 꿈같은 시절이었다고 말한다. 나는 스무 살 무렵을 생각하면 가장 먼저 큰 죄를 지었다는 생각이 들곤 해. 지난 몇십 년 동안 계속 마음이 아팠다."

치 주석은 강하게 고개를 흔들었다.

"그래. 너와 내가 몸도 마음도 아프지 않은 날이 없었다는 것을 누가 알까?"

선임 지도자는 고개를 떨구고 불길 속의 소녀를 가리켰다.

"그녀는 우리보다 깨달음이 빨라서 기꺼이 하늘나라로 갔다. 지금은 천국의 딸이 되어 있을 것이다. 우리는 어떤가? 신체장애는 다른 사람에게 보여줄 수 없어. 마음의 상처도 말하고 싶지 않다. 이렇게 오랜 세월 고통받으며 평생 피곤하게 살았다. 나이가 들면 너와 나밖에는 서로 불쌍하다고 여길 사람이 없다. 서로를 구원해 나가자."

치 주석은 무겁게 고개를 끄덕였다.

"네 말이 맞아. 우리는 어릴 때부터 한 이불을 덮고 잤고, 같은 젓가락을 사용했다. 같은 날 홍위병 완장을 찼고, 같은 날 유치장에 들어갔다. 초원에 가서도 같은 술을 마셨고, 같은 노래를 불렀다. 먼저고 나중이고 우리가 구하려 한 소녀도 같은 사람이었다. 마음의 상흔까지도 똑같이 생겼고 똑같이 깊다. 그걸 어찌 잊겠는가?"

그가 고개를 들어 세 장의 그림을 차례로 돌아보았다.

"게다가 너도 합류했지만, 지난 수십 년 동안 죽은 사람이나 살아 있는 우리나 유령처럼 같은 그림을 계속 그렸다. 이 세상에서 우리 말고 어디에서 이런 인연을 찾을 수 있을까? 우리 이야기를 해 봤자 믿을 자가 있기나 할까? 분명 사람들은 아라비안나이트처럼 꾸며낸 얘기라고 생각할 것이다. 그게 당연하다."

"그렇다. 우리 같이 노래 부르자! 그 무렵 우리는 형제였으니까!"

선임 지도자는 술에 취해 벌떡 일어나 테이블에서 젓가락을 잡더니 다시 의자에 주저앉았다. 치 주석은 술이 올라 얼굴이 호박처럼 붉어져 있었다. 그도 일어나 젓가락을 잡고 손에 들고 있던 술잔을 두드리며 두 사람은 노래를 부르기 시작했다.

"얼음과 눈이 볼가강을 뒤덮고 얼음 위를 삼두마차가…."

선임 지도자는 테너로 높게 치 주석은 바리톤으로 낮게 불렀다. 목소리는 억눌려 있었지만 슬픔은 방안을 가득 채웠다. 노래를 부르면서 둘 다 눈에 눈물이 맺혔다. 노래가 끝났을 때, 두 사람은 서로를 바라보았다. 치 주석이 불길 속 소녀에게 눈길을 돌리자, 선임 지도자도 시선을 올려서 쳐다보았다. 그리고 잔을 부딪친 후, 두 사람은 다시 노래를 부르기 시작했다.

"들판의 개울가에 붉은 장미 피어나네! 예쁜 아가씨야, 내가 영혼을 바쳐 사랑한…."

노래가 끝나고, 두 사람은 양손으로 유리잔을 들어 단숨에 입에 털어 넣었다. 술잔을 놓고 자신과 상대의 다리를 번갈아 보았다. 그리고 두 사람은 약속이나 한 듯이 얼굴을 감싸고 격렬하게 울기 시작했다. 그들은 이미 만취해 있었다.

갑자기 응접실 유선전화 벨이 요란하게 울렸다. 술에 취해 몽롱해져 있던 두 사람은 한꺼번에 의식이 돌아왔고, 치 주석은 손목시계를 보았다.

"어! 아홉 시 반이다. 이렇게 늦은 밤에 걸려 온 전화는 얼른 받아야지."

31

전화가 끝나고 서재로 돌아오자, 선임 지도자의 얼굴이 굳어 있었다. 치 주석은 그것을 보고는 안경을 벗고 귀를 쥐었다.

"흥이 깨질 일인가?"

"너란 놈은!"

선임 지도자는 치열 사이로 짜내듯이 말했다.

"어서 말해봐!"

치 주석도 차갑게 원래의 모습으로 돌아와서 채근했다. 치 주석의 관리 같은 말투를 듣자, 선임 지도자는 팔짱을 꼈다.

"시 부구청장의 전화였다. 시의 공작 그룹이 내일 오전 곧바로 동방몽도 사찰에 들어간다고 한다. 총책임자는 당신의 전 비서이고, 지금의 시 정부 부비서장이다. 명령에 따라 파견되기 때문에 태도가 강경하다고 한다."

"시 부구청장?"

치 주석은 눈을 들어 선임 지도자를 바라보았다.

"그는 지구위원회 서기로부터 정직을 당한 게 아니었어?"

"지구위원회 서기?"

선임 지도자는 풋 하고 웃었다.

"네가 지목한 거 아닌가?"

"무슨 소리야? 나는 퇴직한 사람이다."

"퇴직했어도 여기저기 네 제자 천지다."

"너나 나나 관공서에 있던 사람인데, 왜 너는 사람이 떠날 때도, 차도 식어 간다는 도리를 모르는 거냐?"

"너는 달라. 예를 들어 너는 시의 재개발을 위해 천억의 자금을 융통할 수 있었다. 그런 거액의 돈에 은혜를 입지 않은 놈이 어디 있어."

치 주석은 그를 보고 고개를 흔들며 웃었다.

"좋아! 내 손과 눈이 하늘과 통해서 비바람을 부를 수 있다고 치자. 그런데 왜 그것이 너를 향해 갔을까?"

물음표를 던지면서 그의 얼굴은 다시 어두워졌다.

"요컨대 네 말대로라면 우리는 지금 막 화해했는데, 다시 새로 원한을 샀다는 건가?"

그는 손바닥을 펴고 오른손으로 왼쪽 손의 손금에 대고 덧그리면서 혼잣말했다.

"어제부터 오늘까지 그 프로젝트로 땅이 뒤집히는 소동이 벌어졌는데 공작 그룹이 오는 걸 이제야 알았다는 건가? 네가 한 짓은 술의 힘을 빌린 연극이었다. 이 관문까지 와서 너는 드디어 냄비 뚜껑을 열었다."

"그 말은 정확하다. 핵심을 짚었다."

선임 지도자의 눈빛이 냉혹해졌다.

"너와 나는 모두 관료계의 배우였으니 못하는 연기가 없다. 그러나 오늘의 연극은 진실하다. 네가 말하는 새로운 원한은 다음으로 미루자. 사실대로 말하면, 오늘은 우선 너와 나의 오랜 응어리를 풀자. 그런 다음 근래 몇 년간의 응어리를 논의하려고 생각했다."

그는 이번에는 창밖을 보았다.

"오늘은 정말 연극이 아니다. 체면과 존엄성의 문제다."

"오늘은 차에서 술, 그림에서 사람에 이르기까지의 이야기했다. 삶이든 죽음이든 이것저것 종횡무진으로 말한 것은, 형제간의 우의와 친구간의 우정에 대한 모든 옛일은 고사성어로 이어지는 이야기와 같은 종류라고 생각했기 때문이다. 그런데 너는 더 큰 원한을 품고 있었다니!"

치 주석의 얼굴이 더욱 굳어졌다.

"너의 원한이 어디서 왔을까?"

"동방몽도다."

"좋아, 말 잘했다."

치 주석은 두 손으로 쾅 소리가 나게 테이블을 내려쳤다.

"그래서 동방몽도는 너와 나 사이에 어떤 관계가 있는 거지?"

"시치미 떼지 마!"

선임 지도자도 테이블을 내려쳤다.

"5년 전 내 아들 이빙이 미국에서 돌아올 때 해외 부동산펀드를 갖고 왔다. 마침 그 프로젝트를 조사하고 연구하고 있는 단계였으므로 시나구가 그것을 추진하리라 생각했다. 그래서 나는 최대한 아이를 밀어주었다. 이빙은 자신의 펀드로 거기에 십억 위안을 투자했다. 그런데 이게 무슨 꿍꿍이인지, 첫 삽을 뜰 때 네 딸의 신탁 펀드가 몰래 들어왔다. 20억으로 그 프로젝트를 슬그머니 가져가려고 했지. 자식들은 둘 다 이제 나이가 찼다. 나는 그 애들의 결혼 자금이라고 생각하고 참기로 했어. 그런데 그 1기가 끝나가려 하자 너는 공작 그룹을 시켜 내 아들 회사를 문책하도록 만들었지."

그는 또 가볍지도 무겁지도 않고 테이블을 두드렸다.

"나의 운전사와 비서는 부구청장과 지점장이 되어 담도 크고 욕심도 한층 심해졌다. 그들을 쫓아내면 이 프로젝트는 네 것이 되어 버린다. 그건 너무하잖아?"

말을 마치자, 선임 지도자는 몸에서 한꺼번에 힘이 다 빠져나간 듯, 허리가 굽고 몸이 둥글어 보였다. 고개를 숙이자, 눈물 두 줄기가 테이블에 떨어졌다. 치 주석은 금방은 입을 열지 않고 탁자의 티슈를 뽑아 몸을 앞으로 숙여 선임 지도자의 손에 넘겨주었다. 그리고 테이블 너머로 선임 지도자의 왼손을 잡았다.

"방금 우린 서로 돕자고 말하지 않았나? 왜 말을 했는데도 마음을 내려놓지 못하지? 우선 나는 네 말을 정정한다. 이 프로젝트에서 내가 진력했던 노력과 힘은 결코 너에게 뒤지지 않아. 네가 구의 차원에서 일한 것은 분명 중요했어. '강한 용은 땅 위의 뱀을 압박하지 않는다'라고 하지만, 결국 용은 용이다. 이렇게 큰 프로젝트는 시작부터 계획 조정까지, 물론 모든 부문이 시 주관에서 벗어나지 못한다. 너는 너의 길을 가라. 나는 나의 큰길을 갈 거야. 둘 다 빼놓을 수 없다. 너는 지역의 발전을 위해서, 또한 아들에게 기회를 주기 위해서. 나도 마찬가지로 내 딸 팅팅 신탁회사의 운영 책임을 지고 실적을 올려야 한다."

선임 지도자의 표정이 조금 온화해졌고 고개를 가볍게 끄덕였다.

"확실히 둘 다 아이들을 위한 것이고, 지역에도 나쁘지 않다. 하지만 넌 아직 공작 그룹에 대해서는 말하지 않았다."

"공작 그룹을 못 오게 할 수는 없을까?"

치 주석의 표정이 무거워졌다.

"어제 수백 명이 몰려와 국가자산관리위원회 문을 막았어. 그래서 위원이 시에 전화를 걸어와 불평하더군. 게다가 오늘 오전에 살인사건이 일어났다. 그것도 경찰서 간부가 죽었지. 너와 나는 조직의 키를 잡고 전체를 흔들어 본 적이 있는 사람들이야. 시에서는 뭔가 조치할 것이다. 그렇지 않고는 끝나지 않는다."

치 주석은 선임 지도자를 보고 다시 그의 손을 쥐었다.

"넌 사람을 잘못 골랐어. 그들의 불법 행위가 적지 않거든. 그 패거리가 허베이의 어느 현에서 여자애들과 추잡하게 즐겼다는 것을 알고 있나?"

선임 지도자는 대답하지 않고 말없이 고개만 끄덕였다. 그를 보면서 치 주석은 오른손 집게손가락으로 테이블을 쳤다.

"그 잉푸란 자는 부하들과 죽느냐 사느냐 하는 피비린내 나는 싸움을 했어. 민간 기업은 결국 분열을 피할 수 없다. 아무래도 그게 살인사건의 뿌리였던 것 같아."

"아아, 사람의 마음이 옛날 같지 않구나."

선임 지도자는 고개를 돌리고 한숨을 쉬었다. 치 주석은 테이블을 짚고 일어섰다.

"아아, 누가 나를 친동생 같은 너와 엮었을까? 수십 년 동안 고생하고 고통을 받았는데 이제 또 네 밑을 닦는 처지라니…."

그는 한숨을 쉬고 오른손을 들어 눈을 덮었다.

"너는 나만큼은 남에게 너그럽지 못했고 항상 소인의 마음으로 군자의 속마음을 읽었어. 생각해 봐. 넌 10년 전 무작정 돌진해서 해외의 한 프로젝트로 유명해졌지. 그런데 한순간에 잘 나가던 일이 막히자, 나에게 부탁해 왔고 나는 너를 위해 삼십억 위안의 대출을 허락해 주며 어떻게든 도와주었다. 만약에 당시 네가 내 지위였다면 십중팔구 너는 그 책임을 지지 않았을 것이다. 그렇지만 난 이번에도 너를 도와줄 것이다. 지금 너의 응접실 전화로 이야기해 보겠다. 그들이 내 체면을 살려준다면 며칠 더 공작 그룹의 파견을 늦춰줄 것이다. 대체 누가 우리를 끊으려 해도 끊을 수 없는 형제 같은 친구로 만들었단 말인가!"

"게다가 우리 두 아이의 30억도 프로젝트 안에 들어 있으니까…."

선임 지도자는 미소를 지으며 그렇게 덧붙였다. 그 통화는 30분 가까이 계속되었다. 치 주석은 테이블 앞으로 돌아와 유리잔을 손에 들었다.

"자, 우선 건배하자! 공작 그룹은 내일 오지 않게 되었다."

"네 위엄이 아직도 그대로구나. 이 문제도 네가 얘기하면 해결될 줄 알긴 했지만."

"무슨 뜻이야?"

치 주석은 표정을 바꿔 고개를 흔들며 말했다.

"이것은 당의 규율과 국법에 관련된 일이다. 나는 간섭할 수가 없다."

"그렇다면 어떻게 위력을 드러냈지?"

"위력? 간단한 일이다."

치 주석은 취기가 도는지 트림을 한 번 했다.

"한 가지 일을 생각했을 뿐이다. 시가지 개조 자금!"

"오, 그거 꽤 괜찮은 생각이었다. 제대로 찔렀다."

"그래, 나는 전 비서에게 말했어. 지금 당 중앙은 한층 반부패 투쟁에 주력하고 있다. 누가 그 바람을 거슬러 죄를 짓고, 흔적을 남기지 않는 짓을 할 수 있겠는가? 회계 감사는 내버려 두었다가 나중에 하면 돼. 천억의 시가지 개조 자금을 손에 넣는 것이 선결이다. 2백억을 구(區)에 쓰겠다는 것은 잊어라. 구의 시가지 개조에서 중요한 부분을 차지하는 동방몽도 프로젝트에 쓰는 거다. 작은 것을 참으면 오히려 큰 모의를 무너뜨릴 수 있어. 열쇠는 바로 내가 말한 내용이야. 그것은 시로서도 구로서도 중요한 공사거든. 일어난 일이 분명치 않고 살인사건도 단서가 없으면 걸음의 보조가 흐트러진다. 그렇게 되면 서기와 시장의 얼굴이 어떻게 될까?"

고개를 조금 흔들며 손바닥을 내려다보았다.

"그 비서가 내 의견을 묻기에, 지도자에게 내가 말한 건의 사항을 전하라고 했어. 이를테면 '원만해진다는 건 즉 둥글게 된다는 것이다.' 여하튼 빨리 그 프로젝트 1기를 끝내고, 2기가 시작되면 그때 일망타진하면 된다고 했다."

"멋지다! 넌 역시 나의 형이다. 정치를 논하고 대국을 생각하다니. 오늘 밤은 편히 잘 수 있을 것 같다."

"내일 넌 말려들어선 안 돼. 바로 그것이 대사건의 근원이었다고 생각한다."

"아무리 사부라 해도 문을 들어갈 때는 고개를 숙인다. 그러므로 수행은 각자 알아서 계속하는 것이다."

"실은 나쁜 게 아니다. 프로젝트가 그들에게는 엉망진창이 되었으니, 놈들을 모조리 없애버리면 우리 자식들의 투자가 더 안전해지지 않을까?"

"안전해진다고?"

치 주석의 얼굴이 굳어졌다.

"너의 그 잉푸는 암도진창(暗渡陳倉, 사기[史記]에 나오는 고사성어로, 은밀하게 진창을 건너가다 뜻)이다. 밝을 때 벼랑의 잔도를 수리하고 어두울 때 진창을 건너는 길을 택했다.

"그게 무슨 소리야?"

"넌 정말로 그 옛날의 이야기와 똑같다. 외나무다리에서 적을 만나면 용기 있는 자가 이긴다. 너는 평생 그 용기 있는 자의 모자를 벗지 않았어. 하지만 나는 그 뒤의 구절이 더 재미있다. '외나무다리에서 용기 있는 자를 만나면 지혜로운 자가 이긴다.'"

"그 말을 이해한다. 그렇지 않았다면 너는 언제나 나에게 졌을 것이다."

"아니다. 형제간의 높고 낮음을 말하는 게 아니다. 나는 너보다 좀 더 세심하고, 깊이 생각하고, 잘 견디고, 마음을 잘 가라앉히는 것뿐이다. 그 잉푸가 나라를 등에 업고 중앙직속기업과 일 년 정도 밀담하고 있다는 건 알고 있지?"

"그자는 뭘 하려는 걸까?"

"기업의 주식 권리를 상대에게 팔아 돈을 쥐면 우리를 다 쫓아내려는 계획이야."

"쫓아낸다고? 그자가 미쳤나? 만약 단 한 해의 수익만으로 우리가 물러난다면, 너와 나는 그저 일만 해주고 끝나는 거 아냐? 자식들에게 용돈 좀 벌어준 것뿐이고."

"그자는 미친 게 아니야. 그는 관료 출신이라 죽느냐 사느냐 사활이 걸린 사업에서도 우물쭈물 뭉개면서 꽤 조심스럽게 진행했지. 지금 그는 이미 항아리에 담긴 문어와 같아. 네가 조금만 건드려도 몸을 움츠리고 보이지 않게 될 것이다. 네가 맘 놓고 한숨 자고 나면 이번엔 널 옭아매겠지."

치 주석은 선임 지도자를 보고 고개를 흔들었다.

"너는 그를 잘 감시해야 한다. 그가 만약 두 달을 숨어 지낸다면 1기는 순조롭게 끝나고 우리는 원래대로 사업을 해나갈 수 있다."

선임 지도자는 이를 악물었다.

"어쩐지! 누군가가 그를 죽이려고 했던 이유이군. 놈이 죽어 없어진다면 우리 일은 훨씬 쉬워지지."

그는 다시 치 주석을 향해 고개를 끄덕였다.

"알았어. 그 일은 나에게 맡겨. 지금 누구의 천하인가? 도망칠 수 있을 것 같아?"

죽음이라는 말에 치 주석은 움찔했다. 눈에는 날카로운 빛이 감돌았다.

"말도 안 되는 소리 하지 마. 세상은 변했어. 변화라는 요괴가 활개치는 추세야. 옛날에 거리에서 깡패나 부랑배들을 쫓아다녔던 시절은 이제 오지 않아."

그는 두 손을 꽉 쥐고 테이블을 내려친 후, 불길 속 소녀를 올려다보았다.

"형님 같은 친구여! 이 게임의 규칙은 우리가 정했다. 이 카드도 우리가 나눠줬어. 그러므로 이제 우리의 게임은 우리가 즐긴다. 우리의 카드는 우리가 섞는다. 절대로 너와 나 형제끼리 싸워서 남에게 손과 발이 묶이는 짓은 하지 말고 이렇게 하자. 이제 나는 그들과 싸울 테니, 너와 협력해서 프로젝트의 1기 정산을 하고 2기를 가져오자. 팅팅이 많은 출자를 했으므로 그녀가 주식의 권리를 쥐고, 이빙이 그것을 도와주는 걸로 하자. 고기는 익어서 냄비 바닥에 있다. 무슨 일이 있어도 남에게 익은 복숭아 열매를 따 먹게 해서는 안 된다."

"좋다! 고맙다. 넌 도량도 있고 정의도 있고 무엇보다 공평하다."

치 주석은 큰소리로 웃었다.

"국면은 네가 콘트롤하고, 나는 너를 뒤에서 돕겠다. 돈은 60억 위안이 필요하니 네가 이십억, 내가 사십억 조달하는 걸로 하자. 자금에 비례한 수치로 주식을 나눠 갖기로 하자. 우리 자식들에게 일이 있으면 우리도 안심하고 늙어갈 수 있다."

그는 눈을 크게 뜨고 오른손으로 이마를 두드렸다.

"이 일을 제대로 완수하려면 잉푸를 따라잡아야 한다. 그자를 현실과 직면하게 만들어야 한다. 살해당하기 싫으면 물러나야 한다는 것을 알려줘야 한다. 너는 그자에게 적당히 하라고 말해줘. 그 정도의 부는 그자 같은 출신에겐 재앙의 근원이다. 독차지하다가는 명을 재촉한다는 것을 말이야."

"서둘러야 한다."

선임 지도자는 고개를 끄덕였다.

"열이 남아 있을 때 처리해야 해. 그렇지 않으면 열을 송두리째 잃는다."

그는 테이블 너머로 손을 내밀어 치 주석의 손을 잡았다.

"나는 내일 잉푸 놈과 이야기할 약속을 잡겠다. 적당히 해서 목숨의 위협에도 노출되지 말고 눈물도 흘리지 말고, 무엇보다도 죽지 말라고 경고할 것이다. 안심해, 그가 출국하지 못하도록 어제 다 막아 놓았다. 집을 출입하는 것도 감시하고 있다. 그의 일거일동을 모두 장악하고 있다. 죽을 것인가 아니면 투항할 것인가, 놈은 이미 궁지에 몰려 있다."

다시 손을 뻗어 양손으로 치 주석의 손을 힘주어 잡고 위아래로 흔들었다.

"우리는 그에게 이미 분명히 말했다. 그래도 권유를 받아들이지 않는다면, 잘해야 프로젝트가 탈락하는 날까지만 놈의 목숨이 붙어 있을 것이다. 그날은 놈이 저승 가는 날이다. 네가 중앙직속기업에도 한 번 인사해 줬으면 좋겠다. 놈이 합작할 만한 문을 다 막아버리자."

그는 다시 치 주석의 손을 잡고 세차게 흔들었다.

"지금은 시급을 다툰다. 일분일초라도 빨리 서두르자!"

"아무리 일을 서두른다 해도 잠은 잘 자야 한다. 우선 잠부터 잘 자두자. 내일은 조금 일찍 일어나 너를 위해 일할 것이다."

그는 바지 주머니에서 편지를 두 통 꺼냈다. 한 통은 몹시 낡아서 흰 종이 색깔이 누렇게 변색해 있었다. 다른 한 통은 새것이었고 관공서 공문서 봉투처럼 보였다.

"이 두 통의 편지는 42년 전, 네가 읽기를 바라고 그녀가 나에게 맡겨두었다. 곁에 두고 읽었으면 좋겠다. 네가 읽고 나면 나도 지난 수십 년 동안 짊어졌던 짐을 내려놓을 수 있을 것 같다. 마음속의 응어리도 풀릴 것이다."

서재를 나서려고 할 때 치 주석은 다시 돌아보고 가만히 불길 속의 소녀를 바라보았다. 이제 자신은 그녀를 위한 임무를 마침내 완수했다고 말하는 듯 보였다. 선임 지도자도 치 주석의 시선에 이끌려 소녀를 보았을 때 소녀는 뜨거운 불꽃 속에서 위로 차가운 미소를 짓는 것처럼 느껴졌다.

32

2013. 03. 20. 자정 12시

'한밤중 은하에 검은 구름이 떠다니는 것을 흑저의 도하라 부르고, 그것은 비가 올 징조다.'

치 주석이 밖으로 나왔을 때는 12시가 다 되었다. 그는 입구에서 자신을 배웅하는 선임 지도자에게 두 손을 모아 가슴에 올리고 공수의 절을 했다. 선임 지도자도 공수의 절로 답을 했으나 얼굴에는 미소가 사라졌다.

치 주석이 멀어져가는 것을 보면서 그는 팔짱을 꼈다. 고개를 들자, 머리 위로 은하수가 흐르고 있었고, 그곳에 검은 비단을 걸쳐 놓은 것처럼 펼쳐져 있었다. 은하는 곳에 따라 두껍기도 하고 엷기도 했고 짙기도 하고 연하기도 했다.

'신기하다. 사십이 년이 지난 오늘 밤, 어째서 이 위도에서 이 계절에 이 현상을 다시 보게 된 것일까? 설마, 정말 노안이라도 온 것일까?'

선임 지도자는 의아스러웠다. 초원에서 말을 방목하던 8년 동안, 매일 밤 날씨를 예상하곤 했다. 기상학에서는 이 현상을 '흑저의 도하'라고 하며, 검은 돼지가 강을 건넌다는 뜻으로, 한밤중에 은하 속에 검은 구름이 떠다니는 것을 그렇게 불렀다. 그때 선임 지도자는 그녀와 달빛 아래에서 말 떼의 당번 순서를 기다리고 있었다. 그는 언뜻 하늘을 올려다보고 한밤중이 지나면 비가 올 것이라고 말했다. 그녀는 그 말을 믿지 않았지만, 새벽이 되자 실제로 세차지도 않고 약하지도 않은 비가 내렸다. 그녀는 굉장하다고 말했다. 그는 당나라 때의 문인 장작(張鷟)이 남긴 천문 기상의 기록인 '조야첨재(朝野僉載)'에 나오는 말이라고 진지하게 했었다.

지금까지도 선임 지도자는 그날 빗속에서 본 그녀의 고뇌하는 아름다움을 잊지 않고 있다. 마침 은하의 검은 돼지는 숲 쪽으로 떠나고 달이 밝아왔다. 달이 빛나자 그녀의 눈에 별처럼 빛나며 반짝이는 것이 보였다. 그녀가 눈을 감자 긴 속눈썹이 도드라졌고 반듯하고 아름다운 계란형 얼굴에 달빛이 비쳤다. 그녀의 하얀 피부는 비 온 뒤의 작은 꽃처럼 싱그럽고 부드러워서 작은 바람에도 견디지 못할 것 같았다. 그는 소녀의 그 모습이 어머니의 동화를 들으면서 졸음이 몰려와 입을 오물거리며 웃고 있는 아이처럼 보였다. 그녀가 전한 시대의 역사가 사마천(司馬遷)을 빗대어 말했다.

"사마관! 하늘의 흑돼지만 세지 말고 말을 잘 돌보고 무리가 흩어지지 않도록 조심해. 난 졸음이 몰려와."

그가 군용 담요를 넘겨주자 그걸로 몸을 감쌌다. 그녀는 그를 한 번 바라보고 눈을 감고 잠이 들었다, 그때 그는 그녀가 날개 젖은 작은 새가 풀숲 둥지에 몸을 웅크리고 있는 것처럼 보였다. 그녀가 안쓰러워 견딜 수 없는 심정이 되었다. 그의 어깨 위로 담요를 덮어 주고 살며시 그녀 위로 몸을 기울였다. 그때를 생각하면 아련해지고 가슴이 아팠다. 선임 지도자는 세게 고개를 흔들고 나이가 들면 쉽게 감상에 빠진다고 생각했다.

응접실로 돌아와 수화기를 집어 들고 아들 이빙의 휴대전화 번호를 눌렀다.

"이빙, 조급해하지 않아도 된다. 잘 자거라. 내일 공작 그룹은 오지 않을 거야. 하지만 내일부터 함부로 움직여서는 안 된다. 빨리 그 홍콩의 해외 부동산펀드와 얘기해라. 벌써 그 돈이 들어왔다고? 연수익률은 13퍼센트까지 협상해도 돼. 비싸지 않아. 큰돈이잖아. 꾸물거리다가는 옆에 있는 그자에게 다 빼앗긴다고. 어느 정도라고?"

전화 속에서 아들이 자금 계산을 하는 것을 듣고 선임 지도자는 화가 났다.

"'몸을 버려야만 몸이 떠오르는 급류도 있다'라는 말이 있다. 이빙, 이건 단 한 번뿐인 기회야. 상대에게 삼십억 위안을 3년간 빌려달라고 해라. 그 돈이 들어오면 내가 30억 위안을 더 대출해 주겠다. 단번에 동방몽도를 손에 넣어야 해. 너를 위해 5년이나 일했는데 옆에 있는 그자에게 익은 복숭아 열매를 따 먹게 해서는 안 된다. 만약 그런 일이 있다면 나는 뛰어내릴 것이다."

수화기를 놓고 서재로 돌아와서 그는 조금 전 치 주석이 있던 자리에 섰다. 찻주전자에 남아 있는 차가 아직도 따뜻하여 한 잔 따라서 단숨에 마시고 벽에 걸린 세 폭의 그림을 돌아보았다. 그 순간, 세 장의 화면 속 탕카의 안료가 튀어나올 것처럼 보였다. 황금색과 피 색깔의 붉은 불꽃 속 소녀를 보면서 그는 가만히 찻잔을 내려놓았다. 조금 전 그가 주고 간 봉투 두 개가 눈에 들어왔다. 잠시 망설이다가 먼저 누런 봉투를 집어 들었다. 봉투에는 만년필로 '톄빙'이라고 쓰인, 아름다운 글씨를 보았을 때 그는 잠시 눈앞이 흐려졌다. 다리에 힘이 빠져 털썩 의자에 앉았다.

유치원부터 초원까지 죽마고우로 함께 자랐지만, 그 편지는 그녀가 그에게 처음으로 쓴 편지이자 마지막으로 쓴 절필이었다. 그렇게 생각하자 마음속에서 분노가 치밀어 올랐다. 그놈은 흉계를 잘 짜서 평생 나를 억눌렀다. 내가 그녀와 함께 말을 타는 것을 보자 녀석은 화판을 들고나와 그녀를 자기 옆에만 붙어 있도록 만들었다.

아내를 빼앗긴 한이라고는 할 수 없지만, 마음에 깊은 상처를 주었다. 그렇지 않다면, 그녀가 나에게 쓴 편지를 42년 동안이나 간직할 수 있었을까? 봉투는 봉인되어 있었다. 봉투를 열 때 선임 지도자는 손이 떨렸다. 술 때문일까? 눈앞이 잠시 깜깜해졌다. 질주하는 말, 붉게 타오르는 불꽃, 머리 위의 새, 그리고 황토와 1미터 정도의 시멘트 묘비, 그 모든 정경이 인상파의 유화처럼 한꺼번에 머릿속에서 소용돌이쳤다. 그는 편지를 읽으면서 눈물을 펑펑 쏟았다.

톄빙, 이것은 내가 당신에게 쓰는 첫 편지입니다.

슬프지만, 첫 편지이면서 동시에 절연의 편지이기도 합니다. 내일 나는 이 편지를 당신에게 직접 줄 용기가 있을지 모르겠습니다. 아니면 옌안에게 전달해 달라고 부탁할지도 모릅니다. 내가 절망하고 있는 것은, 당신에 대해서뿐만 아니라 당신을 포함한 모든 인간의 인간성에 대해서입니다.

사실을 말하자면, 불쌍한 선생님이 축구 골대에 목을 매신 것을 본 후로, 내 생명은 아무런 의미가 없게 되어 버렸습니다. 왜 제가 말에서 내려와서 그림을 그렸는지 아시나요? 그 이유는, 저는 점점 그러한 생명 위에 올라타는 것이 옳지 않고 적합하지도 않다고 느꼈기 때문입니다. 왜냐하면 저는 죄인이기 때문입니다. 알고 있나요? 그림이 점점 형태를 갖추기 시작하면서부터 나는 차츰 선생님께 다가가고 있었습니다. 어느 날 내가 '메두사호의 뗏목'을 다 그렸을 때, 갑자기 누군가 내 등을 두드리는 것을 느꼈습니다. 나는 몸을 돌리지 못하고, '저길 봐, 저기가 네 피안이다'라는 소리만 들었습니다.

잠시 후 돌아보니 아무도 없고, 저 멀리, 강 건너 소련 땅에서 장례식을 치르기 위해 마을 사람들이 묘지로 걸어가는 모습만 눈에 들어왔습니다. 수십 명이 모두 검은 옷을 입고 있었어요. 선두에 선 사람이 십자가를 메고 있었습니다.

다음날 나는 '봄의 예수'를 그리기 시작했어요. 그림을 그리는 틈틈이 12세기 이탈리아의 스콜라 철학자이자 신학자인 안셀무스(Anselmus, 이탈리아 출생의 영국 캔터베리 대주교)의 《신의 존재 증명》을 읽었어요. 이 책을 선택한 것은, 그가 내 질문에 대답했기 때문입니다. 안셀무스는 '내가 신을 믿는 것은 이해하기 위해서다. 나는 결코 이해하고 나서 신을 믿는 것이 아니라, 신을 믿기 때문에 이해할 수 있었다. 왜냐하면 나는 신을 믿지 않으면 결코 이해할 수 없다고 생각하기 때문이다'라고 했습니다. 이 마지막 신학자를 통해 우리가 나쁜 짓을 하는 것은 젊음이나 무지 또는 시대를 탓할 수 없다는 것을 알게 되었습니다. 그것은 우리가 믿지 않았기 때문에 아무것도 믿을 수 없게 된 것입니다.

그래서 나는 예수를 그렸습니다. 나는 실제로는 신을 믿지 않았지만, 고개를 들면 화폭에서 하나님을 볼 수 있었습니다. 그러나 나는 신을 존재하는 것처럼 그리고 싶었습니다. 신이 존재하기 때문에 나는 믿을 수 있고, 그래야만 비로소 이해할 수 있는 것입니다. 그것을 이해하는 날, 내 죄를 씻고 구원받을 수 있다고 믿었습니다.

그러나 불운하게도 당신이 왔습니다. 야만적이고 피비린내 나는 당신이!

오전과 저녁으로 당신과 말을 타면서 나는 차츰 당신은 그 무엇도 믿는 사람이 아니라는 것을 알았습니다. 당신은 아무것도 믿지 않았고, 아무것도 이해하려고 하지 않았습니다. 당신이 술의 힘으로 칼을 휘두르고 나의 신을 죽였을 때 나의 마지막 희망도 깨졌습니다. 나는 당신을 원망하지 않습니다. 왜냐하면 그것은 신이 당신의 손을 통해 나를 거부한 것을 알았기 때문입니다.

아아, 나는 어찌해야 할까요? 나는 이제 다시는 그림 붓을 쓸 용기가 나지 않습니다. 긴 밤, 나는 자주 하늘을 우러러 안셀무스처럼 신을 향해 묻습니다.

'그들은 왜 우리를 가두어 빛을 보이지 않게 하고 어둠으로 눈을 가렸는가? 우리는 왜 본토를 떠나 타향을 헤매고 있고, 신으로부터 멀어져 이러한 몽매한 구렁텅이에 빠진 것인가? 왜 영원한 기쁨에서 멀어져 죽음의 고통과 두려움에 빠진 것인가? 큰 악이 큰 선을 대신하다니, 이 얼마나 비열한 교환인가! 이 얼마나 큰 손실인가! 이 얼마나 통렬한 슬픔인가! 이 얼마나 참을 수 없는 운명인가!'
아무도 나에게 대답해 주지 않았어요.
'신이여, 신이여, 왜 나를 버리시려 합니까? 매일 불러도 왜 응답을 해주지 않습니까? 무엇 때문에 나를 버리시려 합니까? 무엇 때문에 얼굴을 숨기고 나를 보지 않으시는 겁니까?'
테빙, 이보다 더 비통한 일이 있을까? 당신은 즐거워 보였습니다. 그러니 폭력도 부상도 신경 쓰지 않았겠지요. 당신이 옌안과 싸우는 것은 내가 그를 사랑하고, 당신은 사랑하지 않는다고 생각하기 때문이겠지요. 그러나 두 사람 다 잘못 생각하고 있습니다. 나는 인간을 사랑하지 않습니다. 인간을 내가 사랑하는 것은 있을 수 없습니다. 나는 신밖에 사랑하지 않으니까요.
작년 초여름 밤, 초원에서 함께 있었을 때를 기억하나요? 말을 방목하고 초원에 머물 때 당신이 은하수에서 돼지가 강을 건넌다는 뜻의 '흑저의 도하'라는 천문현상을 발견했는데, 말하고 나서 몇 시간 후, 실제로 비가 왔을 때의 일입니다. 내가 얇은 담요 속에서 움츠러들자, 당신은 자신의 담요로 나를 덮어 주었습니다. 그 순간 저는 안타까워지면서 뭔가 마음에 걸리고 후회가 되었습니다. 초원에 오고 나서 당신은 어디서든 나를 아끼고 사랑해 주었으니까요. 그날, 만약 당신이 담요 속으로 들어온다면 나는 당신에게 내 몸을 드릴 생각을 했습니다. 답례라고 할까요, 저는 의리를 저버린 채 이 세상을 떠나고 싶지는 않습니다. 그러나 안타깝게도 이제는 두 번 다시 그럴 기회가 없어졌습니다.
테빙, 대답할 필요는 없어요. 우리는 이제 다시는 만날 수 없는 사람들이니까요. 당신이 동행해 준 날들에 감사해요. 당신이 언젠가 신께 참회할 수 있는 날이 오기를 바랍니다.

1972년 4월 14일 심야
당신의 예전 동급생 린훙우(林紅武)

42년 동안 부르지 않았던 이름을 보자, 선임 지도자는 편지를 놓고 울음소리를 삼키며 통곡했다. 그는 양 팔꿈치를 책상에 올려놓고 눈물이 빗물처럼 흘러내리는 얼굴을 푹 가리고 42년 동안 울지 못한 울음을 한꺼번에 우는 것처럼 펑펑 울었다. 눈물은 눈앞의 편지에 떨어져 그녀의 이름이 젖어 있었다. 린훙우라는 세 글자가 눈물로 얼룩진 것을 보자 선임 지도자는 조심스럽게 편지지를 들어서 보조 책상의 화선지 위에 올려놓았다. 그러고는 티슈를 뽑아서 눈물을 닦고 이번에는 새 공문서용 봉투를 열었다. 그것은 복사한 편지였다. 첫 번째 줄의 글씨를 보고 그녀가 치 주석에게 쓴 편지임을 알았다.

　옌안, 어제 나는 베이징에서 돌아왔어요. 당신을 만날 수 없었는데, 당신이 댐에 갔다고 들었어요. 북경에 있었던 석 달간 나는 당신에게서 편지를 네 통 받았지만, 답장은 쓰지 못했습니다. 그것은 당신에게 전할 말이 나쁜 소식뿐이었기 때문입니다. 물론 나에게는 좋은 소식일지도 모릅니다. 왜냐하면 저는 죽으니까요.
　올해 1월 2일, 북경에 귀성할 때, 병원에 입원한 친구를 문안하러 가는 나를 당신은 역까지 바래다주었지요. 그런데 열차 안에서 내가 쓰러진 것을 아마 몰랐을 것입니다. 열차에서 내리자마자 바로 입원해야 했습니다. 3일째에 폐암이라는 검사 결과가 나왔습니다. 작년 봄에 돌아가신 엄마와 같은 병입니다.
　의사는 유전이라고 했습니다. 하지만 저는 신의 벌이라고 생각합니다. 내가 치료를 거부한 것은 마침내 해방될 수 있는 길을 찾았기 때문이었습니다. 의사는 나에게 수술을 받게 하려고 애썼지만 나는 퇴원해서 초원으로 돌아왔습니다. 나는 이 초원에서 '메두사호의 뗏목'과 '봄의 예수'를 다 그렸고, 이 초원에서 나를 당신에게 줄 수 있어서, 돌아온 것을 후회하지 않습니다.
　그날 톄빙은 칼로 나의 신을 죽였습니다. 신은 아마 내가 그를 지킬 수 없을 만큼 미워했을 겁니다. 바로 그날 밤 그 초원에서 당신에게 나를 준 것입니다. 지금 생각하면 신은 나에게 몹시 실망하여 철저하게 나를 응징하려고 했을지도 모릅니다. 당신이 역에 바래다준 날 밤, 당신은 밤새 저를 안고 잤습니다. 그러나 임신했다고는 아무도 생각하지 못했을 것입니다. 현재 이미 3개월째입니다.

생각해 보세요. 이게 얼마나 잔혹한 사실인가요? 우리는 우리를 아껴주신 고마운 선생님을 죽이고 그 아이에게서 어머니의 사랑을 빼앗았습니다. 이어서 나도 어머니가 되었고, 이제 그 작은 생명을 지옥 가는 길에 동행하려고 합니다.

저는 지금 문득 깨달았지만, 우리가 얼마나 우스꽝스러운 인간인지 모릅니다. 그 당시 왜 우리 또래였던 톨스토이가 '참회록'을 쓸 수 있었는지 이제야 알았습니다. 그는 생명의 본질을 간파하고 내가 지금 느끼고 있는 것을 쓴 것입니다.

'나는 진리가 무엇인지 거의 알았기 때문에 진리를 발견할 생각을 하지 않았다. 진리란 삶에서 아무런 의미가 없다는 것이다. 그것은 내가 한바탕 열심히 살고 방황하다가 막다른 벼랑에 다다른 것과 같다. 나는 매우 명료하게 내 앞에는 아무것도 없고 멸망밖에 없음을 안다. 그러나 발걸음을 멈추지 못하고, 돌아서지 않으며, 눈도 감을 수 없다. 앞에는 삶의 기만과 행복의 환상 그리고 고난과 사망, 철저한 멸망 말고는 아무것도 없다. 캄캄한 공포가 이처럼 거대하니 나는 밧줄이나 총알이라도 찾아서 이 공포에서 벗어나고 싶어진다. 그것은 빠를수록 좋다'라고 했습니다.

오늘 밤, 나는 이미 내 물건을 다 정리했습니다. 그저 부스러진 마음만이 남아 있을 뿐, 아무것도 남아 있지 않습니다. 남길 것도 없습니다. 당신에게 줄 이 편지밖에 없습니다. 톄빙에게도 편지를 썼으니 부디 그에게 전해주세요.

내일 나는 가장 좋아하는 말 '다바이'를 탈 것입니다. 나와 3년을 같이 지내서 이 말은 사람의 마음을 잘 압니다. 내가 여기를 떠나면 벌판의 말 떼로 돌려보내 주세요. 나 이외의 다른 사람은 결코 등을 내주지 않을 것입니다. 그리고 병가 휴가 절차를 밟겠지만 베이징으로 돌아가도 나는 병원에 가지 않습니다. 다만 뱃속의 작은 생명을 떨어뜨리고 싶습니다. 참으로 비참합니다. 나는 진정한 살인자입니다. 다른 아이의 어머니를 죽였을 뿐 아니라 자신의 아이도 죽이는 것이니까요.

선생님에 대해 얘기하자면, 나는 저승에서 선생님을 만나는 것이 두렵습니다. 하지만 그런 일이 일어날지 아닐지는 아직 모릅니다. 왜냐하면 선생님은 천국에 가 있고, 나는 분명 지옥에 떨어질 테니까요.

이것은 선생님의 복수입니다. 그녀의 원한은 한없이 깊습니다. 알고 있나요? 살면서 단 하나 두려운 것은 그녀의 아이가 성장하여 어느 날 나에게 왜 나의 엄마를 죽음으로 몰아넣었는지를 캐묻고, 엄마를 돌려달라고 하는 것입니다. 원한은 유전되는 것입니다. 내가 죽으면 그녀의 아이는 나를 만날 수 없습니다. 그렇지만 당신들은 조심하세요. 당신들은 언젠가 그 아이와 마주칠 것입니다. 신은 공평합니다. 우리가 '메두사호의 뗏목'을 그린 날부터 가만히 우리를 바라보고 있습니다. 만약 어느 날 당신들이 아름다운 소녀에게 목이 졸린다면, 그것은 당신들이 '메두사호의 뗏목'을 탈 때입니다.

만약 당신이 나를 사랑했다면 이 일을 테빙에게는 얘기하지 마세요. 만약 당신이 나를 존중했다면 더는 나에게 편지를 쓰지 마세요.

모든 것은 끝났습니다.

저는 드디어 해방됩니다.

고마워요, 신이시여!

1972년 4월 14일 심야

린훙우(林紅武)

선임 지도자는 온몸을 부르르 떨더니 손에 든 편지를 머리 위에 들었다가 세게 탁자에 내리쳤다. 테이블의 찻잔이 튀어 올랐고 술잔과 술병이 소리를 냈다. 갑자기 선임 지도자는 몸이 어질어질해서 휘청였다. 곧바로 책상 서랍에서 빠른 효과가 있는 심적환을 꺼내 떨리는 손으로 손바닥에 십여 알을 올리고 단숨에 삼켰다.

의자 등에 기대어 눈을 감았다. 얼굴색은 새파랗고 두 손은 뒤틀려 있었다. 십여 분이 지나자, 창백했던 얼굴이 조금씩 원래의 색으로 돌아왔다. 천천히 눈을 뜨자 불길 속의 소녀가 눈에 들어왔다. 그는 양쪽 팔의 소매를 내린 후 단추를 끼우고 일어섰다. 탁자의 종이칼을 집어 들고 탁자를 돌아 불길 속의 소녀 앞으로 갔다. 그는 아무런 망설임도 없이 칼을 머리 위로 올려서 팡 소리가 나게 그림 속 소녀의 이마에 꽂았다. 그러고는 힘주어 위에서 아래로 쭉 찢어서 소녀를 두 조각으로 갈랐다.

그리고 다시 팡 소리가 났다. 그가 돌아서서 칼을 책상에 꽂은 것이다. 힘이 세서 칼자루에서 손이 미끄러졌다. 손이 아래로 미끄러지면서 손이 찢어졌다. 순식간에 선혈이 책상 위로 떨어졌다. 통증을 느끼고 선임 지도자는 '후유'하고 한숨을 쉬었다.

벽에는 소녀가 그려진 화폭이 반으로 갈라져 떨리고 있었다. 이상하게도 전등 아래에서 소녀의 오른쪽 눈은 위로 여전히 웃고 있었다. 눈빛이 순결하고 투명해서 신이 보이는 듯했다. 왼쪽 눈은 아래를 보고 있었는데, 어둡고 차갑고, 놀라서 의아해하는 눈빛이었다. 마치 지옥에 떨어진 듯했다.

선임 지도자는 두 통의 편지를 아주 잘게 찢었다. 산산조각이 난 종이 부스러기는 그의 손에서 흘린 피로, 떨어진 복숭아 꽃잎처럼 붉게 물들었다. 쓰레기통에 버리려고 했을 때 찢어진 화폭 속 소녀의 기이한 표정이 눈에 들어왔다. 마음속에서 뚝 하고 뭔가 부러지는 소리가 났다. 고개를 흔들며 풋 하고 웃고서 그는 책상 위에 있는 유화 도구들을 한데 모아 휴지통에 던졌다. 유화 도구가 쓰레기통에 떨어지는 소리를 들으며 그는 빈 술병을 들어 올렸다. 빙 돌려서 아르군 술 상표를 보자마자 조각난 소녀의 그림을 향해 던졌다.

다시 술 냄새가 찢어진 유화 근처에서 맴돌았다.

33

2013. 03. 21. 오전 9:00

우징 주임은 공항에서 돌아오는 차 안에서 쉬지 않고 전화로 응대하고 있었다.

"여보세요? 건설위원회 소장이십니까? 죄송합니다. 회장님은 초모랑마에 가셨습니다. 뭐라고요? 초모랑마입니다. 무엇 하러요? 아닙니다, 여행이 아니라 등산입니다. 어느 정도라고요? 3개월은 걸립니다. 5월 말에 돌아오기로…."

"여보세요? 저는 회장 사무실 주임 우징입니다. 당신은? 아, 장 과장님, 지구 세무서 장 과장님이시군요. 회장님? 등산 가셨어요. 일상 업무는 회장 사무실이 합니다. 예성 사장님이요? 아니요. 그는 정직 중입니다. 지금 회사에서 톱의 위치는 사장 대리인 정라이칭 부장입니다."

"여보세요? 그렇습니다. 우징입니다. 무슨 일이세요? 통화가 안 되는데 죄송합니다. 회장님을 지금 막 보내드리고 오는 중이라서 저는 지금 산더미처럼 쌓인 일을 처리해야 해서요. 누구신지요? 아, 이 지점장님 사무실이군요. 회장님은요? 등산 가셨어요. 어느 산이요? 초모랑마입니다.

어디 있는 산이냐고요?"

우징 주임은 웃음을 터뜨렸다.

"초모랑마는 세계에 하나밖에 없습니다. 티베트에 있고 네팔과 국경입니다. 무슨 일인데요? 죄송합니다, 안 들립니다. 아, 대출 완납 건? 아직 말짱해요. 8월 말이 기일이죠? 회장 일을 사장 대리가 맡으라고 저에게 말씀하셨습니다."

열 통이 넘는 전화 끝에 마지막 전화에서 우징 주임은 묘한 느낌이 들었다.

"여보세요? 누구세요? 회장님의 이전 동료시라고요? 아, 실례했습니다. 회장님 상사이셨던 분이시죠? 보고드리겠습니다. 회장님은 오전 일찍 라싸에 가셨습니다. 초모랑마를 등반하러 가셨고 5월 말에 돌아옵니다. 일상 업무는 사장 대리 정라이칭 부장이 합니다. 결산이요? 벌써 준비되어 있습니다. 제삼자 공사 컨설턴트 회사를 초청했습니다. 시공회사와 법원 둘 다 동의했습니다. 구에서 해주었습니다. 구 지도자는 기업 일에는 정부가 개입하지 않는다고 말씀하셨습니다. 하지만 기업 내부가 안정되어 있고 중요한 공사를 해내었으니 빨리 2기 주택 프로젝트를 완성하라고도 했습니다. 자금이요? 죄송하지만 그건 모르겠습니다. 그건 회장님 전권이라고 알고 있어서요."

통화 후 우징의 얼굴에 미소가 떠올랐다. 잠시 눈을 감고 있다가 그녀는 어디론가 전화를 걸었다.

"여보세요? 법원 집행부 양 판사님이십니까? 저는 동방몽도 프로젝트 회사의 사무국 주임입니다. 어찌 되셨는지요? 아까 우리 회사 법무부장 주치(朱致)가 전화했나요? 죄송합니다만 저는 회장님의 명에 따라 다시 보고해야 합니다. 시공회사는 어제 오후부터 모두 화해하고 소송을 취하하겠다고 연락을 해왔습니다. 알고 계시는지요? 그렇군요. 감사합니다. 저와 주 부장이 오후에 방문하겠습니다. 아, 잠시만요. 겸사겸사 여쭙겠습니다만, 어떤 안건에 따라 회장님이 구속되는 간가요? 뭐죠? 원고가 제소했나요? 어느 원고입니까? 어제 오후에 저희가 확인했을 때는 어느 회사도 그런 일이 없다고 했는데요. 여보세요?"

전화는 상대편에서 끊은 상태였다. 전화는 모두 끝났다. 차는 공항 고속도로에서 우회전하여 북삼환로로 들어갔다. 오늘 오전 출발했을 때를 생각하면서 우징의 손에 다시 진땀이 번졌다.

2013. 03. 21. 오전 7:00

우징 주임은 잉푸를 따라 제3공항 건물의 국내 출발 로비에 왔다. 잉푸가 곧장 중국 국제항공 일등석 카운터로 가는 것을 보고 우징 주임은 의아해서 고개를 갸우뚱했다.

"회장님, 왜 그쪽으로 가세요? 어제 제가 귀빈실 이용 신청하고 계산까지 했는데요. 왜 그쪽으로 안 가시고요."

"귀찮아서, 그럴 필요까진 없었는데…."

"회장님, 큰 등산 가방 두 개를 맡겨야 합니다. 또 한 사람은요?"

"아, 잠깐만!"

잉푸가 몸을 돌려 손짓하자 멀지 않은 곳에서 피부가 검고, 몸이 마르고 날렵한 젊은이가 다가왔다.

"자, 탑승권으로 기내 보관 수속을 밟는 거야."

우징 주임은 눈을 크게 떴다.

"회장님, 저 사람은 누구죠?"

"가이드, 나의 등산 가이드다."

"가이드? 티베트 사람?"

"나와 함께 매킨리산(미국 알래스카주에 있는 북미 대륙의 최고봉)에 갔었어."

우징 주임은 입을 다물었다. 그녀는 잉푸의 신분증과 항공권을 받아서 카운터의 직원에게 건넸다.

"부탁합니다. 좌석은 이미 예약되어 있습니다. 첫째 줄 오른쪽 창가의 두 자리요."

항공사 직원은 한참 동안 컴퓨터를 두드리더니 고개를 들고 미안한 표정으로 말했다.

"정말 죄송합니다. 창가 좌석은 이미 다른 분으로 예약되어 있습니다."

"뭐라고요? 제가 예약했고 확인도 했어요."

우징 주임은 눈이 휘둥그레졌지만, 잉푸는 희미하게 웃었다.

"죄송합니다. 저희 실수라고 생각합니다."

"그럼, 하나는 뒤쪽 자리로 바꿔주세요."

"어렵습니다. 오늘은 만석이고 탑승권 교환도 모두 끝났습니다. 지금 앞부분 통로 쪽 한 장과 왼쪽 뒷부분 통로 쪽 한 장 밖에 남아 있지 않습니다."

우징 주임이 더 말하려 하자, 잉푸가 그녀의 어깨를 두드렸다.

"우징, 됐어. 몇 시간만 타면 돼. 게다가 청두에서도 경유하고…."

우징 주임은 시무룩한 얼굴로 잉푸와 가이드와 함께 안전 검사 입구로 갔다. 안전 검사가 끝나자 잉푸와 가이드는 일등석 휴게실로 들어가 냉장고에서 탄산수를 꺼내 소파 앞 유리 테이블에 놓았다. 잉푸는 가방을 가이드에게 눈으로 알리고 소파에 놔둔 채 화장실 앞에 섰다. 화장실 입구에서 그는 들어가지 않고 천천히 아래층으로 내려가 안전 검사 로비 출입구로 갔다.

"미안합니다. 제가 지갑을 찾으러 나갔다 와야 합니다. 아까 커피를 마셨을 때 스타벅스 커피숍에 두고 왔습니다. 여기, 이게 제 탑승권입니다."

안전 검사장 문을 나오자, 그는 오른쪽으로 돌았다. 10분쯤 걸려서 공항 제2빌딩인 중국 남방항공 카운터에 도착했다. 그러자 한 중년 남자가 급히 손짓했다.

"오셨다. 이분이 급히 이 비행기로 광저우에 가시는 분입니다. 가족이 갑자기 쓰러져 생명이 위독한 상태라 제가 비행기 표를 바꿔드리기로 했습니다. 이분을 먼저 타게 해주시고 제가 다음 비행기를 타면 안 될까요?"

잉푸가 남방 항공기 이코노미석에 타고 있을 때 청두를 경유해 라싸로 가는 국제항공기 일등석에서는 승무원들이 초조히 그를 기다리고 있었다.

"동행분이 타시지 않으면 문을 닫아야 합니다."

승무원이 초조해하고 있는데 오른쪽 첫 번째 줄 창가의 젊은 여성이 왼쪽 뒷자리의 가이드를 물끄러미 바라보고 있었다. 그녀는 귀를 쫑긋 세우고 그의 대응에 귀를 기울이고 있었다. 그녀는 지위가 높은 듯한 복장을 하고 있었다. 발 위쪽에 에르메스 가방을 올려놓고 루이비통 스포츠화를 신고 분홍색 야구모자를 쓰고 있었다.

젊은 가이드는 조금 어깨를 올렸다가 내렸다.

"내 고객이라 재촉할 수가 없어요."

"그분이 기내에 보관하신 짐이 있습니까?"

"없어요. 짐은 다 제 이름으로 맡겼어요."

그때 중년의 사무장이 와서 상황을 묻고는 손목시계를 보았다.

"이제 문을 닫겠습니다. 그 고객분은 다른 비행기를 타도록 하세요."

그렇게 말하면서, 젊은 여성이 휴대전화를 걸려고 하자 즉각 손을 들어 저지했다.

"손님 전화를 끊으셔야 합니다. 본 비행기는 곧 이륙합니다."

비행기가 안정 비행에 들어갔을 때 안전띠 탈부착이 가능한 사인이 나오자 젊은 여성은 벌떡 일어나 화장실로 들어갔다. 문을 잠그고 가방에서 작은 흰 종이 꾸러미를 꺼냈고, 거기에서 더욱 조심스럽게 가는 유리관을 꺼내 안의 흰 분말을 변기에 쏟아부었다. 그리고 종이봉투를 잘게 찢어서 변기에 버리고 유리관을 힘껏 흔들어 변기 안쪽에 내리쳤다. 물 내려가는 소리와 함께 모두 휩쓸려 내려갔다. 그녀는 정성껏 손을 씻고 거울을 보며 야구모자를 고쳐 쓰고 긴 한숨을 쉬고는 다시 좌석으로 돌아왔다. 두 시간 반 후, 비행기는 청두에 착륙했다. 승객이 타고 내린 뒤 승무원은 또 초조해졌다.

"첫 번째 줄의 이 손님은? 타지 않으면 문을 닫겠습니다."

사무장이 또 달려왔다.

"됐습니다. 이분은 배가 아파서 라싸에 못 간다고 합니다. 지금 기내에서 보관한 짐을 내렸습니다."

34

2013. 05. 18. 오전 5:00

'휭'하고 바람은 때로는 강해졌다가 때로는 약해졌다가 했다. 바위를 둘러싸고 휘몰아칠 때면 산과 계곡은 한이 서린 여자처럼, 향수에 시달리는 사람처럼 낮게 흐느꼈다. 눈은 피곤한 듯 때로는 두껍고 때로는 얇게 한바탕 씩, 한 덩어리씩 깊은 골짜기의 심연에서 솟아올랐다. 그리고 잠깐 사이에 반동해서 뛰어올랐다. 마치 산신령이 딸을 시집보내는데 혼례의 베일을 시험하는 것 같았다. 또는 신이 심판을 내리려고 하면서, 땅바닥에 죽은 자를 애도하려고 시의 대련을 거는 것 같았다.

'아무래도 나는 도망칠 수 없을 것 같다. 나는 유죄로 낙인이 찍혔으니까.'

잉푸는 버섯 모양의 돌에 기대어 매일매일 살면서 겪어온 경험을 하룻밤 내내 생각했다. 환각 속에서 그는 손발의 힘을 다 써버렸고 마음도 지쳐 있었다. 자신이 도망친 범죄자처럼, 한 걸음 한 걸음 초모랑마로 도망친 경위를 떠올리자, 겨우 목숨을 부지한 토끼처럼 쿵쾅쿵쾅 심장이 뛰었다. 하늘을 올려다봐도 고글을 통해서는 아무것도 보이지 않았다. 곧 밝아올 것이다. 날이 밝으면 루어뿌가 분명히 사람을 올려보낼 것이다.

'산소여, 제발 오늘 낮까지는 버텨줘. 오전 햇살이여, 떠올라 다오. 네가 빛을 사방으로 비출 때, 나는 이 가슴의 둥카르를 드높게 불어줄 것이다. 이 녀석은 하얗고 오른쪽을 향해 있다. 축복하고 축복받기도 한다. 생명을 부르고 죽은 혼을 쫓아낸다.'

'휭, 휭'

천지가 한바탕 몸을 떨었고, 사방팔방이 술렁였다. 잉푸는 가슴의 둥카르가 떨리는 것을 느꼈다. 잉푸가 초모랑마 정상에서 바람과 사투를 벌이고 있을 때, 베이징 사람들도 몹시 혼란스러웠다.

2013. 05. 17. 저녁 8:00

예성 사장은 공상국 부국장과 통화 중이었다.

"여보세요, 멍 국장님? 좋은 소식입니다. 세상에서 제일 바보 같은 그놈이 산 위에서 눈 속에 파묻혀 고립됐다고 합니다. 내려올 수 있냐고요? 내일이면 알게 될 겁니다. 등산협회 말로는 십중팔구 구할 수 없다고 합니다. 말씀하신 공인 처리는 늦어도 모레까지는 어떻게든 하겠습니다."

선임 지도자는 밤 10시경 응접실에 앉아 유선전화 수화기를 들었다.

"이 지점장, 잉푸가 산에서 내려올 수 없게 되었다. 그래, 알고 있었어? 기업의 운영은 정상이다. 이렇게 하자. 놈이 산에서 죽으면 우리가 2기 프로젝트를 해내자. 네가 있는 곳의 대출은 1기 상환을 하는 데 거의 사용한 것 같아. 앞으로는 이렇게 하자! 내가 이빙에게 또 삼십억 위안을 빌리도록 하겠다. 너도 들어가 사정해서 이십억은 은행그룹 대출로 맞추자고, 네가 선창을 잡고 또 합작하는 거다. 뭐라고? 예성 사장? 그자는 상관없어. 오늘 조사했는데 공상국의 자료를 보면, 녀석은 이제 주주가 아니야. 기업 내의 다툼은 우리와는 관계없다. 돈이 아니면 거론할 필요가 없다. 여기서 가장 먼저 이 지역을 위해 일해보자!"

치 주석은 오른손으로 안경을 벗고 왼손으로 귓가를 쥐었다. 응접실에 앉아 수화기를 들었다.

"마오마오, 자고 있었어? 밤 11시라는 건 알고 있지만, 이 일은 알려줘야 할 것 같아서. 잉푸가 산에서 조난된 거 알아? 그렇게 모험하지 말라고 말렸는데도 고집을 부려 산에 오른 거지. 무슨 의미냐고? 의미는 없지만 좀 검토해 보고 싶어. 만약 그가 정말로 티베트에서 죽는다면, 우리가 2기 프로젝트를 이어 나가야 해. 뭐야? 어떻게 한다고? 나에게 생각이 있어. 너는 내일 내가 소개한 펀드의 공동 경영자를 만나서 60억을 조달하는 협상을 해줘. 상대방을 안심시키고 자금을 빨리 뽑는 거야. 3년 만에 연간 수익률은 12퍼센트나 된다. 차입금의 안전성? 토지와 건물을 저당 잡히는 걸로 하고, 거기에다 2기 프로젝트의 매상고도 그 보증에 포함한다. 그리고 공동관리 계좌를 만들어서 매출과 상환을 연결한다. 둘 다 좋은 거 아니야? 그룹? 네 말은 경영 그룹이야? 상대를 바꿀까? 어떤 걸? 이봐, 이 프로젝트는 네가 나를 상대로, 독점적으로 계획하고 움직여

온 거 아니었어? 그 두 개의 신탁 펀드? 해고다. 방법을 바꾸자."

수화기를 내려놓자, 그는 두 손으로 찻잔을 들고 가만히 내려다보다가 다시 내려놓았다. 그런 다음 다시 수화기를 들었다.

"샤오칸(小干)인가? 내일은 오전 일찍 일어나 높은 산의 구조 책임자가 누구인지 알아봐 주게."

저녁 11시 무렵 중앙기율위원회 류(劉) 주임 집에 전화가 울렸다.

"여보세요? 류입니다."

"어때? 내일 구조할 수 있을까? 등산 그룹의 구조 조치는 확인했나? 날씨가 안 좋다고? 좀 힘들겠군! 조사는 했나? 누가 꾸민 거지? 산에 킬러가 같이 올라간 거 아냐? 이렇게 하지, 내일 오전에 우리 집으로 와주게. 사무실은 안 돼! 내통자가 있다. 놈들은 이미 우리가 꾸미고 있는 것을 다 알고 대책을 세우고 있다. 법인의 대표인 잉푸가 죽으면 큰 인적 증거를 잃어버린다. 법적인 증거 대부분을 감정할 수 없게 되어, 놈들을 잡을 단서가 사라진다. 만일 잉푸가 산 위에서 죽으면 그들은 움직이기 시작할 것이다. 결탁해서 속이거나 힘으로 몽땅 가져갈 것이다. 산의 구조는 우리가 손대지 못하지만, 이번이 반부패 투쟁에서 호랑이와 늑대를 잡을 수 있는 절호의 기회다. 그만큼 거대한 이권이다. 그들은 분명 욕심에 눈이 멀었다. 잘 지켜보고 있다가 이번에는 반드시 일망타진해야 한다."

2013. 05. 28. 오전 6:00

아래로 내려가면 하늘은 초모랑마 정상과는 크게 달랐다.

돌풍이 겨우 잦아들 것 같아서 잉푸가 한숨을 돌렸을 때, 짓눌림이 없어진 수컷 야크처럼 미친 듯이 돌풍이 다시 휘몰아쳐 왔다. 잉푸의 밤새 계속된 악몽처럼, 그때 돌풍은 산 정상에서 갑자기 높아졌다 낮아졌다 하면서 갑자기 북쪽에서 남쪽으로 모든 것을 찢어놓을 듯 휘몰아쳤다. 가장 심한 돌풍은 남의 집 문간에서 발을 쾅쾅 굴리며 욕하는 사나운 여자처럼 높이 뛰어올라 아무런 부끄러움도 없이 활개를 쳤다. 그것이 돌풍전선의 도약 현상이다. 돌풍전선 위 맹렬한 천둥이 일으키는 장대비가 강한 하강 기류를 형성하는데 그것은 진행 방향에 따라 가장 강력하다. 그 차가운 하강 기류가 바닥층의 따뜻하고 습한 서남 기류와 부딪히면서 섞이고 그것이 상승하여 원래의 돌풍전선 앞쪽에 새로운 돌풍전선이 형성된다. 그때 원래의 돌풍전선은 약화하고 새로운 전선은 더욱 강력해진다. 그런 신진대사에 의해 끊임없이 전방에 형성되어 가는 것이 돌풍전선의 도약이다.

그런 초모랑마 정상 돌풍전선의 도약이 산 아래로 전해졌을 때, 언론은 일제히 떠들썩해진다. 관련 있는 사람이든 없는 사람이든 모두 세계 최고봉에 주목한다. 관련 없는 사람은 덩달아 떠들어 대는 무리로서(초모랑마의 죽음은 언제나 사람들의 관심을 사로잡는다), 관련된 사람은 자신의 운명으로서(잉푸가 죽느냐 사느냐는 구조 활동에 달려 있었다) 말이다.

1924년 6월 21일, 런던 타임스는 마롤리 원정대의 노턴이 타전한 전보를 게재했다. 마롤리와 오웬은 마지막 등정 도전에서 목숨을 잃었다. 그 소식은 세계적인 관심을 끌었고, 마롤리는 그때부터 전설이 되었다. 당시 왕실 지리협회 비서 노먼 칼린은 베이스캠프를 향해 전보를 쳐서 '영웅적인 성공'이라고 칭찬했다. 모든 사람이 찬란한 죽음이어서 감명을 받았다는 것이다. 마롤리의 죽음부터 지금에 이르기까지 초모랑마에서 300명 가까이 죽었다. 그러나 이제 죽은 사람을 영웅이라고 부르는 사람은 없다.

잉푸의 곤경이 사람들의 관심을 불러일으킨 것은 그의 삶과 죽음이 금방 답이 나오는 퀴즈가 됐기 때문이다. 뉴욕 맨해튼에 있는 빅토리아 양식의 붉은 벽돌 건물에 세든 '뉴욕 탐험가 클럽'. 그들의 사이트에 어떤 사람이 이렇게 글을 올렸다. '잉푸는 우리 클럽의 중국인 선임 회원이다. 그가 살아서 우리 곁으로 돌아오기를 기도한다.'

알래스카의 미국 등산학교 교장 코비는 인터넷에서 '어떻게 하면 잉푸를 살려서 내려오게 할 수 있을까'라고 문제를 제기했다. 중국 언론은 '왜 구조를 포기하는가?'라는 문제에 관심을 쏟았고, 민간 등산 애호가들은 '인터넷상에서 구조해야 할지 말지'에 관하여 논쟁을 벌였다. 변방도시 표박자라는 이름의 등산 애호가는 의문을 제기했다. '왜 그를 구해야만 하는가? 그가 부자이기 때문인가?' 이에 어떤 자가 동조했다. '하는 꼴을 봐, 누가 부동산 부자에게 초모랑마를 자신의 뒤뜰로 만들라 했나? 제멋대로 오르고 싶으면 오르는 건가!'

5월 18일 오전 6시, 국내외 인터넷의 감정은 이미 부자에 대한 도덕적 비난의 돌풍전선 속에 매몰되어 있었다.

그때 잉푸는 눈을 부릅뜨고 다시는 악몽에 빠지지 않으려고 애썼다. 눈보라 속에서 반쯤 잠이 깬 상태였다. 그렇게라도 버티고 있는 것은 그를 감싸고 있는 구명 담요의 힘이 컸다. 미군이 사용하는 그 장비는 300그램밖에 안 나가도 4층 소재로 되어 있었다. 제1층은 착색 폴리에틸렌의 막, 제2층은 정밀한 알루미늄 침전층, 제3층은 아스토롤라 브랜드의 보강 층, 제4층은 다시 착색 폴리에틸렌 막의 층이었다. 잉푸가 입고 있는 위아래가 연결된 등산용 다운 재킷은 영하 42도의 혹한에도 견딜 수 있다. 그러나 바람을 계산에 넣으면 그때 산 정상의 기온은 이미 영하 30도에 달했다. 더욱이 풍속은 시속 100킬로미터를 넘었고 실제로 잉푸가 견뎌야 할 추위는 영하 70도에 가까웠다. 그 구명 담요가 완전히 찬 바람을 막아주어 벌레의 숨처럼 희미한 호흡을 그나마 이어지게 해주었다. 게

다가 밤새 이어진 망상 덕분에 그는 동사하지 않았을 뿐 아니라 수두증도 나빠지지 않았다. 왜냐하면 그는 소변을 보고 싶어 조금 힘을 빼자, 사타구니에 뜨거운 흐름을 느꼈기 때문이다.

 그는 깊은 호흡으로 한숨을 쉬었다. 또한 소변을 봐서 몸의 수분을 줄일 수 있었다. 그렇다면 신체의 기능은 정상으로 돌아오고 있고, 수두증은 호전된 것이다. 바람과 지독한 추위는 그를 파괴하지 못했지만, 그때 그가 들이마실 산소는 3분의 1밖에 남지 않았고, 오늘 낮까지 버틸 수 없음을 그는 알고 있었다.

 천둥소리가 점점 가까워졌다. 한 줄기 번개가 눈부시게 머리 위를 갈랐다. 그는 고글 안에서 굳게 눈을 감았다. 야크의 발에 밟힌 작은 딱정벌레처럼 힘없이 반항하고 절망감으로 가득 차 있었다. 대난이 바로 눈앞에 다가오고 있었다.

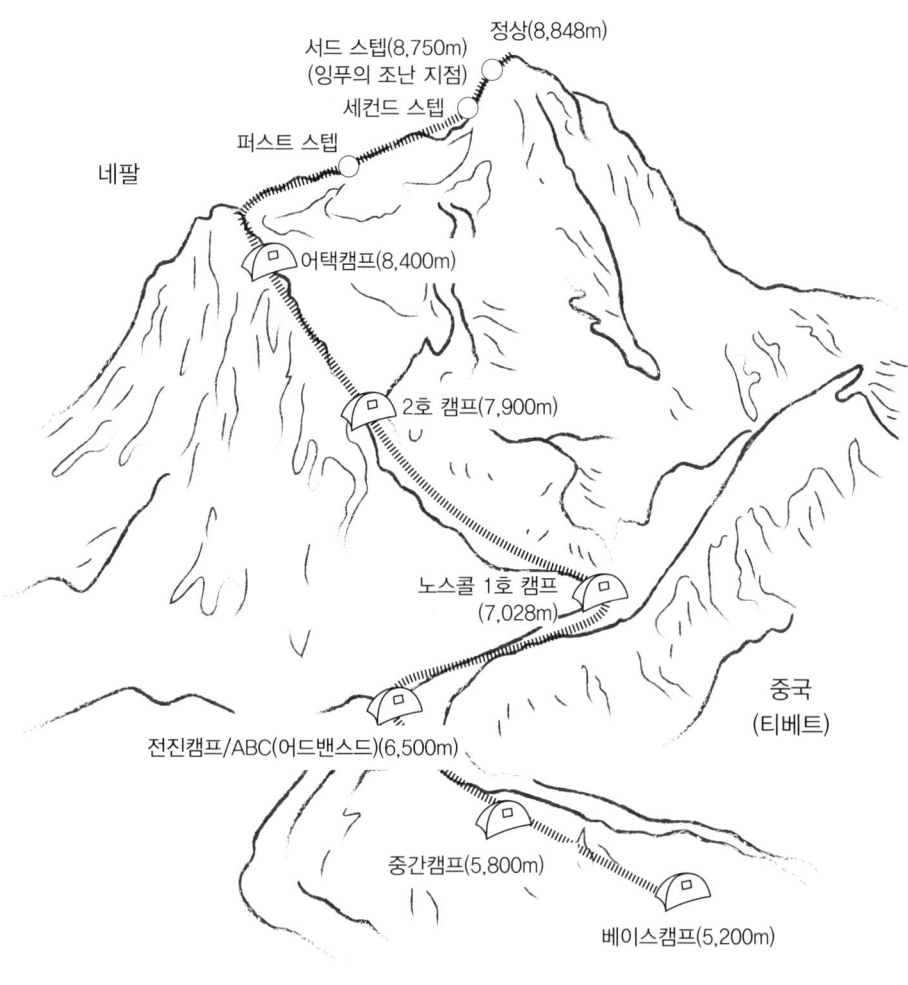

둘째 날

거듭된 재앙

※ 본문에 옮긴이의 주를 (   ) 안에 넣었습니다.

　재앙은 한 번이 아니라 잇따라 찾아온다. 그것은 신이 일부러 루어뿌에게 난제를 불어넣었나 싶게 5월 18일 징조를 드러냈다. 잉푸가 8,750m 지점에서 폭풍설 속에 갇혀 불안에 떨고 있을 때 루어뿌(1호 캠프 지휘 대장)와 에리히(스위스 팀 대장)는 침낭 속에서 몸을 웅크리고 있었으나 마음이 편치 않았다. 눈과 얼음에 갇힌 상황에서 산에 오르는 사람에게 작은 일인용 텐트는 어머니의 자궁 같은 온기와 안식을 준다. 하지만 사실 두 사람은 텐트에 들어갈 때마다 관에 들어가는 듯한 두려움을 느꼈다. 그러나 그들에게 밀실 공포증이 있다는 사실은 아무도 몰랐다.

2012. 09. 23.

　루어뿌는 팀을 이끌고 세계 여덟 번째 고봉으로 해발 8,156m에 달하는 네팔의 마나슬루(성스러운 산이라는 뜻)에 올랐을 때 남쪽 경사면에 캠프를 설치했다. 눈보라가 심해서 먼저 온 십여 개의 각국 원정대가 모두 6,837m 지점에 있는 2호 캠프에 갇혀 있었다.

　루어뿌 팀은 산에 오르는 것이 늦었기 때문에, 경사가 완만한 곳은 어디나 다른 팀 가이드들이 밧줄과 아이스 스크루로 영역을 표시해 놓은 뒤였다. 그나마 아무도 차지하지 않은 한가운데 경사면을 보고 부대장 딴쩡(旦增)이 손을 흔들어서 대원들에게 빨리 캠프를 설치하라고 신호를 보냈다. 하지만 그곳에 발을 딛기도 전에 벌써 옆 텐트의 가이드들이 달갑지 않은 얼굴로 달려들었다. 리더인 마흔 남짓한 가이드가 머리 위로 양손을 휘저으며 말했다.

"친구, 밑을 좀 봐. 우리 팀이 올라오고 있잖아. 여기는 우리 캠프야!"
딴쩡은 고개를 돌려 흘끗 쳐다보았다.
"예닐곱 명이면 텐트 서너 동이면 충분하잖아. 왜 이렇게 자리를 넓게 차지하지?"
상대는 양손을 내저으며 호들갑스럽게 말했다.
"우리 손님은 유명인이라 혼자서 텐트 한 동을 쓸 거거든. 게다가 가이드 일곱 명까지 합치면 텐트가 열 동은 필요하다고."
딴쩡도 양손을 벌리고 항의하려 할 때 루어뿌가 그의 등을 가볍게 두드렸다.
"됐어, 딴쩡! 50미터 정도 내려가서 약간 평탄한 경사면을 찾아 캠프를 설치하자."
한 젊은 대원이 아이스 스크루를 돌리면서 고개를 저었다.
"대장님, 이틀 동안 눈이 내렸는데 밤에 눈사태가 일어나지는 않겠지요?"
딴쩡은 오른손에 쥐고 있던 피켈로 그의 엉덩이를 쳤다.
"이런 멍청이! 눈사태가 무서워? 좋아, 너는 저 밑에다 텐트를 쳐라. 200미터만 더 내려가면 1호 캠프로 돌아갈 수 있어."
젊은 대원은 몇 발짝 피하다가 딴쩡을 돌아보며 말했다.
"형, 내려갈 생각만 하고 왜 올라갈 생각은 안 하세요? 저 녀석들 캠프 위쪽에다 텐트를 치면 안 됩니까?"
그러면서 젊은 대원은 피켈을 들어 경사면 꼭대기를 가리켰다.
"높은 데서 자면 오전에 일찍 출발할 수 있잖아요?"
딴쩡은 큰소리로 호통쳤다.
"닥쳐! 네가 설산에서 몇 번 망신당했더라? 나 대신 지휘라도 하겠다는 거야?"

그는 눈을 부라리며 아이스 스크루를 몇 개 집어 젊은 대원에게 던졌다.
"일이나 해! 높은 데서 자겠다고? 산신이 노하면 죽는 것쯤 일도 아니라고!"

딴쩡의 불길한 말을 듣고 루어뿌는 눈살을 찌푸렸다. 그러나 딴쩡의 난폭한 태도가 전 대원의 목숨을 구하게 될 줄 그때는 알지 못했다. 눈보라 속에서 온종일 행군한 탓에 모두가 기진맥진한 상태였다. 일찌감치 보릿가루 단자를 쩌먹고 곧장 침낭에 들어갔다. 하지만 루어뿌의 마음속에서는 불길한 예감이 내내 맴돌았다. 높은 산에서 티베트인들은 경박하게 허튼소리를 하거나 더러운 말을 하지 않는다. 어쩌다 한마디라도 하면 마음에 걸리고, 깊은 밤 악몽에 시달린다.

새벽 4시 반. 비몽사몽간에 그는 산신이 서랍을 여는 듯한 천지를 뒤흔드는 굉음을 들었다. 그 순간에도 그는 악몽을 꾸는 것이 아닌가 하고 의심했다. 그러나 그때 이미 목이 터지게 대원들을 불러 깨우고, 팔다리를 허우적거리며 침낭에서 벗어나 텐트 지퍼를 열고 밖으로 굴러 나왔다. 그때 그가 가장 두려워한 것은 폭풍과 눈보라가 불어와 그를 텐트째 낚아채서 눈 속에 파묻어 버릴 경우였다.

마음속으로 염불을 외우며 기어 나오자, 폭풍이 낙엽처럼 날려버려 그는 경사면 아래로 데굴데굴 굴러떨어졌다. 굴러떨어지면서 대원들이 모두 가을 나뭇잎처럼 잇달아 눈 위에 떨어지는 광경이 눈에 들어왔다. 다행히도 그때 눈사태는 캠프장 위쪽에 쌓여 있던 눈이 지지력을 잃어서 발생한 것이었다. 새로 내린 눈이 많아서 가루눈 눈사태라고 해도 될 정도로 눈의 습도가 최대치가 아니었다. 그래서 비교적 가볍고, 속도도 빠르지 않았다. 그 덕에 루어뿌는 거꾸로 눈 비탈에 떨어져 눈사태에 휘말려 날아가듯 낙하했다. 파묻힐 뻔한 순간, 몸을 뒤집어서 위쪽 경사면을 향하여 수그린 자세를 취할 수 있었다. 그러고는 뇌리에 깊이 새겨져 있는 말로리(Mallory, 1886~1924. 에베레스트에 세 차례나 오른 영국의 산악인. '산이 거기에 있어 산에 간다'는 명언으로 유명하다)의 눈사태 속 탈출 동작, 즉 양손으로 평영하듯 필사적으로 눈을 헤집는 동작을 취했다. 눈 속에서 발버둥 치는 사이 신기하게도 소년 시절 고향의 강변에서 말을 달리던 광경이 머릿속에 떠올랐다.

무의식 속에서 열심히 고삐를 쥐었으나 손에 잡히는 것은 공기뿐이었다. 그리고 발을 뻗어 힘껏 등자(말 안장 밑에 달린 발 받침대)를 밟았을 때 굴러 떨어지던 몸이 갑자기 멈추었다. 산신이 노발대발하며 내뿜는 숨결처럼 천지를 뒤덮으며 밀려 내려오던 눈사태는 다시 소리도 없이 고요하게 멈추었다.

루어뿌는 환각에서 깨어나자마자 안간힘을 쓰며 두 팔을 움직여서 양손으로 입과 코끝에 작은 틈을 만들었다. 시험 삼아 침을 뱉자, 침이 입에 되묻지 않았다. 지금 자신이 엎어져 있다는 뜻이었다. 나무아미타불을 속으로 되뇌며 침착하자고 자신을 다독이고는 팔을 머리 위로 치켜들어서 죽기 살기로 눈을 파헤쳤다.

루어뿌 팀은 고산 구조로 유명하다. 눈사태 속에서 많은 사람을 구해냈다. 그는 조난자의 75퍼센트가 눈 속에 묻히면 35분 후에는 사망한다는 사실을 알고 있었다. 130분을 버틸 수 있는 사람은 겨우 3퍼센트에 불과하며, 구조의 골든타임은 15분이다. 눈 속에 파묻혀서 내장 온도가 32도 이하로 내려가면 모든 신체 기능이 정지하기 때문이다. 이때 사람의 몸은 심장 박동을 우선시하여 가장 먼저 팔다리의 체온이 내려간다. 따라서 필사적으로 움직이지 않으면 팔다리는 곧 마비되기 시작한다. 15분이 지나면 추위가 모든 신체 기능의 정상적 작동에 영향을 미친다.

냉철한 판단과 상식으로 루어뿌는 신속하게 취한 구조 동작 덕에 눈더미 위로 올라올 수 있었다. 그의 눈앞에 별빛이 나타났다. 그는 지칠 대로 지쳐 몸부림을 멈추고 눈을 크게 뜨고는 숨을 깊이 들이마셨다. 그때였다. 밤하늘에 반짝 빛나는 그 새벽의 금성이 눈에 들어왔다. 그 광경을 예전에 본 적이 있는 듯한 기묘한 느낌이었는데 순간적으로 기억이 되살아났다.

16년 전 어느 눈 내리는 밤, 그가 고향의 산에서 올 시간이 되었는데도 돌아오지 않는 말을 찾고 있을 때였다. 살포시 눈이 덮인 호수 위에서 터벅터벅 비틀거리며 걷고 있는 그 말을 발견했다. 재갈을 물리려 할 때였다. 말의 발이 미끄러지면서 그도 함께 빙설 위에 자빠졌다. 말의 몸뚱어리에 다리가 짓눌린 그는 잔뜩 공포에 휩싸여서 큰소리로 염불을 외우며 부처님께 도움을 구했다.

"부처님, 제발 다리가 부러지지 않게 해주세요. 내일 등산학교에 입학한다고요."

나무아미타불을 몇 번 되뇌자, 말이 다리를 버둥거리며 일어났고, 루어뿌도 팔다리를 힘껏 움직여 말을 밀쳐서 빠져나왔다. 잠시 후, 긴장이 풀리자, 빙설 위에 누워있는 그에게 미소 짓는 밝고 커다란 금성이 눈에 들어왔다.

그로부터 16년이 흘렀고, 그 사이 그는 줄곧 고산과 빙설 속에서 지냈다. 거의 매일 밤 머리 위에서 별은 쉼 없이 빛났지만, 진지하게 그 별을 찾으려고는 하지 않았다. 오늘 밤 그는 또 한 번 큰 곤경에 처했고 겨우 죽음을 면한 채 다시 빙설 위에 누워 그 별빛을 받고 있다. 루어뿌는 들이마신 공기를 길게 내뱉고 새벽의 금성을 바라보며, 부처님의 자비로움 덕에 행운의 별이 자신을 수호해 주었다고 생각했다. 그날 그는 앞으로 살아가면서 말없이 수행에 정진하며 가이드 일에 종사하자고 다짐했다.

기운이 돌아오자, 루어뿌는 눈에서 나와 주위를 둘러보며 대원들의 이름을 하나하나 불렀다. 다행히 캠프가 있는 경사면이 완만하고 눈사태에서 조금 떨어져 있었던 덕분에 눈사태가 텐트를 덮쳤을 때는 이미 그 힘이 약해진 상태였다. 그래서 대원들은 눈 속에 깊이 파묻히지 않고 하나둘씩 일어서기 시작했다.

점호를 마치자, 루어뿌는 전원을 이끌고 서둘러 위로 올라갔다. 위쪽 캠프의 중간 지대는 자세히 보지 않으면 모를 정도로 움푹 팬 땅이었다. 움푹 팬 분지 양옆의 텐트는 눈사태로 여러 채가 흔적도 없이 사라졌는데 사람들은 모두 무사했다. 그러나 분지 안쪽의 텐트 십여 동이 보이지 않자, 생존자들은 마구 눈을 파헤치다가 큰소리로 울부짖었다. 실종된 열두 명은 빠짐없이 찾아냈으나 안타깝게도 결국 그들의 넋은 모두 서쪽 하늘로 돌아간 뒤였다.

그 자리는 어제 딴쩡이 캠프를 설치하려고 했던 곳이다. 그날부터 루어뿌는 텐트에 들어갈 때마다 두려움에 휩싸였다. 낮 동안 지휘 텐트에 있을 때는 텐트 윗부분이 투명한 플라스틱으로 되어 있어서 그나마 조금 나았다. 그래도 텐트 바깥에서 천체망원경으로 산 위를 바라보고 싶어서 낮에는 밖에 나와 있었다. 밤이 되어 텐트에 들어가야 할 때면 심장이 떨렸다. 가슴을 돌덩어리로 짓누르는 듯했고, 숨을 크게 쉬어도 숨이 막히는 듯했다. 의사는 그것을 밀실 공포증 증상이라고 했다.

2013. 05. 18. 새벽 2:00

5월 17일의 사건이 커다란 맷돌처럼 루어뿌의 가슴을 짓눌러 숨이 막히는 듯했다. 5월 18일 새벽 2시, 그는 일인용 텐트에 들어가자마자 후회했다. 침낭에 몸을 넣자 문득 관이 떠올랐다. 금세 땀투성이가 되어 가슴과 등이 흠뻑 젖었다. 그는 자신도 모르게 텐트 앞부분으로 다가가 지퍼를 열고 목을 내밀고는 숨을 헐떡였다. 지금까지 이런 불안 증세는 별빛을 바라보면 진정되고는 했다. 하지만 그날 밤 눈보라는 강하고 무겁게 빙벽에 부딪고 울부짖으며 원망하듯이, 흐느끼듯이 설원을 훑고 지나갔다. 그런 날씨에 별이 보일 리가 없다. 다음 순간, 누군가 구원을 요청하는 소리가 희미하게 들렸다. 그 소리는 멀지 않은 곳에서 들려오는 듯도 하고 산 정상에서 들려오는 듯도 했다. 애써 심장의 두근거림을 가라앉혔다. 이윽고 그의 텐트 밧줄이 광풍에 떨리면서 울리는 소리였음을 알았다.

16년 동안 루어뿌는 그 정도의 고립무원을 느껴본 적이 없었다. 그는 초원의 야크 떼를 치는 목동에서 피켈을 쥔 새로운 인간으로 변모하자 티베트 형제들을 이끌고 세계 고산 탐험을 꿈꾸었다. 그래서 일 년의 절반은 고산에 올라 빙설 속에서 보냈다. 해마다 끔찍한 사고가 발생하여 하루하루가 두려움의 연속이었다. 오늘은 더욱 두려웠고, 온몸의 뼈가 다 부서진 것 같고, 기력은 모두 빠져나가고, 마음이 텅 비었다. 납처럼 무거운 폭설이 사방을 가로막아 폐쇄된 공간을 이루고 있다.

'아, 갇혀버렸네.'

그렇게 생각한 루어뿌는 고개를 숙이고 목에 쌓인 눈을 털어내자마자 곧바로 위성전화를 집어 들었다. 그것은 그가 밀실 공포증을 극복하는 비결이었다. 전화 통화는 외부와 연결되어 있다는 감각을 주지만, 가장 중요한 것은 비상 연락망을 통한 구조 요청이었다.

그 연락원이 바로 바이마(白瑪)였다. 바이마는 한잠도 못 잔 채 마침 야로장포강(중국 5대 하천의 하나로 티베트에서 가장 긴 강) 옛 나루터에 발이 묶여 있었다. 바이마는 마흔다섯 살에 키 178, 망캉현(티베트 자치구 동부의 현)에서 자란 캄바족 남자였다. 콧날이 곧고 오뚝하며, 칠흑같이 검은 눈동자는 마치 검은 보석을 박아 넣은 듯했다. 티베트 등반대 2세대로 팀에서는 지식인이라고 할 만했다. 1988년에 중국지질학원 대학 지질학과에 입학하여 졸업 후 계속 공부하여 박사학위도 취득했다. 대학원을 졸업할 때 대학에서는 학교에 남으라고 했으나 그는 고산과 야크를 잊을 수 없다며 라싸로 돌아왔다.

　바이마는 다독가였고, 의욕도 컸다. 매년 등산 시즌이 되면 캠프에서 가장 교양 있는 연락원이 되었다. 바쁘게 움직이기 좋아하고, 각국 산악 팀의 리더들과 호형호제했는데 그 내면에는 원대한 꿈을 품고 있었다. 그 꿈은 중국 고산 스포츠를 위해 티베트 최초의 등산학교를 만들어서 우수한 티베트족 가이드 팀을 양성하는 것이었다. 티베트를 위한 일이기도 했고, 인간관계도 좋아서 많은 주변 사람이 응원해 주었다. 1999년 티베트 등반학교가 설립되어 지금까지도 초모랑마 북벽의 가이드 팀은 그 학생들을 최정예로 삼고 있다. 그것은 티베트의 신세대가 살아가는 방식이었는데 루어뿌는 특히 뛰어난 인재였다.

　고산 등반을 하지 않은 지 오래되어 바이마는 살이 찌기 시작했다. 배가 불룩해짐에 따라 그는 늘 뭔가에 사로잡힌 것처럼 온갖 걱정을 했다. 등산 시즌이 되면 불면증에 시달렸다. 제자들이 크레바스(빙하 표면의 깊은 균열)에 빠지지 않을까? 등반객을 올라가게는 했지만, 내려올지 못 할지 걱정하곤 했다. 루트 공작(등산과 하산 시 안전 도모와 위험 지역 통과를 위한 로프 설치 작업)팀이 하켄(머리 부분에 구멍이 있는 못. 바위 틈새에 박아 자일을 꿰거나 손잡이 또는 발판으로 사용하는 등산 용구)을 박다가 놓친다거나 루어뿌가 가볍게 여겼다가 등반 시기를 놓치지는 않을까 걱정했다.

　걱정은 적중했다. 어제 오후 5시 반, 라싸에서 회의하는 중에 문제가 생겼다며 루어뿌가 위성전화로 연락해 왔다. 해마다 등산 시즌이 되면 산에서 문제가 발생한다. 그러나 이번에는 자칫 잘못했으면 큰 사고로 이어질 뻔했다. 고도 7,900m에서 8,750m 사이에 여러 사람이 갇힌 것이다. 어떻게 구조할 것인지는 큰 도전이었다. 그 정도 규모면 루어뿌가 혼자 감당하기에는 불가능한 상황이었다. 다급한 마음에 바이마는 휴대전화로 베이징에 있는 지펑(季峰)에게 연락했다. 지펑은 지질학원 동창으로, 지금은 국내 산악 조난과 고산 구조 전문가였다. 인맥이 넓고 고산 구조 경험이 풍부하여 여러 차례 대형 산악구조를 지휘했다.

지평은 마침 베이징 차오양구(다수의 외국 대사관이 위치한 베이징의 중심업무지구)에 있는 슈퍼마켓에서 쇼핑 중이었다. 그는 입을 가리고 한 두 마디 대답하고는 가득 찬 쇼핑카트를 선반 옆에 세워둔 채 빠른 걸음으로 슈퍼마켓 밖으로 나갔다. 그의 표정이 흐릿했다. 그는 마흔여덟 살로, 얼굴은 검게 그을었고 허리는 굽어 있었다. 가느다란 눈은 영원히 눈보라 속에 붙박은 사람처럼 크게 뜨지 않았다. 서른이 지났을 때 고산에서 사고를 당하여 발가락 열 개를 잃었다. 걸을 때 보면 어딘지 모르게 어색한 느낌이었다.

"등반객은 몇이야?"

지평은 로터리 앞에서 고개를 들었다. 시야 가득 밝은 빛이 쏟아져 들어와 눈을 찌푸렸다.

"뭐? 그렇게 많아? 가이드는? 가이드는 몇 명이나 붙어 있는데?"

바이마의 이야기를 들으면서 그는 어이가 없다는 표정을 지었다.

"이탈리아 사람이라고?"

그러면서 왼손을 들어 자기 다리를 힘껏 내리치며 말했다.

"뭐야? 7,900에서 밤을 넘긴다고? 밤을 새워서라도 내려와야지?"

라싸의 기울어 가는 햇살 속에서 바이마는 숨을 깊이 들이마셨다.

"이제 다들 못 걸어. 동상이야. 다행히 산소호흡은 괜찮아."

지평은 입을 다문 채 고개를 들었다. 수도의 태양은 서쪽으로 기울기 시작했다. 햇볕은 따스하면서 쾌청했다.

"바이마, 루어뿌가 위에 있지? 루어뿌한테 서둘러서 구조대를 조직하게 해. 밤을 새워서 어택캠프(에베레스트 등반 과정에서 베이스캠프를 벗어나 산 정상 공격을 위한 거점 캠프)에서 노스콜(히말라야 7,150m, 에베레스트 산 북쪽 면의 고개로, 북동릉 등반의 주요 지점)까지 하산시켜야 해. 빨리!"

"루어뿌 팀은 다 내려갔어. 베이스캠프로 돌아가고 있어. 이번 시즌에 늦었거든."

"빨리 연락해서 다시 올라가라고 해."

"알았어. 바로 처리할게."

바이마는 고개를 끄덕였다. 그러고는 이어서 말했다.

"나는 바로 출발해서 밤중에 베이스캠프로 갈게."

"알았어, 알았어."

지펑은 두 번이나 거듭 대답하고는 혁혁 숨을 몰아쉬었다.

"바이마, 아무래도 불안해. 7,900미터로 하산시킨 사람들은 산소를 마시게 해야 한다고. 8,750미터에 있는 사람들은 못 구할지도 몰라. 일단은 비밀로 해 줘. 나는 오늘 밤에 청두(중국 서부 내륙 스촨성에 속한 거대 도시로서 교통요지이자 진나라 이후 역대 행정 중심지)로 날아가서 내일 오전 라싸로 갈게. 비행기에서 내리면 차로 베이스캠프까지 태워다 줘."

그렇게 말하고 지펑은 기침을 토했다. 하지만 휴대전화는 꼭 쥐고 귀에 대고 있었다.

"정신 차려! 멍청하게 굴다가 다 망친다. 언제든 연락해."

바이마는 지펑과 통화를 마치자마자 곧바로 운전기사 츠런(次仁)에게 전화를 걸었다.

"츠런, 당장 차에 기름 가득 채워. 한 시간 안에 출발할 거야. 초모랑마 베이스캠프로 출발한다."

햇볕은 대지를 강하게 비추고 있었다. 바이마는 고개를 끄덕이며 한 마디씩 말했다.

"너는 먼저 집으로 돌아가. 아내에게 주전자 두 개 분량의 물을 끓여달라고 해. 버터차 한 병을 준비하는 거야."

츠런이 뭐라고 중얼거리자, 바이마는 고개를 저었다.

"컵라면은 사지 마라. 서둘러!"

바이마는 츠런에게 지시한 다음 태양을 힐끗 올려다보더니 이번에는 티베트 등반대 부대장 변바(變巴)에게 전화를 걸었다.

"대원들을 데리고 무슨 수를 써서라도 내일 오전 8시 전까지 베이스캠프에 도착할 것을 명령한다. 혹시라도 늦으면 너는 이제 부대장이 아니다."

한 시간 뒤, 츠런은 혼다 오프로드 차를 바이마 앞에 세웠다. 바이마는 조수석의 안전벨트를 매고, 뒷좌석에 탄 쑤오랑(素朗)을 돌아보며 명령했다.

"쑤오랑, 팅리병원 지에(傑) 원장님한테 전화해 줘. 구급 장비 한 세트하고 의사 몇 명 데리고 베이스캠프로 서둘러 오라고 부탁해."

쑤오랑은 고개를 끄덕이더니 재빨리 휴대전화를 꺼내 들었다.

"그리고 변바에게 말해줘. 고압 산소통 꼭 가져오라고."

바이마는 그렇게 연달아 지시했다. 바이마는 왼팔에 찬 아웃도어 시계를 보았다. 다이얼의 숫자는 오후 6시를 가리키고 있었다. 열 시간 안에 베이스캠프에 도착해야 한다. 바이마는 시간을 계산하고 엔진 스위치를 켠 츠런에게 안전에 유의하라고는 말하지 않았다.

라싸 마을을 빠져나와 취수이현과의 경계까지는 순조로웠다. 그러나 니무현에 들어서자, 비가 내렸고, 그 비가 눈으로 바뀌어 바이마의 심장까지 서늘하게 했다. 야로장포강을 따라 오르자, 산은 점점 험해졌고, 318번 국도에는 가는 길목마다 낙석이 가로막고 있었다. 츠런은 드릴로드(착암기 본체와 구멍을 뚫는 나사형의 드릴비트를 연결하는 강철봉)처럼 낙석을 잇달아 돌아나갔지만 갈수록 초조해져 구시렁거렸다.

"이상하네. 왜 이렇게 마주 오는 차가 없지? 앞쪽에 무슨 일이라도 생겼나?"

바이마는 이 말을 듣자 벌컥 화가 내며 옆으로 고개를 돌리고 츠런에게 소리 질렀다.

"운전이나 제대로 해. 돌 튀기지 말고, 입 다물고."

츠런은 입을 다물었지만, 차도 멈추어야 했다. 낮은 산등성이를 넘어가자 기다란 차량 행렬이 길을 막고 있었기 때문이다.

"젠장!"

츠런은 바이마의 지시가 떨어지기도 전에 문을 열고 차 앞으로 달려갔다. 십여 분 후 그는 헐떡거리며 돌아와 바이마 쪽 창문에 서서 보고했다.

"선생님, 산사태가 나서 지금 긴급 공사 중입니다."

바이마는 초조해하며 문을 힘껏 두드렸다.

"얼마나 걸리는지 물어봤나?"

"네, 물어봤습니다. 시가체(야로장포강과 녠추허강 합류 지역에 있는 티베트 제2의 도시) 쪽에서 불도저 한 대가 온다니까 두 시간 정도면 가능할 것 같습니다."

바이마는 양손으로 얼굴을 감싸고 잠시 생각하더니 츠런의 핸들을 두드렸다.

"유턴!"

"네? 유턴이요?"

쑤오랑은 깜짝 놀라며 바이마를 쳐다보았다. 츠런은 잠자코 운전대를 쥐더니 좁은 도로에서 지금까지 왔던 방향으로 시원하게 차를 돌렸다. 차가 경사면을 내려가는 것을 보더니 바이마는 고개를 돌리며 말했다.

"여기는 차를 세우면 위험해. 봤지? 우리 왼쪽 산에서 자갈이 계속 떨어지고 있었어. 오른쪽은 도로 갓길이었고. 100미터 아래는 야로장포강이야."

그는 손에 쥐고 있던 휴대전화를 들어 올렸다.

"이런, 전화가 안 터지네."

쑤오랑은 눈을 동그랗게 떴다.

"이대로 돌아가나요?"

"아니, 조금 우회하는 거야. 아까 지나온 옛 나루터로 가는 거다. 츠런을 잠깐이라도 잠을 자게 해야지. 루어뿌에게서 전화가 올지 몰라. 넌 자지 말고 마주 오는 차가 있는지 지켜봐라. 도로가 뚫리면 속도를 내자."

바이마의 예감이 맞았다. 새벽 1시, 쑤오랑은 반대편 차선에서 불빛이 다가오자, 흥분해서 졸고 있는 바이마와 코를 골고 있는 츠런을 깨웠다. 츠런이 고개를 흔들며 스스로 잠을 떨치고 시동을 걸었다. 바이마의 손에 있던 휴대전화가 울렸다. 바이마는 수신 번호를 확인하더니 츠런에게 시동을 끄라고 손짓했다.

"여보세요? 루어뿌? 상황은 어때? 빨리 말해봐."

고산에서 위성전화로 통화할 때는 말이 간결해야 한다. 머리 위 위성이 순식간에 지나가 버리기 때문이다. 한 번이기는 해도 종종 신호가 오래 잡히는 경우가 있다. 루어뿌의 보고를 들으면서 바이마는 전화기를 귀에 바짝 댔다. 미간을 찌푸렸고 두 눈을 점점 더 크게 떴다.

"뭐? 눈사태? 어느 지점에서? 언제 발생했는데? 누가 죽었어? 여보세요?"

전화가 끊겼다. 바이마는 좌석 등받이에 머리를 기대고 눈을 감았다.

"재수 옴 붙었다. 이건 대참사의 징조다."

츠런은 바이마를 힐끗 쳐다보더니 차 키에 손을 댔다.

"꼼짝하지 마. 전화 올 때까지 기다려!"

전화가 다시 걸려 왔다. 이번에 바이마는 두 손으로 휴대전화를 귀에 가져다 댔다. 2분도 채 안 지난 사이에 루어뿌는 현재 상황 보고를 마쳤다. 바이마가 말하려 하자 또다시 전파가 끊겼다.

지난 몇 년 동안 바이마는 노스콜 위에 쌓인 거대한 눈처마(설비라고도 하며, 산 능선에 처마 모양으로 쌓인 눈)가 늘 신경 쓰였다. 그래서 평소에도 그 루트에 적지 않은 시간을 할애했다. 오늘 밤 염려했던 눈사태가 결국 일어나고 말았다. 다행히 한밤중이라 루트에 사람이 없어서 일단 안도의 한숨을 쉬었다. 그러나 한숨 돌렸다고 해도 마음은 여전히 갑갑했다. 눈사태로 루트가 끊어지는 바람에 그 위에 있던 등산객이 하산하지도 못하고 산 밑에서 구조에 나서기도 여의찮았다. 그야말로 '하늘을 불러도 하늘은 응답이 없고, 땅에 부르짖어도 땅도 소용없는(중국 향토문학가 류샤오탕의 장편소설 '지화(地火)'에 나오는 표현으로 곤경에 처했으나 도움을 구할 곳이 없음을 뜻하는 속어)' 상황이 벌어진 것이다.

바이마가 괴로워하자, 쑤오랑은 눈을 껌뻑이며 말했다.

"선생님, 그 루트는 몇백 미터에 불과해요. 날이 밝는 대로 루트를 복구하면서 팀을 올려보내면 두세 시간 안에 도착할 겁니다."

바이마는 잠시 말이 없다가 눈을 뜨고 잇달아 앞에 지나가는 자동차들의 전조등을 바라보면서 천천히 고개를 저었다.

"쑤오랑, 그건 대재난이 닥치기 전에 생각할 일이야."

그는 다시 눈을 감고 좌석 등받이에 머리를 기대고는 백 계단을 올라 집에 도착한 노인처럼 숨을 길게 내쉬었다.

"만물에는 영혼이 있고, 만사에는 인과가 있나니!"

쑤오랑에게 그렇게 말했지만, 눈앞에는 노스콜의 천만년 대 설원이 펼쳐져 있었다. 초모랑마 북벽은 늘 바람이 불고 어쩌다 날씨가 화창할 때면 서리가 내린다. 해가 뜰 때 바람이 잦아들면 바위 위에 서리가 두껍게 얼어붙는다. 이 서리는 수증기가 얼어붙어 생기는데 지표면에서 얼음 결정이 되어 굳어진 것이다. 그 결정은 모양이 다양하고 아주 뚜렷하다. 칼 모양, 고리 모양, 소용돌이 모양 따위로 눈 위에 쌓이면 표층 서리라고 부른다. 고산의 오전, 햇살 아래 부서지기 쉬운 얇은 순백의 깃털이 흩뿌려져 빛을 반사하면서 투명하게 빛난다. 티끌 하나 없는 순백, 투명한 순수. 마치 신의 비둘기가 동이 트기 전 머리를 빗고 화장이라도 하듯이 날마다 천상의 깃털이 나붓나붓 내려앉아서는 인간 세상에 행복과 재앙을 불러온다. 미묘한 조화 그 자체다.

그러나 산에 오르는 사람에게는 그 서리가 재앙의 근원이다. 고산은 춥고, 해가 뜨자마자 바람이 분다. 바람이 지나가면 서리가 맺힌다. 그것은 눈이나 얼음으로 변할 사이도 없이 한 번의 폭설에 파묻혀 심층부의 부서지기 쉬운 설면이 된다. 마찬가지로 눈이 우박으로 변해서 눈 표면에 흩뿌려지면 강한 바람으로 급속히 얼어붙고, 눈 속에 깊이 파묻혀서 그 역시 설빙 경사면의 취약층을 이룬다.

그렇기에 사람들이 평소에 밟고 다니고, 눈에 보이는 설빙의 경사면은 사실 움직이지 않을 때가 없다. 풍력의 강약, 설빙층의 두께, 일사량의 강도에 따라 눈사태의 발생 여부가 결정된다. 왕왕 사람이 경사면을 걸을 때 중력으로 인하여 부서지기 쉬운 설빙층 위에서 단단한 설빙층이 미끄러지고, 그것이 도미노 현상을 일으켜 눈사태가 발생하기도 한다.

그러나 5월 18일 새벽에 발생한 눈사태는 사람이 아니라 폭풍설에 의한 것이었다. 노스콜은 초모랑마와 장쯔펑을 잇는 안부(산의 능선이 말안장 모양으로 움푹 들어간 부분)이다. 장쯔펑에 가까운 쪽은 7,000미터 고공에 솟아 있고, 200미터에 가까운 폭으로 눈처마가 돌출되어 있다. 그 눈처마가 북서풍을 막고, 폭설이 그 위에 끊임없이 쌓이게 한다. 날이 갈수록 눈은 두껍고 무거워져 결국에는 무게를 견디지 못하게 될 것이다. 그것이 무너지는 날이 곧 재앙이 일어나는 날이다.

그때는 폭설로 인한 강설량이 어마어마했고, 눈이 습기를 다량 머금고 있어서 급기야 눈처마가 무너져 내렸다. 바람으로 겹겹이 쌓인 눈, 그것이 굳어진 층이 부서져서 블록 눈사태가 된다. 블록 눈사태는 무겁고 빨라서 6,800미터의 눈 경사면을 무너뜨리며 새로 내린 분설(푸석푸석하고 끈기가 없는 가루눈, 응집력이 없기 때문에 분설이 많이 쌓인 곳은 발이 잘 빠져 걷기 어렵다. 또한 이런 눈은 마른 눈일 경우 눈사태가 일어나기 쉽다) 눈사태를 일으키는 루트다. 눈사태 광경을 생각하면서 바이마가 가장 우려한 점은 상향 루트였고, 감탄한 점은 이번 눈사태가 심야에 발생하여 사상자가 나오지 않았다는 사실이다. 참고로 초모랑마 남북 양쪽 벽에서 1990년부터 2009년까지 사망자 중 50퍼센트가 눈사태로 인한 경우였고, 40퍼센트가 낙석으로 인한 경우였다.

경사면의 기울기가 심하고 크레바스도 많으며 거기에다 머리 위 거대한 눈처마가 끊임없이 압력을 가하고 있다. 노스콜의 루트는 복구하기가 어렵고, 걷기도 힘들다. 이번 눈사태로 노후 설비가 전부 쓸려나가고, 로드 로프와 사다리도 깡그리 떠밀려 갔을 게 틀림없다. 바이마가 가장 걱정되는 부분은 경사면 전체에 형성된 높이 수십 미터, 폭 수백 미터에 달하여 넘기 힘든 하나하나의 눈사태 능선, 주르륵 미끄러지는 눈사태 제방, 그 위의 눈의 케른(산의 정상이나 등산길을 표기하기 위해 쌓아놓은 돌무더기), 동심원 모양의 습곡이다. 이 기괴한 지형들은 무너져 내린 얼음덩어리, 바위 그리고 오래되고 딱딱한 눈 덩어리 등으로 이루어져 산 정상으로 향하는 루트를 가로막고, 필사적인 루트 복구를 방해하고도 남을 것이다. 평소 세심한 업무상의 고충은 큰 문제가 아니다. 당장은 죽음에 처한 사람을 구조하는 것이 결정적 문제여서 일분일초가 생명과도 같았다.

생각할수록 마음이 무거워져 점점 더 눈을 뜨기 힘들었다. 쑤오랑은 바이마가 기진맥진하여 될 대로 되라는 듯 만사 포기 상태로 빠져든 기색을 처음으로 감지했다. 바이마의 눈시울이 젖어 있기에 위로의 말을 하려던 때였다. 루어뿌에게서 다시 전화가 걸려 왔다.

"루어뿌, 이제 전화하지 마. 지금 필요한 건 빨리 자는 거야. 내일 날이 밝으면 에리히 선생님을 데리고 다시 아래를 보러 내려와 줘. 알겠어? 너무 많이 내려가지는 말고. 저 눈처마가 또 다른 눈사태를 일으킬지도 몰라."

그때 위성이 마침 루어뿌의 머리 위에 있었던지 목소리가 또렷하게 들리고 노스콜의 바람 소리에 산신령의 노기에 찬 일갈을 느꼈다.

"루어뿌, 너를 탓하는 건 아니지만, 이번 일에서 너는 신속하지 못했어. 야크를 위로 몰아가는 게 늦어서 등반 시즌에 제대로 맞추지 못한 거야."

루어뿌는 아무 말도 하지 않고 바로 전화를 끊었다. 바이마는 두 손으로 이마를 두드렸다.

"츠런, 빨리 가! 쑤오랑, 츠런을 위해 도로를 지켜봐. 나는 눈 좀 붙일게."

사실 바이마는 조금도 졸리지 않았고, 내심 초조했다. 날이 밝으면 노스콜의 루트를 어떻게 응급 복구할 것인지가 고민이었고, 참지 못하고 루어뿌를 책망했기 때문이었다.

2

루어뿌의 기분은 확실히 최악이었다. 바이마는 그에게 인생의 스승이었기에 조금 전 질책을 당하고선 망치로 한 대 얻어맞은 듯이 심장이 쿵쾅거리며 맥박이 빨라졌다. 갑자기 과호흡이 왔다. 앉아서 숨을 크게 들이마시려 했다. 입을 벌리고 폐가 텅 비도록 숨을 내쉬어도 공기를 들이마실 수가 없었다. 공중으로 뛰어오르는 물고기가 그러듯이 그는 필사적으로 고개를 흔들며 양손으로 가슴을 쳤다. 텐트 밧줄이 눈보라에 떨며 흐느껴 울었다. 그는 팔을 쭉쭉 뻗어 텐트에 주먹을 퍼부었다. 마치 괴물과 힘겨루기라도 하는 사람 같았다.

그가 눈을 치켜뜨고 소리를 지르려 할 때 무전기가 울렸다. 침낭을 한 대 퍽 치고 눈을 부릅뜨자 그제야 비로소 공기가 뱃속까지 들어왔다. 그는 응답 버튼을 눌렀다.

"여기는 루어뿌, 무슨 일이야?"

딴쩡이 크게 소리쳤다.

"골치 아프게 됐어요. 스페인 사람이 쇼크를 일으켰다고요."

"뭐야?"

루어뿌는 침낭 위에 벌렁 드러누웠다. 그러고는 이렇게 물었다.

"에리히 선생님이 덱사메타손을 맞으라고 했잖아. 맞았어? 왜 그의 가이드한테 주사를 안 놓은 거야?"

"앙뚜어지에 가이드는 저체온증에 걸려서 아무리 불러도 일어나지를 않아요."

루어뿌는 눈을 동그랗게 떴다.

"아니, 에리히 선생님이 우리한테 맡겼잖아. 지금부터 무전기 주파수를 조정해 줘. 다른 사람이 듣지 못하도록 해."

딴쩡은 루어뿌가 일러주는 주파수로 맞추더니 다시 소리쳤.

"어떻게 할까요? 주사를 안 맞으면 못 버틸 것 같은데요."

"그보다는 죽을지도 모르잖아?"

"루어뿌, 지금 당장 에리히 선생님을 불러서 얘기 좀 하게 해주세요."

그러나 루어뿌가 아무리 호출해도 에리히 선생님은 대답하지 않았다. 도리 없이 그는 다시 텐트에서 나와 전조등 불빛에 의지해서 십여 분을 걸어 에리히 선생님의 텐트로 향했다. 눈보라가 루어뿌의 머리를 맑게 해주었다. 에리히 선생님이 텐트에서 얼굴을 내밀었을 때 루어뿌의 심장은 이제 날뛰는 야크처럼 미친 듯이 빠르게 고동치지는 않았다.

"선생님, 페르난데스는 주사를 맞지 않으면 버티지 못할 겁니다. 살든지 죽든지 제가 책임지겠습니다. 하지만 선생님도 제가 마음대로 한 게 아니라고 한마디만 해주세요."

세찬 눈보라가 몰아쳐 에리히 선생님은 눈을 감고 한 마디씩 또박또박 말했다.

"당신들이 설치한 로드 로프에 문제가 있었어. 그러니 책임은 당연히 당신이 져야지. 주사를 놓을지 말지는 당신이 결정하라고. 나는 자야겠군. 오전에 우리는 아래쪽 루트를 보러 갈 테니까."

에리히 선생님은 냉정하게 말하면서 힘겹게 눈을 뜨고 목 밑에서 한 손가락을 뻗어 루어뿌를 가리켰다.

"이봐, 형제! 그 주사로 다시 살아나면 내일 서둘러서 그를 하산시켜줘. 만약 죽으면 침낭에 넣어 주고. 요컨대 살든지 죽든지 하산시키라고. 산 위에 둬선 안 돼!"

에리히 선생님의 얼굴이 텐트 안으로 사라지자, 루어뿌는 몸을 곧게 세우고 눈보라 속에 섰다. 그는 무전기로 딴쩡을 부르더니 소리쳤다.

"주사 놔줘!"

오늘 밤의 에리히는 피가 다 빠져나간 늙어빠진 영양 같았다. 온몸이 산산조각이 날 것 같아 침낭에 웅크리고 있었다. 땀으로 속옷이 푹 젖어 있었고, 마음은 무참하게 짓밟힌 토끼처럼 고통스러웠다. 한 번, 또 한 번 공포감이 밀려올 때마다 살려달라는 소리가 목에서 터져 나왔다.

에리히는 이미 고산의 빙설 속에서 36년을 보냈다. 그의 어머니는 독일인이고 아버지는 스위스인이었다. 부모님의 가족은 조상 대대로 독일 서남부 콘스탄츠(Konstanz) 지방의 보덴호수(Bodensee) 주변에서 살았다. 보덴호수는 스위스, 오스트리아, 독일에 걸쳐 있으며 세 나라가 공동으로 관리한다. 어머니는 초등학교 교사였고, 아버지는 호반 위의 문화유산(선사시대의 말뚝 위에 만들어진 건물) 박물관에 근무하는 연구원이었다.

에리히는 태어나자마자 세 나라에서 온 일곱 명의 아버지 쪽 할머니와 여덟 명의 어머니 쪽 할머니들에게 안겨 뽀뽀 세례를 받았다. 그가 가장 좋아한 일행은 외사촌 프랑클이었다. 프랑클은 그와 동갑내기로, 몸이 튼튼하고 움직이기를 좋아하는 아이였다. 열두 살 때 프랑클의 가족은 남 티롤(Tirol)로 이사했다. 남 티롤은 이탈리아 최북단에 있는 주로 서부는 스위스, 북동부는 오스트리아와 접해 있다. 면적은 39만 제곱킬로미터, 인구 50만 명, 그 가운데 70퍼센트가 오스트리아식 독일어를 사용한다. 에리히의 삼촌은 남 티롤의 주요 도시인 볼차노(Bolzano)의 중심부에 살며 조상에게서 물려받은 고택을 이용해 호텔을 운영한다. 그곳은 전 세계 여행자들의 천국 같은 도시이다. 천년의 역사를 지닌 골목길과 아치형 화랑, 색채가 화려한 벽화 같은 농가로 이루어져 있다. 거기서는 사람들이 한 번도 일자리를 잃은 적이 없다. 관광업이 발달해서 볼차노는 이탈리아에서도 가장 부유한 도시로 불리기 때문이다. 에리히의 아버지와 삼촌은 모두 열광적인 스포츠 애호가였다. 매년 휴가는 항상 서로를 초대해서 에리히와 프랑클을 데리고 하이킹이나 등산을 떠났다.

스무 살에 대학에 입학한 해였다. 여름방학 때 에리히와 프랑클은 처음으로 8,000미터급 고봉에 올랐다. 네팔 영토 내 해발 8,167미터 다우라기리(네팔에 속한 세계 7대 봉우리) 산이었다. 1988년 여름, 에리히는 바덴-뷔르템베르크(독일 남부의 주)에 있는 만하임(Mannheim)대학을 졸업했고, 프랑클은 레만(Leman) 호숫가에 있는 로잔(Lausanne)대학 국제경영학과를 졸업했다. 최고의 상학부 졸업생으로서 그들은 공동으로 '에베레스트 고산 어드벤처 프로덕션'을 설립했다.

인생의 새로운 출발을 축하하기 위해 그들은 곧장 스위스 알프스 리조트의 성지 그린델발트(Grindelwald)에서 '죽음의 벽'으로 불리는 아이거(Eiger)산 북벽에 올랐다. 아이거는 해발 3,970미터에 불과하지만, 정면에는 칼날 같은 절벽이 우뚝 솟아 있다. 경사면의 평균 기울기는 70도, 수직 낙차는 1,830미터에 달한다. 산 전체가 부서지기 쉬운 석회암으로 이루어진 까닭에 똑바로 설 만한 곳을 찾기도 쉽지 않았다. 3,300미터 지점의 죽음의 캠프에서 밤을 보낼 때 폭풍설이 몰아쳤다. 그들은 사흘 동안 갇혀 있다가 나흘째에 가서야 겨우 산 정상에 올랐다.

서른 살이 되었을 때, 그들은 이미 8,000미터급 고산 6좌를 정복한 상태였다. 뛰어난 등반 실적은 그들의 고산 어드벤처 프로덕션에 점점 더 많은 등반객을 끌어들였다. 1988년 7월, 그들은 세계에서 두 번째로 높은 고봉인 고드윈-오스틴산('K2'라고 불리는 세계 제2의 고봉, 해발 8,611미터에 달하며 8,000미터급 14좌 가운데 가장 등정하기 어려운 산으로 유명하다) 등반을 결정하고 동남쪽 능선 루트를 선택했다.

처음에는 조짐이 좋았다. 해발 7,000미터 지점의 '지붕의 굴뚝'을 넘을 때까지만 해도 바람이 약하고 눈도 적었다. 그러나 산 정상을 공격할 때 고드윈-오스틴은 흉악한 면모를 드러냈다. 거칠게 포효하며 그 누구에게도 산에 오르는 것을 허락하지 않았다. 프랑클은 절대로 뒤돌아보지 않고 에리히와 함께 폭풍설을 뚫고 산 정상에 올랐다. 그러나 내려올 때가 문제였다. 8,200미터에서 8,400미터 사이에 있는 지옥문, 소위 병목 지대에서 눈사태가 일어났다. 바로 코앞에 걸어가던 파키스탄인 가이드가 무너져 내린 얼음덩어리와 함께 계곡 바닥에 떨어져 압사했고, 로드 로프가 엉망진창이 되었다. 하산 루트가 끊어졌으나 에리히와 프랑클은 아랑곳하지 않은 채 계속 하산하기로 했다.

로드 로프도 없고 눈더미 등도 불안정했다. 50미터도 채 걷지 않았을 때 에리히가 발을 헛디뎌 미끄러지면서 추락했다. 마음의 준비를 하고 있던 터라 엉덩이와 등부터 경사면에 떨어졌다. 그는 재빨리 엎드려서 얼굴은 바닥을 보고 뒤통수는 위를 향하게 했다. 그런 다음 양손으로 피켈 끝을 눈 속에 푹 꽂았다. 50미터 가까이 미끄러져 나락 같은 심연에 내동댕이쳐질 뻔한 순간 그의 몸이 눈처마 끄트머리에서 멈추었다.

그가 미끄러졌을 때 프랑클은 고개를 숙인 채로 눈 속에 파묻힌 로드 로프를 잡아당기고 있었다. 에리히의 비명에 고개를 들었다. 화들짝 놀라 얼굴이 창백해졌다. 황급히 발을 내디디면서 조급하게 굴다가 실수를 저질렀다. 눈 속에 꽂아둔 피켈을 뽑아야 하건만 깜빡했고, 오른발의 아이젠으로 눈 속에 묻혀 있는 로드 로프를 밟고 말았다. 그 순간 프랑클은 공중제비를 돌 듯이 휙 돌아서 눈더미 층의 경사면으로 굴러떨어졌다. 관성력이 컸으므로 그는 굴러떨어지면서 바위처럼 속도를 높여 에리히가 있는 쪽으로 미끄러져 내려갔다.

"어서 내 손을 잡아!"

에리히가 눈처마 위에 멈춰 서서 고개를 들고 프랑클에게 손을 잡으라고 외쳤을 때 프랑클의 균형이 무너지는 듯했다. 에리히는 깜짝 놀라 왼손으로 피켈 끝을 꽉 잡고 오른손을 뻗어 프랑클을 붙잡으려 했다. 그러나 예상치 못하게 프랑클이 빠른 속도로 미끄러져 내려와 금방이라도 에리히에게 부딪힐 듯했다. 그 순간 프랑클은 필사적으로 몸을 숙여서 에리히 옆을 스쳐 지나갔다. 순식간에 프랑클의 몸이 눈처마에서 날아올랐다. 매처럼 두 팔을 벌리고 눈보라 속에서 날고 있었다. 진홍색 겉옷이 바람 때문에 불룩했다. 집으로 돌아가는 아이처럼 자유롭게 공중으로 사라졌다.

"안 돼!"

에리히는 멍하니 있다가 미친 듯이 소리쳤다. 그는 프랑클이 왜 마지막에 일부러 자신을 피했는지 알고 있었다. 그 아슬아슬한 순간에도 프랑클은 자신의 이동 속도가 너무 빨라서 에리히가 자기를 붙잡기에는 역부족임을 알고 스스로 죽음을 선택한 것이다. 그리고 에리히를 저세상 가는 길에 끌어들이고 싶지 않았기 때문이다. 극심한 고통 때문에 에리히는 피켈을 쥐고 있던 오른손이 느슨해졌다. 그러나 몸이 미끄러지려 하자 퍼뜩 정신을 차리고 힘을 내서 위로 움직였다. 왼손으로 피켈을 꽉 쥐고, 오른손으로도 같이 잡았다.

"둘 다 산에서 죽으면 안 돼. 내려가서 프랑클을 묻어주는 거야!"

에리히는 크게 외쳤다.

다음 날 오후, 에리히는 해발 5,000미터에 있는 1호 캠프로 돌아왔다. 캠프에는 아무도 없었다. 험준한 빙벽 밑에 프랑클이 시든 모란꽃처럼 눈 속에 반쯤 묻혀 있었다. 얼마나 세게 부딪혔는지 똑바로 누워있는 그의 얼굴에 안구는 사라지고 안와에는 피만 고여 있었다. 십여 미터 떨어진 곳에 그의 회갈색 안구 두 개가 눈 속에 떨어져 있었다.

에리히는 숨죽인 채 멍하니 프랑클 곁에 무릎을 꿇었다. 저녁이 되자 그는 경사면에 구멍을 파고 프랑클을 그 안에 묻었다. 프랑클의 안구와 얼굴이 모두 얼어붙은 상태여서 그는 두 개의 안구를 프랑클의 안와에 조심스럽게 올려놓을 수밖에 없었다. 프랑클 곁에 2인용 텐트를 치고 애도의 밤을 보냈다. 프랑클의 침낭을 펼쳐서 자기 옆에 깔았다. 전조등을 끄면서 그는 평소처럼 인사를 건넸다.

"잘 자, 프랑클."

하산한 후 에리히는 프랑클과 함께 시작한 고산 어드벤처 프로덕션의 운영을 혼자 도맡았다. 항상 수입의 절반을 프랑클의 부모님께 보냈다.

1987년 5월, 그는 일곱 명의 등반객을 이끌고 초모랑마 남벽에서 산 정상에 올랐다. 산 정상에서 붉은색과 흰색이 반반씩 섞인 남티롤의 깃발을 펼치자, 깃발이 바람에 휘날렸다. 에리히는 대성통곡했다. 산소마스크를 벗고 위로 크게 외쳤다.

"프랑클, 봤어? 이게 바로 남 티롤의 자존심이라고!"

그 후로 에리히는 도시로 돌아가고 싶어 하지 않았다. 도시에 나가서 사람들과 함께 있어도 항상 조용했다. 이따금 이유도 모른 채 짜증을 내기도 했다. 의사는 그에게 우울증이라고 진단했다. 그러나 고산에만 돌아오면 금세 편안해졌다. 매일 밤 잠자리에 들기 전에 프랑클의 침낭을 깔고 한마디 했다.

"잘 자, 프랑클."

3

루어뿌가 가고 난 뒤 에리히는 침낭에 들어가서 옆에 있는 프랑클의 침낭을 두드렸다.

"프랑클, 세상에 눈에다 서리까지 내렸어!"

페르난데스는 훌륭한 경력의 소유자였다. 쉰일곱 살에 카탈루냐(Catalunya) 출신이다. 카탈루냐는 스페인의 자치령으로 이베리아반도 북부에 있고, 중심 도시는 바르셀로나(Barcelona)이다. 그는 대형 호텔 체인의 소유주로서 카탈루냐의 유명한 휴양지인 마요르카(Majorca)섬에 매일 숙박객이 가득 차는 호텔을 소유하고 있다. 유명 산악인 메스너(Messner)는 그곳의 단골이었는데 페르난데스는 성의를 표시하는 정도로만 숙박비를 받았다.

페르난데스가 산악인 선생님을 존경해서이기도 했으나 더 중요한 이유는 메스너가 묵을 때마다 유럽의 아웃도어 스포츠 애호가들이 속속 찾아오기 때문이었다. 이런 일이 반복되면서 그의 호텔에는 특별한 가치와 명성이 따라붙었다. 나중에 메스너의 제안으로 그는 호텔 해변에 난도 높은 등반 벽을 만들었다. 호텔 해변에서 시원한 맥주를 마시며 세계 정상급 암벽등반가들의 경기를 관람하는 것이 호텔 투숙객들의 큰 즐거움이 되었다. 해마다 고산에서 내려오면 에리히는 항상 그 호텔에 찾아와 휴양했다. 가장 큰 목적은 고객을 찾는 것이었다.

1980년대에 접어들면서 세계적으로 고산 스포츠가 붐을 일으켰다. 이에 따라 고산 어드벤처 프로덕션이 잇달아 설립되었다. 에리히 같은 산악인들은 베테랑이 되어 있었으므로 당연히 산을 터전으로 삼아 고산 등반객과 관련된 일을 하는 것이 유일한 수입원이었다. 프랑클이 사망한 후, 일 년 내내 에리히는 세계 각지의 고산을 찾아 올랐다. 삼 년 가까운 시간을 들여 마침내 회사 빚을 갚고, 프랑클의 부모님이 살던 남 티롤의 농가를 다시 지었다.

90년대부터 그는 초모랑마의 봄철 등산 시즌에는 네팔 쪽 남벽에 베이스캠프를 설치했다. 매년 3월이면 카트만두로 날아간다. 20여 명의 도보 여행팀을 안내하며 루클라에서 베이스캠프까지 7일 동안 이동하여 베이스캠프에 도착한다. 그들은 모두 유럽에서 온 부유층 명사들이다. 에리히가 직접 가이드해 주는 것을 영광으로 여겨 팁도 후하게 주었다. 베이스캠프에서 그들에게 점심을 대접한 다음, 그들과 헬리콥터에 나눠 타고 루클라로 갔다가 다시 세스나 미국 항공기로 갈아타고 카트만두로 돌아온다. 호텔에는 벌써 그의 등반팀과 손님들이 기다리고 있었기 때문이다.

매년 에리히는 최대 모객 인원수인 열두 명까지 손님을 모았으면 했으나 경쟁은 점점 더 치열해졌다. 네팔 본토의 등산 회사들은 부지기수였고 가격도 엄청나게 저렴했지만, 에리히의 유명인 손님들을 빼앗지는 못했다. 그들은 섣부르게 낯선 산악회사를 상대하지 않는다. 일반적으로는 에리히 같은 고산 전문가와 몇 년을 함께한 후에야 비로소 팀에 합류를 결정한다. 매년 비수기에 에리히가 페르난데스의 호텔에서 술을 마시며 산을 말하는 이유이기도 했다.

에리히가 초모랑마 남벽에서 명성을 얻고 있을 때 뉴질랜드의 홀(Hall)과 미국의 피셔(Fisher)가 뛰어들었다. 홀의 회사는 '어드벤처 컨설턴트'라는 이름으로, 피셔의 회사는 더 기발하게도 '크레이지 마운틴'이라는 이름으로 간판을 내걸었다. 그들의 손님은 원래 북미, 뉴질랜드, 호주에서 온 사람들이 주를 이루었다. 그러나 기발한 방식으로 매스컴과 인터넷을 통해 홍보하여 많은 에리히 손님들의 관심을 끌어모았다.

에리히는 회사 생존에 대한 압박감이 더해지면서 마음이 편치 않았다. 그는 이러한 경쟁으로 인해 고산 경험이 없는 부적격 고객까지 끌어들이지는 않을까 걱정했다. 그래서 그는 등산로를 중국 쪽 초모랑마 북벽으로 옮기는 방안을 연구하기 시작했다. 아니나 다를까, 1996년 5월 열두 명의 산악인이 등반 중 조난했다. 그 가운데는 팀을 이끌던 홀과 피셔도 포함되어 있었다. 에리히가 자기 팀을 이끌고 산 정상을 공격하던 중 홀과 피셔의 얼어붙은 시체 옆을 지나게 되었다. 시체 옆에 앉아 그는 자문자답했다.

"프랑클, 설마 우리 모두 이렇게 산에서 죽는 건 아니겠지?"

1996년 봄, 에리히는 손님을 이끌고 초모랑마 북벽을 갔다. 그 후로 페르난데스의 호텔에서 산 이야기를 할 때는 티베트의 초모랑마, 초오유, 시샤팡마만 화제로 올렸다.

2007년 7월, 초모랑마 북벽에서 내려온 후 삼촌 집에서 휴가를 보낼 때 에리히는 페르난데스에게 술 한잔하자며 집으로 불렀다. 페르난데스가 도착한 다음 날 에리히와 함께 알프스 남부에 있는 몽블랑(Montblanc)으로 자전거 투어를 떠났다. 다음날 그들은 더 일찍 출발하여 산호와 석회암으로 이루어진 드로미테(Dolomite, 백운석) 계곡을 걷고 캠핑했다. 남 티롤은 아웃도어 스포츠의 천국으로, 약 1,200킬로미터 달하는 스키 루트에 460개의 리프트가 돌아가는 세계 최대 규모의 스키장이 있다. 그 밖에도 1만 1,000킬로미터가 넘는 경치 좋은 산책로와 수백 킬로미터에 달하는 순환 자전거 도로가 있다.

　에리히가 페르난데스를 암벽 등반에 초대했다. 페르난데스는 조금 뚱뚱했는데 요트를 좋아했고 운동 능력도 꽤 훌륭했다. 그가 난도가 그리 높지 않은 등반 기술을 금세 익히는 것을 보고 에리히는 엄지손가락을 높이 치켜세웠다.

　"지금 네 상태라면 나를 따라서 제대로 훈련했을 때 3년 뒤에는 초모랑마에 오를 수 있을 거야. 내가 장담하지."

　페르난데스는 크게 웃었다.

　"내가 형하고 친하게 지내는 이유는 형이 사람들을 데리고 우리 호텔에 묵기 때문이야. 나를 초모랑마에 오르게 하려는 음모를 꾸미고 있는 줄은 몰랐어."

　에리히도 웃으며 고개를 저었다.

　"그게 바로 나의 일 아니냐? 안 그래? 생각할 일은, 산에 오르면 손님을 산 정상에 데려갔다가 다시 안전하게 내려온다. 그뿐이야. 내려오면 내년을 위해서 손님을 찾는 일만 생각하는 거지."

　페르난데스는 손을 뻗어 에리히의 어깨를 두드렸다.

　"형은 참 장사를 잘해. 지난 몇 년 동안 형이 우리 손님들을 꼬드겨서 초모랑마에 올라가게 하는 걸 봐왔잖아. 지금 그 사람들은 호텔에 박혀서 노닥거리기만 할 뿐 사람을 제대로 쳐다보지도 않는다고."

"그래, 너희 호텔은 유명인도 많고 라인홀트 메스너를 후원하고 있으니까…."

그러면서 에리히는 천천히 이야기했다.

"우리 손님은 찾기가 어려워. 첫째는 돈이 있어야 하고, 둘째는 시간이 있어야 하고, 셋째는 강한 흥미가 있어야 하거든."

페르난데스는 눈을 동그랗게 뜨고 에리히를 바라보았다.

"어떤 흥미가 사람을 초모랑마에 오르게 하지?"

에리히가 왼손 다섯 손가락을 펼치더니 하나씩 구부리면서 이름을 나열했다.

"말로리는 그저 첫 등반을 하고 싶어 했어. 힐러리가 그를 대신해서 첫 등반에 성공했지. 메스너는 처음으로 무산소로 등반했어. 그리고 최초로 8,000미터가 넘는 14좌를 정복했지. 프랑클은 초모랑마에 남 티롤의 깃발을 꽂고 싶어 했어. 그리고 나는 손님 백 명을 초모랑마에 등정시키는 게 내 바람이야."

페르난데스는 에리히의 주먹 쥔 왼손을 보고 표정이 진지해졌다.

"그래, 나도 꿈이 없는 건 아니라고."

4

"세상에, 이 아이스맨 외치(1991년 '외츠탈 알프스 산맥'에서 발견된 BC 320년경의 남성 냉동 미라로서 발굴 수습 과정에 발생한 소위 '외치의 저주'라는 일련의 비극으로 유명하며, 그 발견 자체가 지구 환경 위기를 의미한다)는 파내지 말았어야 했어!"

등산과 물놀이를 즐긴 후 페르난데스가 박물관에 가고 싶다고 했을 때 에리히의 표정이 돌변했다. 페르난데스는 눈에 광채가 돌고 혀가 꼬여서 기묘해지는 에리히의 모습을 보았다.

"시간 없어?"

"아니."

"박물관에는 별로 흥미가 없어?"

"그런 거 아니야."

"그러면 왜 안 가려고 그러는데? 내일모레면 나도 스페인으로 돌아가야 하는데."

그러자 에리히는 원래대로 돌아와서 손을 들어 가슴을 치며 평소 말투로 이야기했다.

"가자! 서둘러 가보자."

페르난데스는 기뻐하며 두 팔을 들어서 에리히의 어깨를 툭툭 쳤다.

"좋았어! 역시 이런 게 우정이지. 박물관에서 돌아오면 실컷 마시자. 일 년 뒤에나 다시 만날 테니."

박물관은 볼차노시 중심부에 있다. 페르난데스는 박물관에 들어가자마자 에리히에게 '아이스맨 외치'의 전시 장소로 직접 데려다 달라고 했다. 가로 40, 세로 30센티미터의 유리창을 사이에 두고 페르난데스는 냉동실 안의 미라 아이스맨 외치를 보았다. 고개를 저으면서 페르난데스는 반짝거리는 눈으로 말했다.

"형, 저 장비를 봐. 형 같은 산악인들의 조상 아냐? 영광스럽지?"

그날 밤 에리히는 만취했다. 붉어진 눈으로 페르난데스에게 소리 질렀다.

"그를 왜 파냈어? 그는 너희의 자랑이 아니라고?"

"아니, 저주야!"

"저주라고? 어째서?"

페르난데스는 눈이 휘둥그레져서 술잔을 잡으려는 에리히의 손을 쳐 냈다.

"그를 봤기 때문에 프랑클도 아이스맨이 된 거라고."

에리히의 두 눈에서 눈물이 뚝뚝 떨어졌다.

"프랑클은 산에서 야영하지 말았어야 했어. 그날 등반하기 전만 해도 바람이 심해서 다른 팀들은 모두 철수한 상태였어. 내가 전진을 멈추자고 했지만, 프랑클은 거절했어. '넌 내려가. 죽더라도 나는 올라갈 테니. 반드시 산 정상에다 남 티롤의 깃발을 꽂을 거'라고 고집부렸지. 내가 같이 올라가겠다고 했더니 그제야 좋아했어. 그는 눈보라 속에서 나를 향해 소리쳤지. '너는 너, 나는 나야. 넌 우리 남 티롤의 깃발을 지고 있지 않잖아' 하기에 나도 맞받아쳤지. '우리는 등산하러 왔지, 죽으러 온 게 아니라고. 나도 없이 너 혼자 미끄러지면 어떻게 할 건데?'라고 소리 질렀어. 그랬더니 프랑클도 입을 다물더라. 새벽 3시에 출발할 때 바람이 더 강해져서 걷기도 힘들었어. 오전 10시가 지나서야 우리는 마침내 산 정상에 설 수 있었지. 서둘러서 휴대전화로 그를 찍으려는데 웬걸, 배터리가 얼어붙어서 먹통이 된 거야. 배터리를 빼서 주머니에 넣고 몇 분간 따뜻하게 데웠어. 그 사이 프랑클은 양손으로 남 티롤의 깃발을 펼친 채로 눈보라 속에서 떨고 있었어. 간신히 사진을 찍고 산 정상에서 내려올 때 우리는 이미 체력이 바닥난 상태였어. 프랑클은 다 포기하고 경사면에 앉아서 꼼짝도 하지 않았어. 내가 큰소리로 '야! 이 멍청이야, 일어나. 우리 집안에서는 이제 아무도 죽어서는 안 된다고'라고 욕을 퍼부었어. 그랬더니 깃발을 꺼내서 나한테 건네주더라. '에리히, 넌 내려가. 내 깃발을 남티롤에 가져가'라면서. 나는 미칠 것만 같았어. 화가 나서 깃발을 그 녀석 주머니에 쑤셔 넣고 소리쳤지. '당장 일어나. 깃발은 네가 가져가야지. 그게 네 책임이야. 가자!'라고 명령했지. 부지런히 내려갔어. 한 시간쯤 지났을까, 눈사태를 만났어. 나는 발을 헛디뎌서 빙벽 끄트머리에 떨어졌어. 프랑클이 도와주려고 서두르다가 발이 엉키면서 넘어졌어. 경사면에 쓰러졌는데 포탄처럼 곧장 나를 향해 날아왔다. 내가 손을 뻗어서 잡으려 했지만, 프랑클은 마지막 순간에 몸을 날려서 계곡 바닥으로 뛰어내리더군."

"그런 게 진짜 외치의 저주였네!"

에리히가 소리 내어 울면서 두 손으로 얼굴을 푹 가렸다.

"에이, 겁주지 마. 형이 어떤 사람인데, 형이야말로 아이스맨이 돼서 나를 초모랑마에 올라가게 해줘야지."

페르난데스의 눈도 젖어 있었다. 그는 적갈색 수염까지 흘러내린 눈물을 훔치고 왼손으로는 술잔을 들었다.

"정말이야?"

에리히가 물었다.

페르난데스는 가볍게 고개를 끄덕이며 술잔에 든 술을 한 모금 마셨다.

"근데 왜?"

에리히가 의문스러운 표정으로 물었다. 에리히의 얼굴을 보며 페르난데스는 한 마디 한 마디 또박또박 대답했다.

"나도 카탈루냐의 깃발을 들고 올라가고 싶어!"

5

 지난 일을 떠올리면 에리히는 아득한 심연으로 떨어지는 돌멩이가 되는 기분이었다. 점점 더 깊이 가라앉는 돌멩이는 어디까지 떨어질지 알 수 없었다. 에리히는 손을 뻗어 프랑클의 침낭을 두드렸다.
 "프랑클, 큰일 났어. 나 좀 도와줘. 이번엔 절대로 '아이스맨'이 더 늘어나게 해서는 안 돼!"
 에리히가 말하는 '아이스맨'은 루어뿌가 아니라 페르난데스였다. 에리히가 극도로 조급해하는 이유는 페르난데스가 내려오지 못하면 다시는 이 등산계에서 활동할 수 없기 때문이다. 유럽에서 더는 손님을 모집하기 어렵다. 남 티롤을 떠나기 전 페르난데스와 에리히는 2013년에 초모랑마 등반 계획을 세웠다. 에리히가 생각하기에 페르난데스는 고산 적응 기간이 필요했다. 체력을 비축해서 산소부족도 견딜 만한 힘을 길러야 했다. 그래서 2009년에 그는 아콩카과(아르헨티나에 있는 하나의 거대한 덩어리로 이루어진 산으로 안데스산맥의 최고봉)로 데리고 갔다. 그때 해발 4,900미터 지점의 베이스캠프에서 페르난데스가 고산병에 걸렸다. 그런데 등반을 포기하자 갑자기 투지가 불끈 솟아올랐다. 돌아와서는 훈련 강도를 높여서 매일 바다에서 몸을 태우고 요트를 탔다.
 2010년 5월, 마침내 해발 6,964미터 남미 최고봉인 아콩카과에 올랐다.
 2011년 8월, 에리히가 이번에는 중국 신장에 있는 해발 7,590m의 무즈타그산(중국 신장 웨이우얼 자치구 소재 카슈가르산맥에 있는 고봉)으로 그를 보냈다.
 2012년 8월, 에리히는 그를 데리고 세계 6위 고봉 해발 8,211미터인 초오유에 올랐다. 어택캠프를 출발한 지 세 시간도 채 지나지 않은 밤 1시, 뜻하지 않게 팀원 중 한 사람의 산소마스크 흡입구가 얼어붙었다. 그 손님은 가이드에게 산소가 잘 통하게 해 달라고 요청하고는 스스로 카라비너(Carabiner, 등산 시 로프나 다른 장비를 연결하여 안전을 확보하기 위해 사용하는 연결고리)를 로드 로프에서 분리하고 몇 걸음 내려와 소변을 보았다. 하지만 전날 밤에 내린 눈이 아직 얼어붙지 않았던 모양이었다. 순식간에 거대한 눈덩이와 함께 계곡 바닥으로 미끄러져 추락했다. 다행히도 이 손님은 아직 운이 남아 있었던지 200미터 넘게 미끄러진 뒤에 눈덩이가 움직이지 않자, 눈 속에서 상체를 내밀어 죽을힘을 다해 손을 흔들어 구조를 요청했다. 에리히가 지휘하여 도와주었는데 이때 페르난데스는 추위에 꽁꽁 얼어붙었고, 용기도 바닥난 상태였다. 에리히는 산 정상에 오르지 않아도 괜찮다고 다독였다.

"이걸로 충분해. 넌 이미 8,000미터에 도달했잖아. 내년에는 초모랑마에 오를 수 있을 거야."

"등산은 그냥 등산이야. 못 올라가면 내년에 다시 오면 돼. 왜 깃발 하나 때문에 목숨까지 걸어야 해?"

에리히는 지난 5월 16일 페르난데스와 무전기로 통화할 때 성질이 난다는 듯이 이렇게 말했다. 그때 에리히 팀은 다른 팀과 함께 벌써 7,900미터, 2호 캠프에 도착한 상태였다. 하지만 일기예보는 대형 폭설을 예고했다. 애초의 등반 기간이 미정 상태로 바뀌었기에 루어뿌는 각 대대에 연락해서 철수하라고 명령했다. 이유는 날씨 때문이라고 했다. 그러나 철수의 진짜 원인은 동유럽인들이 사고를 쳤기 때문이다.

페르난데스는 소리를 잘 알아듣지 못했다. 7,900미터의 고도가 이성을 잃게 했다. 그는 무전기를 향해 헐떡거리며 크게 외쳤다.

"안 돼! 몇 년 동안 형만 따라다녔어. 얼마를 썼을 것 같아? 지금 벌써 7,900미터나 올라왔는데 내려오라고? 내 깃발이 우스워 보여? 내년에 다시 오게 해서 나를 돈벌이로 쓰겠다 이거지!"

"멍청아! 넌 돈이 중요해? 네가 내려놓지 못하는 건 깃발이잖아? 내년에 다시 오면 돼! 돈만 좀 쓸 뿐이잖아. 하지만 지금 강행했다가는 목숨을 잃는다고. 게다가 지금 내려오는 건 다음 등반 시기를 기다리기 위해서야. 나는 이제 열아홉 명만 더 등반시키면 산과 헤어질 생각이야. 하지만 내 욕심 때문에 손님들 목숨을 걸 수는 없다고!"

에리히도 크게 소리쳤다.

"여보세요?"

에리히가 다시 무전기로 호출했으나 페르난데스는 무전기를 꺼버린 상태였다.

에리히는 머리가 깨질 듯이 아팠다. 조급한 마음에 루어뿌의 텐트로 가서 2호 어택캠프의 루트 공작 대장 딴쩡을 호출했다.

"딴쩡, 사실대로 말해봐."

그리고 나서야 에리히는 루어뿌를 힐끗 쳐다보았다.

"나도 알아. 루트 공작대가 어제 오전에 어택캠프에 올라갔으니, 오늘은 내려와야 하잖아."

루어뿌는 무뚝뚝하게 바닥만 볼 뿐 에리히와는 눈을 맞추려 하지 않았다.

무전기 너머에서 딴쩡의 시원시원한 대답이 들렸다.

"아니 선생님, 제 대원들이 아직 위에 있다는 말씀이세요? 바람이 너무 세서 대원들은 어택캠프에서 휴식하며 때를 기다리고 있어요."

에리히가 큰소리로 외쳤다.

"그게 무슨 말이야? 티베트인까지 거짓말을 했다는 거야? 루트 공작 대장이 팀과 함께하지 않으면 로드 로프 설치는 누가 지시하고, 하켄은 누가 검사하나?"

"죄송합니다. 루어뿌가 옆에 있으니 직접 물어보시죠."

딴쩡은 틀림없이 얼굴을 붉히며 민망해하고 있을 것이다. 골치 아픈 일은 전부 루어뿌에게 돌렸다. 무전기를 끄고서 에리히는 숨이 차서 괴로운지 헉헉거렸다. 루어뿌가 따라준 커피를 마시며 가만히 그를 쳐다보았다. 꿀꺽꿀꺽 커피를 목으로 넘기는 소리가 났다. 그때마다 에리히의 눈빛이 날카로워졌다.

루어뿌는 쿡쿡거리며 웃었다.

"선생님, 선생님이 이렇게 엄격한 건 처음인데요. 남자다워요."

그러나 에리히는 고개를 숙인 채 양손으로 들고 있던 컵의 바닥만 들여다보았다.

"루어뿌, 나는 지쳤어. 이번 손님은 열한 명이었는데 며칠 전에는 7,500미터에서 적응훈련을 하다가 강풍이 몰아쳐서 돌아왔어. 일단 베이스캠프에서 쉬고 다시 등반하라고 했더니 등반은 관두고 여행을 간다고 하더라고. 끝까지 올라간 아홉 명 가운데 세 명은 몸이 둔하고 손발에 동상까지 걸렸지. 그들을 하산시켜야겠다고 생각했지만, 말도 못 하고 조금 더 올라갈 수밖에 없더군. 사실 너를 따라 내려가게 하고, 쉬었다가 다시 올라오자고 말할 생각이었어. 하지만 그 사람들은 목숨을 걸고서라도 올라가려고 해. 도와주지 않겠어? 너희 대원들에게 시켜서 루트가 아직 복구되지 않았으니 일단 내려와야 한다고 그들에게 말해주면 안 될까?"

루어뿌의 얼굴이 굳어졌다.

"선생님, 늦었어요. 루트는 오늘 오전에 복구했어요. 각국 팀들이 말을 안 듣고 앞다퉈 우리보다 먼저 올라갈지 걱정돼서 딴쩡에게는 아무 말 말라고 단단히 입단속을 시켰거든요."

딴쩡 이야기를 하면서 루어뿌의 말투가 가라앉았다.

"선생님네 수석 가이드 앙뚜어지에가 딴쩡의 오랜 친구라 오늘 로드 로프를 아이스 스크루에 걸어 준 일은 알고 있어요."

"그건 됐어. 그러면 내 체면을 봐서라도 내일 우리 팀과 함께 올라가 주지 않겠어?"

에리히는 루어뿌가 먼저 요점을 말할 때까지 계속 기다리고 있었다. 이리저리 말을 돌려가며, 루어뿌가 솔직하게 말하도록 틈을 들인 것이다. 루어뿌는 곤혹스러워하며 돔형 텐트의 투명한 천장만 올려다보았다.

"루트가 복구되면 올라가지 말라고 제가 말할 권리가 있겠어요?"

"네가 도와주지 않으면 이런 날씨에 어떻게 사람을 올리겠어?"

그러면서 에리히는 이렇게 말했다.

"책임은 내가 질 테니 너는 도와주기만 하면 돼. 나한테 의지처가 되어 줘."

"의지처라니요?"

루어뿌는 눈을 가늘게 뜨고 입을 삐쭉 내밀었다.

"어택캠프의 구조대원들을 우리 팀을 하산시킨 후에 철수시키자는 말이야."

루어뿌는 눈을 질끈 감았다.

에리히가 그의 어깨를 툭 쳤다.

"걱정하지 마. 우리 일행을 먼저 어택캠프에 올라가게 할 테니. 내일 바람이 산 정상 등반에 적합하면 야간 등반도 가능하겠지. 만약 바람이 강하면 아무도 탓하지 않을게. 전원 하산해서 다음 등정 시기를 기다려야지."

루어뿌는 고개를 돌려 에리히를 쳐다보았다.

그러자 에리히는 대답해 보라는 듯 팔짱을 끼었다.

"루어뿌, 오늘 오전에 손님 두 명을 데리고 올라갔지? 그런 일 없었다고는 하지 마. 이번 등반 시즌에는 루트 공작이 늦어서 그때밖에 없었어. 인원이 많은 팀이라면 확실히 안전하지는 않지. 나한테 체면 차릴 기회를 준다 해도 너에게는 아무 문제도 없을 거야."

그러면서 에리히는 오른손으로 위를 가리켰다.

"너의 남편이 목숨을 걸었다던데, 들었지?"

루어뿌는 얼굴이 새빨개졌다. 오늘 이른 오전, 각국 팀 텐트가 아직 움직이지 않을 때 그는 지아추어와 또 한 명의 가이드에게 잉푸를 데리고 몰래 올라가라고 말했다. 그 남자가 또 한 명의 여성 대원 예나를 끌어들일 줄은 꿈에도 몰랐다. 하지만 전원을 철수시킨 것은 순전히 급변한 날씨 탓이었다. 이번 등반 기간은 고작 이삼일의 시간밖에 없었다. 올해 몰려든 각국 팀은 총 백여 명에 가까웠기 때문에 만약 내일 모두 등반한다면 틀림없이 대형 사고가 난다. 그러나 바이마와 루어뿌를 더욱 불안하게 만든 원인은 동유럽 팀의 리더가 딴생각을 품었다는 점이다. 만약 등반에 아무 간절함도 없는 사람을 데리고 올라간다면 그것이야말로 엄청난 화근이 된다. 그래서 바이마는 루어뿌에게 모두 하산시키고 다음 등반 시기를 기다리라고 단호하게 요구한 것이다. 베이스캠프에 도착하면 경찰서 직원이 진상을 밝혀줄 터였다.

왜인지 모르겠으나 어젯밤 12시 바이마는 베이스캠프에 있는 사람에게 무전기로 루어뿌를 호출했다. 루어뿌에게 위성전화로 바이마의 휴대전화로 연락하라고 전해왔다. 전화 통화에서 '바이마는 잉푸를 데리고 올라가라, 특히 안전에 주의하라'고 당부했다. 그리고 어택캠프에 도착해 날씨 상황에 따라 등반 여부를 결정하라고 했다.

산 위의 날씨는 천변만화하므로 루어뿌는 별로 이상하게 여기지 않았다. 그 다루기 힘들고 버릴 수도 없는 손님을 기쁜 마음으로 얼른 등정시키고 하산해서 떠나보내기로 했다. 지아뿌의 집에서 벌어졌던 그의 정사나 살벌한 싸움 이야기를 들을 때마다 루어뿌는 잉푸와 눈이 마주치면 다른 손님들과는 다르다고 느꼈고, 그 특유의 까탈스러움을 감지하고선 두려움을 일었다.

"이거 참, 선생님은 정말 산신의 아들이세요. 아무것도 숨길 수가 없다니까요. 별수가 없네요. 올라가라고 연락해 주세요. 하지만 아시다시피 이 날씨에는 평소와 달라서 조심해야 해요. 이렇게 하기로 하죠. 일단 어택캠프까지 올라가는 겁니다. 날씨 상황을 봐서 등반할지 말지 다시 결정하자고요."

그러자 에리히가 루어뿌의 어깨를 세게 두드렸다.

"훌륭해. 산에서 내려오면 너를 스페인 휴가에 초대할게."

"선생님, 그 호의는 흔쾌히 받겠지만, 조건은 결코 이 산의 바람을 거스르지 않아야 한다는 겁니다. 오늘 선생님 팀은 잠시 장비를 정리하는 척해주세요. 2호 캠프 팀이 전원 하산하면 그때 올라가기로 하시죠."

에리히는 이 초모랑마 북벽에서 자신의 회사가 가장 크고, 자신의 인품이 온화한 덕에 이 정도 일에 대처할 수 있는 사람은 아무도 없다는 것을 알고 있었다. 그런데 뜻밖에도 5월 16일 밤, 풍속이 시속 120킬로미터에 달했다. 페르난데스는 당황해 날이 밝는 대로 내려가기로 계획을 바꿨다.

새벽 1시가 되자 바람의 속도는 갑자기 지쳤다는 듯이 가라앉기 시작했다. 앙뚜어지에는 텐트에서 나와 주위를 살폈다. 고개를 드는 순간, 잉푸와 지아추어의 헤드램프가 눈에 들어왔다. 그들은 8,500미터 높이의 바위틈에 있었다. 앙뚜어지에는 서둘러 오트밀 덩어리를 끓여서 대원들에게 나눠주었다. 모두가 부리나케 아이젠을 착용하고 로드 로프에 연결했을 때는 이미 새벽 3시였다.

팀이 출발하자 에리히는 잠을 못 이루고 뒤척거렸다. 그는 일어나 커피를 끓이고, 식으면 다시 끓였다. 가슴을 졸이며 팀의 위치를 계산했다.

이런 날씨에 등반하면 반드시 사고가 난다는 것을 그는 알고 있었다. 과연 두 시간도 채 지나지 않아 에리히의 무전기가 울렸다.

"에리히, 앙뚜어지에입니다. 손님 한 명이 못 걷게 됐습니다."

"누군데?"

"지미요. 그 미국인."

"어떤 상태지?"

"문제가 없는 것 같은데 산소 유량을 4로 해도 숨을 못 쉬겠답니다. 내려가고 싶어 하는 것 같아요."

"올라가게 설득해 봐."

앙뚜어지에는 잠시 말을 멈췄다.

"에리히, 이제 됐어요. 하산시키시죠. 그를 탓하지 마세요. 지금 바람이 다시 강해졌어요. 바위에 눈이 쌓이지 않아, 돌이 고글에 부딪혀 똑바로 서지도 못한다고."

에리히는 잠자코 커피를 마셨다. 그때 마신 커피는 몹시 쓰게 느껴졌다. 그는 미간을 찌푸리며 다시 앙뚜어지에를 호출했다.

"가이드를 한 명 붙여서 하산시켜. 오늘 중으로 어드밴스 캠프에 도착해야 해."

말은 그렇게 했지만, 마음의 준비를 해야 했다. 올라갈 때보다 내려올 때 체력 소모가 더 심하다. 그 미국인이 어택캠프에 도착하면 움직이려 하지 않을 가능성이 크다. 그럴 가능성이 생각나서 에리히는 강한 어조로 앙뚜어지에에게 당부했다.

"앙뚜어지에, 가이드에게 말해. 어택캠프에 도착하면 절대로 손님을 텐트에 들이지 말고, 물을 마시게 한 다음 곧장 내려보내라고."

에리히의 등산팀은 보통 2대1 비율로 고산 가이드를 배치하여 손님 두 명당 가이드 한 명을 둔다. 물론 손님이 돈을 많이 내면 한 사람당 한 명

또는 두 명의 가이드를 배치할 수도 있다. 올해 등산 활동에는 열한 명의 손님이 있었고, 총 네 명의 가이드가 따라붙었다. 5월 16일, 한 명의 가이드를 동상 걸린 세 명의 손님과 동행하게 해서 어드밴스드 캠프(Everest Advanced Base Camp, ABC, 에베레스트 산의 북쪽(티베트 쪽)에 위치하며, 전통적인 베이스캠프보다 더 높은 곳에 있는 캠프)까지 내려보냈다. 지금 또 가이드를 한 명 붙여서 미국인을 내려보내야 한다. 다섯 명의 손님이 올라가는 동안 앙뚜어지에 혼자 가이드로 따라 올라가는 셈이다.

계산할수록 에리히는 가슴이 답답하고 목이 메었다. 이번 등정을 후회하기 시작했다. 과연 성공할 수 있을까?

오전 7시, 하늘을 뒤덮은 설무(雪霧) 속에서 희미한 태양이 노란빛을 비추기 시작했다. 앙뚜어지에게 무전기가 들어왔다.

"에리히, 또 손님 한 사람이 꼼짝하지 못한 채 대기 중입니다."

"누구야?"

"안토니오요."

안토니오도 역시 스페인 사람으로 페르난데스의 조수였다. 페르난데스보다 열 살이나 어렸지만, 체력은 훨씬 떨어졌다. 에리히는 그가 세컨드 스텝까지도 올라가지 못할 것을 진즉에 알고 있었다.

"지금 어디까지 갔지?"

"퍼스트 스텝까지 올라온 참입니다."

"중국 슬로프인가? 왜 그렇게 늦었어?"

퍼스트 스텝은 차이나 슬로프라고도 불리는데, 해발 8,500미터 지점으로 거의 수직에 가까운 수십 미터 높이의 거대한 암석군이다.

"안토니오는 키가 작아서 큰 돌을 밟을 수가 없어요. 삼십 분 동안 낑낑대며 겨우 올라왔는데."

앙뚜어지에는 자포자기하듯 그렇게 말했다.

무전기를 움켜쥔 오른손으로 옆에 있던 프랑클의 침낭을 세게 내리쳤다. 그 바람에 왼손에 든 컵에서 커피가 흔들려 그의 침낭에 쏟아졌다.

"내려보내. 그 녀석 내려보내라고. 빨리 내려보내지 않으면 모두 꼼짝 못 하게 돼!"

에리히는 무전기에 대고 다급하게 소리 질렀다.

"그러면 저 혼자 네 명의 손님을 데리고 올라가야 하는데요. 지금 눈보라가 점점 더 심해지고 있다고요."

앙뚜어지에는 머뭇거리면서 그렇게 말했다.

"그럼, 차라리 모두 다 내려가겠는지 물어봐."

"페르난데스는 끝까지 올라간다고 하고, 다른 사람들도 반대하지 않아요."

"좋아, 그럼 당장 가이드가 안토니오를 내려보내게 해. 남은 손님들은 최대한 빨리 올라가게 하고, 또 움직이지 못하는 사람이 생기면 알려줘. 그러면 내가 하산 명령을 내릴 테니까."

오전 10시, 에리히의 무전기가 다시 울렸다. 그 소리를 들은 에리히는 무언가 불길한 예감이 들었다. 아니나 다를까, 위에서 또 사고가 났다.

"에리히, 페르난데스가 미끄러져 떨어졌어요."

"뭐라고, 떨어졌다고?"

그때까지 잠을 이루지 못하던 에리히가 겨우 정신을 차렸을 때 머릿속에서 수류탄이 펑 터지는 듯한 소리가 들렸다.

"페르난데스가 추락했다고요."

앙뚜어지에는 목이 터질 듯이 외쳤다.

"어느 위치까지 떨어졌는지, 어떻게 됐는지 보여?"

눈앞이 캄캄해진 에리히는 텐트 지퍼를 열고 눈보라 속으로 뛰쳐나갔다. 그때 노스콜은 하늘과 땅을 전혀 구분할 수 없었다. 눈송이가 공중에서 한 덩어리로 뭉치는가 싶더니 다음 순간 산산이 흩어져 에리히의 얼굴을 연달아 내리쳤다. 엄청난 바람 소리는 마치 지옥에 온 양 공포를 불러일으켰다. 스페인 사람이 지옥의 심연으로 떨어지는 광경을 상상했다. 그러고는 자기도 모르게 절망적으로 고개를 들어 머리 위에 드리운 초모랑마 산 정상의 희미한 그림자를 향해서 '나인(안돼)!'이라고 소리쳤다.

손에 든 무전기에서는 앙뚜어지에가 연신 그를 부르는 소리가 들렸다.

"에리히, 에리히! 빨리 대답해요. 무전기 배터리가 얼마 남지 않았다고요."

차갑고 딱딱한 눈보라는 에리히가 몸서리를 칠 정도로 세게 몰아쳤다. 앙뚜어지에가 외치는 소리에 에리히는 심장이 목구멍에서 튀어나올 것만 같았다.

"앙뚜어지에, 페르난데스는 어디까지 떨어졌지? 아직 살아있나?"

"에리히, 신이 지켜주셨나 봐요. 아직 살아있어요. 깊지 않아요. 바위에 멈춰 있어요."

"위치는? 지금 위치가 어디쯤이야?"

에리히가 무작정 조급하게 다그쳤으므로 앙뚜어지에는 몹시 놀랐는지 우물쭈물 대답하지 않았다.

"세컨드 스텝에서 50미터, 루트 위에서 10미터 가까이 떨어졌어요. 루트 로프가 얽혀있어서 그나마 다행입니다. 바닥에 엎드려 있는 상태지만, 이쪽의 목소리는 들을 수 있는 데다 손도 흔들 수 있어요."

"다른 손님 세 명은?"

"다들 너무 놀라서 넋이 나간 표정입니다. 그 자리에 앉아서 쉬게 했습니다."

"너 뭐 하는 거야? 빨리 내려가서 구해야지!"

에리히가 불만 섞인 고함을 지르자 앙뚜어지에도 크게 외쳤다.

"말만 하지 마시고 와서 도와주세요. 아시다시피 여기는 8,750미터에 바람도 눈도 너무 세서 서 있지도 못한다고요. 전 지금 보호 포인트를 만드는 중이고요."

"그걸 꼭 만들어야 해?"

"원래 보호 지점에 있던 하켄이 페르난데스 때문에 빠져버렸어요. 그래서 균형을 잃고 떨어졌어요. 방금 발견한 낡은 로드 로프를 바위에 고정하고 내려갈 생각입니다."

"알았다! 빨리 내려가서 상황을 파악한 다음 다시 연락해 줘. 내려갈 때는 침착하게 천천히 내려가."

무전기를 끄자 에리히의 심장박동은 조금 차분해졌다. 그는 돌아서서 아래쪽에 있는 루어뿌의 텐트를 보러 가려다가 생각을 바꿔서 자기 텐트로 들어갔다.

앙뚜어지에는 네팔 등반협회에 등록된 사십 명가량의 국제 가이드 중 한 사람이었다. 고산에서는 유명인으로 에리히를 따라다닌 지 16년째다. 그는 이번 등정에 불합리함을 느꼈다. 기상이 몹시 나쁜데도 1차 등반이 끝난 시점에 무리하게 등반을 강행하는 것은 매우 위험했다. 예전의 에리히라면 그런 상황에서 합리적으로 판단하여 일단 베이스캠프로 내려왔다. 그런데 오늘따라 뭔가에 홀린 듯이 페르난데스와 팀을 등반하도록 밀어붙였고, 예상대로 앙뚜어지에 일행은 위험에 빠졌다. 분통을 터트리고는 곧 마음을 가라앉혔다. 고개를 들어 페르난데스가 손을 흔들고 발을 구르며 연신 구조 요청하는 모습을 보았다. 저 사람은 방금 지옥문을 한 바퀴 돌았다고 생각했다. 그 순간에는 이미 영혼도 거의 다 사라질 지경이 된다.

바람에 날아가지 않도록 앙뚜어지에는 벌벌 떨고 있는 세 명의 손님을 가까운 보호 포인트로 옮겼다. 그곳에 몸을 웅크리고 앉게 한 후, 한 사람씩 클라이밍 하네스(추락 방지용 안전벨트)의 카라비너를 보호 포인트에 단단히 고정하게 했다. 그런 다음 다시 페르난데스의 위쪽으로 돌아와서 낡은 로드 로프에 손상된 부분은 없는지 꼼꼼하게 점검했다. 끊어질 염려가 없다고 판단하자 한쪽 끝을 매듭지어 바위 밑 부분에 고정했다. 다른 쪽 끝은 자기가 차고 있는 클라이밍 하네스의 카라비너와 연결했다.

곧이어 그는 페르난데스의 곁으로 내려갔다. 페르난데스가 무심코 휘두르는 오른손을 잡자, 페르난데스는 겨우 고개를 들었다. 그는 앙뚜어지에를 보자마자 로드 로프를 잡고 있던 왼손을 놓았다. 그리고 두 손으로 앙뚜어지에의 오른손을 단단히 붙잡았는데 마치 자기를 버리지 말라고 기도하는 듯했다.

앙뚜어지에는 손을 뻗어서 페르난데스의 어깨를 힘껏 두드렸다. 그에게 고개를 끄덕이고는 위를 가리켰다. 페르난데스도 고개를 끄덕이자 앙뚜어지에는 반쯤 무릎 꿇고 조심스럽게 페르난데스를 일으켜 세워서 암벽에 기대어 앉게 했다. 그런 다음 페르난데스의 배낭에서 보온병을 꺼낸 다음 방풍 장갑을 벗고 포도당액을 컵에 부었다. 오른손으로 컵을 들고 왼손으로 페르난데스의 산소마스크를 들어 올려 한 모금씩 마시게 했다. 그러면서 상하좌우 지형도 한 바퀴 둘러보았다.

세컨드 스텝 앞은 비교적 경사가 완만하다. 왼편은 네팔 쪽 심연으로, 등반객들 대부분은 눈을 뜨고 아래를 내려다보려고 하지 않았다. 오른편은 70도 정도 기울어진 산의 생김새이고, 노스콜과 2호 어택캠프가 정면으로 보인다. 능선의 바람이 강해서 루트 공작대는 로드 로프를 50미터씩 길게 설치하지 않는다. 바람이 로드 로프를 계속 흔드는 탓에 바위 표면에 닿아 마모될 수 있기 때문이다. 그래서 보통 25미터 간격으로 보호 포인트를 만들어 로프가 바람에 흔들리지 않도록 고정한다.

페르난데스는 세컨드 스텝 앞에서 다리에 힘이 빠지고 눈에서 불꽃이 튀었다. 그는 앉아서 쉬고 싶었지만, 앙뚜어지에는 한 걸음씩 잡아끌어서 앞으로 걸어가게 했다. 그러나 한 보호 포인트에 도착해 허리를 펴고 카라비너를 빼서 다음 로드 로프에 걸었을 때 네팔 쪽에서 갑자기 맹렬한 눈보라가 불어닥쳤다. 이론상으로는 카라비너를 로드 로프에 채웠으니 바람에 날아갈 리가 없다. 하지만 그 로드 로프는 산을 오를 때와 하산용으로만 설치한 것이어서 하켄이 수평으로 박혀 있었다. 그는 하켄과 나란한 방향으로 산 밑에 떨어졌고, 그 바람에 하켄이 빠져나갔다. 다행히 그의 카라비너는 로드 로프에 채워져 있었으므로 하켄이 하나 없어도 로드 로프에서 50미터 위에 있는 하켄 두 개가 구멍 역할을 했다. 10미터 가까이 추락했으나 그 하켄 두 개에 의지해서 로드 로프를 끌어당길 수 있었다. 덕분에 전력을 다해서 험준한 암벽의 작은 바위 위에 안착했다.

포도당액을 몇 모금 마시자, 페르난데스는 마음이 안정되었다. 앙뚜어지에는 페르난데스의 어센더(로프가 손에서 미끄러지는 것을 막기 위해 사용하는 등반장비)를 낡은 루트 로프에 걸고 손짓으로 올라간다는 신호를 했다. 그러나 페르난데스는 두세 걸음 올라가다가 힘이 빠졌다. 앙뚜어지에는 도리 없이 그에게 바짝 붙어서 손으로 그의 엉덩이를 받쳐주며 한 걸음씩 올라가서는 한 번씩 숨을 토하고 다시 밀어 올렸다. 다 올라오자, 페르난데스는 바위 위에 늘어지더니 다시는 일어나지 못했다. 에리히가 초조하게 40분 가까이 기다리자 마침내 손에 든 무전기가 울렸다.

"에리히, 페르난데스를 위로 올렸습니다. 하지만 하산해야 합니다. 이제 다들 틀렸어요. 올라갔다가는 내려오지 못할 겁니다."

"그 친구가 말은 할 수 있나? 잠깐 바꿔줘."

앙뚜어지에는 몸을 웅크리고는 페르난데스의 겉옷 방풍모를 뒤집어씌우고 눈보라 속에서도 들리는 에리히의 목소리를 들려주었다.

"형제, 내려오지 않겠나? 내년에 다시 오자."

앙뚜어지에는 또 페르난데스의 산소마스크를 벗기고 무전기를 그의 입에 가져다 댔다.

"알았어!"

페르난데스는 잠시 침묵하다가 고개를 끄덕였다.

"앙뚜어지에, 바로 그들을 내려오게 해줘. 빨리! 앉아서 쉬게 해서는 안 돼! 눈보라가 더 세질 테니까 반드시…."

앙뚜어지에가 대답할 새도 없이 그의 무전기 배터리가 다 떨어졌다. 바람은 점점 더 거세게 불었다. 눈이 덩어리가 되어 사람들에게 몰아쳤다. 퍼스트 스텝 앞까지 내려갔을 때 페르난데스는 철퍼덕 주저앉더니 아무리 어르고 달래도 일어서지 못했다. 다른 세 명의 손님도 지쳐서 바닥에 나자빠졌다.

앙뚜어지에는 초조했다. 생사의 갈림길이란 것을 알았다. 그도 주저앉아 배낭에서 위성전화를 꺼냈지만, 이리저리 만져 봐도 전원이 켜지지 않았다. 추위에 얼어붙은 듯했다. 별수 없이 배터리를 빼서 주머니에 넣고 따뜻하게 데웠다. 삼십 분 뒤, 그는 죽을힘을 다해서 에리히에게 전화를 걸었다. 그러나 간신히 에리히의 위성전화로 연결되어 구조 요청을 하는 순간 배터리가 방전되었다.

2013. 05. 17. 오전 11:00

에리히가 루어뿌의 지휘 텐트로 뛰어들어 도움을 요청했다. 사람은 살아서 지금 2호 캠프까지 내려왔다지만, 노스콜에서 내려오는 루트는 눈사태로 막혀 있었다. 페르난데스의 상태는 매우 나빠서 지금 당장 덱사메타존을 다시 투여해야 했다. 산 위에서 또 하루를 보내면 도저히 버티지 못할 듯했다. 그렇게 생각한 에리히는 괴로워하며 자기 머리를 세게 두드렸다.

'젠장! 왜 그에게 아이스맨 외치를 보여줬을까? 그게 바로 저주받았다는 걸까?'

괴롭고 원망스러운 심정으로 시계를 보니 벌써 새벽 5시였다. 그는 두 손으로 얼굴을 세게 문지르며 전조등을 켜고 텐트에서 나와 눈 위에서 아이젠을 착용했다. 한 줄기 빛이 그의 아이젠을 비추기에 고개를 들어보니 루어뿌가 벌써 장비를 갖추고 그 앞에 서 있었다. 두 사람의 전조등이 서로의 얼굴을 비추었다. 두 사람 모두 울상이었고 침울했다. 에리히가 피켈을 조금 들어 올려 루어뿌에게 앞서 걸어가라고 지시했다. 두 사람은 노스콜 아래쪽을 향해 걸어갔다. 그들은 내려가면서 눈사태 이후 루트의 훼손 상황을 조사해야 했다.

6

천만년 동안 노스콜의 눈사태는 끊임없이 반복되었다. 그 힘으로 6,600미터에서 6,800미터의 눈 덮인 경사면을 움푹 팬 와지로 바꾸었다. 산을 오르는 사람들은 그곳에 이르면 겁에 질려서 두려워하고 무서워 벌벌 떤다. 공교롭게도 이 일대는 급경사를 이루고 있어 6,500미터의 어드밴스드 캠프에서 그곳에 도착하면, 지치지 않는 사람은 없다. 빨리 걸을 수도 없고 그저 속으로 염불을 외우며 산신에게 무사히 통과하게 해달라고 기도할 뿐이다. 어떤 이는 움직이지 못하게 되어 앉아서 물을 찾게 된다. 하지만 가이드들은 온갖 말로 고함을 치며 재촉한다.

"빨리 일어나! 여기서 쉬면 안 돼!"

등반객이 일어나지 않으면 가이드는 위를 가리키며 말한다.

"봤지? 머리 위에 눈처마가 내려앉았잖아!"

이 위협적인 말에 등반객들 대부분은 미심쩍어하며 자리에서 일어나 천천히 걷기 시작한다. 한 번은 한 남자가 견디다 못해 가이드에게 돌진한 일이 있었다.

"죽든 살든 어차피 결국엔 다 죽어. 내가 여기서 죽겠다면 어쩔 건데?"

그러더니 갑자기 정신 나간 사람처럼 눈처마를 올려다보며 크게 외쳤다.

"야, 이 자식아! 떨어져! 독수리라도 짓뭉갤 셈이야? 어디 한번 해봐!"

그 사람은 감옥에서 갓 출소한 사람으로 피해망상에 시달리고 있었다. 그는 산에 오르자마자 다음과 같은 규칙을 만들었다.

"산에 오르면 산을 각자 걷기, 내 뒤로 20미터 이내 접근 금지. 만약 어기면 내 피켈이 엇나가도 나는 모른다."

그는 거기서 천지를 향해 욕설을 퍼붓고 소리를 지르며 주변 사람들과 싸웠다. 힘이 빠져 경사면에서 꼼짝도 하지 않던 등반객들은 차례차례 일어나 기합을 넣고 다시 오르기 시작했다. 그날의 속도는 평소 등반 속도보다 훨씬 빨랐다. 노스콜 캠프에 도착하자 어떤 등반객이 텐트 앞에 주저앉아 욕설을 퍼부었다.

"망할! 저 눈처마는 왜 안 무너졌대? 그 참에 저 미친놈 잡아서 고깃국을 만들었으면 좋았을걸!"

루어뿌는 가이드들이 지휘 텐트로 달려와 불만을 토로하자, 불쾌하다는 듯이 말했다.

"이번 멤버들은 정말 골치 아프네. 올라가기만 하면 욕지거리나 하고. 재수 없게 말이야. 딴쩡, 향 피워서 제사나 지내야겠다."

향냄새가 루어뿌의 마음을 진정시켰다. 그는 잠시 곰곰이 생각하더니 다시 딴쩡에게 말했다.

"딴쩡, 내려가서 저 죽으려고 환장한 놈부터 빨리 일으켜 세워. 혹시라도 눈처마가 무너지면 큰일이야. 우리 동료들도 있으니까."

그때는 눈처마가 아직 무너지지 않은 상태였는데 한밤중에 저주대로 무너졌다. 루어뿌와 에리히가 로드 로프를 따라 이제 곧 노스콜 캠프 바로 위에 있는 금속 사다리에서 6,800미터 지점의 경사면 가장자리로 내려올 참이었다. 그때 하늘은 벌써 밝아져 있었다.

두 사람은 고개를 들어 아래를 내려다보고는 약속이나 한 듯이 외쳤다.
"세상에, 이게 무슨 일이람?"
에리히가 왼손으로 가슴을 치고 오른손으로 이마를 짚었다.
"신이시여, 대체 이걸 어쩌란 말입니까?"

에리히가 양손으로 이마에서 뒤통수까지 세게 문지르는 바람에 방풍모와 전조등이 경사면에 떨어졌다. 경사면을 뒤덮는 눈보라가 순식간에 그것들을 날려버렸다. 신기하게도 그 검은 모자는 바람에 날려 루어뿌의 눈앞에서 빙글빙글 돌더니 순식간에 눈사태가 만들어 낸 폭포처럼 경사진 아이스폴에 섞여버렸다.

두 사람이 당황한 것도 무리가 아니었다. 새벽녘의 눈사태는 무시무시했다. 눈처마의 100미터 정도가 뻥 뚫렸다. 무너진 얼음덩어리는 약 200미터 폭의 눈사태를 일으켰다. 눈사태가 만들어 낸 와지는 경사가 급해서 눈과 얼음이 멈추지 않고 쓸려 내려서 6,700미터에서 6,500미터의 경사면을 뚫고 내려갔다. 로드 로프는 흔적도 없고, 멀리 내다보니 파도처럼 얼어붙은 눈사태 후의 아이스폴이 지옥문처럼 하룻밤 사이에 세상과 산에 오른 사람들 사이에 가로놓여 있었다.

한참을 멍하니 있다가 에리히는 루어뿌의 어깨를 두드리고는 몸을 돌려 왔던 길로 돌아갔다. 루어뿌는 딱딱한 눈의 송곳니가 부서진 자리를 올려다본 후 고개를 저으며 에리히를 따라 노스콜로 돌아갔다. 캠프에 돌아와 에리히는 자기 텐트에서 커피를 끓이고, 루어뿌는 지휘 텐트에서 샤오라빠에게 버터차(야크의 유지방에 버터와 소금을 넣어 마시는 차)를 끓이게 했다.

루어뿌가 다시 모자를 찾으러 노스콜 끄트머리에 나갔다. 에리히는 벌써 그에게 등을 보이며 소형 망원경으로 장쯔펑을 내려다보고 있었다.

"루어뿌, 루트는 장쯔를 따라 다시 복구할 수 있겠어. 올라오는 루트를 조금 더 높여서 눈사태가 난 데를 돌아서 그 밑으로 지나가면 돼."

루어뿌의 대답이 들리지 않자 에리히가 고개를 돌렸다. 루어뿌는 목을 길게 빼고 상태를 가늠하고 있었다.

"에리히, 아래쪽에 오래된 루트가 있어요. 조금 험하지만 빨리 고칠 수 있겠는데요."

"바보 같은!"

에리히가 언성을 높이며 노스콜 아래 등산로를 가리켰다.

"저기 위쪽으로 복구하면 몇 시간 늦어지긴 하지만 더 많은 사람을 구할 수 있다고."

"선생님, 어떻게 고치시려고요? 아까 보셨겠지만, 루트는 다 망가졌어요. 아이스폴이 층층이 있는데 어떻게 로프를 연결하죠?"

"로프! 아이스폴하고 얼음덩어리를 피해서 줄을 쳐야지. 길이가 몇 미터도 안 되잖아. 어차피 그 루트의 절벽보다 훨씬 짧아."

"빈사 상태인 사람이 내려갈 수 있겠어요? 도중에 죽을지도 모르잖아요."

"그럼, 조금 우회해서 가자. 오른편에 있는 장쯔를 따라가면서 눈처마 밑을 왼쪽으로 돌아나가는 거야. 그러면 훨씬 수월하겠지?"

"그건 틀렸어요. 우리 팀원이 작업하는 거라고요. 장쯔에다 루트를 복구하면 저 눈처마 밑을 통과해야 해요. 어젯밤부터 지금까지 계속 눈이 내리고 있어서 또다시 눈사태가 일어나면 모두 묻혀버릴 거예요."

루어뿌는 또다시 손을 뻗어 머리를 벅벅 문질렀다. 이번에는 손가락으로 방풍모를 꽉 잡았다.

"루어뿌, 오늘은 바람이 세고 기온이 낮아서 눈은 벌써 얼어붙었어. 오늘 오전 눈사태는 눈처마의 얼음덩어리가 눈의 무게 때문에 깨져서 일어난 거라고. 너도 봤겠지만, 그 눈처마가 송곳니 없는 호랑이처럼 입을 벌리고 있더라. 더 물진 않을 거야."

"만일의 경우에는요? 선생님 대원만 생각하고 우리 대원 생사는 안중에도 없으세요?"

"이 바보 같은, 너희 대원들이 맡은 루트 공작에 문제가 있었어. 그래서 우리 대원이 질책당했잖아."

"아무리 그러셔도 소용없어요. 매번 경로를 복구할 때마다 불평만 늘어놓는 주제에…."

에리히도 눈보라 속에서 손을 뻗어 자신의 방풍모를 힘껏 움켜쥐어서 벗었다. 양손으로 방풍모를 꾸깃꾸깃 주무르며 크게 소리쳤다.

"뭐라구? 죽은 사람이나 위에 누워있겠지. 산 정상에 오른 사람은 모두 내려왔어. 지금 네가 내 손님들을 저 산 위에 가둬놓고 있잖아. 그들을 살려서 내려오게 하는 건 너의 책임이야."

루어뿌는 그 위협적인 소리를 듣고 입을 다물었으나 눈을 부릅뜨고 한마디 한 마디를 끊어 가며 소리쳤다.

"선생님, 모든 등산객을 살아있는 채로 내려보내는 건 제 책임이에요. 제가 선생님의 손님들을 산에 가뒀는지 아닌지는 하산한 후에 판단할 문제고요. 어쨌든 지금 저희 대원들이 그들을 돕고 있지 않습니까?"

에리히가 입을 다물었다. 페르난데스가 덱사메타손으로 생명을 유지하고 있다는 생각에 그의 마음은 엉킨 실타래처럼 복잡해졌다. 지금 페르난데스의 상태로는 루어뿌가 제안한 험난한 루트로 내려오게 하는 것은 아예 불가능하다.

루어뿌 역시 속으로는 그 생각을 하고 있었다. 일단 7,028미터 지점의 캠프까지 내려오면 안전하다. 산소와 음식이 있고, 반나절 정도 쉴 수도 있다. 게다가 루트 공작대가 올라갈 때 고압 산소통을 가져갈 것이다. 최악의 경우 대피소에 들어가서 감압도 할 수 있다. 이것저것 따져 보면 어떻게든 사람을 올려보내서 잉푸를 구하는 방법을 생각해야 한다. 눈사태가 지나가면 그 루트를 복구하는 작업은 매우 위험하다. 또 다른 눈사태가 발생할 위험도 있고, 시간도 엄청나게 잡아먹을 것이다. 만약 루트를 복구하는데 오후나 밤이 되면 에리히의 손님은 내려줄 수 있지만, 누가 잉푸를 구하러 갈 수 있겠는가? 에리히가 조급해하는 것도 이해가 간다. 자신이 복구하고 싶은 루트는 거의 수직이기 때문이다.

1922년 말로리는 노스콜 루트에서 눈사태로 조난돼 일곱 명의 협력자를 잃었다. 1924년 5월 20일에 다시 왔을 때, 그는 눈사태가 일어난 그 루트를 피하려고 노스콜을 수직으로 오르는 길을 찾아냈다. 좁고 험난한 길이라 그는 그 루트를 '굴뚝'이라고 이름을 붙였다. 1960년 3월 27일, 초모랑마 북벽을 처음 등반한 중국 정찰팀도 그 루트를 발견해서 중국인들만 '초모랑마 얼음 골목'이라고 불렀다. 그들도 그곳에서 루트를 개척하고 등반하여 노스콜 캠프를 설치했다. 1999년 4월 5일, 말로리를 찾던 미국 등반팀도 그 루트를 통해 빙벽에 올랐다. 요컨대 그 루트는 험준하고 어렵지만, 눈사태 우려도 없고, 빠르게 아이스 스크루를 박아 로프를 연결할 수 있다. 그러니 루트 공사를 하면서 대원들이 가능한 한 빨리 올라가서 어두워지기 전에 잉푸를 찾아야 한다. 그런 다음 어떻게든 방법을 생각해서 그를 내려오게 한다. 이탈리아 사람, 스페인 사람, 시먼췌이 쉬에는 그 큰 틀에 의해 그들을 따라 천천히 내려오게 한다. 상황은 고통스럽지만, 제대로 보호만 해준다면 미끄러져 떨어지는 일은 없을 것이다.

그렇게 6,600미터까지 내려오면 들것으로 옮길 수도 있을 것이다.

그러나 에리히는 그렇게 생각하지 않았다. 그의 손님은 이미 북벽에서 닷새를 소모하여 동상과 질병이 어느 정도일지 모르는 상태다. 그는 오랫동안 산에서 지냈기 때문에 루어뿌가 공작하려는 루트가 전문 등반가들을 위한 것임을 잘 알고 있었다. 일반 등산객은 그곳에 서서 아래를 내려다보자마자 겁에 질려 한 걸음도 내딛지 못할 것이다. 더군다나 그들은 며칠간의 위기로 의기소침해져서 스스로 움직일 힘이 거의 사라졌을 테니 가이드와 함께 내려올 엄두를 내지 못할 것이다. 자칫 잘못하면 도중에 기절할 수도 있다.

에리히가 별수 없이 눈사태가 난 곳에 다시 루트를 열고, 그 지그재그형 루트로 등반객들을 내려오게 해야겠다고 결심한 이유도 그 때문이다. 조금 느리지만, 그래도 끝까지 내려오게 할 수 있다. 루어뿌가 잉푸의 구출을 서두르는 마음은 이해하지만, 지금 당장 구조할 수 있는 사람부터 구해야 한다. 잉푸의 생사를 모르니 다른 부상자들을 어떻게든 내려오게 한 다음 운을 하늘에 맡기고 다시 올라갈 수밖에 없다. 고개를 숙인 채 잠자코 있는 루어뿌를 보고 에리히가 그의 어깨를 두드렸다.

"루어뿌, 그거 기억해? 1924년 5월 23일, 말로리의 포터들이 네가 선택한 루트로 내려올 때 도중에 겁에 질린 네 사람이 꼼짝하지 못했어. 다음 날 말로리는 사람들을 데리고 가서 구해 주었지. 포터들은 동상에 걸렸고, 구조하는 과정에서 거의 모두가 크레바스에 빠질 뻔했어."

그러자 곧바로 루어뿌가 눈보라 속에서 소리를 질렀다. 마치 누구 목소리가 큰지 산신과 겨루는 듯했다.

"하지만 선생님도 아시다시피, 1922년 말로리는 노스콜의 저 경사면에서 눈사태를 만나 7명이 조난됐어요. 1979년에는 중국인 왕훙바오(王洪)와 세 사람도 그곳에서 조난됐고요. 전 오늘 또다시 저희 대원들을 생매장하고 싶지 않아요."

에리히가 몇 번 눈을 깜빡이다가 갑자기 허리를 굽혔다. 발치에 꽂았던 피켈을 힘껏 뽑아 머리 위로 휘두르더니 루어뿌가 밟고 있는 빙벽을 힘껏 내리쳤다. 하늘을 올려다보며 '신이여!'라고 외치고는 재빨리 자신의 지휘 텐트로 돌아와 엎드려 들어갔다.

루어뿌는 입이 쩍 벌어졌다. 이내 두 눈을 굳게 감았다. 그는 눈보라 속에서 조용히 담배를 피우고는 에리히의 텐트 앞으로 갔다.

"선생님, 나오세요. 제 텐트에서 티엔차 한 잔 드시죠."

텐트 안에서는 아무 대답도 없었지만, 거칠게 헐떡이는 소리가 들렸다. 루어뿌는 목소리를 높였다.

"선생님, 어제 위성 기상도는요?"

에리히가 텐트 입구의 지퍼를 열고 고개를 내밀었다.

샤오라빠가 건네준 티엔차 한 잔을 마신 후 에리히가 손에 든 노트북을 열어서 어제 받은 위성 기상도를 찾았다. 그는 캔버스 천으로 만든 의자를 옆에 놓고 루어뿌에게 앉으라고 하면서 손가락으로 화면을 가리키며 루어뿌를 바라보았다.

"루어뿌, 보통 우리가 산에 오면 루트만 보고 눈보라 소리만 듣지. 하지만 위를 보는 걸 잊어서는 안 돼. 산 밑의 일은 하늘 위에서 결정하니까. 오늘 루트 공작을 어떻게 할지는 하느님 눈치를 봐야 하는 거야."

루어뿌는 노트북 화면을 주시했다.

"선생님, 말씀이 맞아요. 티엔차를 마시면서 오늘 날씨 상태를 분석하시죠. 하느님의 뜻에 따라 경로를 다시 생각해 보죠."

에리히가 눈짓을 하며 오른손의 굵은 검지로 기상도 화면을 움직였다. 말하려다 말고 다시 한번 루어뿌를 힐끗 쳐다보았다.

"좋아, 우선 행성 전체의 기상 시스템부터 시작하자."

루어뿌는 고개를 끄덕이며 오른손 검지로 기상도를 눌렀다. 그러나 보자마자 그는 깜짝 놀랐다.
　"어머나, 이 기상도는 왜 이렇게 하얗지?"
　"맞아. 지면의 복사열이 너무 약해서 그래. 기온이 낮고 구름이 두껍고 제트기류 띠가 넓어. 날씨가 엉망이겠는걸."
　에리히가 미간을 찌푸리며 고개를 저었다. 루어뿌의 눈빛이 날카로워져 마치 구름 속에서 용이라도 찾는 듯했다. 에리히가 그를 보더니 다시 고개를 숙였다.
　"우리가 아는 대로…."
　그는 검지로 화면 위에 큰 원을 그렸다.
　"초모랑마는 경위 28도에 있고 아열대에 속하지."
　그러면서 그는 다시 몸을 굽혀 화면을 보고 있는 루어뿌를 바라보았다. 그는 손을 뻗어서 루어뿌의 어깨를 두드렸다.
　"루어뿌, 너도 봤겠지만…."
　그는 일기도를 가리켰다.
　"올해는 이 아열대 편서풍의 기세가 엄청나. 세고 넓고 두텁고 길어. 중심 풍속이 100미터 이상일 거야."
　"겁주지 마세요."
　루어뿌는 고개를 들고 눈을 부라렸다.
　"헛소리로 들리나?"
　에리히가 충혈된 눈을 크게 뜨고 오른손을 들더니 자기 목에 대고 옆으로 쓱 그었다.
　"내 목을 걸어도 좋아. 지난 며칠 동안 초모랑마 상공에서 상승기류의 전단변형 속도는 최대 초속 50미터를 넘었을 거야."
　'퍽!' 루어뿌는 있는 힘껏 자기 허벅지를 내리쳤다. 그 기세로 벌떡 일어나서는 손을 머리에 꽂고 그 자리에서 한 바퀴 돌았다.

"선생님, 그래서 올해 첫 등반 기간이 짧았군요."

"이건 티베트 청해 고원의 기온이 점점 더 높아지고 있다는 의미야."

에리히가 숨을 크게 들이마시며 다시 루어뿌를 쳐다보았다. 루어뿌는 화면을 향해 몸을 숙이고 기상도를 손가락으로 가리켰다.

"그래서 올해 초모랑마의 열섬현상이 예년보다 더 심했어요. 그래서 생긴 뜨거운 상승기류는 빠르고, 아열대 편서풍 제트기류가 차가운 공기를 내려보내는 힘도 강해요. 그러니 기류 간 전단변형이 격렬하게 작용해서 중소형급 기상시스템에 영향을 미치고요. 차가운 공기와 뜨거운 공기의 대립이 무너지면 초모랑마 상공의 기상시스템이 붕괴해서 수백 미터에서 수십 킬로미터 규모의 기상 이변이 나타나는 거고요. 처음에 나타난 건 천둥과 눈이고 지금은 번개와 천둥소리가 나타나지요."

에리히가 고개를 끄덕이며 루어뿌를 힐끗 쳐다보았다.

"맞아! 이건 1996년 남벽과 북벽 조난 당시의 상황이기도 해. 당시 구름 사이로 번개가 번쩍이는 동시에 폭설이 쏟아지는 걸 내가 봤어."

루어뿌는 눈을 지그시 감고 두 손으로 얼굴을 문지르더니 또다시 눈을 크게 떴다.

"선생님 생각에 이런 날씨가 얼마나 오래 갈까요?"

"이건 시작에 불과해. 어쩌면 앞으로 더 지독한 상황이 올지 몰라."

다시 티엔차를 몇 모금 마신 에리히의 표정이 더욱 어두워졌다.

"눈이 내리면 곧이어 엄청난 천둥 번개가 쳤어. 그 천둥 번개는 낙뢰와 번개의 국지적 대류 때문에 발생하지. 한 차례 천둥 번개의 지속 시간은 비교적 짧아서 발생부터 소멸까지 두 시간을 넘지 않아. 하지만 번개와 폭풍에는 단일, 다중, 초대형의 세 가지 유형이 있고 그 파괴력은 점점 더 강해지지. 더 무서운 건 띠 모양의 뇌우 군단이 만들어 내는 강풍이 갑자기 스콜라인(Squall-Line, 단시간에 비나 눈, 진눈깨비 따위를 동반하여 따뜻한 기단 내까지 나타나는 전선)이라고 하는 중소규모의 강한 대류를 만들어 내는 경우야. 그 결과는 상상도 할 수 없지."

에리히가 고개를 들어 머리 위 눈 덮인 천창을 바라보았다.

"1996년, 남벽과 북벽에서 종일 번개와 천둥소리에 시달린 것도 바로 그 저기압 전선 때문이었어. 당시 스콜라인의 규모나 전선 길이는 대수롭지 않았어. 불과 150에서 300킬로미터이고 폭은 50미터에서 몇십 킬로미터에 불과했지. 스콜라인 앞에서는 남풍이 불었는데 서풍으로 바뀌었다가 북풍으로 변했어. 풍속은 초당 40미터, 그건 버포트 풍력계급표(Beaufort scale)에서 14등급에 해당하지. 만약 다음에 그런 날씨에 휘말린다면 누가 살아남겠어?"

여기까지 말하고서 에리히는 루어뿌를 주시했다. 루어뿌의 심장이 두근거렸다. 그는 에리히가 무슨 말을 하고 싶어 하는지 잘 알고 있었다. 움직일 수 있는 사람의 에너지를 아끼는 것이 중요하니 잉푸까지 돌아볼 여유가 없다는 뜻이다.

에리히가 다시 입을 열려고 할 때 지휘대 무전기가 울렸다. 루어뿌는 재빨리 수화기를 집어 들고 손목시계를 흘끗 쳐다보았다. 오전 6시였다. 무전기의 목소리가 마치 부처님 목소리 같아 눈물이 날 것 같았다.

"세상에, 바이마 대장님! 얼마나 기다린 줄 아세요."

마치 산 위의 고난에 호응이라도 하듯, 바이마가 조바심을 낼수록 차는 더 순조롭게 달리지 못했다. 먼저 니무현 산속에서 산사태로 두 시간 동안 발이 묶였다가 다시 출발하려는 순간 루어뿌의 전화를 받고 노스콜의 눈사태 소식을 들었다. 마음이 다급한데 팅리현(평균 해발고도 4,500미터에 있는 중국 티베트 자치구) 카라우 산 능선에는 폭설이 산길에 높이 쌓여 있었다. 오르막길은 그래도 괜찮았다. 차는 미끄러지기도 하면서 야크가 걷는 속도로 5,200미터의 낮은 능선에 도착했다. 도착하자마자 차에 탄 세 사람은 자기도 모르게 비명을 질렀다.

"쑤오랑, 깃발!"

바이마는 왼손으로 깃발을 잡고 오른손으로 조심스럽게 문을 열었다. 도로에 나가자마자 눈보라가 세차게 그의 얼굴을 때려 비틀거렸다. 쑤오랑도 밖으로 나와서 그를 타르초 앞까지 거들어 주었고, 바이마는 깃발을 타르초에 단단히 묶었다. 두 사람은 합장했다. 바이마는 고개를 들어 멀리 하얗게 안개가 낀 초모랑마를 바라보며 두 손을 꼭 쥐었다.

"가자!"

산에서 내려오는 길은 특히나 위험했다. 커브를 돌 때마다 가파르고 미끄러운 데다 눈앞에 광풍이 휘몰아쳐서 차체를 좌우로 흔들었다. 츠런은 겁에 질려서 몸을 핸들에 대고 목을 앞으로 쭉 빼고 운전했다. 그러다 급커브 길에서 미끄러져 넘어질 뻔한 뒤, 차를 천천히 도로 한가운데에 세우고 바이마를 돌아보았다.

"뭘 보는 거야? 길을 봐야지!"

바이마가 고함을 질렀다.

"형님, 이건 자살행위예요."

츠런은 인상을 쓰면서 세상의 끝을 보듯이 도로를 바라보았지만, 전조등 앞쪽은 부옇고 흐려서 아무것도 보이지 않았다.

"무서운가? 내리게. 내가 핸들을 맡지."

바이마는 문을 세게 열었다. 차에서 내리려 하는데 거센 역풍이 그를 밀어내며 거칠게 문을 닫아 버렸다.

"목숨을 걸면 되는 거죠? 좋았어. 형님, 밥줄은 끊지 마세요. 자, 갑니다."

츠런은 눈을 부라리더니 돌아보았다.

"쑤오랑, 레드불 한 병! 나도 소가 돼야겠다."

그러면서 바이마가 말했다.

"츠런, 산기슭으로 가자. 안 되겠으면 산을 오르든지. 차가 부서지더라도 계곡에는 떨어지지는 마라."

"제 일이에요. 부탁하는데…."

바이마의 말을 듣고 츠런은 그를 노려보며 대꾸했다.

"운전대는 네가 잡고 있잖아. 부탁이라니 뭔데?"

"눈 좀 감고 계세요. 눈 뜨고, 다리에 힘을 주면 긴장한다고요."

"알았어. 난 잘게. 쑤오랑, 네가 좀 봐줘라."

바이마는 쑤오랑이 고개를 끄덕이자, 눈을 감고 등받이에 기대어 오프로드 차가 술에 취한 사람처럼 비틀거리는 대로 내버려 두었다.

오전 6시, 차는 마침내 베이스캠프의 지휘 텐트 앞에 조용히 정차했다. 바이마를 따라서 지휘 텐트에 들어간 뒤에 쑤오랑은 다시 나와서 츠런에게 티엔차를 마시라고 했다. 츠런은 운전석에 기대어 양손을 힘없이 핸들에 올려놓은 채 이미 양쪽 눈꺼풀은 감겨 있었다.

"쑤오랑, 빨리 도와줘. 다리를 뻗지 못하겠어."

바이마는 티엔차를 한 모금 마시고는 베이스캠프에 상주하는 관리인 자시빙추오(西平措)에게 진한 커피를 끓여달라고 부탁했다.

"대장님, 인스턴트커피밖에 없습니다. 한 잔도 괜찮으세요?"

자시빙추오는 보아하니 밤새 한숨도 못 잤는지 얼굴에 피곤함이 역력했고, 바이마에 비할 바가 아니었다.

"못 들었어? 쓴 커피로 줘. 쓸수록 좋아!"

"알겠습니다. 잠시만 기다려 주세요."

자시빙추오는 그렇게 말하고 텐트 밖으로 나갔다. 입구 지퍼를 제대로 잠그지 않은 모양인지 눈보라가 그 순간을 놓치지 않고 불어닥쳤다. 바이마가 눈살을 찌푸리자 쑤오랑이 성큼성큼 걸어가서 입구의 지퍼를 닫으려 했다. 그가 손을 뻗자, 누군가 먼저 밖에서 지퍼를 위로 끝까지 올려주었다. 눈덩이가 독약 가루처럼 날아와 테이블의 컵은 물론이고, 바닥에 있던 냄비, 테이블의 트럼프까지 날려버렸다. 온 바닥에 수박 씨앗이 흩어졌다.

"어이쿠, 미안합니다. 바람이 진짜 세기도 하네."

취쭝춘 마을의 촌장 지아뿌가 들어와 인사도 없이 선글라스를 벗고 소리쳤다. 그때 쑤오랑이 재빨리 입구의 지퍼를 닫자, 텐트 안은 순식간에 조용해졌다.

"왔어? 야크는?"

바이마는 눈보라에 몸서리를 쳤다. 지아뿌를 보자 표정이 부드러워졌다.

"서른 마리. 둘로 나눠서 올려보냈지. 당신한테 걱정시키지 않으려고 어젯밤부터 움직여서 열일곱 마리는 이미 올려보냈어."

지아뿌는 수건으로 목덜미의 물기를 닦으며 바이마에게 혀를 내밀어 보였다.

"야크 칠 사람은 몇 명인데?"

"독수리를 따라온 사람이 다섯 명, 뒤에서 쫓아온 사람이 열한 명이야."

바이마는 손뼉을 쳤다.

"좋아, 빨리 야크에게 먹이를 줘. 사람들도 밥 빨리 먹고, 9시에는 올라가야 해."

"그렇게 빨리? 대대장, 사람은 한두 입만 먹어도 배가 부르지만, 야크는 물도 충분히 마시고 풀을 먹어야 한다고. 게다가 짐을 실어야 한다고."

 지아뿌가 고개를 흔들자, 이마에 두른 수수 이삭이 북을 치듯 흔들거렸다.

 "사람을 구하는 거니까 산소통하고 로드 로프 말고는 아무것도 필요 없어."

 바이마가 테이블을 탁탁 두드리자, 바람에 날리지 않은 땅콩과 수박씨가 흩어졌다. 지아뿌는 허리를 굽혀 양손으로 그것들을 줍더니 땅콩 껍질을 벗겨서 몇 알을 입에 넣었다.

 "대장, 잉푸 사장이 우리 집에 한 달이나 머무르다 보니 아내도 바꿀 수 있을 만큼 친해졌거든. 독수리가 서둘러 온 건 야크로 돈을 벌기 위해서가 아니라 형제를 구하기 위해서라고. 나중에 야크와 사람은 낮에 도착하는데, 야크의 짐이 너무 무거워서 빨리 걷지 못할까 그게 걱정이지. 당신도 알다시피 올해 눈보라가 심해서 위쪽 길은 걷기가 힘들다고. 벌써 며칠 전에도 야크 두 마리가 발을 헛디뎌서 크레바스에 빠졌다고…."

 그는 계속 말하려고 했으나 바이마가 손을 뻗어 말문을 막았다. 바이마는 휴대전화의 메시지를 보고 있었다.

 "안 되겠다."

 바이마는 고개를 들어 지아뿌를 뚫어지게 쳐다보았다.

 "지아뿌, 이번에는 정말로 너한테 의지해야겠어. 뒤에 오는 대대에서 연락이 왔는데 눈보라가 심하고 차량과 사람이 너무 많아서 카라우 산 밑으로는 올라갈 수 없다고 하는군. 너희 야크로는 여분의 물건을 옮겨줘야겠어."

 "나무아미타불. 옮겨줄게."

 지아뿌는 굳은 표정으로 합장하더니 이를 악물고 큰소리로 말했다.

 "자시빙추오!"

바이마가 소리쳤다.

"선생님, 자시빙추오는 커피를 끓이고 있어요."

쑤오랑은 텐트 입구를 바라보았다.

"빨리 찾아봐. 커피는 됐어. 대원들 몇 명 데리고 각국 팀에서 밧줄을 빌려와."

"대장님, 커피입니다."

자시빙추오가 알루미늄 합금으로 된 커피포트를 손에 들고 들어왔다. 바이마는 입을 벌린 채로 그를 바라보았다.

"대장님, 외국팀 텐트 몇 개를 돌아봤는데 다들 아직 자고 있더라고요. 미국팀 가이드를 깨워서 진한 커피를 가져왔어요."

"외국팀 대원들은 다 있던가?"

"기본적으로는 있습니다. 그 미국 가이드 말에 따르면 그들은 어제 밤 늦게까지 토론했나 봐요. 우리 일이 걱정된다며 협력하겠다고 했어요."

"그거 잘됐네."

바이마는 컵 안에 담긴 검은 커피를 기울여서 단숨에 마셨다.

"선생님, 천천히 드세요. 그러다 뎁니다."

쑤오랑은 눈을 크게 뜨고 바이마의 손을 잡으려 했다.

"뭐가 뜨거워? 벌써 다 식었는걸."

바이마는 눈을 감고 입안의 쓴맛을 음미했다. 마음속의 쓴맛이 한꺼번에 솟구쳤다. 고개를 세게 흔들며 큰소리로 명령했다.

"쓴맛이 있기에 단맛이 있는 거다. 우리 같이 산에 오르는 사람들은 모두 쓴맛을 달콤하게 느낀다. 자시빙추오, 너는 지금 즉시 쑤오랑과 함께 각 부대로 가서 로프와 산소통을 빌려와라. 지아뿌, 넌 야크를 준비해. 지금 6시 반이야. 9시에 출발이다."

"대장님, 각국 팀들은 모두 가이드를 응원하러 간다는데요. 괜찮을까요?"

자시빙추오는 바이마를 쳐다보았다.

"괜찮아! 어드밴스드 캠프에는 우리 임시대피소에서 돌아온 열일곱 명이 있다. 열두 명이 나와 함께 가면 충분해. 게다가 이삼일 뒤에는 각국 팀도 등반할 거야. 두 번째 등반 기간에는 폐를 끼쳐선 안 돼."

"우리 중국 팀은? 그 사람들 가이드까지 데려가면 뭐라고 설명해?"

"지금 이러쿵저러쿵할 때가 아니야. 텐트에서 자게 놔둬, 9시가 되면 내가 얘기할게."

바이마는 차차 머리가 맑아졌다. 진한 커피 한 잔이 그의 투지를 불러일으켰다. 자시빙추오와 쑤오랑은 곧장 각국의 천막으로 향했다. 지아뿌도 사람들을 이끌고 구리 방울이 딸랑거리는 야크들을 바람이 들지 않는 천막 뒤편에 모아 풀을 먹였다.

바이마는 다시 커피 한 잔을 따랐다. 이번에는 단숨에 마시지 않고 한 모금만 마셨다. 그러고는 컵을 내려놓고 무전기를 쥐었다.

"루어뿌 나와라, 루어뿌! 여기는 베이스캠프다!"

루어뿌를 부르며 그의 심장이 쿵쾅거렸다.

"세상에, 바이마 대장님! 얼마나 기다린 줄 아나요?"

루어뿌의 울음 섞인 웃음소리를 듣고 바이마의 눈가에도 눈물이 맺혔다.

"수고했어, 루어뿌! 빨리 눈사태 상황을 알려주게."

"대장님, 에리히 선생님과 함께 현장에 내려가 봤는데 상황이 안 좋아요. 꼭대기에 있는 눈처마에서 장대한 눈덩이가 무너져 내리면서 아래쪽 경사면의 눈을 무너뜨렸어요. 6,600미터에 설치한 로드 로프는 전부 스노우폴에 파묻혔고요."

"야단났네. 그 루트는 못 고쳐."

바이마의 표정이 침울해지면서 바로 고개를 흔들더니 목소리를 높였다.

"루어뿌, 아래쪽은 눈보라가 심할 테고, 위쪽은 어때? 아직도 눈이 내리나?"

그가 바람은 묻지 않고 눈만 물어본 이유는 눈이 많이 쌓이면 두 번째 눈사태가 일어난다는 것을 알기 때문이다. 어젯밤에는 다행히 루트 위에 사람이 없었다. 하지만 오늘은 루트를 설치해야 하는데 만약 또다시 눈사태가 발생하면 상상만 해도 끔찍한 사고가 날 것이다.

"눈은 어젯밤부터 계속 내립니다. 지금은 조금 소강상태고요."

루어뿌는 고개를 돌려서 잡아먹을 듯 노려보고 있는 에리히를 힐끗 쳐다보았다.

"대장님, 조금 전에 에리히 선생님과 루트 설정을 의논했는데 서로 생각이 다릅니다."

바이마는 지휘대 근처 티베트식 방석에 앉아 왼손으로 마비된 다리를 주무르면서 오른손으로는 수화기를 귀에 대고 있었다. 그는 눈을 감고 두 사람의 의견 차이를 듣더니 바로 허리를 세우고 눈을 떴다.

"루어뿌, 둘 다 설치하자!"

"둘 다요? 왜요?"

루어뿌는 눈이 휘둥그레졌다.

"아래쪽 루트를 다시 설치하는 건 우선 2호 캠프 사람들을 내려오게 하기 위해서다. 사람을 늘려서 교대로 루트를 만들면서 올라가야 해. 굴뚝 루트는 잉푸 회장을 구조하기 위한 것이고. 너는 빨리 사람을 올려보내서 산소통을 옮겨. 네 명만 있으면 되는데 꼭 베테랑이어야 해."

"내가 바보였어!"

루어뿌는 무전을 끊고 분통을 터뜨렸다.

"으음, 현명해. 바로 그거야. 루트를 두 군데로 설치하면 양쪽 다 통하지."

에리히가 바이마의 지시를 듣고 웃음을 터뜨렸다. 손을 뻗어 엄지를 높이 치켜들었다.

"아주 훌륭해. 장군이 납시었어!"

7

무전기를 끄고 바이마는 숨을 깊이 들이마셨다. 그가 막 커피포트에 남은 커피를 따르려고 할 때 휴대전화가 울렸다.

"어이, 산소 결핍이야? 왜 빨리 안 받아? 지금 어디야?"

지평의 화난 듯한 목소리가 들려왔다.

"지금 청두인데 곧 비행기를 탈거야. 어제 노스콜에서 눈사태가 났다던데, 다친 사람은 없나?"

"지평 형, 방금 베이스캠프에 도착했어. 눈사태 때문에 루트가 끊어졌지만, 다친 사람은 없어."

바이마는 눈시울이 촉촉해졌다.

"그건 생각지도 못했는데, 정말 눈에 서리라니. 자네 빨리 올라가지 않으면 루어뿌가 버티지 못할 것 같아."

"아직 괜찮아. 에리히도 위에 있고."

루트 공작에 대한 바이마의 생각을 듣고 지평은 잠시 침묵을 지켰다.

"바이마, 눈발이 너무 세. 또다시 사람을 묻어서는 안 돼. 굴뚝 루트를 빨리 설치하라고 루어뿌에게 말해줘. 도저히 안 되겠으면 그 루트에서라도 2호 캠프 대원을 내려보내라고 해. 아래쪽 루트 공작은 주의하고, 못하겠다 싶으면 그냥 포기해. 눈발이 잦아들 때 다시 서둘러 만들면 되니까. 거기는 사고가 거의 일어나지 않아. 사고가 나면 뛰어내릴 수밖에 없기는 하지."

바이마는 신경 쓰이던 문제가 지펑의 이야기에 뒤섞였고, 자신도 한마디 하려고 했다. 그러나 지펑은 엉덩이에 불이라도 난 듯 갑자기 다그쳤다.

"됐어, 바로 안전 점검이다."

눈사태가 다시 일어나기 직전의 새벽, 루어뿌와 에리히가 크레바스에 떨어진 두 마리의 야크처럼 하늘을 향해 비명을 질렀다.

"시먼췌이쉬에가 사라졌다."

오전 6시. 딴쩡은 침낭 위에 앉아 무전기로 캠프 대원들을 호출했다. 그것은 산 위에서 하는 딴쩡의 습관이었다. 7,900미터 지점 2호 캠프에 올라가자, 영원히 그치지 않을 것 같은 미친바람이 거칠게 몰아쳐서 텐트 사이로 사람을 불러도 아무도 듣지 못했다. 야영지는 30도 기울기의 바위 경사면에 있었기 때문에 동쪽에 텐트 한 동, 서쪽에 텐트 한 동을 설치한 게 전부였다. 겉옷을 입고 텐트마다 사람을 깨우려면 아무리 빨라도 반 시간이 걸린다. 이럴 때 손안의 무전기가 유용하게 쓰인다. 지지직거리는 시끄러운 소리는 더 잤으면 하는 대원들도 못 들은 척하기 힘든 기상나팔 같은 소리였다. 딴쩡은 수고를 덜 수 있어 좋았고, 다들 응답하게 만들자는 차원이었다.

그는 한 번 깨우면 바로 일어나서 오전 식사를 준비하라고 했다. 그러면서 손님 수를 확인하고 몸 상태를 관찰하고, 그들을 침낭에서 나오게 하라고 했다. 9시에는 내려가야 한다. 딴쩡은 이미 악전고투할 마음의 준비를 했다. 바람이 더 세게 불어도 모든 손님을 텐트에서 나오게 해야 한다. 눈발이 더 심해져도 누구도 멈춰 있게 해서는 안 된다. 노스콜에 도착하기만 하면 어떻게든 죽지 않고, 억지로라도 짊어지고 내려올 수 있다.

두 명의 젊은 구조대원이 가이드인 앙뚜어지에를 돌보는 역할로 배정되어 있었다. 무전기를 끄고 물을 끓여서 버터차를 만들었다. 앙뚜어지에는 어제 몹시 지쳐 있던 탓에 오전부터 체력이 바닥이었다. 하산할 때 딴쩡이 산소를 마시게 했다. 어젯밤은 산소 유속을 1로 했다. 7,900미터의 야영지는 사실 이들이 산소를 마실 수 없는 장소였다. 4리터짜리 러시아산 고산용 산소 한 병을 네팔에서 운반해 산까지 들고 올라가면 최소 7천에서 8천 위안이 든다. 돈이 많은 손님은 7,028미터의 노스콜에서부터 산소를 마시기 시작한다. 주머니 사정이 넉넉지 않은 손님은 대부분 이 지점까지는 참다가 겨우 산소마스크를 쓴다. 물론 일찌감치 산소를 마시는 것은 산소가 희박한 환경에 적응하는 데 불리하다며 8,400미터의 어택캠프에서 산소를 마시겠다고 공언하는 사람들도 있다. 무산소 등정이 가능한 사람이 되면, 혹은 라인홀트 메스너(Reinhold Messner, 이탈리아 산악인으로서 히말라야 14좌 최초 정복)처럼 산신이 총애하는 아들인지 모르지만, 아무리 고문당해도 죽지 않든가, 혹은 살아서 산 정상에 오르더라도 어김없이 하산 도중에 죽거나 둘 중 하나다.

1922년, 조지 말로리는 산소를 거부했지만, 악천후로 아무리 기를 써도 더 높이 올라갈 수 없어서 발길을 돌릴 수밖에 없었다. 1924년 그는 경험이 없었는데도 산소를 짊어진 스물두 살의 앤드류 어빙(Andrew Irvin)을 데리고 산 정상에 도전했다. 산소를 흡입하며 그들은 마침내 산 정상 근처 경사면까지 올라갔으나 바로 기진맥진했다. 산소를 마시지 않았다면 그렇게 높이 올라가지는 못했을지라도, 그런 비참한 최후를 맞이하지는 않았을지 모른다.

  산소 농도가 높지만, 루어뿌는 사람을 구하기 위해 사람을 다음날 안전하게 하산시키기 위해서 어젯밤 각자 산소를 마시도록 했다. 티베트 대원들은 유량을 0.5로 하고, 손님은 1로 하라는 명령을 내렸다. 앙뚜어지에는 그 덕에 잠을 푹 잤고, 일어나자마자 구호대원들이 물 끓이는 것을 도왔다.

  두 젊은 대원 중 한 명은 텐트에서 나와 눈을 퍼서 물을 끓이고, 다른 한 명은 일이 미터 떨어진 시먼췌이쉬에와 이탈리아인 두 명의 텐트로 그들을 깨우러 갔다. 그러나 놀랍게도 텐트 입구의 지퍼가 열려 있었고, 텐트는 이미 강풍에 찢어진 상태였다. 그는 텐트 안으로 들어가서 이탈리아인 두 명의 머리를 잡고 흔들어 깨웠는데 세 번째 사람은 반응이 없었다. 두 이탈리아인은 잠에서 깨어나자, 어제 있었던 일을 이야기했고, 거듭 감사의 마음을 전하려 한다는 것을 알 수 있었다. 분명히 그들은 오늘 오전에 스스로 내려갈 수 있다고 했다. 하지만 시먼췌이쉬에의 침낭은 납작했고 사람도 배낭도 보이지 않았다. 텐트 입구에서 아이젠과 피켈을 살펴보니 그것도 한 사람 분량이 사라지고 없었다. 어젯밤 잠자리에 들기 전에 세 사람이 잠깐 이야기를 나누었는데 그가 언제 나갔는지는 모른다고 이탈리아인은 말했다.

  딴쩡이 뛰어 들어왔을 때 그는 겉옷도 입지 않았고 내화만 신고 있었다. 그는 텐트에 들어서자마자 시먼췌이쉬에의 침낭을 휘둘렀고, 몹시 화가 나서 가증스러운 그의 침낭을 텐트 밖으로 던져 버렸다. 폭풍설은 일 초 만에 침낭을 높이 높이 공중으로 띄워서 눈 깜짝할 사이에 아득히 높은 곳으로 날려버렸다. 침낭을 놓자마자 그는 양손으로 텐트 매트를 두드렸다. 마치 시먼췌이쉬에가 장난치느라 바위에 숨어 있기라도 한 것처럼 무턱대고 두드렸다. 그때 문득 '시먼췌이쉬에가 산소를 마시고 편히 쉬다가 아무도 주의하지 않는 틈을 타서 몰래 산 정상에 올라갔구나'라고 생각했다.

딴쩡은 무전기로 루어뿌에게 서둘러 연락을 취했다. 손이 떨리고 속이 메슥거렸다. 루어뿌는 마침 에리히와 텐트 안에서 커피를 마시며 루트 공작에 대해 이야기하고 있었다. 그는 딴쩡의 이야기를 듣자마자 눈앞이 캄캄해졌지만, 즉시 딴쩡에게 산소를 검사해 보라고 재촉했다. 만약 시먼췌이쉬에가 정말로 몰래 등반했다면 그의 체력으로는 산소를 사용해야 하기 때문이다. 물론 그 남자가 폐를 끼칠 생각이 없었다면 오전에 일어나 스스로 내려왔을 가능성도 없지 않았다.

눈보라에도 아랑곳하지 않고 텐트에서 나와 암벽 경사면에 놓아둔 산소를 확인했을 때, 딴쩡은 계곡 바닥으로 뛰어내리고 싶었다. 어젯밤에 확인한 산소통 25개가 여기저기 흩어져 있었다. 나머지 대여섯 통은 바위에 팬 구멍이나 틈새에 박혀 있었다. 산소통을 연결하던 밧줄이 칼로 잘려져 있었다. 풀어 헤쳐진 밧줄은 염소 꼬리처럼 눈보라 속에서 휘날리고 있었다. 아무래도 시먼췌이쉬에는 두 명의 구조대원이 텐트에서 산소통을 밖으로 옮길 때 마음을 굳혔던 모양이다.

"너무하잖아. 죽고 싶다면야 그건 자기 자유지만, 이런 비열한 짓까지 해가면서 여기 있는 사람들까지 죽이려 하다니."

루어뿌는 두 주먹을 쥐고 머리 위에서 휘둘렀다.

에리히의 얼굴이 한층 더 어두워졌다. 에리히는 루어뿌가 인력을 투입해서 시먼췌이쉬에를 구출해야 한다는 것을 알고 있었다. 그러나 오늘 날씨와 인력 상황으로 볼 때 시먼췌이쉬에를 구조하기는 틀렸다. 두 사람을 나누어 산과 골짜기를 샅샅이 뒤져 그를 데려와야 한다. 그 두 사람은 경험이 풍부하고 체력이 뛰어나야 한다. 그렇지 않으면 그들도 산에서 죽을 지도 모른다. 하지만 2호 캠프의 손님은 몸도 마음도 지쳐 있었고, 더구나 페르난데스는 뇌수종을 앓고 있어서 어젯밤에 바로 내려와야 했다. 오늘 오전까지 살아있다는 소식을 듣고 에리히는 마음속으로 이미 천 번은 하나님께 감사기도를 드렸다.

'구조대원 두 명이 더 줄어들면 다른 사람들이 살아서 내려갈 수 있을까? 눈보라가 이렇게 거세게 몰아치는데 손님이 일단 움직이지 못하게 되면 누가 도와줄 수 있을까?'

이 노스콜의 루트 공작조차 아직 어떻게 해야 할지 눈앞이 깜깜하고, 구조 인원이나 산소통도 더 올리기는 불가능하다. 하늘을 불러도 하늘이 응답하지 않고, 땅을 불러도 땅이 꼼짝도 하지 않는다.

에리히가 슬픔에 겨워 아무 말도 못 했기에 루어뿌는 침묵을 지켰다. 루어뿌는 에리히가 어떤 마음인지 알고 있었다. 그러나 그에게는 선택의 여지가 없었다. 사람은 반드시 구해야 한다. 시먼췌이쉬에는 어리석은 사람이지만, 부처님이 자신에게 준 시련이자 업장 소멸의 기회라고 생각했다.

루어뿌는 무전기를 들고 딴쩡을 불렀다.

"딴쩡, 한 명만 데리고 당장 출발해. 올라가서 그 멍청이 잡아 와."

"만약 그 멍청이가 벌써 내려갔으면?"

"내가 여기서 붙잡아서 너 대신 때려눕혀 줄게."

딴쩡은 웃음을 터뜨렸다. 루어뿌는 착하기로 소문난 사람이라 사람을 때릴 것 같지는 않았기 때문이다. 하지만 다음 순간 더는 웃지 못했다. 지금은 매우 어려운 상황이었고, 이 어려움을 루어뿌가 어떻게 극복할지 안쓰럽게 느껴졌다.

"루어뿌, 나 혼자 갈게."

에리히가 무전기를 통해 딴쩡의 말을 듣더니 루어뿌를 보며 고개를 저었다. 에리히의 중국어는 어눌했지만, 티베트어는 중국어보다 유창했다.

루어뿌는 에리히에게 고개를 끄덕였다.

"혼자서는 죽는 거나 마찬가지야. 한 명 더 데려가야 해."

무전기에서 지아추어의 목소리가 들렸다.

"대장님, 제가 가겠습니다."

루어뿌는 이미 등산 회사의 사장이었지만, 지아추어는 호칭을 바꾸지 않고 계속 몇 년 전 지위 그대로 루어뿌를 불렀다. 그도 몇 년 전 소와 양을 방목하던 청년 중 한 명으로 루어뿌가 등반 일을 시킨 사람 중 한 명이었다. 그들은 동갑이었는데 목숨을 건 우정이라면 그들의 우정이 세상 누구보다도 깊었다.

루어뿌의 눈시울이 붉어졌다.

"지아추어, 너 손은 괜찮겠어?"

"조금 저리긴 하지만 절단할 정도는 아니에요."

"몸 상태는?"

"하룻밤 산소를 마셨더니 훨씬 나아졌어요."

"좋아, 빨리 딴쩡을 따라가! 그 녀석 발견하면 최대한 빨리 내려오고. 이쪽은 지금부터 루트 공사를 시킬 거야. 루트가 열리면 왕뚜어가 몇 사람과 함께 잉푸 회장을 구하러 갈 거야."

지아추어는 울먹이며 말했다.

"대장, 우리가 반드시 구해올게요."

루어뿌는 맹세하듯 단호하게 말했다.

"반드시!"

티베트인 가이드들은 밤에 산소 유량을 0.5로 낮추었기 때문에 각각 절반 이상이 남아 있었다. 그것을 모은 두 병 분량의 산소를 젊은 스페인 사람 두 명에게 주려고 했지만, 앙뚜어지에는 그러기에는 부족하다고 했다. 여유분은 배낭에 넣어서 지고 가다가 손님이 하산할 때 응급처치용으로 사용할 수 있기 때문이다. 에리히가 양손으로 루어뿌의 오른손을 꽉 쥐고 세게 흔들었다.

오전 6시 30분, 딴쩡과 지아추어는 눈보라를 뚫고 출발했다.

오전 8시 50분, 쑤어뚜어를 필두로 2호 캠프 사람들은 내려가기 시작했다.

5월 16일, 2호 캠프의 각국 팀이 철수한 후에 시먼췌이쉬에가 지아추어의 텐트로 몰래 돌아왔다. 아무도 없었다. 눈보라는 더욱 거세졌다. 그는 태어나 처음으로 그런 높이까지 올라갔고, 산의 거대함과 무한함, 그리고 흉포함에 압도당했다.

가쯔(子)의 돈은 그의 삶을 다소 풍요롭게 해주었다. 하지만 더 재미있는 것은 그 영국인을 찾는 일이었다. 그는 배낭에서 '초모랑마의 망령'이라는 책을 꺼내 또다시 127페이지를 펼쳤다.

'8,100미터!'

어빙은 똑바로 누워있었고, 얼굴은 히말라야 독수리에게 반쯤 뜯어먹힌 상태였다. 그 구식 코닥 SLR(Single Lens Reflex Camera, 한 개의 렌즈가 초점 조절용과 촬영용을 겸하는 일안 반사식 카메라) 카메라는 분명히 그의 주머니에 있을 것이다. 그것을 찾아내야 비로소 보람 있는 인생이 된다. 그 카메라를 찾고 나면 먹고사는 데도 문제가 없고, 역사에 이름도 남을 것이다. 생각할수록 흥분된 그는 정오 12시에 용기를 내어 텐트 밖으로 나갔다. 산소호흡기의 유량을 2로 설정했다. 세 시간 후, 8,100미터까지 올라갔다.

눈보라가 몹시 강하여 허리를 똑바로 펴지 못했다. 로드 로프에서 어센더를 풀고 오른쪽으로 몇 걸음 걷자마자 두려움에 몸서리쳤다. 8,200미터 아래는 초모랑마의 '피라미드' 밑바닥에 해당한다. 그것은 옅은 황색에서 갈색에 이르는 줄무늬 대리석과 천매암(석영, 운모, 녹니석 따위를 주성분으로 하는 변성암. 얇은 잎 모양으로 벗겨지는 성질이 있다) 등 노란색 변성암으로 이루어져 있었다. 마치 황금 띠처럼 초모랑마의 허리 부분을 연결하고 있어 속칭 '옐로 밴드(Yellow Band)'라고 부른다. 이들 변성암의 주성분은 방해석으로, 오랜 세월 동안 끊임없이 눈 녹은 물에 녹아 풍화되어 경사면 전체가 억만년 동안 살아온 악어 비늘처럼 부서지기 쉬운 까닭에, 밟지 말아야 하는 돌 조각으로 뒤덮여 있다.

시먼췌이쉬에가 등산화에 아이젠을 장착한 발로 그 바위를 밟자 바로 미끄러지기 시작했다. 고개를 숙이고 한 걸음씩 움직이기 시작했고, 100미터도 안 되는 지점에서 얼른 고개를 들었고, 깜짝 놀라서 털썩 주저앉았다.

인터넷에서 그는 등반객들에게 8,000미터 이상 고산의 바윗덩어리 위를 어떻게 걷는지 가르쳤지만, 그 능선의 경사가 30도나 되는 줄은 몰랐다. 100미터도 채 걷지 않았는데 어느새 50미터를 내려갔고, 더 내려가니 북벽의 바닥 모를 심연이 입을 벌리고 있었다. 로드 로프가 없는 곳에 올라갔다가 돌아왔으므로 체력 소진이 심했다. 어느 해인가 대만의 한 산악인이 그런 식으로 한 걸음씩 이동하다가 8,700미터 고도에서 길을 잃은 사실을 알고 있었다. 그의 간절한 구조 요청에도 불구하고 아무도 내려가서 구조해 줄 용감한 사람이 없었다. 그리고 다시 오를 힘도 없었고, 용기도 잃은 그는 그 바위 위에서 죽고 말았다.

8,100미터 루트로 돌아오자, 그는 이제 시체를 찾을 용기가 사라졌다. 몸을 돌려 로드 로프에 어센더를 걸고 오후 5시에 텐트로 돌아왔다. 그리고 곧바로 산소 유량을 0.5로 설정하고 기절하듯 잠이 들었다.

2013. 05. 17. 오전 9:00

시먼췌이쉬에는 천둥소리가 나자, 잠에서 깼다. 텐트 문을 열자마자 숨을 쉴 수 없을 정도로 강력한 눈보라가 불어와 순식간에 텐트가 휘청거렸다.

"젠장, 꼼짝하기조차 어렵네."

두려움에 휩싸인 그는 급히 산소를 확인했다.

"다 떨어졌군, 산소가 없어!"

사실 그 전에 그는 산소호흡기를 사용해 본 적이 없었다. 어디서 본 숫자인지 모르겠지만, 러시아 포이스크(Poisk) 산소통 용량을 5리터로 착각하고 1리터 더 많이 계산했다. 고도가 높아서 소화도 되지 않았다. 텐트에 인스턴트 면이 있긴 했으나 전혀 식욕이 나지 않았다. 그는 졸다가 뇌수종 초기 단계에 들어가고 말았다. 그 후, 딴쩡 일행이 내려왔다가 텐트 안에 있는 그를 발견한 것이다.

2013. 05. 18. 오전 5:00

오전 5시, 시먼췌이쉬에가 이를 악물고 어센더를 위쪽 로드 로프에 걸었다. 거친 바람이 불었다. 어디서 와서 어디로 향하는지 알 수 없었다. 눈이 쇳조각처럼 그의 고글에 부딪혀 따닥따닥 소리가 났다.

오전 8시, 그는 소매를 걷어 올리고 카시오 시계의 시간을 확인하고는 다시 8,100미터 고도의 풍광을 눈에 담았다. 오른쪽으로 초모랑마 북벽이 만년설 사이로 모습을 드러냈다. 하늘을 찌를 듯한 그 벽은 불어오는 바람을 모두 튕겨냈다. 로드 로프에서 어센더와 벨트를 풀자 심장 박동이 빨라졌다. 오른쪽을 향해 허리를 숙이고 눈보라 방향을 따라 북벽으로 향했다. 이번에는 발치에 특별히 신경을 써서 경사면을 내려가지 않도록 조심했다.

2003. 03. 12. 저녁 6시

"그 코닥 카메라가 어빙의 몸에 있다는 게 너는 믿어지니?"

시먼췌이쉬에는 아시안게임 선수촌에 있는 샤브샤브 식당 개인실에서 마주 앉은 젊은 여성을 보며 고개를 끄덕였다.

"그럼, 믿고말고!"

"어째서?"

"말로리의 몸에 없었으니까."

"말로리가 미끄러질 때 바위틈으로 떨어지지 않았을까?"

젊은 여자는 뒤통수에 머리를 하나로 모아 묶는 포니테일 스타일을 하고 있었는데 왼쪽을 보니 머리채가 오른쪽 어깨에 닿아 있었다.

"그럴지도 모르겠는데?"

"그럴지도 모른다니?"

젊은 여자가 오른쪽으로 돌아서자, 머리채가 왼쪽 어깨에 닿았다.

"그럼, 내 100만 위안은 물속으로 사라지는 거 아냐?"

"만약 어빙의 몸에 있다면?"

시먼췌이쉬에가 양손을 올리더니 뒤로 돌려쓴 사냥모자 위의 술 뭉치를 움켜쥐며 젊은 여자에게 웃어 보였다.

"그럼, 어떡하지?"

젊은 여자도 웃으며 검은 눈을 동그랗게 떴다.

"세상이 깜짝 놀라겠지."

시먼췌이쉬에가 검지와 엄지로 코를 짚었다.

"그럼, 내 투자는 천사의 투자인가, 아니면 위험한 투자?"

"천사라니 무슨 말이야?"

시먼췌이쉬에는 아래 눈꺼풀에 주름진 눈을 가늘게 떴다.

"못 찾으면 내가 우스워지잖아."

"찾으면?"

"찾더라도 너 혼자 차지한다면?"

젊은 여자는 눈을 동그랗게 뜨고 말했다.

"그럼, 어쩔 건데?"

시먼췌이쉬에가 코끝을 찡그리며 물었다.

"나한테 500만 위안 변상해야지!"

시먼췌이쉬에가 손을 들어 머리를 쓸어올렸다.

"그렇게 많았나."

"돈은 내 거지."

젊은 여성은 양손을 머리 뒤로 올리더니 포니테일을 다시 묶었다.

"목숨은 내 거다!"

시먼췌이쉬에는 한 손을 들어 검지와 엄지로 두 눈을 가볍게 문질렀다.

"나는 안 갈 수도 있어!"

"그럼, 넌 그 돈 못 받아."

활짝 웃는 젊은 여자의 두 눈이 초여름 버드나무 잎사귀처럼 반짝반짝 빛났다.

"만약 내가 위험한 투자로 당신과 합작한다면…"

젊은 여자는 옆 빈자리에 놓인 파일에서 종이 한 장을 꺼냈다.

"그 담보를 내놔야지 뭐."

"그 사람, 땅도 한 평 없고 방도 한 칸 없어."

"보증인은?"

"본인이지. 떠돌이에다 부모도 없고 친구도 없는 사람이야."

"좋아!"

젊은 여자는 웃으면서 그 종이를 시먼췌이쉬에 앞에 내밀었다.

"나, 이번 한 번만 당신의 천사가 되어 줄게."

"와, 진짜?"

시먼췌이쉬에는 고개를 숙이고 종이의 글자를 자세히 읽다가 고개를 들고 웃었다.

"정말로 벌금 오십만 위안이야?"

"미국에서 돌아온 지 3년이 됐는데 인자하신 아버지가 준 삼천만 위안은 어디로 가버렸고 오백만 위안만 남았어. 나도 한 번은 벌어야 하지 않겠어?"

"난 동굴에서 나온 지 삼십 년인데 불쌍한 우리 엄마가 준 생명은 절반밖에 안 남았어. 나도 한 번쯤은 내기를 걸어야겠지?"

"성공을 축하해!"

젊은 여자는 오른손 손가락 끝을 뻗으며 이렇게 말했다.

"원하는 대로 이루어져라!"

시먼췌이쉬에는 오른손을 뻗어서 검지와 엄지로 그녀의 손끝을 집었다. 젊은 여자는 자리에서 일어났다. 이번에는 의자에 있던 알파벳이 빼곡히 적힌 종이상자를 들어 올렸다.

"잊을 뻔했네."

그녀는 그 상자를 건네주며 말했다.

"금속 탐지기야."

"도움이 되려나?"

시먼췌이쉬에은 양손으로 종이상자를 눈높이로 들어 올리고 유심히 살펴보았다.

"초모랑마에 가서 동전 한 개라도 찾아와."

2013. 05. 18. 오전 9:00

시먼췌이쉬에는 이미 북벽에 200미터 가까이 다가가 있었다. 그의 눈은 계속 경사면에 누워있는 시체를 찾고 있었다. 1975년 중국 산악인 왕훙바오(王洪保)는 이 부근에서 어빙의 시체를 발견했다. 시먼췌이쉬에는 그 시체에서 말로리에 대한 사실과 그가 가지고 있던 카메라를 찾고 싶었다. 그 카메라는 인류가 최초로 세계 정상에 올랐는지에 대한 비밀을 밝혀줄 터였다.

이날을 위해 시먼췌이쉬에는 무려 5년을 준비했다. 산 정상에 오른 사람은 많다. 하지만 어빙의 카메라를 찾는다면 그 사람은 단숨에 세계적인 유명 인사가 되어 명성과 부를 동시에 얻을 것이다. 그래서 시먼췌이쉬에는 올해 어택캠프에서 고산지대 적응을 하고 내년 등반에 도전할 수 있도록 해달라고 요구했다. 루어뿌는 그가 그런 계획을 세우고 있을 줄은 꿈에도 몰랐고, 5월 16일 철수하는 동안 그를 잊고 있었다. 딴쩡은 가이드에게 그가 오전 일찍 혼자 내려왔다는 소식을 들었는데 어느 틈에 그가 동유럽 캠프의 가이드 텐트에 숨어 있었고, 다시 지아추어가 등반 후 휴식을 취하기 위해 준비한 텐트에도 숨어 있었다.

새벽 3시, 시먼췌이쉬에는 잠에서 깼다.

새벽 5시, 두 이탈리아인이 깨지 않은 것을 확인한 후 몰래 텐트에서 빠져나왔다.

시먼췌이쉬에가 첫 번째 시체를 발견했을 때, 현기증이 나서 거의 비탈길에 쓰러질 뻔했다. 방풍 장갑을 벗고 양손으로 금속 탐지기를 잡았을 때, 바늘이 강하게 흔들리기 시작했다. 하지만 고글을 벗고 허리를 굽혀 자세히 보니 시신의 옷차림이 현대적이었다. 아홉 번째 시체를 발견했을 때는 거의 절망 상태였다. 그 시체들은 모두 트렌디한 다운 재킷을 입고 있었고, 색도 아직 바래지 않았기 때문이다. 다만 모든 얼굴의 눈알과 입술을 고산 독수리가 쪼아 먹은 상태였다.

금속 탐지기는 금방 움직이지 않았다. 장갑도 하나밖에 끼지 못한 그의 양손은 감각을 잃을 정도로 차가웠다. 허리를 굽혀 북벽에서 불어오는 눈보라에 맞서다가 갑자기 숨을 쉴 수 없었다. 그는 서둘러 바닥에 앉아 배낭을 내려놓고 산소호흡기를 확인했다. 출발할 때 2호 캠프에서 서둘러 벗어나기 위해 산소량을 '4'로 설정해 놓았는데, 빠르게 걷느라 조절하는 것을 깜빡 잊었다. '4'의 유량으로는 거의 다섯 시간 정도만 산소를 공급할 수 있다. 현재 산소 압력계의 바늘은 0을 가리키고 있었다.

'나는 열 번째 시체가 되겠지!'
그 생각이 시먼췌이쉬에의 뇌리에 떠오르자, 그는 눈을 질끈 감았다. 아까 본 아홉 구의 시체는 모두 지난 몇 년 동안 속북산릉에서 추락한 등반객들이다.

'나란 인간은 밑에서부터 죽으러 올라왔으니 우스꽝스럽기 짝이 없다. 나와 내 천사 투자자는 둘 다 이번 내기에 졌다. 그녀는 자기 아버지가 대준 비즈니스 게임 밑천을 잃고, 나는 내 목숨을 잃는다.'

바람이 다시 거세게 불어서 눈송이들이 그의 고글을 탁탁 쳤다. 그는 일어설 용기도 잃고 방향감각까지 잃어서 망연자실한 채 주저앉아 있었다. 어빙도 이런 식으로 죽었을지도 모른다. '고독하게, 고통스럽게, 천천히 잠들었겠지….'

틀림없이 죽는다고 생각하니 시먼췌이쉬에는 슬펐고, 후회가 들어 고개를 저었다.

'나는 정말 바보였어. 내가 왜 이런 짓을 했을까?'

사신의 소환을 기다리는 그의 눈에는 3월 22일 밤의 풍경이 떠올랐다.

2013. 03. 22. 저녁 8:00

"나를 놀리는 거야? 내가 고작 이 정도 술을 얻어먹고 너희들을 위해 왜 그곳에 가야 하지?"

3월 22일 저녁 8시. 베이징시 시즈먼 가오량파오에 있는 사무용 빌딩에 있는 바의 룸에서 술 냄새를 풍기며 이렇게 말하다가 바로 입을 다물었다. 맞은편에 앉은 검은 뿔테 안경을 쓴 젊은 남자가 재빨리 검은색 가방을 나의 다리 위에 올려놓았기 때문이다.

"50만 위안이야. 당신 여행 경비."

이렇게 말하는 젊은 남자의 눈빛이 얼음덩어리처럼 번득였다.

"당신이 목숨을 부지할 돈이기도 하고."

그때 손으로 가방을 꽉 움켜쥐면서 얼굴이 확 달아오르던 느낌을 잊을 수 없다. 눈을 꾹 감았다가 다시 떴을 때 온몸에 힘이 빠져서 턱을 가방에 얹었다.

사실 그날 밤 그 바에 들어섰을 때 이미 내 다리는 힘이 풀렸다. 나를 기다리고 있던 것은 네 명의 젊은 여자와 한 명의 젊은 남자였다. 두 여자는 낯이 익었다. 한 여자는 남자 같은 상고머리에 스물예닐곱 살 정도로 보였고 얼굴이 둥근 여자였는데, 닉네임이 도쿄라고 했다. 원래는 동베이 지방의 축구선수였는데, 후원 기업이 선수 월급을 반년이나 주지 않자, 그녀는 베이징으로 나와서 NPO(비영리단체, Non-profit organization) 관련 일을 하며 생계를 꾸렸다.

또 다른 여성은 머리는 포니테일로 묶었고 얼굴은 달걀형이며 도쿄와 같은 또래로 보였고 이름은 왕냥이라고 했다. 부모는 공기업 임원으로 의식주에 전혀 부족함이 없는 베이징 아가씨였다. 베이징체육대학을 졸업하자 아버지는 자치구의 당 서기에게 그녀를 중점 중고등학교 체육 교사로 임명해달라고 청탁했다. 하지만 그녀는 일주일도 채 근무하지 않고 막 시작한 교사 생활에 이별을 고했다. 어느 날 그녀가 출발선에서 스타트 동작의 시범을 보이려 할 때, 한 중학교 3학년 남학생이 종이를 말아서 그녀의 엉덩이를 가격했다. 그녀는 몸을 휙 돌려서 그 남학생을 발로 찼다. 갈비뼈 두 대가 부러졌고, 학교 측에서는 경찰에 신고했다. 경찰차가 빨간 경광등 불빛을 번쩍이며 교내로 들어왔을 때 그녀는 아버지의 대형 벤츠에 올라 의기양양하게 학교를 빠져나간 뒤였다. 교장은 어머니에게 그녀를 보내라고 요구했지만, 그녀의 어머니는 당황하지 않고 받아쳤다.

"할 말이 있으면 자치구 서기한테 하세요. 그 사람이 우리 아이를 당신네 학교에 배치했으니까요."

그 후로 왕냥은 NPO 활동에만 얼굴을 내밀었다. 3년 전, 라싸에서 나무코 마을로 NPO 투어를 갔을 때 나는 그녀와 도죠를 알게 되었다. 작년 춘절 이후부터 그해 10월까지 무즈타그산에 오르기 위한 자금 마련에 들어갔다. 도죠와 왕냥을 포함한 열한 명의 남녀 산악인이 한 사람당 오만 위안을 맡겨주어서 모두 오십오만 위안이 모였다. 하지만 석 달이 채 지나지 않아 그 돈은 오만 위안밖에 남지 않았다.

춘절 후 베이징시 서북쪽 옌칭의 하이퉈산에서 캠프를 설치하고 훈련할 때 한밤중에 왕냥이 내 텐트 안으로 숨어들었기 때문이다. 석 달 뒤, 그녀는 나를 찾아와 아이를 가졌다고 밝혔다. 손이 떨리고 제대로 말을 못한 채 나는 도죠에게 도움을 요청했다. 결국 도죠가 나에게 50만 위안을 내놓았고, 왕냥은 병원에서 아이를 낳기로 했다.

돈이 떨어졌으므로 당연히 산에는 올라가지 못했다. 그때부터 여기저기 숨어 사는 생활이 시작되었다. 그날 밤 도죠와 왕냥의 권유로 술을 마시러 갔다. 룸에 들어가자마자 심장이 두근두근 소리를 내며 맥박치기 시작했다.

상석에서 냉랭하게 나를 쳐다보던 사람은 자칭 가쯔라고 하는 젊은 남자였는데 채권자 대리인인 듯했다. 그 남자 말고도 나를 힐끗 쳐다본 두 명의 젊은 여성은 변호사 같았다. 얌전해 보이고, 빨간 테 안경을 썼으며, 피부가 하얀 여자는 리사(麗莎)라고 했다. 다른 한 사람 예나(葉娜)라는 이름의 여자는 혼혈이었다. 그녀는 몸에 딱 붙는 히트텍 의류를 입었고, 긴 속눈썹으로 덮인 눈동자는 회갈색이었으며, 갈색 피부가 건강해 보였다.

본론적인 이야기가 시작되자, 심장의 두근거림이 겨우 가라앉았다. 가쯔는 회사 주식 상장을 계획하고 있었고, 사회 공헌을 했다는 보고서가 필요했다. 작년에 그는 민닝진에서 포도를 재배하는 큰아버지 마인화(馬銀華)의 도움을 받아 마을 주민들과 함께 포도를 다른 곳으로 옮겨 심고, 야생 몽골 가젤을 다시 불러들이는 NPO 프로젝트를 시작했다. 올해는 직접 사람들을 이끌고 초모랑마 산기슭의 취쭝춘 마을 일대에서 히말라야 독수리 보호 공익활동을 하고 싶다고 한다. 이를 위해 촌장인 지아뿌의 집에서 민박하기를 바란다고 했다. 첫째로는 취쭝춘 마을 활동에서 지아뿌의 힘을 빌리고 싶고, 다른 하나는 히말라야 독수리를 위해 야크 고기를 사고 사람을 고용하는 일에 도움을 받았으면 했다. 리사는 아시아 동물보호협회의 프로젝트를 주관하고 있었다. 예나는 독일 함부르크대학 박사과정 중으로, 티베트 생태사회학을 연구하고 있었다. 등산 애호가이기도 해서 올해도 초모랑마 등반을 신청했다고 한다.

나에 대한 요구사항을 듣고 있자니 화가 치밀었다. 몇 잔인가 술을 마시고서 눈을 부릅떴다.

"당신은 내가 취쭝춘 촌장 지아뿌하고 친하다는 걸 어떻게 알았지?"

현금 오십만 위안이 무릎 위에 묵직하게 올려져 있어서 심장이 두근거렸다. 눈을 크게 뜨고 가쯔를 쳐다보았다.

"당신은 그 집에 해마다 손님들을 데려가잖아. 올해도 열한 명으로 노스콜 등반팀을 꾸려서 그의 집에 묵을 생각이지? 그리고 어택캠프에서 고산지대 적응훈련도 할 거 아냐?"

가쯔는 싸늘하게 웃고는 미간을 잔뜩 찌푸린 채 눈동자를 빛내면서 말했다.

"어어, 속속들이 다 알고 있네."

나는 가쯔의 눈빛을 재빨리 돌아본 후 눈을 치켜뜨고 이어서 말했다.

"지아뿌는 도망치거나 숨지 않는 사람이니까 네가 직접 찾아가면 되잖아."

그러면서 내 눈빛도 차갑게 변했다.

"연락해 봤어. 손님이 다 찼다고 하더라고."

도쿄가 그렇게 이어서 말하며 고개를 흔들고는 시선을 내 다리 위에 놓인 가방으로 옮겨왔다.

"가고 싶지 않아?"

가쯔가 자리에서 일어나서 내 옆으로 다가왔다. 종이 한 장을 내 앞에 내밀었다.

"눈 크게 뜨고 이 채권 위탁서를 잘 읽어봐! 말해 두는 데, 오늘 밤에 우리는 자유롭게 실컷 먹고 마시는 거야. 하지만 늦어도 내일 밤 자정에는 누군가가 빚 독촉하러 온다는 것도 말해 두지. 장담한다."

나는 눈이 휘둥그레져서 오른손으로 내 뺨을 쳤다.

"엎친 데 덮친 격이라더니. 알았어. 내일 지아뿌에게 연락해 볼게. 3월 말에 우린 취쭝춘에 갈 거야."

"안 돼! 모레! 당신들은 내일모레 티베트에 들어가야 해. 라싸에 도착하면 하루 쉬고 바로 취쭝촌으로 가는 거야."

"뭐라고? 왜 그렇게 서두르는데? 우리 활동은 4월부터 시작해."

나는 입을 벌리고 젊은 남자를 보았다.

"맞아! 당신들은 4월이 되기 전에 히말라야 독수리 보호 활동을 시작하지."

가쯔는 그 대목에서 도죠 일행을 힐끗 쳐다보았다.

"4월 초에 이 여성들도 너와 함께 산에 오를 거야."

"이야, 올해는 여자 복이 터졌는걸. 이 세 사람이 정말로 노스콜에 오른다고?"

그런 다음 나는 예나를 가만히 쳐다보았다. 예나는 가볍게 고개를 끄덕였다.

"어 그래. 얘네도 당신과 마찬가지로 노스콜 활동에 참여할 거야. 나는 산 정상 공격을 해보고 싶어."

나는 고개를 저었다.

"예나 씨, 고산에 올라 본 경험 있어요?"

"물론이죠. 지금까지 킬리만자로, 아콩카과, 맥킨리, 무즈타그에 올랐어요."

예나의 등반 경력을 듣자, 나 자신이 초라해졌다. 한숨을 쉬며 고개를 숙이고, 다리 위에 놓인 가방을 바라보았다.

"아, 돈이었지. 성금이었다면 진즉에 14좌를 정복했을 텐데…."

고개를 들고 나는 가쯔를 가만히 노려보았다. 그리고 나는 양손을 높이 들어서 내 머리를 퍽 쳤다.

"좋아! 한 번 더 선행하기로 하지. 이 50만 위안은 내가 가져갈게. 노스콜에서 돌아오는 대로 열한 분의 산악인들께 무릎 꿇고 돌려드리지."

그러고는 두 손으로 다시 다리 위에 놓인 가방을 꽉 움켜잡았다. 가쯔는 재빨리 손을 들어서 내 손을 가방에서 떼어 놓았다.

"이봐, 장난은 그만하지. 이 돈은 너 대신 왕냥한테 돌려주게 할 거야. 걱정은 붙들어 매둬. 그리고 너와 나 우리 둘은 아직 할 애기가 남아 있어. 여자들이 돌아가고 나면 남자끼리 얘기하자."

젊은 여성들이 돌아간 후 가쯔는 여종업원을 방에서 내보내고 문을 단단히 닫았다. 그리고 의자 밑에서 조금 전과 같은 가방을 꺼내더니 옆으로 다가와 또다시 내 무릎 위에 올려놓았다.

"세어봐, 50만 위안이 더 있을 거야."

가쯔의 말을 듣자, 나도 모르게 가방을 더 세게 움켜쥐었다. 나는 고개를 숙여서 가방을 보다가 다시 고개를 들어 가쯔를 뚫어지게 쳐다보았다.

"이봐, 영문을 모르겠는데, 이 돈이 나하고 무슨 관계가 있는 거지?"

"관계가 있고말고. 오십만 위안을 벌 일이 있어."

"무슨 일?"

"아주 사소한 일이야. 이걸 봐! 어서. 이 병은 약이야. 8,400미터 어택 캠프에 도착하면 잉푸라는 녀석의 보온병에다 이 약을 넣어 주면 돼."

가쯔가 내 눈앞에 손을 내밀었다. 손바닥에는 작은 유리병이 있었고, 그 안에는 분홍색 가루가 보였다.

"흠, 하룻밤 꼬박 새우니까 나온 게 겨우 오십만 위안이라. 그러니까 나를 암살자로 고용하겠다는 거네. 우리 가문의 어느 조상님이 떨어뜨린 떡인지는 모르겠지만, 사람을 죽여서 재물을 얻는 기회라."

나는 뒤로 몸을 젖혔다. 양손으로 박자를 맞추듯 돈이 든 가방을 두드렸다. 젊은 남자와는 눈을 마주치지 않고, 고개를 돌려서 닫힌 문을 바라보며 중얼거렸다.

"거들먹거리기는, 입만 산 바람둥이 주제에 살인 방화를 어떻게 해? 웃기지 마. 자만하지 마라!"

가쯔는 손바닥에 든 유리병을 테이블 위에 올려놓고 양손으로 내 어깨를 붙잡고서 자기 눈을 보게 했다. 그리고 테이블에서 병을 집어 뚜껑을 열고 가루를 조금 꺼냈다. 그것을 혀끝으로 살짝 핥더니 차가운 차를 한 모금 마시고 내 눈앞에서 보란 듯이 가루를 삼켰다.

"봤지? 완화제야. 믿기지 않으면 당신도 먹어 봐."

가쯔는 그러더니 내 손을 잡아당겨서 손바닥에 가루를 쏟아놓았다.

"됐어. 알았다고. 이렇게 많은 돈을 내놓는 이유는 그 남자가 등반하지 못하게 하려는 목적이군."

나는 내밀었던 손을 뒤로 뺐다. 양손으로 무릎 위에 놓인 가방을 안고 뒤로 기대어 앉았다. 돈이 든 가방을 이번에는 가슴에 꼭 껴안았다.

"역시 말재주 하나는 끝내준다니까. 앞으로 멍청한 짓 하지 마. 맞아! 내가 애써 당신을 찾아온 이유가 바로 그거야!"

"자신만만하네. 그깟 돈 갖고 내가 왜 엉뚱한 짓을 한다고 생각해?"

내가 고개를 흔들자, 가쯔는 재빨리 주머니에 손을 집어넣어 작은 가방을 꺼내서 발치에 내려놓았다. 내가 손을 뻗으려 하자 그가 먼저 허리를 굽혀 파트론지(화학 펄프를 사용한 갈색의 한 면만 광택을 낸 종이)로 된 종이봉투를 꺼냈다. 내가 쳐다보는데도 그는 당황하지 않고 차분하게 봉투 입구를 벌리고 그 안에서 검은 광채가 나는 권총 한 자루를 꺼냈다. 그 총을 테이블 위에 탁 내려치듯 놓았다.

"그자에게 말하게 만드는 거지."

가쯔의 얼굴이 일순 창백해졌다. 나는 '훗'하고 웃었다.

"이봐, 너도 제법 근사한데! 할 일이 없으니까 늘 모형총이나 갖고 노는군. 그래서 누구를 협박하려고?"

가쯔는 코웃음을 치더니 오른손으로 총을 쥐었다. 총구를 왼쪽 위로 향하게 하고 왼손으로 안전장치를 풀더니 엄지로 방아쇠를 당겼다. '딸깍' 소리와 함께 탄창에서 반짝반짝 빛나는 총알이 튀어나왔다. 총알은 그대로 해동된 양고기의 접시에 빠져 핏빛을 띤 고기 속에서 개나리꽃처럼 금빛으로 빛났다.

나는 그때 내 입술이 떨렸던 것을 선명하게 기억한다. 손을 뻗어 조심스럽게 총알을 집어 들고 찬찬히 살펴보았다. 그리고 그것을 눈앞에 세워 놓고 팔짱을 낀 채 한참을 바라보았다.

"무서워? 요즘에는 정말 생명을 소홀히 여기는 놈들이 있다니까. 재미있지?"

가쯔는 무뚝뚝한 표정으로 손을 뻗어서 총알을 집어 들었다. 오른손 엄지로 총신을 가볍게 누르자 탄창이 그의 가지런히 놓인 다리 위에 떨어졌다. 총을 테이블에 놓고 오른손으로 탄창을 잡은 다음 왼손 엄지로 가볍게 밀자, 시선을 사로잡던 총알이 단창 안으로 들어갔다. 쳐다보는 내 눈앞에서 오른손으로 그립을 잡고 총구를 위로 향하게 한 채 왼손으로 가볍게 두드리자, 탄창이 총신에 빨려 들어갔다. 일련의 동작이 매끄러웠고, 나는 입을 벌리고 지켜보고 있었다.

"재미있지? 좋아, 같이 하자고! 손해 보는 일은 없게 하지. 이 놀이가 끝나고 산에서 내려오면 오십만 위안 더 줄게."

가쯔는 총을 종이봉투에 넣어 의자 밑에 내려놓았다.

"조금 물어봐도 돼?"

나는 양손으로 가방을 잡고 얼굴에 다시 미소를 띠었다.

"뭔데?"

"그 총을 다루는 걸 보니 서부 시대의 진짜 살인자 솜씨 같은데. 그 정도 실력이면 직접 올라가서 처리하지 그래. 나에게 돈 쓸 필요 없잖아?"

"미안하지만, 나는 나 자신을 속이고 있는 거야. 난 목숨은 걸지만, 괴로운 건 못 참거든. 너와는 비교도 안 돼."

"그럼, 그건 됐고. 그 일이 얼마나 고통스러운지 알기는 해? 이 세상에서 초모랑마 8,400미터 지점의 어택캠프에 몇 명이나 올라갈 수 있다고 생각하지? 목숨을 걸어야 하는 높이라고!"

나는 품에 안고 있는 가방을 두드렸다.

"100만으로는 안 되겠어! 이걸로는 기껏해야 7,900미터의 2호 캠프까지밖에 못 가."

"안 돼. 7,900미터면 그자는 배탈이 나도 이틀만 쉬면 다시 올라갈 거야. 8,400미터에서 토하기라도 한다면 내려갈 수밖에 없겠지. 다시 올라가는 건 내년에나 가능할 거야. 그러니까 올해는 절대로 산 정상에 오르게 해서는 안 돼!"

"우와! 등산 공부 열심히 했는걸. 그럼, 올해 초모랑마 중국팀에 대해서도 잘 알고 있겠군. 잉푸 외에도 예나와 나, 거기다 열한 명이야. 딴 데 알아봐. 이 정도 돈으로는 내 발등의 불도 못 꺼. 당신을 위해서 목숨을 거는 건 사양하겠어."

나의 이런저런 이야기를 듣고 나더니 가쯔는 표정이 어두워졌다. 그는 잔을 들어 샹들리에에 비추며 피 같은 붉은 와인이 일렁이는 모양을 바라보았다. 왜인지는 모르겠지만, 나는 문득 이 무자비한 킬러가 피에 굶주린 늑대라는 것을 깨달았다.

"나에게 딴 데가 어디 있어? 너 빼고 열한 명은 모두 너보다 부자라고. 알잖아? 저들은 부동산 회사 오너가 만든 팀이야."

가쯔는 그렇게 말하며 술잔을 흔들었다. 술잔의 와인은 일렁이는 피처럼 술잔 속에서 격렬하게 회전했다. 나는 가쯔의 말에 벌컥 화가 났다. 허리를 꼿꼿이 세우고 양손으로 품속의 가방을 움켜쥐고 좌우로 흔들었다.

"그 바보 같은 놈들, 돈의 힘으로 뭉쳐서 등산이나 다니고 말이야. 특히 그 잉푸라는 놈은 작년에 남벽을 등반했거든. 올해는 무작정 북벽으로 올라왔지. 양쪽 다 등반했다고 과시하고 싶었던 거야."

"좋았어. 정의 구현을 위해서라도 발 벗고 나서는 거다. 산 정상을 공격할 때 이 완화제를 녀석의 보온병에 넣으면 배 속이 부글부글 끓어오를 거야."

가쯔는 술잔을 놓고 손을 뻗어서 약병을 내 눈앞에 가져다 댔다. 심장이 종을 울리듯 빠르게 뛰었다. 약병이 당장이라도 폭발할 것 같은 화약으로 보였다. 양손으로 끌어안은 가방을 가볍게 두드렸다.

"좋아, 정했다. 산에서 내려오면 너한테도 100만 위안 줄게, 어때?"

내가 중얼거리는 소리를 들더니 가쯔는 그의 품에 있는 가방을 툭 쳤다. 나는 입을 꾹 다물고 입술조차 움찔거리지 않았다. 손을 뻗어서 눈앞에 보이는 술잔을 들어서 역시 샹들리에 불빛에 비추며 살짝 흔들었다. 가쯔는 아까 내려놓은 술잔을 다시 들어서 짱 소리가 나게 내 술잔에 부딪혔다.

"자, 건배하자! 사람의 욕심이란 끝이 없지. 내 얘기는 그만하자."

"그래, 건배! 그 조건으로 충분해. 하지만 역시 궁금한 점은 말해줘야지?"

나는 와인을 단숨에 들이키고는 술잔을 정수리 위에다 뒤집으며 가쯔를 쳐다보았다. 가쯔는 몇 방울의 술이 나의 모자에 떨어지는 것을 보더니 희미하게 고개를 끄덕였다.

"우선 나는 잉푸라는 남자를 만난 적이 없는데, 왜 내가 그자와 가까워질 수 있다고 생각하지? 그게 궁금해."

나는 그에게 따지듯 물었다. 가쯔가 인상을 쓰며 답했다.

"간단해. 그 녀석은 진즉부터 취쭝춘 촌장 집에서 묵었거든."

가쯔는 차가운 눈빛으로 나를 지긋이 바라보며 대답했다.

"그럼, 나 말고도 어떤 놈이든 거기 묵게 하면서 감시하는 게 더 간단하지 않아?"

"아니, 그러기는 어려워. 잉푸라는 녀석은 경계심이 심해. 그는 처음에 민박 들어갈 때 그 집 전체를 빌렸어. 혼자서 조용히 지내고 싶다는 뜻이겠지."

"그래? 알았어. 하지만 내가 가면 지아뿌가 묵게 해줄까?"

"응. 너라면 가능해. 넌 오래전부터 지아뿌하고는 형님 아우 하는 사이잖아?"

"대단하군. 나에 대해 그렇게 자세히 알다니! 시간도 무지 걸렸겠어."

"아직 풀어야 할 의문점이 있나?"

가쯔는 그렇게 말하면서 허리를 굽히더니 총이 든 종이봉투를 의자 밑에서 집어 들고 나가려 했다.

"있잖아, 잉푸라는 자는 한낱 등산가일 뿐이야. 산에 오르든 말든 어차피 며칠이면 내려올 거라고. 그럼, 마찬가지 아니야? 대체 무슨 빚을 졌기에 이 귀하신 분께서 빚을 청산하지 못해서 안달이지? 이렇게까지 수고를 감수하는 이유가 뭐야?"

"그건 너도 마찬가지잖아? 8,500미터 이상 고지에서의 구조 성공률은 아주 낮지. 만일 그 녀석이 산 정상에서 죽는다면?"

"그걸로 된 거 아니야? 그렇게까지 원한이 있으면 아예 없애버리는 게 어때?"

"그런 거 아니야! 지금 누가 원한 같은 걸 신경 쓴대? 내가 신경 쓰는 건 돈뿐이라고. 그 녀석은 엄청난 자산가야. 베이징의 백억 대 프로젝트가 이제 끝날 거야. 그자가 만일 산 정상에서 죽으면 업체 공사 대금, 은행 대출금은 누가 처리하지?"

"그럼, 잉푸를 잘 모셔야겠네. 아직 산 정상에서 죽게 해선 안 된다는 얘기군."

"그래, 잉푸가 살아있어야 모두가 안심할 수 있어."

나는 가쯔를 보면서 눈을 깜빡거렸다.

"잉푸가 베이징에 있을 때 너한테도 얼마든지 기회가 있었을 텐데. 백 번도 더 설사하게 만들 수 있지 않았어? 왜 8,400미터까지 쫓아가야 하는 거지?"

그 순간에는 가쯔의 입가가 조금 일그러졌다.

"아무도 그자를 막지 못했어. 바이랑(白浪)과 지아뿌의 집으로 자취를 감춰버렸거든."

나는 다시 눈을 가늘게 떴다.

"내가 바보였군, 이 소리를 믿으라고? 그럼, 네 역할은 뭐였는데? 아까 말한 일당들의 대리인인가?"

"채권자의 전권 대리인이야."

나는 안고 있던 가방을 퍽 쳤다.

"이 돈은 어디서 났지? 어차피 네 것도 아니잖아?"

가쯔도 손을 뻗어서 내 품속의 가방을 두드렸다.

"네 말이 맞는데, 이 돈은 내가 마련한 거야. 네가 일을 제대로 해줘서 잉푸가 살아 내려오면 당연히 누군가가 채워주겠지."

"내가 만약 실패하면?"

"총알 한 방 먹여줄게."

가쯔는 그렇게 차갑게 말했다. 그리고 또다시 나의 다리 위에 놓인 종이로 된 서류 봉투를 재빨리 열더니 오른손으로 권총 손잡이를 쥐고 엄지로 누르자 탄창이 그의 왼손에 떨어졌다. 총을 다리 위에 올리고 오른손으로 탄창을 들어 올려 엄지로 돌리자, 총알 하나가 튀어나왔다. 그리고 그 총알에 탄창의 날카로운 모서리로 표시하고 내 눈앞에서 그것을 흔들었다.

"잘 봤지? 이 총알이야. 가장 좋은 경우는 이걸 사용하지 않는 거다."

그때 나는 눈이 튀어나올 정도로 휘둥그레지고, 안색은 흙빛이었을 것이다. 가슴에 품고 있던 가방을 양손으로 들고 일어서서는 그것을 다시 앉았던 의자에 내려놓았다.

"살인자에게 남는 건 사형밖에 없어. 지금 누구를 위협하는 거지? 그 망할 놈의 총 갖고 하룻밤 놀고 나더니 네가 진짜 신이라도 된 것 같아? 일 얘기할 때는 괜찮은 인간인 줄 알았더니, 골목길에서 총싸움, 칼싸움하는 조무래기잖아. 어쨌든 나는 밤새 참아줬어. 온갖 사기를 쳐서 사람을 바보로 만들고 말이야. 너와는 이제 끝이다. 그만 갈게."

내가 고함을 지르면서 문 앞까지 갔을 때였다. 손을 뻗어서 손잡이를 잡으려는데 뒤에서 '탕!'하는 총소리가 났다. 황급히 뒤를 돌아보니 총알을 탄창에 집어넣고 있는 가쯔가 보였다. 왼손으로는 술잔을 들고 오른손을 쭉 뻗어서 나에게 총구를 겨누고 있었다.

"나에게 총을 쏘지 마. 나한테는 빠져나갈 구멍이 없어. 자칫 일이 틀어지면 나도 끝장이라고. 잘 되면 고향에 돌아가서 민닝진에다 포도밭을 만들 거야."

"네 배짱을 보니 오히려 안심된다. 이렇게 하자. 백만 위안 더 낼게. 내일 오전에 건네주지. 이 오십만 위안은 지금 가져가. 나머지 백만 위안은 산에서 내려오면 그때 줄게. 그렇게 하는 게 어때?"

'백만 위안 더'라는 말에 나는 심장이 터질 것 같았다.

"삼백만 위안이라면, 받아주지! 그 돈이면 나도 고향에서 죽을 때까지 살 수 있어."

나는 의자에 다시 앉았다. 의자 위에 놓았던 가방을 집어서 바닥에 내려놓았다. 그리고 술잔을 들고 술을 몇 모금 마신 후 바닥에 놓은 가방을 내려다보았다.

가쯔는 총을 테이블에 놓고 조용히 나의 동작을 보았다. 내가 몸을 일으키자, 그는 손을 뻗어서 약병을 내 눈앞에 놓았다. 나는 약병을 들어서 불빛을 향해 살짝 흔든 다음 가슴 안쪽 주머니에 넣었다. 가쯔가 다시 권총을 서류 봉투에 넣는 모습을 보고 나는 입을 열었다.

"천천히 가지. 나도 물어보고 싶은 얘기가 있어. 네 돈 때문이야."

가쯔는 손목시계를 힐끗 쳐다보았다.

"어서 물어봐. 나야 영광이지. 지금이 9시 15분, 모레 오전 라싸로 가는 비행기는 8시 15분에 출발해. 아직 서른다섯 시간 남았어. 하지만 짧게 해. 나처럼 장황하게 하지 말고."

나는 의자에 기대어 그날 밤 처음으로 사냥모자에 걸쳐두었던 선글라스를 집어 들었다. 그리고 테이블에 있는 냅킨 통에서 냅킨 한 장을 꺼내 렌즈를 닦았다. 그리고 안경다리 끄트머리를 입에 물고 가볍게 씹었다. 가쯔는 내가 잠시 눈을 감았다 떴을 때 눈물이 그렁그렁한 것을 보았을 것이다.

"나는 다시 가난해지는 게 무서워. 왜 그런지 알아? 네가 비웃어도 상관없지만, 내 신상과 관련이 있어."

내가 이야기하는 동안 가쯔가 아직 따뜻한 찻주전자의 차를 내 찻잔에 따라주었다. 나는 고개를 끄덕하고 한 모금 마셨다.

"우리 어머니는 상하이의 지식 청년이었어. 1969년 스무 살 때 옌안 생산대에 배속되었지. 어렸을 때부터 피아노를 잘 쳐서 몇 년 동안 농사일을 하다가 산촌에 초등학교 교사로 뽑혀가서 음악 과목을 가르쳤어. 공사 서기의 아들이 그곳 교장이었는데, 우리 어머니보다 열 살 위였어. 1973년에 어머니는 그와 결혼해서 2년 만에 아이를 낳았어. 1977년에 대학입시가 부활했을 때 아버지는 어머니가 시험 보는 걸 허락하지 않았어. 손닿지 않는 곳으로 도망가는 게 두려웠기 때문이야. 1985년 지식 청년들이 하나둘씩 고향으로 돌아갈 때, 어머니는 강제로 나를 데리고 상하이로 돌아갔어. 그리고 3년째 되던 해에 아버지와 이혼했지. 하지만 상하이로 돌아간 것이 또 다른 재앙의 시작이었어."

할아버지와 할머니는 여전히 건강했지만, 나의 외삼촌 일가와 뒷골목에 있는 30제곱미터 남짓한 단칸방에서 복작이며 살고 있었다. 어머니는 가까스로 친정에 돌아왔으나 집에 들어가지는 못했다. 외숙모가 외삼촌을 협박했기 때문이다. 만약 우리 어머니가 집에 들어오면 자신의 넷째 딸만 데리고 집을 나가겠다고 한 것이다. 별수 없이 어머니는 나를 데리고 민항(閔行)의 농촌으로 가서 셋방을 얻어 살았다. 그 당시에는 귀향한 지식 청년들이 많았기 때문에 지역에서는 일자리 구하기가 하늘의 별 따기였다. 어머니는 다시 시골 초등학교에서 대체 교사로 일하는 길밖에 없었다. 나는 그 초등학교에 5학년으로 들어갔다.

집이 가난하면 제대로 되는 일이 없다. 어느 날 어머니가 교실에서 쓰러졌다. 병원에서 검사해 보니 폐암 말기였다. 반년 넘게 고생만 하다가 결국 세상을 떠났다. 나는 아버지 곁으로 돌아갈 수밖에 없었다. 아버지는 재혼해서 내 밑으로 남동생과 여동생 한 명씩이 있었다. 여전히 토굴집에 살았고, 여전히 초등학교 교장을 하고 있었다. 새어머니도 초등학교 교사였는데 나에게 잘해 주고 매일 숙제도 봐주었다.

하지만 내 마음은 이미 황폐해져 있었다. 날마다 산에서 놀 생각밖에 하지 않았다. 1992년도에 장시(江西)에 있는 한 회계 전문학교에 겨우 입학했다. 1995년에 졸업한 뒤 나는 베이징으로 와서 하루 벌어 하루 먹고 살았는데, 단 한 번도 상하이에 발을 들여놓지 않았고, 아버지가 사는 토굴에도 돌아가지 않았다.

"너는 아까 야오춘(吊村) 출신이고, 지금은 나 같은 베이징의 뜨내기라고 했지. 하지만 직장을 그만두면 고향에 돌아가서 포도 농사를 지을 수 있잖아. 나는 어떡하지? 내가 설 자리는 어디지? 어머니는 누런 대지에 청춘을 바쳤건만 고향에 돌아가서는 '황폐화된 세대'라고 불렸어. 나는 점점 현대화하는 수도에 올라왔는데 이 시대의 풍요로움과는 아무 상관이 없어. 사업을 하려니 자금이 없고 아무도 나를 주목하지 않아. 육체노동을 하고 공동으로 지하실을 빌려 사는 방법뿐이야. 이 넓은 베이징에서 누가 나를 제대로 봐줄까? 그런 적이 있었다. 다른 선택의 여지 없이 나는 또다시 티베트로 가서 그곳의 뜨내기 신세가 되었고, NPO에서 자원봉사를 했는데, 그건 보조금을 노린 거였어. 의식주를 해결해 주니까. 그 덕에 내 주머니에는 매달 천 위안 정도가 남는 거야. 그 돈을 어디에 쓰냐고? 나에게는 딸이 있어. 처음으로 티베트에서 NPO 야외 활동에 참여하던 어느 날 밤, 서른 살 정도의 여자가 내 텐트로 들어왔어. 반년이 지난 뒤에 베이징에서 투자자에게 활동 보고를 하러 갔을 때 그 여자가 나를 붙잡았어. 내 아이를 가졌으니, 돈이 필요하다고. 그 여자의 배가 불룩한 건 봤지만, 몇 명의 남자 텐트에 들어갔었는지 누가 알겠어. 다시 2년이 지나 그 여자가 라싸까지 나를 만나러 왔더라고. 어린 여자아이를 안고 있었어. 자신은 더 키우지 못하겠으니 이젠 내 차례라고 했어. 다음날 그 여자는 베이징으로 돌아갔지. 듣자 하니 그녀는 호주로 가서 신체장애가 있는 늙은 남자와 결혼한다더라고. 어린아이를 버릴 수도 없는 노릇이잖아? 다른 도리가 없기에 나는 아이를 안고 아버지 댁으로 가서 새어머니에게 아이를 맡겼어. 그 후로 나는 특히 야외에서 '여성 부랑자'를 조심하게 되었어. 그런데 하이뭐 산에서 캠핑할 때 맥주를 몇 병 마시다 보니 텐트 지퍼를 제대로 잠가야 하는 걸 깜빡했지 뭐야. 그날 한밤중에 역시나 과음한 여자가 내 텐트로 들어왔어. 그 결과 또 한 편의 임신 스토리를 연기하더라고. 도죠는 내가 낳은 아이의 양육비를 떠맡을까 봐 두렵다고 했는데, 맞는 말이야. 그래서 등반객들의 무스타그산 등산 자금을 빼돌려서 무마했어. 그런 뒤로 내가 우울증에 걸려서 매일 불면증에 시달린다는 건 아무도 몰라. 돈이 없어도 우울증 약은 끊을 수 없는 노릇이야. 이봐, 너는 정말로 나를 다시 태어나게 했어. 나한테는 부처님이나 진배없어. 오늘 밤 나는 너희가 연기한 한편의 촌극을 보면서 마음속으로는 내가 어디로 가야 하는지, 내 역할은 무엇인지 제대로 깨달았어. 그러니 내 욕심을 탓하지는 말아줘. 네가 어떻게든 이번 일을 성공시켜야 한다는 건 알고 있어. 사실 네 목적은 잉푸를 산에 오르지 못하게 하는 게 아니라, 내려오지 못하게 하는 거잖아? 왜냐고? 그런 고지대에서 지독한 설사를 하고 폭풍설을 맞으면, 제아무리 건강하고 등반 경력이 많아도 못 내려와. 만약 그 사람이 완화제를 먹고도 8,500미터의 능선을 오를 수 있다면 그건 정말 기적이야. 그래서 네 뒤에 있는 스폰서가 일확천금을 노린 내기를 걸었던 거야. 배탈은 치명적인 고산병 증세이니까 아무도 그가 음모에 의해 살해당했다고는 의심하지 않겠지. 그가 죽으면 그가 남긴 거액의 자산은 나눠 가질 수도 있을 테고. 네가 관여하고 있는 조류 보호 NPO 기금과 내 삼백만 위안은 거기에 비하면 아주 작은 투자금이 되는 거고. 안 그래?"

내 짐작을 단숨에 풀어놓고 나는 손목에 찬 카시오 지쇼크 시계를 흘끗 보았다.

"5분 걸렸네. 짧았지?"

나는 손목시계를 가쯔에게 보여주며 씩 웃었다. 그는 테이블을 가볍게 두드리고 일어서면서 내 곁으로 다가와 고개를 끄덕였다.

"눈치가 빠른걸. 맞아. 그자들이 너한테 일 시킨 이유를 알겠다. 네 이야기를 들으니, 그자들이 너를 꿰뚫고 있다는 것도 알겠어."

"오늘, 너도 많은 걸 알려줬어."

"무슨 소리야?"

가쯔는 또다시 눈썹을 치켜세웠다. 눈빛도 차가워졌다.

"너는 절대 물러서지 않을 거야. 이건 네가 이무기에서 용이 될 수 있는 인생의 관문이니까!"

"맞아. 방금 네가 진짜로 이 문을 열고 나갔다면 난 틀림없이 문을 박차고 뛰어나갔을 거야."

"너야말로 남자다. 나도 믿어. 산에서 내려오면 넌 분명히 백만 위안을 손에 넣고, 나와 술잔을 기울일 거야!"

"그건 잉푸가 8,400미터에서 그 약을 먹는지 어떤지 보고 나서야."

"안심시켜 줘. 이틀만 지나면 그 녀석과 한 지붕 아래서 지낼 거잖아? 어제 지아뿌에게 전화해 봤더니 지금 녀석은 낮에 자고, 밤에는 여기저기서 늑대에게 야크의 내장을 먹이고 있대."

"이야, 대단한데! 사전에 예상해서 잉푸의 행동을 감시하고 있었다니."

나는 가쯔가 깜짝 놀라며 하는 말을 듣고서 손에 들고 있던 선글라스를 들어 올려 다시 이마 위에 조심스럽게 걸쳤다. 그러고는 가쯔를 힐끗 쳐다본 다음 내 양손을 보면서 물었다.

"궁금한 게 있는데, 넌 왜 인터넷에서 잉푸를 욕하는 거야?"

"왜냐고?"

가쯔가 되물었다. 나는 얼굴이 화끈거렸다.

"그 녀석은 벼락부자인 주제에 등산을 자기 취미로 내세우고 싶어서 안달이잖아. 그러니 자기도 등산에 진심이라는 걸 증명하려는 거겠지. 역겹지 않아?"

가쯔는 테이블을 탁 소리 나게 쳤다.

"젠장! 대체 그건 무슨 심리야? 내가 그런 흡혈귀를 잘 알지. 그놈들이 먼저 부자가 될 수 있었던 건 훔치고 속이고 탐욕스러운 관료와 결탁해서 백성들의 피와 땀을 착취했기 때문이야!"

나는 웃으면서 손을 내밀어 테이블에 놓인 가쯔의 오른손에다 슬쩍 올렸다.

"우리에게는 이제 기회가 없을 것 같은데. 어떻게 할래?"

"놈들한테서 빼앗아 오자!"

가쯔는 왼손에 들고 있던 종이봉투를 가볍게 두드렸다.

"그래, 빼앗아 오자!"

나와 가쯔는 손을 꽉 맞잡았다.

9

"8,400미터까지 올라가야 해."

가쯔의 손을 움켜쥐자, 온 세상에 복수하는 듯한 쾌감으로 시먼췌이쉬에는 온몸의 피가 끓어오르고, 마음속 깊은 곳에서 따뜻한 기운이 솟구쳤다. 그러나 가쯔에게 이별을 고하고 손을 놓으려 하자 그가 손을 꽉 잡고 놓지 않았다. 입을 떡 벌리고 멍하니 쳐다보자, 그는 권총을 꺼내서 총구를 시먼췌이쉬에의 이마에 딱 들이댔다. 망치로 이마를 얻어맞은 것처럼 아팠다.

"탕, 탕, 탕!"

가쯔는 갑자기 총구를 위로 향해 들더니 시먼췌이쉬에의 오른쪽 귀에 바짝 대고 총알이 다 떨어질 때까지 총을 쏘았다. 시먼췌이쉬에의 눈에서 불꽃이 터지는 순간, 그는 눈을 떴다.

2013. 05. 18. 오전 10:00

　나뭇가지처럼 갈라진 번갯불이 날카로운 칼처럼 하늘을 가르고 천지를 뒤덮은 눈보라를 새빨갛게 비추었다. 잠이 싹 달아나자, 시먼췌이쉬에는 가장 먼저 두통이 일었다. 마음 깊은 곳에서부터 올라오던 따뜻한 기운은 어디론가 날아가 버렸고, 몸은 냉동고에 떨어진 것처럼 뼛속까지 얼어붙었다. 물을 마시고 싶었으나 양손은 이미 감각을 잃어서 모든 손가락이 말을 듣지 않았다.

　큰일이다. 내려갈 수 없다. 그들의 뇌수종 증상에 생각이 미치자, 시먼췌이쉬에의 심장은 지옥으로 떨어졌다. 산소가 바닥난 건 알고 있다. 가슴에 커다란 돌덩이를 얹어놓은 것 같고, 숨 쉴 때마다 숨이 짧게 툭툭 끊겼기 때문이다.

　그는 온라인에서 산악 스포츠 전문가로 칭송받았다. 그는 종종 산악 조난사고를 분석하여 산악인들에게 어떻게 곤경에서 벗어나는지, 8,000미터가 넘는 산에서 어떻게 이동하는지를 상세하게 글로 정리해서 가르쳤다. 2003년 외국의 한 산악인이 8,400미터에서 하산할 수 없게 되었을 때 그는 인터넷 구조토론회에서 바이마에게 한두 마디 조언을 써주었다. 그 후로 시먼췌이쉬에는 그 구출을 성공적으로 이끈 사람이 바로 자신이라고 말하게 되었다. 그의 등산 지식은 대부분 중국 최대 검색 사이트인 바이두를 통해 수집한 것이었는데 시간이 지나면서 자연스럽게 체계가 잡혔다.

　그래서 자신은 이제 일어설 수 없다고 깨달았을 때 그는 완전히 절망했다. 졸음이 쏟아졌지만, 한 번 잠들면 결코 깨어나지 못한다는 것을 알고 있었다. 살고 싶다는 욕망이 한 조각 남은 의지를 힘껏 일깨워 주었다.

그는 억지로 심호흡하고 피아노를 치듯이 손가락을 움직이고, 열 발가락 끝으로 양을 세고 있다는 상상을 했다. 그리고 눈을 크게 뜨고 스노우 고글을 통해 산비탈을 따라 불어오는 눈보라 속의 주변 지형을 파악하려고 애썼다. 갑자기 그의 왼쪽 발치에서 비정상적으로 하얗고 딱딱한 물체가 느껴졌다. 그는 자세히 들여다보았다. 그의 입이 산소마스크 속에서 말없이 턱 벌어졌다.

어빙을 발견하지는 못했으나 놀랍게도 그가 말로리 옆에 앉아 있다는 것은 알 수 있었다. 그 우연은 시먼췌이쉬에를 몹시 흥분시켰다. 한순간에 졸음이 사라지고 사고력도 활성화되었다.

이내 기억이 떠올랐다. 1996년 5월 1일 오전 11시, 말로리와 어빙의 수색대원 콘래드 앵커(Conrad Anker, 미국의 암벽등반가이자 산악인, 작가)가 바로 그 위치에서 '옆의 바위보다 하얗고, 눈보다 더 하얀 한 덩어리의 흰 물체'를 발견했다는 말을 기억했다. 그 흰 물체는 다름 아닌 말로리의 시체였다. 1999년 5월 16일, 말로리와 어빙을 찾는 수색대원 앤디 폴과 톰 폴랜드 두 사람이 다시 말로리의 시신에 접근했다. 그들은 금속 탐지기를 사용하여 말로리의 시체를 두 번 확인했지만, 카메라는 행방이 묘연했다. 마지막에 그들은 조심스럽게 자갈로 시체를 덮었다.

틀림없이 산 위의 바람이 몹시 거셌던 모양이다. 몇 년 사이에 말로리의 시체 위에 놓인 자갈은 모두 날아가 버렸다. 지금 그는 조용히 엎드린 채 산비탈에 누워있다. 머리와 어깨가 자갈에 파묻혀 마치 초모랑마의 일부가 된 것처럼 보였다. 우람한 등에 긴 다리….

시먼췌이쉬에는 강한 자극을 받아 자신도 모르게 벌떡 일어섰다. 마음속에서 가슴이 터질 듯한 기쁨이 솟구쳤다.

"세상에! 나에게 힘이 돌아왔어!"

그는 다리를 질질 끌며 말로리 옆으로 내려와서 그 왼편에 있는 돌에 천천히 앉았다.

"영웅이다! 남자라면 이래야지."

말로리의 시신은 눈보라 속에서 하얗게 빛났다. 시먼췌이쉬에는 일종의 신성한 분위기에 휩싸였다. 그는 말로리가 여기에 잠들어 있는 이유는 해가 지지 않는 대영제국의 꿈을 위해서라는 것을 알고 있었다. 1924년 6월 6일, 말로리와 어빙은 산 정상에 올랐고, 그의 시신은 이미 89년 동안 산신의 가호를 받고 있다. 죽음으로 인해 그의 유해는 인류의 우상이 된 것이다.

'그렇다면 나는 말로리의 시체 곁에서 최후를 맞는다면 나 또한 역사에 이름이 남을까? 아니다. 절대 그렇지 않아! 생명을 가진 존재로 살면서 이번 생에는 자기 자리가 없다는 사실을 질릴 만큼 겪었다. 내 존재 따위를 누가 신경이나 쓰겠는가?'

'그렇다면 그자는?'

시먼췌이쉬에가 고개를 들고 짙은 눈보라로 뒤덮인 거대한 회색 산봉우리를 올려다보려고 할 때였다. 번개와 함께 날카로운 천둥소리가 산 산 정상 위에서 터졌다.

'그 인간은 이 산의 정상에서 죽어야 해! 그러지 않으면 너무 불공평하다.'

저 위에 있는, 막대한 부를 소유한 자의 오만하고 자존심 강한 모습을 생각하자 시먼췌이쉬에는 또다시 분노의 불길이 활활 타올랐다.

2013. 03. 26. 오후 4:00

시먼췌이쉬에는 도죠, 왕냥, 리사, 예나와 도요타와 랜드크루저 두 대에 나눠 타고 초모랑마 산기슭에 있는 취쭝춘 마을에 도착했다. 촌장 지아뿌의 집 현관 앞에 도착하자 미리 기다리고 있던 지아뿌가 두 아들과 아내를 데리고 반가운 미소로 환대하고 경의를 표했다.

마당에는 밧줄에 묶인 거대하고 사나운 티베탄 마스티프(티베트고원에 서식하는 사냥개) 두 마리가 멀리서 들려오는 천둥 치는 소리로 짖어댔다. 어수선한 소리를 듣고 잉푸가 방풍과 보온을 겸한 두툼한 티베트식 천막을 걷어 올리며 얼굴을 내밀었다. 사람들이 기분 좋은 표정으로 차에서 짐을 내리는 모습을 보자 표정이 굳어졌다. 잉푸는 지아뿌를 방으로 불렀다. 시먼췌이쉬에는 짐을 들고 천천히 문에 다가가 귀를 세우고 안쪽의 대화를 엿들었다.

"지아뿌, 이게 무슨 일입니까? 내가 민박을 전부 다 빌린 거 아니었나요?"

잉푸는 못마땅해하며 물었다.

"예년 같으면 4월 초나 돼야 손님이 오는데 올해는 형님이 전세 내는 바람에 우리 마을 민박이 전부 꽉 찼습니다. 보세요. 손님이 벌써 현관에 도착한 걸 어떻게 쫓아내겠습니까?"

지아뿌는 잉푸를 설득하려 했다.

"저 사람들은 위쪽에 있는 룽부쓰 사원에 묵게 하면 되잖아요?"

"룽부쓰 사원이요? 저들은 이제 막 티베트에 들어왔는걸요. 갑자기 그런 고지대를 어떻게 견디겠습니까? 재수 없으면 한밤중에 병원으로 실려 갈 수도 있다고요."

"그럼, 낮은 곳으로 내려가면 되지요. 차에 태워서 자시쭝(중국 티베트 산악 지역의 마을)에 묵게 해요. 거기는 숙소도 음식도 이 마을보다 훨씬 낫다고 말해줘요."

"안 됩니다. 저 사람들이 이 마을의 환경을 선택했습니다. 여기서 리트투르카 보호 활동을 한다고요."

"뭐라고? 티베트 말로 하지 말고 중국어로 말해요."

"그러니까 리트투리카는 형님이 말씀하신 썩은 고기를 먹는 독수리입니다. 학명이 히말라야 독수리이고, 우리 티베트 지역의 1급 중점 보호 야생동물입니다."

"농담하지 말아요. 왜 갑자기 이런 녀석들이 나타나서 새를 보호한다는 거지요?"

"형님, 그렇게 묻지 말아요. 마을 사람들이 형님에 대해 뭐라고 하는지 아십니까?

"몰라요, 뭐라고 하는데요?"

"장로들이 형님을 조심하라고 합니다."

"왜?"

"장로들은 형님이 미친 사람이 아닐지 의심합니다."

"무슨 소리야? 내가 미쳤으면 세상 사람들 다 미쳤게?"

"며칠 전부터 우리 집에 묵으면서 형님은 낮에는 집에 틀어박혀 지내다가 밤이 되면 샤오라빠 소년을 데리고 나가셨지요. 이틀마다 야크를 한 마리 사서 죽인 다음 고기로 만들지만, 형님은 먹지 않고 늑대에게 먹이려고 여기저기 뿌리시잖아요. 그게 정상입니까?"

"말했잖아요. 늑대를 보호하기 위해서라고요. 마침 요즘이 늑대 번식기거든요. 원래 늑대는 당신네 티베트의 보호 동물이잖아요."

지아뿌는 웃음을 터뜨렸다.

"하하하, 형님. 다들 선한 일을 하는 사람들입니다. 아무쪼록 양보해 저희도 장사 좀 하게 해주세요. 아시다시피 등산 시즌은 우리한테는 대목 아닙니까. 산행이 끝나면 형님은 댁에 돌아가서 술안주 삼아 자랑하시면 그만이지만, 우리는 다시 대목이 올 때까지 일 년을 기다려야 한다고요."

잉푸는 잠깐 말이 없더니 잠시 후 다시 물었다.

"지아뿌, 이 민박은 등산객만 받는 게 아니잖아요?"

"형님, 잘 모르시겠지만, 저 손님들은 모두 산에 오르려고 온 사람들입니다."

"등산은 4월 초에 하지 않나요? 저 사람들은 왜 이렇게 일찍 왔지요?"

"아, 그렇게 설명했는데 헛수고였나 보군요. 저들도 형님처럼 등산하면서 봉사활동도 합니다. 그러면서 저산소증에도 적응하는 거죠."

잉푸가 입을 다물자, 방안이 한동안 조용했다. 지아뿌가 결정을 내린 듯이 말했다.

"형님, 이제 제 말뜻을 아시겠지요? 저들을 묵게 할 거니까 형님이 추가로 내신 돈은 돌려드리겠습니다."

"좋아, 차 좀 준비해 줘요. 내가 나가지."

"나간다고요? 어디로 말입니까?"

"룽부쓰로 내가 올라갈게요."

"형님, 형님이 올라가면 고산병 걱정은 없지만, 늑대 먹이는 누가 줍니까? 게다가 형님이 저한테 돈 줘서 사 온 야크 고기는 제가 가질 겁니다. 세 마리나 되는데…."

"아니 어째서?"

"늑대는 양 떼 주변을 맴돌잖아요?"

"그렇지."

"자, 잘 들으세요. 취쭝춘에서 서쪽으로 가면 펜크강 지류인 자각 강 건너편에 금펜레 목장과 시온 목장이 있습니다. 강을 따라 남쪽으로 룽부쓰 사원을 따라가면 마을에서 가장 가까운 곳이 커마 목장, 그러니까 초모랑마 베이스캠프 인근에서는 마지막 목장인 레파 목장이 있습니다. 늑대는 그 목장의 화근이지요. 그 목장을 벗어나면 형님은 늑대를 더는 볼 수 없을 겁니다. 그러니 가지 마시고 조금만 참아 주십쇼. 며칠 더 머물면서 야크 서른 마리를 더 사 주세요. 목장을 노리는 늑대에게 먹이를 주면 우리 양들의 피해가 얼마나 줄어드는데요."

"네 생각에는 내가 야크 고기를 늑대에게 먹이려면 이 집에 살아야 한다는 건가?"

"그렇습니다."

"그럼, 저들은 어떻게 독수리를 보호한다는 거지요?"

"형님하고 마찬가지지요. 제가 야크를 사 오면 그 고기를 산비탈로 가져가는 겁니다."

"알았어요. 훌륭한 촌장님이군. 독수리는 늑대를 따라가지. 늑대가 먹다 남은 고기와 뼈는 놈들의 잔칫상이 되니까. 독수리 보호도 마을 목장을 떠나서는 할 수 없으니 이 집에 머무를밖에 없군. 병약한 야크도 이 마을에서만 살 수 있고 말이야. 저들을 끌어들인 게 당연해."

지아뿌 촌장이 이번에는 크게 웃으며 손뼉을 쳤다.

"역시 형님은 성인군자세요. 마음이 넓으시다니까요. 저 사람들을 대신해서 감사드립니다. 그럼, 이렇게 하시죠. 형님이 묵는 2층에 방이 네 개 있는데, 형님이 한 칸, 샤오빠가 한 칸을 쓰니, 방 두 칸이 남지 않습니까? 남자 손님은 큰아들 집에 머물게 하고, 여자 네 명은 한 칸에 두 명씩 해서 모두 여기서 머물게 하면 좋겠는데요, 괜찮으시겠어요?"

"괜찮긴 뭐가 괜찮아. 그냥 그렇다고 해야지 어쩌겠어요."

시먼췌이쉬에는 마지못해 승낙하는 잉푸의 대답을 듣고 웃음이 터졌다. 마당에서 그를 경계하며 쳐다보는 두 마리의 마스티프를 향해 시먼췌이쉬에는 양손의 엄지를 치켜세웠다.

지아뿌는 작실란향의 갑부로서 대가족을 이끌고 있으며 아내도 두 명이다. 팅리현에서는 일처다부제 또는 일부다처제 관습이 있다. 일부다처제의 경우 대부분 결혼 후 아내의 자매가 함께 살면서 사실상 부부관계를 맺는 경우가 많다. 이처럼 자매가 남편을 같이 섬기는 가정에서는 특별히 아내나 첩, 또는 신분의 높고 낮음 등의 구분이 없다. 그는 올해 쉰여섯 살이고, 두 부인은 언니 주오가(卓)와 동생 취전(曲珍)이었다. 두 부인은 각각 아들과 딸, 두 명씩을 낳았다. 딸들은 모두 시집을 갔다. 한 명은 팅리현의 구시가지인 강가 마을에서 작은 가게를 운영했고, 다른 한 명은 자시쭝향 터우샹린촌 마을에서 농사를 지으며 야크를 키웠다. 두 아들은 취쭝춘 마을에 남아 결혼하여 각각 독립했다. 그들은 모두 지아뿌를 따라 여관을 운영하면서 등산 시즌이 되면 야크 몰이꾼으로 일했다.

지아뿌가 행세깨나 하는 이유는 그가 가장 먼저 산악 관광업에 뛰어든 티베트인이기 때문이다. 그의 도움으로 두 아들은 관광객을 모집하기 위하여 마을 외곽에 각자 단독주택을 지었다. 두 기둥에 도리 세 개를 얹은 작은 삼량가 형식에 돌과 나무로 만든 이층집이었다. 지아뿌 자신은 재작년에 오래된 집을 살려서 기둥 세 개에 도리 네 개를 얹은 사량가 형식의 이층집으로 증축했다. 지역 풍습에 따라 북쪽을 등지고 남쪽을 향하는 오목한 모양이다. 역시 돌과 나무로 만들었고, 벽은 다소 두껍게 만들었다.

일반적으로 이 지역의 주택은 위층이 주거용인데 응접실, 부엌, 침실, 화장실, 제단 등으로 나뉘어져 있다. 아래층은 소와 양을 기르는 축사, 사료 창고, 저장실 또는 창고로 쓰인다. 지아뿌의 증축 목적은 관광객을 수용하기 위해서였다. 최근 들어 취쭝춘 마을을 찾는 등산객과 관광객이 점점 늘어났기 때문이다.

취쭝춘 마을은 바로 팅리현에서 자시쭝향, 나아가 롱북쓰 사원까지 이어지는 천년고도의 길목에 있다. 마을 어귀에는 풍취강의 지류인 자가쿠강이 흐르고, 강 양옆은 탁 트여 유목용 초원이 조성되어 있다. 저 멀리 우뚝 솟은 산들이 지켜보는 가운데 소와 양들이 사방으로 수북한 풀을 뜯어 먹는다. 이 지역은 문화유적이 유난히 많은 지역이다. 투바(Tuva,

예니세이강 상류의 러시아 연방 투바 자치공화국에 거주하는 튀르크-몽골계 민족)시대의 고분이나, 청나라 건륭 57년에 청나라 군대가 티베트를 침공한 네팔의 구르카(Gurkha, 네팔 왕국의 별칭으로 제국 시대에 영국에서 네팔인이나 셰르파, 인도 북부 지역인을 두루 일컫던 말) 군대를 격퇴했던 강가 망루 유적군이 있다. 위로 올라가면 5,100미터에 롱부쓰 사원이 있다. 이곳은 고대 샹슝문화(티베트 서부에서 북서부 나취 지구에 존재했던 고대 문명)와 투바 문화가 융합된 곳으로 샹슝의 뵌교(티베트의 불교 도입 이전에 있었던 고대 샤머니즘), 투바 정권의 불교적 뵌교 문화, 그리고 구게왕조(토번왕족 일부가 서티베트에 건국한 왕조) 문화가 층층이 쌓여 있다.

마을에는 관광객을 받을 만한 집이 많지 않다. 지아뿌와 두 아들이 운영하는 민박집은 등산 시즌이 되면 침대 한 칸을 차지하기도 힘들었다. 지아뿌의 집에 묵은 등산객, 관광객들은 모두 이 두 부부의 보살핌을 좋아했다. 팔순 노모는 자비롭고 온화한 인상으로 모두에게 사랑받았다. 시간이 지날수록 지아뿌라는 이름은 등산객들 사이에서 친근한 남자의 대명사로 불렸다.

재작년에 집을 증축할 때 지아뿌는 티베트족 관습을 엄격하게 따랐다. 롱부쓰 사원의 스님을 초빙해서 풍수를 점치고 길일을 택했다. 그리고 띠를 따져서 첫 삽 뜰 사람을 따로 골라 기공식을 열었다. 터파기 공사로 도랑을 파는 날, 그는 스님이 경문을 외울 때 피운 향로의 재를 직접 도랑마다 뿌렸다. 그리고 그해 간지와 띠가 일치하는 사람이 바르게 정해진 방향과 위치에다 첫 주춧돌을 놓았다. 그러나 주춧돌까지 놓고도 그는 그 후에 해야 할 일 때문에 세 번이나 싸웠고, 세 번 다 술에 취했다.

첫 번째는 벽을 세울 때였다. 아들들이 사 온 진주와 마노(석영, 단백석, 옥수가 섞인 보석)와 흰 돌을 벽에 장식으로 넣으려다 말고 그는 벌컥 화를 냈다.

"이런 멍청한 놈들을 봤나!"

공사 현장에서 지아뿌는 고개를 떨구고 있는 큰아들과 방금 막 몰래 내빼려고 하는 둘째 아들의 등을 향해 소처럼 눈을 부릅뜨고 고함을 질렀다.

"허세 좀 그만 부리세요. 그 돌이 그렇게 마음에 안 들면 직접 찾아보시든지요!"

지독한 꾸지람에 큰아들은 시무룩한 얼굴로 초모랑마를 바라보았다. 큰아들에게 욕을 퍼부은 지아뿌는 초모랑마 정상에 있는 하얀 깃발구름을 보았다. 문득 론시아향의 주엄데촌에 있는 고향 집 대문 앞에 있던 커다란 백석이 뇌리를 스쳤다. 어렸을 때부터 배가 고프거나 괴롭힘을 당하면 그 위에 앉아 울었던 기억이 떠올랐다.

다음 날, 지아뿌는 큰아들에게 운전하게 해서 그 마을로 갔다. 그가 커다란 백석 앞에 서자 사촌형 단라(브拉)가 당장 노발대발했다.

"부처님도 보고 계셔. 내가 어떻게 고향을 잊었겠소?"

지아뿌도 얼굴을 붉히며 백석 주위를 빙빙 돌았다.

"도대체 몇 년 만이야? 그 돌이 아쉬울 때만 돌아오는 거냐?"

단라는 화를 내며 지아뿌의 팔뚝에 감긴 카시오 시계를 쳐다보았다.

"나는 촌장이잖아."

"촌장? 그런데 왜 지금은 한가하지? 고향에 와서 공무원 행세라도 하고 싶은 게야?"

단라가 뒷짐을 지고 불룩 튀어나온 배를 지아뿌에게 내밀었다. 지아뿌는 배에 가려서 백석이 보이지 않자 어쩔 수 없이 큰아들에게 눈짓했다. 큰아들은 시선을 돌리고 손으로 입을 가리며 웃었다.

"형님, 새로 짓는 집에 이제부터 벽을 쌓아야 해요. 빈손으로 돌아갈 수는 없으니 이렇게 합시다. 2백 위안 내놓을게요. 어떠세요?"

"돈?"

지아뿌의 말을 듣고 단라는 발을 쿵 구르며 말했다.

"너한테는 소와 땅이 있고, 나한테는 산해진미와 약초가 있다. 누가 돈이 궁하대?"

"그럼, 어떻게 하면 좋겠어요?"

지아뿌가 빙긋이 웃으며 단라에게 두 손을 모으고 말했다.

"시계 벗고 술이나 마셔!"

그러면서 단라는 고개를 들어 하늘의 매를 보았다. 저녁에 큰아들이 집 앞에 차를 세우고 둘째 아들과 함께 차에서 백석을 내리려고 할 때였다. 지아뿌가 조수석에서 땅바닥으로 굴러떨어졌다. 마스티프 두 마리, 타시와 감바가 달려와서 핥으려 하자 그는 입을 벌리고 토했다. 개들은 질색하며 펄쩍 뛰어오르더니 도망쳤다.

"이건 내 집이라고. 둥카르를 몇 개 그리든 내 맘대로야!"

기둥, 대들보, 벽에 상서로운 길상 문양을 그릴 때 지아뿌는 또다시 소처럼 커다란 눈을 부릅뜨고 화가와 싸웠다.

"규칙은 아쇼?"

깡마른 화가는 지아뿌 앞에 고사목처럼 버티고 서 있었다.

"'쌍색(色)', '둥카르', '덕리(利)', '만(卍) 자'. 이건 대칭으로 그려야 한다고."

"가족이 번창하고 돈도 많이 벌 수 있게 둥카르를 더 그려줬으면 했건만 그게 무슨 문제야?"

화가는 도구를 챙겨서 돌아가려는 모습을 보고 지아뿌가 그를 가로막았다.

"주인장 참 대단하시네. 그럼, 직접 그리쇼. 난 내 평판 떨어지는 건 싫으니까."

지아뿌의 눈짓에 타시와 감바가 화가를 둘러싸고 짖어댔다.

"물게 할 작정이오?"

화가의 얼굴이 창백해지자 지아뿌는 검지로 화가의 가슴을 쿡 찔렀다.

"그래, 둥카르를 더 많이 그리지 않으면."

"알겠소. 그럼, 먼저 술부터 내놓으쇼!"

"어휴. 또 토했네!"

어두워지자, 초모랑마는 보이지 않았다. 두 아내가 땅에 쓰러진 두 남자를 보고 한숨을 내쉬었다. 그날 밤, 타시와 감바는 아무리 불러도 집으로 돌아오지 않았다. 드디어 새로운 집이 완공되었다. 마을 사람들이 지붕에 올라가서 발로 진흙을 밟아 단단하게 다지는 의식을 마친 후, 지아뿌는 또 화를 냈다.

"이놈아, 네가 그래 놓고 내 아들이야?"

이번에는 둘째 아들을 향해 소리를 질렀다. 둘째 아들은 고개를 숙인 채 양손 가득 오방기 타르초를 들고 있었다.

"가게에서 파는 타르초는 6호 사이즈만 있는데 어쩌라고요?"

그러더니 둘째 아들은 고개를 들고 초모랑마를 바라보다가 정상에 깃털 구름이 없어진 것을 보고 의아하다고 생각했다.

"5호라고! 나는 더 큰 게 있어야 한단 말이다."

그러면서 지아뿌는 오른손으로 지붕을 가리키며 말했다.

"이 동네 집들은 전부 다 6호 깃발만 걸었구만."

둘째 아들은 눈으로는 산 위의 깃털 구름을 찾으면서 불만스럽게 중얼거렸다.

"나는 촌장이야!"

"현지사였으면 얼마나 큰 깃발을 달았을까?"

둘째 아들이 투덜거리자, 그 소리를 들은 지아뿌는 가슴을 두드렸다.

"나는 평생 현지사는 못 돼. 너도 이 애비가 바뀔 거라고는 생각지 마라."

"글쎄요, 아버지 아들로 태어난 걸 이제 와 어쩌겠어요. 르카쩌시에 다녀올게요. 하지만 조건이 하나 있어요." 둘째 아들은 웃으면서 왼손으로는 차 키를 흔들며 말했다.

"말해봐."

지아뿌가 대답했다.

"등산용 다기능 칼을 갖고 싶어요."

"마시자."

그날 밤, 가로 960, 세로 640센티미터 5호 사이즈의 타르초가 불빛 아래 펼쳐지자 지아뿌는 기쁘다 못해 눈에서 뜨거운 눈물이 솟았다. 왼손은 잔에 가득 따른 쌀보리 술을 들고, 오른손으로는 둘째 아들의 왼쪽 어깨를 두드렸다. 술을 아홉 잔째 마시고 나서 그는 또 토했다. 타시와 감바는 이번에는 창문 밑에서 짖어댔다.

다음 날 오전, 바람이 불자 색이 화려한 타르초가 사람들의 머리 위에서 펄럭였다. 마을 사람들은 경건하게 두 손을 모아 기도하며 그것을 바라보았다. 지아뿌가 큰소리로 외쳤다.

"오늘은 정말 멋진 날이로구나! 모두 마음껏 마시고, 노래하고, 춤추자!"

그날 마을 사람들은 밤늦게까지 술을 마셨다. 마당에는 술에 취한 사람들로 가득 찼다.

예나는 티베트 문화로 가득한 지아뿌의 집 건물에 매료되었다. 도죠와 왕냥이 짐을 들고 2층 방으로 들어갔을 때 예나는 소녀처럼 흥분하여 리사의 손을 잡아끌며 마당을 뛰어다녔다. 그들은 울타리 위에 엎드려 둥근

떡 모양의 소똥 냄새를 맡기도 하고, 펄럭이는 티베트 기도 깃발을 가리키기도 했다.

"초모랑마다!"

오전 식사 후 팅리현 초모랑마 호텔을 출발할 때부터 예나는 계속 들떠 있었다. 산 정상에 떠다니는 흰 구름, 초록빛 경사면을 유유히 이동하는 검은 야크 떼, 비 온 뒤 하늘에 펼쳐진 무지개, 이 모든 것에 감동해서 눈물을 흘렸다.

오전 10시, 일행은 도요타 오프로드 차량 두 대를 타고 자우라 고개에 올랐다. 차가 정차하자 예나는 곧바로 문을 열고 티베트인 운전기사가 말리는데도 아랑곳하지 않고 초모랑마 전망대로 달려갔다. 산신도 그의 편이 되었다. 온통 푸른 하늘은 씻은 듯이 맑았다. 초봄의 고원 여기저기에 언뜻언뜻 눈에 띄기 시작한 초록빛이 끝없이 펼쳐져 있었다. 하늘 끝에는 동쪽에서 서쪽으로 험준한 산들이 병풍처럼 솟아 있어 산등성이가 굽이치고 있었다. 드넓은 하늘의 흰 구름은 거기에 그러모은 듯이 산봉우리마다 흰 깃발처럼 휘감겨 있었다. 이 세상의 장엄한 절경에 예나는 넋을 잃었다. 그녀는 산봉우리를 향해 조용히 눈물을 흘렸다.

"오늘은 내 인생이 꽃피는 날이야!"

그녀가 혼잣말로 읊조리는데 그녀의 얼굴에 돌풍이 불어와서 어깨까지 늘어뜨린 검은 머리카락을 말아 올리자 길고 흰 목덜미가 드러났다. 시먼췌이쉬에가 곁으로 다가와 먼 산을 하나하나 가리키며 말했다.

"예나 씨, 왼쪽부터 오른쪽으로 쭉 보세요. 첫 번째 높은 산이 8,463미터의 마칼루, 두 번째가 8,516미터의 로체, 그 바로 옆의 세 번째 산이 세계에서 가장 높은 산인 8,843미터의 초모랑마입니다. 그 오른쪽에 저 멀리 초모랑마 반대편에 있는 산이 여섯 번째로 높은 초오유입니다."

예나는 두 손을 모았다. 시먼췌이쉬에가 산을 소개할 때마다 그녀는 합장하고 산을 향해 절했다. 네 개의 산 소개를 마치자, 그녀는 그 산들을 가만히 쳐다보았다. 마침내 운전기사가 빨리 타라고 재촉했을 때, 그녀는 먼 산과 흰 구름, 광활한 고원을 바라보며 큰소리로 외쳤다.

"존재하는 모든 것은 영원하다!"

운전기사가 서두르는 데는 이유가 있었다. 고원의 날씨 변화는 원숭이 엉덩이 색깔이 변하는 것보다 빠르기 때문이다. 자우라 고개에서 내려오자, 구름이 두껍게 하늘을 뒤덮었고, 취쭝춘 마을로 들어가기 직전부터 눈이 흩날리기 시작했다.

그러나 지금 또 예나와 리사가 지아뿌 집에서 마당을 뛰어다니자 갑자기 사방팔방에서 햇빛이 쏟아져 내려, 유쾌하게 기부하는 남자의 넓은 아량 같았다. 해발 5,200m의 자우라 고개에서 초모랑마를 바라보았다면, 이제는 5천 미터의 취쭝춘에서는 초모랑마를 올려다보아야 한다. 새로운 손님을 맞이하듯 초모랑마가 구름 속에서 얼굴을 내밀자 놀랍게도 곧장 깃발구름이 휘날렸다. 엄청나게 기다랗고 하얀 비단 스카프 한 장이 산 정상에 걸린 채 서쪽에서 동쪽으로 너울거리기 시작했다. 구름과 안개가 산 정상에서 아래로 사라지려 했다. 눈앞에 웅혼한 산의 모습이 당당하게 드러났다.

그 광경을 본 예나는 현기증이 날 정도로 감동하여 자기도 모르게 몸이 뒤로 휙 젖혀졌다.

"예나, 왜 그래?"

리사가 소리치면서 쓰러지는 예나의 몸을 꽉 붙잡았다. 순간적으로 큰 힘을 쓰는 바람에 리사도 눈앞이 캄캄해지고 쓰러질 뻔했다. 눈을 떠보니 누군가가 자기 허리를 감싸서 안아주고 있었다. 고개를 들자, 건장하고 키가 큰 중년 남성이 걱정스러운 눈빛으로 그녀를 바라보고 있었다. 자기 허리에 손을 감고 있는 것은 그 남자의 오른손이었다. 그의 왼손은 예나를 꼭 껴안고 있었다.

 리사가 안심하는 기색을 보고 남자는 손을 놓았다. 휘청거리는 예나를 내려다보더니 남자는 허리를 굽혀서 예나의 허리와 다리를 잡고 새끼 양처럼 안아 올렸다. 남자는 지아뿌의 집까지 안고 걸어갔다. 집 안으로 들어가니 팔십이 넘은 지아뿌의 어머니가 응접실에서 티베트식 방석에 앉아 경통을 돌리며 불경을 외우고 있었다. 남자는 예나를 노부인 옆에 살며시 내려놓고 등받이 쿠션에 기대어 앉게 했다.

 지아뿌는 위층에서 손님 맞을 준비를 하다가 인기척이 들리자 뛰어 내려왔다. 어머니가 눈이 휘둥그레진 예나의 이마를 부드럽게 쓰다듬어 주는 모습을 보고 안도의 한숨을 내쉬었다. 도죠, 왕냥이 차례로 예나를 위로하자 지아뿌가 잔소리를 했다.

 "차에서 내리면 천천히 걷고, 천천히 움직이고, 말은 적게 하라고 했잖아. 사람 말을 안 듣고 말이야. 산소 결핍 때문이라고. 마침 아까 잉푸 회장이 나타나지 않았으면 바위에 부딪혀서 어떻게 됐을지 몰라."

 지아뿌가 잔소리를 하건 말건 예나는 눈으로 잉푸를 찾았다.

 시먼췌이쉬에는 리사에게 눈을 돌렸다.

 "우리 그 분께 감사 인사라도 해야 하지 않아?"

 "그 사람 벌써 갔어."

 리사의 눈은 여전히 문을 바라보고 있었다.

 지아뿌는 리사를 흘끗 쳐다보고 주의시켰다.

 "아가씨, 조용히 해요. 입술 좀 봐. 가지처럼 새파랗게 질렸네. 빨리 방으로 가서 물 마시고 푹 쉬어요."

 그러고는 부엌을 향해 소리쳤다.

 "주오가, 취전! 뜨거운 수건 좀 가져와. 티엔차도 가져오고. 이 아가씨, 위층 방으로 데려다줘."

10

시먼췌이쉬에는 사흘 연속 잉푸를 만나지 못했다. 사실 그는 인터넷에서 그 거물급 인사를 적잖이 매도하고 있었다. 그 거물이 등산을 좋아했기 때문이다. 그는 졸부 주제에 등산가들을 죄다 혐오했다. 이유가 무엇인지를 어떤 사람이 인터넷에서 물어본 적이 있다. 그는 이렇게 대답했다. '졸부들은 이미 돈도 많은데 풍류까지 즐기고 싶어서 산을 정복하거나 자연을 가까이하며 피 묻은 돈에 금가루를 바른다. 그것은 신성한 산악 스포츠를 더럽히는 행위다'라고 했다. 그러면서 그는 맹세도 했다. '산에서 그런 졸부들을 만나면 반드시 그들의 얼굴에 침을 뱉어주겠다고…'

그의 다짐에 삼천 명이 넘는 사람들이 '좋아요'를 눌렀다. 그리고 백 명이 넘는 사람들이 그런 졸부들을 괴롭히는 다양한 아이디어를 고안해 냈다. 하지만 지금 잉푸를 빨리 만나고 싶은 이유는 그의 얼굴에 침을 뱉어서 자신의 다짐을 실현하기 위해서가 아니라 그에게 접근해서 친해지고 싶어서였다. 그러지 않으면 어떻게 8,400미터에서 그 졸부를 설사하게 만들겠는가?

예나도 잉푸를 만나고 싶었다. 그녀는 그에게 감사의 말을 전하고 싶었다. 그녀는 아버지를 제외하고는 남자에게 안겨본 적이 없었다. 사흘 동안 그녀는 계속 그 남자에게 안겼을 때의 느낌을 되새겼다. 편안함, 안도감과 따뜻함. 어린 시절 아버지 대한 느낌이 그녀의 뇌리에서 되살아났다. 그것은 그녀가 여섯 살 때였다. 정원 잔디밭에서 잠이 들어 몽롱한 상태였는데 아버지가 그녀를 안아 방으로 데려갔다. 하지만 안타깝게도 그녀의 아버지는 독일 북부 함부르크에서 자란 '무뚝뚝한 북독일인' 남자였다. 이후 그녀는 아버지에게 다시 안겨본 적이 없었다. 그녀는 그 남자에 대해 수시로 인터넷에서 검색했다.

물론 서구의 경제 발전사 관점에서 보면 잉푸와 같은 기업가는 틀림없이 '졸부' 부류에 속한다. 하지만 중국의 개혁개방 현장에서 보면, 그런 '졸부'는 중국 사회의 '신흥 귀족'이기도 했다. 그들은 관직에서 물러나 하룻밤 사이에 기업가로 변모하여 막대한 부와 중요한 사회적 발언권을 손에 넣었다. 이런 현상은 중국 전통 사회의 모습을 완전히 바꾸고, 틀림없이 전 세계에도 영향을 미칠 것이다. 그 남자는 좋은 표본이었다. 예나는 잉푸에게 접근할 기회가 생겼음을 알았을 때, 감정이 격해져서 그날 밤에는 잠을 이루지 못했다.

"예나, 낮에 말이야, 정말 그렇게 어지러웠어?"

지아뿌의 집에 묵은 첫날 밤, 리사는 불을 끄고 잠을 자려고 할 때 불쑥 이렇게 물었다.

"그럴 수도 있고 아닐 수도 있고 반반?"

그러면서 예나는 웃었다.

"너, 그 사람이 다가올 때까지 기다린 거지?"

"안 가르쳐 줘요. 맞춰 봐요."

리사는 감정에 젖어서 침대에 기대고는 양손으로 무릎을 감쌌다.

"도죠는 시먼췌이쉬에와 시시덕거리고, 왕냥은 가쯔한테 들러붙어 있고. 넌 초모랑마 산기슭까지 와서 저런 아저씨나 쫓아다니고 있으니. 내가 얼마나 비참한지 알아? 이게 연극이라면 나는 관객이거나 방해꾼 역할밖에 안 되는 것 같아."

"네?"

예나는 짐짓 놀란 듯이 눈을 크게 벌리고 눈을 동그랗게 떴다.

"당신 정말 똑똑하네요. 내 비밀을 알아채다니. 자 그럼, 그 아저씨는 내 것이니까 약속해 줘요. 그 사람의 정체를 밝히는 데 도와주겠다고."

리사는 시선을 돌리고 손을 뻗어 베개에서 책 한 권을 집어 들었다.

"관둬. 누군가를 괴롭히려고 나를 십자가에 못 박는 짓은 하지 말아줘. 언젠가 이 세상의 모든 동물이 해방되면 나는 내 인생의 마지막 임무를 할 거야. 그게 뭔지 알아?"

예나는 고개를 내밀고 리사가 손에 든 책에서 '동물해방'이라는 제목을 보았다. 저자 이름은 피터 싱어(Peter Singer, 오스트레일리아의 생명윤리학자)다. 그녀는 혀를 내밀며 고개를 저었다.

"당신은 너무 뛰어나서 무슨 일을 하려고 하는지 가늠이 안 돼요."

"퀴어(queer) 학회를 설립하는 거야."

"우와, 멋진데요! 전 국민이 뱉은 침에 익사하는 건 두렵지 않나요?"

"풋."

리사는 냉소적인 웃음을 지으며 머리맡에서 책을 한 권 더 꺼냈다.

"이것 봐. 이건 리인허(李銀河, 중국의 여성주의 사회학자)가 번역한 '퀴어 이론'이야. 사람들은 이걸 90년대 서구의 성 이론이라고 말하지만, 내가 존경하는 건 그 이론이 주체성과 사회질서에 대한 저항과 관련된 점이야."

손에 든 책을 흔들며 리사는 더욱 냉소적인 웃음을 지었다.

"흥, 침을 뱉는다고? 괜찮아, 침은 방금 내가 세상에 뱉으려던 참이니까."

"대단해요. 깜짝 놀랐어요. 늘 양이나 새를 안아주는 모성애 가득한 얼굴에 익숙했는데 당신이 이렇게 냉소적일 줄은 몰랐어요. 정말 극단적이네요."

"극단적이라고?"

리사의 흰 얼굴이 붉게 달아올랐다. 그녀는 빨간 테 안경에 가만히 손을 얹었다.

"난 베이징대학 철학과에서 박사학위를 받았어. 1년 차 때, 웨이밍후호 근처 바위에 앉아서 엘리즈비에타 에팅거(Elzbieta Ettinger)가 쓴 '한나 아렌트와 마틴 하이데거(Hannah Arendt/Martin Heidegger)'를 읽었지. 다 읽고 나서 책을 덮는 순간부터 나는 여성 해방 투사가 되어야겠다고 마음먹었어. 그래서 박사학위 취득이 2년이나 늦어졌지만 말이야."

"왜요?"

예나도 그 책을 읽었기에 그 책을 둘러싼 논란을 알고 있었다.

"하이데거 때문이야. 그는 처음부터 끝까지 선량한 아렌트를 농락했어. 그게 소위 불멸의 사랑인가? 아니, 한낱 성적 발산일 뿐이었어. 여성을 성적으로 짓밟는 남성의 표본이었다고. 그래서 난 첫 번째 논문 심사 전에 전부 새로운 내용으로 바꿔 썼어. 제목은 '아렌트와 평범한 악에 대하여'로."

"아렌트는 자발적이었던 거 아닌가요?"

"맞아, 자발적이었어. 하지만 그게 바로 여성의 비극이지. 소위 정신적 사랑을 얻기 위해 자기 몸을 내어 준 셈이니까."

"아아, 불쌍한 리사. 당신은 하이데거로 대표되는 남자와 아렌트로 대표되는 여자를 모두 부정한 거예요. 당신의 결론은 결국 인간의 본성은 악하다는 것이군요!"

"인간의 본성은 악이 아니었어?"

리사는 왼손에 들고 있던 '동물해방'을 두드렸다.

"작년에 가쯔의 도움으로 닝샤에서 진행한 '몽골 가젤 방사 프로젝트'와 이곳의 프로젝트를 예로 들 수 있겠군. 중국인들은 가난했을 때 야생 동물을 잡아먹었어. 배를 채워서 굶주림을 견디기 위해서였지. 그들은 1960년대에 야생 몽골 가젤을 다 잡아먹어 버렸어. 당시는 인간의 생존 본능이었겠지. 하지만 부자가 되고서도 계속 몽골 가젤을 사냥하는 건 오직 즐기기 위해서야! 그들은 발전만 된다면 무슨 대가를 치르든 상관하지 않아. 강이 오염되든, 야생동물의 씨를 말려 맛있는 요리를 만들든 상관없지. 그런 데도 인간의 본성이 선하다고 할 수 있나?"

"생태 사회학 이론으로는 그런 사회의식이 발전하면 필연적으로 서로를 잡아먹는 덫에 빠져서 약육강식을 옹호하는 사회진화론으로 돌아가 버린다고 하죠."

예나는 고개를 끄덕이며 덧붙였다.

"맞아. 약육강식, 적자생존!"

리사는 절묘하게 결론을 내리고는 이불을 걷어내고 베갯머리에 바르게 앉았다. 그녀가 왼손은 '퀴어 이론'에 얹고 오른손으로 '동물해방'을 통통 치는 모습은 마치 리듬감 있고 열정적인 어조로 전 인류에게 선전포고하는 투사 같아 보였다.

"이것이 바로 내가 티베트에 온 이유야. 미국의 흑인 노예는 이미 오래전에 해방되었지만, 백인 우월주의, 인종차별의 격차는 오히려 더 심해졌어. 여성의 권리는 점점 커졌지만, 정신적으로는 남성 의존도가 점점 더 높아졌지. 왜 그럴까? 그건 현대의 게임 규칙을 하이데거 같은 남자들이 결정했기 때문이야. 그러다 보니 소위 근대화 과정에서 남자는 딜러이고, 여자는 한낱 플레이어에 불과한 거지. 그런 의미에서 성에 따른 차별은 그 자체로 현대 사회의 걸작이기 때문에 완전히 배제할 수 없게 됐어."

예나는 몸을 돌려 자리에서 일어나 리사처럼 베갯머리에 똑바로 앉아 등을 기댔다. 그녀의 말소리에 맞추어 침대에서 삐걱삐걱 소리가 냈다.

"그렇군요. 사람들은 2백 년 동안 열심히 노력했지만 결국 두 개의 가면을 썼을 뿐이에요. 한편으로는 모두가 신의 사자이거나 심문자의 신분으로 사람들을 심판했어요. 다른 한편으로는 현대화라는 향연에서 서로 앞다투어 칼끝의 피를 핥는 죄인이 되려 하고요."

그렇게 말하면서 예나는 왼손을 뻗어 리사가 손에 들고 있는 책을 두드렸다.

"리사, 네 말이 무슨 뜻인지 알겠어. 인종차별, 남녀평등 그런 문제에 진정한 해결책이 없다고 생각하고 만물 평등에서 출발해 정신적 평등으로 가는 길을 찾으려고 티베트에 온 거구나?"

"네, 맞아요. 조금씩 할 수 있는 것부터 해나가야죠. 그렇지 않으면 이 세상에 우리 같은 나약한 여성이 설 자리가 어디 있겠어요?"

리사는 웃었지만, 눈가에 눈물이 맺혔다.

"그래, 리사. 네가 왜 티베트에 왔는지 알겠어. 네 시선은 동물 보호에 맞춰져 있기에 인간을 거부하고 있어. 나는 생태 사회학을 연구해서인지 내 시야에 인간이 있어야 만 해. 그거 알아? 이곳에는 샹슝 시대의 뵌교 유물과 관습이 많이 남아 있고, 투바 왕조와 구게 왕조가 싸웠던 초원도 있어. 그래서 지금은 잉푸 회장 같은 사람도 들어와 있고. 그들은 중국에서 소위 '선부론(덩샤오핑(鄧小平)이 주창한 개혁개방의 기본 원칙으로서 능력 있는 사람부터 먼저 부자가 되어 낙오한 사람을 도우라는 의미)'세대, 돈으로 모든 걸 결정하는 세대야. 그런데 그들은 이곳에 심판하러 온 걸까 아니면 악을 행하러 온 걸까? 그들의 즐거움은 세계 최고봉에 오르는 거야. 하지만 그들은 자기 때문에 생긴 오염이나 자기가 남긴 쓰레기 따위는 신경 쓰지 않아. 티베트 아이들과 기념사진을 찍기 위해서 백 위안짜리 지폐를 아낌없이 내밀기도 하지. 그런 게 공평한 일인가, 아니면 상대를 깔보는 불평등한 일인가?"

불평등이라고 말하더니 예나는 손을 내밀어 다섯 손가락을 보았다.

"게다가 잉푸 회장은 늑대를 보호하고, 우리는 독수리를 구하잖아요. 지아뿌 씨는 숙소를 운영하고 야크를 팔아요. 도대체 다들 진심에서 하는 걸까요, 아니면 거짓일까요? 입만 번지르르한 위선일까요?"

리사도 예나의 말을 듣더니 예나의 손가락을 보고 냉소했다. 리사가 대답하기 전에 예나는 빙긋이 웃으며 무릎을 감싸 안고 그 위에 턱을 얹었다.

"나는 피터 싱어의 견해에서 한 가지에 동의해요. 동물의 고통은 인간에 의한 것이라는 의견이요. 우리 인간은 평등을 추구하지만, 감수성이 예민한 동물들을 대부분 배제했어요. 그래서 생태 사회학적으로 볼 때, 피터 싱어의 '동물해방'은 새로운 윤리관이에요. 그것이 인간에게 진보의 의미와 발전의 목적을 다시 생각해 보라고 촉구하기 때문이죠. 그런 의미에서 인간의 역할과 각성이 무엇보다 중요해요. 그게 바로 당신이 말한 '아저씨'한테 내가 관심을 가진 이유예요."

예나가 다시 그 아저씨 이야기를 하자 리사는 눈을 가늘게 뜨고 예나를 냉정하게 쳐다보았다. 예나는 고개를 숙이고 열 손가락을 깍지 꼈다.

"생각만 해도 가슴이 두근거려요. 신은 나에게 연구할 기회를 주셨어요. 예를 들면 잉푸 회장님에게 이렇게 묻고 싶어요. '당신은 소비를 일으키는 구세주, 시주인가요? 아니면 타민족 문화의 침입자, 파괴자인가요?'라고."

"정말 애처롭다 못해 슬프다, 슬퍼! 알겠어. 그 아저씨 품에 뛰어들고 싶어서 이렇게 훌륭한 학문적 구실까지 갖다 붙이다니. 아아, 망할 소아성애자! 여자 복이 터졌네!"

리사는 굳은 표정으로 이불을 목까지 끌어당기고 눈을 감았다.

예나는 말문이 막혀 누워버렸다. 이불을 덮고 손을 뻗어 리사를 살짝 밀었다.

"잠깐만, 리사. 그 사람, 바위나 쇳덩이는 아니겠죠?"

"무슨 뜻이야?"

"만약 그가 나를 쳐다보지도 않으면 어떡하죠?"

"제발 불 좀 꺼줘. 인제 그만 자!"

아닌 게 아니라 예나는 사흘 내내 잉푸를 보지 못했다.

예나와 리사는 지아뿌 집 2층, 동쪽 끝에 있는 16제곱미터짜리 방에 묵었고, 그 옆방에는 도죠와 왕냥이 묵고 있었다. 방 크기는 같았다. 잉푸는 2층 서쪽 끝방에 묵었고, 그 옆에 샤오라빠의 방이 있었다. 모든 방이 16제곱미터짜리 단칸방이었다. 그 동서 양쪽으로 객실이 모여 있고, 한중간에 거실과 식당을 겸한 16제곱미터의 공용 공간이 있었다.

지아뿌는 1층 동쪽 구석에 부엌을 배치하고 가장 안쪽에 화장실을 만들었다. 1층 서쪽 막다른 곳은 그의 어머니 방으로, 밤에는 두 아내가 번갈아 가며 어머니를 모시고 잤다. 아내들은 교대로 서쪽 맨 끝에 있는 지아뿌 방에서 잤는데 어느 한 사람이 들어가면 반드시 자기 허리띠를 입구에 수평으로 놓았다. 낮에 어머니는 거실에서 방석에 쪼그려 앉아 마니차(티베트 불교에서 경전을 적힌 종이를 넣어 돌리는 수행 도구)를 돌리면서 염주 알을 굴렸다. 지아뿌네 집은 북쪽을 등진 남향이라 날마다 태양이 초모랑마를 비추면 똑같이 어머니의 흰 머리카락에도 금빛이 흩어져 내렸고, 해가 지기 전에는 따뜻한 잔광이 얼굴에 가득한 세월의 변화를 고르게 어루만져 주었다.

지아뿌는 건물 1층과 2층 거실에 난로를 설치하고 떡 모양의 소똥을 태웠다. 햇빛이 거실 유리창에 비쳐 들고 난로 안에서 불길이 활활 타오를 때면 풀냄새가 코끝을 간질였다. 풀냄새가 훈훈한 거실 안에 감돌면서 안온한 분위기가 흘렀다.

매일 오전 9시, 예나가 젊은 여인들과 함께 난로를 둘러싸고 달콤한 차를 마시거나 커피를 끓이거나 하면 시면췌이쉬에가 제시간에 찾아왔고, 이후는 잡담하는 시간으로 바뀐다. 지아뿌의 아내가 가져온 우유와 오트밀, 달걀 등으로 오전 식사를 마친 후에는 다 같이 아래층 중정으로 내려간다. 마당에는 고용된 마을 주민 몇 명과 인근 사원의 라마승 두 명이 주먹만 한 크기로 작게 썬 야크 고기와 뼈가 잔뜩 쌓여 있는 픽업트럭을 대놓고 있다. 엔진 소리가 울리면 예나 일행은 다른 픽업트럭에 오른다. 나머지 사람들은 짐칸에 탄다.

취쭝춘 마을은 고원 분지 중앙에 있어서 동쪽, 서쪽, 북쪽 모두 6,000미터급 고산이 즐비했는데 유일하게 정남향 방향에 빼어난 높이를 자랑하는 초모랑마가 온화하게 세상을 내려다보고 있었다.

에베레스트 산기슭의 3월은 아직 경사면의 눈이 녹지 않은 상태다. 그러나 보이지도 않고 확실하게 말하기도 어렵지만, 벌써 봄기운이 감돌아 향기가 난다. 검은 진주 같은 야크 떼가 흰 구름 속에서 고개를 숙여 대지에 입을 맞추고 있기 때문이다. 새하얀 양 떼가 산기슭에서 노래 부르기에 바쁘다. 분지 주변에는 개울물 소리, 새소리, 닭 울음소리, 개 짖는 소리, 독수리 날아오르는 소리 등 다양한 소리가 들려온다. 여기에다 야크를 따라 걷는 목동들이 부르는 티베트 노래와 곳곳에 서 있는 티베트식 텐트에서 모락모락 피어오르는 연기가 어우러져 자기도 모르게 노래를 부르고 싶어진다. 하지만 얼른 입을 다물어야 한다. 다른 소리와 어우러지지 않으면 입을 열자마자 열등감을 맛보기 때문이다.

그렇다, 세상에 초모랑마 산기슭의 순수함에 걸맞은 사람이 과연 몇 명이나 있을까? 예나는 천국에 온 듯한 기분에 젖어 취쭝춘 마을에서 차로 얼마 떨어지지 않은 캄 방목지의 돌투성이 산비탈에 도착했다. 산비탈에는 소나무와 편백 나무 향이 깃든 푸른 연기가 하늘로 피어오르고 있었다. 저 멀리 하늘에는 크고 검은 새 십여 마리가 높은 곳에서부터 차례로 선회하며 모여들었다.

"저 새들 신기하네요. 우리가 오는 걸 어떻게 알았을까요?"

예나는 옆에 있는 라마승에게 물었다.

"오늘 오전 일찍 지아뿌가 둘째 아들한테 소나무 가지와 참파(시신을 보릿가루에 버터차를 손으로 섞어서 뭉쳐 먹는 티베트인들의 주식), 버터로 모닥불을 피우게 했어요. 그게 신호가 되어서 독수리가 연기를 보면 음식이 있다는 걸 알아요."

시먼췌이쉬에가 곧바로 예나의 의문에 답했다.

"맞아요. 독수리는 이 근처 조장대(시신을 새의 먹이로 내놓는 티베트의 옛 장례 의식인 조장을 치르는 터)에 살고 있어요. 팅리현(定日縣) 사람들은 죽으면 대부분 조장으로 장례를 치르거든요. 조장에는 조장대, 조장사, 그리고 독수리가 필요합니다. 그래서 독수리를 보호하는 건 그런 관습을 존중하는 것이기도 해요."

젊은 라마승은 표준 발음의 북경어로 보충 설명을 했다.

조장이라는 말을 듣고 예나는 흥분했다.

"신비롭네요. 조장에는 뵌교의 유풍도 있고 티베트 불교의 사상도 들어 있는데, 그 유풍과 사상에서는 조장이 바람, 무지개, 태양, 달, 별을 숭배하는 것이라 생각해요. 시신과 의복에 대한 조장의 금기는 뵌교의 유풍이죠. 환생과 영혼의 불멸 사상은 불교의 영향을 받았을 거고요. 그리고 영혼의 불멸이야말로 뵌교와 불교의 공통된 핵심 가치관이라고 들었어요. 독수리는 '다키니(Dakini, 힌두교에서 칼리 여신을 섬기고 인육을 먹는 과격한 여신이며, 티베트 밀교에서는 '지혜의 화신'으로 추앙받는다)'의 화신으로 망령의 환생을 돕는다고 믿고, 망령은 독수리를 통해 천국에 들어갈 수 있다고 해요."

예나의 조리 있는 설명을 듣자 다른 라마승이 합장하고 그녀를 바라보았다.

"이분은 중국인으로 보이지 않는군요. 게다가 이렇게 젊은 분이 티베트 불교에 대해 어찌 그리 잘 아십니까?"

예나도 합장하고 염불을 했다.

"법사님, 전 독일인이에요. 독일에 있을 때 까귀파(티벳 불교 4개 종파 중 하나) 큰스님이 계셨어요."

라마승들은 한동안 아무 말이 없었다. 자동차 엔진 소리만 경사면에 울려 퍼졌다.

"예나 씨, 그거 아세요? 며칠 전 제가 아직 베이징에 있을 때 지아뿌에게 부탁했거든요. 독수리를 유인해야 하니 야크 고기를 놓아둘 장소를 정해서 미리 뿌려달라고요. 안 그랬으면 오늘 독수리가 이렇게 빨리 모이지는 않았을 겁니다."

시먼췌이쉬에는 손을 들어서 하늘을 날고 있는 생령(生靈)들을 가리켰다. 예나는 하늘을 우러르며 인간들의 영혼을 떠맡고 있는 생물을 바라보았다. 예나 일행은 그 경사면에서 꼬박 사흘이 지나 나흘째 가서야 겨우 잉푸를 만날 수 있었다.

그날 오전 10시, 에베레스트 정상에서는 햇빛이 서서히 붉어지고 산 중턱에서는 희미하게 천둥소리가 들렸다. 구름 덩어리가 정상을 중심으로 천천히 회전하고 있었다. 더 멀리 초모랑마와 로체(Lhotse, 티베트어로 '남쪽 봉우리'라는 뜻이며, 해발 고도 8,516미터의 히말라야에서 네 번째로 높은 봉우리)를 둘러싸고 회색 구름 덩어리가 피어올라 가로로 퍼지고 찢어지면서 우중충한 모습으로 압박하고 있었다.

"산신이 깨어난 것이다!"

잉푸는 마을 입구에 서서 오전의 장엄한 초모랑마를 바라보며 감탄을 금치 못했다. 잉푸는 시먼췌이쉬에와 네 명의 여자가 무리하게 민박하러 온 것에 불안을 느꼈다. 최대한 마주치지 않으려고 그들을 피해 다녔다. 매일 오전 그들이 분주하게 픽업트럭을 타고 출발하기만을 기다렸다가 1층 거실로 내려가서 지아뿌의 어머니에게 인사를 하고 오전을 먹었다. 오전 식사는 항상 지아뿌와 함께 했다. 두 사람의 식사는 참파, 버터차, 계란, 야크 고기로 매일 똑같았다. 취전은 겨자 양념장 만드는 솜씨가 좋았고, 주오가(卓)가 만든 티베트식 찐빵은 일품이었다.

"덕분에 저까지 맛있는 음식을 먹는군요."

어제 뜨거운 버터차를 손에 들고 지아뿌는 빙글거리며 잉푸를 보며 말했다.

"다음 생에 다시 태어난다면 나도 티베트족이 되고 싶어!"

잉푸 역시 미소를 지으며 별말씀이라는 듯이 고개를 저었다.

"왜요?"

지아뿌가 물었다.

"주오가 씨나 취전 씨 같은 부인을 아내로 맞을 수 있으니까!"

"그렇담 말짱 꽝일걸요."

"아니 왜?"

"온종일 오전부터 저녁까지 야크나 쫓아다녀야지, 양 누린내 맡으면서 뛰어다녀야지, 생일 선물도 한 사람 몫을 더 준비해야 해야 하니까요."

잉푸는 왼손으로는 뼈에 붙은 야크 고기를 잡고 오른손으로는 등반용 다용도 칼로 살점을 도려냈다. 오른손 엄지로 칼날을 입에 밀어 넣으며 혀도 바쁘게 움직였다.

"그거 알아요? 그런 게 바로 내가 살고 싶은 삶이라고요."

지아뿌는 웃음기를 거두고 인상을 찡그렸다.

"당신, 지금 나를 놀리는 겁니까? 그럼, 바꿉시다."

"바꾸자고요? 형씨 인생이 범퍼카라도 되는 줄 알아요? 벽에 부딪히면 그냥 튕겨 나가면 되는 건가요?"

그러자 지아뿌가 기도했다.

"부처님, 이 사람은 위선자이니 다음 생에는 이 사람을 저로 바꿔주십시오. 조건은 하나, 저를 이 사람으로 바꾸는 겁니다. 그가 평생 얼굴은 흙을 보고 등은 햇볕을 받으며 산속에서 두 아내를 부양해야 하는 삶을 살게 해주세요. 저는 이 사람 대신 수억 위안의 돈을 쓰게 해주시고요."

"부처님, 지아뿌는 선한 사람이니 그가 바라는 대로 해주세요. 수중에 써도 써도 마르지 않는 돈이 있을 때 비로소 그 비참함을 알 수 있으니까요."

지아뿌는 고개를 저으며 잉푸에게 칼을 받아 접시에서 고깃덩어리를 잘라다 먹었다. 그러더니 칼을 든 오른손을 머리 위로 올려 휘둘렀다.

"그럼, 얼마나 비참한지 가르쳐줘 봐요."

"전 세계 사람들이 적이 되고, 매일 밤 한밤중에 악몽에서 깨어나고, 매일 같이 벌벌 떠는 생활을 강요당하지요."

"그렇게 무서우면 돈을 남한테 줘버리면 되잖아요?"

"남한테 주라고요? 돈이란 똥입니다. 그걸 밟았는데 어떻게 쉽게 깨끗해지겠어요?"

"그럼, 왜 회사를 운영해서 돈을 법니까?"

"가난하니까요, 가난이 무서웠으니까요."

"그건 자업자득 아닌가요?"

"맞아요, 당신 말이 맞아요. 옛말에 '시진여우 퇴여우(是進亦憂、退亦憂)'라고 하잖아요. 나아가도 걱정, 물러나도 걱정."

"무슨 소린지 모르겠네요."

지아뿌가 말하자 잉푸는 '하하하'하고 웃음을 터뜨렸다.

"아니, 미안하군요. 내가 실수했어요. 배운 놈 티 낸 내가 잘못했어요."

"나 무식한 것까지 놀리다니. 자, 칼 줄 테니 고기나 먹어요."

잉푸는 칼을 받아 들고 테이블에서 휴지를 꺼냈다. 다용도 칼의 칼날을 조심스럽게 닦아서 접은 후 소가죽 커버에 넣어 지아뿌에게 건넸다.

"사죄의 뜻으로, 당신한테 주는 겁니다."

지아뿌는 방석 위에 책상다리로 앉아 있다가 벌떡 일어섰다.

"나한테? 그 칼을?"

"내 앞에 당신 말고 또 누가 있나?"

"이런 좋은 일이!"

"처음 오전 식사 때부터 당신 눈은 한 번도 이 칼에서 떠나지 않았다고요."

잉푸는 몸이 흔들릴 정도로 크게 웃었다.

"등산할 땐 뭘 쓰려고요?"

"나한테는 한 개 더 있어요. 중요한 건 모두 여분이 있거든요."

지아뿌는 기뻐하며 양손에 번갈아 가며 칼을 던졌다.

"그 칼은 당신 겁니다. 그런데 고맙다면 부탁 하나만 들어줄 수 있나요?"

"무슨 부탁이지요?"

"저놈들, 독수리를 상대하는 녀석들한테 저 산비탈을 양보해 달라고 말입니다."

"왜요?"

"요즘 늑대 두 마리가 그 주위를 항상 어슬렁거리고 있어. 그 부근은 두 늑대 무리의 경계인데, 독수리가 먹다 남은 먹이를 놓고 서로 죽일 듯이 싸우고 있거든요."

지아뿌가 잉푸를 쏘아보았다.

"아, 알겠네. 겉으로는 늑대를 위해서라고 하지만, 사실은 그들을 쫓아내기 위해서군요. 그들과 마주치고 싶지 않은 거죠?"

"네, 맞아요."

잉푸는 지아뿌의 눈을 뚫어지게 쳐다보며 고개를 끄덕였다.

오늘 초모랑마 정상은 폭풍설이 몰아칠 것 같다. 초모랑마 상공의 회색 구름이 마침내 정상을 뒤덮는 광경을 보고 잉푸는 누군가 저 산꼭대기에 있다면 분명히 절체절명의 위기에 처할 거라 생각했다.

혼자 중얼거리고 있는데 뒤에서 말발굽 소리가 들렸다. 샤오라빠가 왔다. 왼손에는 갈기와 꼬리가 검은 밤색 말, 오른손에는 검은색 말을 끌고 있었다. 잉푸는 왼발을 등자 위에 걸치고 오른발로 바닥을 굴러 밤색 말의 등 위에 착 앉았다. 그 말은 크고 힘차고 균형 잡힌 체형을 가진 전형적인 토종말이었다. 며칠 사이에 말은 벌써 잉푸에게 길들여졌다. 잉푸가 고삐를 가볍게 흔들며 '이랴!'하고 말하자 말은 큰 머리를 흔들며 걷기 시작했다.

샤오라빠는 팅리현 녜라무현 출신으로 아직 열여섯 살이다. 몇 년 전까지만 해도 타쉬룬포 사원에서 라마로 몇 년을 지냈다. 그 후 절을 떠나 등산 회사의 조수가 되었다. 이번에는 지아뿌의 지시로 잉푸를 보조하게 되었는데, 말수가 적고 재치가 있어서 잉푸의 마음에 쏙 들었다.

마을을 나서자 잉푸는 말이 가는 대로 몸을 맡긴 채 천천히 이동하여 시먼췌이쉬에 일행이 독수리를 불러 모으는 산비탈을 향해 나아갔다.

팅리현 주변 목초지의 풀은 고산식물이었다. 주로 20센티미터 정도 자라는 보라색의 띠, 티베트 쑥, 티베트 금계국, 마황, 물싸리, 향백 등이 자라고 있다. 지금은 막 새싹이 돋아나는 시기였다.

말은 등에 탄 사람이 너그럽다는 것을 알고 몇 걸음씩 나아갈 때마다 얼굴을 땅에 가까이 대고 자갈 틈 사이로 돋아난 풀을 핥으려 했다. 하지만 오늘은 한가하게 풀을 뜯어 먹을 운이 아니었다. 10분도 걷지 않은 사이에 먹보 근성이 발동했는지 양손에 쥔 고삐가 꽉 조여지고 재갈이 앞으로 당겨졌다. 말은 본능적으로 멀리서 피어오르는 연기를 향해 종종걸음을 쳤다.

잉푸는 말에서 흔들리며 얼굴을 왼쪽으로 돌려 초모랑마 정상의 우중충한 구름을 바라보았다. 눈을 오른쪽으로 돌리자, 연기가 자욱하게 피어오르고, 검은 점 같은 독수리가 연기 속에서 빙글빙글 돌고 있었다. 그는 이내 눈을 부릅뜨고 말을 채찍질해 내달렸다.

30분 후, 잉푸는 숨을 헐떡이는 말의 등에서 뛰어내렸다. 마스티프(투견의 피가 흐르고 있는 대형견) 두 마리가 모닥불을 둘러싸고 있는 사람들 틈에서 쏜살같이 달려왔다. 누군가가 큰소리로 개들을 불러들이려 했으나 마스티프는 이미 잉푸 주위를 맴돌았다. 두 마리 개는 지아뿌의 마스티프였고, 잉푸가 예뻐하는 개였다. 체격이 단단한 쪽이 타시였고, 조금 작은 쪽이 타시의 아들 감바였다. 두 마리 모두 희귀한 순종 티베트 마스티프인데, 눈이 처지고 입이 네모난 데다 금빛 발톱을 가지고 있었다.

시먼췌이쉬에 일행이 마스티프도 함께 데려온 것을 보고 잉푸는 더욱더 불쾌했다. 그는 야크 고기를 트럭에서 내리고 있는 사람들 뒤로 재빨리 다가가 고함을 질렀다.

"그만해!"

울림이 채 가시기도 전에 공교롭게도 초모랑마 산 중턱에서 천둥소리가 터져 나왔다.

"와, 엄청난데! 초모랑마의 영웅이야. 저렇게 큰소리로 천둥을 울려서 산신을 놀라게 해도 괜찮은 걸까?"

시먼췌이쉬에는 야크 살덩어리를 산비탈에 던지더니 머리 위에서 빙빙 돌고 있는 독수리를 바라보았다. 그리고 가슴을 펴고 걸어가서 잉푸의 앞을 가로막았다. 잉푸는 눈살을 찌푸리더니 예상치 못한 반응에 참지 못하고 양손을 뻗어 시먼췌이쉬에의 두 어깨를 붙잡고 힘껏 밀쳤다. 시먼췌이쉬에는 몇 발짝 뒷걸음치다가 모닥불 위에 털썩 주저앉았다.

모두가 비명을 질렀다. 두 라마승은 서둘러 사람들을 밀어내고 모닥불 속에서 엉덩이를 들썩거리고 있는 시먼췌이쉬에를 끌어당기기 위해 뛰어갔다. 잉푸는 자기 손이 제멋대로 움직인 것을 깨닫고는 라마승보다 먼저 양손으로 시먼췌이쉬에를 잡아 그대로 일으켰다. 그는 몸을 왼쪽으로 틀면서 시먼췌이쉬에를 땅바닥에 세웠다.

그런 대처방식에 리사는 격분했다. 그녀는 눈앞의 예나를 밀쳐내고 잉푸 앞으로 뛰어나갔다.

"이 못돼먹은 아저씨! 뭘 그렇게 거만하게 굴어요? 여긴 당신 동네도 아닌데 왜 이렇게 건방지냐고요!"

잉푸는 마음을 가라앉히고 시먼췌이쉬에의 엉덩이를 보았다. 사실 연기를 내기 위한 모닥불이라 그리 뜨겁지 않았다. 화상은 입지 않았고, 모닥불 속 자갈 때문에 그의 전술 바지 몇 군데에 구멍이 났을 뿐이었다.

"미안합니다. 지아뿌의 집에 돌아가면 바지값을 변상해 줄게요."

시먼췌이쉬에는 고개를 저었다.

"이 깡패야, 내가 가난해서 전술 바지가 한 벌뿐인 것 같아?"

"그럼, 나한테도 똑같이 해요. 그래야 공평하니까."

"당신은 회장이잖아. 첫 대면에 갑자기 사람을 때리다니 다치게 해도 어차피 돈으로 해결하면 끝이로군. 내가 당신도 다치게 하려면 팔이라도 하나 잘라야 하나?"

"당신에게 빚을 졌군요. 나중에 갚을 기회를 줘요."

잉푸는 시먼췌이쉬에와 이야기를 나누며 리사를 쳐다보았다. 리사는 양손을 허리에 얹고 경멸스런 표정으로 잉푸를 노려보고 있었다.

"건방지게 굴기는 했지만, 나를 위해서가 아니라 늑대를 위해서였어요."

"늑대라니, 당신이 키우는 겁니까? 늑대가 이 목초지에서 먹이를 찾는 게 당신과 무슨 상관이지요? 늑대 새끼를 베이징으로 데려다가 커다란 저택 정원에서 키울 생각인가요? 그렇지 않다면 우리가 여기서 독수리에게 먹이를 주는 걸 왜 막는 겁니까?"

리사는 분노를 주체하지 못하고 허리에 얹었던 손을 내리더니 이번에는 팔짱을 꼈다.

"그럼, 당신에게 묻지요. 독수리는 당신이 기르는 겁니까? 하늘을 자유롭게 날아다니는데, 왜 방해하는 거지요? 새를 데려다가 키우고 놀아줄 생각인가요?"

잉푸는 리사의 말에서 모순을 발견하고 되받아쳤다.

리사는 그 물음에는 대답하지 않고 증오에 찬 목소리로 말했다. 그리고 그 말이 예나를 화나게 했다.

"이 아저씨가!"

예나는 손가락으로 리사를 찌르며 앞으로 한 걸음 다가갔다.

"신사분, 당신이나 우리나 생태계의 사슬을 지키기 위해서잖아요. 인간과 야생동물은 모두 평등해요. 당신이 지키는 늑대와 우리가 지키는 독수리 사이에는 생존 경쟁이 있지만, 우리는 개입할 수 없어요. 하지만 인간끼리 싸워선 안 되잖아요?"

"아가씨, 고마워요. 그야 당연하지요."

예나의 합리적인 말을 듣고 잉푸는 감탄한 듯 고개를 끄덕였다. 그는 리사를 보고 미안한 표정으로 웃었다. 리사는 그 눈빛을 보고 콧방귀를 뀌고는 잉푸 옆에 앉아 있는 타시를 보았다.

잉푸는 가만히 웃으며 사람들 사이를 휙 훑어보았다.

"초모랑마의 북쪽 경사면은 예로부터 티베트 늑대의 서식지였어요. 이 고원에서는 늑대와 독수리는 떼려야 뗄 수 없는 적대관계입니다. 야크 가죽은 아주 두꺼워서 독수리 입으로는 찢을 수 없어요. 늑대가 야크 가죽을 찢어발기면 독수리가 야크의 배에 부리를 집어넣고 마음껏 뜯어먹지요. 여기 취중 분지 주변에는 네 개의 목장이 있고, 목장마다 늑대 떼가 있어요. 그런데 여러분은 야크 고기를 두 늑대 무리의 영역 경계에다 던져주고 있어요. 날마다 여기서 독수리에게 먹이를 주고 있으니 그 먹이를 두고 다투다가 서로를 죽이는 거죠."

"이봐요. 주상전하! 그래서 우리 보고 여기서 나가라는 겁니까?"

왕냥이 소리쳤다. 잉푸는 오른팔을 쭉 뻗어 멀리 있는 초모랑마를 가리켰다.

"저 위쪽, 레파 목장으로 가요. 독수리와 늑대를 위해서…."

"흔히 '좋은 남자는 여자와 싸우지 않는다'라고 하던데, 당신이 우리와 싸운 이상 이제 당신은 남자도 아니니까 당신하고 싸워봐야 아무 의미가 없군요. 당신은 싫지만, 동물 보호에 대한 지식은 뭐, 전문적이네. 그걸 봐서 여기서 그만 물러나죠."

잉푸는 리사의 말을 듣고 안도했다. 그녀를 향해 두 손을 모으고 인사를 건넸다.

"고마워요. 아가씨."

먼 산에서는 다시 천둥이 치기 시작했고, 하늘에서는 희미하게 눈이 내리기 시작했다.

"서두르자. 그렇지 않으면 천벌이 내릴 거야!"

시먼췌이쉬에도 크게 소리쳤다. 그의 눈빛은 잉푸를 향하고 있었다.

2013년 4월 6일은 시먼췌이쉬에가 평생 잊을 수도 없고, 돌아보고 싶지도 않은 날이었다. 그날 잉푸로 인해 모닥불에 주저앉은 수모는 온종일 그의 마음속에 독약처럼 퍼져나갔다. 이틀 후 춘경일 의식에서 일어난 일로 잉푸에 대한 그의 감정은 더욱 복잡해졌다. 4월 8일 동틀 무렵에 지아뿌가 2층으로 올라가 방문을 쾅쾅 두드렸다. 그날은 춘경일이었다. 여자 손님이 계단을 내려오자 지아뿌의 두 아내 주오가와 취전, 그리고 지아뿌의 며느리들이 그들을 매트에 앉히고 티베트식 머리띠를 묶어주기 시작했다.

지아뿌는 옷이 든 가방을 손에 들고 다시 잉푸의 방문을 두드렸다.

"조금 이따가 내려갈게요. 아직 옷을 안 입었어요."

"아니, 옷을 입지 않는 게 좋습니다. 어서 이 티베트 추바(Chuba, 양모로 만든 두껍고 긴 티베트 민속 의상)를 입어요. 빨리요. 버터차를 마시고 나면 바로 밭으로 가야 하니 서두르세요."

1층에 내려가서 여자들이 머리 묶는 모습을 구경하는 시먼췌에쉐이를 발견하자 지아뿌는 기쁘게 소리쳤다.

"훌륭해요. 정말 일어나셨네요. 우리 둘째 아들이 당신을 못 깨우면 어쩌나 걱정했거든요. 어서 빨리 이 티베트 추바를 입으세요. 버터차는 나중에 마시고, 우선은 우리 아들들하고 오후에 오는 열한 명의 체크인에 대해 의논해 주세요. 그리고 잊지 마시고 자우라 전망대에서 시간을 뺏기지 않게 주의하세요. 만약 오늘 밤 화톳불 축제에 늦더라도 독수리 탓은 마시고요."

"추바가 정말 멋진데요. 삼바 신발도 있네. 누가 샀지?" 시먼췌이쉬에가 환호성을 질렀다.

"잉푸 회장님이 샀어요. 불에 탄 바지값 대신이라더군요. 여자분 네 명과 샤오라빠까지 새 옷을 사주셨어요."

"네, 우리 몫도 있어요."

손님들의 머리를 봐주느라 바빴던 티베트 여자들도 손을 번쩍 들었다.

"자, 어머니! 저 좀 보세요."

지아뿌는 몸을 굽히고 그 자리에서 발을 구르며 춤을 추는 동작을 취하며 어머니에게 절했다. 새 가죽으로 만든 추바를 입은 노모는 이빨이 빠진 입을 벌리고 웃었다.

"잉푸 사장님께 감사해야죠. 우리를 위해 이렇게 많은 돈을 쓰셨잖아요."

예나는 눈을 감은 채 말했다.

"감사는 무슨? 너의 아저씨는 억만장자라고! 그 돈은 그 아저씨가 바늘구멍을 통과할 수 있는 면죄부인걸!"

리사도 눈을 감은 채 얇은 입술을 움직였다.

"걱정할 필요 없어요. 현세에서는 이제 바늘구멍을 통과할 수 없으니까요. 내가 여러분에게 새 옷을 사준 건 춘경일 분위기를 살리고 싶어서였어요. 너무 깊게 생각하지 말아요."

그 소리에 따라 모두가 그쪽으로 고개를 돌렸다. 나무 계단 맨 아래 단에 서서 잉푸가 리사의 말에 담담하게 대답한 것이었다. 그러고 보니 잉푸는 머리에 금색 모자를 쓰고 있었다. 모자는 금색, 은색 새틴과 리본으로 장식되어 있고, 푸루(야크의 털로 짠 검은색 또는 다갈색 모포)는 여우 가죽으로 만들어져 불빛 아래에서 반짝반짝 윤기가 났다. 발치에 삼바 장화가 눈길을 끌었다. 여섯 겹의 가죽을 꿰매고 소가죽으로 밑창을 보강하고, 긴 통에는 검은색 가죽을 사용했다. 발등 양옆은 화려하고 다채로운 색채로 잔뜩 꽃이 수놓아져 있었다. 몸에는 '긴 소매, 넓은 허리, 큰 깃, 품이 넉넉한' 추부를 입었는데 검은색 푸루와 양가죽으로 만든 옷이었다. 옷깃과 팔목에는 수달 가죽 테두리가 있었다. 터키석 목걸이를 걸었고, 왼쪽 중지에 큰 비취반지를 꼈다. 허리에는 적자색 비단 허리띠에 금 테두리가 들어가고 은색 무늬가 있는 칼이 꽂혀 있었다.

"이분한테 시집가면 풍채 좋지, 돈도 많지, 자식도 줄줄이 낳겠어."

취전은 입이 다물어지지 않을 정도로 웃음을 터뜨렸다. 어제 잉푸는 사달라고 부탁해 놓았던 옷이 라싸에서 도착하자마자 귀중하고 정교한 보석함 세 개를 골라 취전 자매와 노모에게 건네주었다. 그리고 각각 고급 비취, 마노, 터키석을 연결한 목걸이를 선물했다. 목에 걸면 허리까지 내려오는 목걸이였다. 그리고 손목에는 금과 은으로 도금한 작은 흰색 둥카르 팔찌를 껴보라고 했다.

잉푸는 미소를 띤 채 눈을 감고 있는 예나를 바라보았다. 그녀는 눈을 감고 양손을 허리 아래로 내려서 남의 눈길을 끄는 커다란 둥카르 목걸이를 쓰다듬고 있었다. 50여 개의 새하얀 둥카르는 엄지손가락만 한 크기로, 각각 입을 벌리고 마치 노래라도 부르려는 듯이 보였다.

"흥, 대단하군!"

리사가 잉푸를 노려보며 중얼거렸다.

"우선 밭일부터 해야지. 결혼은 내일이야!"

지아뿌는 흐뭇하다는 듯이 눈을 가늘게 떴다.

취쭝춘 마을에서는 작년 한 해 동안 밭에 농사를 짓지 않고 휴경했다. 그래서 올해부터 삼 년 연속 경작이 가능해졌다. 휴경 후 첫해에는 보리쌀을 심는다. 1998년 취쭝춘에 속한 자시쭝향은 팅리현에서 우량 품종 계통 번식기지로 지정되었다. 마을 이장으로서 매년 초에 벌이는 거리질

(소 두 마리 사이에 2미터 정도 간격을 두어 막대기로 연결하고 쟁기를 연결해 밭을 가는 방법)

행사는 지아뿌에게 매우 중요했다.

"샤오라빠, 말 네 마리를 밭으로 데려가 줘."

지아뿌가 샤오라빠를 불러 지시했다.

"아저씨, 말은 푸부와 예나 아가씨가 타고 나갈 건데요."

샤오라빠는 마당에 있는 네 마리의 말 머리에 커다랗고 붉은 꽃장식을 달고 있었다. '푸부'는 티베트어로 '선생님'이라는 뜻인데 샤오라빠는 잉푸를 친근하게 '푸부'라고 불렀다.

"됐어. 픽업트럭에나 타라고 해. 그 사람들이 타고 가면 밭에서 말을 못 쓰잖아."

"가래(흙을 파헤치거나 떠서 던지는 기구) 말이야. 트럭에 싣는 거 잊지 마라. 밭에 도착하면 내려서 빨간 리본 달아두고."

지아뿌가 픽업트럭 주위에서 바쁘게 움직이는 둘째 아들에게 크게 말했다. 모든 사람이 두 대의 픽업트럭에 빽빽하게 나눠 탔다. 지아뿌는 앞차의 운전대를 잡고 얼굴을 내밀더니 주오가에게 소리쳤다.

"이봐, 아들 녀석이 낮에 데리러 오면 매트 챙겨서 가져와. 그리고 어머니한테 담요도 가져다드리고!"

"이건 경작과 파종 시범입니다."

지아뿌는 모두에게 설명하면서 트럭 짐칸에서 직접 커다란 흰색 둥근 돌을 꺼내어 밭 한가운데에 놓아두었다. 그러고는 그 주위에 오색 타르초를 세웠다. 그런 다음 밭 가장자리로 돌아와 말에게 가래를 걸었다.

"오늘은 우선 보리쌀을 뿌릴 겁니다. 열흘 정도 지나면 발아 상태를 봐서 정식으로 파종할 시기를 정할 거예요."

그러면서 지아뿌는 잉푸에게 시선을 돌렸다.

잉푸는 고개를 끄덕이며 주머니에서 하얀 깃발에 싸인 것을 꺼냈다.

그는 양손으로 그 꾸러미를 머리 위로 들어 올리며 초모랑마에게 정중하게 절했다. 그리고 돌아서서 그것을 지아뿌의 가슴 앞에 내밀었다.

"이건 안 됩니다!"

얼굴을 붉히며 한 발짝 물러선 지아뿌는 놀라서 혀를 길게 내밀었다.

"괜찮소!"

잉푸는 미소를 지으며 한 걸음 더 다가갔다.

"이건 살아있는 부처이신 달라이 라마 님께 받은 신성한 물건이잖아요. 다른 사람이 만지면 당신의 복을 빼앗아 갈 겁니다."

지아뿌가 두 손을 모으고 허리를 굽혔다.

"여기는 당신 밭이잖아. 당신의 봄, 당신의 희망이지."

그러면서 잉푸의 눈이 촉촉하게 젖었다.

"당신한테 어울려! 지금 난 꿈에 그리던 것보다 더 많은 걸 얻었어. 만족해야지. 이제부터는 다른 사람이 복 받을 차례야. 자, 어서! 형!"

입을 다문 지아뿌의 두 눈에 눈물이 그렁그렁 맺혔다. 추바의 가슴 언저리에서 몇 번이고 양손을 세게 닦고는 마침내 잉푸의 손에서 성물을 건네받아 들어 올렸다.

지아뿌 역시 초모랑마를 향해 두 손을 높이 들어서 성물을 바치며 절했다. 눈물이 뺨을 타고 흘러내렸다. 눈물이 가슴까지 흘러내린 지아뿌는 오른손으로 성물을 품에 안은 채 왼손으로 성물을 감싼 깃발을 펼쳤다.

햇빛이 흔들렸다. 그는 태양을 향해 고개를 들고 오른손으로 흰 둥카르를 높이 들어 올렸다.

"하늘이여!"

예나는 놀라서 탄성이 터져 나오는 입을 손으로 막았다. 그의 눈에는 눈물이 고였다. 푸른 하늘에 떠 있는 하얀 성물을 올려다보며 눈물을 흘렸다.

"날개가 오른쪽으로 회전하는 둥카르네요."

모두가 고개를 들어 합장하며 경배했다. 하늘에서 독수리가 모여들었다.

"그대여, 오늘부터 구원의 바퀴를 돌려라. 그 소리는 주위에 널리 울려 퍼지니 최상의 법나(소라 껍데기로 만든 관악기)를 부는구나."

잉푸는 하늘을 향해 두 손을 높이 뻗고 '대일경(7세기 중엽에 성립된 진언삼부경의 하나)'을 큰소리로 외웠다.

"뿌우!"

지아뿌는 왼손으로 금색 깃털이 달린 법나를 들고, 오른손으로 법나의 은색 주둥이 끝을 잡고 뺨을 잔뜩 부풀려서 산과 대지를 향해 소리를 뿜어냈다. 하늘을 날던 독수리는 갑자기 날개를 펄럭이며 몸을 돌려 날아갔다. 햇빛이 날개를 비추자, 수천, 수만 가닥의 황금빛 햇살이 돌연 사람들의 머리 위로 쏟아져 내렸다. 흰 구름은 명령이라도 받은 것처럼 주위의 산 너머로 사라졌다. 마치 저 무량한 부처님의 음색으로 하늘을 닦아낸 듯했다.

초모랑마 정상에서는 눈 깜짝할 사이에 비길 데 없이 기다란 깃발구름이 서쪽에서 동쪽으로 휘날리기 시작했다. 그것은 법나의 음색을 따라 부드럽게 하늘하늘 흔들리고 있었다. 흡사 만산의 성모님이 어린 산봉우리에 신성한 스카프를 묶어주는 것처럼….

"밭 갈기, 시작!"

잉푸가 성물을 깃발로 꼭꼭 감싼 다음 주머니에 넣는 모습을 보고 지아뿌가 소리쳤다. 그는 오른손으로 채찍을 높이 들었다. 사람들도 소리를 질렀다. 그 소리는 마치 초봄 고원의 민들레처럼 둥카르에서 울려 퍼지는 부처님의 음색과 함께 사방으로 퍼져나갔다.

엎드려서 가래를 끌던 밤색 말은 뒤돌아서 잉푸의 티베트식 복장을 보고 눈을 크게 뜨더니 토끼처럼 고개를 들어 몇 번 흔들었다. 머리에 꽂힌 커다란 붉은 꽃은 불길처럼 대지를 데우는 것 같았다. 그러고는 의기양양하게 잉푸에게 달려들었다. 그러자 멀리 산비탈에 흩어져 있던 야크들이 쉴 새 없이 울어대기 시작했다. 마을의 개들도 타시와 감바의 음률을 신호 삼아 힘차게 짖어댔다. 마을 사람들이 모두 밭으로 갔기 때문에 아무도 개를 꾸짖는 사람이 없었다.

이에 화답이라도 하듯 계곡에서는 말 울음소리와 야크 울음소리가 여기저기서 울려 퍼졌다. 예나가 주변을 멀리 둘러보니 곳곳에 밭을 갈고 있는 말과 꽃단장을 한 소, 그리고 단정하게 차려입은 농부들이 있었다. 바람이 살랑살랑 불자 그녀의 눈에는 풀 향기가 세상에 가득 찬 것처럼 보였다. 바람이 잦아들면서 찬란한 황금빛 햇살이 대지를 뒤덮었다. 그녀의 아름다운 눈망울이 촉촉해졌다. 두 손을 뻗어 하늘을 끌어안으며 한숨을 내쉬었다.

"신이시여, 이것이 바로 천국입니다!"

잉푸가 옆에서 그런 자신을 보고 미소 짓자, 그녀는 잉푸에게 다가가 그의 손을 잡고 부드럽게 기대어 앉았다.

"그거 아세요? 이것이 바로 내가 꿈꿔온 생태사회예요. 당신, 늑대, 독수리, 개, 소, 양, 그리고 지아뿌 씨와 대지, 산과 강이 있잖아요."

그녀가 한꺼번에 많은 말을 쏟아내자 잉푸는 웃음을 터뜨렸다.

"당신은 정말 욕심이 많군요. 모든 걸 다 가지려 하다니."

잉푸가 말하고 있는데 예나가 갑자기 소리쳤다.

"히말라야눈꿩이에요! 강변을 달리고 있어요."

예나는 그렇게 말하더니 가까이 있는 자각강 강변으로 잉푸를 끌고 갔다. 사실은 지아뿌가 말을 타고 밭 한가운데 놓아둔 흰 돌을 돌고 있을 때, 왕냥이 눈짓으로 신호를 보내어 시면췌이쉬에 일행을 따라오도록 알려주어서 자각강으로 걸어갔다. 초모랑마 산기슭의 모든 생물은 산신의 반려동물이어서 지혜가 넘쳤다.

예나는 강가에 이르자마자 맑은 강물에 눈이 번쩍 뜨였다. 쪼그리고 앉아서 보니 물속에 생물이 가득 차 있는 것을 발견했다.

"저기 봐요. 작은 미꾸라지, 미꾸라지!"

그녀는 양손으로 꿈틀거리는 작은 미꾸라지를 건져 올리고 고개를 돌려 도죠와 왕냥을 찾았다. 도죠와 왕냥, 시먼췌이쉬에는 돌아보지도 않고 상류로 향했다. 리사는 혼자 하류로 걸어가면서 먼 산을 바라보며 생각에 잠긴 듯했다.

"이건 티베트 미꾸라지라고 해요. 저기, 발밑에서 뛰고 있는 건 산개구리이고요."

잉푸는 강변에 앉아서 예나가 천진난만한 소녀처럼 물놀이하는 것을 보고 웃음을 터뜨렸다. 예나는 신이 나서 삼바 신발을 벗고 티베트 추바도 벗어들고 맨발로 강물 속을 걸었다.

"안 돼, 빨리 올라와요. 룽부 빙하에서 내려오는 물이라고요. 그게 얼마나 차가운데, 동상 걸려요."

잉푸는 초봄의 강물이 얼음처럼 차가웠던 기억을 떠올렸다. 하지만 이미 늦었다. 그의 경고를 들었을 때 이미 예나는 다리에 힘이 풀린 상태였다. 그녀의 몸이 흔들리면서 금방이라도 쓰러질 듯했다.

"큰일 났어요. 다리가 말을 듣지 않아요."

예나의 외침을 들은 잉푸는 재빨리 삼바 신발을 벗고 추부를 땅에 내던지고는 강물을 헤치며 예나 곁으로 뛰어갔다. 잉푸가 그녀 곁에 다다랐을 때 쓰러질 듯 아슬아슬했다. 잉푸가 그녀의 허리에 손을 감싸자, 그녀는 두 손을 잉푸의 목에 단단히 감았다. 그녀의 손에 힘이 빠지고 밑단을 접어 올린 추바가 물에 젖으려는 순간, 잉푸는 몸을 굽혀 그녀의 몸을 들어 올려서 안았다. 그는 성큼성큼 강물을 휘저으며 서둘러 물가로 올라와서 예나를 자신의 추바 위에 살며시 내려놓았다.

"다리에 감각이 없어요. 아무래도 다리를 잘라야 할 것 같아요."

예나는 얼굴이 새파랗게 질린 채 잉푸에게 기대어 잉푸의 목에서 손을 풀지 않고 그대로 있었다. 잉푸는 예나의 손을 목에서 떼어낸 다음 그녀를 추바 위에 눕혔다. 그러고는 그녀의 발밑으로 가서 그녀의 맨발을 자신의 품에 감싸 안았다.

"와, 아이스캔디 같네."

잉푸는 따뜻한 옷으로 예나의 다리를 감싸고 양손으로 문질렀다.

예나는 겁먹은 아이처럼 햇볕 아래서 눈을 감고 잠든 듯 아무 말도 하지 않았다. 잉푸는 가슴에 차가움이 점점 사라지는 것을 느끼면서 예나의 편안해 보이는 얼굴을 내려다보았다. 그리고 몸을 부드럽게 흔들며 낮은 목소리로 노래를 불렀다.

온순한 사슴 가죽이 왼쪽 어깨에 비스듬히 걸쳐 있고
검은 돌 같은 머리카락이 달빛처럼 얼굴을 돋보이게 하는데
고혹적인 여인의 가녀린 허리가 나긋나긋하게 휘어져
사람의 마음을 유혹하는구나
연화좌 위의 여인은 자태가 요염하여 돌아가는 것도 잊고 만다네
옥과 같은 오른팔은 세상에 단비를 내리고, 굶주린 자의 소원도 들어주고
옥과 같은 왼팔은 가슴 앞에 흰 연꽃을 들어
진흙에 더럽혀지지 않음을 형상한다네
너를 한번 보고 말을 듣고 이 세상의 진흙탕에서 벗어나기를 기원하나니
과격한 다키니여, 영원히 내 마음과 하나가 되지 않기를

잉푸가 첫 두 소절을 부를 때, 햇빛에 밝게 물든 예나의 얼굴이 갑자기 굳어졌다. 잉푸의 노래가 끝났는데도 그녀는 눈을 감고 있었지만, 길고 검은 속눈썹 밑으로 두 방울의 반짝이는 눈물이 흘러내렸다.

"정말 아름다운 시네요. 저를 위해 지어주신 건가요?"

눈물은 양쪽 귀로 흘러내렸다. 예나는 혼잣말하듯 물었다.

"내가 어떻게 이런 아름다운 시를 쓰겠어요. 총카파(티베트 불교의 4대 종파 중 하나인 겔룩파의 창시자)라는 고승이 관음보살을 위해 쓴 시예요."

잉푸는 웃으면서 검지로 예나의 눈물을 가만히 닦아주었다. 돌아보니 리사가 뒤에 조용히 서 있었다.

"재미있는걸. 부처님 음색이 은은하게 울려 퍼지는데, 자진해서 품으로 뛰어드는 소녀와 남의 위기를 이용하려는 남자! 이 얼마나 멋진 '춘경도(春耕圖)'인가!"

"찬물 끼얹지 마세요."

예나는 화가 나서 벌떡 일어나 양말과 삼바 신발을 신었다.

"뭐가 찬물이야? 너의 이 어여쁜 삼촌금련(여자의 발을 인위적으로 작게 하려고 헝겊으로 감싸는 전족의 미칭)을 만지작거리는 남자가 사라지기라도 했니?"

리사는 예나 옆에 앉아 잉푸를 흘겨보았다.

"공평하지 못해요. 리사, 내가 전생에 당신한테 빚이라도 졌나요?"

잉푸는 추바를 입고 허리를 묶은 다음 리사에게 미소 지으며 대답을 구하듯 고개를 끄덕였다.

"공평? 이 세상에 공평이란 게 있나요?"

리사는 코웃음을 치며 크게 소리쳤다.

"있고말고요!"

뒤에서 지아뿌의 목소리가 들렸다. 그는 이렇게 말했다.

"내 이야기를 해보죠. 저는 1947년에 태어났는데 태어날 때부터 작은 노예 '낭생(티베트 말로 농노 이하의 비자유민을 뜻하며 신분이 세습됨)'이었지요. 1978년까지 같은 신분이었어요. 나중에 '맨발의 의사(중국 문화대혁명 시기에 의료서비스가 취약한 지방에서 의사 면허 없이 기초 의료행위를 하던 사람을 일컫는 말)' 양성소에 들어가서 타스쿠얼간 위생소에 배치되었어요. 우리 팅리현은 중점 빈곤향(지정되면 재정, 세수 등 여러 가지 면에서 정부로부터 특혜를 받을 수 있다)이라서 정부는 관광업을 일으켜 부자가 되라고 장려했어요. 나는 영어와 네팔어를 배웠기 때문에 초모랑마에 사는 외국인 등산객들이 나를 기꺼이 야크 몰이꾼으로 고용해 주었어요. 촌장이 된 후에는 마을의 야크를 나 혼자 관리하고, 마을 사람들은 관광으로 생계를 꾸려나갈 수 있게 되었죠. 여러분 덕분에 우리 마을은 마을 사람들이 손님을 맞이할 수 있게 된 겁니다. 생활은 점점 더 풍요로워지고 있어요. 그러니 무슨 불만이 있겠어요?"

"'지족지족 만족의(知足之足 常足矣)'라고 했습니다. 만족을 아는 만족이 영원한 만족인 겁니다. 또 '인심부족 사탄상(人心不足 蛇吞象)'라고 했습니다. 사람의 욕심은 끝이 없으니 뱀이 코끼리를 삼키는 격이라고요."

잉푸가 감탄하며 응답했다.

"그건 바로 당신을 두고 하는 말이잖아요. 당신들, 지금의 신귀족들이 시대의 피를 마시고 시대의 고기를 먹어서 이 시대를 망쳐놨어요. 지아뿌 씨와 비교하면 당신이 어떻게 공평하다고 말할 수 있지요? 아까 사람들이 씨를 뿌릴 때 당신은 뭘 하고 있었지요? 강가에서 여자 발이나 주무르고 있었잖아요!"

리사는 기회는 이때다 하고 분노를 표출하는 듯했다.

"둘 다 그만하시죠."

지아뿌가 불같이 화를 내며 소리를 질렀다. 고개를 들고 둘째 아들이 픽업트럭으로 자기 어머니를 데리고 온 것을 보고는 리사를 쏘아보더니 양손으로 얼굴을 문질렀다.

"고기를 먹고, 창(티베트 주변에서 생산되는 기장, 쌀, 밀, 옥수수 등을 원료로 각 가정에서 만든 술)을 마시고, 피크닉을 즐기자고! 힘쓸 데가 없나? 실컷 먹고 마시고 나면 밤에는 고르창 춤(둥글게 원을 그리며 추는 티베트의 민속춤)을 추자고! 내일 너희는 산에 오르고, 그걸 위해서 나는 야크를 모는 거야. 그럼, 공평하지?"

시먼췌이쉬에는 인상을 찌푸렸다.

12

대지란 무엇인가?

대지는 여덟 장의 연꽃잎

하늘이란 무엇인가?

하늘은 팔괘의 고리

마을이란 무엇인가?

마을은 길상의 여덟 가지 보물

세상이 없을 때는 어떤 모습이었을까?

세상이 없었다면 노래도 춤도 없었으리라

저녁 8시, 하늘이 어두워지면서 노랫소리가 취쭝 마을 밤하늘에 울려 퍼졌다. 지아뿌의 집 마당 밖에는 큰 장작더미에 불이 활활 타오르고 있었다. 모닥불을 둘러싸고 많은 사람이 열광적으로 고르창 춤을 추고 있었다.

지아뿌는 목에 육현금을 걸고 춤을 추며 마을 사람들의 음률에 맞춰 노래를 불렀다. 그는 계속해서 춤추고 노래했다. 노래 도중에 그가 질문하면 모두가 일제히 발을 구르며 노래로 답했다. 간간이 대열에서 목이 마른 사람이 나와 창(티베트의 전통 술, 우리나라의 막걸리와 비슷하다)을 한 모금씩 들이켰다. 사람들은 대부분 술에 취해 있었다.

잉푸는 왼손을 예나의 어깨에 올리고, 오른손을 주오가의 어깨에 얹은 채 아래를 향해 발을 구르고 위를 향해 발을 차올렸다. 그러다 잠시 후 사람들 틈에서 빠져나와 모닥불 곁에 앉아서 창을 마셨다.

시먼췌이쉬에는 왼손으로 도죠의 손을 잡고 오른손으로 오후에 도착한 등산객들을 끌어당겨 원을 그리며 춤을 추었다. 노래를 부르면서 그는 연신 지아뿌 집 안뜰의 문을 바라보았다.

리사는 춤추는 둥근 대형에 들어가지 않고 잉푸의 맞은편에 앉아 멍하니 불꽃만 바라보고 있었다. 춤을 추다 지쳐서 창을 마시러 오는 사람들이 늘어났을 때, 대문에 불쑥 왕냥이 나타나 검은 뿔테 안경을 쓴 젊은이를 부축하듯 데리고 들어왔다.

"가쯔 씨, 빨리 춤을 춰요."

도죠는 신이 나서 외쳤다.

"그 사람, 아직 춤 못 춰요. 방금 도착해서 고산병이 심하거든요."

시먼췌이쉬에는 왼손을 높이 들어 보였는데 도죠에게 인사하는 모습 같기도 하고, 그가 춤을 추지 말도록 제지하는 손짓 같기도 했다. 잉푸는 차갑게 시먼췌이쉬에를 쳐다보며 손에 들고 있던 술잔을 내려놓았다. 예나는 춤을 추던 무대에서 나와 빠르게 가쯔에게 다가갔다.

"몸은 어때요? 오후에 심하게 토했겠군요."

가쯔가 힘겹게 눈을 뜨고 예나에게 가볍게 고개를 끄덕였다. 왕냥은 예나를 밀쳐내고 가쯔를 부축해서 가까이 있는 리사 옆에 앉혔다. 가쯔는 앉자마자 춤추는 사람들과 술 마시는 사람들을 둘러보았다. 마지막으로 맞은편에 있는 잉푸를 바라보며 가볍게 고개를 끄덕였다. 잉푸의 반응이 없자 그는 멋쩍게 어깨를 으쓱했다. 지아뿌는 이런 광경을 보고 불쾌해하며 잉푸 앞으로 다가가 그를 바라보며 큰소리로 노래를 시작했다.

세상은 어떻게 만들어졌을까?
세상은 바람이 바뀐 것
모두가 바람이라고 하면
바람은 화강암이 되겠지

그렇게 노래가 끝나자, 지아뿌는 육현금을 한 번 더 들어 올렸다. 그러자 잉푸가 음을 이어받아 노래를 부르기 시작했다.

오늘 밤의 노래와 춤은 팅리에서 '셰친(谐钦)'이라고 부르는데, 이는 대규모 노래와 춤을 뜻하는 '다거(大歌)'다. 그 기원은 고대 샹슝 문화에 있으며, 뵌교의 하늘과 신을 숭배하는 고대 문화에서 출발하였고, 고대 티베트인의 유목, 농업, 제사 등의 생활과 전통에서 생겨났다. 지아뿌는 세심하게 손님들의 이해를 돕기 위해 가사가 적힌 인쇄물을 만들어서 모든 사람에게 나눠주었다.

한족 남성이 노래를 부르자 사람들은 열광했고, 차례로 큰소리로 호응했다. 지아뿌는 한껏 신이 나서 빙글빙글 돌며 춤추는 사람들의 둥근 대형을 이끌고 힘차게 발을 구르며 춤을 추었다. 발소리에 호응하듯 불꽃이 비룡처럼 피어올라 불 주변 사람들의 얼굴이 뜨겁게 달아오를 정도였다.

느닷없이 '우르릉, 우르릉' 천둥소리 같은 굉음이 들렸다. 지아뿌가 하늘을 올려다보니 이제 막 별이 떠오르고 있었다. 마을 입구에 밝은 불빛을 내뿜는 차량 행렬이 빠른 속도로 다가오고 있었다. 지아뿌가 육현금

연주를 멈추자 20여 대의 할리데이비슨(Harley-Davidson, 미국의 프리미엄 오토바이 제조사로 높은 핸들에 낮은 시트, 2기통 엔진이 특징인 오토바이) 오토바이가 주위를 둘러싸고 멈춰 섰다.

"시동 끄고, 불 꺼!"

키가 크고, 체격이 우람한 티베트 청년이 선두의 오토바이에서 내렸다. 그리고 라이더들에게 소리쳤다. 라이더들은 시동과 전조등을 껐다. 그러자 청년이 돌아서서 지아뿌를 향해 합장했다.

"형제여, 우리는 지금 롱부쓰 사원에서 내려와 자시쭝으로 가는 길입니다. 이곳이 하도 북적거리기에 창이라도 한 잔 마시고 즐겼으면 좋겠다고 생각하고 왔어요."

그렇게 말하는 동안 머리에 두른 붉은 리본이 흔들리고, 모닥불의 불꽃이 그의 이마에 어른거렸다. 지아뿌는 웃으며 말했다.

"형제님, 어서 오세요. 오늘 우리의 춘경일에 귀한 손님까지 오셨군요. 환영합니다."

지아뿌는 다시 육현금을 연주하며 발을 구르고, 선창하면서 사람들의 참여를 유도했다.

동쪽 문은 무슨 문인가?
동쪽 문은 하얀 문
하얀 문은 무엇으로 만들어졌나?
하얀 문은 하얀 둥카르로 만들어졌지
하얀 둥카르는 어떤 모습인가?
하얀 둥카르에는 길상의 여덟 가지 보물이 새겨져 있지
하얀 둥카르의 문을 열면 무엇이 보이나?
하얀 둥카르의 문을 열면 신이 계시지

라이더들은 헬멧을 벗고 춤추는 행렬에 합류했다. 오후부터 밤까지 갑자기 많은 불청객이 찾아와 잉푸는 마음속으로는 편치 않았다. 잉푸는 창을 한 모금 마셨다. 천천히 술을 음미하면서 춤추는 사람들을 하나하나 관찰했다. 눈 끝에는 모닥불 건너편에 앉아 있는 가쯔의 눈빛이 자꾸만 마음에 걸렸다.

누군가가 그의 앞으로 다가와 옆에 있던 예나에게 춤을 추자고 청했다. 예나는 고개를 돌려 여자들이 권유를 받아 모닥불 가까이에서 등 뒤로 손을 잡고 춤추며 노래하는 모습을 보았다. 그녀도 빙긋이 웃으며 일어서서 남자의 손을 잡고 둥글게 춤추는 대형에 합류했.

주오가 취전은 이제 춤만 출 때가 아니었으므로 춤추는 둥근 대형에서 물러났다. 그들이 만든 창과 버터차가 다 떨어졌기 때문이다. 순식간에 낯선 사람들이 늘어나는 바람에 부엌에서 찻잔과 술잔을 가져와야 했다.

지아뿌가 더 기세를 올려 고개를 격렬하게 휘두르자, 머리 위의 벼 이삭 같은 붉은 수술이 불빛을 받아 현란하게 요동쳤다. 몸을 돌리고 발을 구르면서 지아뿌는 도죠, 왕냥, 리사, 예나를 앞으로 불러내어 크게 소리 내어 노래했다.

"신은 어떤 말을 타는가?"

네 여자도 고개를 흔들자, 티베트 풍으로 땋은 머리채가 서로 부딪힐 듯했다. 지아뿌가 고개를 끄덕이자, 그녀들은 일제히 합창했다.

"신은 눈처럼 하얀 백마를 탄다네."

"좋구나! 거, 참. 곱기도 하다."

모두들 환호성을 질렀다. 젊은 티베트인 라이더가 펄쩍펄쩍 뛰면서 다가와 네 명의 여자들 주위를 맴돌았다.

"어떤 개가 말을 안내하나?"

지아뿌의 목소리가 더욱 커졌다.

"말을 안내하는 건 백구지."

여자들도 큰소리로 화답했다.

라이더들은 차례로 달려와 고양이처럼 허리를 굽히고 강아지처럼 여자들을 에워쌌다.

"하늘에 무엇이 맴돌고 있나?"

지아뿌가 양손으로 육현금을 높이 들어 올렸다.

"하늘에는 백 마리의 새가 맴돌고 있지."

라이더들도 손을 높이 들고 손목을 좌우로 흔들었다.

"멈춰요! 멈춰!"

활활 타오르는 불길처럼 분위기가 점점 고조되던 차에 한 젊은 티베트인 라이더가 갑자기 제자리를 맴돌며 양손으로 정지 신호를 했다.

"여러분!"

지아뿌가 육현금 연주를 멈추자 춤추던 사람들도 모닥불을 둘러싸고 멈춰 섰다. 불길은 갑작스럽게는 멈출 수 없는 춤과 노래인 양 획획 소리를 내며 계속 타올랐다. 바로 그때, 멀리서 산새 소리 같은 천둥소리가 희미하게 울려 퍼졌다.

"저는 창두의 궁줴 출신입니다. 이름은 뤄줴(洛覺)이고요. '베이징 할리바이크 오너즈'의 캄파(동티베트 캄 지역에 사는 민족) 티베트 투어 가이드입니다. 며칠 전 이 사람들이 제 고향인 산옌에 다녀왔어요."

"산옌? 거기는 옛날 강도의 마을 아닌가?"

열한 명의 시먼췌이쉬에 일행 중에는 만취한 사람도 있었다.

"맞습니다. 하지만 그건 옛날 사회, 농노의 시대 얘기지요."

뤄줴는 지아뿌에게 다가가 예의 바르게 허리를 굽히며 손을 내밀었다. 지아뿌는 목에 걸었던 육현금을 벗고 그의 손에 건네주었다.

"억압이 있는 곳에 저항이 있다."

뤄줴는 현을 튕겼다.

"암흑의 농노 시절, 내 고향 궁줴, 산옌은 티베트에서 가장 가난하고 가장 외딴 오지였어요. 강인하지 않으면 살아남을 수 없었지요. 그래서 우리는 지방 우두머리에게 반항하고, 그들의 것을 빼앗았습니다. '병으로 죽으면 굴욕, 칼로 죽는 것은 영광'이라며 한곳에 머무르지 않고 이동하면서 전 세계를 떠돌아다녔습니다. 우리 캄파들은 자유를 사랑하고, 말을 사랑하고, 여자를 사랑합니다. 지금 우리는 자유로워졌습니다. 예를 들어 제가 그렇습니다. 저는 대학을 졸업하고 고향으로 돌아와서 야크를 기르고 티베트 마스티프를 키우며 베이징과 네팔까지 장사를 확장했습니다. 술에 취하면 풀밭에 누워 사흘 밤낮을 자기도 하지요."

그 청년은 반짝반짝 빛나는 오토바이를 가리키며 말했다.

"저도 현대의 말을 가지고 있습니다. 2013년식 할리데이비슨이요. 한 대에 이십만 위안이 넘는데 부모님이 놀라실까 이만 위안이라고 말했습니다."

"여자는요? 지금은 없습니다. 어떡하죠?"

"한 사람 데려가요!"

라이더와 등반가들이 일제히 외쳤다.

"다들 예쁜데, 누구를 데려가죠?"

"저기 혼혈!"

누군가가 외쳤다.

"아니, 너무 도도한 것 같아서 내 취향은 아니군요."

그러는 사이에 뤄줴는 네 명의 여자들에게 다가갔다. 여자들은 손을 가슴에 얹고 웃음을 터뜨렸다.

"왜 당신 멋대로 빼앗아 가는 거예요? 반대로 내가 당신을 빼앗겠어요."

도죠가 소리치며 펄쩍 뛰어올라 뤼줴의 목을 끌어안고는 그에게 단단히 매달렸다.

"우와! 대단하네! 동북 지방의 누님 좀 보세요."

누군가가 흥분해서 외쳤다. 시먼췌이쉬에는 아무 말 없이 사람들에게서 멀어졌다. 그는 창이 담긴 보온병 앞으로 가서 작은 술잔에 가득 따른 후 고개를 돌리고 단숨에 마셨다.

"왼손에 든 건 뭡니까?"

오늘 밤의 모임이 흥겨워지자, 지아뿌는 매우 기뻤다. 그는 이미 팔십 퍼센트는 취해서 그저 춤추고 노래하고 싶은 마음뿐이었다. 도죠가 뤼줴에게 착 달라붙어 있는 모습을 보고 그는 가까이 다가가 뤼줴에게서 육현금을 되돌려 받았다. 그리고 발을 쿵쾅거리며 사람들을 불러 모아서 다시 춤을 추기 시작했다.

"왼손에 들고 있는 것은 둥카르의 구슬"

모두가 큰소리로 호응하며 동시에 발을 세게 굴렀다. 땅이 흔들리고 천둥소리가 서서히 다가오고 있었다.

"오른손에 든 건 무엇인가?"

지아뿌가 오른손을 높이 쳐들었다. 모두가 그를 따라 오른손을 머리 위로 들고서 빙글빙글 돌렸다.

"오른손에 든 것은 열쇠."

몇몇 라이더들이 주머니에서 오토바이 열쇠를 꺼내서 신나게 돌렸다.

"열쇠를 가지고 무얼 하지?"

이것이 이 민요의 마지막 질문이었다. 지아뿌는 노래가 끝나자, 춤을 멈추고 손에 든 육현금을 연주하지 않았다. 그는 일부러 경건한 표정을 지으며 무릎을 굽히고 몸을 낮추어 둥글게 춤추던 대형을 따라 사람들을 올려다보며 돌아다녔다. 그때 모닥불을 둘러싸고 있던 사람들은 침묵을 지켰고, 먼 산에서 천둥소리가 들렸다. 솟아오르는 불길을 보면서 모두가 화답의 노래를 목구멍 안에서 눌러 참았다.

갑자기 지아뿌가 발소리를 내며 오른손으로 육현금을 힘차게 연주하자 일제히 노래를 불렀다.

"노래와 춤의 문을 연다네."

마지막 질문에 답하더니 모두가 동시에 발을 굴렀다. 쿵!

"그만!"

규칙에 따르면 두 번 더 발을 굴러야 이 '셰친'이라는 춤이 끝난다. 하지만 뤄줴는 술에 취해서 도죠를 슬쩍 밀쳐내고 크게 소리쳤다. 그리고 지아뿌에게서 육현금을 건네받았다.

"내가 노래를 바칠 차례군요!"

"좋아!"

모두가 일제히 외쳤다.

"또 '도적의 노래'인가?"

그는 육현금을 울리면서 몇 번 풀쩍 뛰어서 도죠 앞으로 다가왔다. 그는 큰소리로 무언가를 물었는데 그의 눈은 도죠만 바라보고 있었다. 도죠는 흥분해서 눈시울을 촉촉이 적신 채 뤄줴의 걸음걸이에 맞춰 손으로 박자를 맞추었다.

"'도적의 노래'다!"

라이더들이 환호성을 질렀다. 그들은 뤄줴가 이 민요를 부르는 것을 좋아하는 듯했다.

"좋아, 가자!"

뤄줴는 도죠에게 고개 숙여 인사한 뒤 돌아서서 라이더들에게 외쳤다.

"여러분, 착각하지 마세요. 오늘 밤 내가 부르는 '도적의 노래'는 여러분을 위한 노래가 아닙니다."

"그럼, 누구를 위한 노래인데?"

"이 여성분을 위한 노래입니다. 오늘 밤, 이 아가씨는 잔인한 여도적입니다. 방금 만났는데, 캄파의 한 남자 마음을 사로잡았거든요."

그렇게 말하면서 뤼줴는 현을 튕겼다. 도죠는 두 손으로 얼굴을 가리고 울었다.

"말을 타고, 아무 근심 걱정 없이! 왕좌의 주인님, 당신은 즐거웠던 적이 있나요?"

뤼줴가 노래의 정취에 빠져들자, 모두가 조용해졌다. 도죠보다 키가 배는 더 큰 그는 노래를 부르며 도죠 주위를 맴돌았다. 부드러운 눈빛으로 고개를 숙이고는 도죠의 귀에 입을 가까이 가져갔다.

"천하를 떠돌아라. 푸른 하늘 아래, 대지가 바로 나의 집이네."

노래하는 그의 모습을 보면서 시먼췌이쉬에도 눈물을 흘렸다. 그는 사람들 한가운데에 있는 한 쌍의 남녀를 바라보며 몇 잔의 창을 마셨다.

왕냥이 다시 가쯔 옆으로 돌아와서 앉더니 추바 밑으로 몰래 손을 뻗어 그의 손을 잡았다. 가쯔는 건너편에 있던 잉푸가 일어서서 할리 오토바이에 접근하는 모습을 보고는 모닥불 곁에 있는 안경 쓴 학생풍의 청년에게 고갯짓했다. 청년은 일어서서 손을 흔들자 두꺼운 위장복을 입은 남자가 그를 따라 모닥불 앞을 떠났다.

　삶의 길이는 신경 쓰지 않지
　이 세상에 미련은 없어
　바위 동굴이 내 텐트
　텐트를 치는 법을 기억하진 않는다
　사나운 야크가 내 가축이지
　소나 양 따위는 필요치 않아

"꽤 괜찮은걸!"

한 중년 남자가 오토바이에 기대어 담배를 피우면서 사람들의 무리를 등진 채 어둠에 잠긴 산을 바라보고 있었다. 그 남자는 잉푸가 칭찬하는 소리를 듣고서 담배를 바닥에 던지고 발로 짓이겼다.

"목소리가 좋네요. 역시 캄파의 남자로군요."

그는 잉푸가 뤄줴의 노래를 칭찬한 줄 알았다. 그러나 잉푸는 손을 뻗어서 그의 오토바이를 쓰다듬었다.

"내가 말한 건 이 오토바이입니다. 올해 출시된 '익스트림 글라이드 CVO(Harley-Davidson Extreme Glide CVO)'군요. 참 멋집니다."

잉푸가 칭찬한 것이 자신의 바이크라는 사실을 알고 남자는 웃었다.

"당신도 마니아이신가요?"

"저는 '할리 팻보이(Harley-Davidson Fatboy)'를 한 대 가지고 있어요."

"그래요? '터미네이터 심판의 날'에서 아놀드 슈워제네거(Arnold Alois Schwarzenegger)가 탔던 프로토타입(Prototype)이죠?"

"네 맞습니다."

"어떻게 구하셨습니까?"

"돈으로요."

"바이크는 지금 어디에 있나요? 보여주실 수 있나요?"

남자는 손을 내밀어 잉푸와 악수했다.

"그럼요. 하지만 미국 집에 가야 해요."

"미국이요? 이스트코스트? 아니면 웨스트코스트?"

"로스엔젤레스입니다."

"로스엔젤레스 어느 지역이죠?"

"뉴포트의 린다 섬이에요."

"와, 우리 집이 그 섬에 있어요. 39번지요."

"이런 우연이…. 나는 96번지예요. 당신 집 맞은편일 겁니다."

"세상에, 미국의 치 주석과 초모랑마 산기슭에서 만나게 될 줄이야. 정말 신기하네요."

중년 남자는 고개를 저으며 잉푸의 팔을 가볍게 두드렸다.

"네, 저도 신기하군요. 이런 외딴 빈민촌에, 그것도 이렇게 캄캄한 밤중에 왜 갑자기 2013년판 할리데이비슨이 스물한 대씩이나 몰려왔는지. 오늘 밤 이곳에서 모임이 있다는 걸 어떻게 알았을까요?"

위장복을 입은 남자가 안경을 쓴 청년에게 귓속말하는 것을 보고 잉푸는 빙긋이 웃었다. 그러나 잉푸는 중년 남자와 대화를 계속 이어갔다.

"저기 보이십니까? 금붙이로 치장한 젊은이요. 저 사람이 이 투어를 모집했어요. 우리에게 티베트 풍습을 체험하게 해주고 싶어서 이 마을 촌장과 약속했다더라고요."

"네, 봤어요. 베이징 청년이군요. 어째서 저 사람이 할리데이비슨 오너들과 어울리고 있는 거죠?"

"저 사람, 우습게 보지 마세요. 저 사람도 여러 종류의 할리데이비슨을 가지고 있어요. 듣자 하니 베이징에서 개인 대상 소액대부업체를 하고 있고, 삼촌이 법원장이라더군요. 할리데이비슨 베이징 오너스클럽의 새 회장이 저 사람 삼촌과 친분이 있어서 이번 투어를 맡겼다고 하더군요."

"그가 이 활동으로 돈을 벌 수 있나요?"

"우리한테서 돈을 번다고요? 천만에요. 그는 엄청난 부자예요. 이 투어에서 우리가 필요한 의식주 대금과 교통비는 자비로 해결하고, 다른 비용은 그가 부담합니다."

"대단하네요. 그런데 왜 국산 오토바이를 다섯 대나 갖고 있죠?"

"그것도 그렇죠. 저 쭝선, 우양, 스즈키도 최신 모델이에요. 저 젊은 애가 어시스턴트용으로 산 겁니다."

"저기 위장복 입은 녀석들 맞죠?"

남자가 눈을 뜨고 보니 다섯 명의 어시스턴트가 모닥불 근처로 달려가고 있었다.

"네, 저들입니다. 청두에서 온 사람들이에요. 모두 티베트 군구(특정 지역에 군의 권한을 독립적으로 배치하는 것)의 자동차 부대라고 합디다."

"그렇군요. 그냥 보기에도 보통이 아닌 것 같습니다."

잉푸가 떠나려 하자, 남자는 그를 붙잡았다.

"형님, 전화번호 좀 알려주세요."

잉푸는 웃으며 그를 쳐다보았다.

"초모랑마에서 살아 돌아가면 반드시 내 전화번호를 당신의 집 문에 넣어놓을게요."

그 말을 듣고 중년 남자도 웃었다.

"등산은 목숨을 걸고 하는 게 아닙니다. 오르지 못하겠으면 내려오면 그만인데, 왜 꼭 산 정상에 올라가야 합니까?"

잉푸는 고개를 들고 희미한 별을 바라보았다.

"아니, 목숨을 걸어야죠. 살려면 끝까지 살아야 남아야 하고, 죽으려면 죽어야 합니다. 삶과 죽음은 절대로 애매하게 섞으면 안 되는 겁니다."

"네, 형님. 고개가 저절로 숙여지네요."

남자가 가슴에 두 손을 올리고 공수의 절을 하려고 했을 때 잉푸는 발을 돌려 모닥불을 향해 서둘러 걸어갔다.

"이거 놔!"

뤄줴는 감상에 빠져 노래했다.

"고깃덩어리에 익숙해져 고기를 물어뜯어서는 안 된다네."

노래를 마치자마자 예나의 날카로운 비명이 허공을 갈랐다. 도죠는 감격에 겨워 눈물을 흘리고 있다가 예나가 외치는 소리에 눈을 떴다. 그 순간, 시먼췌이쉬에가 위장복을 입은 남자에게 한 대 얻어맞는 광경을 보았다. 시먼췌이쉬에가 몇 걸음 뒷걸음질 치다가 또다시 모닥불에 주저앉고 말았다.

이번에는 시먼췌이쉬에의 옷에 불이 붙었다. 티베트 전통복 추바에 불이 붙었고, 손이 익을 정도로 장작불에 화상을 입었다. 불길 속에서 붙잡을 것이 없어서 필사적으로 몸부림치고 있을 때 잉푸가 달려와 모닥불에 뛰어들었다. 몸을 굽히자, 불이 그의 눈썹으로 옮겨붙었다. 잉푸는 눈을 감고 양손으로 시먼췌이쉬에를 잡고 들어 올려서 불 밖으로 내던졌다. 시먼췌이쉬에가 바닥에 구르는 모습을 본 잉푸는 창이 담긴 보온병을 꺼내서 속에 든 술을 그대로 시먼췌이쉬에에게 쏟아부었다.

"오오, 형님! 대처하는 솜씨가 훌륭하십니다."

보온병을 손에 든 채 돌아보니 위장복을 입은 청년이 히죽히죽 웃고 있었다. 그때 그는 예나를 뒤에서 꼭 껴안고 있었다. 두 손은 예나의 부푼 가슴을 꽉 움켜쥐고 있었다. 예나가 멀리서 잉푸를 바라보는 사이에 남자가 살며시 그녀의 뒤쪽으로 다가왔던 것이다. 그러고는 몸을 굽혀서 그녀를 껴안고 몸을 쭉 펴면서 모두에게 잘 보이도록 그녀를 안아 올렸다.

예나가 소리를 질렀다. 그녀 근처에서 술을 마시던 시먼췌이쉬에가 술잔을 땅에 던지고 남자의 등에 뛰어올랐다. 뒤에서 남자의 목을 조였을 때 위장복을 입은 또 다른 남자가 뒤에서 시먼췌이쉬에의 목을 조였다. 숨을 쉴 수 없을 정도로 힘이 셌다. 그는 눈앞이 캄캄해졌고, 남자에게 끌려갔다. 그가 제대로 일어서지 못하는 사이에 흠씬 얻어맞고 모닥불 속으로 내던져졌다.

잉푸가 사나운 야크처럼 달려드는 것을 보고 남자는 시먼췌이쉬에를 내팽개치고 잉푸의 앞을 막아섰다. 잉푸는 그 순간, 무소불위의 힘을 가진 천신인 듯 눈을 부릅뜨고 귀를 쫑긋 세웠다. 머리 위에서 번갯불이 번쩍이는 순간 다리를 들어 올려 길을 막고 있는 남자를 멀리 걷어차 버렸다. 눈 깜짝할 사이에 예나의 머리 너머로 그녀의 가슴을 움켜쥔 남자의 이마를 보온병으로 내리쳤다. 남자는 소리도 지르지 못한 채 땅바닥에 풀썩 쓰러졌다.

잉푸의 분노는 가라앉지 않았다. 허리를 숙여서 남자의 벨트와 옷깃을 잡고 번쩍 들어 올려 가방을 던지듯 모닥불 속으로 던져 버렸다. 남자를 모닥불에 던졌을 때, 위장복을 입은 또 다른 남자가 모닥불을 훌쩍 건너뛰어 미처 자세를 바로잡지 못한 잉푸의 정면에 착지했다. 그는 오른손으로 칼을 휘둘러 잉푸의 복부를 찌르려 했다.

"칼이다!"

지아뿌가 놀라서 외쳤을 때, 잉푸는 몸을 수그리고 재빨리 오른손을 뻗어서 남자의 손목을 잡았다. 그러고는 곧장 남자의 오른팔을 꼼짝 못 하게 힘을 주었다. 칼이 땅에 떨어지자 잉푸는 쪼그리고 앉으면서 몸을 돌려 남자의 어깨를 꺾었다. 남자가 고통스러워하며 얼굴을 찡그리자, 이번에는 몸을 일으켜서 다리 방향을 바꾸어 남자를 모닥불 속으로 걷어찼다.

"빨리 경찰 불러!"

지아뿌는 황급히 둘째 아들에게 소리쳤다. 할리데이비슨을 탄 중년 남자가 달려와 잉푸 앞에 섰다.

"당신들 미쳤어? 술 몇 잔 마셨다고 이게 무슨 난리야!"

지아뿌가 경찰을 부르라고 하자, 가쯔는 시먼췌이쉬에를 잠시 쳐다보았다.

"됐어요. 술을 너무 많이 마셔서 지나치게 흥분했을 뿐이에요. 오해예요."

시먼췌이쉬에가 앞으로 나와 지아뿌의 오른손을 잡았다. 지아뿌가 잉푸에게 시선을 돌리자 잉푸는 고개를 저으며 나란히 앉아 있는 가쯔와 학생풍의 젊은이에게 다가갔다.

"나한테 원한이라도 있나?"

그는 고개를 들고 있는 가쯔를 내려다보았다.

"네, 있어요."

가쯔는 차갑게 고개를 끄덕였다.

"내가 자네 집에 불을 질렀나, 아내를 빼앗았나?"

잉푸는 날카로운 눈빛으로 물었다.

"당신네 '동방몽도' 강제 퇴거 때문에 형이 감옥에 갇혔어요."

잉푸가 눈을 번쩍 떴다.

"감옥에 간 놈들은 다들 너보다 강해. 바보 같은 놈! 네 보스한테 말해, 나를 죽일 수 있는 놈을 보내라고!"

그는 싸늘하게 미소 지으며 양손을 등 뒤로 깍지 낀 채 가쯔를 쳐다보았다.

"기다려라. 네놈이 원하는 대로 될 테니까!"

가쯔도 냉소를 띠고 왕냥을 붙잡고 일어섰다.

"갈 거야? 잠깐 놀다 가지 그래?"

잉푸는 왕냥을 붙잡고 마당의 문으로 들어가려는 가쯔를 보면서 가볍게 손뼉을 치며 말했다.

"당신하고 놀 생각 없어요. 하지만 당신 뜻대로는 되지 않을 거야."

잉푸에게 등을 돌린 채 가쯔는 멈춰 서서 말했다.

"어떻게 할 건데? 당신은 지금까지 쭉 이 살인 게임을 해왔지. 실패했으면 그에 상응하는 각오를 해야지."

"무슨 각오?"

"모닥불 위에 앉아! 엉덩이에 묻은 똥이나 말려!"

"빌어먹을 자식!"

잉푸가 눈을 가늘게 뜨고 가쯔의 엉덩이를 노려보며 다시 말했다.

"난 쌀 똥도 없어진 지 오래야. 공무원 노릇 관둔 후에 목숨 걸고 창업한 건 존엄을 위해서였어. 돈 좀 벌었더니 인민의 적이 됐지. 너희 보스는 나를 죽이려고 여러 번 시도했어. 비둘기가 까치집을 빼앗듯 힘으로 내 것을 빼앗으려고 한 거야. 너희 보스를 피해 이 산기슭에 숨었는데 네 놈의 칼을 들고 날아오다니. 네 비루한 목숨 따위는 취할 가치조차 없어. 잘 들어라, 이 번개가 증언해 줄 거야. 오늘 밤, 네 엉덩이에다 불맛을 보여주지 못한다면 네 다리라도 꺾어버릴 테다."

"셋!"

잉푸는 왼손을 밤하늘에 높이 들고 세 손가락을 세웠다.

"둘!"

둘을 셀 때 가쯔가 왕냥을 밀어내고 모닥불을 향해 걸어갔다.

"이 멍청한 새끼야!"

왕냥은 미친 듯이 달려와 팔을 휘둘러 잉푸의 따귀를 때리려고 했다. 잉푸는 보지도 않고 손을 뻗어서 공중에 있는 그녀의 손목을 잡았다. 왕냥은 몸부림치며 잉푸에게서 손을 빼내고 옆에 있는 예나를 쳐다보았다.

"찰싹!"

뺨을 때리는 강퍅한 소리와 함께 예나가 손으로 얼굴을 가리고 엉엉 울기 시작했다.

"잘했어, 자초한 일이야. 이게 바로 당신의 생태사회지!"

냉정하게 옆에서 지켜보던 리사가 손뼉을 쳤다.

예나에게 손찌검하고서 왕냥은 조용히 불 속에 앉아 있는 가쯔를 보며 슬픈 목소리로 그를 불렀다.

"가쯔 오빠!"

그녀는 즉시 모닥불로 달려가 가쯔 옆에 털썩 주저앉았다.

"넌 그냥 돌아갈 수 있다고 생각했나?"

학생처럼 보이는 청년이 살그머니 움직이는 것을 보고 잉푸가 냉정하게 말했다.

"잊지 마라! 난 너의 채권자야. 네 목숨의 절반은 내 거다!"

청년은 고개를 들어 잉푸를 차갑게 쳐다보았다.

"빚은 갚겠습니다. 하지만 목숨까지 빼앗겠다면 대가를 치러야죠."

"무슨 대가?"

"엉덩이에 똥이 가득 차는 대가!"

"너의 엉덩이는 이미 똥으로 가득 차 있지 않나?"

"그래, 맞아. 회사를 일으켜서 성공하면 아무리 돼지라도 하늘을 날 수 있지. 바람이 멈추면 다시 돼지우리로 되돌아오는 거고. 똥 무더기 속에서 굴러다니는 거야."

"당신 같은 돼지는 어차피 도살장 행이라고!"

"그것도 맞아. 칼은 너희 손에 있지. 돼지가 살찌는 날, 그날이 칼을 쓸 때야. 하지만 한 가지 잊었군. 돼지도 굶주리면 사람을 문다는 사실! 지금 네가 먼저 맛을 봐야겠는걸."

"뭐라고?"

"모닥불에 앉아!"

"하나!"

잉푸가 수를 다 세고 나자, 피부가 하얀 청년은 돌아서서 모닥불로 걸어가고 있었다. 불길은 이미 약해졌지만, 왕냥 옆에 앉으려는데 여전히 뜨거웠다. 그는 이를 악물고 앉았다.

"무슨 원한이 있기에 여기까지 쫓아와 사람을 죽이려고 하는지."

중년 남자는 잉푸의 뒤를 따라 안뜰로 들어가는 예나의 뒷모습을 바라보며 말했다. 그러고는 모닥불에서 사람들을 끌어내는 지아뿌와 그의 둘째 아들을 어서 도와주라고 라이더들에게 손짓했다. 밤하늘에 옷과 털과 피부가 타는 냄새가 잠시 머물다가 이내 사라졌다.

'부릉, 부릉' 오토바이의 굉음이 하늘의 천둥소리에 섞여 울려 퍼졌다. 바이크 행렬의 붉은 후미등이 어둠 속으로 사라졌을 때, 지아뿌는 마지막 할리데이비슨에 도죠가 뤄줴의 허리를 감싸 안고 그의 넓은 등에 뺨을 꼭 대고 있는 모습을 보았다.

그는 둘째 아들에게 시먼췌이쉐이를 집으로 데려가라고 말했다. 집으로 돌아가 보니 왕냥이 가쯔를 자기 방으로 데려가는 중이었다. 그리고 뒤돌아보니 예나가 잉푸에게 기대어 그의 방으로 따라 들어가려고 했다.

지아뿌가 고개를 저으며 자기 방으로 돌아가려는데, 위층에서 리사가 소리쳤다.

"예나, 돌아와. 그 방이 아니야!"

"아니, 나는 제대로 왔어요."

문틈 사이로 예나의 목소리가 들리자, 리사의 머위에 있는 불빛이 갑자기 어두워졌다.

"아저씨는 네 먹이사슬에 있는 거니?"

불빛 아래에서 리사의 얼굴에 흐르는 눈물은 흰색 배에서 스며 나오는 과즙 같았다.

"맞아요."

"나는?"

리사의 손이 떨렸다.

"없어요."

"부끄러움도 모르는 사람이군!"

리사는 허리에 양손을 대고 잉푸의 문을 향해 소리쳤다.

"아니요, 내 먹이사슬에 염치라는 단어는 없어요."

"망할 놈! 잘 자, 귀여운 여동생아! 너의 퀴어라도 안고 자. 좋은 꿈 꾸고."

리사는 몸을 돌리고는 오른발을 들어서 문을 힘껏 걷어찼다.

13

2013. 05. 16. 오전 5:00

지아추어가 7,900미터에 위치한 2호 캠프의 텐트 전실에서 물을 끓이고 있을 때, 시먼췌이쉬에가 눈을 떴다.

어제 오후, 일행은 노스콜에서 나팔효과지구에 올라갔지만, 그는 줄곧 지아추어에게서 눈을 떼지 않았다. 7,028미터 높이의 노스콜 1호 캠프에서 루어뿌는 텐트 한 동에 손님 두 명이라고 결정했다. 첫째, 산 위에는 텐트를 설치할 만한 평평한 장소가 적고, 둘째, 텐트를 운반하고 설치하는 데 많은 수고가 들기 때문이다. 하지만 가장 중요한 이유는 고산병으로 텐트에서 죽더라도 혼자일 경우 아무도 알 수 없기 때문이다.

가이드들은 비좁은데도 텐트 하나로 서너 명이 밤을 지새우는 경우가 많다. 또 매년 등반팀에는 반드시 여성 손님이 있는데, 여성이 두 명이면 당연히 두 사람이 텐트를 같이 쓴다. 만약 여자 손님이 한 명이라면 남자 손님이나 가이드와 텐트를 함께 사용해야 한다.

올해 등반팀에 여성 손님은 예나뿐이었다. 그녀는 노스콜에 도착하자마자 아이젠을 벗고 잉푸의 텐트로 들어갔다. 2호 캠프에 올라간 지아추어는 잉푸와 예나의 텐트 바로 옆에 텐트를 쳤다.

"야, 왜 우리 텐트에 들어왔어?"

지아추어는 7,800미터에 이르렀을 때 예나의 가이드를 잉푸, 예나와 동행하게 했고, 그와 쌍빠(桑巴)는 서둘러 2호 캠프로 향했다. 도착하자마자 그들은 곧장 평탄한 경사면으로 가서 배낭을 내려놓았다. 그 경사면은 약 2제곱미터의 바위였다.

두 시간 뒤 잉푸와 예나가 올라갔을 때, 뜨거운 해초 수프가 이미 마실 수 있도록 준비되어 그들을 기다리고 있었다. 지아추어와 쌍빠의 텐트 전실은 잉푸와 예나의 주방이었다. 물을 끓이고 국수를 삶는 것은 모두 그곳에서 하고, 음식을 다 만들면 잉푸와 예나의 텐트로 가져갔다. 물을 몇 잔 끓이고 나니 눈이 모자랐다.

노스콜을 떠날 때는 눈만 쌓인 경사면을 올라갔지만, 7,500미터를 넘으면 눈 덩어리를 찾기가 힘들어진다. 바람이 세고 경사가 가파르기 때문이다. 쌍빠가 비닐봉지를 품에 넣고 눈을 찾으러 밖으로 나가려고 하는데 시먼췌이쉬에가 기어들어 왔다.

"형, 나한테는 가이드가 없어. 피곤해서 그러는데 오늘 밤 여기서 물 좀 마시게 해줄래?"

시먼췌이쉬에는 피곤해서 눈도 뜨지 못했다. 스노우 고글을 벗어서 텐트 구석에 던져놓자마자 몸의 절반을 텐트 안으로 밀어 넣고 엎드려서 꼼짝도 하지 않았다.

"이봐! 아이젠 벗어야지!"

지아추어는 그의 다리가 텐트 밖으로 나가 있는 것을 보고 조금만 움직여도 아이젠으로 텐트가 찢어질까 걱정되어 다급하게 소리쳤다. 그래도 소용없자, 지아추어는 밖으로 나가서 시먼췌이쉬에의 신발에서 아이젠을 벗겨냈다. 바로 이때다 싶어 시먼췌이쉬에가 냉큼 텐트 안으로 들어갔다.

올해 시먼췌이쉬에가 어택캠프에 올라가는 것을 루어뿌가 동의한 이유는 내년의 손님을 생각했기 때문이다. 만약 올해 시먼췌이쉬에가 잘 해내면 내년에는 등반팀에 합류하도록 허락할 셈이었다. 놀랍게도 올해 그가 전국에서 열한 명의 등산객을 모았다.

시먼췌이쉬에는 7,500미터 경사면의 밧줄에 카라비너를 걸면서 자신과 잉푸, 예나와의 체력 차이를 실감했다. 잉푸와 예나는 세 명의 가이드가 동행하여 침낭과 물을 직접 들고 갈 필요가 없었다. 그들은 노스콜을 떠나자마자 산소를 흡입하기 시작했다.

그는 산소를 마시긴 했지만 지쳐서 한 발짝도 움직이지 못했다. 도중에 계속 자신과 싸우며 몇 번이나 돌아서서 내려갈까 생각했다. 설상가상으로 두통으로 머리가 터질 듯했고 기침이 심해서 멈추지 않았다. 고산병으로 인한 기침이었다. 조금만 더 심해지면 폐부종이 될지 모른다.

내려가면 안 된다. 저기에 올라가야 한다. 인생에 단 한 번뿐인 기회다. 마음속으로 끊임없이 중얼거리며 시먼췌이쉬에는 마침내 올라왔다. 지금 그는 지아추어가 물 끓이는 소리를 들으면서 계산하고 있었다.

20분도 채 지나지 않아 지아추어는 쌍빠를 불렀다.

"쌍빠, 불 좀 봐줘요. 물이 끓으면 저 사람들 보온병에 넣어 주세요. 나는 눈을 좀 더 찾아야 하는 데 가는 김에 예나 씨 가이드를 깨워야겠어요. 오늘은 일찍 나가야 해요."

쌍빠는 물을 끓이면서 아무 대답도 하지 않았다. 그는 물이 끓어 넘치지 않도록 냄비 뚜껑을 조심스럽게 걸쳐 놓았다. 그는 말수가 적은 티베트 청년으로, 다른 가이드들과 마찬가지로 시먼췌이쉬에를 싫어했다. 티베트 남자들은 그의 여자 같은 태도를 좋아하지 않았고, 그의 독설도 싫어했다.

"자, 내가 눈 담는 걸 도와줄 테니 불 좀 봐줘요."

쌍빠가 텐트에서 나와 눈을 자루에 담을 때 시먼췌이쉬에는 절호의 기회를 잡았다. 잉푸의 보온병 두 개 중 하나는 은회색, 다른 하나는 하늘색이었고, 예나의 보온병은 짙은 빨강이었다. 눈을 감고 외부의 소리에 귀를 기울이며 시먼췌이쉬에는 다운 재킷 안주머니에서 청년이 건네준 작은 병을 꺼내어 뚜껑을 열어놓은 세 개의 보온병에 차례로 가루를 넣었다. 그의 심장은 폭발할 듯이 빠르게 뛰고 있었다. 하지만 그의 오른손은 전혀 떨지 않았다. 며칠 동안 그는 잉푸와 예나가 보온병 세 개를 함께 쓰면서 물을 마신다는 사실을 알아챘다.

"쾅!"

그가 첫 번째 병에 가루를 부었을 때 먼 산에서 천둥소리가 울려 퍼졌다. 그는 눈을 감고 중얼거렸다.

"천벌이다."

두 번째 병뚜껑을 열자 갑자기 돌풍이 몰아쳐 텐트가 흔들리고 야크가 날뛰는 것 같았다.

"하늘을 대신해 처벌한다."

보온병 입구를 향해 그런 말도 퍼부었다.

"착착착!"

세 번째 보온병 뚜껑을 닫자 아직 닫히지 않은 텐트 입구가 손바닥이 빨갛게 달아오를 만큼 크게 손뼉을 치는 사람처럼 요란한 소리를 냈다.

"공을 세워서 이름을 떨치고야 말겠다."

보온병 세 개를 나란히 놓고 그는 침낭에 누웠다. 손을 들어 귀에 대면서 텐트 천장을 향해 경례했다.

'회생할 수 있는 돈을 손에 넣었다. 아니다. 단순한 돈이 아니라 원한과 고통이다.'

시먼췌이쉬에는 잉푸가 산에서 죽기를 간절히 바랐다. 그 이유는 잉푸가 고용주였기 때문이다. 그는 많은 고용주를 위해 일했었다. 고용주가 남자라면 독선적인 태도와 미녀에 둘러싸여 있는 모습을 싫어했다. 여자라면 이해하기 힘든 행동과 속을 감추는 조심스러움, 보석이 넘쳐나는데도 남에게는 인색한 태도를 증오했다.

'한 가지 일만 더 해치우면 산에서 내려간다. 그 후의 나는 주인 나리가 되는 거다. 이제 가난과 이별하는 거다.'

그런 생각이 떠오르자, 시먼췌이쉬에의 얼굴에 미소가 가득 떠올랐다.

쌍빠가 냄비에 눈을 담고 있을 때 지아추어가 돌아왔다. 지아추어는 뜨거운 물이 가득 든 보온병 세 개를 들고 뚜껑을 하나하나 더 확실하게 달았다.

"쌍빠, 물은 한 번만 더 끓이면 충분해요. 우리 셋은 중간에 한 병만 마시면 돼."

지아추어의 말은 일리가 있었다. 첫째, 7,900미터 고지의 2호 캠프에서 8,400미터에 있는 어택캠프까지 가는 길은 별로 길지 않아서 체력 소모가 적다. 둘째, 세 명의 가이드가 고객의 짐을 짊어지고 다니기 때문에 물 두 병을 줄이면 짐도 2킬로그램 줄어들기 때문이다.

"아, 아니다. 형, 나한테도 한 병 끓여줄래요?"

시먼췌이쉬에는 자기 보온병을 쌍빠에게 건네주었다.

"수고했어요. 나는 좀 더 잘게요."

시먼췌이쉬에는 그렇게 말하고는 다시 침낭 속으로 돌아갔다.

"또 자는 거야? 나중에 다 같이 어택캠프에 올라가는 거 아니었어?"

지아추어는 고개도 돌리지 않고 물었다.

"포기했어. 이젠 졌어. 날이 밝으면 나는 내려갈 거야."

시먼췌이쉬에가 방풍모로 머리를 꽁꽁 싸매자, 바깥소리가 들리지 않았다. 지아추어와 쌍빠가 텐트를 떠나자마자, 시먼췌이쉬에는 바로 일어나서 배낭을 챙겼다. 얼굴을 내밀고 주위를 둘러보며 텐트에서 기어 나왔다. 한 손에는 피켈을 들고, 다른 한 손에는 아이젠을 든 채 캠프에서 40미터 정도의 경사면 아래를 걸어서 동유럽 캠프 가이드의 텐트 안으로 들어갔다.

오전 식사 후, 딴쩡이 중국 팀에 철수 명령을 내렸을 때였다. 누군가가 시먼췌이쉬에가 이른 오전에 내려갔고, 오늘 중으로 베이스캠프로 내려갈 예정이라고 보고했다.

오전 9시, 마지막까지 버티고 있던 동유럽 팀도 캠프에서 철수했다. 가이드는 시먼췌이쉬에를 위해 텐트 지퍼를 확실하게 잠근 다음 그가 준 500달러를 주머니에 넣고 기쁜 마음으로 배낭을 짊어졌다.

캠프가 텅 비었다. 눈보라가 유일한 주인이 되어 안도하듯이 헛기침하기 시작했다. 한 시간 정도 지나 시먼췌이쉬에가 다시 가이드의 텐트에서 기어 나와 허리를 굽히고 오른쪽 계곡에서 불어오는 눈보라를 거슬러 비틀거리며 지아추어의 텐트로 돌아왔다. 그는 다시 털썩 텐트 안에 쓰러졌다. 한참을 엎드려 있다가 겨우 힘을 내서 발을 들여놓았다. 텐트 지퍼를 잠그고 침낭에 들어가 잠시 산소를 들이마신 후 다시 꼼짝도 하지 않았다. 정오에 출발하기 위해서는 그 산소에 의존해야 하기 때문이다.

베이스캠프에서 시먼췌이쉬에는 가이드와 거래했다. 7,028미터 노스콜에서 중국 팀이 돔 텐트에 모여 티엔차를 마실 때 가이드에게 몰래 자신의 침낭에 산소 한 병을 넣어 달라고 부탁했다. 노스콜에서 2호 캠프로 올라갈 때 시먼췌이쉬에는 그것에 의지해서 7,500m 경사면을 넘었다.

오후 5시. 그는 빈손으로 돌아온 도둑처럼 8,100미터에서 텐트로 도망쳐 내려와 낙담한 채 침낭 속에 숨어들었다. 딴쩡의 대원이 이탈리아인을 구조해서 텐트로 데려와 그를 발견할 때까지 계속 침낭 속에 있었다.

2013. 05. 18. 오전 10:20

시먼췌이쉬에를 발견했을 때 딴쩡과 지아추어는 하늘을 올려다보았다. 오전에 출발한 후 딴쩡과 지아추어는 멈추지 않고 두 시간 반 만에 어택 캠프에 도착했다.

"루어뿌, 저 녀석이 이렇게 빨리 다녀왔을 리가 없어요. 그냥 내려온 게 아닐까요?"

"딴쩡, 그럴 리가 없어. 나는 진짜로 노스콜에 있는 거라고!"

무전기 너머로 들리는 딴쩡의 다급한 목소리에 루어뿌는 눈살을 찌푸렸다.

"루어뿌, 어젯밤 시먼췌이쉬에와 접촉한 대원에게 물어보세요."

에리히가 눈을 가늘게 뜨고 오른손으로 턱을 쓰다듬었다.

"대장님, 그 녀석은 어젯밤 침낭 안에서 몰래 게임기를 가지고 놀았어요."

쑤어뚜어는 철수하는 도중에 멈춰 서서 눈보라 속에서 무전기를 향해 소리쳤다.

"게임기? 어떤 모양인데?"

에리히의 눈이 갑자기 커졌다.

"잠깐 들여다봤는데, 영어로 '헌터'라는 단어밖에 못 봤어요."

"큰일 났다. 그 녀석, 앤드류 어빙을 찾으러 간 거야!"

에리히가 외쳤다. 루어뿌가 눈을 깜빡거리자 에리히가 고개를 저었다.

"루어뿌, 그건 '바운티 헌터(Bounty Hunter)'라는 금속 탐지기라고!"

루어뿌는 입술을 떨며 무전기를 움켜쥐었다.

"딴쩡, 빨리 내려와. 8,100미터쯤 도착하면 북벽을 가로질러 가!"

딴쩡과 지아추어는 조지 말로리가 있는 위치를 알기 때문에 한 시간도 지나지 않아 시먼췌이쉬에를 발견했다. 시먼췌이쉬에는 온몸이 눈으로 뒤덮인 채 바위에 기대어 있었는데, 마치 바위에서 자란 돌처럼 꼼짝도 하지 않았다. 고개를 반쯤 숙이고 발밑에 보이는 북벽에서 만장의 심연으로 뛰어내려야 할지 고민하는 듯이 보였다.

"죽었어!"

지아추어는 시먼췌이쉬에 앞에 서서 딴쩡을 돌아보며 소리쳤다. 딴쩡은 눈보라가 몹시 강하고 산소마스크를 쓰고 있어서 지아추어의 말을 알아듣지 못했다. 지아추어는 천천히 딴쩡에게 다가가 몸짓으로 설명했다. 그는 두 손을 모아서 오른쪽 뺨 밑에 비스듬히 대면서 죽은 시늉을 했다. 그러나 딴쩡은 지아추어 곁을 돌더니 몸을 수그리고서 새하얀 등을 가만히 쳐다보았다.

"말로리야!"

고개를 들면서 가까이 다가온 지아추어에게 소리쳤다. 지아추어가 합장하자 그는 지아추어의 등을 두드렸다. 이내 몸을 바로 하고 90년 가까이 잠들어 있는 영웅을 향해 깊이 허리를 숙여 인사를 올렸다.

지아추어도 예를 갖춘 후 시먼췌이쉬에게로 돌아갔다. 딴쩡도 다시 돌아와 두꺼운 방풍 장갑을 벗고, 시먼췌이쉬에의 스노우 고글을 벗겼다. 그리고 양손으로 시먼췌이쉬에의 눈꺼풀을 올렸다.

"아직 안 죽었어! 빨리 산소를!"

그가 지아추어에게 신호를 보냈을 때, 지아추어는 이미 그 자리에서 시먼췌이쉬에의 산소마스크를 턱까지 내리고, 자기 배낭을 발 앞에 내려놓았다. 그는 자신의 산소마스크를 시먼췌이쉬에의 얼굴에 직접 대주고 산소 흐름을 4로 바꾸었다. 시먼췌이쉬에는 막 몸이 따뜻해지려 할 때, 갑자기 하늘이 눈부시게 빛난다고 느꼈다. 귀에서는 천둥소리가 일제히 울리기 시작하더니 장엄한 베토벤 9번 교향곡 '운명'의 대합창이 천지를 뒤덮는 듯이 울려 퍼졌다.

"아직 죽지 않았어!"

시먼췌이쉬에 머리 위에서 누군가가 말하는 소리가 들렸다.

'아직 죽지 않았다는 게 누구지? 옆에 있는 말로리인가? 내가 아무리 애를 써도 찾지 못한 어빙을 말하는 것일까? 아니면 위에서 죽어가고 있는 그 녀석인가?'

'산소?'

그 세 사람 중에서 누가 나한테 산소를 달라고 하는 말인가?

'안 돼! 절대 안 돼! 그 산소는, 오직 나만의 것이다. 나는 살아야 한다.'

살아야 한다는 생각이 떠오르자, 시먼췌이쉬에는 산소를 깊게 들이마시기 시작했다. 관음보살의 감로처럼 산소가 입안으로 빨려 들어오자, 그는 눈을 떴다. 두 개의 얼굴 없는 괴물이 보였다. 그것들은 좌우에서 그를 지탱하며 일으켜 세웠다. 그는 겁에 질려 저항하려 했으나 소용없었다. 저주의 마법에 걸린 듯 그의 다리는 자기도 모르게 저절로 움직이기 시작했다.

'가자, 비록 지옥일지라도. 빨리 지옥에 가면 그만큼 빨리 환생할 수 있겠지. 다시 이 세상으로 돌아오면 더 이상 하층민으로 살지 않을 테다. 잉푸처럼 살면서 부처든 귀신이든 다 없애버릴 테다.'

시먼췌이쉬에를 안고 내려가자, 딴쩡의 무전기가 울렸다.

"딴쩡, 서둘러. 그 녀석 쉬게 하지 말고 끌고 내려와. 스콜라인이 다가오고 있어. 늦으면 2호 캠프에 도착할 수 없어."

딴쩡은 무전기에서 루어뿌의 조급함을 느꼈다.

"방금 노스콜에서 또다시 눈사태가 발생했습니다."

"너희는? 우리 대원들은 어떻게 됐지?"

딴쩡은 힘차게 포효했다. 그의 손에 끌려오던 시먼췌이쉬에가 깜짝 놀라며 앞으로 다가왔다.

"모두 눈에 묻혔어. 일곱 명, 런메이(仁美) 팀이야."

"빨리 파내야 해!"

딴쩡은 두 발로 땅을 쿵쿵 굴렸다.

"옆에서 얼음 골목 루트 공사를 하던 네 명이 벌써 서둘러 내려갔고, 전진캠프도 전원 서둘러서 위로 올라가고 있어."

"나도 서둘러야겠어!"

시먼췌이쉬에를 단단히 붙잡고 있던 딴쩡의 오른손이 느슨해졌다. 그러자 시먼췌이쉬에의 몸 한쪽이 축 늘어졌다.

"안 돼! 네 임무는 지아추어와 함께 시먼췌이쉬에를 살려서 하산시키는 거야. 구조는 네가 할 일이 아니라고. 그쪽에서 더 이상 문제를 일으키지 않아야 밑에서도 구조에 집중할 수 있단 말이야, 알겠지?"

루어뿌는 엄격한 말투로 경고한 뒤 무전을 끊었다.

"빨리 걸어! 이 역귀야!"

딴쩡은 다시 시먼췌이쉬에 겨드랑이 밑에 손을 집어넣어서 단단히 받친 다음 오른발은 높게 왼발은 낮게 하고 걸으면서 시먼췌이쉬에의 귀에 대고 소리쳤다. 지아추어도 시먼췌이쉬에 겨드랑이에 손을 넣어 지탱하고, 마찬가지로 오른발은 높게 왼발은 낮게 한 상태로 바위 경사면을 걸었다. 산 정상에서 몇 번이나 번개가 쳐서 산골짜기 전체를 비추어 모든 것이 보이기는 했으나 마치 흰 비단 스카프를 씌운 듯해서 분명하게는 보이지 않았다.

지아추어는 노스콜에서 또다시 눈사태가 발생했다는 소식을 듣고 8,750미터 높이의 서드 스텝을 올려다보았지만, 그의 눈은 짙은 눈과 안개 너머까지는 볼 수 없었다. 뒤에서 번개가 번쩍거릴 때 그는 두리번거리며 잉푸를 찾으려고 사방을 돌아보았다. 그때 잉푸가 일어서서 손을 흔드는 모습이 희미하게 보였다.

바로 그 순간, 귀가 찢어질 듯한 천둥소리가 천지에 울려 퍼졌다. 신기하게도 지아추어는 천둥소리와 함께 도움을 요청하는 루어뿌의 날카로운 비명을 들었다.

"여기요! 구해 주세요!"

14

2013. 05. 18. 오전 11:15

노스콜에서 눈사태가 다시 발생한 것은 2013년 5월 18일 오전 11시 15분이었다. 새벽의 눈사태는 눈처마의 구조를 파괴했다. 중앙부에서 얼음덩어리가 떨어진 뒤에는 마치 앞니가 부러지면 부러진 것의 양쪽 이빨이 씹는 힘을 견디지 못하게 되는 것과 같은 이치였다. 무너져 내린 눈은 거칠 것 없이 쏟아져 내려 바다까지 메울 듯한 기세로 눈처마에 쌓였다. 폭풍도 가만히 있지 않았다. 눈으로 한 겹 한 겹, 층이 다져지면서 얼음덩어리가 흔들렸다.

그날은 산신이 침을 뱉은 날이었는지도 모른다. 마침내 산신도 인내심이 바닥나 노스콜 평지 부근에서 야크의 갈비뼈 같은 길이 약 50미터의 얼음층이 고삐를 뿌리친 말처럼 200미터 아래 경사면을 박살 낸 것이다. 그렇게 쌓인 눈은 높은 파도를 일으키듯 하늘 높이 튀어 올라 공중으로 솟구쳤다. 그러고는 순식간에 떨어진 곳이 지그재그로 난 노스콜의 상행 루트 경사면의 허리 부분이었다.

새벽녘에 파괴되어 가뜩이나 무너져 내리기 쉬운 설층은 산신이 더 처참하게 짓밟아 놓은 듯했다. 새로 쌓인 분설은 그리 두껍지 않았지만, 일단 무너져 내리면 금이 가고 날카로운 각빙과 함께 휘몰아치면서 점점 속도와 무게를 더하여 산을 밀어내고 바다를 뒤집어엎을 만한 기세로 6,800미터 아래에 있는 루트 공작팀을 덮칠 것이다.

천둥과 번개가 지나간 후, 마침내 설층의 미끄러짐도 멈췄다. 한동안 불어오던 바람도 그쳤다. 이따금 눈안개가 떠돌아 하늘이 밝아지기도 하고 어두워지기도 했다. 지옥 같은 고요한 속에서 세상 만물이 기진맥진한 듯 보였다. 그림자도 없고, 무전기 소리도 들리지 않는다. 끝없이 제멋대로 움직이는 아이스폴, 눈의 제방이 순식간에 6,800미터 경사면에 나타났다.

루트 공작팀이 두 조로 나뉘어 출발한 시각은 5월 18일 오전 9시였다. 출발이 이렇게 늦어진 이유는 루트 개척에 필요한 충분한 로프와 아이스 스크루를 확보해야 했기 때문이다.

매년 봄철 등반 시즌이 되면 루어뿌는 루트 공작팀을 꾸려서 6,600미터의 경사면에서 임시로 로프를 설치한다. 그 밧줄에 의지해서 500마리의 야크와 160명의 야크 몰이꾼이 베이스캠프에서 전진캠프(어드벤스드)까지 장비와 식량을 운반하는데, 등반 시즌 동안 루어뿌는 60명의 가이드와 50명의 조수를 이끌고 8,400미터에 달하는 어택캠프의 각 텐트까지 짐을 하나하나 짊어지고 올라가야 한다. 등반 시즌 동안 한 사람이 짊어지는 무게는 1인당 평균 350킬로그램에 달한다. 산소만 해도 300통이 넘는다.

야크가 물자를 전진캠프까지 운반할 때는 등에 짐을 지고 발굽으로 얼음과 눈 위를 걷는다. 대원들도 물자를 짊어지고 얼음과 눈을 밟으며 걷는데 손은 반드시 밧줄을 잡고 걸어야 한다. 새벽의 눈사태는 무자비하게도 6,600미터에서 6,800미터에 이르는 갈지자형으로 된 상행 루트의 로프를 흔적도 없이 쓸어버렸다. 다시 설치하려면 1,000미터의 로프가 필요했다. 옆에 있는 초모랑마 얼음 골목에서 위쪽으로 비상 루트를 열어도 최소 800미터의 로프가 필요했다. 그와 별도로 노스콜의 지그재그 루트에 로프를 깔기 위해서는 새로운 아이스 스크루가 있어야 한다. 또한 초모랑마 얼음 골목을 오르는 루트에서는 아이스 스크루를 사용해야 한다.

루어뿌는 전진캠프 대원들에게 예비 로프와 아이스 스크루를 모두 꺼내 달라고 부탁했고, 에리히 대장은 베이스캠프에 있는 외국팀 리더들에게 차례로 무전을 쳐서 도움을 요청했다. 각 팀의 리더들은 루어뿌의 대원들이 자신의 전진캠프에서 로프와 아이스 스크루를 찾을 수 있도록 허락했다. 분주하게 움직이다 보니 어느덧 9시가 되었고, 루트 개척대가 출발했다. 아이젠 창고에 도착한 루트 개척대 부대장 왕뚜어는 대원 런메이가 자물쇠를 열고 아이젠을 꺼내는 모습을 보더니 입을 열었다.

"런메이, 나는 세 명을 데리고 얼음 골목 루트를 정비하러 갈게. 너는 여섯 명과 함께 노스콜 루트를 보수해 줘. 조심하고, 실수하면 안 돼."

런메이는 아직 서른세 살 전이고, 왕뚜어를 따라 3년 동안 등산 루트를 보수해 왔다. 하지만 이번에는 처음으로 팀을 이끌게 되어 가슴에 돌을 얹은 듯 마음이 무거웠다.

"조심해야 할 사람이 누군가요? 엊그제 누가 내 주의를 무시하고 꾸중하셨더라?"

런메이는 손을 떨면서 아이젠을 등산화에 채우며 중얼거렸다. 그저께 루트 개척대가 임무를 마치고 전진캠프로 돌아와 6,800미터 높이까지 내려왔을 때 그는 이상한 느낌이 들었다. 문득 눈처마를 올려다보니 전체적으로 아주 조금 앞으로 밀려 나와 멈춘 듯했고, 그러면서 분명하게 무거운 한숨을 쉬는 듯한 소리가 들렸다.

"빨리 가! 눈처마가 무너질 거야!"

그는 크게 소리쳤다. 그 앞에서 내려가고 있던 왕뚜어가 깜짝 놀라 멈춰 섰다. 고개를 돌려보니 눈처마는 꿈쩍도 하지 않은 상태였다.

"뭔 소란이야? 제정신이야? 여기를 몇 년이나 지나다녔는데, 무너진 걸 누가 봤다는 거야?"

산에 오면 선배의 말을 거역하지 못한다. 런메이는 왕뚜어의 뒤에 바짝 붙어서 6,600미터까지 내려왔다.

"너 이제 제 몫을 하는구나, 나랑 겨뤄보겠다는 건가? 좋아, 실력이 있다면, 오늘 나보다 더 빨리 수리해 봐. 나보다 한 발짝 먼저 노스콜까지 루트를 통과해 보라고."

왕뚜어의 얼굴이 얼어붙었다.

"말도 안 돼요, 스승님한테 어떻게…. 전 그냥 안전하게 빨리 가고 싶을 뿐입니다. 스승님과 경쟁이라니요."

런메이는 아이젠을 착용하고 보온병에 버터차를 따른 다음 양손으로 조심스럽게 들고 왕뚜어 앞으로 다가갔다.

"오늘 우리는 누구든 먼저 빨리 올라가야 해. 사람 목숨이 걸려있다고."

왕뚜어는 버터차를 받아 한 모금 마시며 침울한 표정을 지었다. 6,600미터 경사면에 도착하자 왕뚜어와 런메이는 두 그룹으로 나뉘었다. 왕뚜어는 세 사람을 데리고 경사면 왼쪽으로 돌아갔다. 십여 분 후, 얼음 골목 아래쪽 끝을 찾아 밧줄을 고정하기 위해 첫 번째 아이스 스크루를 박았다. 그가 선두에 서고 뒤의 세 사람은 밧줄과 아이스 스크루를 짊어지고 있었다.

런메이는 여섯 명의 젊은 대원들을 데리고 갔는데, 그중 루트 공사를 경험한 사람은 런메이뿐이었다. 오늘은 모두가 말이 없이 가슴을 졸이며 위쪽에 있는 사람들을 걱정했다.

새벽의 눈사태는 얼음과 바위, 얼어붙은 눈을 전부 밀어내 버렸다. 눈사태로 생긴 아이스폴과 제방 등 기괴한 모양의 눈들이 여기저기 층층이 쌓여 있었다. 지그재그 형태의 경사면도 변해 있어서 그저께 철수할 때 사용했던 로프는 흔적도 없이 사라져 버렸다. 이런 루트를 보수하기란 불가능에 가까웠다. 설령 보수할 수 있다고 해도 걸으면서 이동하는 것만으로도 위험했다.

"줄을 연결해!"

운이 나빠서 크레바스나 보이지 않는 도랑에 빠지는 사태를 방지하기 위해 그는 모두에게 밧줄로 연결하라고 명령했다. 차가운 바람이 불어와 눈 표면이 딱딱하게 얼어붙어 있었다. 그러나 그 안쪽 설층은 아직 단단하게 얼지 않아 불안정했다.

런메이는 1미터에 가까운 아이스 스크루를 눈 속에 박을 때마다 젊은 사람을 불러내어 소변을 보게 했다. 소변이 나오지 않자 런메이는 필사적으로 물을 마시라고 했다. 소변을 자주 보았지만 그래도 보수 작업은 늦지 않았다. 두 시간 후, 그들은 6,800미터의 경사면에 다다랐다.

"일동, 제자리에서 휴식! 루트 로프에 연결된 밧줄을 풀어서는 안 됩니다. 큰소리로 대화하는 것도 금지. 방귀도 뀌지 마세요!"

런메이는 모두에게 주의를 환기하면서 루트 로프에 묶인 밧줄을 풀고는 주변을 살펴보기 위해 경사면을 기어 올라갔다. 입을 다물고 천천히 기어가면서 눈처마를 올려다보니 현기증이 났다. 새벽의 눈사태로 눈처마의 원래 각도가 변해 있었다. 둥근 아치의 가장자리는 마치 이빨 빠진 늙은 무녀의 잇몸 같았다. 그 잇몸에 남아 있는 쪼개진 치아처럼 날카롭고 강한 살기를 뿜어내고 있었다.

베이스캠프를 나와서 한 시간쯤 가다가 왼쪽으로 큰 경사면을 오르면 오른쪽은 깎아지른 빙하이고, 왼쪽은 사나운 악귀가 살 것 같은 절벽이다. 이 일대를 지날 때마다 런메이의 심장은 공포에 사로잡혀 빠르게 뛰었다. 오래전, 파드마삼바바(연꽃에서 태어난 부처) 스님이 룽부쓰 사원의 동굴에서 수행할 때 이 지역에서 횡포를 부리던 모든 사악한 요괴를 돌 속에 가둬버렸다는 전설이 전해져 내려오기 때문이다. 오랜 세월이 흐르면서 요괴와 괴물들이 하나둘씩 고개를 내밀고 돌 틈새와 암벽 아래에서 눈살을 찌푸리고 있거나 입을 크게 벌리고 있다. 발소리에 섞여 들려오는 은밀한 이야기가 들리면 런메이는 항상 염불을 크게 외며 발걸음을 재촉한다.

그런데 이상하게도 지금 머리 위에 있는 이 못생긴 눈처마는 괴물이 내밀려고 하는 커다란 혀처럼 보였다. 게다가 그것은 조금 흔들리기 시작했다. 현기증을 느낄 때쯤, 하늘 저편에서 희미한 소리가 들려왔다. 파드마삼바바 스님의 괴물들이 폭주하기 시작한 것이다.

"안 돼!"

런메이가 외치는 순간, 머리 위의 눈처마가 완전히 무너져 내렸다. 천년의 원한을 토해내듯 하늘을 뒤덮은 송곳니가 마침내 참지 못하고 세상을 물어뜯으려는 듯했다.

그는 황급히 뒤돌아서 밑에 있는 동료들에게 빨리 도망치라고 소리치려 했지만, 어느새 하늘을 날고 있는 자신을 발견했다. 눈의 파도에 휘말려 눈안개 속에 내동댕이쳐져서 굴러떨어졌다. 경사면이 심하게 가파르고, 얼음이 굉장히 빠르게 쏟아져 내리고 눈보라가 휘몰아치는 소용돌이 속에서 알고 있는 자구책은 아무 소용이 없었다.

동료들의 머리 위로 날아가서 경사면에 떨어질 때, 이상하게도 그는 동료들이 모두 눈보라 속에서 헤엄치는 광경을 보았다. 한 명 한 명이 작고 노란 미꾸라지처럼 머리와 꼬리를 흔들며 입가에는 미소를 머금고 있었다. 어디로 날아가는 걸까 생각하는 순간, 평소 가장 무서워하던 암벽의 악마가 가래를 뱉어내는 것이 보이는 듯하더니 눈앞이 캄캄해지면서 의식을 잃었다.

6,700미터 높이의 눈처마 앞에서 그는 눈 속에 파묻혔다. 나중에 동료들이 런메이에게 말하기를 그가 머리 위로 날아가는 광경을 보았을 때, 눈의 파도가 그들도 집어삼켰다고 한다. 그때 그들은 경사면에서 물을 마시고 담배를 피우고 있었다. 눈사태를 알아차렸을 때는 이미 일어설 새도 없이 충격파에 휩쓸려 날아갔다. 다행히 서로 밧줄로 연결되어 있었기 때문에 모두 다 같이 굴러떨어질 수 있었다.

새벽에 눈사태가 난 지 얼마 지나지 않아 발생한 두 번째 눈사태라서 적설량이 적었고, 금방 새로 쌓인 눈이어서 습기가 많지 않았다. 다행히 6,700미터의 눈사태 자락 아래로 밀려난 여섯 사람은 아주 얕은 눈 속에 파묻힐 정도였다. 눈사태가 갑자기 멈췄다. 하늘에서 내리는 눈과 눈사태에 휘말린 눈 입자가 여전히 공기 속에 날리는 가운데 동료 중 한 사람이 일어났다.

"세상에, 다 죽었어!"

그는 눈보라 속에 멍하니 서서 울음을 터뜨렸다. 발을 움직이려는데 무언가 허리에 꽉 잡혔다. 허리에 묶인 밧줄이 보였고, 그것을 잡아당기자, 눈 속에서 한 사람이 딸려 나왔다. 동료들은 놀라, 일어서서 서로를 바라보며 조용히 입을 다물고 있었다.

"부처님, 우리는 죽지 않았어요!"

누군가 갑자기 외쳤다.

울음소리 속에서 젊은이들은 다시 비탈길에 주저앉았다.

"런메이는?"

앉은 자리에서 누군가가 외쳤다.

"런메이, 런메이!"

젊은이들은 발버둥을 치며 다시 일어서려 했지만, 두 사람은 똑바로 서지 못했다. 한 명은 오른팔이 부러졌고, 다른 한 명은 왼쪽 다리가 부러졌다. 부상자를 치료할 새도 없이 젊은이들은 서둘러 밧줄을 풀고 울부짖으며 두 손으로 열심히 눈을 파헤쳤다. 경사면 주변, 반경 수백 제곱미터를 파헤쳤다. 어떤 이는 주저앉아 두 손으로 얼굴을 가리고 울음을 터뜨렸다.

"안 돼! 런메이가 죽었어!"

그때는 이미 30분이 지나고 있었다.

"여기는 노스콜, 여기는 노스콜, 빨리 응답하라!"

근처 눈 속에서 희미하게 무전기 소리가 들렸다. 다치지 않은 네 사람은 그 소리를 듣고 미친 듯이 눈을 긁어 파냈다.

"대장님, 런메이가 죽었습니다!"

눈 속에 묻힌 무전기를 발견한 한 대원이 울먹이며 루어뿌에게 보고했다.

두 번째 눈사태가 발생했을 때, 왕뚜어가 이끄는 팀은 초모랑마 얼음 골목의 절반까지 루트를 보수한 상태였다. 굉음을 듣고 그가 오른쪽을 바라보니 눈안개가 피어오르고 있었다. 눈 덮인 능선을 가로막고 있어서 그의 시야에는 노스콜 아래 오르막 루트가 보이지 않았다. 다만 그곳이 눈사태가 지나가는 길이라는 것은 알 수 있었다.

"눈사태야. 가서 봐야겠어!"

그는 즉시 무전기를 꺼내 루어뿌에게 보고하고 세 사람을 데리고 서둘러 내려갔다.

"큰일이다. 모두 묻혔어!"

6,700미터까지 내려가자, 눈사태 현장이 눈에 들어왔다. 가슴을 움켜쥐고 바라보니 눈안개 사이로 창쯔봉의 모습만 희미하게 보였다. 불길한 소식을 들은 루어뿌는 무전기를 테이블에 던지고 돔형 텐트의 투명한 천장을 올려다보며 크게 외쳤다.

"부처님, 지금 주무세요?"

"빨리 가자. 이럴 때 부처님께 기도해봤자 소용없어. 가자!"

옆에 있던 에리히가 방풍모를 쓰고 루어뿌를 힘껏 떠밀었다.

"여기는 노스콜, 여기는 노스콜! 빨리 응답하라!"

장비를 모두 착용한 루어뿌가 왼손에 아이젠을 들고 에리히를 따라 텐트 밖으로 나가려는 찰나, 그 소리를 듣고 오른손으로 얼른 무전기를 집어 들었다.

갑자기 무전기에서 응답이 들리자, 루어뿌는 기뻐서 소리를 질렀다.

"에리히!"

에리히를 부른 직후 불길한 소식이 들려왔다.

"대장님, 런메이가 죽었어요!"

그는 숨이 쉬어지지 않았다. 숨을 멈추고 다시 소리쳤다.

"에리히!"

놀란 에리히가 텐트 안을 들여다보니 루어뿌의 뺨에 눈물이 흐르고 있었다. 그러나 그는 환히 웃으며 세 번째 비명을 질렀다.

"에리히! 모두 살아있어, 죽지 않았어!"

"내가 죽었다고? 누가 그래?"

대원들이 울먹이며 루어뿌에게 런메이의 죽음을 보고할 때 갑자기 머리 위에서 런메이의 목소리가 들렸다. 고개를 들어 보니 런메이가 무너진 눈사태 더미 위에 웃으며 서 있었다.

"대장님, 런메이가 살아있어요. 죽지 않았어요!"

무전기에서 들려오는 기쁨과 놀라움이 뒤섞인 목소리에 루어뿌는 왼손에 들고 있던 아이젠을 땅에 내던지고서 그에게 달려온 에리히의 목을 끌어안고 큰소리로 울음을 터뜨렸다.

눈의 파도가 눈사태 더미에 부딪혔을 때, 순간적으로 런메이는 튀어 오른 각빙과 함께 분리되었다. 격렬한 충돌로 그는 기절했다. 뒤에서 밀려오는 눈의 파도가 그를 덮쳐서 여섯 명의 대원을 묻고 그도 묻었다. 내린지 얼마 안 된 눈이어서 수분이 적고 통기성이 좋았다. 그는 눈 속에 파묻힌 채로 약 30분 정도 지나서야 가까스로 눈을 떴다. 눈 사이로 울음소리가 들려왔다.

"누가 죽었나?"

당황한 런메이는 눈 속에서 몸을 뒤척이며 일어났다. 눈처마의 가장자리까지 기어가서 보니 여섯 명의 대원이 모두 울부짖고 있었다.

"누구를 보고 있는 거야? 나 유령 아니야! 살아있는 사람이야!"

놀란 표정으로 쳐다보는 동료들을 보며 런메이는 웃음을 터뜨렸지만, 눈가에는 눈물이 그렁그렁 맺혔다.

"던져!"

밑에 있는 사람들이 신이 나 소리치며 런메이를 향해 눈덩이를 연달아 던졌다. 그의 얼굴에 부딪힌 눈덩이가 눈물과 함께 흘러내렸다.

"부처님 덕분에 모두 무사했어요."

왕뚜어는 6,700미터쯤에서 굴러오듯 뛰어와 한 사람 한 사람 얼굴을 만지며 확인하고 울음을 터뜨렸다.

"서둘러, 눈사태 현장에서 빨리 벗어나!"

루어뿌는 무전기로 왕뚜어에게 명령했다. 모두가 교대로 부상자를 옮기고 기기와 장비를 두는 창고로 대피한 후 밑에서 구조하러 온 사람들과 합류했다.

"자, 가자! 다시 올라가자!"

버터차를 마시고 인스턴트 면을 먹은 후 왕뚜어는 세 명의 대원을 데리고 다시 루트를 보수하러 나갔다. 저녁 7시쯤 왕뚜어는 노스콜의 가장자리로 기어 올라갔다. 오른손에는 에리히의 피켈을 들고 있었다. 루어뿌는 몸을 수그리고 양손을 뻗어서 그를 잡아당겼다. 다 올라온 그를 힘차게 끌어안았다.

오후 3시, 두 명의 이탈리아인 앙 도르제와 페르난데스, 그리고 그들의 동료 세 명이 모두 노스콜로 내려왔다.

오후 6시 30분, 딴쩡과 지아추어는 몽롱한 상태의 시먼췌이쉬에를 안고 루어뿌의 돔 텐트로 들어왔다. 텐트 안에는 왕뚜어가 이끄는 일행이 짊어질 고압 산소 챔버가 있었다.

"자, 옷을 벗기고 들여보내세요."

딴쩡은 왕뚜어를 도와 시먼췌이쉬에를 챔버에 넣었다.

"페르난데스는 어때요?"

왕뚜어는 초모랑마 얼음 골목의 험난한 루트를 생각하며 루어뿌를 보고 물었다.

"중급 정도의 뇌수종입니다. 그도 고압 산소실로 보냈어요. 내일 오전에 이 녀석과 함께 내려가야 합니다."

루어뿌는 눈살을 찌푸리며 챔버 안의 시먼췌이쉬에를 바라보았다. 그러면서 말했다.

"이 길은 너무 어려워요. 잘못하면 내려가는 도중에 죽을지도 몰라요."

왕뚜어는 고개를 저었다.

"주사요. 내려보내기 전에 둘 다 덱사메타손 주사를 맞아야 합니다."

루어뿌는 연신 고개를 끄덕였다.

"좋은 생각이에요. 6,600미터까지만 버텨주면 업고 내려갈 수 있을 겁니다."

딴쩡도 고개를 끄덕였다.

"알겠습니다. 루어뿌, 샤오라빠에게 물을 끓여서 밥을 지으라고 해줘. 조금 먹고 바로 올라갈 거야. 오늘 밤은 일단 2호 캠프에서 자야겠어."

왕뚜어는 고개를 들어 텐트 천장으로 보이는 밝은 하늘을 바라보면서 손에 든 버터차를 다 마셨다.

"조금 신경이 쓰여요. 아까 내려갔을 때 강풍 지역에서 묘하게 바람이 세더라고요. 바람이 옆으로 부는 통에 허리도 못 펴고 내려갔어요. 눈발도 강해서 루트 로프에서 한 발짝도 떨어질 수 없었고요."

딴쩡은 왕뚜어의 등을 가볍게 두드렸다.

"그래도 올라가야지!"

루어뿌도 왕뚜어의 등을 가볍게 두드렸다.

"지금 장난해!"

베이스캠프로 달려온 지펑은 무전기를 향해 분노에 찬 목소리로 외쳤다.

"무슨 일이 그렇게 많아? 왕뚜어 일행이 밤새 2호 캠프에 가면 내일 오전에는 세컨드 스텝에 도착할 수 있잖아?"

전진캠프에 막 도착한 바이마도 고개를 흔들며 무전기에 대고 소리쳤다.

"간다고? 죽으러 가는 거야? 지금 올라가면 날아가거나 얼어 죽을 게 뻔하다고. 믿기 싫으면 올라가서 시험해 보든지!"

고함을 지르며 지펑은 두 다리가 떨렸다. 그는 현기증이 나서 테이블에 기댔다.

"시험해 보라고? 좋아, 8,750미터의 세찬 눈보라 속에서 당신도 죽기보다 더한 고통을 맛보는 건 어때?"

바이마는 하루 사이에 너무 높은 곳에 올라간 탓인지 말하는 동안에도 눈앞이 핑핑 도는 듯했다.

"웃기지 마! 죽는 것보다 낫다고? 당신, 정말 그가 아직 살아있다고 생각해?"

"위쪽에는 사흘씩이나 고생한 사람도 있잖아?"

"그렇긴 하지만, 잊었어? 그게 이런 악천후였나? 해발 8,500미터 이상의 고도였어?"

"그래도 포기하면 안 되잖아, 사람이 살아있으니까!"

"살아있다고? 달콤한 망상이야! 너였다면 산소도 없는 저 높이에서 지금까지 살아 있을 수 있겠어?"

"그럼, 어떻게 하면 좋겠어? 밑에 있는 사람들한테 어떻게 설명하지?"

"어떻게 하냐고? 너희 부하들에게 잘 먹고 잘 마시고 빨리 자라고 말해줘. 내일 오전 5시에 일어나면 올라갈 거야. 산소를 짊어지고 침낭도 갖고 갈 거야. 올라가서 그의 눈꺼풀을 들춰볼게. 부처님한테도 불려 가지 않았고, 염라대왕한테도 끌려가지 않았다면 기적이지. 다량의 산소를 마시게 하고, 덱사메타손 주사를 한 방 먹이겠어. 일어설 수 있으면 부축해서 최대한 빨리 하산할 거고. 만약 다 필요 없는 상황이라면 침낭에 넣어서 등산로로 내려오면 돼. 그렇지 않으면 며칠 후 산 정상에 오르는 외국팀한테 부탁해서 아래로 밀어버리게 하면 되고. 이 정도면 설명이 됐겠지."

"조금만 더 생각해 봐."

바이마가 주저하듯 말하자 지펑은 테이블을 세게 치며 힘껏 목청을 높였다.

"아직도 생각 중이야? 대체 무슨 생각을 하는 거야? 내가 목숨을 걸고 달려온 건 그 사람 때문이 아니야. 지금 노스콜에 있는 사람들이 내려오지 못할 수도 있어서라고. 위에 있는 그 사람은 이미 죽었다고 생각해. 노스콜에서 더 많은 사망자를 내면 우리는 전멸이야. 알겠어? 너, 너무 빨리 올라가서 뇌수종에 걸린 거 아냐? '나보다 남을 먼저, 절대로 포기하지 말자'라는 낙관적인 생각은 버려. 동서고금을 막론하고 이런 날씨에 저런 고도에 사람을 구하러 간다는 것 자체가 있을 수 없는 일이라고!"

"루어뿌, 내 지시 들어! 오늘 밤에 아무도 밧줄을 연결하면 안 된다. 내 말 안 듣는 자는 즉시 산에서 끌어내릴 거야!"

눈을 감고 있는 바이마는 전진캠프의 텐트 안에서 양손에 무전기를 들고 있었다. 초조해하던 그때, 마침 야크 몇 마리가 텐트 뒤로 자연스럽게 걸어가 오줌을 누었다.

"누구네 야크야? 쫓아내!"

루어뿌가 무전기를 끄자마자 인스턴트 면을 끓이고 있던 샤오라빠가 갑자기 울음을 터뜨렸다. 그는 텐트에서 뛰쳐나와 양손에 레더맨(미국의 멀티툴 및 나이프 제조회사)의 다기능 칼을 들고 산 정상을 향해 외쳤다.

"푸부(선생님. 샤오라빠는 잉푸를 티베트어로 부르는 말), 힘내세요!"

15

이번만큼은 지펑이 말했던 동서고금의 명언도 완전히 뒤집혔다. 그는 신의 생각을 잘못 읽었을 뿐 아니라 염라대왕의 방식도 제대로 파악하지 못했다. 아닌 게 아니라 정말로 어떤 인간이 잉푸를 구하기 위해 광대한 세상의 맨 꼭대기까지 올라간 것이다.

2013. 05. 17. 오후 3:00

명령대로 지아추어는 눈물을 삼키며 내려갔다. 그는 내려가는 밧줄에 연결되자 두 번 다시 돌아보지 않았다. 그래서 그는 눈보라 속으로 사라져가는 자신 모습을 잉푸가 가만히 지켜보고 있다는 사실도 알 턱이 없었다. 발밑에서 떨리는 밧줄을 통해 잉푸는 지아추어가 엄청나게 빠른 속도로 내려가고 있다는 것을 알았다.

지아추어가 내려가자 잉푸는 안도했다.

'그래, 다른 사람까지 끌어들일 필요는 없어.'

2013. 05. 17. 정오 12:00

지아추어는 서드 스텝에서 걸음을 멈추었다. 아래를 내려다보니 산 정상에서 돌풍이 불어 내려와 그는 실족할 뻔했다. 즉시 주저앉아 뒤돌아보니 잉푸는 이미 경사면에 앉아 있었다.

"누가 앉으라고 했어? 빨리 일어나!"

지아추어가 다시 소리쳤다. 고산에서 등반객은 체력을 다 써버리면 언제나 무슨 수를 써서라도 앉으려 한다. 한 번 앉으면 다시 일어서기가 힘들다. 앉으면 앉을수록 일어서지 못하는데, 산소와 체력도 소모되어 몹시 위험하다.

아니나 다를까 잉푸는 지아추어가 아무리 잡아당기고 소리를 질러도 고개조차 들지 않았다.

"일어나! 당신 지금 양경화(阎庚华, 중국의 산악인으로 에베레스트산 등반 후 하산 중 사망했다) 위에 앉아 있다고!"

지아추어는 다급하게 양경화를 들먹였다.

2000년 5월 21일 오전 2시 30분, 양경화는 혼자서 산 정상에 올랐다가 내려왔다. 그러나 체력이 고갈되어 그 자리에 앉아 움직이지 못하고 저체온증과 전신 쇠약으로 사망했다. 그리고 5월 27일, 러시아 팀이 그곳에서 그의 시신을 발견했다.

그 방법은 아주 효과가 좋았다. 지아추어가 말하기 위해 벗었던 산소마스크를 다시 입에 대기도 전에 잉푸는 오른손으로 경사면을 밀고 왼손으로는 지아추어의 오른쪽 무릎을 짚고 일어서려 했다. 지아추어는 황급히 허리를 굽혀 잉푸를 도와 일으켜 세웠다. 그리고 하강용 카라비너를 그의 허리 쪽 클라이밍 하네스 고리에 걸었다.

"잘 기억하세요. 로프를 조절하고 너무 빨리 내려가지 말아요."

지아추어는 걱정스러운 목소리로 소리쳤다. 잉푸는 고개를 끄덕이며 돌아섰다. 그는 오른발을 더듬더듬 내디디면서 험준한 서드 스텝의 첫 번째 구덩이를 밟았다. 서드 스텝은 초모랑마 산 정상으로 향하는 마지막 장벽으로, 약 10미터 높이의 거의 수직에 가까운 절벽이다. 거기서 위로 올라가려면 손으로 어센더를 잡아당기면서 루트 공작대가 만들어 놓은 새로운 발자국을 밟으면 10분 이내에 산 정상에 다다를 수 있다. 하지만 산 정상에 오른 후 내려올 때는 어느 정도 도전이 필요하다.

첫째, 사람은 산 정상에 오르면 긴장이 풀리고, 서드 스텝까지 내려오면 다리에 힘이 빠지기 때문이다. 둘째, 카라비너를 이용해 내려오는 데는 요령이 필요하다. 만약 또 다른 가이드나 쌍빠가 있었다면 그가 먼저 내려가서 하강 로프의 한쪽 끝을 잡고, 하강하는 잉푸는 로프에 매단 카라비너의 마찰 정도를 조절하면 된다. 너무 느슨하면 떨어지고 너무 팽팽하면 공중에 매달리게 되어 위아래로 움직이지 못하게 된다.

하지만 지금은 가이드라고는 지아추어 혼자뿐이고, 잉푸의 몸 상태도 좋지 않았다. 지아추어는 요행을 바랄 수밖에 없었다. 최대한 빨리 이 사람을 내려가게 하고 싶었다. 어떻게든 밑에 있는 버섯바위 옆에 앉는다면 따뜻한 코코아도 마시고, 산소통도 교환할 수 있기 때문이다.

도리 없이 지아추어는 잉푸를 카라비너에 연결하고 자신을 향해 돌아서게 했다. 왼손을 뻗어서 밧줄을 쥐게 하고, 오른손을 몸 뒤로 뻗어서 밧줄을 단단히 잡게 했다. 몸을 크게 뒤로 젖히고 머리는 오른쪽 뒤로 돌려서 발밑을 내려다보며 착지 지점과 속도를 조절하면서 하강하는 것이다.

지아추어는 피켈을 경사면에 깊숙이 꽂은 다음 몸은 뒤로 비스듬히 기울이고, 왼발 바깥쪽을 피켈에 기댔다. 배낭에서 안전 로프를 꺼내 한쪽은 잉푸의 허리 쪽 클라이밍 하네스에 묶고, 다른 한쪽은 자기 허리에 반쯤 감았다. 그러고는 왼손으로 안전 로프를 잡고 오른팔을 허리에 딱 붙여서 손으로는 안전 로프를 꽉 쥐었다. 보호할 준비가 되었다고 판단한 지아추어는 잉푸에게 고개를 끄덕이며 로프를 풀고 하강하라는 신호를 보냈다.

하지만 잉푸는 절반 정도 내려갔을 때 오지도 가지도 못한 채 멈춰 섰다. 처음 몇 걸음을 더듬어 내려갈 때만 해도 아직 리듬을 타면서 하강하고 있었다. 루트 공작대가 올라가면서 만들어 놓은 발자국을 밟으며 한 걸음 한 걸음 안전하게 내려갔다. 하지만 3에서 4미터쯤 내려갔을 때, 지아추어가 경사면에 가려 잉푸를 볼 수 없자 발 위치를 지시할 수도 없게 되었다. 바로 그때 하늘에서 갑자기 번개가 치고 눈보라가 몰아쳐 잉푸를 빙벽에 밀어붙였다. 잉푸가 발 디딜 곳을 찾기 위해 발버둥 칠 때 자욱했던 무설이 괴물 같은 바람에 찢기듯 흩어져 사라졌다. 바로 그 순간, 지아추어는 발밑에 펼쳐진 끝 모를 심연이 선명하게 눈에 들어왔다. 천당에서 지옥으로 떨어질 것 같은 공포에 휩싸였다.

당황한 나머지 지아추어의 오른발은 루트 공작대가 만들어 놓은 발자국을 지나서 더 아래를 딛고 말았다. 오른손은 손발의 리듬을 놓쳐 너무 빨리 밧줄을 놔버렸다. 지아추어는 자신의 몸놀림을 통제하지 못했다. 거의 수직으로 낙하하기 직전, 그는 오른발을 눈이 움푹 팬 곳에 집어넣었으나 오른손이 늦게 움직였다. 그러다 머리부터 곤두박질칠 뻔한 순간에서야 간신히 오른손으로 밧줄을 세게 잡아당겨 추락은 모면했다.

지아추어는 허리에 감긴 밧줄의 리듬에 이상을 느끼고는 허둥지둥 쭈그려 앉아서 안전 로프를 피켈에 감았다. 그런 다음 몸을 숙여보니 잉푸가 밧줄에 거꾸로 매달린 채 눈보라 속에 흔들리고 있었다. 지아추어는 소스라치게 놀랐다. 서둘러 허리 쪽 클라이밍 하네스에서 카라비너를 빼내어 하강 로프에 건 다음 몇 걸음 옮겨서 잉푸의 발밑으로 내려갔다. 잉푸의 발을 잡고 등산화를 가볍게 두드렸다. 그는 빙벽 바깥쪽으로 발을 내민 상태에서 허리를 구부리고 오른손으로 잉푸의 허리 쪽 클라이밍 하네스를 끌어당겨 빙벽에 걸려있던 그의 오른발을 빼냈다.

거꾸로 매달리자, 잉푸의 눈앞에 펼쳐진 세상은 이제까지와는 전혀 달랐다. 안개와 눈을 뚫고 이따금 고개를 내미는 8,000미터가 넘는 산들은 모두 준엄한 나한(불교에 귀의하여 수행을 통해 깨달음의 경지에 이른 불제자)처럼 잉푸를 엄하게 노려보며 겁을 주었다.

원래 4,000만 년 전 신테티스해(현재의 지중해와 비슷한 옛 대양. 현재는 사라졌지만 오랜 시간 동안 북아프리카에서 중앙아시아, 유럽대륙에까지 존재하였던 매우 거대한 바다)의 해저가 이 세상의 지옥처럼 눈앞에 펼쳐져 있었다. 8,660미터가 넘는 초모랑마의 석회암층은 그를 묻어줄 묘지 같았다. 수천, 수만 개의 바위는 살아 있는 묘비처럼 인간들의 종착지를 말해주고 있었다. 8,200미터 지점, 초모랑마의 허리에 옐로 밴드가 감겨 있는 광경은 마치 염라대왕이 허리에 황금 띠를 두르고 세상의 죄인들을 심판하기 위해 기다리고 있는 모습 같았다.

8,200미터 하부는 초모랑마의 검은 '피라미드'의 토대이다. 그것은 이

세상의 거대하고 무거운 연옥인 양, 잉푸가 빨리 울부짖으며 참회하기를 기다리는 듯했다.

"신이시여, 저를 용서할 수 없으신가요?"

하늘을 올려다보니 텅 비어 공허했다. 내려가면 다시 거꾸로 뒤집혀서 이런 지옥 같은 광경을 봐야 한다. 인류 최초로 이런 높이에서 거꾸로 세상을 보는 것이다. 잉푸가 마음속으로 탄식하는 사이에 지아추어는 눈 덮인 절벽 위에서 잉푸의 몸을 정자세로 돌려놓았다. 숨을 헐떡이며 다시 하늘을 올려다보니 발밑에서 또다시 돌풍이 불었다. 머리 위에서 울리는 천둥소리에 맞추어 하늘에서 누군가가 한숨을 쉬는 듯했다.

그 힘든 상황을 극복하느라 잉푸와 지아추어는 둘 다 탈진했다. 잉푸를 버섯바위 옆에 앉힌 다음 지아추어는 돌아서서 서드 스텝을 바라보았으나 다시 피켈을 가지러 돌아갈 용기가 나지 않았다.

잉푸가 뇌수종에 걸렸다는 사실을 알게 된 지아추어는 즉시 보온 조치를 했다. 바로 내려갈 수 없다면 반드시 체온을 유지해야 한다. 가방에서 구명 담요를 꺼냈을 때 그의 눈은 젖어 있었다. 그것은 나사가 개발한 초단열재를 사용한 아웃도어 제품이었다. 체온의 95퍼센트 유지할 수 있는 미군의 필수품이다.

어젯밤 출발할 때 지아추어는 어택캠프에서 그 구명 담요 때문에 화를 냈다. 그러나 그것은 고작 312그램에 불과했다. 잉푸가 고집스럽게 예나를 데리고 산 정상에 오르려 하자 그는 속이 부글부글 끓어올랐다. 하지만 결국 그녀는 배탈을 일으켜 설사했고, 그의 조수인 쌍빠도 함께 하산했다. 바람이 아무리 거세도 이 거대 회사의 회장은 포기하지 않았다. 별수 없이 그는 악조건에서 대책을 모색했다.

그가 배낭의 무게를 줄이려 할 때 그의 불만은 점점 더 커졌다. 잉푸와 약간의 실랑이를 벌인 후 지아추어는 화가 나서 이 구명 담요를 자기 배낭에 집어넣었다. 그런데 지금 그 구명 담요는 잉푸의 생명을 구하는 성스러운 도구가 되었다. 지아추어는 잉푸의 배낭을 내려놓고 미라처럼 머리부터 발끝까지 구명 담요로 감쌌다.

지아추어는 바람도 통하지 않게 잉푸를 꼭꼭 감싼 후 배낭에서 손난로를 몇 개 꺼내 잉푸의 방풍 장갑에 쑤셔 넣었다. 그리고 잉푸의 다운 재킷 양옆의 방풍 지퍼를 열어서 좌우 사타구니 사이에 두 장씩 넣었다. 그곳은 동맥이 피부에서 가장 가깝게 있다. 마지막으로 지아추어는 구명 담요의 오른쪽 긴 지퍼를 단단하게 닫고 방풍캡으로 잉푸의 머리를 덮었다.

해야 할 비상조치를 모두 마치고 난 오후 3시, 지아추어는 지시대로 철수했다. 지아추어가 떠나자 초모랑마 정상에 있는 잉푸는 세상에서 가장 외로운 사람이 되었다.

천둥은 터지기 일보 직전까지 힘을 모아 그의 머리 위에서 울부짖었다. 번개는 악마의 검처럼 그의 주위를 끊임없이 찔러댔다. 단단한 눈 알갱이는 스노우 고글에 부딪혀 격렬하게 튕겨 나갔다. 광풍이 눈보라 속에서 잉푸의 발밑에 있는 로드 로프를 잡아당기며 격렬하게 흔들어 댔다. 마치 세상의 모든 요괴, 악마들이 정상에 모여 줄넘기라도 하는 것 같았다.

지금 모든 것이 잉푸를 괴롭히고 있었다. 그리고 모든 것이 그를 부르고 있었다. 그는 천천히 눈을 떴다. 오전에 서드 스텝에서 하강 시 실수한 탓에 이미 지칠 대로 지친 심장에 견딜 수 없는 부하가 걸리면서 심장에 피가 공급되는 기능이 급격히 떨어졌다. 그의 몸은 순환하는 혈액량이 더 늘지 않았고, 혈압을 유지하면서 심장과 뇌에 혈액 공급을 보장하기 위해 심장과 내장 주위의 혈관을 극도로 수축시켜야 했다. 결국, 잉푸는 심인성 쇼크에 빠지고 말았다.

잉푸는 몽롱한 상태에서 지아추어가 당황해하는 모습이 보였고, 그가 자신을 부르는 소리와 무전기로 루어뿌와 통화하는 소리가 들렸다. 하지만 그는 입을 열 마음이 내키지 않았고, 의식은 명료했으나 심박수는 터져나갈 듯이 빨라졌다.

지아추어는 즉시 잉푸에게 다량의 산소를 공급하여 심인성 쇼크 증상이 악화하는 것을 막았다. 그리고 그에게 뜨거운 코코아 몇 잔을 마시게 하여 에너지 보충을 시켰다. 구명 담요로 감싸자마자 그의 몸은 따뜻해졌고, 몸도 마음도 서서히 회복되어 의식을 되찾았다. 밤새 폭설과 천둥 번개가 치는 스콜라인의 날씨를 견디며 잉푸는 그렇게 환각 속에서 5월 18일 오전 8시까지 버텨냈다.

풍속이 떨어졌다. 눈발도 조금씩 가늘어지기 시작했다. 계곡의 상승기류도 느려졌다. 머리 위에서 수직으로 내려오던 고공 기류도 압력을 잃어 힘이 약해졌다. 자신을 둘러싼 세상의 소란스러움이 잦아들자 잉푸는 몸과 마음이 한결 가벼워진 것 같았다.

'일어나야 해!'

그는 마음속으로 조용히 자신에게 명령했다.

'일어나자. 그렇지 않으면 아래에서 누군가 구조자가 올라오더라도 바로 찾지 못한다. 이제 곧 올라올 시간이다.'

잉푸는 구조대가 올 시간을 계산했다. 어젯밤의 스콜라인 날씨를 견딜 수 있는 사람은 아무도 없다. 이런 눈보라 속에서 누가 발을 내디딜 수 있을까?

오전 6시쯤부터 눈보라가 잠잠해지기 시작하여 잉푸는 안도의 한숨을 쉬었다. 이리저리 헤매다가 목 앞 지퍼를 조금 열고 주머니 속 보온병에서 코코아를 꺼내 한 잔을 마셨다. 한 모금씩 마실 때마다 산소마스크를 들어 올렸다. 보온병을 다시 주머니에 넣고 몸을 굽혀 오른쪽 보호대에 연결된 배낭에서 산소호흡기 미터계를 확인했다. 다행히 어제 오후 3시부터 산소는 '1'의 유량으로 설정되어 있었고, 3분의 1가량 남아 있었다.

하지만 정오 12시쯤이면 산소통은 텅텅 빌 것이다. 귀중한 산소의 마지막 한 모금을 들이마시는 순간부터 그의 목숨은 종국을 향한 카운트다운이 시작된다.

그때 잉푸는 자신의 인의와 원한, 득과 실, 죄와 벌, 사랑과 증오 등의 청산을 시작해야 한다. 청산의 목적은 장래를 고려해서가 아니라, 모든 것을 상쇄시키기 위해서다. 그런 다음, 그가 목숨과 맞바꾼 영광과 행복, 돈과 부는 연기처럼 사라질 것이다. 어디로 사라지는지 따위는 전혀 상관없다.

천국은 바라지도 않는다. 부유했으므로 자기가 원죄를 지은 것은 아닌지 늘 생각하고 있었기 때문이다. 게다가 천국에 무슨 재미가 있겠는가? 영생에 무슨 의미가 있겠는가? 싸워야 한다. 아수라처럼, 프로메테우스처럼, 굴원(屈原, 중국 초나라의 시인, 정치인. 중국 전국 시대, 초나라의 학식이 높고 정치적 식견도 뛰어난 정치인)처럼, 황계광(光, 전쟁 영웅으로 추앙받은 중국의 군인)처럼, 동춘루이(董存瑞, 해방 전쟁의 전투 영웅)처럼 말이다. 사람은 죽임을 당해도 괜찮지만, 패배해서는 안 된다. 그것이 바로 헤밍웨이 같은 남자의 삶의 방식이다. 오직 그것만을 증명하기 위해. 나는 인간으로 이 세상에 태어났다. 싸우고, 그리고 죽는다. 죽기 전에 세상 사람들에게 이렇게 외쳐야 한다. 나는 남자다! 이보다 더 매력적인 인생이 어디 있겠는가? 설령 지옥에 떨어진다고 해도!

이런저런 생각을 하자 그는 감정이 북받쳤다. 살고 싶다는 마음이 가슴에서 강하게 끓어올랐고, 몸에서 온기가 돌기 시작했다. 온기의 흐름이 맥박쳐 배에 이르자 그것은 뜨거운 열기로 변하여 두 다리 사이에서 힘찬 기세로 분출되었다.

또 오줌을 누었다. 잉푸는 진심으로 환호성을 질렀다. 그것은 그의 뇌수종 증상이 좋아지기 시작했다는 것을 의미하기 때문이다. 그때 누군가가 와서 도와주기만 한다면 반드시 살아 돌아갈 수 있을 것이다. 살고 싶은 마음이 점점 더 강해졌다. 그는 세컨드 스텝으로 가는 로드 로프를 뚫어져라 쳐다보았다. 로드 로프는 지옥으로 가는 뱀처럼 그의 발밑에서 떨면서 뒤틀려 있었다. 밑으로 이어진 하행 로프는 차갑게 늘어져 짙어지기도 하고 옅어지기도 하는 무설 속에 둥둥 떠 있었다. 무설은 지옥의 심연에서 퍼져가고 있었다. 잉푸의 마음은 죽음에 대한 공포 속에 가라앉았다.

그는 더 이상 아래를 내려다볼 수 없었다. 어제처럼 오늘 날씨도 계속 이대로라면 그를 구하러 올 사람은 아무도 없다는 것을 알기 때문이다. 그렇다면 신은, 천국에 계신 분은 나를 돕기 위해 누군가를 보내주실까? 밑에 계신 분, 지옥에 계신 분은 죄를 묻고 심판하고, 천국은 구원을 담당한다.

'그렇다면 당신은 높은 곳에 앉아서 무엇을 하시는 겁니까? 저를 구해 주세요. 위에 계신 신이여, 당신은 사람을 구할 의무가 있습니다. 나는 당신을 믿습니다. 제발 나를 살려 주세요. 앞으로는 반드시 당신을 믿겠습니다.'

원망이 점점 더 강해졌다. 그는 고개를 왼쪽으로 돌려 밧줄을 따라 위를 올려다보았다. 그곳이 산 정상으로 가는 길이었다. 갑자기 서드 스텝의 눈 덮인 벽에 설치된 로드 로프가 흔들렸다. 스텝 위에서 희미한 사람 그림자가 고개를 내밀어 이쪽을 힐끗 쳐다보더니 이내 사라졌.

그때 잉푸의 머릿속에 가장 먼저 떠오른 생각은 '이제 끝이구나, 환각이다, 뇌수종이 악화됐구나' 싶었다. 그는 손목에 찬 스포츠 시계를 보았다. 자신을 불쌍히 여기는 시간은 순식간에 지나가서 벌써 오전 11시가 가까웠다. 확인해 보니 산소 잔량은 5바밖에 남지 않았다.

두 번째로 든 생각은 저 그림자가 사람이었으면 좋겠다는 간절한 바람이었다. 아까 그 그림자가 밧줄을 잡아당기는 모습이 보였고, 그 행동은 밧줄의 안전성을 확인하기 위한 것임이 분명했다. 하지만 그렇다면 바로 내려왔을 텐데 10분이 넘도록 왜 아직 모습을 드러내지 않는 것일까?

만약 그 그림자가 진짜 사람이라면 누구일까? 어제 이후로 자신의 발밑에 있는 로드 로프를 따라 올라온 사람은 자신과 지아추어 두 사람뿐이다. 어쩌면 죽음에서 깨어난 사람일 수도 있다. 그럴 가능성이 크다!

2013. 05. 16. 새벽

7,900미터의 2호 캠프에서 잉푸는 쉴 새 없이 죽은 등반가들에게 인사해야 했다. 텐트 바로 뒤의 바위 그늘에 소변을 보러 나왔을 때 그는 잠든 남자를 보았다. 얼굴 한쪽은 독수리가 쪼아먹어 살점이 떨어져 나간 상태였다. 하지만 생명이 시작될 때처럼 팔다리를 둥글게 말아서 어머니의 자궁으로 되돌아가는 자세를 잡고 있었다. 그 자세를 할 때 그는 아무 방해를 받지 않은 듯했다. 너무 놀라서 그는 다운 재킷과 바지에 오줌을 묻히며 서둘러 텐트로 돌아갔다. 예나는 오줌에 젖은 그의 바지를 보고 웃음을 터뜨렸다.

"와, 아저씨 뇌수종에 걸렸나 봐!"

"바람이 너무 세게 불었어. 소변보러 갈 때 뒤로 가지 말아요."

그는 침낭에 들어가면서 예나를 바라보며 말했다.

"왜요? 남자는 엉덩이만 조금 비틀면 되잖아요. 나는 텐트 앞에서 쭈그리고 누라는 얘긴가요?"

침낭에 들어가자, 그는 수건을 손에 들고 가랑이 사이에 묻은 소변을 닦아냈다. 예나의 말에 그는 고개를 저었다.

"어디든 상관없는데 텐트 뒤는 안 돼."

"나는 꼭 텐트 뒤여야 하는데. 오전에 출발할 때부터 줄곧 물만 마셔댔거든요. 이제 가야겠는데요."

"큰 거? 작은 거?"

"작은 거요."

"좋아, 5분이 지나도 돌아오지 않으면 찾으러 가지. 말해 두는데, 실신하기 전에 바지 지퍼 잘 잠가둬요."

"악! 누가 밖에서 자고 있어요!"

2분도 지나지 않아 예나는 넘어질 듯이 텐트 커튼을 세게 열어젖히고 잉푸의 가슴에 뛰어들었다.

"걱정하지 말아요. 그는 얼어 죽지 않을 거야."

잉푸는 오른손으로 예나를 쓰다듬고 왼손으로 그의 겉옷 지퍼를 엉덩이에서부터 끌어올렸다.

"왜요?"

"죽었으니까!"

"뭐라고요? 저 사람 누구죠? 언제 여기서 죽었어요?"

예나는 깜짝 놀라 눈을 동그랗게 뜨고 잉푸를 바라보았다.

"내가 어떻게 알겠어요. 나도 방금 봤는데. 도대체 지아추어는 왜 굳이 그 옆에다 텐트를 친 거야. 오늘 밤 악몽이라도 꾸지 않겠어요?"

텐트 지퍼가 열리더니 지아추어가 고개를 들이밀었다.

"잘 잡으세요."

그는 조심스럽게 왼손을 땅에 대고 오른손으로 김이 모락모락 나는 작은 알루미늄 냄비를 건네주었다.

"김 수프예요. 드세요. 인스턴트 면이 다 끓으면 가져다드릴게요."

잉푸가 알루미늄 냄비를 받는 모습을 보고 그는 불만스러운 표정으로 예나를 흘낏 쳐다보았다.

"뭐가 무섭다고 그래요? 저건 몇 년 전에 죽은 외국인인데."

그는 잉푸에게 고개를 저으며 말했다.

"회장님, 회장님 시중들기 참 힘드네요. 아시겠어요? 여기는 이 캠핑장에서 가장 평평한 곳이라고요. 못 믿겠으면 제 텐트와 바꾸시든지요. 한밤중에 저 여자분을 덮칠 일은 없다고 장담합니다. 그거야말로 정말 악몽이 아닌가요?"

그는 예나를 쳐다보며 말했다.

"안 돼요. 텐트 바꿔요. 덮치더라도 내가 덮칠 거예요. 저 사람이 악몽을 꾸게 하자고요. 나는 아무것도 겁나지 않아요."

예나는 이렇게 외쳤다.

"아니, 바꾸지 않아도 돼요. 가파른 경사면의 매운맛은 작년에 남벽 3호 캠프에서 제대로 맛봤으니까. 누워있으면 다리가 저절로 오그라들지요. 밤새도록 그러고 있었어요. 악몽도 꾸지 않아요. 오전에 텐트에서 나오니까 그제야 졸리더군. 아가씨, 하나 알려주지. 가파른 경사면의 텐트에서 다른 사람과 겹쳐서 자면 그야말로 천국이라고요."

잉푸는 알루미늄 냄비를 입에 가져다 대며 얼마나 뜨거운지 확인했다. 그러고는 그것을 예나에게 건넸다.

"세상에! 우리 오늘 밤에 정말 저 죽은 사람과 같이 자야 해요? 당신 말대로라면 심지어 죽은 사람과 같이 자는 게 그렇게 행복한 일이라고요?"

예나는 잉푸를 노려보았다.

"그렇다니까요. 아가씨가 지금까지 얼마나 행복했는지 몰랐지? 말해두지만, 난 이미 오래전에 죽었다고!"

"퉤퉤! 죽은 사람 앞에서 죽은 사람이라고 말하다니, 불길한 짓이에요. 빨리 침 뱉어요! 액땜하게."

예나는 볼멘소리로 말하며 마시려던 수프를 입에서 내려놓았다.

"그는 죽은 사람이 아니에요. 하지만 이 세상의 음식을 먹는 사람도 아니죠."

지아추어는 텐트 밖으로 시선을 돌렸다. 북벽 앞에서 독수리 몇 마리가 빙빙 맴돌고 있었다.

2013. 05. 16. 새벽

7,900미터에 오르면 '죽음'이라는 글자는 떼려야 뗄 수 없다. 이렇게 높은 산 위에서 일이 순조롭기만 하겠는가?

다음 날 새벽, 지아추어와 쌍빠 그리고 예나의 가이드가 잉푸 일행을 데리고 로드 로프를 따라 몰래 출발했다. 오전 눈보라가 거세어 몸을 옆으로 기울이며 가야 했다. 얼굴에 산소마스크를 썼지만, 노출된 피부는 바람을 타고 날아오는 자갈에 맞아 바늘에 찔린 듯 아팠다. 하늘은 흐린 회색빛이라 스노우 고글을 착용할 수 없었다. 발밑의 바위가 선명하게 보이지 않기 때문이다. 눈을 오래 뜨고 있기도 피곤해서 한 시간도 지나지 않아 예나가 갑자기 멈춰 섰다. 잉푸가 앞으로 나와 전조등을 비춰보니 그녀는 두 손으로 눈을 가리고 있었다.

"왜 울고 있어요? 못 걷는 거야? 지아추어, 물 좀 가져와!"

산소마스크를 쓴 상태로 잉푸가 앞서가는 지아추어를 불렀다. 그러나 바람이 세서 아무 소리도 들리지 않았다. 잉푸는 등강기를 잡고 밧줄을 몇 번 세게 흔들었다. 로드 로프는 원래는 구불구불한 능구렁이 같았는데 흔들리자 더 세게 튀어 올랐다. 그 반동으로 지아추어는 뒤에서 무슨 일이 일어났다는 것을 알았다.

"아, 아파 죽겠어요. 눈에 모래가 들어갔어요!"

예나는 오른손으로 눈을 가리고 왼손으로 산소마스크를 들어 올리며 바람 속에서 소리를 질렀다. 그러자 잉푸가 상황을 파악하고는 되돌아온 지아추어에게 소리쳤다.

"지아추어, 면봉 있어?"

"면봉 없어요. 혀로 해보세요!"

지아추어가 산소마스크를 들어 올리고는 혀를 내밀어 보였다.

잉푸는 문득 어렸을 때 어머니가 혀로 눈 속의 모래를 핥아주던 기억이 떠올랐다. 그는 쪼그리고 앉아서 산소마스크를 내리고 방풍 장갑을 벗었다. 그는 예나의 얼굴을 감싸 안고 재빨리 그녀의 눈에 혀를 집어넣었다. 좌우로 몇 번 돌리자, 혀끝에 작은 돌 조각이 느껴졌다. 살짝 혀로 핥았더니 돌 조각이 혀끝에 붙었다.

"이제 됐어요. 물 마시고, 고글 쓰고, 천천히 걸어갑시다."

지아추어는 오늘은 문제가 많을 것 같은 예감이 들었고, 눈물을 흘리는 예나에게 또 무슨 일이 생길지 모른다고 가이드다운 우려가 생겼다.

두 시간 후, 예나가 다시 울기 시작했다. 이번에는 눈에 들어간 돌 조각이 아니라 또다시 죽은 사람을 보았기 때문이었다. 잉푸가 눈을 핥아준 후 주머니에서 레드불 음료 캔을 꺼내서 마시려고 하자, 예나는 따뜻한 포도당 물을 건네주려고 했다.

"차가운 건 안 돼요. 배탈 나요."

"고마워요. 걷다가 더워지면 차가운 게 당기거든."

잉푸는 예나의 보온병 뚜껑을 받아 지아추어에게 건넸다.

"지아추어, 평소처럼 예나 가이드하고 먼저 올라가. 우리가 도착할 때까지 수프 좀 준비해 줘."

잉푸는 지아추어가 예나에게 불만이 있다는 것을 알아챘다.

"알겠습니다. 먼저 올라갈게요. 오늘은 바람이 거세 텐트 치는 데 시간이 걸릴 겁니다. 천천히 걷는 건 괜찮지만, 앉아서 쉬지는 마세요. 이 길은 별로 안 길어요. 위쪽 산등성이가 보이시죠? 저기 올라가면 어택캠프가 보일 겁니다."

지아추어는 해방됐다는 듯이 예나의 가이드와 함께 눈보라 속으로 사라졌다.

"어, 어떻게 된 거야? 지아추어 일행이 다시 내려오잖아!"

지아추어가 위에 융기된 바위를 보라고 했을 때는 눈보라가 심해서 잉푸에게는 선명하게 보이지 않았다. 한 시간 가까이 걸어가서 잉푸가 융기된 바위를 찾으려고 하는데 그 바위에서 두 사람이 내려오고 있었다.

"아니야, 지아추어 일행이 아니야."

지아추어의 걸음걸이를 잘 아는 쌍빠는 그들을 응시하고는 손을 저었다. 산에서는 올라가는 사람이 내려가는 사람에게 길을 양보하는 것이 규칙이다. 두 사람이 잉푸와 마주쳤을 때 잉푸는 예나를 로프 옆으로 끌어당긴 다음 그들이 로프에서 자신들의 카라비너를 떼어내는 것을 지켜보았다. 그들은 손만 흔들었으나 한 사람이 산소마스크를 쓴 채 뭐라고 중얼거리며 고개를 돌리더니 위에 돌출된 바위를 가리켰다.

"맙소사! 가이드가 죽었어!"

그러자 예나가 잉푸의 팔을 잡고 세게 흔들며 물었다.

"뭐래요? 저 사람이 뭐라는 거예요?"

잉푸는 죽은 외국 등반객을 본 뒤로 '죽음'이라는 단어에 민감해졌다. 그는 돌아서서 미국인들과 두세 마디 주고받더니 예나와 쌍빠를 돌아보며 침울한 표정으로 말했다.

"저 사람들, 가이드가 죽었다고 말한 거야. 쌍빠, 빨리 지아추어를 불러줘!"

잉푸는 위를 멍하니 쳐다보고 있는 쌍빠를 재촉했다. 하지만 아무리 무전기로 호출해도 지아추어는 응답이 없었다. 쌍빠는 당황했다. 산 밑에 있는 루어뿌를 호출하려 하자, 잉푸가 제지했다.

"당황하지 말고 빨리 올라가서 어떻게 된 건지 보자고. 내가 먼저 갈 테니 예나를 따라서 올라와."

당황한 잉푸는 배낭의 산소 유량을 3으로 설정하고 얼마 후 2미터에 가까운 높이로 돌출된 바위에 올라갔다. 돌출된 바위 밑에서 고개를 내밀었더니 바위에 누워있는 사람이 바로 보였다. 방풍 장갑을 벗고 누워있는 사람의 눈꺼풀을 벌리려 하는데 벌써 뒤에 와 서 있던 예나가 갑자기 울음을 터뜨렸다.

잉푸는 몸서리를 치고는 곧장 일어섰다. 손을 뻗어서 예나를 끌어당겨 죽은 사람에게서 멀리 떨어지게 했다. 그러고는 다시 돌아서서 주머니에 든 레드불 한 캔을 꺼내어 쪼그리고 앉아 남자의 얼굴 옆에 놓았다.

잉푸는 예나를 데리고 올라가면서 그녀를 돌아볼 때마다 왜인지 그녀의 등 뒤를 계속 살폈다. 아까 본 그 망자가 뒤따라오는 게 아닌지 걱정이라도 하는 듯했다.

"아까 그 사람은 셰르파족이예요. 그 미국인 가이드요."

어택캠프 텐트에 들어선 뒤에 지아추어가 무거운 표정으로 잉푸에게 말했다.

"그가 왜 거기서 죽었어요?"

예나는 충격이 컸던지 아직 진정되지 않은 채 뜨거운 코코아를 손에 쥐고 있었다.

"너무 지친 거죠. 미국인은 어젯밤 12시에 등정을 떠났다고 했어요. 바람이 강해서 천천히 걷다가 오늘 오전 서드 스텝에서 포기했답니다. 저 불룩 솟아 있는 바위에서 철수할 때 가이드는 더 이상 못 걷게 된 겁니다. 위성전화로 카트만두에 계신 어머니와 통화한 후에 숨을 거두었답니다."

잉푸가 잠시 이런저런 생각을 더듬고 있을 때 서드 스텝에서 아까 본 사람 그림자가 다시 나타났다. 땅딸막한 모습으로 로드 로프에서 재빨리 미끄러져 내려와 몸을 돌리더니 빠른 걸음으로 잉푸를 향해 다가왔다. 그는 손에 채찍을 들고 있었는데 걸어오면서 그것을 흔들었다. 한 번 크게 휘두르자, 초모랑마의 정상에 천둥과 번개가 쳤다.

'아차, 저 그림자가 바로 염라대왕이 보낸 사신이다!'

스노우 고글을 들어 올린 순간 잉푸는 겁에 질려 눈을 질끈 감았다.

16

가밀(Jamil)도 깜짝 놀라며 부석부석한 눈을 동그랗게 뜨고 쳐다보았다. 그는 서른여섯 살의 세르파족으로 네팔 드림 엔터프라이즈의 국제적인 베테랑 등반 가이드였다. 지난해 잉푸가 남벽을 등반할 때 가밀과 그의 조수 라호하(Lahore)가 잉푸의 가이드를 맡았다. 남쪽에서 산 정상에 오른 가밀이 이제 국경을 넘어 잉푸를 구출하러 내려온 것이다.

"시타 씨, 가밀입니다. 지금 사우스콜에 있어요. 오늘 밤 11시에 산 정상을 향해서 출발하겠습니다."

2013. 05. 17. 오후 6:00

가밀은 텐트 안에서 배낭에 기댄 채로 '드림 엔터프라이즈'의 여사장 시타에게 위성전화를 걸었다. 조수 라호하가 텐트 전실에서 책상 다리를 하고 앉아서 냄비에 쌓인 눈이 녹기를 기다리고 있었다.

"안전이 최우선입니다. 푹 쉬세요!"

시타는 네팔의 브라만(Brahman, 힌두교 사회의 카스트 제도에서 가장 높은 계급) 가문 출신이다. 올해 서른다섯 살인 그녀의 삼촌은 정부의 관광문화부 장관이다. 시타의 '드림 엔터프라이즈'에 소속된 산악 가이드들은 모두 유명한 베테랑들이어서 요금은 비싸지만, 등반 성공률이 높다.

지난해 잉푸는 그녀의 회사가 유치한 첫 번째 중국인 손님이었다. 그녀의 삼촌은 카트만두의 안나푸르나 인디언 레스토랑에서 그를 특별히 대접했다. 등반 후 중국으로 돌아간 잉푸는 그 보답으로 그녀와 가밀, 라호하를 베이징으로 초대해서 만리장성을 오르고, 천안문 광장을 안내했다.

시타와 라호하는 올해 북쪽에서 도전하는 잉푸의 등반에 계속 신경 쓰고 있었다. 시타는 베이징에 있는 우징 주임을 통해 잉푸의 등반 상황을 파악하고 있었다. 시타가 베이징에 머무는 동안 우징 주임이 온종일 동행한 덕에 두 사람은 자매처럼 친밀하게 지냈다.

가밀은 좀 더 직접적이었다. 그와 앙 도르제는 같은 마을에 사는 친척으로, 앙도르제가 2호 캠프에 도착하자마자 자신의 무전기 채널을 그에게 남몰래 알려주었다. 우징 주임이 눈물을 흘리면서 잉푸가 내려오지 못하고 있다고 시타에게 연락했을 때 가밀은 이미 사우스콜 텐트에서 잉푸를 어떻게 구출할지 고민하고 있었다.

"시타, 저 내려가고 싶어요."

"내려간다고요? 미국 손님은 어떻게 할 거죠?"

카트만두 사무실 창가에 서서 시타는 자신을 바라보는 사방사불(네 방향에 위치한 네 부처님)의 눈과 시선을 맞추며 입을 크게 벌렸다.

"사우스콜에서 철수하는 게 아니라 내일 오전 등반한 후 북쪽으로 내려가서 잉푸 회장님을 찾으러 갈 생각입니다."

"아니, 뭐라고요? 국경을 넘어가는 거라고요."

시타의 눈도 크게 벌어졌다.

"저도 알아요. 하지만 인명구조를 위해서예요."

"인명구조? 잉푸 회장을 구해서 네팔에 데려가겠다고요?"

그러면서 시타는 수화기 너머로 가밀의 생각을 파악하려는 듯 휴대전화를 눈앞으로 들어 올렸다. 가밀은 왼손을 뻗어서 텐트 지퍼를 잠그고 오른손으로 위성전화를 들어 올린 다음 긴 속눈썹으로 덮여 있는 시타의 눈을 쳐다보고 말하듯이 소리쳤다.

"산소를 주려는 건가요?"

"네, 산소가 있으면 살 수 있어요. 저쪽 사람들이 그를 구하러 갈 시간을 벌 수 있다고요."

가밀은 레벨 4의 유량으로 산소를 들이마신 덕에 힘주어 말하면서 고개를 끄덕였다.

"그럼, 저쪽은 왜 지금 올라가면 안 되는 거죠?"

시타의 말투가 조금 가라앉았다.

"아시겠지만, 지금 노스콜 눈보라가 여기보다 더 심합니다."

눈보라라고 하더니 가밀은 왼손으로 오른손에 든 위성전화의 송화기를 단단히 막았다. 사우스콜에서 울려 퍼지는 눈보라의 굉음이 시타의 귀에 들리지 않을까 신경 쓰이는 눈치였다.

"저쪽 사람들도 못 올라가는데 당신이 올라갔다가 돌아올 수 있겠어요?"

시타는 눈을 뜨고 사방사불과 시선을 맞추었다.

"돌아올 수 있습니다."

"어떻게요?"

"그의 위치는 8,750미터 부근입니다. 산 정상에서 잉푸 사장님이 있는 곳까지는 30분도 걸리지 않습니다."

"알겠어요. 하지만 그를 찾는다 해도 살아 있을지 아닐지는 잘 모르겠지요?"

"살아있다면 산소와 물을 공급할 겁니다. 만약 죽었다면 모자로 얼굴을 가려주고 싶어요."

시타는 채 잇지 못한 말을 그대로 삼켰다. 입을 열고 무어라 말하려 할 때 사방사불의 눈이 깜빡이는 것을 보았기 때문이다.

"회장님이 곤란하신 건 알아요. 모든 책임은 제가 질 테니 걱정하지 마세요. 회사에는 폐 끼치지 않도록 하겠습니다."

갑자기 돌풍이 몰아쳐서 가밀의 텐트 한쪽 면이 찌그러졌다. 가밀은 등으로 힘주어 기대듯이 하여 바람 때문에 안으로 불룩해진 텐트를 바깥으로 밀어냈다.

"당신? 당신 따위는 아무도 문제 삼지 않아요. 당신은 지금 회사를 도박판의 판돈으로 삼은 거잖아요."

시타의 얼굴이 붉어졌다.

"사고 안 내겠다고 약속할게요. 반드시 살아서 무사히 돌아올게요."

"약속한다고요? 무사히 돌아온다고요? 관두지요! 열한 번이나 등반한 건 알지만, 산 정상에 올라간 적이 있기나 하나요?"

시타는 마치 가밀과 얼굴을 맞대고 말다툼하는 사람처럼 고개를 세차게 흔들었다. 사방사불이 시선을 피하는 것이 보였다.

"없습니다. 국경선이니까요."

"그렇겠지요. 구조하러 가서 살아 돌아올 거라는 건 조금도 의심하지 않아요. 하지만 회사 가이드가 중국 영토에 들어갔다는 게 알려지면 누가 나를 구해 주겠어요?"

구해 준다는 말에 그녀는 사방사불의 큰 눈이 휘둥그레지는 것을 보고 의아해했다.

"사장님 삼촌이요."

"어떻게 말하라는 거죠?"

시타가 무의식중에 왼손으로 이마를 가볍게 두드리자 길고 검은 속눈썹이 떨렸다.

"솔직하게 말씀하세요."

"반대하면요?"

시타는 왼손을 들어서 휴대전화를 든 오른손 손목을 잡았다.

"이 일은 몰랐다고 하세요. 저 혼자 올라갔다가 혼자 돌아온 거예요. 만약 누군가 알게 되면 가장 먼저 저를 해고하세요. 그러면 회사를 지킬 수 있을 겁니다."

바람이 다시 불자 사우스콜의 온 천지가 좌우로 흔들렸다. 모래와 자갈이 휘몰아쳐서 납덩이리 탄환처럼 텐트를 지탱하고 있는 가밀의 등을 때렸다.

"당신은요? 회사는 지킬 수 있지만, 가이드 자격은 당연히 박탈당할 거예요. 앞으로 가족은 어떻게 먹여 살리려고요?"

"모르겠어요. 내일 내려가서 생각해 볼게요."

가밀은 위성전화를 끊었다. 몸이 텐트와 함께 흔들렸다. 맞은편에서 가밀의 통화를 가만히 지켜보던 라호하가 양손의 엄지를 치켜들었다.

"여보세요, 삼촌? 저 시타예요."

카트만두의 한 관공서 사무실에서 시타의 삼촌은 테이블 맞은편에 앉은 방문객에게 미안하다는 표시로 고개를 끄덕였다.

"간단하네!"

시타의 말을 듣고 삼촌은 미소를 지었다.

"왜요? 이렇게 큰 사건이 간단하다고요?"

시타의 삼촌은 오른손으로 전화를 귀에 대고 왼손으로 손님에게 자리를 비켜달라고 양해의 손짓을 했다. 손님은 눈치껏 자리에서 일어나 문을 살며시 닫으며 나갔다. 이를 본 삼촌은 검지로 책상을 가볍게 두드렸다.

"시타, 산 정상에 올라가면 손님은 내려오는 법이지?"

"네, 그래요."

"라호하가 함께 내려가면 산 정상에 남는 건 가밀 한 명뿐이겠지?"

시타의 삼촌은 의자에 기댄 채 고개를 들어서 마치 산 정상을 바라다보 듯이 사무실 천장의 조명을 보았다.

"그렇죠."

"산 정상이 국경선이지?"

시타의 삼촌은 왼손으로 테이블 위에 오른쪽에서 왼쪽으로 선을 하나 그었다.

"네, 맞아요."

"보초가 있니? 감시카메라는?"

"없어요."

시타는 고개를 세게 저었다.

"좋아, 그러면 너희 직원들이 불법으로 국경을 넘었다는 증거를 누가 제시할 수 있을까?"

시타의 삼촌은 왼손을 펴서 손바닥을 눈앞에 내밀었다.

"아! 그렇지!"

시타의 눈이 빛났다.

"가밀이 노스콜에서 죽지 않는다면 말이야."

시타의 삼촌은 진지한 표정을 지었다.

"그는 죽지 않아요."

"모르겠다. 만약 노스콜에서 죽는다면 그것도 네팔과 중국의 우정을 보여주는 미담이 되겠지. 안 그래?"

죽음을 말하면서 시타의 삼촌은 웃었다.

"아니요. 가밀은 절대로 죽지 않을 거예요. 그럴 가능성은 없어요."

시타는 발을 구르고는 입을 꾹 다물었다.

"그럼, 됐다. 그 말을 듣고 싶었어. 자, 또 다른 문제라도 있니? 여긴 아직 손님이 있어서 말이다."

그렇게 말하면서 시타의 삼촌은 일어서서 문으로 다가가 문을 열었다. 시타는 목이 메고 눈물이 뺨을 타고 흘러내렸지만, 아름다운 눈동자에는 웃음이 가득했다.

"삼촌, 고마워요. 사랑해요."

"착한 아이야, 나도 사랑한다. 그런 배려의 마음이 자랑스럽구나. 넌 옳은 일을 한 거야. 가밀은 좋은 녀석이야. 우리가 도와야 한다."

시타의 삼촌은 꽃처럼 활짝 웃으며 문 앞에 서 있는 손님에게 손을 흔들었다.

"손님, 오트밀입니다."

가밀은 저녁 7시가 되자 눈이 살포시 내려앉은 다운 재킷 차림 그대로 미국인 텐트에 들어섰다.

"가밀 씨, 정말 고마워요. 서비스 계약에는 사우스콜에서 가이드와 텐트를 함께 사용해야 하고 침낭도 없었잖아요. 그런데도 텐트며 침낭이며 나를 위해 짊어지고 와 주다니. 덕분에 어제는 팔다리 펴고 푹 쉴 수 있었어요. 평생 잊지 못할 거예요."

가밀은 웃으면서 미국인을 부축해 앉히고 오트밀이 담긴 알루미늄 냄비를 그의 두 다리 사이에 놓았다.

"항상 저한테 고맙다고 하시는데. 그러지 않아도 돼요. 사실 이런 수고는 저 자신을 위한 일이기도 하거든요."

이번에는 미국인이 그 깊게 팬 눈을 동그랗게 뜨고 말했다. 그는 이제 곧 환갑인 로스엔젤레스의 치과의사였다. 몸집과 키가 보통이고, 수염을 길렀지만, 쌀은 한 톨도 입에 넣지 않았다. 사우스콜에서 등정하는 것은 이번이

세 번째였고, 이전 두 번은 실패했다.

"작년에 당신이 나를 고용했으면 한다는 걸 알고 있었어요. 하지만 공교롭게도 중국인이 먼저 예약했던 참이었죠. 기억하세요? 지난번에는 사우스 콜에 도착하자마자 밤을 새워서 철수해야 했죠."

"맞아요. 그날은 눈보라가 유난히 심했어요. 텐트는 비좁고, 얼어 죽을 것 같아서 등반할 엄두가 나지 않았어요."

"하지만 그때 우리 팀은 철수하지 않았죠. 손님을 위해 여분의 텐트와 침낭을 가져간 덕분에요. 밤낮으로 온종일 텐트 안에서 버텼잖아요. 다음날, 저녁 11시가 되자 바람이 잦아들어 중국 손님과 함께 순조롭게 산 정상에 오를 수 있었어요."

"신이시여, 그때 당신을 고용했더라면 좋았을 텐데."

"어쨌든 우린 인연이 있나 봐요. 이번엔 만났잖아요?"

"참 신기하네. 이번에도 종일 대기하고 있다니."

"당신에겐 우연일지 모르지만, 나한테는 일상다반사예요. 오랫동안 저는 이런 방식으로 매번 손님들을 산 정상에 오르게 했어요. 보셨겠지만, 어젯밤에 등반한 사람들은 거의 다 철수했어요. 오늘 밤 우리는 천천히 걸어갈 수 있어요. 정체되는 일도 없고요. 내일 오전 일찍 힐러리 스텝(Hillary Step, 에베레스트 정상 직전에 있는 12미터 높이의 수직 빙벽으로, 1953년 에드먼드 힐러리(Edmund Hillary)와 셰르파 텐징 노르게이(Tenging Norgay)의 세계 최초 에베레스트 등정을 기념해 붙인 이름)에 도착하면 내가 밑에서 엉덩이를 밀어줄 테니 당신이 밧줄을 당겨서 올라가는 거예요."

가밀은 모든 일이 순조롭게 풀릴 것을 암시했다.

"자, 죽 좀 드세요!"

미국인이 말만 하고 숟가락을 들지 않자, 가밀이 숟가락을 들고 미국인의 손에 쥐어주었다.

"미안하지만 식욕이 없어요."

"안 돼요. 먹고 싶지 않아도 먹어야 해요! 잘 먹고, 잘 마시는 것. 그게 등반의 전제조건이라고요."

"토할지도 모르는데."

"토하면 한 번 더 먹어야 해요. 알겠어요? 산 정상에 오르는 건 살아서 돌아가기 위해서예요. 살아서 돌아가려면 강한 의지를 갖고 체력을 비축해야 합니다."

"좋아요, 알았어요. 하지만 등산 얘기 좀 해줄래요? 들으면서 밥 먹으면 뭘 먹고 있는지 잊어버릴 테니까요."

가밀은 손을 들어 머리를 긁적거렸다. 그러다 반창고를 붙인 이마의 작은 상처를 건들어서 얼굴을 찡그렸다.

"알겠어요. 그럼, 당신네 서양인들이 우리 셰르파 가이드를 무시한 이야기나 해볼게요."

"뭔가, 내 약점을 이용하는 건가요? 내가 약해진 걸 알고, 그간 쌓인 걸 한꺼번에 사과받으려나 보군요."

가밀은 고개를 저었다.

"닷새 전에 2번 캠프에서 보셨죠?"

"수백 명의 셰르파 가이드가 몇 명의 유럽인 텐트에 돌을 던졌어요. 내가 바로 막지 않았다면 그 유럽인들은 큰일 날 뻔했어요."

"그랬죠. 정말 무서웠어요. 힐러리의 등반을 도운 텐징 노르게이의 후손들이 그렇게 야만적일 줄은 몰랐어요."

"야만이요? 누가 야만적입니까?"

"텐트에 돌을 던진 쪽이지요!"

미국인은 그렇게 말하면서 위협하듯이 꿀꺽하고 음식을 삼켰다.

"그럼, 물어볼게요. 왜 가이드들이 돌을 던졌는지 아세요?"

"알죠. 그들이 2호 캠프에서 3호 캠프로 가는 루트를 보수할 때 유럽인들이 억지로 지나가려고 했기 때문이잖아요."

"그럼, 도대체 어느 쪽이 더 야만적인가요?"

"유럽 사람들 입장도 생각해야죠. 루트 공작이 하도 늦어지니까 2호 캠프에서 기다리다가 미칠 지경이었다고요."

"좀 더 먹으면서 내 이야기를 들어주세요."

가밀은 어느새 미국인이 오트밀을 절반 가까이 먹은 것을 보았다.

"왜 루트 공작이 왜 늦어졌는지 아세요? 눈보라가 엄청났거든요. 2호 캠프에서 3호 캠프까지 계속 70도 경사면이에요. 아이스 스크루를 하나하나를 얼음에 끼워 넣어야 하는 거죠. 불어오는 바람, 내리는 눈은 물론이고 언제나 부서진 얼음이 총알처럼 머리와 귀를 향해 날아오죠. 루트를 개척하는 사람치고 상처가 없는 사람이 없습니다."

미국인은 두 숟가락을 연이어 입에 넣고 힘겹게 씹어 먹었지만 좀처럼 삼키지는 못했다. 가밀은 갑자기 자기 머리를 툭툭 쳤는데 하필 또 상처 부위여서 숨을 크게 들이마셨다. 미국인은 깜짝 놀란 나머지 배에 힘이 들어가면서 입안의 음식을 한꺼번에 삼켰다.

"그렇다고 죽여서 돈을 빼앗는다고요? 질식사하면 내 배낭 갖고 집으로 돌아가는 건 아니겠지요?"

"자, 당신 목숨이 얼마나 귀한지 알았죠?"

가밀은 흘겨보면서 침낭에 싸인 미국인의 다리를 가볍게 두드렸다.

"가치 없는 목숨이 어디 있겠어요. 힐러리는 물론이고 산 정상에 오른 사람들 가운데 누가 우리 셰르파의 보살핌을 받지 않고 등반했나요? 이 에베레스트산의 조난자 삼백 명 가운데 3분의 1은 셰르파들이에요! 당신들의 등반은 취미일 테죠. 우리는 살기 위해, 가족을 먹여 살리기 위해서 하는 일입니다. 당신들은 '산 정상에 오르는 건 살아서 돌아가기 위함이다'라는 말을 자주 하죠. 산에서 내려오면 여러분은 삶을 즐길 수 있으니까요. 우리는 '산 정상에 오르면 반드시 살아서 돌아가야 한다'라고 말해요. 그건 종족을 위해서, 자손을 위해서입니다. 당신들이 산에 오르는 건 '산이 거기 있기 때문'이라는 말이 맞아요. 그렇다면 우리는 왜 산에 오를까요? 산은 우리의 생명을 이어주는 자기 자신만의 정원이기 때문이에요."

미국인은 먹는 것을 멈추고 눈을 감은 채 잠시 맛을 본 후 손을 뻗어서 가밀의 손을 잡았다.

"우리가 틀렸어요. 잘 알았어요. 돌을 던진 건 단순한 분노가 아니라 존엄을 지키기 위한 행동이었군요. 당신들은 모멸당했고, 존엄을 침해당했어요. 우리는 그걸 제대로 알아야 해요."

"다행이네요. 오트밀은 헛된 게 아니었어요."

가밀은 미국인의 오른손을 두 손으로 꽉 쥐고 앞뒤로 흔들었다.

"그거 아세요? 그날 그 유럽인들은 아무리 설득해도 듣지 않고 억지로 공작대 옆을 지나갔어요. 등반 후에 아이젠에 밟힌 무수한 얼음이 비처럼 쏟아졌어요. 그렇게 되면 어떻게 루트 공사를 계속할 수 있겠어요? 돌을 던지지 않고 어떻게 계속할 수 있었겠어요."

미국인은 가밀의 손을 힘껏 움켜쥐고 흔들었다.

"아까 한 말 사과할게요. 그리고 산에 있는 서양인들을 대신해서 사과할게요."

"사과요? 제 이야기를 끝까지 들어보세요. 말로만 사과하면 끝나는 건가요?"

가밀은 잡혀있는 손을 거칠게 빼냈다.

미국인은 눈을 크게 뜨고 수염을 쓰다듬었다.

"휴, 여기서 나를 두들겨 패야 마음이 풀리겠어요?"

"아니요, 당신을 때려봐야 아무 문제도 해결되지 않아요."

가밀은 양손으로 허벅지를 있는 힘껏 내리치며 말했다.

"응원해 주세요. 한 중국인을 도와주러 가야 해요. 작년에 저를 따라 등반했던 바로 그 손님이에요."

가밀은 미국인을 가만히 쳐다보면서 오른손으로 텐트 바깥의 산 정상을 가리켰다.

"오늘 오전에 그가 북벽에 올라갔다가 내려오는 길에 발이 묶였어요."

"어디서요?"

미국인은 가밀의 눈이 붉어지는 것을 보고 그의 손을 가볍게 두드렸다.

"서드 스텝 아래, 고도 8,750미터에요."

"누가 구하러 가는 건가요? 속죄하기 위해 내가 가든지, 아니면 영웅이 되기 위해 당신이 가든지, 그것도 아니면 둘이 같이 가서 유명인이 되든지."

미국인은 주먹을 불끈 쥐고 침낭에 덮인 다리를 툭툭 쳤다.

"제가 갈 거예요."

가밀은 고개를 들고 산 정상 쪽을 바라보았다. 그의 목소리는 차분했다.

"그럼, 난 어떻게 하면 좋을까요?"

미국인은 가슴에 손을 얹었다.

"산 정상에 올라가서 라호하와 함께 하산하세요. 저는 그를 구하러 갈 거예요."

"구하러 간다고요? 저쪽은 중국이잖아요? 국경을 넘는 건데?"

미국인은 고개를 저으며 손으로 입을 막았다.

"생명이잖아요. 생명을 구하는 거니까."

가밀은 눈물을 글썽이며 말했다.

"왜 그를 구하러 가는 거죠? 그가 당신 손님이라서요?"

"그렇기도 하고, 그렇지 않기도 해요. 그냥 좋은 사람이라 돕고 싶어요.

하지만 그 사람처럼 누군가 산에 갇혀 있다면 도와주러 가는 게 우리 일이 잖아요."

가밀의 말을 듣고 미국인의 눈시울이 붉어졌다. 그는 하늘을 올려다보며 두 손을 들었다.

"하나님, 들으셨습니까? 나는 단지 사람들의 고통을 덜어주려고 치아를 치료할 뿐인데, 이 사람은 다른 사람을 위해 자신을 희생할 생각까지 하고 있습니다. 당신의 신자들이 모두 이렇게만 한다면 에덴동산은 풍성한 열매로 가득할 겁니다."

미국인이 고개를 크게 끄덕이는 모습을 본 가밀의 눈에서 눈물이 왈칵 쏟아졌다.

"인간은 모두 부처라는 말은 정말이었어요. 그 말이 맞습니다. 당신은 이미 산 정상에 오른 사람이에요."

미국인은 다시 눈을 동그랗게 물었다.

"그걸로 제가 산 정상에 오른 셈인가요? 이제 같이 올라가지 않을 건가요?"

"당신은 올라가지 않았어도 올라간 것과 같아요. 오늘 밤 당신의 영혼은 천국의 정상에 올랐으니까요. 내일 오전 우리는 반드시 이 세상의 정상에 서게 될 겁니다."

가밀은 다시 얼굴을 붉히면서 합장하고 미국인에게 고개를 숙였다.

"오오! 당신이 신이라면 얼마나 좋을까요. 천국에 갈 수 있을지 걱정할 필요도 없고 말이죠." 미국인은 미소를 지으며 좋은 꿈을 꾸다 깨어난 사람처럼 눈을 반짝 떴다.

"제 생각에는, 좀 더 선행을 쌓는다면 당신은 틀림없이 천국에 들어갈 거예요."

가밀도 미소를 지으면서 검지를 눈앞에 치켜들고 앞뒤로 흔들었다. 미국인은 눈을 최대한 동그랗게 떴다.

"어떤 선행? 산소 한 병을 더 주거나 그런 건가요?"

"그럴 필요 없어요. 있는 걸 남겨주시면 돼요."

가밀은 검지를 머리 위로 들어 올리며 말했다.

"약이요. 덱사메타손 주사액 말이에요."

"덱사메타손? 산에서는 생명을 구할 수도 있지만, 사람을 죽일 수도 있어요."

미국인은 가밀의 말이 끝나기도 전에 고개를 저었다.

"당신 말이 맞아요. 하지만 생명을 살리는 효능이 우선이에요. 기사회생시켜야 해요. 지금 그를 이미 죽은 사람으로 간주하고 구하러 가는 거예요."

"책임은 누가 지나요?"

미국인은 눈을 감은 채 계속 고개를 저었다.

"저요!"

가밀은 검지 끝으로 자기 가슴을 콕 찍으며 대답했다.

"하지만 약은 내 거예요."

"당신이 나한테 줬잖아요."

가밀은 잔뜩 인상을 쓰면서 몸을 틀고 텐트를 두드렸다.

"아직 아니에요."

미국인은 고개를 숙이고 그릇에 담긴 오트밀을 바라보았다.

"그럼, 나한테 줄 건가요?"

가밀은 그보다 더 얼굴을 낮추어서 미국인의 눈을 올려다보았다.

"아니요."

미국인은 고개를 저으며 눈을 감았다.

"그럼, 저는 어떻게 해야 하죠?"

"빼앗아 보세요!"

"당신같이 좋은 사람한테 어떻게 손을 대겠어요?"

가밀은 자세를 바로잡고 앉아서 텐트 밖의 바람 소리에 귀를 기울이며 다시 양손을 내려다보았다.

"훔쳐요."

미국인도 얼굴을 돌리고 눈보라에 텐트가 흔들리는 소리를 들었다.

"부처님, 이 사람에게는 이 말을 쓰지 못하게 해주세요. 오계(속세의 신자들이 지켜야 할 다섯 가지 계율)는 도둑질을 금하고 있다고요."

가밀이 얼굴을 붉히면서 합장하며 목소리를 높였다.

"계율을 어기면 어떻게 되나요?"

미국인은 싱글거리면서 자기도 합장하고 머리를 낮게 숙여서 가밀의 얼굴을 올려다보았다.

"지옥에 떨어져서 악귀나 저승사자로 다시 태어나요."

"그럼, 다른 말로 바꿉시다."

"어떻게요?"

"줍는다! 그렇지. 고도가 워낙 높아서 현기증이 나는 바람에 텐트 전실에다 약을 떨어뜨린 거예요. 어때요? 이런! 오트밀이 다 떨어졌네. 우리 이걸로 협상합시다. 나한테 억지로 먹이지 말기예요. 알았죠?"

그러면서 미국인은 다운 재킷 안주머니에서 작은 알약통을 꺼내 텐트 전실에다 던졌다. 그는 득의양양하게 손으로 수염을 쓰다듬고 턱수염을 부드럽게 쓸어내리더니 드러누웠다.

가밀은 두 손으로 얼굴을 덮고 울음을 터뜨렸다.

17

 가밀은 겁에 질렸다. 눈앞에 보이는 버섯바위 옆에 머리부터 발끝까지 주홍색 구명 담요를 뒤집어쓴 사람이 미라처럼 미동도 하지 않고 바위에 기대어 있었다. 눈은 그 사람을 덮고 있는 담요와 온몸 위로 쌓여 꽁꽁 얼어붙어 있었다. 그 사람은 애초 돌에서 자라난 듯 암반에 솟아 석화한 나무같이 보였다.

 그의 뒤에는 위아래가 연결된 감색 커버올(Coverall, 다른 옷 위에 덧입는 형태로 상하의가 연결된 옷)을 입은 사람이 누워있었다. 그 사람은 네팔 쪽을 향해 있었고, 산에서 돌 틈에 피는 꽃처럼 몸의 절반이 눈에 파묻혀 있었다.

 '어느 쪽이 죽은 사람이고, 어느 쪽이 산 사람일까? 어느 쪽이 잉푸 회장이지?'

 사람이 죽는 데도 순서가 있을 것이다. 누워있는 쪽이 먼저 죽었을 게 틀림없다. 가밀은 잠시 생각하다가 손을 뻗어 잉푸의 얼굴에서 스노우 고글을 벗겨냈다.

 역시 잉푸 회장이었다. 잉푸 회장은 눈을 꽉 감고 있었고, 눈보라를 맞으면서도 아무런 반응이 없었다. 가밀의 심장이 오그라드는 듯했다. 그는 검지와 엄지로 잉푸의 왼쪽 눈꺼풀을 벌렸다. 왼쪽 눈이 벌어지는 동시에 잉푸의 오른쪽 눈도 번쩍 뜨였다.

 "잉푸 회장님! 아직 살아있어요?"

 그는 흥분해서 힘을 조절하지 못하고 양손으로 잉푸의 어깨를 세게 흔들었다.

 "지아추어, 너야? 왜 위에서 내려왔어?"

잉푸가 자신을 다른 사람으로 착각해서 말하는 소리를 듣고 가밀은 웃었다. 그는 스노우 고글을 이마에 올리고 산소마스크를 턱까지 당겼다.

"가밀요! 저 가밀이에요!"

가밀이 크게 소리치고 거칠게 흔들어서 잉푸는 환각에서 깨어났다.

"그렇네, 진짜 가밀이네. 몸집이 작고, 다부지고, 얼굴이 부어있고, 치아는 하얗고, 입술이 갈라지고…."

"어어, 나 잡아 오라고 염라대왕이 보낸 저승사자인 줄 알았어. 어떻게 된 거야?"

잉푸는 고개를 흔들며 눈을 부릅뜨고 가밀을 쳐다보았다.

"눈보라가 굉장해요. 스노우 고글을 쓰세요."

잉푸에게 스노우 고글을 씌워준 후 가밀은 배낭을 내려놓았다. 조심스럽게 카라비너를 연결한 다음 주위를 둘러보았다.

"자, 물 드세요."

그는 왼손으로 잉푸의 산소마스크를 내리고 오른손으로 보온병 뚜껑을 잉푸의 입에 가져다 대주었다.

"자, 초콜릿도요."

잉푸는 가밀이 초콜릿을 부러뜨려서 한 조각을 입에 넣어줄 때까지 기다리지 않고 미리 입을 반쯤 벌렸다. 초콜릿이 입에 들어오자, 그는 볼이 미어지게 물고서 천천히 녹여 먹었다.

"다행이야. 먹고 마실 수 있으니 죽지는 않겠구나."

가밀은 안도했다. 몸을 숙이고 잉푸의 배낭에서 나온 산소통의 지침을 들여다보았다.

"부처님, 마침 좋은 시간에 내려왔습니다."

잉푸의 산소통 지침은 '0'에 멈춰 있었다. 사실 잉푸는 이미 삼십 분 전에 산소를 다 써버렸다. 그래서 잉푸는 여러 환각을 본 것이기도 하다.

가밀은 잉푸의 눈꺼풀을 벌려서 흐린 눈동자 상태를 확인했다. 그는 에베레스트의 경험 많은 독수리였다. 많은 사람을 구했고, 많은 장면을 목격했다. 그는 곧바로 자신이 짊어지고 있던 산소통을 잉푸의 것과 바꾸고 산소를 크게 들이마시라고 지시했다. 그는 산소 유량을 '4'로 설정했다. 잉푸가 산소를 크게 들이마시자, 가밀은 안도의 한숨을 쉬었다. 그러고는 기민하게 다운 재킷 안주머니에서, '주워 온' 덱사메타손 주사액을 꺼내 잉푸의 눈앞에 들이댔다.

"놔드릴까요?"

잉푸는 주사기를 보고 고개를 끄덕였다. 세찬 눈보라 속에서 주사를 놓는 것은 가밀의 특기다. 그는 구명 담요의 오른쪽 지퍼를 내리고, 잉푸의 다운 재킷 오른쪽 지퍼도 엉덩이까지 내렸다. 그리고 전혀 망설이지 않고 히트텍 타이츠 속 잉푸의 오른쪽 엉덩이에 주삿바늘을 찔렀다. 주삿바늘을 뺀 다음 몇 개의 지퍼를 잠그고 나서 그는 곧바로 잉푸의 스노우 고글을 이마까지 들어 올린 뒤 코가 닿을 만큼 가까운 거리에서 잉푸의 눈을 바라보았다.

이번에는 잉푸가 웃음을 터뜨렸다.

"가밀, 이거 빚 갚은 셈이지?"

"뭐라고요? 부처님께 맹세하는데, 내가 뭘 빚졌나요?"

"양 말이야."

그 말은 눈보라의 굉음에 묻혀서 들리지 않았지만, 잉푸의 익숙한 미소를 보고 가밀은 금세 알아차렸다.

지난해 그와 잉푸는 카트만두를 기점으로 삼아 두 달가량 밤낮을 가리지 않고 함께 지냈다. 라호하가 합류하여 세 남자의 공동생활은 냄비와 접시가 부딪쳐 요란하게 달그락거리듯 충돌을 피하기 어려웠다. 산에 오르면 지치고 호흡이 가빠진다. 거기에 산소마스크까지 쓰고 있어서 뭐라고 말하려 해도 산소마스크에 덮여 입을 마음대로 움직이지 못해서 주로 손짓과 눈빛에 의존하는 길밖에 없다. 산 정상에 올랐다가 내려오면 세 사람은 각자 자기 나름의 소통 방법이 생겼다.

"빚 갚은 셈이라고 했죠?"

가밀이 중얼거렸다. 작년에 산에 올랐을 때 그는 잉푸와 소통할 때 눈빛과 눈썹의 움직임, 손짓, 발짓을 주로 사용했다. 하지만 지금은 양손으로 잉푸의 어깨를 잡고 귓속말하듯 입으로 잉푸의 귀를 거의 막을 것처럼 가까이하고 있었다.

잉푸는 구명 담요 속에서 손을 움직여 신호를 보내려고 했다. 가밀은 얼른 지퍼를 열어주고 양손을 밖으로 내밀게 했다.

"한 판 더 할까?"

잉푸는 가밀과 자신을 번갈아 가리키더니 손을 아래로 향하게 하고 장기 두는 시늉을 했다.

"나는 못 이겨요."

가밀은 고개를 저으며 양손을 가슴께에 올려 손사래를 쳤다.

덱사메타손의 자극과 다량의 산소 덕분에 잉푸의 의식이 또렷해지는 것을 본 가밀은 감격에 겨워 울고 싶을 정도였다. 잉푸의 신경계를 흥분시키기 위해 그는 일부러 잉푸를 놀리는 시늉을 했다.

"나한테 이기고 싶으면 내려가요."

그는 산 밑을 가리키고서 커다란 원을 그리듯이 팔을 뒤에서 앞으로 쭉쭉 뻗어 걷는 시늉을 했다.

"내려가서 다시 만나면 진지하게 겨뤄보자고…."

등산객들은 전진할 때 앞뒤로 줄지어 걸으며 누구와도 대화하지 않는다. 모두 조용히 생각에 잠기고 걷는다, 대화는 물 마실 때나 휴식 시간 또는 담배를 피울 때 한다.

텐트에 들어가면 더 지루하고 견디기 힘든 시간이다. 고도가 낮으면 티베트 설게의 지저귐, 야크의 투덜거림, 도둑처럼 날아다니는 까마귀의 날갯짓, 그리고 등산 동료들의 방귀와 딸꾹질 등 다양한 소리를 들을 수 있다. 고도가 높으면 절절하게 한탄하는 듯한 바람 소리, 그리고 눈송이와 모래알이 텐트에 부딪힐 때면 '나가라!'라고 부르짖는 것 같은 원망에 찬 소리만 들린다.

책을 읽는다는 것은 불가능하다. 뇌에 산소가 부족하여 눈은 책을 보고 있어도 사고력이 전혀 작동하지 않는다. 지난 일들은 이미 수십 번 회상해 봐서 속이 느글거릴 정도다. 그 외에 도대체 무엇을 할 수 있단 말인가?

장기를 두는 것!

남자는 호르몬의 지배를 받는 동물이라, 생사를 가르는 전투 본능이 있다. 잉푸는 중국 장기를 조금 둘 줄 알았다. 가밀에게 가르쳤더니 열흘도 되기 전에 잉푸가 항복해야 할 만큼 능숙해졌다. 얼마 안 가서 된통 당했고, 그는 부아가 나서 밥이 목구멍으로 넘어가지 않을 정도였다.

가밀은 '바그찰'이라는 네팔식 장기를 즐겼다. 그것은 네팔의 국민 게임으로 '움직이는 호랑이'라는 뜻으로, 중국 장기와 비슷한 요소가 있었다. 25칸이 있는 장기판에서 한쪽은 호랑이 네 마리를, 다른 쪽은 양 20마리를 가지고 시작한다. 호랑이를 가진 사람은 양 떼의 포위망을 뚫고 양 다섯 마리를 죽이는 것을 목표로 한다. 양을 가진 사람은 호랑이가 움직이지 못하도록 철저히 포위해야 한다.

중국 장기에서 패한 잉푸는 가밀에게 '호랑이와 양'의 대결을 요구했다. 그래서 가밀은 몹시 짜증을 내며 말도 하지 않았고, 장기판을 사흘이나 건드리지도 않았다. 등정을 앞두고 사우스콜에서 묵은 날 저녁, 가밀은 잉푸의 긴장을 풀어주기 위해서 그의 텐트에 들어가 일부러 바그찰 판을 펼쳤다.

"치사하십니다. 당신은 산소를 마시면서 장기를 두고 있잖아요. 남은 숨을 헐떡거리면서 상대하는데, 여기서 이긴들 그게 남자입니까?"

연거푸 패하고 나자, 가밀은 체면이 말이 아니었다.

"등산에 관해서 당신은 할아버지고 나는 이제 막 시작한 손자인 셈인데, 그럼, 내가 산소를 마셔야지, 당신이 산소를 마시려고? 산소는 산소, 장기는 장기. 지면 지는 거고, 이기면 이기는 거요. 중국인들은 '내기하고 싶으면 패배를 인정하라'는 옛 속담이 있는데 그걸 믿어야죠."

잉푸는 젠체하며 고개를 저었다.

"패배를 인정하라고요? 농담 아닙니다. 당신을 이긴다면 그건 운을 다 쓴 거고, 이기지 못한다면 당신한테 열여덟 번 환생해도 못 갚을 빚이 생기겠죠. 텐트에서 나가면 당신은 뜻대로 걷지도 못할 거고, 핑계를 만들어서 '오줌이 마렵네, 똥이 마렵네'하면서 징징거릴 테니까요."

가밀은 화가 나서 바그찰 판을 쳤다. 양 떼가 뛰어올라 호랑이를 뒤덮었다.

"아! 그래, 좋아. 한 판 양보하지. 중국 장기로 하자고. '남에게 양보할 건 양보하라' 그렇지 않았다간 정상에 올라갈 때 당신이 화가 나 산소통을 하나 줄일지 모르잖아."

잉푸는 침낭에다 중국 장기판을 펼쳤다.

한 판이 끝나자, 가밀은 신이 나서 손뼉을 치며 자리에서 일어섰다.

"잠깐 눈 좀 붙이고 쉬었다가 출발하시죠!"

"아, 뭐야! 안 돼. 한 판 더!"

잉푸는 산소마스크를 내리며 외쳤다.

"당신한테 한 판 빚진 걸로 하죠. '내기하고 싶으면 패배를 인정하라'는 말이 있다면서요? 산에서 내려오면 한 판 봐 드리죠."

가밀은 기분 좋게 텐트에서 나와 네팔의 최고 유명 가수이자 티베트 비구니 아니 초잉 돌마(Ani Choying Drolma)의 노래 '내 가슴은 바람 속의 비단'을 흥얼거렸다. 이를 지켜보던 잉푸는 하마터면 그의 엉덩이를 걷어찰 뻔했다.

지금 이 세상 가장 높은 곳으로 채무자가 빚을 갚으러 왔다. 잉푸의 몸과 마음이 뜨거워졌다. 그 자리에서 일어서려는 충동이 솟구쳤다.

"오줌 누려고요?"

가밀은 산에서 잉푸가 보이는 여러 가지 이상 행동을 잘 알고 있었다. 대기업 회장으로서 무엇을 하든 거드름을 피우는 까닭에 배설할 때도 체면치레 같은 징후가 보인다. 몸을 수그리고 배낭을 내려서 화장지를 꺼낼 때는 대변을 보고 싶은 것. 황급히 주위를 둘러본다면 바지에 오줌을 싸기 직전일 때다.

"자, 일어서 봐요."

가밀은 잉푸 앞에 서서 빙그레 웃으며 그의 어깨를 잡았지만, 사실 속으로는 매우 긴장하고 있었다. 그때 잉푸가 일어설 수 있다면 그것은 그가 살아남을 확률이 높다는 의미였다. 안타깝게도 아래에 있는 사람들은 진척이 없는지 올라오지 않았다.

잉푸의 다운 재킷 바지 지퍼를 열어주고는 얼른 왼쪽으로 비켜서서 잉푸가 노스콜 쪽으로 소변을 보게 하고 그 모습을 지켜보았다. 그리고 마음의 큰 돌덩어리가 사라진 듯 홀가분하게 잉푸를 부축해서 다시 자리에 앉혔다.

"당신, 나한테 아직 빚이 있다고!"

코코아를 마시며 잉푸는 가밀를 힐끗 쳐다보았다.

"고약한 심보시네. 차마 죽지도 못하겠어요. 남한테 빌려준 돈 생각나서."

가밀은 잉푸의 귀에 입을 대고 말했다.

"뭘 빌렸다는 거야?"

"돼지요. 부처님, 이런 부자는 좀 더 윤회, 환생하게 해주세요. 고작 돼지 백 마리 때문에 초모랑마 정상에서 기다리고 있었다니요!"

소녀 인신매매는 네팔의 가난한 지역에서 심각한 문제였다. 이들 최빈곤 가정에서는 매년 수만 명의 소녀가 다른 집이나 공장, 심할 경우 인도 뭄바이의 매춘업소로 팔려나간다. 바르디아(네팔 중서부 룸비니 주에 속한 곳으로 대부분 농경지와 숲으로 이루어져 있다) 등의 타르(인도와 네팔 국경 지역인 테라이 지방 숲속에 사는 소수민족) 지구에서는 7세에서 10세 소녀들을 부유한 귀족 카스트에 계약 노예로 팔아넘기는 건 오랜 관행이었다. 그 잔혹한 소녀 인신매매를 저지하기 위해 '네팔 청소년 재단'이라는 사회복지단체가 독특하고 효과적인 전략을 고안해 냈다. 최빈곤 농촌 지역 가정에서 딸을 팔지 않고 키울 때, 아기 돼지 한 마리와 등유 난로 한 대를 보상해 주고, 그 아이의 학비도 지급하는 방법이었다. 지난 몇 년간 그 방법으로 노예가 되었을지 모를 소녀들을 만 명 넘게 구해냈다. 더 많은 소녀를 구하기 위해 더 많은 모금을 해야 한다.

가밀은 샤가르마타(에베레스트산의 네팔의 명칭)가 위치한 솔루쿰부(네팔 북동부, 에베레스트 남쪽 마을) 지역에서 이 단체의 책임자였다. 가밀은 모금을 위해 다방면으로 힘을 기울였다. 등산 시즌은 텐트를 드나들며 등산객들에게 다가갈 수 있는 좋은 기회였다.

어느 날 오후, 쉬고 있던 잉푸는 가밀과 호랑이 체스 '바그찰'을 두어서 세 판 연속으로 이겼다. 가밀이 지키던 양을 잉푸의 호랑이가 차례로 덮쳐서 죽은 장기 말이 층층이 쌓였다. 가밀이 호랑이가 되었을 때는 잉푸의 양들이 호랑이가 도망치지 못하도록 포위했다.

가밀의 한숨을 들으며 잉푸도 한숨을 길게 내쉬었다.

"그냥 포기해. 부처님께 기도해 봐야 소용없어. 중생들 구제하느라 바쁘시거든. 내 짐작에 이건 부처님의 포상일 거야."

"포상이요? 그런 건 깨달음이 아니라고요. 이건 부처님의 가르침입니다. 이겼을 때는 자기 혼자서만 기뻐하지 말고 진 사람 기분도 신경 쓰라는 가르침이요."

가밀은 검지로 잉푸를 가리켰다가 다시 자기 쪽을 가리켰다.

"그럼, 이기는 게 무슨 의미가 있어?"

잉푸는 눈을 가늘게 뜨고 노려보았다.

"지는 사람도 있다는 걸 알려주기 위해서죠. 승자가 있으면 패자가 있는 법이니까. 패배자를 배려하지 않는다면 행복이 무슨 의미가 있겠어요?" 그러면서 가밀은 잉푸의 얼굴을 지긋이 쳐다보았다.

"뭐야, 그냥 장기일 뿐이잖아?"

잉푸는 엄지와 검지로 두 눈을 문질렀다.

"당신에겐 그냥 장기에 불과하겠지만, 상대에겐 인생이라고요!"

그러자 잉푸가 눈을 동그랗게 뜨고 말했다.

"아아, 형제여! 당신 인생은 정말로 근사하구나!"

"내가 말하는 건 내 인생이 아니라 '네팔 청소년 재단'의 아이들 얘기라고요."

"새끼돼지 한 마리를 소녀 한 명과 맞바꾼다고?"

"네, 맞습니다."

가밀은 손뼉을 쳤다.

"그렇군. 베이스캠프에 도착했을 때 바그찰을 가르쳐 준 건 자기네 나라 문화를 전파하기 위해서가 아니라 사람의 도리를 가르치기 위해서였군요."

잉푸는 고개를 끄덕이며 가밀를 향해 가볍게 손뼉을 쳤다.

"아닌데요. 나는 사람을 구제하는 부처가 될 수 없어요. 그냥 등산 시즌에 부자들이 돈을 내게 하고 싶었을 뿐입니다."

가밀의 시선은 텐트 밖을 헤매고 있었다. 산길에서 야윈 셰르파 소년이 허리를 구부리고 무거운 가방을 짊어지고 올라왔다.

"내가 얼마를 내야 하나? 말해 봐요."

소년의 얼굴이 땅에 닿을 듯이 구부정한 모습을 보고는 눈에서 웃음기가 사라졌다.

"백 마리요. 천 달러어치입니다."

"이백 마리, 이천 달러 내지."

소년이 느릿느릿 걸어갔다. 잉푸의 눈가가 촉촉이 젖었다. 소년의 뒷모습을 보며 그는 중얼거렸다.

"역시 중국인이 가장 너그럽지."

"저 나이대 여자애들이 불쌍하잖아. 도와줘야지. 당신도 착하니까 도와줘야지."

잉푸는 고개를 돌리고서 눈을 동그랗게 뜨고 입을 떡 벌리고 있는 가밀을 바라보며 오른손을 내밀며 말했다.

"정말인가요? 그렇담 당신이 도와주기만 한다면 제 할당량은 달성입니다."

가밀은 흥분한 나머지 두 손으로 잉푸의 손을 잡고 세차게 흔들었다.

"아니, 아니야! 백 마리는 내 양심을 일깨워 준 당신에 대한 보상이야!"

"그럼, 나머지 백 마리는요?"

"당신한테 빌려준 거지."

"어떻게 갚을까요?"

가밀은 웃으면서 갈라진 입술을 삐죽거렸다.

"산에서 내려와서 장기를 세 판 연속으로 두면 돼."

"협상 성립! 바그찰 뿐만 아니라 중국 장기도 세 판 연속으로 질 테니까요."

잉푸는 눈을 부릅뜨고 두 손을 흔들었다.

"힘내세요! 당신이 살아 내려오면 내가 북경으로 다시 만나러 갈게요. 결판이 날 때까지 사흘 계속으로 둡시다."

가밀은 '돼지'라고 하면서 뜨거운 눈물을 흘렸다. 부처님, 반드시 이 착한 사람을 도와주세요. 이번에는 자비롭게 그를 살려주세요.

"그래도 미안하군. 빚을 한 건 더 갚지 않으면 청산한 게 아니니까."

가밀의 멍한 표정을 보고 잉푸는 오른손을 뻗어서 그를 쓰다듬었다.

"뭐라구요? 아직도 빚이 있어요? 목숨을 걸고 정상을 넘은 것과 고용인이 주인을 찾으러 온 것은 비교가 안 되죠."

가밀은 놀란 시늉을 하며 잉푸를 놀렸다.

"새 말이야."

잉푸는 눈을 들어 위를 바라보았다.

"구두쇠! 독수리 때문에 야크 한 마리 더 샀을 뿐이잖아요?"

가밀은 분하다는 듯이 소리쳤다. 이때다 하고 잉푸가 초콜릿 한 조각을 그의 입에 집어넣었다.

"아니, 세 마리야."

잉푸는 가볍게 고개를 저었다.

"정말 사리 분별을 못 하시네. 두 마리는 저와 라호하를 위해 기부한 거잖아요."

"아니, 너희를 위한 속죄야. 그래서 너희가 나한테 빚을 진 거라고."

"아아, 부처님! 이럴 줄 알았으면 부탁하지 않았을 텐데. 좋아요! 그럼, 바그찰하고 중국 장기하고 둘 다 한 판씩 두자고요."

"두 판, 각각 두 판씩이야."

잉푸는 웃었다.

원래 베이스캠프에서 가밀은 세 가지 역할을 겸하고 있었다. 산악 가이드, 솔루쿰부 지역 '네팔 청소년 재단' 책임자이고 '독수리 레스토랑' 주인이다. 네팔에는 아홉 종의 독수리가 있는데 거기서 여섯 종이 멸종 위기에 처해 있다. 매년 독수리를 포함한 수천 마리의 새들이 디클로펜(Diclofenac) 소염제를 먹은 소의 썩은 고기를 먹고 죽어간다. 그래서 구조 기금이 설립되었고, 기부금을 모아서 건강한 소고기를 사다가 주변 산에 '독수리 식당'을 세웠다. 테라이 서부 지역에 이런 독수리 식당이 생기자 불과 2년 만에 그 지역의 독수리 수가 두 배로 증가했다.

"내가 지면 당신이 돈 내는 거야."

어느 날 점심 식사 후, 샤가르마타에서 반사되는 따뜻한 햇볕 아래서 잉푸와 가밀은 베이스캠프 텐트 밖으로 나와 중국 장기를 두었다. 라호하는 옆에서 경기를 지켜보며 커피와 홍차를 따르기도 했다. 가밀은 장기 말을 뒤섞고는 라호하에게 눈짓으로 신호를 보냈다. 그리고 팔짱을 끼고 잉푸를 바라보았다.

"아, 또 왔네. 당신한테 지면 돈을 내야 하는데, 어째서 이겨도 돈을 내야 하지? 이렇게 가다가는 산에서 내려오면 우리 둘이 아내도 바꾸자고 하겠어. 아예 당신이 부자가 되고 내가 하인이 되는 건가?"

잉푸는 가밀과 라호하의 얼굴을 흘끗 쳐다보았다. 라호하가 얼른 고개를 숙였다.

"걱정하지 마십쇼. 저는 저 자신을 잘 압니다. 이번 생에는 부자 되기 글렀어요."

"그럼, 뭣 때문에 아직 내 돈이 필요하다는 거야?"

"야크를 사려고요."

"야크? 지난번에는 여자애들을 구하려고 돼지를 사더니. 이번엔 식당을 열려고 야크를 사겠다고?"

잉푸는 근처 언덕을 바라보았다. 그곳에는 햇살 아래서 이마에 붉은 띠를 두른 야크가 고개를 숙이고 풀을 뜯고 있었다. 잉푸의 눈빛과 마주친 건장해 보이는 수컷 야크는 엉덩이를 돌리더니 길게 소변을 보았다. 소변 냄새를 맡은 잉푸는 코를 찡그리면서 고개를 돌리고 가밀을 쳐다보았다. 가밀이 웃으며 말했다.

"네, 맞아요. 식당을 열고 산 위에서 독수리에게 먹이를 주는 겁니다."

"독수리는 부식동물(腐食動物, 생물이 사체 따위를 먹이로 하는 동물의 통칭. 까마귀, 독수리, 하이에나, 자칼 따위의 동물) 아닌가? 왜 신선한 고기를 먹이겠다는 거지?"

"썩은 고기에는 디클로펜 소염제가 들어 있어서 이미 여섯 종의 독수리가 멸종 위기에 처해 있어요."

잉푸는 이 말을 듣고 눈썹을 찌푸렸다.

"당신들, 정말 대단하네. 인간을 돕고, 새도 구하다니."

가밀과 라호하는 다시 눈을 마주쳤다.

"회장님 당신도 대단하세요. 사람을 구하고, 새도 돕고요."

"인간은 구해야지! 그렇지 않으면 양심은 어디서 찾겠어? 새도 구해야 하고말고. 안 그럼, 인간이라고 부를 수 있나?"

이 말을 듣고 가밀과 라호하가 웃었다.

"맞는 말씀입니다. 부처님께서는 당신 같은 사람을 좋아하세요."

라호하가 합장하면서 잉푸에게 고개를 숙였다.

"물론 내 주머니에 있는 돈도 좋아하시겠지."

"그럼요. 오온(인간과 우주를 구성하는 다섯 가지 기본 요소)은 모두 실체가 없지요. 그러니 이번 생에 수행의 기회를 확실하게 잡으십쇼."

가밀도 마찬가지로 합장하고서 고개를 가슴까지 숙였다.

"한 사람당 야크 한 마리, 만 위안입니다."

가밀은 검지를 내밀어 잉푸의 얼굴 앞에 대고 흔들었다.

"알겠어, 지급할게."

"부족한데요?"

"부족하다고? 한 사람당 1만 위안인데?"

잉푸도 검지를 들어서 가밀의 얼굴 앞에서 흔들었다.

"두 명 빠뜨렸습니다."

가밀은 웃으면서 라호하의 손을 잡아당겼다.

"저희 둘이요."

"내가 왜 당신들 선행에 돈을 내야 하지?"

"가난하니까요."

잉푸의 눈이 휘둥그레지자 라호하가 웃으며 손을 비볐다.

"얼마나 가난한데?"

"당신에게 돈을 빌려야 할 만큼이요."

라호하는 두 손바닥을 모아서 잉푸의 가슴 앞으로 내밀었다.

"다음 생에 갚겠습니다."

잉푸가 쿰부 빙하로 시선을 옮기자 끝없이 이어지는 빙설 계곡에서 마침 얼음 바위가 무너져 내리고 있었다. 희미한 진동이 느껴지고 희뿌연 연기가 한 줄기 피어올랐다.

"우리도 당신을 따라서 샴발라 왕국(티베트 불교의 전설에 나오는 가공의 왕국)에 들어가니까요."

잉푸는 하늘을 향해 웃었지만, 고개를 숙였을 때 그의 눈에는 눈물이 고여 있었다.

"이봐, 친구들. 그곳은 내가 갈 수 있는 천국이 아니야. 내가 사업이라는 바다에 뛰어든 뒤부터 나는 알고 있었어. 이 시장경제의 바다는 해안

선 따위는 없는, 괴로움도 끝이 없는 세상이라는 걸 말이야. 이 바다에 오래 빠져 있으면 지옥에 가야 해."

잉푸는 손뼉을 쳐서 짝하고 마른 소리를 내며 말했다. 주위에 둘러싼 산에서 메아리가 울려 퍼졌다.

"착한 사람은 당신들 같은 사람들 몫이고, 선한 행위는 당신들처럼 선한 사람이 해야 할 일이야. 나는 그저 돈만 낼 뿐이고. 마음 편히 있고 싶으면 이 빚은 다음 생까지 가져가 줘."

"지금은 다음 생이 아니지만, 당신은 벌써 하루의 밤낮을 견뎠어요. 내가 산소 두 통을 가져왔으니 이제 하루 밤낮만 더 버티면 괜찮을 거예요. 죽을힘을 다해 살아남아서 정말로 내세에 만나 청산합시다."

가밀은 울음을 터뜨렸다.

산신이 애가 타는지 머리 위에서 희미하게 천둥소리가 들려왔다.

"부처님! 이 사람은 당신과 가장 가까운 사람입니다. 도와주세요!"

가밀은 천둥소리를 듣고 하늘을 향해 외쳤다. 하지만 신기하게도 천둥소리는 더는 울리지 않았다. 하늘에서는 층층이 쌓인 두꺼운 구름이 서서히 내려앉을 뿐이었다.

"이제 됐어."

잉푸는 손을 뻗어서 산소마스크를 끌어 내렸다. 가밀은 재빨리 자기의 귀를 잉푸의 입에 가까이 가져갔다.

"어제 여기 주저앉자마자 신에게 간절히 빌었어. 하지만 내가 구제 불능이어서 그런지 어떤 신도 내게 응답하지 않더군."

그의 슬픈 말투에 가밀은 작게 몸서리를 쳤고, 잉푸가 그것을 눈치채고 어깨에 올려진 가밀의 손을 두드렸다.

"돌아가, 곧 폭설이 올 거야. 다음 생에는 반드시 수행을 열심히 해서

죄업도 소멸시키고, 팔백 년 후에 샴발라로 당신을 찾으러 갈 수 있도록 노력할게."

그러면서 잉푸는 웃었다.

"그때는 나하고 장기를 몇 판 둬 주라고. 그걸로 계산 끝내는 거야."

2013. 05. 17. 자정 12:00

가밀은 떠났다. 서드 스텝에 서서 그가 손을 흔드는 모습을 보고 있으려니 금세 눈보라 속으로 사라졌다. 잉푸는 마음속에서 따뜻한 기운이 솟았다. 그는 돌아갈 곳이 있는 사람이다.

작년, 등정에 나서기 전 사우스콜에서 잉푸와 장기를 둬서 패했던 가밀은 갑자기 슬픔에 휩싸였다.

"가르쳐 주세요. 우리 셰르파는 대체 누구인지. 수백 년 동안 우리 셰르파는 성씨가 다섯 개나 있었어요. 그리즈, 헬파, 사라가, 체파, 옴바입니다. 하지만 지금까지 외부인에게는 발설하면 안 된답니다."

그렇게 말하더니 눈물을 쏟으며 푸념했다.

"왜, 어째서 우리는 이런 민족이 되었을까요?"

"내가 말했지? 너희 셰르파는 서하(1038년에 티베트계 탕구르족 탁발씨 이원호가 간쑤와 내몽골 서부에 세운 나라) 왕실의 후손이라고. 이 사실은 고증까지 해서 확인한 사람이 있어."

가밀은 더 서글프다는 듯이 오른손으로 침낭을 세게 두드렸다.

"그럼, 더 비참하죠. 서하 왕조는 이미 멸망했잖습니까?"

"대체 자네가 하고 싶은 게 뭐야?"

"당신 같은 손님들을 한 명씩 안전하게 산 정상까지 데려다주고, 돈을 벌어서 가족을 먹여 살리는 것이죠. 아이들을 열심히 공부시켜서 셰르파 연구의 전문가로 키우고요. 전 세계에 우리가 누구인지 묻고, 우리가 누구인지 알릴 수 있게 말입니다."

덱사메타손의 부작용이 나타났다. 노리고 있었던 듯 그 순간 천둥이 치고 눈 부신 번개가 초모랑마 정상에 떨어졌다. 잉푸는 자기 뒤에 있는 죽은 산악인의 등뼈에 또다시 착 달라붙었다.

스콜라인 날씨가 다시 찾아왔다.

18

오늘 마오마오가 큰소리로 울음을 터뜨린 것은 이번이 일곱 번째였다.

2013. 05. 17. 저녁 6:30

마오마오는 베이징의 홍콩 기수클럽(The Hong Kong Jockey Club) 화장실에서 거울을 보며 화장을 고치고 있었다. 방금 그녀는 눈물을 흘리며 실컷 울었다. 가을비처럼 쓸쓸하고 슬펐다.

한바탕 울고 나서 그녀는 거울 속의 자신을 가만히 바라보았다. 어느덧 마흔일곱 살이었다. 눈꼬리에 까마귀 발자국 같은 잔주름이 희미하게 보인다. 귀 위치에 맞춰 자른 짧은 머리는 여전히 검은색으로 단정한 얼굴을 더욱 돋보이게 한다. 눈은 울어서 조금 부었지만, 푸른 눈동자는 바닷물처럼 맑고 투명하고 희미하게 원한도 서려 있는 것 같았다. 키 168센티미터 몸매는 운동으로 다져져 탄탄하고 매력적이었다. 얼굴색은 아웃도어파 특유의 서양배 색깔이었다. 양손을 들어서 머리를 뒤로 묶을 때

드러나는 손목 위쪽은 양의 기름처럼 새하얬다.

한참 거울을 바라보던 그녀는 조심스럽게 아이라인을 다시 그렸다. 다 그리고 났을 때는 눈물이 다 말라 있었다. 브러시로 속눈썹을 가볍게 다듬으니, 눈빛은 순식간에 싸움터로 향하는 투사처럼 반짝반짝 빛났다. 원래 입술이 붉고 치아가 하얀 편이어서 무색에 가까운 립스틱을 가볍게 발랐다.

자, 이제 전쟁터에 갈 시간이야. 그녀는 거울 속 자신을 향해 쓴웃음을 지으며 코로 숨을 크게 내쉰 다음 돌아서서 화장실 문을 열었다.

"아무리 법무부장이라도 그렇게 무거운 얘기는 하면 안 되잖아요?"

별실에서는 서른 살가량의 잘생긴 청년이 불만을 참지 못하고 터뜨리고 있었다. 그는 스포츠머리를 하고 있었고, 앉아 있어도 키가 180㎝ 정도는 돼 보였다. 어깨가 넓고, 터져 나갈 듯한 어깨 근육이 대충 입은 언더아머의 캐주얼 차림의 옷을 뚫고 나올 것 같았다. 가슴 근육은 마치 중국판 슈퍼맨처럼 불룩했다.

"귀가 솔깃해지는 말을 듣고 싶어? 그럼, 나가서 왕푸징호텔 가라오케에 가봐. 젊은 여자들이 지겨울 만큼 지껄여 줄 테니까."

"나도 무시하려는 게 아니라고요. 하지만 당신이 말하는 법에 저촉되는 선이 뭔지 모르겠어요. 생각해 보세요. 최근 몇 년간 시장은 이렇게 변했어요. 새로운 정책과 규제가 매일, 매달 확확 달라진다고요. 어제 카드를 나눠줄 때는 조커를 조커라고 정하더니, 오늘은 엑스트라 조커를 조커로 정했다고 해요. 그런 식인데 회사 운영자들이 어떻게 따라갑니까?"

"그럼, 왜 날마다 달마다 공부해서 알아내려고 노력하지 않지?"

"알아내라고요? 말도 안 돼! 그러기 전에 벌써 아웃입니다."

"그래서 될 대로 되라는 식이군."

청년은 화가 나서 왼손으로 테이블을 쳤다.

"나는 함정에 빠진 거라고요."

"함정에 빠졌다니? 스스로 잠입한 거 아니었어?"

"어떻게 잠입합니까? 애초에 회사를 위해서 잉푸인가 하는 작자의 동방몽도라는 사무용 건물을 살 때 성심성의껏 계약도 체결하고 계약금도 냈다고요."

마오마오도 탁자를 쳤다.

"결국 계약했어?"

"네, 했습니다."

청년은 입술을 깨물었다.

"프리미엄은 있었어?"

"네, 있었습니다."

"차액 4,200만에서 넌 얼마를 받았지?"

"2,000만."

"이제 이해가 가네. 그건 '불법점유죄'에 해당해. 그런 큰 금액이면 15년 실형이야!"

마오마오는 상대를 차갑게 쳐다보며 입을 굳게 다물었다. 청년은 할 말을 잃었다. 그는 오른손을 뻗어서 테이블의 젓가락 한쪽을 집어 들고 왼손에는 다른 한쪽을 올리더니 양손으로 젓가락을 비틀었다.

"이빙, 내가 주문한 험프헤드 래스(Humphead wrasse, 홍해, 인도양, 태평양의 산호초 지대에 사는 큰양놀래기)를 봐. 물속에서는 얼마나 자유롭고 깨끗한지 몰라. 하지만 찜기에 쪄서 눈앞에 놓으면 먹기만 할 수 있는 음식에 불과해. 오늘 이 음식을 먹을 수 있는 건 네가 스님과 관료 집안의 2대손이기 때문이야. 하지만 내일 감옥에 들어가면 넌 그냥 죄수지. 진흙 속의 구더기일 뿐이지."

마오마오는 이빙의 축 처진 머리를 뚫어지게 쳐다보았다. 눈빛은 냉정했다.

"알았으면 내일 오전 일찍 받은 돈을 해외 부동산펀드에다 돌려놔. 아버지가 널 지켜주지 못한다 해도 아주 가벼운 형으로 끝날 거야. 죄를 인정하는 태도가 좋으면 실형 5년이겠네."

이빙은 다시 말문이 막혔다.

"그렇게 아까워요? 정말 돈 욕심 때문에 목숨 귀한 줄 모르네. 오노레 드 발자크(Honor de Balzac, 《인간희극》으로 유명한 프랑스의 소설가 극작가) 소설에 나오는 그랑데 영감의 소설 속 외제니 그랑데도 당신 같이 대놓고 약탈하지는 않았어요."

"약탈? 악덕 상인의 돈을 조금 뺏는 게 약탈이라고? 이 세상이 누구 것인지 몰라?"

이빙의 눈빛이 다시 날카로워졌다.

"슬픈 일이야. 너희 도련님들은 세상이 자기네 부엌인 줄 아니까. 그래서 너희는 법도, 사람도 안중에 없는 거야. 이 세상이 인민의 세상이라는 걸 잊다니. 정말 시대의 비극이야."

고개를 흔들더니 마오마오는 창밖으로 시선을 돌렸다. 그리고는 이렇게 말했다.

"그만하자. 정치 공부하는 것도 아니고. 오늘 너를 부른 건 예전 남자친구의 시신을 수습해 달라는 말을 하기 위해서야."

마오마오는 온몸에 힘이 빠져 의자 등받이에 몸을 기대고 양손을 깍지 낀 채 테이블 끝에 놓았다.

"수습? 무슨 시체요? 초모랑마 정상? 아니면 동방몽도?"

이빙도 뒤로 기대며 팔짱을 꼈다.

"초모랑마 정상은 신이 처리해 주겠지. 이미 들었어. 내일모레 티베트 등반대원들이 올라가서 그 죽은 사람을 만장의 심연으로 떨어뜨린대. 그냥 두면 다른 등반객 루트에 방해가 될 테니까. 나쁘지 않아. 이 더러운 세상에 묻히는 것보다는 낫지."

마오마오는 양손으로 테이블을 쓸었다.

"동방몽도 건은 내가 살려낼 거야. 네가 도와줘야 해. 내가 계속 살아야 하니까."

마오마오는 두 주먹을 맞부딪치며 한숨을 쉬었다.

"그야 당연하죠. 내가 뭘 어떻게 하라고요?"

"탈출구를 만들어 줘."

이빙은 눈을 들고 마오마오를 냉정하게 쳐다보았다.

"탈출구라니? 신탁회사 찾는데 내가 나설 필요 있나요? 아버지를 부르면 금방 해결될 텐데요."

"아니야, 그 탈출구는 야쥔신탁회사여야만 해."

"알잖아요? 그게 바로 치 주석의 복심이란 걸."

이빙은 웃음을 터뜨리자, 건강한 얼굴에 화색이 가득했다. 그러면서 이렇게 말했다.

"도려내고 싶은 게 바로 그 복심이에요. 모집 자금의 2퍼센트를 통과세로 그에게 줄 겁니다. 그 정도면 여유 있는 노후를 보내기에 충분하겠죠."

"그럼, 팅팅의 야쥔신탁이 만든 동방몽도 신탁기금은 어떻게 되지?"

"계약대로 청산할 겁니다. 기관투자자한테 이미 60억을 모았어요. 팅팅의 신탁펀드 지분은 충당할 수 있습니다."

마오마오는 일어서서 창가로 걸어갔다. 진바오 거리를 분주히 오가는 사람과 자동차를 보며 심호흡하고서 돌아보았다.

"과연, 기관투자자의 돈은 아버지의 뒷주머니지. 원하면 언제든 손에 넣을 수 있으니까. 비용 따위는 생각하지 않아도 되고. 자산관리 은행은 말할 것도 없이 아버지 비서의 은행이라 속임수도 아주 교묘하고, 배분도 공평하고 말이야. 감탄이 절로 나올 지경이야."

"누님, 너무 그렇게 예민하게 굴지 마세요. 누님도 이번 기회를 잡아야죠. 이번 프로젝트를 누님보다 잘 아는 사람이 어디 있어요. 전체적인 법적 틀을 만들어 주세요. 서둘러서 사흘 안에 끝내주시면 좋겠어요."

"왜 나야?"

이빙도 일어서더니 마오마오 곁으로 다가와 팔짱을 꼈다.

"그야 누님도 치 주석의 복심이니까요. 누님이 팅팅과 나를 동방몽도 프로젝트에 끌어들였잖아요. 결자해지까지는 아니어도, 일의 시작과 끝을 처리하고 나면 누님도 안심하고 은퇴할 수 있을 테고, 그러면 공평하지 않아요?"

"공평하다고? 죽을 놈은 죽게 내버려 둬. 누가 이 게임에서 그를 평계로 삼았지?"

이빙은 눈살을 찌푸리며 왼쪽 어깨로 마오마오를 살짝 밀쳤다.

"친애하는 누님, 오늘은 사명감 따위는 넣어두시죠. 내일 운전기사한테 '21세기 자본론'을 맡겨둘 테니, 그 책 읽으면서 마음을 편히 가지세요. 그래도 마음이 편치 않다면 내일모레 잉푸의 사망 통지서를 복사해서 전달해 드릴게요. 그러면 누님도 편안하게 은퇴할 수 있겠죠?"

이빙은 이를 악물고 있는 마오마오를 보며 차갑게 웃었다.

"어떻게 은퇴하라는 거지?"

"5,000만 위안으로 나와의 은혜와 원한을 끝내주세요."

"은혜와 원한? 너한테는 은혜만 베풀었지, 원한을 산 기억은 없는데?"

이빙의 눈시울이 촉촉해졌다.

"당신은 나를 꾀어서 해외 부동산펀드에 투자하게 했어요. 대주주는 나뿐이었고, 권리를 손에 넣었다고 생각했어요. 그런데 방심해서 자금이 부족했죠. 잉푸라는 놈과 VAM(평가조정계약)을 맺을 때 당신을 신뢰한 나머지 큰 허점을 만들고 말았어요. 그런데 웬걸, 당신은 일언반구도 없이 슬며시 팅팅을 끌어들였고, 그 신탁 펀드가 내 지분을 넘었어요. 호랑이 두 마리를 우리 하나에다 집어넣은 꼴이었죠. 호랑이 싸움을 지켜만 보고 있었는데 최종적으로 예전 남자친구가 등용문의 잉어처럼 튀어 오른 거예요. 안 그래요?"

마오마오는 고개를 저었다.

"대주주가 너 혼자였다고? 수익이 늘지 않은 게 누구 탓이지? 너 혼자 30억을 냈더라면 다른 사람을 끌어들일 필요가 있었을까? 돈이 부족하면 당연히 리스크도 높아지는 법이야. 팅팅이 들어온 덕에 너희는 그나마 집안싸움 정도로 그치고 이 프로젝트를 지킬 수 있었어. 안 그래? 서글프네. 남은 애써서 VAM 계약에 '융자를 받는 측 동의가 없으면 투자하는 측은 주식을 양도할 수 없다'라는 조건을 넣어줬는데. 그 조항을 두지 않았더라면 너희는 진즉에 먹느냐 먹히느냐의 싸움에 휘말렸을 거야. 너희는 서로 상대를 죽이고 싶어 안달이지만, 부족한 건 돈이 아니라 인간성이라고. 너희가 원하는 대로 놔뒀으면 동방몽도도 분명히 좌초했어. 그대로 좌초하면 VAM 계약 조항이 발동해서 잉푸는 물러나고 대신 너희가 다시 승계한다. 그런 다음, 이 프로젝트를 저가로 매입해서 고가에 판다. 쓱 들어왔다가 쓱 빠지는 거지. 너희 부모는 유유자적 노후를 즐기실 테고. 안 그래?"

"전부 맞는 말이에요. 사업에는 사업적 방식이 있어요. 자본이라는 건 돈으로 하는 게임이에요. 실력이 좋아야지, 그렇지 않으면 수익은 내려가기 마련이죠."

이빙은 초모랑마 정상까지 보이는 창밖을 응시했다.

"융자받은 사람은 이제 내려왔나?"

"이제 곧! 당신이 탈출구의 법적 조항을 마련해준다면요."

"그가 동의하지 않으면 어떡하려고?"

마오마오도 창밖으로 시선을 돌리고 이빙의 시선을 따르면서 물었다.

"그 사람이요? 산에서 죽는 거 아닌가요? 당신이 말하는 '동의하지 않는다'라는 뜻은 알겠어요. 아버지는 체면 때문에 말하지 않았지만, 잉푸란 녀석은 뒤에서 계속 이 결전의 날을 준비해 왔거든요. 그는 회사를 양도해서 의탁하려고 했어요. 1기 프로젝트가 끝나면 단번에 국가를 대표하는 대형 중앙기업에다 팔아치우는 거죠. 그렇게 해서 팅팅과 내가 얼마 안 되는 연간 수익과 배당금만 받게 하고요. 그런데도 그가 죽지 않았을 경우 문제없을까요?"

"만약 그가 살아온다면?"

"만약? 그의 생사는 내가 훨씬 더 신경을 쓰고 있어요. 모르시겠지만, 아까도 산 정상의 상황을 확인해 뒀어요. 눈보라가 심해서 그의 가이드들은 모두 철수했답니다. 그들 말대로라면 그 사람, 틀림없이 산 위에 혼자 남았어요. 4,200만짜리 프리미엄을 되찾고 싶다면 염라대왕한테 물어보면 되겠지요."

마오마오는 눈물을 참으며 고개를 끄덕였다.

"미리 말하는데, 융자받은 쪽이 법률상으로 위약했을 때가 아니면 넌 권리를 행사할 수 없어."

"마오마오 언니, 괜찮으세요?"

저녁 8시. 마오마오는 치 주석의 거실 겸 아틀리에에 앉자 갑자기 참지 못하고 눈물을 쏟았다. 팅팅은 와튼스쿨에서 MBA를 취득한 지 5년, 올해 서른여섯 살이다. 그녀는 피부가 희고 어깨에 머리를 늘어뜨린 조용한 여자였다. 티타늄 테로 만든 안경을 쓰고 항상 차분하고 순진한 눈빛으로 사람을 바라보았다. 약간 마른 체격에 연약하고, 인자한 작은 새처럼 느껴져 아버지 치 주석이 그녀를 얼마나 아끼는지 금방 알 수 있었다.

치 주석은 마오마오를 마주 보고 앉았다. 그의 등 뒤에는 그가 가장 좋아하는 작품 세 점이 걸려 있었다. 팅팅이 걱정스럽게 티슈를 건네주자 마오마오는 반듯하게 앉았다. 이제는 눈물을 흘리거나 치 주석 뒤에 걸린 유화를 보거나 하지 않았다.

"고마워, 팅팅. 죄송해요. 아버지, 제가 예의 없이…."

그러면서 마오마오는 그에게 사과했다.

치 주석은 마오마오와 마주한 후, 무심한 척 고개를 돌리더니 그림 속 불길에 휩싸여 하늘을 올려다보는 소녀를 흘깃 올려다보았다.

"나는 내 손으로 그녀를 묻어주었어. 그때가 1972년 4월 16일이었다. 41년이나 지났으니, 무덤은 오래전에 황폐해졌겠지."

"아버지, 그녀를 만나러 간 적은 없으세요?"

"만나러 간다고? 그럴 용기는 없다. 우리 세대는 청춘을 모두 흙에 묻어 버렸어. 흙에 묻으면 사람의 영혼은 다시는 싹을 틔우지 못한단다."

"아버지들은 활기찬 시대에 청춘을 불태웠어요. 이 유화처럼."

그렇게 말하면서 팅팅은 고개를 들어 불 속에 있는 소녀를 가리켰다.

"저렇게 강렬한 불 속에서 죽어갈 수 있다니, 참으로 부러워요."

"우리 세대는 모두 빚을 졌어. 빨리 죽어야 빨리 풀려날 수 있었지. 신을 믿는 사람은 죽음으로 속죄했어. 믿지 않는 사람은 살아서 고통을 받았고."

치 주석은 생각에 잠긴 듯 '봄의 예수'와 '메두사호의 뗏목'으로 시선을 돌렸다.

"저 같은 세대가 결말을 지어야겠네요?"

마오마오의 말을 듣고 치 주석은 웃었다.

"그래, 그건 꽤 철학이 담긴 말이구나. 너희가 개혁개방의 주역이니까

과거와 미래를 연결해야지. 역사를 청산하고 지나간 일은 떠나보내고. 게다가 새로운 시대도 예측해서 어떻게 하면 모두가 한마음으로 국가의 번영을 가속할지 고민해야 해."

"우리는?"

팅팅은 치 주석을 보다가 마오마오를 쳐다보았다.

"너? 글쎄, 네가 요즘 세대라 할 수 있을까? 빚 독촉하는 세대지. 잘 들어라. 너희는 아버지 세대한테 빚을 받으러 온 거야."

치 주석의 시선이 다시 불길 속 소녀에게로 향했다.

"우리가 진 빚은 우리가 갚아야 해. 너희 세대에게 말이지. 젊은이들이 강해야 나라가 강해. 우리가 걸어온 길을 너희가 다시 걷지 않았으면 좋겠다. 그래서 역사에 진 빚을 깨끗하게 청산하고 싶어. 너희 세대가 깨끗하게 출발할 수 있도록 하기 위해서지. 너희 손으로 위대한 민족 부흥의 새로운 역사를 시작해야 해."

그러더니 치 주석은 마주 앉은 마오마오를 가만히 쳐다보며 말했다.

"그건 역사적 사명일 뿐, 이제는 나와 상관없는 일이지만…."

마오마오는 그와 눈을 마주치자, 희미하게 미소를 지었다.

"나는 아버지 일을 결말지으러 왔는걸요."

치 주석은 길게 한숨을 쉬며 손을 탁자에서 떼고 찻잔을 들어 한 모금 마셨다.

"드디어 올 게 왔구나. 내내 이날만 기다렸어."

"동방몽도예요."

마오마오는 한 음절 한 음절 분명하게 그 명칭을 말했다.

"좋아!"

치 주석도 탁자를 가볍게 두드리며 일어섰다.

"드디어 뚜껑을 여는구나. 자, 마오마오. 천천히 계산해 보자."

"이 빚은 계산할 수가 없어요."

마오마오는 치 주석과 팅팅에게 이빙과 저녁 식사 때 주고받은 이야기의 자초지종을 설명한 후 마지막으로 이렇게 덧붙였다.

"두 분은 어릴 때부터 친하셨고, 둘이서 같이 이 소녀를 괴롭혀서 죽게 했어요. 그리고 지금, 왼손과 오른손이 싸우듯 동방몽도의 불 속에서 싸우고 계시죠. 둘 다 불 속의 밤을 줍고 싶지만, 화상을 입을까 봐 두려워하고 있어요. 그렇지 않았다면 제가 이곳에 오지 않았겠죠."

"듣기에는 거슬리지만, 맞는 말이구나. 한마디 덧붙이면 우리 둘은 함께 중국의 개혁개방을 추진했단다. 은퇴해서도 아이들의 이권을 위해 힘쓰고 있어. 그렇지?"

"네, 맞아요. 거물은 말하는 것도 훌륭하고, 정직하네요."

마오마오는 양손을 내밀더니 머리를 뒤로 단정하게 묶은 다음 찻잔을 들어서 뚜껑을 테이블에 놓았다. 그러고는 차를 한 모금 마셨다.

"탈출구는 반드시 그에게 넘겨야 해요."

"어떻게 넘길 거지?"

치 주석은 엄격한 눈빛을 띠고서 오른쪽 귀를 마오마오에게 기울였다.

"탈출구 통행료를 받아서요."

"탈출구 통행료? 몇 년 동안을 공들였는데 통행료나 받자는 거였어? 너는 이 장관급 관사 단지 서쪽에 사는 그자, 우톄빙의 영혼을 현혹하는 술이나 기억을 없애는 수프라도 먹은 게야?"

"막중한 임무가 있는 몸이에요. 술은 한 모금도 안 마셔요."

"그럼, 모르는 거야? 그 통행료만으로 우톄빙이 내 등을 밟고 올라서서 내 복숭아를 따 먹으려 한다는 걸!"

그러면서 치 주석은 붉으락푸르락하며 자신의 얼굴 앞에서 손을 흔들었다.

"그건 나에게 목을 매라고 하는 뜻이나 마찬가지야. 심지어 밧줄도 나보고 직접 사오라는 말이지."

마오마오가 싸늘하게 웃었다.

"누가 건물에서 뛰어내리는지, 누가 목을 매는지는 신이 결정할 문제예요. 하지만 그가 징을 울리면서 우리를 밟으려고 하는 이상, 우리는 이 탈출구를 그의 외나무다리로 바꿔야 하지 않겠어요?"

마오마오는 동의를 구하듯 고개를 끄덕이며 치 주석을 보고 말했다.

"외나무다리인 만큼 통행료는 우리가 정하면 돼요."

"얼마를 받으려고?"

"30억 위안이요!"

"30억?"

"우린 그걸 보증금 조로 더 낼 거예요. 그 30억을 융자받는 거죠. 그럼, 저들은 그 30억을 우리 장부상 운영자금으로 기재하겠죠. 당연히 수익도 우리 몫이고요."

"저기, 저 소녀도 어릴 적부터 계산 하나는 빠른 아이였지."

그렇게 말하면서 치 주석은 얼굴을 들고 불꽃 속의 소녀를 보았다.

"하지만 이번엔 놈이 털끝 하나 못 건드리게 할 거예요."

그러면서 마오마오는 말했다.

"팅팅, 넌 와튼(펜실베니아대학교 와튼스쿨) 출신이고, 이빙은 고귀하신 하버드 출신이던데, 일에 대한 힘 조절은 아직 멀었더라."

마오마오는 손을 뻗어서 위로하듯이 팅팅의 머리를 쓰다듬었다.

"5년 전, 난 잉푸 회장 밑에서 법무부장을 맡고 있었어요. 구(區) 정부 간부가 나를 찾아와서 예전 상사의 아들 이빙에게 협력해 주라고 부탁하더군요. 그때는 자금이 부족했기 때문에 돈 있는 사람이면 그게 누구든 나에게는 하느님이었어요."

"그때 왜 나를 찾아오지 않았지?"

치 주석은 미소를 지으며 마오마오를 바라보았다.

"세상에! 당시 아버지는 천하가 다 아는 인물이었어요. 우리 민간 기업은 아버지 이름만 들으면 바로 '황자님'하고 떠올릴 정도였다고요. 이듬해에 팅팅이 와튼스쿨에서 돌아오지 않았다면 이 방에 이렇게 앉아 있지도 못했을걸요."

마오마오는 입을 닫고 묵례하듯 고개를 숙였다.

"내가 좀 참견하면 말이지"

치 주석은 안경을 벗어서 불빛에 비춰보고는 다시 꼈다.

"너는 캘리포니아 USC(서던캘리포니아대학교)를 졸업한 후 중국 국제변호사 사무소에 파트너로 입사했던 것으로 기억한다. 그런데 왜 마음을 바꿔서 잉푸 회장 밑으로 들어갔지?"

"뜻을 굽혔다고요? 적어도 절반쯤은 그의 의사를 좌우할 수 있잖아요? 그건 대형 프로젝트예요. 변호사라면 누구라도 그런 기회를 놓치고 싶지 않죠. 국제변호사 사무소라고 한들 우리를 법정에 출입시키는 심부름꾼으로밖에 생각하지 않아요. 게다가 불과 몇십 년 사이에 중국에서 이렇게나 많은 졸부 기업가가 어떻게 생겨났는지 정말 궁금했어요."

"그래, 알겠다. 남한테 고용된 신분으로 만족하고 싶지 않아서 발판을 모색했다는 말이지?"

치 주석은 눈을 가늘게 뜨고 마오마오를 보았다.

"누구나 자유롭게 하고 싶을 겁니다. 경제적 자유가 있어야만 진정한 자유를 누릴 수 있어요."

"그럼, 왜 다시 그를 떠났지?"

"철이 강철이 되지 못하는 것이 분해서요. 그와 공멸하지 않을까 걱정했어요."

"내가 그를 지지해 주고 있는데 왜 그런 걱정을 했지?"

치 주석은 차분하게 마오마오를 쳐다보았다.

"무대를 지탱하는 이유는 마지막에 무너뜨리기 위해서예요. 지탱하는 사람이 많으면 무너뜨리는 사람도 많겠죠. 무대에 서는 배우란 시대의 장난감에 불과해요. 한때는 얼굴에 과장된 분장을 하고, 화려하게 차려입어도 때가 오면 아버지 같은 사람들이 무대를 무너뜨릴 거예요. 천지가 뒤집히는 거죠. 건물에서 뛰어내릴 사람은 뛰어내리고, 감옥에 갈 사람은 감옥에 가죠. 그런 큰 사업은 자연히 이어받을 사람이 있고, 억만금의 재산도 누군가가 누리게 되겠죠."

외운 대사를 읊듯이 마오마오는 말을 유려하게 이어갔다.

"그런 통찰력이 없었다면 어떻게 당신에게 이 한 몸을 의탁했겠어요?"

"그렇군. 갖은 수단을 써서 나에게 접근한 건 네가 이 '메두사호의 뗏목' 속의 인간이었기 때문인가?"

치 주석은 고개를 끄덕이더니 벽에 걸린 그림을 돌아보았다. 마오마오는 고개를 들어 불길 속의 소녀를 가리켰다.

"전 결코 저 소녀처럼 앉아서 죽음을 기다리지 않아요."

"네 뜻이 그렇다면 알겠다. 그럼, 넌 지금 어떻게 하고 싶은 게냐?"

"아버지하고 조건을 정하고 싶어요, 지금 상황은 아버지만이 통제할 수 있으니까요."

"우톄빙은?"

"우톄빙은 치명상을 입었어요."

"이빙의 해외 부동산펀드가 들어왔을 때, 그는 투자하는 쪽이었고, 우리는 융자를 받는 쪽이었어요."

차를 한 모금 마시고, 마오마오는 혀끝의 찻잎을 손으로 가만히 집어서 눈앞에 있는 티슈로 감쌌다.

"도합 10억으로 주식 매입과 메자닌(Mezzanine, 후순위 채권)으로 분산투자했어요."

마오마오는 팅팅의 눈이 휘둥그레지자, 그녀를 보고 고개를 끄덕였다.

"재미있네. 10억으로 그런 장난을 치다니, 구린내가 나."

치 주석도 고개를 끄덕였다.

마오마오는 티슈 위에 있는 찻잎을 보았다. 흰 바탕 티슈 한가운데에 녹색 한 점이 눈에 띄었다.

"맞아요. 8억 위안은 주식에 투자했습니다. 투자 기간은 5년, 모양새는 주식이지만 실질은 채권입니다. 수익률은 20퍼센트였어요. 그 금액은 예정대로 입금되어 토지 대금을 처리하는 데 사용했어요."

"나머지 2억은?"

"나머지 2억은 메자닌 투자에 사용했습니다."

"이빙의 명의로 한 거지?"

"네, 그렇습니다. 하지만 1년 가까이 늦어졌어요. 팅팅의 야쥔신탁이 20억 위안을 입금하기 직전에야 겨우 입금되었어요."

"그게 뭐예요? 불공평하잖아요. 분명히 위약이긴 한데, 잉푸 회장을 설득해서 보충 약정을 체결했어요."

"그러지 말아야 했어. 그를 내보내야 했던 거야."

치 주석은 고개를 저었다.

"내보내다니요? 그래서 우리가 살아남았잖아요? 체결 시점이 조금 늦어지자 바로 감사가 들어왔어요. 공사 현장이 규칙을 어겼다면서 즉시 작업을 중지시켰고요."

"모르겠군. 결국 돈은 추가로 완납했는데 어디에 치명상이 있었던 걸까."

"문제는 추가 납입금에 있었습니다."

마오마오는 차분한 표정으로 차를 한 모금 더 마셨다.

"그의 메자닌 투자는 익명 주주 형태로 입금되었어요. 약정기간은 3년, 40퍼센트 수익률입니다."

"엄청 높네. 게다가 3년이라니!"

그러더니 치 주석은 오른손을 들어 이마를 탁! 치며 말했다.

"아, 그렇지! 3년 뒤에는 마침 동방몽도 1기가 오픈해서 자금을 회수할 때인가? 그 돈은 회수했나?"

"아니요. 그 돈을 다시 투자해서 이번에는 약정기간이 2년이에요."

"그건 너무한데."

치 주석은 고개를 세게 흔들었다.

"틀림없이 횡재했을 거야. 호위도 있고, 경호원도 있고. 이 관사 단지의 서쪽에 사는 그자는 수완이 참 좋으니까!"

"그렇지도 않아요. 돈의 출처에 문제가 있어요."

"무슨 문제?"

치 주석은 일어서서 몸을 테이블에 기댔다. 두 주먹을 쥐어 테이블에 대고서 어서 말하라고 재촉하는 듯했다.

"익명의 주주는 서쪽에 사는 그분의 아들 이빙의 아내예요. 그 투자금은 우리 기업에서 가져간 돈이고요."

마오마오는 의자에 기대어 오른손을 뻗더니 검지로 테이블에 작은 원을 그리며 그 가운데를 가리켰다.

"예성 사장은 우톄빙의 동생뻘이고, 같은 관사에서 자랐어요."

"설마 그들이 급한 마음에 내외가 결탁해서 잉푸 회장 돈을 훔쳤다는 말인가?"

치 주석은 두 주먹으로 탁자를 가볍게 쳤다.

"틀림없습니다. 확실해요!"

그러면서 마오마오는 네 번이나 고개를 끄덕이고 말했다.

"재무부장에게 지시해서 프로젝트 세금을 횡령했습니다."

"그럼, 납세는? 독촉 안 했나?"

치 주석은 꿈이라도 꾸듯이 눈을 감았다.

"부구청장이 구청장에게 간청했습니다. 구의 중요한 사업이니 자금을 회수하면 세금을 추납시키겠다고요. 그리고 조금만 추징하면 세제 우대 조치가 된다고 했답니다."

치 주석은 주먹으로 탁자를 힘껏 내리쳤다.

"대담하군. 그건 자멸의 재앙이야!"

마오마오는 깜짝 놀라는 팅팅을 쳐다보고는 고개를 숙이고 차를 마셨다.

19

"새 둥지를 뒤집으면 깨지지 않는 알이 없겠지."

치 주석의 걱정스러운 말에 마오마오는 미소를 지었다. 그가 탁자 위에 놓인 양쪽 엄지손가락을 돌리는 것을 보면서 그녀는 부드럽게 말했다.

"두 사람이 반반씩 나누는 게 두 분에게도 가장 좋은 해결책이에요. 그렇지 않으면 공멸할 거예요!"

"아버지는 '전력을 다해서 자신을 수호'하셔야 해요."

마오마오는 잠시 침묵했다가 다시 말을 이었다.

"팅팅의 손도 더럽혀졌으니까요."

"뭐라고요! 내 투자금은 신탁기금이란 게 자명하다고요."

팅팅의 얼굴은 금세 붉어지고 입술이 떨렸다.

"하늘이 알고 땅이 알아. 당신도 알고 나도 알아."

"뭘 안다는 거지?"

치 주석이 차갑게 물었다.

"후순위 대출이죠! 후순위 대출 5억 위안의 자금은 어디서 나온 돈이죠?"

"은행에서요."

팅팅의 시선이 싸늘해졌다.

"은행, 당신이 받은 융자는 투자야, 대출이야?"

"대출이에요!"

팅팅은 칼날처럼 날카로운 눈빛을 띠며 대답했다.

"은행이 왜 당신 남편 회사에 대출을 해줬을까?"

"은행에 대리 징수권을 양도하는 절차를 밟았으니까요."

"회수한 돈은 누구 돈이지?"

"은행이 동방몽도 프로젝트에 빌려준 돈이죠."

"그게 합법적인가?"

치 주석은 웃었다.

"마오마오, 오늘 넌 마치 싸움꾼처럼 구는구나. 일부러 가장 약한 곳을 찌르고 있어. 말하지만, 그건 잉푸 회장이 서명해 준 정식 채무 계약서야."

"왜 사위 명의로 사인하죠?"

"서로 합의했어."

치 주석의 표정이 굳어졌다.

"그게 무슨 상관이지? 이 프로젝트는 나 혼자 시작했어. 사위 도움을 받은 것도 남의 밥그릇을 뺏지 않기 위해서라고! 게다가 빌린 돈에 대한 이자도 갚아야 하고, 팔면 모두에게 배당금도 줄 수 있으니까. 모든 계란을 한 바구니에 담지 않기 위해서 잉푸 회장을 도운 것 아닌가? 누가 뭐라 하든 이건 그저 재정적 수단일 뿐이라고!"

고개를 든 마오마오의 눈빛이 차갑게 변해 있었다.

"팅팅의 20억이 붉은 꽃과 푸른 잎으로 나뉘는 건 누구나 다 아는 사실이에요. 15억은 녹색 잎사귀, 우선주로서 투자와 수익을 보장하죠. 우선 배당금을 받을 수 있고 위험도 낮아 보이지만 수익률이 낮아서 12퍼센트에 불과해요. 이 부분은 분명히 기관투자자한테서 끌어낸 자금이라 공정하고 합리적이에요. 반면 5억짜리 후순위 대출은 이 프로젝트에서 40퍼센트나 수익을 낼 수 있어요. 수익은 둘째치고, 위험이 커 보이기는 하지만 이 안건은 당신이 지원하고 있으니 누가 간섭하겠어요. 잉푸 회장도 이런 계산을 모를 리가 없겠죠."

"좋아, 그렇게까지 말한다면 하나 물어볼까? 그 신탁, 그러니까 먼저 투자한 15억의 우선주는 네가 팅팅에게 권유한 결과야. 후순위 대출 5억 위안이 투입되기 전에 넌 잉푸 회장을 떠났는데, 만약 네가 남아 있었다면 반대했을까?"

"반대했을 거예요."

"왜지?"

"그건 공무를 빙자해서 사리사욕을 채우는 불법적 횡령이니까요."

"그렇게 심각한 문제인가?"

"저보다 더 잘 아실 텐데요."

치 주석은 크게 숨을 들이마셨다.

"설령 네가 말한 대로라고 해도 이미 기정사실인데, 그걸 어떡하겠다는 건가?"

"별거 아니에요. 팅팅을 설득해서 후 순위 대출의 수익금을 원금과 함께 프로젝트에 반환하는 거죠. 하다못해 미봉책으로라도 삼아야죠."

"그럼, 팅팅은 무보수로 일하라는 건가?"

마오마오는 거칠게 숨을 내쉬었다.

"잘못하면 이 신탁기금의 투자도 날아가 버릴지 몰라요."

팅팅은 벌떡 일어나 두 손으로 탁자를 쾅 내리쳤다.

"정말 너무하네! 당신, 오늘 밤에 왜 이렇게 나를 못 잡아먹어서 안달이지? 나한테 화풀이라도 하겠다는 거야?"

"나는 와튼스쿨에서 당신을 만난 후로 줄곧 좋게 생각했어요. 당신이 선량하고 올곧았기 때문에요. 하지만 당신은 돈이 얼마나 더러운지 알려고도 하지 않았고, 그렇게 돈을 써대면서도 출처는 신경 쓰지 않았어요."

"헛소리 마! 내 월급, 내 연봉으로 팅팅을 유학 보냈어."

"그건 저도 알아요. 하지만 이 신탁기금에 대한 당신의 집착이 팅팅을 해치고 있어요. 2010년 공문서 제54호, '신탁회사의 부동산 신탁사업 감독 강화에 관한 중국은행감독관리위원회 사무국 통지' 기억하세요? 거기서 제3조는 '신탁회사가 융자를 실시하는 부동산 프로젝트는 4가지 증명서를 구비하고, 부동산 개발 기업이 2급 자격을 갖춰야 하고, 또한 프로젝트의 자기자본금 비율이 30퍼센트 이상이어야 하는 등의 조건을 모두 충족해야 한다'라고 되어 있어요. 하지만 팅팅은 그런 규정을 모두 위반했어요."

"구 정부 관계자와 이야기했어. 비약적 발전을 수행하려면 일일이 그런 엉터리 규칙과 규제의 속박은 신경 쓸 필요 없다고 하더군."

치 주석은 눈을 감고 오른쪽 검지로 테이블을 톡톡 두드렸다.

"제4조는 '신탁회사는 신탁기금으로 토지를 선점하기 위해 대출해서는 안 된다'라고 규정하고 있어요."

"당시 구 정부는 퇴거가 순조롭게 진행되지 않아서 급하게 이 돈이 필요했던 거야."

치 주석은 다시 눈을 뜨고 오른쪽 검지로 탁자 위를 튕기기 시작했다.

"팅팅, 신탁기금의 자금 책임자는 당신인데 구 정부가 당신을 대신해줄 수 있나?"

마오마오도 눈을 감고 고개를 저었다.

"'신탁법' 제11조는 '신탁 목적이 법률과 행정규칙에 위배되는 신탁은 무효'라고 규정하고 있습니다."

"그렇지! 자네가 마침내 핵심을 찔렀어! 자네는 나와 우톄빙이 천국도 지옥도 가기 전에 도마 위에 올려놓을 셈이야? 돈을 쓰게 하고, 프로젝트가 완성되면 교묘하게 속여서 우리를 공짜로 일만 시킬 생각이군. 생각해 봐. 자기 주제가 어떤지. 미쳤나? 도대체 무슨 짓을 하려는 거지?"

치 주석의 말투가 결투를 앞둔 최후의 일갈 같았다.

"소란 피우지 마세요. 이 자리를 망치지 마시라고요."

"자, 이제 어떻게 하지?"

치 주석은 눈썹을 치켜올렸다.

"당신들은 취할 걸 취하고, 남은 건 잉푸 회장에게 남겨주세요."

"그 사람? 염라대왕이 이승으로 돌아가라고 허락했을까?"

치 주석은 비웃었다.

"여기서 나가면 곧장 이빙에게 전해도 좋아. 탈출구는 우리 팅팅이 제공하겠다고. 하지만 그 30억 위안은 팅팅이 빌린 것으로 하자고 말이야."

마오마오가 오른손으로 문고리를 잡더니 고개를 돌리고 치 주석을 보았다.

"제가 지적해 두고 싶은 건, 이 60억은 대주주가 약속을 어겼을 때만 손댈 수 있다는 거예요."

치 주석은 뒷짐을 지고 눈을 감았다.

"잠시만요."

마오마오가 문을 나가려 하자 팅팅이 차가운 말투로 그를 불러세웠다.

"신탁기금 사정을 잘 알면서 법무부장으로서 왜 나에게 주의시키지 않았어요?"

"주의? 이봐요 아가씨, 난 융자를 받는 쪽이에요. 주의시켰으면 대출해 줬겠어요?"

"미쳤군!"

마오마오가 문을 닫는 것을 보고 치 주석은 혼자 중얼거렸다.

고개를 들어 불길 속에 있는 소녀를 바라보다가 손을 내밀어 서랍에서 사진 한 장을 꺼냈다. 사진 속에는 마오마오가 걱정스러운 표정으로 그를 바라보고 있었다. 그러나 그 소녀는 더 젊고 눈빛이 맑았다.

치 주석은 양손으로 사진을 갈기갈기 찢어 화장실 변기 안에 쏟아 넣었다. 물 내림 버튼을 누르려고 고개를 숙였을 때, 가늘고 긴 눈초리가 수면 위에 비쳤다. 무언가를 묻는 듯했다. 눈을 감은 채 그는 버튼을 눌렀다. 변기의 물은 사진을 흔적도 없이 흘려보내고 곧 원래의 수위로 돌아왔다. 마치 모든 것이 지나간 것처럼, 아무것도 존재하지 않았던 것처럼 보였다. 치 주석은 울음을 터뜨렸다. 두 줄기의 눈물이 가슴까지 흘러내리도록 내버려 두었다.

팅팅은 눈을 동그랗게 뜨고 조용히 그를 바라보았다. 그의 무릎에 놓인 두 손은 말라리아에 걸린 사람처럼 연신 떨고 있었다.

20

2013. 05. 18. 저녁 6:00

예성 사장이 용문호텔 3층에 있는 넓은 별실에 들어섰을 때, 펑쉐에민, 헤이이지에, 왕라이왕, 위만리 부장은 이미 30분이나 기다리고 있었다. 종업원이 의자를 빼주어 앉은 후, 그는 한 번 둘러보고 인사했다. 스물두 명이 앉을 수 있는 큰 테이블에는 그들 다섯 명만 있었다. 예성 사장의 오른쪽에서 3미터 떨어진 곳에 위만리, 다시 3미터 떨어진 곳에 왕라이왕이 앉았다. 그의 왼쪽도 3미터 떨어진 곳에 펑쉐에민이 앉았고, 그의 맞은편에 헤이이지에가 앉았다.

"테이블이 엄청 큰데! 여기서 훠궈를 먹으려면 소리를 질러야겠어. 하지만 오늘은 딱 알맞네."

그렇게 큰소리로 말하면서 펑쉐에민은 담배에 불을 붙이고 크게 한 모금 빨더니 폐에서부터 토해내듯 연기를 길게 내뿜었다. 테이블 한가운데로 퍼져나간 연기는 금세 위쪽 배기 팬으로 깨끗하게 빨려 들어갔다.

"뭘 신경 써. 술이야 빨리 마시면 빨리 끝나지. 3년 만에 윤달이 왔구먼. 우리도 '성벽에서 말 탄다'고 멋 좀 부렸잖여."

펑쉐에민을 흉내 내어 왕라이왕 부장이 산시(山西) 방언으로 말하면서 히죽 웃더니 눈앞에 차려진 샤오얼을 들어 올렸다.

"순식간에 두 달이 지났는데 오늘도 훠궈인가? 또 한 사람당 샤오얼 세 병이네."

헤이이지에의 광부 같은 얼굴이 조명 아래서 골탄처럼 빛났다.

"말 안 해도 알겠지만, 이제 우리는 더 이상 한량이 아니야."

"하찮은 놈! 너한테 의지할 사람이 있니?"

위만리는 침울한 표정으로 고개를 돌렸다. 그녀의 얼굴에는 다른 멤버들처럼 즐거워하는 기색이 없었고, 푹 꺼져 있는 눈동자에는 어두운 그늘이 드리워져 있었다.

예성 사장은 일어서서 양손을 머리 위로 들었다.

"형제들, 시시한 얘기로 소란 피우지 마라. 오늘은 영웅의 연회다. 먹을 음식은 '사나이의 전골'이고. 누군가에게 의지하고 싶다면 나한테 의지해! 전골은 벌써 끓었으니까, 재료를 넣고 술을 마시자."

예성 사장은 얼굴 가득 미소를 띠고 말하면서 한 번 훑어보았다. 위만리가 젓가락 하나로 끓는 물을 휘젓는 것을 보고 가까이 다가가 눈앞에 있는 샤오얼을 집었다.

"너 같은 미녀를 위해 '뮬란' 훠궈를 주문했지. 안에는 야생 서양 당근, 다롄의 해삼, 티베트 각시서덜취, 닝샤의 구기자가 들어 있지."

그는 병뚜껑을 비틀어 열었다. 그러면서 말했다.

"오늘, 남자는 지난번과 마찬가지로 한 사람당 샤오얼 세 병이다. 다 안 마시면 문밖으로 못 나간다. 넌 소중하니까 한 병만 마셔도 돼."

"너에게 의지하라고? 나를 그렇게 상처 주고도 아직도 부족하니?"

위만리는 고개를 살짝 들었지만, 눈빛에 가득 담긴 원한은 모든 사람의 눈에 똑똑히 보였다. 예성 사장은 조금 웃더니 이를 악물고 뺨을 부풀렸다.

"사장 말을 안 듣겠다는 거야? 그럼, 조금만 마셔. 사장도 힘들어. 앞으로 우리 모두 서로에게 의지해야 한다고."

예성 사장의 말이 끝나기도 전에 왕라이왕이 재빨리 뒤따라 말했다.

"사장님, 오늘 모처럼 '영웅의 연회'니까 우리가 어떻게 영웅 노릇을 해야 하는지 알려주시지요?"

펑쉐에민이 이렇게 말하자, 아무 말 없이 젓가락으로 냄비 속을 찔러대던 사람들은 모두 젓가락을 식탁에 내려놓았다. 헤이이지에는 먹다가 반쯤 남은 전복을 황급히 입에 쑤셔 넣었는데 의외로 뜨거워서 입안을 데어 눈물이 날 뻔했다. 하지만 뱉어내지 않고 참을성 있게 다 먹었다.

예성 사장은 양쪽 소매를 걷어 올리며 말했다.

"간단해! 앞에 있는 병을 들어라. 마셔! '영웅의 연회'에 약자는 필요 없다, '사나이의 전골'에 겁쟁이는 필요 없다!"

펑쉐에민은 일어서서 왼손으로 병을 잡고 오른손으로 병 바닥을 받치고 모두에게 신호를 보내더니 고개를 들어 단숨에 마셔버렸다. 위만리는 그가 마치 정해놓은 듯 또 관우 상 앞에 앉아 있는 것을 보았다. 관우의 손에 든 청룡언월도가 왠지 모르게 그의 등 뒤에서 차갑게 번뜩이기 시작했다.

세 사람 모두 샤오얼을 다 마시자, 예성 사장은 미소를 지으며 일어서서 샤오얼을 입에 가져다 대고 고개를 숙였다. 그는 사람들이 주목한 가운데 꿀꺽꿀꺽 넘겨서 금세 뱃속으로 집어넣었다.

"간단하다는 말은 이 샤오얼 세 병을 다 마셔버리라는 뜻이었다. 그러고 나면 해산! 헤어지는 거다."

그는 테이블 가장자리에 팔꿈치를 대고 앉더니 웃으며 모두를 쳐다보았다.

"뭐야? 오늘도 또 '홍문연'이야? 바보 같은 놈."

헤이이지에는 테이블을 내리치며 일어서더니 검지로 예성 사장을 가리키면서 말했다.

"교통비는?"

펑쉐에민 부장이 차갑게 묻자 헤이이지에 부장이 자리에 앉았다.

"세상 사람들은 모두 이익을 위해 몰려오고. 세상 사람들은 모두 이익을 위해 떠난다(천하희희 개위리래 천하양양 계위리왕(天下熙熙 皆 利來 天下壤壤 皆 利往), 사마천의 《사기》 '화식열전'에 나오는 명구).' 펑쉐에민 부장은 이해력이 좋아. 오늘 우리는 돈 이야기만 하자고."

예성 사장은 펑쉐에민 부장을 돌아보고 감탄했다는 듯이 고개를 끄덕였다.

"그것도 좋지! 이 세상에 끝나지 않는 연회는 없으니까. 금액을 말해 봐. 그러고 나면 각자 자기 갈 길 가는 거야."

왕라이왕은 옆 눈으로 펑쉐에민 부장을 쳐다보았다.

"모처럼 형제들이 모였으니 솔직하게 이야기합시다. 먼저 해산 얘기부터."

예성 사장은 테이블 가장자리를 밀고 일어섰다. 오른손을 머리 위로 들더니 손가락 세 개를 세웠다.

"첫째, 잉푸라는 놈이 산에서 죽지 않으면 우리는 또다시 일전을 치러야 해. 다만 지금 모든 채권자가 일치단결해서 정부에다 임시 위탁관리팀을 만들어 달라고 요청할 필요가 있어. 청산을 그들에게 맡기면 아무도 도망가지 못해. 생각해 보라고. 삼십육계 줄행랑밖에 더 있나?"

"맞아. 그래서 넌 도망칠 거야 아니면 남을 거야?"

펑쉐에민 부장은 냉랭한 눈빛으로 예성 사장을 쳐다보았다.

"나는 도망도 갈 수 있고, 남을 수도 있어."

예성 사장의 말을 듣자 헤이이지에는 얼굴이 굳어졌다.

"서두르지 마라. 세 가지 이유를 다 들어봐야 알거야."

모두가 잠잠해질 때까지 기다렸다가 예성 사장은 손가락 하나 접으며 말했다.

"둘째, 시 부구청장과 이 지점장은 이미 '솽구이(규정된 시간에 규정된 장소에서 자백해야 하는 중국공산당 내부 규정) 처분', 즉 이중 규제당했어. 그들은 더 이상 나올 수 없을 거야."

"그들이 못 나오는 게 우리와 무슨 상관이 있나?"

펑쉐에민 부장은 테이블에 손을 얹고 머리 위 샹들리에를 올려다보며 눈을 가늘게 떴다.

"그럼, 없어? 음, 형제는 어떻게 그리 침착할 수가 있지?"

예성 사장은 올린 손을 내리고 다시 뻗으면서 엄지로 펑쉐에민 부장을 가리키며 말했다.

"너와 가장 관련이 있어. 경제 사건부터 살인사건까지 벌써 다섯 번이나 수사 협조를 요청받았잖아?"

"그건 내 운이 나빴던 거지. 너를 위해서 프로젝트의 최전선에 서 있었으니까."

펑쉐에민 부장은 더 이상 코웃음을 치지 않았고, 팔짱을 끼고 의자에 기대어 앉았다.

"나는 두 번이나 임의동행했어. 항상 영리건설유한회사와 관계를 묻더군."

헤이이지에는 마치 장례식에 참석한 사람처럼 침울했다.

"나는 괜찮아. 아무도 물어본 적 없어."

왕라이왕은 수업 시간의 초등학생처럼 오른손을 들고 말했다.

"지금은 괜찮아도 다음이 중요해. 잘 봐. 지금 조사하는 사람은 시청 직원이지만, 네 경우는 중앙기율검사위원회가 될 거야."

예성 사장은 비웃듯이 말했다.

"넌 어떤데? 누가 조사할까?"

위만리가 이를 악물고 곁눈질로 쳐다보며 물었다. 아무도 눈치채지 못했지만 위만리가 서 있을 때 뒷짐 진 손에 찻잔을 들고 있었다. 그녀가 그것을 예성 사장의 머리에 세게 내리치자 세 남자는 무의식적으로 눈을 감앉다.

예성 사장은 가만히 앉은 채로 테이블에서 수건을 가져다가 머리를 닦았다.

"이번에도 많이 봐주는 거다. 다행히 머리는 안 깨졌어요."

그는 너스레를 떨면서 고개를 돌려 위만리를 보았다.

"위만리 부장, 이제 마음도 풀렸을 테니 자리에 앉지. 물론 이렇게 중요한 얘기를 듣고 싶지 않다면 택시로 보내주기는 하겠지만, 그냥 있을 거지?"

위만리는 미친 듯이 크게 웃으며 손뼉을 쳤다.

왕라이왕이 그녀를 밖으로 데리고 나와서 택시에 태웠다. 자리로 돌아와 보니 마침 예성 사장이 자리에 앉아서 머리에 수건을 대고 팔꿈치를 테이블에 기댄 채 검지를 조금 세우고 이야기하는 중이었다.

"셋째, 화근은 잉푸라는 놈이야. 그놈이 지옥에 가야 우리한테 실낱같은 희망이 생겨. 어때? 모두 싸울 거지?"

"싸우자!"

세 사람은 이구동성으로 대답했다.

예성 사장은 냉정한 눈빛으로 왕라이왕을 쳐다보면서 오른손 검지로 가리켰다.

"그 2,000만 위안짜리 프리미엄, 회사 계좌로 다시 돌려줘."

그렇게 말하면서 왕라이왕의 얼굴에 우려 섞인 표정이 번졌다.

"그럼, 넌 회사를 그만둬!"

예성 사장은 말끝에 힘을 주어 한 마디, 한 마디 또박또박 말했다.

"그런 다음 부인 회사하고 합쳐서 2기 주택 판매 총대리점을 하는 거야."

왕라이왕의 눈이 반짝반짝 빛났다. 마치 길을 잃은 미아가 갑자기 불빛을 발견한 것 같았다. 그는 일어서서 샤오얼을 두 손으로 들고 단숨에 들이켰다. 자리에 앉자 긴 한숨을 토했다.

"나는?"

헤이이지에는 자기 코를 가리키며 훼궈를 들여다보았다. 예성 사장이 웃었다.

"넌 어떻게 하고 싶은데?"

"왕라이왕과 똑같아. 회사는 그만둘 테니 2기 부동산 관리 업무는 맡겨 줘."

"좋아!"

사흘 밤낮으로 낚시를 하다가 갑자기 강가에서 잉어를 낚아 올린 사람처럼 헤이이지에의 눈이 반짝반짝 빛났다.

"아니, 잠깐만! 아직 할 얘기가 있어. 네 주식을 넘겨줘."

"주식? 죽지 못해 살아있는 그놈한테 뺏긴 거 아니었어?"

"산 사람이 여기 있잖아!"

그는 오른손으로 가슴팍을 가볍게 치며 말했다.

"다시 양도해달라고! 전혀 모르겠어. 어떻게 해야 다시 넘겨줄 수 있을까? 알아보긴 했는데 상공국 등기상 우리 주식은 이미 죽지 못해 살아있는 놈한테 넘어갔더라고."

"내가 그놈을 저승에서 기어 올라오게 해서라도 주식을 되찾아 줄게."

예성 사장은 싸늘하게 웃더니 입을 꾹 다물었다.

"너한테 돌려주게 만든다고? 어떻게?"

"주식 양도서에 사인하면 돼. 하지만 시기를 3월 16일로 앞당겨야 해."

헤이이지에가 눈을 껌벅이자, 예성 사장은 '흥'하고 코웃음을 쳤다.

"아, 됐어. 어차피 다 틀렸어. 이런 판에 더는 못 있겠네."

예성 사장은 한숨을 쉬었다.

"네가 부동산 관리로 유용한 그 돈은 이제 갚지 않아도 돼. 내가 서명해 줄게. 책임은 내가 진다."

이 말을 듣자 헤이이지에는 탁자를 치고 샤오얼 병을 집어 들고 말했다.

"좋아, 마실게."

예성 사장은 침착하게 펑쉐에민 부장을 쳐다보았다. 펑쉐에민 부장은 냉정한 눈빛으로 예성 사장을 보며 말했다.

"서두를 필요 없어, 도망치지는 않을 거야. 한 병 더 마실게."

병을 높이 들어 올리고는 순식간에 한 방울도 남기지 않고 목구멍으로 넘겼다. 그는 빈 병을 화강암 바닥에 던지고서 예성 사장을 쳐다보며 가슴께에서 두 손을 맞잡았다.

예성 사장은 웃으며 날카로운 눈빛으로 말했다.

"내가 너를 구해 줄게!"

"나를 구해 준다고? 네가 모두를 뒤에서 조금씩 생지옥에 빠뜨렸잖아?"

펑쉐에민 부장이 말했다. 예성 사장은 히죽 웃더니 자리에서 일어섰다. 그는 천천히 펑쉐에민 부장의 뒤쪽으로 다가갔다. 그가 걸음을 멈추자마자 펑쉐에민 부장은 몸을 틀어서 오른손은 주먹을 쥐고 탁자 위에 올렸다. 왼손은 의자 등받이를 단단히 붙잡았다.

"펑쉐에민 부장, 아무것도 아닌 일로 괜히 평지풍파 일으켜서야 쓰나. 일이 벌어지면 너무 두려워하지 마. 너도 힘을 보태서 이 판을 원만하게 수습해 주면 좋겠어. 윗사람이 무사하면 너도 무사할 거야. 그렇지 않으면 우리 모두 송두리째 당하고 말겠지! 너하고 나, 그리고 죽지 못해 살아있는 그놈도 애써 봐야 심부름꾼의 운명을 피할 수 없어!"

"그럼, 너는 어떻게 할 건데?"

헤이이지에가 펑쉐에민 부장을 대신해 물었다.

"너희가 주식을 양도해 주면 내가 협상할게. 주식에다 해외 부동산펀드와 야쥔신탁을 더하면 채무 정리팀을 구성해서 국면을 장악할 수 있어. 정부에 건의해서 정부가 전면에 나서게 해야 해. 우선 문제를 통제하게 해야지. 결국 이건 구 정부의 대형 프로젝트니까. 그리고 그들이 증자하게 해서 초기 투자금을 만회해야 해. 하지만 이 프로젝트는 내가 주도할 거야."

"다 좋은 얘기인데, 나는 어떻게 해?"

펑쉐에민 부장은 세 번째 샤오얼을 집어 들었다. 예성 사장은 웃으며 고개를 끄덕였다.

"몇 년간 너를 닦아세우기만 했는데, 이제는 너 혼자 설 때야. 내일 회사에서 나가줘. 모든 것이 안정되고, 내가 책임자가 되면 2기 프로젝트에서 40만 제곱미터짜리 공사는 네가 할 거야."

"그건 죽지 못해 살아있는 그놈이 했던 약속과 똑같잖아?"

예성 사장은 오른손으로 샤오얼을 집어 들었다.

"그놈은 이미 죽었어. 약속을 지키게 하고 싶으면 저승에서 놈을 찾아와. 나는 지금 너와 마주 앉아 있지?"

거기까지 말하더니 그는 펑쉐에민 부장이 고개를 끄덕이는 것을 보았다.

"마셔!"

예성 사장이 소리치자, 헤이이지에와 왕라이왕은 함께 샤오얼을 들고 단숨에 들이켰다. 세 사람이 술병을 내려놓고 펑쉐에민 부장이 뒤로 한껏 기댄 탓에 의자가 쓰러졌다. 그가 의자와 함께 쓰러지면서 우당탕 소리가 울려 퍼졌다. 밖에 있던 웨이터가 요란한 소리를 듣고 달려와 보니 제단에는 넘어질 듯 말 듯 하는 관우가 청룡언월도를 손에 들고 펑쉐에민 부장의 얼굴에 막 들이대는 중이었다.

택시에 올라탄 예성 사장은 선임 지도자인 우 이사장에게 전화를 걸었다.

"어때? 잘 돼가? 계속 전화만 기다렸다고."

"죄송합니다. 형님을 기다리시게 하다니, 면목이 없습니다."

"술을 너무 많이 마신 거 아냐? 그렇게 술만 먹다가 용건을 잊은 거 아니냐고?"

"천만에요. 샤오얼 세 병밖에 안 마셨어요."

"좋아. 역시 큰일을 맡길 만하군. 어때, 다들 서명은 했나? 다 했다고? 훌륭해. 내일 오전에 내가 얘기한 사람 만나서 주식 양도 서류 전달해 줘. 그리고 잘 기억해. 날짜는 반드시 앞당기는 거다!"

예성 사장이 '영웅의 연회'를 주최하는 동안 용문호텔에서 불과 십여 킬로미터 떨어진 동방몽도 프로젝트 본부에서 우징, 정라이칭, 챠오첸, 추메이가 동방몽도의 거대한 지형 모형을 둘러싸고 논쟁을 벌이고 있었다.

"프로젝트 정산은 절대 양보할 수 없습니다!"

공정부장 챠오첸은 검지로 불빛에 반짝이며 눈앞에 있는 1기 건물 모형을 가리켰다.

"양보하지 않는 방법은?"

회장 대리 정라이칭이 지형 모형 가장자리에 손을 얹고 모형 속을 흐르는 물과 작은 호수에서 조용히 솟아오르는 분수를 바라보고 있었다. 그는 챠오첸과 이야기를 나누며 우징에게 시선을 돌렸다.

"이번 최종 인도 서류에는 절대 서명하지 않을 겁니다."

챠오첸은 그렇게 말하면서 역시 우징을 쳐다보았다.

"왜 다들 나를 쳐다보는 거야?"

우징 주임은 두 사람을 차례로 흘끗 바라보았다.

"당신이 결심해야 할 때니까."

정라이칭이 눈에 힘을 주고 말했다.

"무슨 뜻이야?"

우징의 눈꼬리가 비스듬히 올라갔다.

"싸움을 계속할 것인가, 아니면 결실을 놔두고 떠날 것인가?"

챠오첸도 눈에 힘을 주고 입을 열었다.

"결실을 놔둔다니요? 누구한테 준다는 겁니까? 먼저 법적인 주체를 명확히 해야죠!"

추메이는 양손으로 지형 모형의 가장자리를 가볍게 두드렸다.

"싸운다면 어떻게 싸우겠다는 거야? 싸우면 어떤 결과가 나오지?"

올해 스물여덟 살인 추메이는 3년 전 프랑스 파리대학 법학전문대학원에서 석사학위를 취득하고 중국으로 돌아와 이 프로젝트에 뛰어들었다. 그녀는 언제나 우아한 분위기를 풍기며, 아무리 긴급한 일이라도 차분하면서도 솔직하게 이야기했다.

"싸우면 공든 탑은 무너지고, 좋고 나쁘고 간에 뒤죽박죽되겠지."

"어째서?"

의아한 듯 묻는 챠오첸의 양쪽 입꼬리가 내려갔다.

"당신은 수도관이나 전선만 뽑고 기초만 파지, 위를 쳐다보지도 않잖아요. 커다란 기초 굴착부를 파던 날, 폭우가 쏟아졌어요."

이 말을 듣고 챠오첸은 얼굴이 붉어졌다. 추메이의 말속에는 실제 에피소드를 바탕으로 한 속뜻이 숨어 있었다. 3년 전, 프로젝트 1기 기초 굴착부를 파고 경사면 보호 공사를 할 때 폭우가 쏟아졌고 밤낮으로 계속 내렸다. 수십 대의 강력한 펌프가 숨 가쁘게 물을 빼내다가 돌연 변압기가 합선되어 불에 타버렸다. 기초를 굴착한 것은 영리건설회사였다. 챠오첸이 무릎을 꿇고 부탁해도 그들은 작업자들을 모두 철수시켰다. 결국 사흘 뒤에 배전소에서 변압기를 새것으로 교체한 후에야 영리건설회사의 현장감독은 기계를 가동하기로 했고, 그 전에 챠오첸에게 작업 지연서에 서명할 것을 요구했다. 챠오첸은 정색하고 고개를 저으며 말했다.

"너희는 기초를 파기 시작한 뒤부터 트집을 잡아서 계속 미뤄왔어. 우리 쪽에서 공기를 연장하지 못한다는 걸 알고는 사사건건 협박했지. 그러고도 너희가 사람이야?"

상대는 비웃었다.

"쓸데없는 참견이야. 사람이 뭐 어쨌다는 건데? 우리 관심사는 지연 배상금뿐이거든. 댁의 보스가 어딘가와 VAM 계약을 맺는다면서? 자, 우리가 부탁하자고. 우리 기분이 좋아지면 잘 파줄게. 기분 나쁘면 내일이라도 산사태를 일으켜 줄 수 있고. 사람이 파묻히면 너희는 80만 위안을 배상해야겠지? 작업도 3주간이나 중단해야 하고. 어디 해보겠다는 거야? 이봐! 팔뚝 좀 까봐!"

그때의 주먹다짐을 이야기하자 챠오첸은 오른손으로 주먹을 쥐고 지형 모형을 힘껏 내리쳤다.

"빌어먹을!"

"빌어먹을? 파리에 있을 때 날마다 나를 짓밟았지! 베이징에 돌아오면 안심하고 살 줄 알았더니, 신발도 갈아신기 전에 이 커다란 거름더미에 빠지고 말다니."

추메이는 양손을 들어서 누군가와 주먹다짐이라도 하듯 눈앞에서 휘둘렀다.

"구 정부는 이 프로젝트를 비약적인 발전 스폿으로 간주하고 있어요. 은행은 실적을 올려서 기회로 삼을 생각이고요. 신탁 펀드와 PE 펀드(사모투자펀드[Private Equity Fund], 복수의 기관투자자나 개인투자자로부터 모은 자금을 바탕으로 기업이나 금융기관의 비상장주식을 취득하는 동시에 해당 기업경영에 깊이 관여하여 '기업가치를 높인 후 매각'해서 높은 내부수익률을 얻는 것을 목적으로 하는 투자 펀드)는 굶주린 늑대처럼 달려들 거예요. 지금까지 바닥을 다지러 온 사람은 바닥을 다졌고, 현금으로 바꾸려는 사람은 현금으로 바꿨어요."

그러면서 눈꺼풀이 붉어진 그녀는 천천히 지형 모형을 둘러보며 이를 악물었다.

"이 프로젝트에 들어와서 VAM 계약을 보자마자 마음이 가라앉더군요. 맞아요. 이 VAM 계약은 잉푸 회장님에게 동방몽도의 문은 열어주었지만, 막상 들어가 보니 더러운 세계였던 거예요."

"왜 그렇게까지 말하지?"

정라이칭은 얼굴을 창밖으로 돌리며 말했다.

"당신은 이상주의자라서 기업지배구조에 따라 평등한 경쟁이 가능하다고 생각하겠지만, 그렇게 되던가요? 왜 안 될까요? 그건 누구나 규칙을 만들고, 동시에 파괴하기 때문이에요. 선인이든 악인이든 모두 법률의 테두리를 넘지 않는 선에서 아슬아슬하게 유지하고 있죠. 구 정부가 말한 건 비약적인 발전이지만, 기업이 하려는 건 파괴적인 이노베이션이에요. 선한 사람들은 이 멋진 시대에 이상을 실현할 수 있다고 떠들지만 말이죠."

"악인은?"

챠오첸은 추메이를 응시했다.

"악인? 악인은 세상이 끝날 줄 알아요. 마지막 기회다. 훔쳐라! 프로젝트에서 훔치고, 보스의 지갑에서 훔쳐라! 만족스럽지 않으면 약탈이다! 손에 넣은 놈이 승자다!" 그렇게 말하며 추메이는 비웃는 듯한 표정으로 우징을 보았다.

"회장님과 공동 창업한 동료들이 산 증인 아닌가요?"

우징 주임은 왼손을 뻗어서 추메이의 손을 뿌리쳤다.

"누가 승자인지 너는 그런 식으로 결정하니? 마지막에 웃는 자가 승자야! 안 그래?"

"뭐, 그건 그렇지만."

추메이는 슬픔과 노여움을 참지 못하고 울음을 터뜨렸다.

"그럼, 그걸로 된 거야. 앞으로는 자신을 승자라고 여기라고. 내일 잉푸 회장이 돌아온다고 생각하고 프로젝트를 제대로 살펴봐."

모두가 놀라서 우징을 쳐다보았다.

"오늘 오전 우리 네팔 친구가 초모랑마 남벽에서 왔어요. 잉푸 회장님에게 산소를 가져다주었는데, 사장님의 상태가 나쁘지 않답니다. 눈보라가 조금 잦아들어서 구조대가 올라가면 틀림없이 살아서 하산할 수 있다고 해요. 늦어도 내일 밤까지는 버틸 수 있을 거랍니다."

우징 주임은 얼굴을 창밖으로 돌리고 건설 현장의 조정 중인 조명을 바라보았다. 금빛의 광선 속에서 그녀의 눈에는 반짝반짝 빛나는 금별이 두 개 나타났다.

"언니, 너무해요. 왜 빨리 말해주지 않았어요? 나를 울릴 셈이었나요?"

추메이는 달려들어 우징을 두 손으로 두드리며 말했다.

"빨리 말하라니, 그랬다간 온 세상 사람들이 우리 회장 죽이러 올라가게?"

우징 주임은 차갑게 웃었다.

"그럼, 왜 지금 말씀하셨어요?"

챠오첸의 눈에 기쁨의 눈물이 빛났다.

"너희가 견디다 못해 내팽개칠까 봐 걱정돼서 그랬지."

"좋아, 싸우자! 의표를 찔러서 막을 수 없도록!"

정라이칭은 왼손을 움켜쥐고 눈앞에서 휘두르며 오른손을 칼 모양으로 만들어 가슴 앞에 대고 찌르는 시늉을 했다.

"챠오첸 부장님, 내일 오전에 시공사 측에 연락해서 마지막 배상청구서를 모두 제출하게 해주세요. 기한이 지나면 받지 않겠습니다."

"왜 그렇게 서두르세요?"

챠오첸은 진지한 표정으로 물었다.

"왜냐고요? 그들이 위조한 청구서에는 펑쉐에민 부장의 서명이 있잖아요?"

추메이는 손뼉을 짝 쳤다.

"그렇지! 그럼, 감사를 통과할 수 없겠네. 하지만 잉푸 회장님이 이제 돌아오지 못한다고 생각하면 그들은 아마 무제한으로 위조할 거야."

"시공업체가 사인하고 도장 찍게 해."

추메이는 거듭 주의시켰다.

"나는?"

정라이칭은 그녀를 쳐다보며 물었다.

"내일 오전 은행에서 대차 대조표를 받아다 줘."

"은행에서 안 주면?"

"안 준다고? 그게 그들의 의무인걸. 진짜로 안 내주면 법적 책임을 지게 할 거야. 지점장은 감옥에 들어갈 거고, 그 직원들은 분명히 뜨거운 냄비 위의 개미처럼 되겠지. 진짜 대차대조표라면 증거가 될 테고, 가짜 또한 나름대로 증거가 돼. 지난 몇 년간 수많은 속임수를 썼기 때문에 잠깐 사이에 모든 것을 다 숨기지는 못했을 거야."

우징 주임은 숨을 죽이고 지형 모형을 바라보며 계속 말했다.

"오늘 낮에 네팔 드림컴퍼니의 시타 사장한테서 전화를 받았어. 즉시 중앙기율검사위원회 사람에게 그 정보를 전달했지. 그랬더니 그는 그 정보를 자기만 알고 아무에게도 말하지 말라고 못을 박더라고. '산으로 어서 구조하러 가라는 연락은 그가 상사에게 보고할 테니까'라고 했어. 온

갓 구멍에서 요괴들이 뚫고 나올 테니 쓸데없는 흉내는 내지 말라면서, 감쪽같이 연극을 하게 해서 일망타진하겠다는 거야."

정라이칭은 흥분해서 두 손을 번쩍 들었다.

"좋아, 내일 오전 일찍 공사 현장에 가서 증거를 수집할게. 분담해서 하청 업체를 찾아다니며 영리건설을 고발할 만한 서류가 있는지 하나하나 수집해 올게."

정라이칭이 그렇게 말하자 추메이가 바로 대답했다.

"난 오전에 제일 먼저 상공국으로 갈게. 회사 정관과 주주 구성표 같은 걸 출력해서 증거로 확보하겠어."

"그럴 필요가 있습니까?"

챠오첸의 눈이 휘둥그레졌다.

"물론! 우리가 정상적이고 합법적인 절차로 주주를 바꿨기 때문에 저들은 비정상적이고 비합법적인 수단으로 주식을 가져갈 거야."

"그들한테 그 정도 배짱이 있을까요?"

이번에는 정라이칭이 물었다.

"왜 없겠어요. 지금까지 해온 걸 보면…."

우징 주임이 그렇게 대답하며 차갑게 미소 지었다. 그녀는 창밖을 가리켰다.

"저들은 벌써 임무에 착수할 준비를 하고 있어요."

"정라이칭 부장!"

추메이가 정라이칭을 부르자 그는 그녀 곁으로 갔다.

"내일 오전 건설 현장의 경비원을 회사 본부로 바꿔서 배치해요. 기억해 둬요. 아무리 친족이라도 믿으면 안 된다고 했어요. 월권하려는 건 아니지만, 경비원이 예성 사장 일파를 끌어들일지 걱정이에요."

"이런 시기에 정말로 저들에게 그럴 배짱이 있을까요?"

추메이는 '흥'하고 코웃음을 쳤다.

"무슨 시기요? 잉푸 회장이 올 수 없는 시기잖아요. 생각해 보세요. 그 얘기를 들으면 종업원이나 중간 관리자들이 누구에게 줄을 설지 고민해야 하지 않겠어요?"

"대단한걸! 젊은 사람이 제법이야."

우징 주임은 웃으면서 손뼉을 치고 고개를 끄덕였다.

"부끄럽네요. 전 주더우(菊豆, 1990년 상하이에서 상연된 일중합작 영화 '주더우'의 여주인공. 그녀를 학대한 남편이 염료 항아리에 빠져 익사한다)도 아닌데 중국에 돌아오자마자 커다란 염료 항아리에 빠지고 말았어요. 법을 배운 사람은 남을 경계하기 때문에 내 마음은 만화경처럼 화려해지고 기묘해졌어요. 그것이 제 인생의 시작입니다. 소위 시장경제의 세례일지 모르죠."

추메이는 웃음기를 거두고 지형 모형에서 점멸하고 있는 동방몽도라는 글자를 조용히 바라보며 또 눈시울을 적셨다.

우징 주임은 추메이가 또 울려고 하자 양손으로 지형 모형을 가볍게 두드렸다.

"내일 늦잠 자면 안 돼. 일찍 일어나서 일찌감치 전선으로 가는 거야. 탈영병도 배신자도 용서할 수 없어!"

"그럼, 언니는 뭘 할 거죠? 침대에서 소식을 기다릴 건가요?"

추메이는 우징을 쳐다보며 말했다.

"나? 회장님의 구조 소식을 기다리고, 위만리에게 가야지."

우징 주임이 위만리라고 하자 추메이는 인상을 찌푸렸다.

"그녀를 만나서 대신 죄를 뒤집어쓰지 말라고 일러줘야 해."

대신이라고 하자마자 우징 주임이 들고 있던 전화가 울렸다.

"네, 동방몽도의 우징입니다. 누구시죠? 무슨 일이십니까?"

우징 주임은 말을 하면서 고개를 들고 일동을 향해 오른손을 들어 보였다.

"네? 다스란 경찰서요? 우리 재정부장 위만리가 강도를 당했다고요? 그녀는요? 무사한가요?"

추메이는 놀라서 벌어진 입을 오른손으로 막았다.

"뭐요? 머리를 몽둥이로 맞았다고요? 구급차로 쉬안우병원으로 구급 호송되었다고요. 알겠습니다. 바로 가겠습니다."

전화를 끊고 우징 주임은 시계를 보았다. 9시 정각이었다.

21

위만리가 중환자실에서 응급치료받고 있을 때, 예나는 베이스캠프에 있는 잉푸의 2인용 텐트에서 침낭에 싸여 고열을 앓고 있었다.

잉푸의 캠프는 베이스캠프에서 서쪽으로 멀리 떨어져 있었다. 해발 8,844미터의 기념비 옆, 등반기념묘지 경사면 아래, 동쪽의 루어뿌가 가이드하는 중국팀 캠프와 멀리 떨어져서 마주 보고 있었다.

오늘 베이스캠프의 분위기는 무거웠다. 그 이유는 첫째, 루어뿌 팀이 거의 산에 올랐고, 둘째, 불길한 소문이 각국 팀에 큰 압박을 가하고 있기 때문이었다. 물론 하느님은 얼굴을 잔뜩 찌푸리고 있었고, 하늘은 깎아낸 수염 같은 하얀 무설을 땅바닥에 쉴 새 없이 쏟아부었다. 게다가 하느님은 반드시 천둥과 번개로 노여움을 드러내야 했다. 그도 그럴 것이 하느님이 기뻐하려야 기뻐할 수 없었다. 날씨가 풀리면서 티베트 고원에서 지열이 방출되기 시작했는데, 초모랑마 정상에는 벵골만에서 차가운 공기가 밀려왔다. 하느님이 잠시 재채기하는 틈에 두 기류가 부딪혀서 추위와 더위, 북과 남, 그리고 산과 바다가 서로 양보하지 않고 대치했다. 그 탓에 이 산의 생물들은 불운을 겪었다. 바람은 이따금 텐트 몇 채를 날려 버릴 만큼 강했고, 눈보라는 때로는 굵게, 때로는 가늘게 바람과 함께 텐트에 몰아쳤다.

잉푸가 텐트에 남긴 예비 침낭의 냄새를 맡으며 예나는 잠에서 깨 꾸벅꾸벅 졸았다.

저녁 7시. 잉푸가 버섯바위에 기대어 눈보라에 온몸을 내맡기고 있을 때, 그녀는 멀리서 들려오는 슬픈 늑대 울음소리를 들었다. 뒤척이던 그녀가 비틀비틀 일어났다. 주의를 기울여 들어보니 멀리서 들리는 늑대 울음소리는 어릴 때부터 익숙한 노래로 바뀌었다.

하얀 꽃이 피었다
집을 지을 띠가 말랐다
집을 지을 대나무도 베었다
젊은 남녀가 맺어질 때
하얀 꽃을 딸 때다
예쁜 꽃을 시들게 하지 말고
시든 꽃잎을 물에 흘려보내지 말고

그 노래는 어릴 때부터 와족(중국 남부에서 동남아시아 북부의 산간 지역에 거주하는 소수민족)이었던 어머니가 그녀의 귀에 들려주던 민요였다. 어렸을 때는 그녀를 편안히 잠들게 하는 자장가였지만, 훗날 그것은 어머니의 원망 섞인 한숨이라는 것을 알았다.

예나는 엄마를 부르며 큰소리로 울음을 터뜨렸다. 그녀가 비 오듯 눈물을 쏟고 있을 때, 늑대의 울부짖음이 노랫소리를 덮었다. 그러나 더 센

천둥소리가 그 노랫소리를 단번에 지워버렸다.

'철컥!' 그녀가 중국으로 연구 여행을 떠나기 전날 밤, 함부르크에 있는 자기 집에서 어머니가 식탁에서 일어나 문을 닫는 소리였다.
"슬퍼해야지!"
예나의 아버지는 맞은편에 앉아 고개를 저으며 칼과 포크를 내려놓았다. 덩치 큰 아버지는 전형적으로 냉정한 북독일 함부르크 사람이었다. 예나는 고개를 숙이고 나이프와 포크로 양고기 스테이크를 자른 후 눈앞에 들어서 자세히 살펴보았다. 절반 정도 익힌 양고기의 새빨간 피가 조명 아래서 루비처럼 빛났다.
"너는 수렵민의 후손으로 부끄러워할 필요 없어. 피를 보면 눈빛이 암컷 늑대처럼 변한단다."
아버지는 불만 가득한 표정으로 고개를 저으며 일어서려고 허리를 굽혔다.
"잠깐! 가지 마세요!"
예나는 눈앞에 들고 있던 양고기를 입에 넣고 아버지가 다시 앉자 꿀꺽 삼켰다.
"아버지, 전 내일 떠날 거예요. 아버지와 어머니 둘 다 서로 물어뜯을 생각만 하지 마시고, 어떻게 마음을 사로잡을지 궁리해 보세요. 그래야 수렵민의 딸을 낳으신 자격이 있지 않겠어요?"
예나는 아버지의 웃음소리에 잠에서 깼다. 하늘에서는 천지를 뒤엎을 듯한 천둥과 번개가 끊이지 않았다.
"그렇지! 아직 그가 위에 있지!"
눈보라가 몰아치는 산 정상에서 잉푸의 생사조차 모른다는 생각에 예나는 가슴이 찢어질 듯 아팠다. 후회의 불길이 가슴속을 새까맣게 태웠다.

2013. 03. 13. 오후 3시

예나와 가쯔는 쯔주차오의 샹그릴라 호텔 커피숍에서 마주 앉아 있었다. 유리창 너머 호텔 정원의 잔디밭에서는 결혼식이 진행되고 있었다.

"결혼은 생명의 생태 사슬에서 가장 연약한 고리죠."

중국에 오기 전 아버지와 다퉜던 일을 떠올리며 그녀는 문득 생각에 젖었다.

"인간은 자연 생태계에서 유일하게 죽음을 향해 살아가는 동물이에요. 그래서 '인간은 만물의 척도'라고도 할 수 있고요."

가쯔가 잠시 고개를 돌려 식장에 들어선 신랑과 신부를 보다가 예나를 돌아보았다. 예나는 넋을 잃은 표정이었다. 키가 작은 신부가 키가 큰 신랑에게 몸을 맡기며 부드럽게 껴안는 모습을 보고 있으려니 눈시울이 젖어왔다.

"우리 어머니는 당시 마을에서 가장 긴 흑발과 예쁜 눈을 가진 소녀였어요."

"왜 눈만 가장 예뻤을까요?"

가쯔는 예나의 눈을 들여다보았다.

"와족 소녀들은 모두 야생의 아름다움을 지니고 있어요. 하지만 어머니는 특히 춤을 출 때 눈을 뜨면 번개가 치듯 눈빛이 강렬했어요. 누구라도 어머니의 눈빛을 한 번 보면 세상 시름을 다 잊을 정도였어요."

"당신은 지금 무엇 때문에 슬퍼하나요?"

"돈이요! 백만 위안이요. '티베트의 인문 지리와 그 생태 사슬의 구성'이라는 주제로 연구하는 데 그 돈이 필요해요."

"좋습니다. 드리죠!"

가쯔가 웃으면서 손뼉을 치며 예나를 쳐다보았다. 예나는 깜짝 놀라서 아름다운 눈을 크게 떴다. 혼혈 특유의 짙푸른 눈동자는 바다의 파도 같았다.

"당신처럼 나도 어머니를 떠올렸어요. 어머니의 사랑을 깨닫게 해줘서 고마워요. 어렸을 때 나는 아버지에게 걸핏하면 맞았어요. 하지만 글을 읽지 못하는 어머니는 단 한 번도 나에게 손을 대지 않으셨어요."

정원에 자라는 푸른 부추
자르지 마세요,
초록빛으로 놔두세요
딸이 도랑이라면 오빠는 물이지요
사이를 끊지 마세요
물을 흐르게 놔두세요

예나가 뭐라고 입을 떼려는데 가쯔는 눈을 감고 있었다. 그는 거의 들리지 않을 정도로 부드럽게 고향의 꽃노래를 불렀다. 민요는 마음을 편안하게 했다. 노래를 부르다 보면 자신을 잊을 때가 있다. 그의 손가락은 여유롭게 무릎 위에서 박자를 맞추고, 머리도 저절로 리듬에 맞춰 흔들거렸다.

예나는 눈물을 흘렸다. 그 눈물은 창밖의 햇살을 받아 수정처럼 빛났다.

"내가 양 떼를 방목하러 나갔다가 저녁 식사 시간이 되면 어머니는 항상 높은 언덕에 서서 이 노래를 한 곡조, 또 한 곡조 불러주셨어요. 신기하게도 양들은 나보다 더 똑똑했어요. 어머니의 노래를 들으면 돌을 던지며 몰지 않아도 모두 서둘러 집으로 돌아갔어요. 내가 '서두르면 죽는다! 천천히 가!'라고 혼낼 정도였어요."

고개를 가볍게 흔들고 가쯔는 다시 현실로 돌아왔다.

"너무 신경 쓰지 말아요. 그 백만 위안은 그냥 주는 게 아니라 빌려주는 거니까."

잔디밭에는 이미 결혼 행진곡이 울려 퍼지고 사람들이 신랑 신부의 머리 위에 꽃을 뿌리고 있었다. 예나는 공중에 흩날리는 꽃잎에서 눈을 돌려 조용히 가쯔를 바라보았다.

가쯔는 오른손을 내밀어서 눈앞에 있는 톄관인(중국 푸젠성 남부 안시현의 우롱차) 차를 한 모금 마시고, 왼손은 무릎을 꽉 쥐고 있었다.

"첫째, 당신의 연구 성과를 우리와 공유해야 합니다. 우리 회사는 IPO(Initial Public Offering, 주식시장에 신규 주식을 공개하는 것)를 준비하고 있어서 매년 훌륭한 내용의 '연례 사회 공헌 보고서(CSR)'를 발표할 계획입니다. 작년에는 '황양탄 프로젝트'가 호평받아서 언론에 많이 알려졌어요. 올해는 당신의 연구 결과를 이 사업에 발표하고 싶어요."

"이 연구 주제는 일 년으로 끝나지 않을 거예요."

예나의 말에 가쯔가 가만히 웃었다.

"잘 압니다. 그래서 그 전에 끝내줬으면 하는 일이 있어요. 리사와 함께 티베트 팅리에 가서 독수리 보호 활동으로 야크를 사서 그 고기를 던져주면 됩니다."

"왜 한 동물을 살리기 위해 다른 동물을 죽여야 하죠?"

"야크는 가축이지만, 독수리는 몽고가젤처럼 보호가 필요합니다."

예나가 웃었다. 태양이 유리창 너머에서 비스듬히 그녀를 비추었다. 한 줄기 햇살이 그녀의 얼굴에 고르게 퍼지면서 아름답게 빛났다. 가쯔도 웃으며 머리를 긁적거렸다.

"이 첫 번째 조건은 어떠세요?"

"그 조건에는 다른 조건이 포함되어 있기는 한데, 그게 더 마음에 드네요."

가쯔는 안도한 한숨을 쉬었다.

"그럼, 두 번째 조건은?"

예나는 그가 크게 숨을 내쉬는 순간 다시 물었다.

"간단해요. 조금 번거롭지만, 큰 공덕이 될 겁니다."

그러더니 그는 오른손을 들어 올리며 말했다.

"사람을 구하러 가는 거예요."

예나는 놀라서 벌떡 일어나 무심결에 긴 머리를 흔들었다. 그 순간, 매장 안이 조용해지면서, 이야기를 나누던 사람들은 여기저기서 그 이국적인 여성을 감상하듯 쳐다보았다.

"가쯔, 당신을 믿어요. 하지만 그 백만 위안 때문에 양심에 어긋나는 일은 시키지 말아줘요."

그녀의 눈빛은 맑은 샘물 같았다. 가쯔가 돌아보니 신부의 들러리가 신부가 던져준 꽃다발을 받고 있었다. 그녀는 내일 당장 시집이라도 가는 사람처럼 깡충깡충 뛰며 환호했다. 뜻밖의 행운을 얻어 좋아하는 그녀를 보고 가쯔는 미소를 지으며 예나를 돌아보고 고개를 흔들었다.

"예나 씨, 당신처럼 아름답고 순수한 여성은 중국에서 보기 드물어요. 그런 만큼 당신이야말로 어려운 처지에 있는 사람을 구해내는 데 가장 적임자입니다."

예나도 결혼식장의 그 행운의 들러리를 가만히 바라보았다. 들러리가 꽃다발의 꽃을 한 송이씩 뽑아 그곳에 있는 여성들에게 나눠주었다. 예나는 웃으면서 가쯔를 향해 고개를 끄덕였다.

"그래요! 당신은 항상 생태 사슬 얘기했죠. 그 사람들은 모두 같은 운명의 사슬에 묶여 있어요. 당신이 풀어준다면 모두가 기뻐할 거예요."

가쯔가 찻잔을 내려다보았다.

"우리 모회사는 건설그룹으로 3년 전 베이징의 한 부동산 프로젝트를 낙찰받았습니다. 동방몽도라는 프로젝트인데, 총 건축 면적이 3백만 제곱미터에 달합니다."

"우와! 어마어마한데요? 유럽으로 치면 작은 마을 하나예요."

예나는 눈을 크게 뜨고 허리를 곧게 세웠다. 긴 흑발이 폭포수처럼 어깨를 넘어 등 뒤로 흘러내렸다. 가쯔는 고개를 끄덕였다.

"네, 확실히 규모가 엄청나죠. 하지만 회사 경영은 돈을 벌어야만 성공했다고 볼 수 있습니다. 그런데 동방몽도는 오너 때문에 40억 위안에 가까운 돈이 우리 손에 들어오지 않게 되었어요."

"왜 법원에 소송을 걸지 않으세요?"

예나는 그 천문학적 숫자에 깜짝 놀랐다.

"그 40억은 우리 회사의 돈만 있는 게 아니에요. 신탁기금과 사모펀드(PEF), 그리고 은행 대출과 건설 공사비도 포함되어 있어요. 그런데 준공 정산을 아직 해주지 않아서 소송을 못 해요."

"정산을 왜 빨리하지 않았어요?"

예나가 눈을 반짝이며 말했다.

"주인이 도망갔거든요. 이름이 잉푸라고 하는데."

그 이름을 입에 올리더니 가쯔는 사연이 있다는 표정으로 말했다.

"그 사람은 당신과도 관련이 있습니다."

예나도 웃으며 인상을 찡그렸다.

"내가 지향하는 건 사람과 자연의 관계이지, 사람과 돈의 관계가 아니에요. 저에게는 그런 연구를 할 행운은 없는 것 같아요."

"곧 생길 겁니다."

그러자 예나는 진지한 눈빛으로 가볍게 고개를 끄덕였다. 그러고는 몸을 뒤로 젖혔다. 하지만 소파는 넓고 깊어서 반쯤 뒤로 기대자마자 심연에 빠지기라도 하듯 옆으로 쓰러지고 말았다. 그녀는 얼굴이 빨개지며 재빨리 자세를 바로잡고 가쯔를 바라보았다.

"이해가 안 되네요. 왜 직접 가서 돈을 돌려 달라고 하지 않나요?"

"찾을 수가 없습니다. 집은 이미 텅 비어서 껍데기만 남았어요."

가쯔는 양손을 활짝 벌렸다. 그는 목이 말랐다. 눈도 깜빡거렸다. 잠시 눈을 감고 마음을 가라앉힌 후 찻잔을 들고 식어버린 차를 마저 마셨다. 그리고 뜨거운 물을 보충해 주러 온 웨이트리스가 찻주전자에 뚜껑을 덮으려 하자 손을 내밀어 가로막았다.

"그가 어디로 도망갔는데요? 해외로?"

"그건 불가능합니다. 정부가 이미 그에게 출국금지 명령을 내렸거든요."

고개를 가로저으면서 가쯔는 왼손의 주먹을 쥐었다.

"어디를 가든 찾아낼 겁니다."

"그렇다면 이상하지 않아요? 설마 홧김에 목을 맸다거나 황하강물에 뛰어들기라도 한 건 아니겠죠?"

"그놈은 진정한 사나이라서 그럴 리는 없을 것 같습니다. 그놈보다 더 터프한 인간은 없을 겁니다. 악인이기는 하지만 무릎 꿇고 사느니 차라리 서서 죽는 편을 택할 놈이거든요. 그렇지 않다면 그렇게 주저하지 않고 초모랑마로 달려갈 이유가 없죠."

잔디밭을 뛰어다니는 아이들을 보면서 예나는 햇빛을 받아 반짝이는 나뭇잎처럼 얼굴빛이 밝아졌다.

"저는 점점 더 '인간은 만물의 척도'라는 말이 진리라고 느껴져요. 생태계 형성에서 가장 중요하고 어려운 게 인간의 역할이에요. 중국의 개혁개방은 새로운 인간을 키웠어요. 예를 들어, 당신이 말한 잉푸 씨 같은 기업가예요. 그들의 지혜와 용기, 지성과 야성, 그리고 모험심이 사회정신과 부의 변화에 영향을 주었어요. 하지만 그건 중국의 전통 사회가 파괴

되었다는 의미이기도 해요. 근대화의 문제가 현대화의 열차를 타고 이 고대 문명의 땅에 깊숙이 파고들었어요. 누가 부자인지 가난뱅이인지, 누가 웃고 우는지, 누가 살고 죽는지, 이 모든 문제가 생태사회를 형성하면서 관련되어 있어요."

"그래서 그가 당신에게는 최고의 연구 표본이죠?"

가쯔는 생각에 잠긴 예나의 눈을 뚫어지게 쳐다보았다.

"네, 맞아요."

예나는 고개를 흔들며 웃었다.

"황양탄 프로젝트를 마치고 귀국한 후, 저는 계속 흥분해 있었어요. 제 연구 과제의 돌파구를 찾았기 때문이죠."

"축하합니다."

가쯔가 웃으며 말했다.

"그 돌파구는 바로 인간이에요. 왜 인간이냐고요? 현재 중국에서 일어나는 생태사회 형성에서는 인간이 가장 큰 문제이기 때문이에요. 사람들은 이제 자연을 보호해야 한다는 걸 알게 되었고, 향토 의식도 점점 더 강해졌어요. 동물을 보호하고 배려하는 행동도 점점 문명사회의 상징이 되고 있고요. 하지만 인간 스스로는 어떤가요? 사람과 사람의 살생, 원한, 경쟁은 오히려 공생과는 점점 더 멀어져 가고 있어요."

예나는 가쯔를 바라보면서 양손으로 찻잔을 들고 조심스럽게 마셨다.

"아버지는 머리 사냥(다른 집단에 속한 사람을 죽여서 그 머리를 취하는 행위) 습속을 연구하는 인류학과 교수셨어요. 그런데 2001년 3월 인도네시아 칼리만탄(Kalimantan, 인도네시아의 보르네오섬 남쪽 지역이나 섬 전체를 지칭하는 말)에서 함부르크로 돌아왔을 때 두 번 다시 머리 사냥 문화는 연구하지 않겠다고 맹세하셨어요."

"왜요?"

가쯔는 이야기에 매료된 사람처럼 두 손을 꼭 쥐었다.

"너무 잔인했으니까요! 그곳에서 부족 학살이 일어났어요. 210명의 마두라(Orang Madura, 원래 마두라 섬에 살다가 오늘날 인도네시아로 퍼져나가 세 번째로 큰 민족 집단을 이루고 있는 민족)족이 원주민인 다야크(Dayak, 보르네오섬의 선주민 중 하나)족에 의해 살해당했어요. 대부분 참수당했죠."

"세상에! 왜 그렇게 잔인하게 죽였어요?"

"현대 사회의 머리 사냥 행위가 전통적인 그 행위를 대체하는 것 같아요."

예나는 흥분해서 볼 화장을 한 것처럼 뺨이 붉게 달아올랐다.

"당신들과 잉푸 씨가 하는 사업은 금전을 둘러싼 머리 사냥 게임이죠. 당신들은 저마다 시장이라는 시소의 끝에 앉아 있고, 돈은 지렛대 한가운데 놓여있지요. 더 많은 몫을 얻은 사람이 국면을 지배해요. 몫이 적은 사람은 땅에서 1미터쯤 떠 있다가 이긴 사람이 일어나서 가버리면 진 사람은 바닥에 떨어져서 산산조각이 나는 거예요." 가쯔는 몸을 수그리고 엄지를 이마에 가져다 댔다.

"제가 뭘 하면 되나요?"

예나는 가쯔를 바라보았다.

가쯔는 탁자 위에 놓여 있던 노란색 크라프트지 봉투에서 서류 묶음을 꺼내 예나 앞에 놓았다.

"잉푸 씨 진료기록부네요?"

"네, 간동맥류가 있어요."

"어? '간 우엽 저에코 8.3, 6.9, 4.3센티미터'네요?"

예나는 눈을 들어 가쯔를 보았다. 가쯔는 말없이 그녀를 쳐다보기만 했다.

"간은 조혈기관이라 혈관종이 터지면 살릴 방법이 없어요. 우리 아버지도 간 왼쪽에 그런 혈관종이 생겼었죠. 그것 때문에 의사가 뛰거나 외출하지 말라고 조언했어요."

"그럼, 아버님은 치료받으셨나요?"

"아니요. 의사가 평소 검진만 잘 받으면 이런 종류의 병은 수술해도 되고 하지 않아도 된다고 했어요. 하지만 잉푸 회장은 지금 초모랑마를 등정할 거잖아요. 이런 혈관종은 고산에서 파열될 가능성이 아주 커요. 만에 하나 정말로 산 정상에 오른다면 심장에 무리가 가고 혈관에 압력이 가해져서 파열되기라도 하면 분명히 죽을 거예요."

예나는 눈을 질끈 감았다. 가쯔는 웃으며 고개를 저었다.

"그가 산 위에서 죽을지도 모른다는 걱정 때문에 당신께 부탁하는 거예요."

가쯔는 예나 앞에 작은 유리병을 놓았다.

"이건 파두(대극과에 속하며 변비약 등의 약제로 쓰이나 다량 복용 시 치명적일 수 있다) 열매예요. 이걸 먹으면 30분에서 3시간 안에 심한 복통과 함께 물 같은 설사를 합니다."

가쯔가 파두 열매의 약효를 설명하고 나서 예나의 대답을 기다리며 찻잔을 들어 한 모금 마셨다. 잔을 내려놓고 예나 앞에 있는 작은 병을 집어서 뚜껑을 열고 자신의 찻잔에 그 가루를 조금 넣었다. 찻잔을 가볍게 흔든 다음 고개를 들고 단숨에 마셔버렸다.

"자, 보세요. 독이 아니에요. 8,400미터의 어택캠프에 도착하면 이걸 그의 보온병에 넣는 겁니다."

"왜 내가 그에게 접근할 수 있다고 확신하시죠?"

"루어뿌! 티베트 등산 회사의 대장이오. 그가 당신과 잉푸가 같은 텐트에서 잠을 자도록 주선해 줄 거예요."

"어떻게 그럴 수 있죠?"

예나가 눈을 크게 뜨자 한 줄기 햇살이 그녀의 얼굴에 닿아 그녀의 눈동자가 금빛으로 반짝거렸다.

"가능해요. 이번에 초모랑마 등반을 신청한 고객 중 여성은 당신뿐이니까요. 해발 7,028미터의 노스콜 1호 캠프에서 텐트 한 동을 둘이서 써야 합니다."

예나의 표정을 보며 가쯔는 웃었다.

"긴 시간 함께 지내다가 그 사람과 사랑에라도 빠질까 걱정되세요? 당신 말을 들으니 어쩐지 간질간질하긴 하네요. 왜냐하면 내가 가장 좋아하는 비극은 '니벨룽겐 노래(The Nibelungenlied, 중세 독일의 영웅 대서사시. 중세 기사도 문학을 대표하는 작품 중 하나)'라서요. 잉푸라는 사람은 내가 그의 머리를 취하고 싶을 만큼 고독한 영웅이군요. 그런 아저씨가 바로 내 취향이거든요. 나도 머리 사냥족의 후손이라는 걸 잊지 마세요."

예나는 그러면서 눈을 반짝반짝 빛내며 가쯔를 바라보았다. 가쯔는 두 손을 눈앞에서 가볍게 두드렸다.

"그건 상관없으니 안심하세요. 그 사람과 사랑에 빠지면 당신은 그가 더 심하게 설사하기를 원할 테니까요."

"하산하면 당신들이 그의 목을 싹둑 자를 건가요?"

예나도 약병을 힐끗 쳐다보았다.

"아니요, 사람이잖아요. 우리가 사냥하고 싶은 건 그 사람 자체인 걸요."

예나를 바라보며 가쯔는 계속 이야기했다.

"당신의 생태 사슬을 위해서 초모랑마에 갑니다. 그가 초모랑마로 도망친 건 자기 회사에 한두 달 시간을 벌기 위해서입니다. 자기 몸은 티베트에 있지만 산 아래에서 일어나는 협상을 원격으로 조종하고 있어요. 한편으로는 부하들에게 프로젝트 정산을 늦추게 하고, 다른 한편으로는 대규모 중앙기업과 음모를 꾸미고 있죠. 산에서 내려와서 1기 프로젝트의 준공검사 완료 서류를 입수하면 바로 프로젝트 전체를 되팔 수가 있거든요."

"그러면 된 거 아닌가요? 모두 자기 돈을 회수할 수 있잖아요?"

그러면서 예나는 고개를 저었다.

"1기는 회수할 수 있지만, 2기는요? 모두가 1기 때 열심히 투자한 이유는 2기 주택 프로젝트에서 더 큰 몫을 얻기 위해서였어요."

가쯔는 이를 악물었다.

"너무 잔인해요. 한 사람의 성공과 실패에 그렇게 큰돈을 걸다니요."

예나는 다시 창문 쪽으로 시선을 돌려서 이번에는 하늘을 바라다보았다. 하늘에는 흰 구름이 서로 밀고 당기며 멀리 흘러가고 있었다.

가쯔는 웃으며 고개를 끄덕였다.

"예나 씨! 난 이제 피곤해서 말도 안 나와요. 난 그저 그를 산 채로 하산시켜야 할 책임이 있습니다. 지금은 잉푸 회장이 제 먹잇감이지만, 내일은 내가 누군가의 먹잇감이 될지도 모르죠."

"다들 비슷하지 않을까요?"

예나도 손을 가볍게 두드렸다.

"인류의 진화 역사는 돈 앞에서는 누구나 선천적으로 머리 사냥족이에요. 그러면서 동시에 먹잇감이라는 걸 증명하는 중이에요. 다야크족이 마두라족을 사냥한 것처럼요. 그러나 언젠가는 반드시 역전돼서 다야크족이 사냥당하는 신세가 될 겁니다. 잉푸 회장이 하산하면 당신들이 그를 사냥하겠죠. 하지만 돈을 손에 넣고 나면 이번에는 당신들이 머리 사냥을 당하는 대상이 되는 거죠."

예나는 진지한 표정으로 고개를 돌려서 잔디밭에서 치러지는 결혼식을 바라보았다.

"인간은 태어나면서부터 단지 목을 자르고, 목이 잘리기 위해 이 세상에 온 걸까요?"

"앗! 죄송해요. 이 약 효과가 탁월한데요. 저 화장실 좀…."

가쯔는 벌떡 일어서서 종종걸음으로 서둘러 화장실로 향했다.

22

'설사? 누가 그런 말을 했더라?'

잉푸의 거위털 침낭은 따뜻했다. 그 안에 누워있으려니 예나는 마음이 편치 못했다. 초모랑마 정상에서 작렬하는 번개 천둥소리가 하늘에서 들려왔다. 눈보라에 섞여 휘몰아치는 모래와 자갈들이 텐트에 '후두둑'하고 부딪쳐 예나의 꿈을 방해했고, 텐트는 더럽혀져 엉망이었다.

체인스토크스 호흡(Cheyne-Stokes respiration, 뇌나 심장이 나쁠 때 일어나는 심한 호흡 곤란과 호흡 정지를 거듭하는 증상)이 그녀를 깨웠다. 침낭에서 손을 내밀어 오른쪽 지퍼를 열자, 머리부터 발끝까지 속박에서 벗어난 해방감이 퍼져나갔다.

'아! 나였구나.'

그저께 오후 8,400미터의 어택캠프에서 설사병에 걸렸을 때의 일이 예나의 뇌리를 스쳐 지나갔다.

"우와! 이게 바로 세상의 꼭대기구나!"

8,400미터 지점 텐트에 들어선 예나는 기다리지 못하고 얼굴에 쓰고 있던 방풍 고글과 산소마스크를 벗었다. 그러고는 잉푸에게 얼굴을 가까이 들이대자 잉푸는 그녀의 목에 걸린 고글을 걷어냈다. 그러자 생동감

넘치는, 아름다운 얼굴이 드러났고, 잉푸를 향해 환하게 미소를 지었다.

2013. 05. 16. 오후 4시

마침 산신이 차를 즐길 시간이었다. 눈보라가 잦아들었고, 산꼭대기를 공격하던 짙은 구름도 순식간에 깊은 심연으로 가라앉았다. 오랜만에 햇살이 어택캠프에서 아래쪽으로 퍼져나갔다. 잉푸는 서둘러 텐트를 열고 나가 눈을 감고 헐떡이는 예나를 가만히 두드렸다. 예나는 잉푸가 가리키는 방향을 보고 깜짝 놀랐다. 잉푸가 다시 한번 그녀를 보았을 때, 그녀는 발밑의 산을 바라보며 눈물을 흘리고 있었다.

8,400미터 높이에서 내려다보는 세상 풍경이었다. 물러가는 구름이 눕고 싶은 마음을 자극하며 하얀 침대로 변해 있었다. 구름을 뚫고 나온 독수리는 힘차게 하늘로 오르고 있었다. 독수리들은 천천히 큰 원을 그리며 선회하면서 고도를 높여갔다. 그들이 산 정상을 등질 때마다 뒤에서 쏟아지는 햇살에 금빛 별처럼 반짝였다.

저 멀리 산봉우리들이 구름 사이로 솟아 있었다. 구름바다가 파도처럼 출렁일 때면 봉우리들은 어머니인 대지의 젖꼭지인 양 세상 만물을 촉촉하게 적셔주었다. 바람은 바위 위, 눈 덮인 경사면, 산골짜기 등 온 산을 헤집으며 때로는 세게, 때로는 약하게 불어왔다. 마침내 초모랑마 북벽 전체가 노래를 부르기 시작했다. 그 순간 예나에게 고산 환각이 일어났다. 독수리의 등에 올라 몸을 맡긴 채 기류 속을 빙글빙글 돌며 상승한다. 머리 위 하늘에는 수천 마리의 군마들이 우주 깊숙한 곳에 숨어 있다가 그녀가 명령만 내리면 당장이라도 금빛으로 포장된 길을 달려올 것만 같았다. 대지와 산들도 그녀가 손짓하여 신호를 보내면 즉시 붉은 불꽃과 마그마를 분출할 태세를 갖춘 듯했다.

어느 골짜기 가난한 목동이
봄이 오기를 애타게 기다리네
첫 종달새가 포르르 날아오르면
아리따운 소녀가 나타난다네

예나가 멍하니 서 있는 사이에 잉푸는 조용히 그녀를 지켜보았다. 마르틴 하이데거(Martin Heidegger, 실존주의에 관해 20세기 가장 중요한 철학자 중 한 사람)와 관련된 시를 읊조리고 있으려니 그녀를 만났을 때의 광경이 하나하나 뇌리를 스쳤다. 또한 그녀와 논쟁했던 모든 이야기도 생생하게 되살아났다. 아름다움보다 그녀의 거친 지성에 그는 매료되었다. 6,600미터 경사면의 로드 로프에 연결되자 그의 마음은 금세 안정되었다. 포위당한 늑대가 드디어 자신의 영역에 발을 들여놓은 것 같았다. 그곳에서 그는 자신을 지킬 수 있었다.

예나는 두려움을 모르는 티베트 영양처럼 그의 품 안으로 뛰어들었다. 아름답고 순수하지만 신비롭고 위험했다. 그렇다! 어떤 놈이 그 냄새를 맡고 쫓아올지 누가 알겠는가?

시먼췌이쉬에가 떠나고 나서 죽음에 대한 자기 안의 두려움은 조금 줄어들었다. 그러나 자신에게 기대어 넋을 잃고 산을 바라보고 있는 이 예나가 자신에게 상처를 주지 않을까 내심 경계하고 있는 것을 그녀가 눈치챈 것은 아닐까 불안함과 죄책감이 밀려오자 잉푸는 고개를 숙이고 예나를 바라보았다.

예나는 잉푸의 가슴에 반쯤 기대고 누워 그의 손을 끌어당겨 자기 허리에 감쌌다. 그녀는 기다란 흑발을 한 움큼 집어서 잉푸의 검지를 부드럽게 감쌌다.

잉푸가 무심코 마르틴 하이데거가 한나 아렌트(Hannah Arendt, 20세기 정치

철학의 가장 강력한 목소리이자 전체주의의 시대를 직시하며 '인간이란 무엇인가'라는 질문을 정치와 철학을 중심으로 끌어올린 여성 사상가)와 편지로 주고받은 프리드리히 폰 실러(Friedrich von Schiller, 독일 고전주의 극작가이자 시인, 철학자, 역사가, 문학이론가, 괴테와 함께 독일 고전주의의 2대 문호. 작품은 인간의 자유와 존엄성을 바탕에 두었다)의 시 '낯선 곳에서 온 소녀'를 읊조렸을 때, 예나는 미동도 하지 않았지만, 따뜻한 눈물이 잉푸의 손을 적셨다.

    소녀는 그 골짜기에서 태어나지 않았네
    그녀가 어디서 왔는지는 아무도 몰랐네
    소녀가 작별을 고하고 떠나자마자
    금방 그녀의 자취는 사라졌네

이 구절을 듣고 예나는 불현듯 잉푸의 오른손을 양손으로 꽉 쥐고 자기 입에다 세게 밀어 넣었다. 잉푸의 눈도 촉촉해졌다. 그는 눈을 감고 메아리를 들었다.

    소녀가 가까이 있으면 행복했네
    기쁨에 가득 차 다가가지만
    마음은 완고해져서 멀어져 갔네
    저 존엄, 저 높이가
    그대와 나를 멀어지게 하네

그 시를 듣고 나자 예나는 선의 경지에 들어간 듯 미동도 하지 않았다. 그리고 잉푸의 손을 놓고 자기 얼굴을 가린 채 소리 없이 울었다. 잉푸는 그녀의 머리를 가볍게 쓰다듬고 텐트 밖을 바라보았다. 잠시 후 그는 부드럽게 고개를 저었다.

"아가씨, 신기하지? 세상에서 가장 높은 곳에 서면 오히려 세상이 잘 보이지 않는단 말이야."

그러면서 그는 자기 오른손으로 예나의 이마에서부터 쓸어내려 그녀의 눈물을 부드럽게 닦아주었다.

"자, 이 세상을 봐요. 이렇게 텅 비어 있잖아요."

예나는 눈을 떴다.

"그렇지 않아요. 마음에 무언가 있으면 그것이 보이는 법이에요."

그 말을 듣고 잉푸는 다시 고개를 저었다.

"그건 참회인가?"

예나는 고개를 들어 잉푸를 바라보았다.

"아니요. 난 절대로 참회하지 않아요."

멀리서 독수리 한 마리가 날아와 세상에서 가장 높은 텐트를 덮칠 듯한 기색을 보고 잉푸의 눈이 빛났다.

"하지만 신 앞에서 우리는 모두 죄인이죠."

예나는 독수리를 눈으로 좇으면서 무릎에 턱을 괬다.

"그건 아가씨의 신이니까. 나를 구해 줄 생각은 전혀 없을걸."

"아저씨, 제 참회를 듣고 싶으세요?"

예나는 허리를 세우고 무릎을 양팔로 끌어안았다. 그러고는 난기류에 휩쓸려 떨어지는 독수리를 바라보며 결연한 표정으로 말했다.

"네가 누구한테 상처라도 받았다는 말인가?"

잉푸 역시 독수리가 기류에 저항하면서 원을 그리며 위쪽으로 선회하는 모습을 지켜보았다. 그때, 그 큰 새를 도와주려는 듯 구름이 점점 위로 솟아오르기 시작했다.

"아니요. 당신에게 참회를!"

예나는 독수리에서 시선을 돌려 잉푸를 가만히 바라보았다. 마치 그가 텐트를 공격한 독수리인 듯이 말했다.

"아무도 나에게 상처를 주지 못해. 왜냐하면 나는 상처받아도 신경도 안 쓰거든."

잉푸가 웃으면서 두 손을 뻗어 공중에서 가로젓자 정말로 커다란 새가 떨어질 것 같았다

"하지만 전 신경이 쓰이는걸요. 내가 누군가에게 상처를 준 사람이라는 게 신경 쓰여 죽겠다고요."

그러더니 예나는 산소마스크를 입에다 거칠게 가져다 댔다. 드디어 속마음을 털어놓는 아이 같았다.

"상처를 준 건 마음속에서 자라기 마련이지."

잉푸는 예나의 산소마스크를 잡아주면서 그녀의 눈을 들여다보았다.

"후회하게 만들고, 자책감에 시달리게 하려고 이러세요?"

예나의 눈에 눈물이 그렁그렁 맺혔다.

"맞아. 그 짐은 짊어지고 가야 해."

예나는 산소마스크를 다시 벗고 숨을 토하더니 또 잉푸의 가슴에 기대었다.

"이제 됐어요, 참회하지 않을래요. 내가 당신을 저 위로 올라가게 할 거거든요."

이 말을 듣고 잉푸는 부드럽게 고개를 저었다.

"여기까지 왔는데 누가 날 막을 수 있겠어?"

"사신이요. '간 우엽 8.3, 6.9, 4.3센티미터의 저에코."

"와, 대단한데! 내 건강검진도 손에 넣었구나!"

"산 정상에 올라갔다가 만에 하나 간혈관종이 파열되면 어떻게 해요?"

잉푸는 웃었다.

"이봐, 아가씨! 내가 위에서 죽을까 봐 걱정하는 이유가 뭐야?"

예나는 몸을 일으켜서 잉푸와 마주 앉았다.

"당신 목은 내 거니까!"

예나는 양손으로 잉푸의 머리를 감싸 안고 쓰다듬었다.

"원망하면 깨물고, 술에 취하면 키스할 거예요."

잉푸는 웃으며 눈물을 흘리는 예나의 뺨을 양손으로 가볍게 두드렸다.

"알았어, 알았다고. 이 목은 네 거야."

"자, 그런데도 올라가고 싶어요?"

"물론이지! 말해 두는데, 너한테 내 건강진단서를 보여준 놈은 십몇 년 전에 내가 셰허병원에서 우회 수술받았다는 사실은 알려주지 않았나 보군."

"네?"

예나는 양손으로 잉푸의 가슴을 쳤다.

"하지만 그것도 소용없네. 네가 내 마음을 다 부숴놨거든."

"아흑!"

잉푸의 말이 끝나기도 전에 예나는 갑자기 배를 움켜쥐고 소리를 질렀다.

예나는 괴로운 듯이 얼굴을 찡그렸다.

"안 되겠어. 설사예요!"

예나의 환각이 점점 심해지고 있을 때, 베이스캠프의 모래 섞인 바람이 가랑눈을 몰고 와 온갖 것을 덮쳤다. 스콜라인이 온 것이다. 샤오라빠와 지아추어는 사람들이 떠난 후 텐트가 날아갈까 봐 잉푸의 2인용 텐트를 밧줄로 꽁꽁 묶어 놓았다. 지금 미친 듯이 불어오는 바람이 밧줄에 찢겨 나가면서 끔찍한 비명을 지르고 있었다. 밧줄은 두려움에 떨면서 악마의 채찍처럼 텐트를 세게 내리쳤다. 예나는 뒤척이다가 일어나 앉았다. 그녀는 타오르는 불길에 온몸을 내맡긴 듯 이마가 뜨겁고 겨드랑이에서는 땀이 흘렀다.

"아아! 왜 나를 불태우려는 거야?"

예나의 눈앞에 이번에는 불꽃이 활활 타오르고 있었다.

2013. 05. 16. 저녁 10:00

쌍빠와 예나의 가이드는 그녀를 7,028미터 높이의 노스콜 캠프까지 데려다주었다. 루어뿌는 즉시 경미한 뇌수종 징후임을 감지하고 아무 말 없이 8밀리그램의 덱사메타손을 그녀의 입에 밀어 넣었다. 그러고는 다음 날 이른 오전 그녀를 강제로 텐트에서 내보냈다.

쌍빠와 그녀의 가이드는 그녀를 데리고 전진캠프로 내려갔다. 두 시간 정도 쉬게 한 후 그녀를 야크에 태워서 저녁 8시에 베이스캠프로 데려왔다.

"쌍빠 씨, 저를 저 텐트에 넣어 주세요."

산의 절벽에 면한 빙하가 가로막은 호숫가 길을 벗어나자 예나는 야크의 등에 실린 잉푸의 텐트를 가리켰다.

"그건 당신 텐트가 아니라 잉푸 회장님 텐트예요. 하산하면 다시 쓸 겁니다."

쌍빠는 어두운 표정으로 고개를 저었다.

"나 저 텐트에서 그를 기다릴 거라고요."

예나는 몸부림을 치더니 야크의 등을 엎드려서 내려오려고 했다.

"위험하게 왜 이러세요? 우리 대장은 당신을 직접 취중에 있는 지아뿌 씨 댁으로 데려가라고 했어요. 당신의 뇌는 낮은 땅에서 쉬게 해야 한다고 했다고요."

쌍빠와 예나의 가이드는 그녀를 양쪽에서 단단히 붙잡고, 그녀가 아무리 항의해도 엔진 소리가 울리고 있는 도요타 오프로드 차량까지 그녀를 데려갔다.

그날 밤, 주오가와 취전은 밤새도록 불타오르는 소똥 난로 앞에서 예나를 지켜보았다.

"엄마, 불이야! 무서워요."

한밤중에 예나는 땀범벅이 되어 이불 속에서 뒤척였다. 주오가와 취전은 서로 쳐다보더니 소똥 난로를 예나의 발밑으로 옮겨 놓았다.

2013. 05. 18. 오후 3시

예나의 의식이 돌아왔다.

"주오가 언니, 루어뿌 오빠는 어디 있어요?"

주오가가 보온병을 들고 찻잔에 티엔차를 따라주자 예나는 그녀에게 물었다.

"올라갔어요. 잉푸 회장을 데리러요."

"잉푸 회장님이 내려왔나요?"

예나의 눈빛이 밝아졌다. 눈을 깜빡이자, 별이 반짝이는 듯했다.

"아직이요. 산 정상에서 꼼짝 못하고 있어요."

"가이드는?"

"가이드? 가이드는 당신을 구하려고 같이 했어요."

주오가는 예나를 향해 눈을 부릅뜨고 찻잔을 그녀의 손에 쥐어주었다.

"아, 누군가 구해 줄 사람이 있나요?"

예나는 손을 내밀어서 방을 나가려던 주오가를 붙잡았다.

"네, 모두 올라갔어요. 여기서 푹 쉬세요. 이제는 소란 피우지 마세요."

주오가는 정색하며 말했다.

"아니요. 나도 올라갈래요. 지금 바로요."

예나는 이불을 구석으로 홱 젖혔다.

"왜 그렇게 사리 분별을 못 하죠? 당신이 올라갔기 때문에 그 사람이 내려오지 못하게 된 거라고요."

주오가는 눈을 부릅뜨고 노려보다가 예나의 어깨를 잡고 억지로 눕히려고 했다.

"언니, 제발요. 기어서라도 베이스캠프까지 가겠어요. 그 사람 가까이에서 들을 수 있게 큰소리로 외치고 싶어요."

"내려오면 또 고생시키려고요?"

"아니요, 죄를 인정하는 거예요. 그를 병들게 한 건 나라고요."

"그렇게 생각하지 마세요. 그건 남자의 숙명이에요. 당신이 정말로 위에 올라가고 싶다면 좀 더 힘이 필요해요. 자, 우선 이 닭고기 국수부터 먹어요."

취전은 주오가를 힐끗 쳐다보더니 예나를 안아서 자리에 앉힌 다음 그녀가 그릇을 들고 있는 것을 지켜보았다.

"언니, 불 좀 더 세게 해줘요."

예나는 국수를 조금씩 먹으며 취전에게 말했다.

"입만 열면 불이 무섭다고 했잖아요."

주오가는 소똥 난로를 예나에게 더 가까이 가져갔다. 떡 모양의 소똥에서 반 자 정도 훅 불길이 일어나 요나의 눈이 별처럼 반짝였다.

"이제 무섭지 않아요. 아까 문득 깨달았어요. 불이 내 안식처일지도 모른다고."

예나는 고개를 흔들더니 눈을 감았다가 다시 떴다. 흔들리는 불꽃을 바라보며 차분한 목소리로 주오가에게 물었다.

"불 이야기 좀 해볼래요?"

"내가 들어줄 테니까, 이 국수 먹고 힘내서 제대로 얘기해 봐요."

주오가는 고개를 끄덕이더니 그릇을 들고 있는 예나의 손을 부드럽게 잡아주었다. 서둘러 국수를 건져 먹고 고개를 젖히고 국물까지 깨끗하게 마셨다. 예나는 취전이 건네준 수건을 받아 입을 닦은 후 허리를 세우고 앉았다. 난로의 불길은 들릴까 말까, 하는 정도로 화르르 소리를 내며 조용히 타오르고 있었다. 갈라지고 피가 맺힌 예나의 입술도 불빛을 받아서 불에 타는 듯 보였다.

"나는 항상 불에 대한 악몽을 꿔요. 내가 사랑했던 자매가 불에 뛰어들었거든요."

불이라고 말하면서 예나의 시선은 불길 속에 헤매고 있었다. 취전도 덩달아 불에 눈을 돌렸다. 취전은 오른손으로 난로 위를 부채질하며 희미한 연기를 주오가의 굳은 얼굴 쪽으로 몰았다. 주오가는 몸을 돌렸다.

"그녀는 멀고 먼 옛날 브룬힐트(Brunhild)라는 아름다운 여신, 그녀는 무적의 영웅 지크프리트(Siegfried)와 사랑에 빠졌어요."

예나는 우주를 헤매고 있는 듯 눈을 감았다.

"당신이 사랑한 잉푸 회장처럼?"

취전은 오른손으로는 잉푸에게 받은 마노와 터키석을 꿰어 만든 커다란 염주를 들고, 왼손으로는 위에서 아래로 한 알씩 손가락으로 매만졌다.

"아니지, 여자 친구에게 죽임을 당한 잉푸 회장이지."

주오가는 벽 쪽을 향하더니 오른쪽 허벅지를 퍽 내리쳤다.

"언니, 언니 말이 틀리지는 않아요."

예나는 눈을 더욱 굳게 감았다.

"그 남자는 속에서 영혼을 홀리는 약을 먹고 기억을 잃었어요. 그는 자기 여자에게서 성스러운 반지를 빼앗아 자신을 속인 여자에게 줘버렸어요. 자기를 속인 여자의 오빠에게 반지를 건네준 뒤 그 여자와 결혼한 거예요."

"부처님! 원래의 그 여자가 불쌍해서 어떡해."

취전은 두 손을 모으고 속으로 부처님을 외쳤다.

"불쌍하긴 뭐가 불쌍해. 남자를 빼앗은 여자를 죽여야지."

취전은 오른손을 들더니 예나 앞에서 칼로 베는 시늉을 했다.

"하지만 그녀는 죽일 대상을 오해했어요."

예나는 눈시울을 적시며 이야기했다.

"사람을 시켜서 자기 연인을 등 뒤에서 죽였답니다. 정신을 차린 뒤에 그녀는 남자의 시신을 강가에 쌓은 장작더미 위에 올려놓고 불태웠어요. 그 불길은 하늘을 찌를 듯했어요. 그리고 말에 올라타고 빼앗은 반지를 낀 채 불 속으로 뛰어들었어요."

세 여인은 입을 다물었다. 예나의 턱 끝에서 눈물이 뚝뚝 떨어지고 있었다.

"내가 오토바이로 저 위까지 데려다줄게!"

주오가가 일어섰다.

"주오가, 예나는 지금 너무 쇠약해져서 베이스캠프에 올라가면 큰일 날 거야."

취전도 일어서더니 양손을 가슴 앞에서 내저었다.

예나는 바닥에 내려앉아 옷을 준비하기 시작했다. 주오가도 그 모습을 보고 고개를 끄덕였다.

"남자가 위에서 죽으면 왜 여자는 아래에서 죽어야 하는 걸까?"

"고마워요, 언니! 맞아요. 나는 죽더라도 그와 더 가까이 있어야 해요."

예나는 눈물을 울며 웃었다. 불빛은 그녀의 얼굴을 반은 붉게, 반은 노랗게 물들였다.

밤 9시, 하늘을 놀라게 하고 땅을 뒤흔드는 천둥소리가 천막을 거칠게 흔들었다.

쾅 하고 하늘을 찢을 듯한 번개가 내리쳐 주황색 텐트를 등불처럼 비추었다.

예나는 오븐 속 고구마처럼 온몸에 뜨거운 열이 올랐다.

차가 베이스캠프에 정차하고 문이 채 열기도 전에 루어뿌의 휴대전화가 울렸다.

"여보세요, 누구시죠? 루어뿌입니다만….”

"네? 중앙기율검사위원회요? 기밀유지? 네, 알고 있습니다!"

상대방의 말을 듣고 루어뿌는 눈살을 찌푸렸다.

"내일, 내일입니다. 오후 3시까지 사람이 올라오지 않으면 구조는 포기해야 합니다."

통화를 마치고 그는 시계를 보았다. 2013년 5월 18일 밤 10시 정각이었다. 그때 초모랑마 정상에는 1996년 남북 양 벽 조난 때 나타났던 스콜라인이 다시 모습을 드러내고 있었다.

잉푸는 천둥과 번개 속에서 얼어 있었다.

예나는 몽롱한 가운데 이마에 붉은 꽃을 매단 백마를 타고 우웅 소리를 내는 큰불 속으로 뛰어들었다.

그날은 그야말로 재앙에 재앙이 겹친 날이었다.

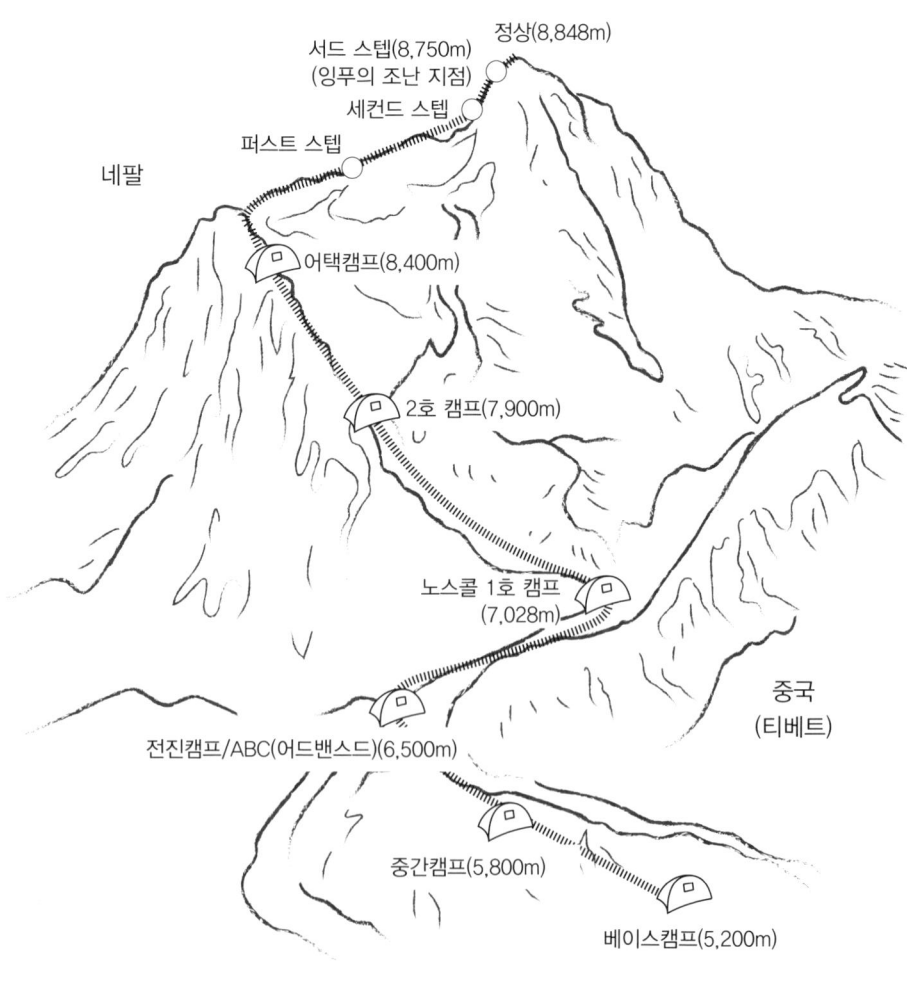

셋째 날

궁지에 몰린 늑대

※ 본문에 옮긴이의 주를 (　) 안에 넣었습니다.

2013. 05. 19. 새벽 3:40

 2013년 5월 19일은 슬프고도 무정한 날이었다.
 아무 거리낌 없이 무서운 기세로 종횡무진 돌진한 스콜라인도 직성이 풀렸는지 겨우 한숨을 돌리는 듯했다.
 새벽 3시 40분경부터 광풍은 갑자기 방귀와 딸꾹질 같은 기괴하고 무시무시한 소리를 내며 긴 한숨을 토해냈다. 그리고 새로운 태세를 갖추기 위해 산 정상에서 북벽의 심연으로 가라앉았다. 그 마지막 소리가 노스콜 캠프를 가로지를 때 모든 텐트가 요동쳤다. 흐느껴 우는 듯한 밧줄 소리에 텐트 안에 있던 사람도 마음이 갈래갈래 찢겨나갔다. 텐트 전실 근처의 바닥 솔기에서는 누군가가 심장과 간, 폐를 날카로운 손톱으로 찔리어 그곳을 붙잡고 고통스럽게 신음하는 듯한 소리가 났다.
 갑자기 지상에서 날뛰던 온갖 잡귀신들이 한꺼번에 사라졌다. 어느새 초모랑마 정상에는 소리도 없이 별빛으로 가득한 하늘이 펼쳐졌다. 마치 다정하고 부드러운 손놀림으로 이 세상에 가만히 이불을 덮어 주듯 8,000미터가 넘는 산 정상에 별들이 끝없이 펼쳐졌다. 사방팔방 지평선과 맞닿은 구석구석까지 별들이 밤하늘을 가득 채웠다.
 하늘은 아무 일도 없었다는 듯 시치미를 뗐다. 일단 열리고 나니 순수함과 투명함 그 자체였다. 억만 개의 별들은 명령에 따라 순식간에 반짝이고, 깜빡이기 시작했다. 하나하나가 평소보다 더 크고 밝아서 무궁무진한 빛을 내뿜고 있었다. 그 별빛은 눈 덮인 경사면에 반사되어 다시 밤하늘로 되돌아갔다. 어머니의 젖이 안개로 변한 것처럼 이때의 노스콜은 달콤함과 따뜻함으로 충만했다.

산이 고요해지고 별빛의 하늘도 침묵에 빠진 결정적인 순간에 루어뿌는 하늘을 찌르는 듯한 날카로운 늑대 울음소리에 잠에서 깼다. 그는 겁에 질렸다. 마침 늑대 떼가 아무리 제지해도 소용없이 시먼췌이쉬에 몸을 물어뜯는 꿈을 꿨기 때문이다.

어젯밤 루어뿌는 시먼췌이쉬에를 1인용 텐트에서 재우지 않았다. 그는 딴쩡에게 시먼췌이쉬에를 침낭에 넣어서 자신의 지휘 텐트로 옮기게 했다. 딴쩡과 가이드들은 이미 한계에 이른 상태라 루어뿌는 그들에게 모두 텐트로 돌아가 쉬라고 지시했다. 내일 오전 하산이야말로 악전고투일 게 분명하기 때문이었다.

시먼췌이쉬에의 뇌수종은 악화했다. 침낭에 누운 그는 쉴 새 없이 다리를 떨고 악몽을 꾸었다. 그의 터무니없는 잠꼬대를 들으면서도 그나마 루어뿌는 조금은 잠을 이룰 수 있었다. 그러나 그 남자가 잠시 조용해지자, 루어뿌는 깜짝 놀라 잠에서 깼다. 즉시 일어나 그의 경동맥을 짚어보고 헤드라이트를 켜서 눈꺼풀 뒤집어 보았다. 간신히 새벽 3시가 넘을 때까지 버텼을 때 루어뿌는 무언가 이상하다는 것을 느꼈다. 그리고 눈을 감는 순간 깨달았다. 바람이 그쳤다!

마음속에서 치밀어오르는 미칠 듯한 기쁨을 그는 숨죽인 채 꾹꾹 눌러 참았다. 손으로 가슴을 누르고 심호흡을 했다. 그리고 텐트 지퍼를 열고 밖으로 나갔다. 올려다보니 하늘 가득 별빛이 펼쳐져 있었다. 그는 무릎을 꿇고 조상들에게 감사하고 싶을 만큼 감격스러웠다. 담배 한 대를 맛있게 피우고 그는 다시 지휘 텐트로 돌아갔다. '자야겠다! 푹 자고 날이 밝으면 전쟁이다!'

그러나 마음속으로 무언가를 두려워하면 반드시 꿈에 나타났다. 의식이 몽롱해져서 팔다리를 뻗으려는 순간, 늑대 여러 마리가 텐트 입구 아래에 있는 아주 작은 틈새로 비집고 들어왔다. 루어뿌는 깜짝 놀랐고, 불같이 화를 냈다.

"썩 물러가! 이것들이 굶어서 미쳤나? 아니면 7,028미터까지 사람을 잡아먹으러 온 거야?"

루어뿌가 호통치자, 그 소리를 듣고 커다란 수컷 늑대가 시먼췌이쉬에의 몸에서 눈을 돌려 그를 쳐다보았다.

"웃기시네. 이봐요. 이 산에서 우리가 굶어 죽을 것 같아? 이 녀석은 전생에 우리의 양이었다고!"

루어뿌는 그 말을 듣고 텐트 벽을 '퍽' 쳤다.

"그럼, 더욱더 건드리면 안 되지! 여섯 번의 윤회를 거쳐 간신히 인간으로 다시 태어났는데. 그렇게 먹혀버리면 어떻게 수행을 계속할 수 있겠어? 수행해야 성불할 수 있잖아?"

수컷 늑대는 웃음기를 지우고 진지한 표정으로 눈을 크게 떴다. 눈에서 녹색 빛이 곧게 뻗어나가자, 루어뿌의 눈은 바늘에 찔린 것처럼 아팠다.

"이 녀석이? 성불한다고? 아직 턱도 없어. 이 녀석은 먼저 짐승으로 환생해야 해. 세상 사람들과 굶주린 늑대에게 18만 7,000번을 잡아먹히고 나서 인간 세상으로 돌아가는 거라고."

루어뿌는 심장을 졸이며 수컷 늑대를 향해 고개를 끄덕였다.

"알겠다. 어디로 환생시킬지는 부처님의 몫이다. 너에게 한 가지 부탁이 있어. 지금은 그를 놓아줘. 내가 먼저 그를 도와야 해. 그렇지 않으면 내가 지옥에 갈 테니까."

수컷 늑대가 고개를 들고 웃자 다른 늑대들도 꼬리를 흔들며 크게 웃었다.

"정말 이 녀석을 구할 수 있다고 생각하나? 이 녀석의 폐는 벌써 오래전에 썩었고, 뇌는 구더기가 득실득실해."

루어뿌는 고개를 저으며 입을 삐죽거렸다.

"사람이 사람을 해치는 데는 수천수만 가지 이유가 있어. 늑대 눈에는 인간이 다 악한으로 보이나 보군."

수컷 늑대는 고개를 끄덕이며 다른 늑대와 시선을 교환했다.

"이 남자 말이 맞아. 그렇지 않다면 왜 우리가 인간을 잡아먹겠어?"

그러자 수컷 늑대는 루어뿌와 상대하기를 그만두고 돌아서서 거대한 발톱으로 시먼췌이쉬에의 가슴을 짓누르며 그의 목을 향해 커다란 입을 벌렸다. 기다란 혓바닥은 피가 시냇물처럼 줄줄 흘러내리고 시뻘겋게 불타고 있었다. 늑대의 발톱 밑에 깔린 시먼췌이쉬에는 뜨거운 열기에서 구해달라고 큰소리로 울부짖었다.

루어뿌는 초조해하며 벌떡 일어서서 양손으로 자신의 다운 재킷을 찢고 가슴팍을 드러냈다.

"오늘 꼭 사람을 잡아먹어야겠다면 먼저 나부터 잡아먹어!"

수컷 늑대가 고개를 들더니 루어뿌의 목에 뾰족한 주둥이를 들이밀었다.

"너는 이름이 뭐냐?"

"루어뿌!"

"루어뿌! 루어뿌!"

원망 섞인 외침이 루어뿌를 악몽에서 깨어나게 했다. 그는 심장이 금방이라도 터져나갈 것 같았다. 가슴을 쓸어내리며 오른손으로 이마에 맺힌 식은땀을 닦았다. 그리고 곧바로 시먼췌이쉬에게 다가가 그의 얼굴을 자세히 들여다보았다. 얼굴이 일그러지고 입안에 혀가 꼬여 있었다. 루어뿌가 큰일이라고 생각하며 황급히 그의 눈꺼풀을 벌리자, 목구멍에서 간신히 토해내는 말소리가 들렸다.

"살려줘."

"살려주고말고! 안심해. 인간이든 짐승이든, 어느 쪽이든 간에 도와줄게!"

루어뿌는 환각에 빠진 동료를 위로했다. 그는 몰랐지만, 신기하게도 아까의 늑대 떼는 시면췌이쉬에의 악몽에도 나타났다. 루어뿌가 눈꺼풀을 벌렸을 때 마침 수컷 늑대가 그의 가슴을 짓누르고 뾰족한 주둥이를 벌리고 그의 목을 물어뜯으려던 참이었다. 놀라서 주위를 둘러보니 루어뿌의 모습이 보였기에 즉시 도와달라고 외친 것이다.

"내 환자를 도와줘!"

그 말에 루어뿌가 고개를 들어 보니 안절부절못하고 있는 에리히가 눈앞에 서 있었다. 그는 방풍모를 벗어들고 손으로 꾹꾹 뭉쳐서 왼손 주먹으로 마구 두드렸다.

"이제 다 틀렸어. 고압실에 들어가도 소용없다고."

루어뿌는 페르난데스에게 큰 문제가 생겼다는 것을 알았다. 페르난데스는 7,500미터의 경사면에서 노스콜에 도착하자마자 에리히의 지휘 텐트로 이송되었다. 고압 산소 체임버에 넣었다가 두 시간 후 옮겨져 텐트 침낭에 눕혔다. 앙 도르제의 상태는 훨씬 좋았고, 에리히와 함께 있었다.

에리히도 지칠 대로 지친 야크처럼 산길을 한 발짝도 오를 수가 없었다. 그도 침낭에 들어가서 옆에 누운 페르난데스의 징 소리처럼 요란하게 몰아쉬는 숨소리를 듣고 있었다.

새벽 3시 40분경, 의식이 몽롱한 가운데 에리히의 귓가에 도움을 요청하는 목소리가 들렸다. 서둘러 텐트에서 나와 올려다보니 온 하늘에 별이 가득했다. 초모랑마 정상에는 밝고 둥근 보름달이 미동도 하지 않는다. 달빛 속에서 바위들이 반짝반짝 빛났다. 그 산들은 산신의 자식들인 양 아무 거리낌 없이 천년만년 잠만 자는 듯 보였다. 또 한편으로는 버림받은 탕자처럼 구세주의 부름을 기다리고 있었다.

한숨을 내쉬며 텐트에 들어선 에리히가 누군가 자기 침낭에 들어가 있는 것을 발견했다. 그의 등에는 화살 하나가 꽂혀 있었다.

"아이스맨 외치?"

에리히가 깜짝 놀라 소리쳤다.

"도움을 청하러 온 건가?"

"맞아. 나는 벌써 5,300년이나 너를 기다렸어. 너에게는 우리 남 티롤의 피가 흐르기 때문이야. 나를 산에서 내려가게 해줘!"

"오늘 산에서 내려가고 싶은 사람은 당신뿐만이 아니야!"

"내가 첫 번째가 되어야 해!"

아이스맨 외치의 얼굴이 침낭 위에서 경련을 일으켰다. 그가 하는 말은 바위를 피해 불어오는 바람처럼 아무리 고개를 흔들어도 에리히의 귀를 파고들었다.

"나는 5,300년이나 죽어 있었지만, 페르난데스는 이제 막 죽었잖아."

"거짓말하지 마! 내가 있는 한 그는 죽지 않아!"

"아니! 그는 반드시 죽는다. 내가 저주했거든."

"차라리 나를 저주해라!"

에리히가 고함을 질렀다.

"넌 이미 저주받았어! 넌 에리히니까!"

아이스맨 외치가 고개를 가로저으며 말했다.

'에리히!'

그 소리에 에리히의 몸이 떨렸다. 두 손으로 눈을 비비고 보니 옆에 있는 페르난데스가 침낭 속에서 고통스럽게 헐떡이는 소리가 들렸다. 얼른 몸을 일으켜 헤드라이트를 켜자 앙 도르제도 눈을 떴다. 빛의 자극으로 페르난데스가 눈을 떴다. 산소마스크에 가로막힌 입으로 온 힘을 다해 말하려고 했다. 에리히가 왼손으로 그의 이마를 누르고 오른손으로 산소마스크를 내려주었다.

"도와줘!"

페르난데스의 눈은 놀란 수컷 곰처럼 휘둥그레졌다.

"아까 아이스맨 외치가 그랬어. 내가 저주받았다고, 죽는다고 했어!"

"그건 환각이야!"

"아니야! 그가 내 귀 옆에 엎드렸을 때 머리카락에서 녹색 색소 냄새가 났다고!"

"당신은 죽지 않아. 날이 밝으면 바로 내려갈 거야."

이 말을 들은 페르난데스는 갑자기 눈을 부릅떴다. 기침 소리가 거칠어졌고, 입에서는 피가 방울져 떨어졌다.

"어서, 앙 도르제! 빨리 체임버에 넣어줘!"

에리히가 다급하게 말했다. 에리히는 앙 도르제와 함께 황급히 페르난데스를 고압 산소 체임버에 넣었다. 그는 옷차림이 흐트러져도 아랑곳하지 않고 텐트 밖으로 뛰쳐나와서 루어뿌를 소리쳐 부르며 바쁘게 움직였다. 그는 루어뿌의 도움을 받아 가능한 한 빨리 그 남자를 하산시켜야 했다. 루어뿌가 에리히와 함께 지휘 텐트로 돌아왔을 때 앙 도르제가 바닥에 무릎을 꿇고서 고압 체임버에 든 페르난데스를 멍하니 바라보고 있었다. 고압 체임버 속의 페르난데스는 똑바로 누워있었다. 눈을 반쯤 뜬 채로 위를 올려다보고 있었는데, 루어뿌가 손을 흔들어도 아무 반응이 없었다.

"두드리지 마!"

앙 도르제가 고압 산소 체임버를 가볍게 두드리자 에리히가 바로 소리 질렀다. 고압 산소 체임버 안에 사람이 있을 때는 투명막을 두드려서는 안 된다. 안에 있는 사람에게는 심폐가 터질 것만큼 크게 들리기 때문이다.

"경과가 좋지 않아. 폐에도 문제가 생겼어!"

루어뿌는 눈을 크게 떴다. 그가 무릎을 꿇고 병자를 자세히 들여다보았다. 페르난데스의 입에서 토사물에 피가 섞여 흘러나왔다.

"신이시여! 어떡해야 합니까?"

에리히도 무릎을 꿇었다. 체임버 안에 있는 페르난데스를 똑바로 볼 수 없었다. 그는 두 손으로 얼굴을 감쌌다.

"조금 있다가 여기서 데리고 나갈 겁니다. 주사를 한 대 더 놓고 산소를 충분히 마시게 해줄게요."

"그런 다음에는?"

에리히가 가슴 앞에서 두 손을 깍지 꼈다. 루어뿌는 그를 힐끗 쳐다보며 왼팔을 뻗어 그의 목에 감았다.

"내려가는 건 빠르면 빠를수록 좋아요."

"여기서 죽으면 우리가 그를 구하지 않은 게 돼요. 하지만 내려가는 도중에 죽으면 그를 구하지 못한 걸로 끝나는 겁니다."

그러면서 루어뿌는 왼손을 들어서 에리히의 등을 세게 두드렸다.

"선생님, 안 그래요?"

루어뿌가 등을 두드린 덕에 에리히는 정신이 번쩍 들었다.

"그렇지."

에리히는 그러면서 눈을 감고 머리를 몇 번 흔들고는 한숨 쉬었다.

"신이시여, 인간은 태어날 때부터 저주받은 존재인가요?"

2

2013. 5. 19. 오전 8시

　다시 바람이 불어왔다. 아무래도 또다시 스콜라인 날씨로 바뀔 듯했다. 눈발은 더욱 조밀해졌고, 산 정상은 이미 짙은 안개와 여러 겹의 구름에 가려져 있었다.

　초모랑마 얼음 골목 루트의 기점에 서서 에리히가 루어뿌와 함께 죽을 각오를 하고 오늘 임무에 착수했다.

　"오늘은 일곱 명의 등반 동료를 내려보내야 해."

　루어뿌가 귀를 가까이하고 이야기를 듣는 딴쩡에게 임무를 지시하고 있는데 에리히가 그 말을 가로막았다.

　"아니, 여덟 명!"

　루어뿌는 돌아서서 말했다.

　"선생님, 앙 도르제까지 포함하셨군요. 그는 가이드인데요."

　"그는 꼬박 이틀째 기침을 하고 있네."

　루어뿌는 고개를 세게 흔들었다.

　"선생님, 못 들으셨어요? 지난 이틀 동안 여기에 기침을 안 했던 사람이 어디 있습니까?"

　에리히가 돌아서서 페르난데스와 함께 내려온 세 명의 손님과 눈보라 속에 서 있는 앙 도르제를 바라보았다.

　"아니, 앙 도르제 상태가 심상치 않아. 폐부종(허파가 울혈되고 허파 꽈리 속에 액체가 고인 상태로서 호흡 곤란과 거품 섞인 가래를 유발한다)일지도 몰라."

　"정말입니까?"

"무슨 소리야? 나를 의심하는 거야?"

에리히가 화를 냈다. 눈보라 속에서 펄쩍 뛰며 발을 동동 굴렀다.

루어뿌는 두 손을 벌렸다.

"네, 당신은 선생님이니까요. 지금 우리는 여덟 명이나 되는 동료들을 내려가게 해야 하는데, 이 길은 몹시 험난하다고요. 속도가 늦어도 상관없지만 멈춰서는 안 됩니다. 상태가 좋은 사람부터 먼저 내려가게 해줍시다."

에리히가 돌아서서 텐트를 가리키며 크게 말했다.

"내 손님이 죽어가는데, 아직도 옮겨주지 않는다니! 산 밑에다 던져 버릴 셈이야?"

에리히는 흥분해서 손의 떨림이 멈추지 않았다. 그는 루어뿌의 눈앞에다 얼굴을 바짝 들이댔다.

"구조가 뭔지 알아? 페르난데스를 마지막에 하산시키겠다고? 좋아, 쌩쌩한 사람들이 다 가고 나면 혼자 쓰러지겠지."

"선생님, 억지 부리지 마세요."

루어뿌도 얼굴을 내밀어서 그가 에리히의 코에 거의 닿을 정도였다.

"그와 시먼췌이쉬에는 같이 하산시키세요. 이동 속도가 느리고, 이동 루트도 난도가 높다고요. 상태가 좋은 사람부터 먼저 보내지 않으면 몇 사람은 얼어 죽을 겁니다."

"나를 트러블메이커라고 생각하나? 이건 당신의 자업자득이잖아!"

에리히는 침을 튀기며 말했다.

"선생님, 말씀이 지나치십니다."

루어뿌의 눈꺼풀이 새빨개졌다.

"딴쩡, 내가 시키는 대로 해. 손님을 데리고 하산해!"

루어뿌는 길게 한숨을 쉬더니 무시무시한 귀신 형상의 사내와 더 상대하지 않았다.

"싫습니다!"

딴쩡은 돌아서서 루어뿌의 얼굴조차 보려 하지 않았다.

"아니 왜?"

루어뿌는 돌풍보다도 무섭게 격노했다.

"위에 가고 싶어요. 잉푸 회장님을 구하러 갈 겁니다."

딴쩡의 얼굴에서 눈물이 흘러내렸다.

"너는 체력이 고갈됐어. 지금 올라가면 다시 짐이 될 뿐이야."

동료가 울고 있는 모습에 루어뿌는 눈물을 참으며 딴쩡의 어깨를 가볍게 두드렸다.

"내 말 듣고 내려가! 지아추어와 쑤오뚜어를 데리고 이탈리아 사람 두 명과 에리히 선생남까지 네 사람을 보호해 줘. 지아추어를 선두에, 쑤오뚜어를 가운데에, 네가 맨 뒤에서 따라가. 알겠지? 몇 군데 하강할 때는 카라비너를 사용해. 반드시 밧줄을 정확하게 컨트롤해야 해."

그 말이 끝나기가 무섭게 오므린 입에서 뿜어져 나오듯이 계곡에서 광풍이 솟구쳤다. 사람들은 자기도 모르게 몸을 움츠렸다.

"부탁이야. 하산하는 도중에 한 사람도 죽지 않게 해줘."

루어뿌는 두 손을 내밀어서 딴쩡을 껴안았다.

"이런 날씨에 당신의 대원을 위로 올려보낸다고?"

에리히가 눈을 크게 뜨고 고개를 저었다.

루어뿌는 고개를 들어 무설 속의 산 정상을 바라보았다.

"우리 멤버가 올라가지 않으면 누가 올라갈 수 있겠어요?"

"몇 명이나 올라가나?"

에리히도 입을 크게 벌리고 눈보라가 제멋대로 입 안에 들어가도록 내버려 두었다.

"두 명이요."

"루어뿌, 지금은 가용인력이 적잖아. 뭐가 중요한지 좀 더 깊이 생각했어야지."

"선생님, 무슨 말씀인지 알겠습니다."

루어뿌는 바람을 피해 등을 돌리고 담배에 불을 붙였다.

"좋아, 왕뚜어! 한 사람만 데리고 곧장 위로 출발해. 알겠지? 한 사람당 산소 한 통이야. 로드 로프에 연결하는 즉시 산소부터 마시라고. 바람이 세게 불어도 다섯 시간 안에는 어택캠프에 도착할 수 있을 거야. 도착하면 가장 먼저 산소 비축량부터 확인하고. 내가 지시하면 그때 출발해."

왕뚜어가 뒤를 돌아보며 부하를 데리고 가려고 하자, 라빠(拉巴)가 발을 세게 굴렀다. 평소 입만 열면 금세 얼굴이 붉게 달아오르는 이 청년이 발을 구르는 모습을 보고 루어뿌는 눈썹을 치켜세웠다.

"라빠, 왜 그래? 뭘 원하는 거야?"

"저도 올라가고 싶어요!"

왕뚜어는 자신을 쳐다보는 라빠를 보고 고개를 저었다.

"저는 이미 한밤중에 일어나서 준비를 다 마쳤어요. 반대해도 올라갈 겁니다."

라빠는 루어뿌의 시선을 못 본 척하고 가버리려 했다.

"할 수 있으면 해봐!"

루어뿌가 소리쳤다.

"못할 것 같으세요? 자, 피켈로 제 다리를 부러뜨려 보시죠!"

라빠는 울음을 터뜨렸다.

"당신들은 그저 하나같이 내려갈 생각밖에 안 해요. 위에 있는 선생님들의 생사를 생각해 보셨어요? 평소에 뭐라고 하셨죠? 자기를 버리고 남을 위해, 절대로 포기하지 말라고 가르치셨잖아요. 창피당할 일이 두렵지 않으세요? 저는 두렵습니다."

그의 말을 듣고 아무도 입을 열지 않았다. 모두가 눈시울이 붉어졌다.
"왕뚜어, 라빠도 데려가."
루어뿌는 손등으로 눈물을 훔쳤다.
"어서 가! 이제 쓸데없는 얘기 그만하고."
라빠가 고맙다는 인사를 하려고 하자 루어뿌가 소리쳤다.
루어뿌는 돌아서서 에리히를 쳐다보았다.
"어때요? 이제 만족하시죠? 우리 팀은 아직 일곱 명이고, 당신까지 합치면 여덟 명입니다. 아픈 두 사람까지 포함해서 4인조로 동반 하강하겠습니다. 6,600미터에 도착하면 바이마 선생님 쪽에서 마중 나올 겁니다."
에리히가 안도의 한숨을 쉬었다.
"루어뿌, 고마워. 트집 잡을 생각은 아니었어. 이 루트에서 저 아픈 두 사람을 하산시키는데 한 명이라도 더 있으면 신의 손이 하나 더 늘어나는 셈 아닌가?"
말을 마치고 그는 방금 떠난 왕뚜어와 라빠의 뒷모습을 바라보았다.
"루어뿌, 그들에게 침낭 가져가라고 해."

2013. 05. 19. 오전 9시

에리히는 경사면 가장자리에서 루어뿌의 시야 밖으로 사라졌다가 루어뿌가 시선을 옮기기 전에 다시 고개를 내밀었다.
"친구들, 조심해."
에리히는 손을 흔들면서 원래부터 이 세상에 없었던 사람처럼 눈보라 속으로 사라졌다. 그는 마치 산신의 특별한 보살핌이라도 받는지, 그가 내려오자, 산 정상에서 천둥이 쳤다. 눈보라가 사방에서 속도를 높이더니 눈 깜짝할 사이에 천지를 뒤덮으면서 노스콜을 휩쓸었다.

루어뿌는 눈보라 속에 혼자 덩그러니 서서 발밑의 깊은 얼음 골짜기를 바라다보며 눈을 질끈 감았다. 다시 천둥 치는 소리가 울려 퍼졌을 때 눈을 뜨고, 산신에게 벌을 받아서 그 자리에 서 있는 사람처럼 한참 동안 눈에 보이지 않는 산봉우리를 올려다보았다.

3

2013. 05. 19. 새벽 3:40

'틀렸어. 이 녀석 죽어가고 있어!'

'누가 죽었다고?'

그 목소리에 잉푸가 눈을 떴을 때는 정확히 새벽 3시 40분이었다. 눈을 뜨자마자 눈 앞에 펼쳐진 세상에 무언가 부족하다는 것을 금방 알아차렸다.

잉푸는 구명 담요의 방풍 지퍼를 손으로 더듬어서 열고 며칠째 얼굴을 덮고 있던 고글을 이마로 걸어 올렸다. 그러자 아주 고요해진 산과 맑고 깨끗한 계곡의 모습이 눈앞에 나타났다. 초모랑마는 그의 발밑에서 밝은 달빛에 부드럽게 씻겨 내려가고 있었다. 기괴한 모양의 바위들이 수천 수만 마리의 호랑이와 늑대처럼 그를 올려다보고 있었다. 갈라진 돌 틈과 절벽 밑의 흰 눈은 산신이 심어놓은 설련(중국과 티베트의 해발 3,000미터 이상 고산지대에서 자라는 희귀식물로 면역 물질을 다량 함유하여 예로부터 '황제의 약초'라고 알려져 있다)처럼 꽃을 피운 것 같기도 하고, 시든 것 같기도 했다.

'부처님, 바람이 멈추다니요!'

그것을 깨닫자, 잉푸의 몸은 갑자기 뜨거워졌다. 신에게 감사하려고 하늘을 올려다보니 하늘에 별들이 가득했다. 한밤중에 이런 고도에서 별이 총총한 하늘을 올려다보는 것은 틀림없이 인류에게는 처음일 것이다.

'북극성이다!'

지금까지 이렇게 밝은 북극성을 본 적이 없었다. 신성한 빛은 시공을 초월하여 우주의 나락에서 올려다보는 잉푸를 비춰주었다. 생명이여, 네가 창조된 것은 소환되는 이 순간을 즐기기 위해서였던가?

잉푸는 눈물이 흘러 시야가 흐려졌다. 흐릿한 시야 속에서 그가 남쪽으로 고개를 돌리자, 기원전 533년 2월 8일의 그 순간이 눈에 들어왔다. 서른 살의 젊은 왕자가 문득 하늘 끝에 나타난 이 별을 우연히 보았다. 그 별은 지금처럼 맑고 밝게 하늘을 비추고 있었다. 왕자는 밤새도록 별을 바라보고 있었다. 땅거미가 질 무렵, 그의 수천 년에 걸친 생사의 윤회 이력이 눈앞에서 생생하게 펼쳐졌다. 인생의 모든 보상이 선과 악의 인연에서 나왔음을 깨달았을 때 그는 울음을 터뜨렸다. 연민의 눈물이 흘렀다. 모든 중생은 누구도 구제할 수 없고, 누구도 제도할 수 없다. 대대로 육도 안에서 윤회하며 도망칠 줄도, 숨을 줄도 모르며, 두려워할 줄도 모른다. 그들은 세상의 모든 것이 거짓이며, 그 어떤 것도 진실이 아니라는 이치를 알지 못한다. 모두가 그 속에 몸을 두면서 끊임없이 고락을 짓고 있다. 이 얼마나 불행한 일인가? 한밤중이 되자 왕자는 삼계(불교에서 중생이 윤회하는 세 가지 영역, 즉 욕계, 색계, 무색계를 말한다)에서 즐거운 일이 하나도 없다는 사실을 알았다. 깊은 밤이 되자 왕자는 중생의 본성을 발견했다. 그것은 늙음과 죽음은 생을 근본으로 하고, 생을 떠나면 늙음도 죽음도 없다는 것이다. 그 인연으로 생겨난 생을 지워버리면 늙음과 죽음, 근심과 슬픔, 괴로움과 원망이 모두 사라진다. 그 순간은 광명 지상이 나타났을 때였다. 왕자는 그 광경을 접한 순간 모든 것을 깨달았다. 그리고 마침내 불사불멸, 일절 장애가 없는 열반의 경지에 도달했다. 이로써 우주와 인생의 근본을 깨닫고 생사의 고통으로 가득한 차안(此岸)을 떠나 모든 것에서 해탈한 피안(彼岸)에 도달한다.

그는 즉시 성불했다. 앉아서 밤하늘을 관찰하며 도를 깨달았을 때 그의 이름은 싯다르타(Siddhartha)였다. 일어선 후 그는 석가모니불이 되었다.

'이 순간, 당신은 내 머리 위에 계십니까? 나를 심판하러 오셨습니까? 아니면 나를 도우러 오셨습니까?'

잉푸는 고개를 들어 주위를 둘러보며 별빛이 가득한 광활한 하늘을 살폈다. 동쪽은 동방칠수(동방의 일곱 별, 각[角], 항[亢], 씨[氏], 방[房], 심[心], 미[尾], 기[箕]로 이루어진 별자리)로 구성된 청룡의 별자리가 틀림없다. 그것들이 구름 속을 날아가는 용이 머리와 꼬리를 흔들듯이 반짝거렸다. 서쪽은 서방칠수(규[奎], 루[婁], 위[胃], 묘[昴], 필[畢], 자[觜], 참[參]으로 이루어진 별자리)로 구성된 별자리가 사나운 호랑이처럼 포효했다.

북쪽에는 이 계절에 북방칠수의 별로 구성되는 현무의 거북이와 뱀 그림이 지평선 아래에 숨어 있어서 사람들에게 경외심을 불러일으킨다.

남쪽에 높이 매달린 별자리는 마치 하늘을 나는 붉은 새처럼 보이는데, 이것이 바로 '남방주작'이다.

이렇게 가까이에서 28성수(우주를 28개의 구역(별자리)으로 불균등하게 분할한 것)에 둘러싸여 그 빛을 받으니, 잉푸의 마음은 더없이 따뜻했다. 만족스럽다. 쓰라린 고통을 다 맛보며 악착같이 기어 올라와 죽는 것은 이 천상의 하룻밤을 위해서인가?

'죽는다고? 내가 죽는다고 누가 그러던가?' 오늘은 5월 19일이다. 바로 서쪽의 호랑이 자리, 자성의 순서가 돌아오는 날이다. 그것은 불에 속하며, 원숭이다. 서쪽의 여섯 번째 별이고, 백호의 입에 위치하여 맛있는 음식이 얻어걸림을 상징하는 길조다! 오오, 오늘 밤의 북두칠성은 얼마나 눈부신가!

북극성과 서로 끌어당겨, 이 세상의 모든 것을 미세하게, 또렷하게 비추고 있다. 선인도 악인도 모두 빠뜨리는 일 없고, 악인도 간신도 놓치는 일 없다. 그렇게 감회에 젖다가 잉푸는 환각 상태에 빠졌다. 그는 북두칠성을 하나하나 주의 깊게 헤아렸다. 두 번을 헤아려 봐도 여전히 자기 눈을 의심했다.

'뭐지? 두 개가 늘었어? 북두구성이 된 건가?'

'부처님, 당신의 영험이신가요?'

'세상에, 국자 뒤에 있는 현익성(玄黙星)과 초요성(招搖星)을 보여주시다니.'

'부처님, 이것은 저를 살리시려는 겁니까?'

'저 숨겨진 두 개의 별을 본 사람이 장수한다는 것은 누구나 아는 사실이니까요.'

'그냥 망상일 뿐이야! 깨어나서 네가 빚을 갚지 않으면 내려가지 못해!'

귓가에 그런 호통이 울리자마자 잉푸는 깜짝 놀라 온몸이 떨렸다. 다시 고개를 들어 하늘을 올려다보니 하늘에 가득한 별들이 아주 밝게 반짝이기 시작했다. 곧 동이 트려는지 별빛 가득한 밤하늘 깊숙이 여러 겹의 주홍빛 후광이 서서히 모습을 드러내고 있었다. 발밑에는 보이지 않는 구름이 형성되고 있었다. 바위 위를 조금씩, 천천히, 가만히, 그러나 굉음을 내며 기어오르고 있었다.

"왜 그래? 고작 한 생명이잖아? 나를 묶어두지 못해!"

입에서 나오는 대로 내뱉는 순간, 잉푸는 퍼뜩 정신을 차렸다.

눈을 들어 보니 산 너머로 2010년 1월 18일 오후 4시에 수갑과 족쇄가 채워진 자신이 침대에서 깨어난 후의 광경이 보였다.

"형씨, 미안하게 됐어. 어제 오후에 당신 힘이 어찌나 세던지 진정시킬 방법이 있어야지. 별수 없이 마취제를 놓았네. 계속 깨어나지 않기에 아미타불이 돼버렸나 했지."

마흔 살 정도의 중년 남자가 자초지종을 이야기했다. 앞머리를 왼쪽으로 넘기고 테 없는 안경을 쓰고 있었다. 창백한 얼굴에 단춧구멍같이 작은 눈을 깜빡이며 잉푸에게 웃어 보였다.

"다행이네요. 감사한 일이죠. 죽지 않고 산 덕에 우리 보스한테 쓸데없는 일을 시키지 않아도 됐으니까요."

작은 키에 검은 머리를 짧게 자른 서른 살 안팎의 젊은이가 소처럼 눈을 부릅뜨고 침대 발치에 놓인 캔버스 가방을 손가락으로 가리키며 물었다.

"그게 뭔가요?"

잉푸는 가방을 보며 고개를 끄덕였다.

"활톱하고 도끼."

거무스름한 청년이 누런 이를 드러내며 미소 지었다.

"당신의 뼈를 부수고, 내장을 자르기 위해서군요?"

"바보 같은 놈, 입만 살아서는…."

"꾀부리지 마쇼! 돈을 내놓지 않으면 일이 뜻대로는 되지 않을 거요."

세 번째로 말을 건넨 남자는 삭발한 머리에 역시 서른 살 안팎으로 보였다. 얼굴의 왼쪽 아래가 일그러져서 무너져 가는 상품 진열대처럼 입, 눈, 코가 밑으로 처진 듯 보였다.

"얼마나 원하지?"

잉푸는 중년 남자를 돌아보며 말했다.

"500만!"

"젠장, 내 가치가 그 정도밖에 안 되나?"

잉푸는 실망스러운 듯 고개를 저었다.

"이봐요. 자기가 희귀한 보물이라도 되는 줄 아나 봐?"

여자의 차가운 목소리가 들려왔다. 잉푸는 눈꼬리가 찢어질 듯이 노려보았다.

"마오마오, 왜 네가 왔어?"

마오마오는 천천히 구석에 있는 소파에서 일어섰다.

"내가 아니면 누가 당신을 구하러 오지."

"이까짓 목숨 하나에 이렇게 대담한 짓을 저지르다니…."

잉푸는 이를 악물면서 벽을 향해 얼굴을 돌렸다.

"당신에게 투자했으니, 정은 못 갚아도 돈은 벌게 해줘야 하지 않겠어요?"

"옳거니! 멋진 여자네! 누님, 우리도 손해 보는 장사는 안 합니다. 자, 돈 내놓으쇼!"

중년 남자는 손뼉을 치고는 양쪽 엄지를 마오마오를 향해 높이 치켜세웠다.

"형님, 삼백 위안밖에 없는데요."

마오마오에게서 건네받은 트렁크를 열고 안에 든 돈을 세어본 후, 삭발한 청년이 입을 삐죽이며 중년 남자에게 보고했다.

"누님, 이러면 재미없어. 사람 놀리면 안 되지."

중년 남자는 비열한 미소를 지으며 뒷짐을 지고 뒤를 돌아보았다. 창밖으로 베이징 컨벤션 센터의 오각형 별이 햇살을 받아 푸른 벽돌색으로 변해가고 있었다.

마오마오는 원탁에 앉아 오른손 검지로 테이블을 두드렸다.

"오빠, 당신이 지금 하는 짓은 재산을 강탈하는 살인 게임이지, 텍사스 카우보이처럼 결투하는 게 아니야. 조금만 참아."

중년 남자가 다가와 원탁에 앉더니 왼손 검지로 테이블을 두드렸다.

"사람은 몇 명 죽여보긴 했는데, 이 게임에서 사람을 죽여야 한다면 지는 거라고."

중년 남자는 잠든 듯한 잉푸를 힐끗 쳐다보았다.

"이렇게 합시다. 다른 카드를 써보자고. 네 시간 안에 250만 가져와. 잘 들어. 약속 시간을 넘기면 더는 기다리지 않아! 만약 늦으면 이 문을 열지 못하더라도 무례하게 여기지는 말아줘."

"됐어, 피곤하니 관둡시다. 이 여자는 그런 큰돈을 가져오지 못해."

갑자기 정신을 차린 듯이 잉푸가 두리번거리다가 중년 남자에게 미소를 지으며 어깨를 으쓱해 보였다.

"당신 회사, 거기 사장한테 부탁하면 되지 않나?"

중년 남자도 잉푸에게 미소를 지으며 손을 벌리고 어깨를 으쓱했다.

"어제 출장을 다녀왔어. 지방 프로젝트를 시찰하러."

마오마오는 차갑게 대답했다.

"재무부장은?"

중년 남자도 마오마오를 냉장한 눈빛으로 보았다.

"그렇게 많은 현금은 회사에서 본 적도 없다고 하더군. 준비하려면 은행에 미리 연락해서 사흘은 기다려야 한대."

그러더니 마오마오는 잉푸를 바라보았다.

"회장님네 부하들은 자기 직무에 충실하네요."

마오마오가 비아냥거리자 잉푸는 하하하 가볍게 웃었다.

"그래, 너만 빼고 말이야. 내가 이런 우스운 꼴을 당하는 걸 너 혼자 보러 왔군 그래."

그러면서 잉푸는 다시 똑바로 눕더니 두 손을 눈높이로 들고 두 다리도 들어 올렸다. 수갑과 족쇄가 반짝거리며 흔들렸다. 마오마오는 눈물을 글썽이면서 손가락으로 테이블을 쓸었다.

"정말 웃기는 인간이야. 대기업 회장이 고작 몇백만 위안 때문에 침대에 묶여 있다니. 내가 운이 좋은가 봐. 당신이 이렇게 궁지에 몰린 짐승 신세가 된 걸 다 보다니, 아주 만족스러워요."

"자, 이제 당신들을 위해서 선행을 베풀겠습니다."

중년 남자는 손을 뻗어서 테이블에 놓인 마오마오의 오른쪽 손등을 가볍게 두드렸다.

"아가씨, 여기서 시시덕거리지 말고 빨리 맡은 일이나 처리하지."

중년 남자는 다시 잉푸를 힐끗 쳐다보았다.

"당신이 원하는 대로 저 사람을 몇 시간 더 묶어놓을게."

"안 돼요! 풀어줘요!"

마오마오는 자리에서 일어나 침대에 누워있는 잉푸를 가리켰다.

중년 남자는 고개를 갸웃하며 눈을 가늘게 뜨고 말했다.

"그럼, 나는 누구하고 이 놀이를 하지?"

"나하고 해!"

중년 남자는 웃으며 양손을 두드렸다.

"아가씨, 이 게임에 판 돈이 크게 걸려있어. 제대로 못 하면 목이 날아갈지 몰라."

마오마오는 왼손으로 테이블을 꾹꾹 찌르며 말했다.

"내가 이미 테이블에 와 있잖아?"

"아가씨, 좀 하네? 어제 그를 유괴하고 나서 당신에게 전화한 건 당신은 반드시 도와줄 거라고, 이 게임을 할 거라고 믿었기 때문이야. 그런데 과연! 내 짐작이 틀리지 않았어."

"와! 돈을 강탈하면서도 계산기를 두드리다니. 아이큐가 그리 나쁜 편이 아닌가 보네?"

침대 위에 누워있던 잉푸가 끼어들었다.

중년 남자는 웃으면서 오른손으로 테이블을 가볍게 두드렸다.

"저 회장님도 만만치가 않아. 사람이 유괴당하면 대개는 울고불고 난리치다가 결국 인질이 돼서 꼼짝도 못 하는데 말이야. 그런데 당신은 손발이 묶여 있으면서 아직도 혀는 팔팔하게 살아있는 게, 마치 칼 같아."

그러더니 그는 눈을 가늘게 떴다.

"그런데 계산이 뭐 어쨌다고? 당신은 계산 안 해?"

"물론 하지. 하지만 제대로 된 돈을 벌기 위해서야."

잉푸는 천장의 불빛을 쳐다보며 마치 누군가가 듣고 있는 듯이 말했다.

중년 남자는 손으로 테이블을 문지르다가 고개를 들어서 잉푸의 시선을 따라갔다.

"형씨, 그 입 좀 다물지 그래? 지금 세상은 돈 때문에 피도 눈물도 없는 사회라고. 당신들, 소위 민간 기업가라는 사람들은 남을 속이거나 힘으로 빼앗고, 관료들과 어울려서 천하의 부를 자기 주머니에 챙기느라 여념이 없다고. 조금은 토해내야 공평하지 않겠어?"

"재미있군, 칼에 묻은 피나 핥아먹는 강도가 사회학 전문가라도 되는 줄 알았네."

잉푸는 그 남자를 돌아보았다.

"그럼, 묻겠는데, 당신이 말하는 부자들이 다 죽고 나면 세상이 평화로워질까?"

그러자 중년 남자가 한 마디 더했다.

"내가 하는 일은 살인과 방화뿐이야. 나는 당신하고 달라서 세상의 평화에는 관심 없어. 그건 위선이야! 여자를 팔아서 현창비(顯彰碑)를 세우는 격이라고!"

"여자를 팔지 않고 비즈니스 세계에서 어떻게 살아갈 수 있지?"

잉푸는 발끈했다가 가볍게 고개를 저었다.

"그럼, 그런 허울 좋은 소리는 하지 말아야지. 시도 때도 없이 기업가 정신이니 뭐니, 입에 담지도 말라고."

중년 남자는 잉푸가 말을 시작하기도 전에 양손으로 테이블을 힘껏 밀면서 자리에서 일어나 잉푸에게 얼굴을 들이밀었다.

"그럼, 무슨 말을 하면 좋겠나?"

잉푸는 인상을 찌푸리며 중년 남자와 눈을 마주쳤다.

"오줌통이다!"

한밤중에 유령이라도 만난 사람처럼 중년 남자는 울부짖었다.

"그건, 중요한 순간에 문제를 해결해 주거든."

중년 남자는 잉푸의 마음 깊숙한 곳까지 전달하려는 듯 눈을 맞추고 낮게 말했다.

"그건 어떤 순간이지?"

잉푸는 수수께끼 놀이의 답을 기다리듯 눈을 꼭 감았다.

"오줌을 참을 때지."

"누구의 오줌?"

오줌이라는 말에 잉푸는 눈을 번쩍 떴다.

"온 세상, 사람들이다."

중년 남자는 이를 악물고 한 마디, 한 마디 고개를 끄덕이며 목구멍에서 그 말을 조심스럽게 꺼냈다.

"좋았어!"

잉푸는 천장에 달린 전등이 흔들거릴 만큼 크게 소리쳤다.

"아주 통쾌해! 이 형님, 진짜 도리를 아는 양반이야! 지금 내 갈등을 해결해 줬어!"

"무슨 갈등?"

중년 남자는 잉푸를 보고 웃었다.

"성불하려면 사람은 날마다 연기를 해야 해. 자신이 천국에 있는 척해야 한다는 말이야. 자신이 천국에 있는 듯이 행동하고, 민족의 영웅인 척해야 하지. 하지만 돌아보면 의외로 빨리 남들이 알아차리지. 그래서 자신이 이미 오래전부터 연옥에 있었다는 것, 국민의 찌꺼기라는 사실을 깨닫는 거야."

잉푸는 눈을 감았다.

"옳소! 이 형님한테 감사해야겠어. 매일 같이 남의 목 베는 생각만 하는 이런 내가 가슴이 다 찡해지는군."

중년 남자는 손을 들어 안경을 벗었다. 그리고 침대에 기대어 허리를 굽히더니 잉푸에게 얼굴을 가까이 가져갔다.

"인생에서 가슴이 찡해지는 순간은 별로 많지 않아. 이렇게 합시다. 당신을 풀어줄게. 네 시간 뒤에 돈을 가지고 와. 그러면 다 끝나. 어때?"

"날 믿나?"

잉푸는 몸을 일으켜 앉았다.

"믿고 말고! 당신을 이 년이나 지켜봤는걸."

그렇게 말하면서 중년 남자는 허리를 세우고 마오마오를 쳐다보았다.

"예를 들면, 당신은 이 여자만 믿는다든가, 간 우엽 8.3, 6.9, 4.3센티미터의 저에코 결절이라든가 말이야. 그렇지?"

잉푸는 고개를 끄덕이며 마오마오와 눈을 마주쳤다.

"좀 더 이야기하면 당신 집 근처에서 이 년 동안 살았어. 당신은 출장을 갈 때 절대로 일등석은 타지 않고, 공항에서 68위안짜리 국수가 비싸다고 소리를 지르고, TV에서는 항상 '고난은 재산'이라고 설교를 늘어놓지. 그런 걸 모를 리가 없잖아?"

중년 남자는 암송하듯 뒷짐을 지고 천천히 방 안을 돌아다니며 두 명의 부하를 흘낏 쳐다보았다.

"톨스토이는 바보였어. 그는 몰랐던 거야. 고난은 고난일 뿐이라는 걸. 고난의 종류가 오만 가지라 해도 결국 다 마찬가지야. 사람들의 고난은 모두 똑같이 마음을 슬프게 할 뿐이야. 예를 들면 당신은 자신의 고난을 없던 일로 못하니까 더 많은 돈을 벌어야 해, 그리고 잠도 푹 잘 수 없어. 나와 우리 형제들은 돈을 벌지 못하면 목숨과 맞바꾸는 길밖에 없어. 마지막에는 누가 간병 해줄지 그것조차 알 수 없어."

방 안에 있는 사람들 모두 눈이 붉어진 것을 보고 중년 남자는 손을 내저었다.

"됐어. 얼른 갔다가 얼른 돌아와!"

손발이 자유로워지자 잉푸는 사내에게 두 손을 가지런히 모으고 정중히 인사했다.

"형씨, 우리는 이제 그만 가겠습니다. 늦어도 내일 점심까지는 돈을 가져오지요."

중년 남자는 팔을 뻗어서 앞을 가로막았다.

"어허! 당신은 가고, 여자는 남겨둬. 괜한 상상은 하지 마시고. 여자를 남겨두라는 건 카드놀이를 하기 위해서니까."

"카드놀이?"

"텍사스 홀덤(Texas Hold'em, 포커 카드 게임의 변형으로, 두 장의 비공개 카드와 공개 카드 다섯 장을 조합해서 점수가 높은 쪽이 승리하는 게임) 말이야."

잉푸는 눈썹을 치켜뜨고 의아한 표정으로 마오마오를 바라보았다.

"이 여자는 라스베이거스에서 월드 시리즈 오브 포커 챔피언까지 땄다고."

중년 남자는 빙긋 웃으면서 손을 비비며 쳐다보았다. 마오마오는 고개를 끄덕였다.

"그때 당신은 100만 달러를 받았지? 이 300만 위안은 당신 계좌에서 뽑아왔겠군?"

이 말을 듣자 마오마오는 팔짱을 끼고 웃었다.

4

2010. 01. 19. 오전 10:50

잉푸는 노크하고 나서 문을 열었다.

테이블을 사이에 두고 마오마오와 수다를 떨던 중년 남자는 잉푸가 캐리어를 끌고 온 것을 보고 빙그레 웃으며 일어섰다. 상고머리를 한 남자가 잉푸의 등 뒤에서 문을 닫고 테이블 앞으로 다가왔다. 중년 남자가 고개를 끄덕이자, 그는 테이블 밑에서 알루미늄 대야를 꺼내더니 잉푸 앞에서 뒤집어 흔들었다.

"오, 86식 수류탄 일곱 개. 순 플라스틱이고, 강철 공이네."

잉푸는 그것들을 힐끗 쳐다보고는 중년 남자를 쏘아보았다.

"이걸로 다 날려 버릴 생각인가?"

"당신은 호탄(중국 신장 위구르 자치구의 오아시스 도시)의 거물이지만, 나는 푸세식 변기의 디딤돌일 뿐이야. 손익을 알기 때문에 아무도 데려오지 않았어. 당신은 거래가 잘 됐나 보군."

중년 남자는 그러면서 상고머리 남자를 향해 싱긋 웃어 보였다. 그 남자는 수류탄을 하나씩 조심스럽게 배낭에 넣고 권총을 꺼냈다.

"자, 이제 끝낼까?"

중년 남자는 마오마오를 보고 고개를 끄덕였다.

"어떻게 끝내지?"

마오마오는 의자에 기대어 앉았다.

"당신한테 손해 본 100만 위안은 내가 줄게."

"더 크게 걸지 그래?"

"아니!"

"못 이길 것 같은가?"

"그런 게 아니야."

마오마오는 그를 쳐다보았다.

"그럼, 나를 얕잡아 본 거야? 당신은 그때 실력은 부족한데 운이 좋았을 뿐이라고?"

중년 남자는 두 손을 내밀어서 눈앞에서 흔들며 고개도 가로저었다.

"아니, 당신은 내가 카드놀이를 시작해서 지금까지 만난 사람 중에 가장 존경할 만한 상대야."

마오마오는 테이블을 양손으로 잡고 그를 쳐다보았다.

"존경한다고? 그럼, 마지막 한판 붙자!"

"자, 카드 섞어 줘!"

중년 남자는 허리를 숙이고 마오마오 옆에 서 있는 잉푸에게 소리쳤다. 잉푸는 테이블에서 카드 쉰두 장을 끌어모아 몇 번 섞은 다음 두 사람에게 두 장씩 비공개 홀 카드를 나눠주었다. 중년 남자는 자신의 카드 모서리를 살짝 들어서 힐끗 보았다. 눈꼬리가 실룩거렸다.

마오마오는 그 모습을 보면서 자기 카드도 흘끗 보았는데, 중년 남자의 얼굴에서는 아무것도 읽을 수 없었다. 잉푸가 각자 앞면을 공개하는 커뮤니티 카드를 한 장씩 나눠주자 두 사람은 눈도 깜짝하지 않은 채 두 번째 카드를 기다렸다.

"이긴다고 확신할 수 있나?"

다섯 번째 커뮤니티 카드를 손에 쥐자 중년 남자의 눈빛이 반짝거렸다.

"모르겠어."

"이번엔 당신도 늪에 빠질 거야."

"후회 안 해!"

"형씨, 운이 좋으시네. 이런 괜찮은 여자를 만나다니, 여자 복도 많아."

"그럼, 저 여자가 이 게임에서 지는 편이 낫겠군."

잉푸가 냉정하게 말했다.

"왜지?"

"저 여자가 이기면 난 이제 저 여자를 붙잡지 못하잖아."

"무슨 소리야? 플롭(텍사스 홀덤에서 세 번째로 나눠주는 공개 카드)!"

마오마오는 두 사람의 농담에 끼어들며 카드 다섯 장을 테이블에 뒤집어 놓았다. 중년 남자의 낯빛이 금세 어두워졌다.

"당신, 신이 선택한 사람이군!"

그는 그렇게 말하면서 천천히 패를 정리했다. 그러자 테이블 위에 까마귀 똥처럼 5부터 9까지 다섯 장의 클럽(검은 클로버 카드)이 펼쳐져 있었다.

"스트레이트 플래시! 내 평생 처음이야!"

그는 조그맣게 중얼거렸다.

"로얄 스트레이트 플래시! 이게 내 인생에서 마지막이겠네."

마오마오는 눈앞에 놓인 10부터 에이스까지 다섯 장의 하트 카드를 보며 말했다.

"여러분, 돌아가도 좋아요!"

잉푸와 마오마오가 서로를 쳐다보고 있을 때, 상고머리 청년이 오른손을 쭉 뻗어서 잉푸의 머리를 향해 총구를 들이댔다.

"보스, 저들이 돌아가면 우리는 다 죽습니다."

"바보야, 이 두 사람을 죽이면 너하고 나는 사흘도 못 버텨!"

중년 남자의 말을 듣더니 삭발한 청년이 얼굴을 부르르 떨며 진흙이 무너지듯 축 처졌다.

"보스, 저희는 이미 고용인에게 1,000만 위안을 받았습니다."

"돌려줘!"

돌려주라는 말에 삭발한 청년이 초조해했다.

"전 마을로 돌아가서 무술 도장을 차려야 한다고요. 돈을 돌려주면 어떻게 도장을 차립니까?"

"맞아요, 우리는 어떻게 해야 마을에 돌아가서 집을 짓고 장가를 갈 수 있죠?"

삭발한 청년은 눈시울을 붉혔다.

"됐어, 내가 알아서 할게!"

눈앞에서 떨리는 총구를 보고 잉푸는 미소를 지으며 상고머리 청년에게 고개를 끄덕였다.

"그 돈, 1,000만 위안을 보태지 않으면 속에서 뭔가 균형이 안 맞고 거슬린단 말이지. 어제부터 계속 이해가 안 갔어. 왜 내 목숨값이 겨우 500만밖에 안 될까? 하고…."

잉푸가 연신 고개를 흔들자, 중년 남자는 다시 한번 웃었다.

"형씨, 당신은 꽤 후하게 쳐주는 편이야. 전에는 우리가 몸값으로 200만밖에 요구하지 않았지만, 당신 목숨은 꽤 큰 돈이 되거든. 내 뒤에 또 다른 그룹이 기다리고 있어! 돈에 눈이 멀어서 당신을 죽이려는 놈이 있는 모양이더군."

잉푸는 웃으며 두 손으로 자기 머리를 쓸어올렸다.

"정말이지, 무슨 놈의 시대가 이 모양인지. 드디어 높은 자리를 차지했나 싶었더니 이젠 내 목만 노리는 놈들이 천지 사방에 쫙 깔려있네."

그렇게 말하면서 그는 고개를 돌려 마오마오를 쳐다보았다.

"세상이 넓다지만 아무래도 내가 설 자리는 없는 모양이야. 어디로 가야 좋을까?"

"해외로!"

중년 남자는 베이징 컨벤션 센터에 있는 오각형의 별을 바라보았다.

"그래도 결국은 돌아와야 하잖아?"

마오마오는 얼굴을 옆으로 돌려 중년 남자를 바라보았다.

잉푸는 어깨를 좌우로 가볍게 흔들었다.

"나한테 한 달만 줘. 그럼, 다 정리할게."

"무슨 뜻이야?"

중년 남자는 귀를 기울였다.

"내가 당신의 새로운 고용인이 되겠어. 당신은 나를 죽이라고 시킨 놈이 오줌을 지릴 만큼 협박하면 돼!"

중년 남자는 고개를 들더니 눈앞에서 상대가 실수하는 광경을 상상이라도 하듯 천장의 전등을 바라보았다. 잉푸도 상대가 누구인지 알아차린 듯 전등을 올려다보았다.

중년 남자는 '하늘이 알면 땅도 알고, 내가 알면 너도 안다'라는 표정으로 잉푸를 뚫어지게 쳐다보았다.

"자, 우린 이제 슬슬 돌아가지."

중년 남자는 주머니에서 주섬주섬 열쇠를 꺼내더니 허리를 굽히고 테이블 다리에 묶여 있는 마오마오의 족쇄를 풀었다.

"당신 참 대단해. 온종일 먹지도 않고 마시지도 않았는데 멀쩡한 걸 보니."

중년 남자는 오른손을 들고 정면을 바라보며 가슴을 쫙 펴고 그녀에게 표준적인 군대식 경례를 했다.

5

"왜 이렇게 빨리 달리는 거야?"

2010. 01. 23. 오후 12:40

한 척의 미국산 유람선, 길이 25미터인 해테러스(Hatteras)호가 아르헨티나 파타고니아 산맥 동쪽 기슭에 있는 산타크루스주 아르헨티나 호수를 18노트, 시속 약 33킬로미터의 속도로 나는 듯이 항해하고 있었다. 그 앞에는 칠레의 수역이 펼쳐져 있다.

갑판에 있는 조타수는 마흔 살가량의 체격이 건장한 테우엘체(Tehuelches) 족 남자였다. 당시 그는 선글라스를 끼지 않은 채 호수 바람을 맞으며 눈을 가늘게 뜨고 눈앞의 호수를 바라보고 있었다.

"물속의 괴물을 찾고 있습니다."

조종석에 앉아 있는 또 다른 쉰 살 정도의 아르헨티나인이 잉푸에게 미소를 지었다. 그러면서 그는 오른손으로 맥주병을 높이 치켜들었다.

"뭐라구요?"

잉푸가 소리쳤다. 유람선이 너무 빠른 속도로 운항하는 탓에 미친 듯이 울부짖는 좌우의 모터 소리 때문이었다.

"빅 몬스터!"

갑판 뒤쪽에서 커다란 목소리가 들렸다. 잉푸가 뒤돌아보니 역시 쉰 살 정도에 체구는 작지만 건장해 보이는 아르헨티나인이 양손으로 머리 위에 크게 원을 그리는 모습이 보였다. 몸짓으로 알려주는 동시에 그는 입을 최대한 크게 벌렸다. 코 밑에는 검은 수염이 토끼의 짧은 꼬리처럼 삐죽삐죽 솟아 있었다.

"마오마오, 이렇게 빨리 달리라고 한 건 나야."

마오마오가 언짢아하자 잉푸는 그녀의 어깨에 팔을 두르고 끌어안았다. 고개를 들자, 그녀의 얼굴을 가린 선글라스에 잉푸의 가느다란 눈이 비치고 있었다.

"치워!"

그녀는 갑자기 소리를 지르며 그를 세게 밀쳤다. 그러면서 그녀가 잉푸의 전투복을 세게 잡고 있지 않았다면 그는 뱃전에서 호수로 떨어졌을 것이다.

"미쳤어?"

잉푸는 마오마오의 손을 꽉 움켜잡았다. 느닷없이 마오마오는 오른손을 빼서 있는 힘껏 잉푸의 왼쪽 뺨을 때렸다.

"너야말로 미쳤어. 돈이 조금만 생기면 온 세상에 과시해야 직성이 풀리지."

마오마오가 분통을 터뜨리며 하는 말을 들더니 잉푸는 그녀의 손목을 꽉 움켜쥐었다.

"겨우 유람선 한 척 전세 낸 것뿐이잖아?"

마오마오는 조타수를 힐끗 쳐다보았다. 그는 열심히 앞만 바라보면서 오른손으로는 모터의 스로틀을 최고 속도인 27노트까지 높였다. 유람선은 거의 통제가 불가능할 정도로 요란하게 흔들리면서 칠레 수역에 거의 진입하려 하고 있었다. 멀리서 바라보니 호수 전체가 아득해 보일 정도로 넓었다. 머리 위 맑은 하늘에는 커다란 흰 구름이 하늘하늘 떠다니고 있었다.

"왜 굳이 이 유람선을 전세 내야 했지?"

마오마오는 뒤돌아보며 다시 커다란 선글라스에 잉푸를 비춰보았다.

"괴물을 보여주기 위해서?"

"괴물? 매일 당신을 보고 있지만 그래도 질리지 않는다. 그런 뜻이야?"

마오마오는 입술을 굳게 다물었다.

"나는 공짜니까 아낀 돈으로 괴물을 찾는 데 쓰면 되지 않겠어?"

잉푸는 빙긋이 웃으며 오른손을 가슴에 대고 마오마오에게 감사의 뜻을 표했다.

"얼마야?"

마오마오가 크게 외쳤다.

"3,000달러. 우리, 꽤 많은 현금을 가져왔지?"

잉푸는 고개를 젓더니 손을 뻗어 마오마오의 눈앞에서 돈 세는 시늉을 했다.

"꽤 많은 현금이라고?"

마오마오가 비웃을 때, 유람선은 파도를 타고 튀어 올랐다. 그녀는 길에서 발을 구르며 크게 울부짖는 난폭한 말처럼 비틀거렸다.

"좋아, 잘 봐봐!"

그녀는 난간을 잡고 아래층 선실로 내려갔다.

"그녀에게 무슨 일이 있었나?"

잉푸는 의아해하며 세 명의 승무원을 향해 어깨를 으쓱하고 양손을 벌려 보였다. 후방 갑판의 승무원이 왼손을 들어 검은 수염을 쓰다듬었다. 마오마오는 선실에서 금방 울음을 터뜨렸다. 울음소리를 듣고 잉푸가 내려가려고 하자 주위에 있던 선원들이 그를 뱃전에서 말렸다. 후방 갑판에서 검은 수염의 선원이 선실로 들어가려고 하자 마오마오가 휘청거리며 달려왔다. 그녀는 빨간 에르메스 가방의 지퍼를 열었다.

"현금이 많다고 했지? 자, 무일푼으로 만들어 줄게!"

그렇게 외치면서 그녀는 모두가 보는 앞에서 가방을 뒤집었다. 뱃전 밖으로 가방을 기울이자, 초록색의 미국 달러 지폐가 바람에 날리는 나뭇잎처럼 호수에 떨어졌다.

"그만!"

잉푸가 다급히 외쳤지만, 조타수가 급히 속도를 줄였을 때 유람선은 이미 100미터 가까이 지나온 뒤였다. 뒤돌아보아도 초록색 호수에는 달러 지폐가 얼마나 떠다니는지, 더는 보이지 않았다.

"빌어먹을!"

잉푸는 쿵 오른발을 굴렀다. 마오마오는 이를 악물고 왼발로 갑판을 탁 짚었다.

"좋아, 오늘 빌어먹을 게 어떤 건지 제대로 보여주겠어!"

그렇게 말하면서 그녀는 재빨리 손목시계를 풀더니 뱃전에 몸을 기울이면서 시계를 손끝으로 잡았다.

"무슨 짓이야! 500만이나 하는 파텍 필립(Patek Philippe)이라고!"

잉푸가 외쳤다. 조타수는 조타석에서 뛰어내려 마오마오를 막으려 했지만, 배가 파도에 휩쓸려서 갑판에 엉덩방아를 찧고 말았다.

"아까워?"

마오마오는 킬킬거리며 웃었고, 손을 놓자 붉은 사슴 가죽으로 밴드를 댄 시계는 금방 호수 괴물의 것이 되었다.

"저건 내가 힘들게 번 돈이야, 목숨과 맞바꿔서 얻은 거라고."

잉푸가 발을 쿵쿵 구르며 두 손으로 뱃전을 잡고 몸을 물 쪽으로 내밀었다. 눈 깜짝할 사이에 호수 깊은 곳에서 커다란 물고기가 나타나 입을 딱 벌리고 시계를 과자처럼 삼켜버렸다.

"힘들게 번 돈이라고? 누가 벌어줬더라?"

그렇게 말하면서 마오마오는 오른팔을 휘둘러서 손에 들고 있던 에르메스 플래티넘 백을 힘껏 던져버렸다. 급히 달려온 검은 수염의 일행이 바라보니 에르메스 플래티넘 백은 빨간 나비처럼 호수를 향해 포물선을 그리더니 조용히 물속에 떨어졌다. 그러자마자 큰 물고기 떼가 나타나 서로 앞다투어 가방을 물속으로 끌고 들어갔다.

"목숨이라고? 누가 당신한테 맞바꿔 줬는데?"

마오마오는 이번에는 왼손으로 구찌 선글라스를 벗어 호수에 던져버렸다.

머리 위를 빙빙 돌며 수면을 바라보던 커다란 흰 새가 바로 급강하했다. 하지만 날카로운 부리로 쪼아 먹으려는 순간 큰 물방울이 솟구치더니 두 개의 수염이 달린 커다란 둥근 입이 그것을 한입에 물어 낚아챘다.

수면에 아무것도 남지 않자 마오마오는 잉푸를 돌아보았다.

"오늘에서야 알았어. 당신은 내 목숨보다 돈을 더 소중히 여긴다는 걸. 좋아, 당장 돌려줄게."

그렇게 외친 마오마오는 검은 수염의 승무원이 그녀를 붙잡으려 하는 걸 뿌리치고 뱃전에서 호수로 뛰어들려고 했다. 검은 수염의 승무원이 그녀를 재빨리 낚아챘다.

"돌아가자, 괴물은 충분히 봤어!"

검은 수염의 승무원에게 안겨 얼굴을 감싼 채 울고 있는 마오마오를 노려보면서 잉푸는 소리쳤다.

그때 배의 모터가 멈췄다. 배는 파도에 흔들렸고, 마오마오가 흐느끼는 소리 외에 모든 것이 고요해졌다. 잉푸가 내지른 고함의 여운이 아직 가시지 않은 사이에 칠레 방향 수역에서 모터보트 한 척이 정면으로 달려왔다. 검은 수염의 승무원은 마오마오의 어깨를 가볍게 두드리며 그를 보고 있는 조타수에게 고개를 까딱해서 신호를 보냈다. 조타수도 고개를 끄덕이며 조타석으로 돌아와 시동을 걸었다.

"빨리 도망쳐!"

저녁 7시가 지나서 시내 호텔 방으로 돌아와 문을 닫자 마오마오가 불에 뛰어드는 나방처럼 달려들어 잉푸를 꼭 껴안았다.

"대체 무슨 일이야?"

잉푸는 어안이 벙벙해서 마오마오의 행동에 연신 눈을 깜빡였다.

"도망치라고!"

마오마오는 이번에는 잉푸의 얼굴을 들고 그에게 진하게 키스했다.

"도망?"

잉푸는 목구멍에서 그 말을 짜냈다.

"우리, 아직 살아 있는 걸 기뻐해야 해! 당신이 고용한 건 강도였다고!"

잉푸는 마오마오를 떼어놓으며 주먹을 불끈 쥐었다.

마오마오는 전투복 안주머니에서 달러 지폐 다발을 꺼내더니 그것을 슬쩍 보고 나서 잉푸를 쳐다보았다. 그리고 오른손 검지로 그의 가슴을 세게 찔렀다.

"이 바보야, 큰돈을 가지고 있다는 게 들통났잖아. 내가 스페인어를 할 줄 아는지 몰랐기에 망정이지, 칠레 수역에 도착하자마자 우리를 호수에 던져 버리자고 배에서 그들끼리 수군거렸다고."

잉푸는 오른손을 들어서 이마를 세게 쳤다.

"그런 거였어? 당신이 갑자기 돈을 버린 것은 어려움을 피하기 위해서였구나."

마오마오가 냉소했다.

"지금 와서 말이지만, 부에노스아이레스의 팰리스 호텔에서도 뭔가 수상쩍었다고. 포클랜드 전쟁 참전 용사들과 이야기를 나누다가 그 검은 수염의 참전 용사한테 함께 호수를 구경하자고 했잖아. 기억해?"

잉푸는 눈동자를 굴렸다.

"기억하지. 그 사람한테 가이드를 부탁하지 않았나?"

마오마오가 고개를 끄덕였다.

"맞아! 당신은 그에게 돈을 좀 벌게 해주려던 건데, 그들은 중국인을 바보로 만들어서 호수 괴물의 먹이로 던져줄 속셈이었던 거야."

"그럼, 어떻게 도망치지?"

잉푸는 마오마오를 껴안으려 했지만, 마오마오는 그를 밀어냈다.

"여기에 의지해."

잉푸는 왼손으로 달러 지폐 다발을 오른쪽 손바닥에 대고 두드렸다.

"선실에서 울었을 때 손은 멈추지 않고 움직여서 100달러 지폐의 절반을 꺼냈어. 나머지 절반은 동전과 함께 던져버렸지."

지폐를 다 세고 나서 그녀는 안주머니에서 신용카드 몇 장과 여권 두 개를 꺼냈다.

"언제 출발하지?"

"곧바로! 그들은 포기하지 않아. 우리 여행 가방의 내용물을 노리고 있거든."

마오마오는 화장품 파우치에 미국 달러와 신용카드, 여권을 챙겨 넣었다.

"차는?"

잉푸가 마오마오를 쳐다보며 눈을 깜빡였다.

"올 때 타고 온 차는 못 써. 몰래 도망쳐야지. 호텔 사장의 차로 가자."

그러면서 마오마오는 달러 지폐 다발을 품속에 넣은 다음 문을 열고 밖으로 나갔다.

십 분 뒤 구닥다리 벤츠 지프가 덜컹거리며 호텔을 빠져나갔다. 그리고 오른쪽으로 꺾어서 수도로 가는 고속도로를 탔다. 운전기사는 환갑에 가까운 인도인 노인으로, 백미러를 통해 힐끗 뒤를 돌아보았다. 거울 속에서 그를 바라보는 잉푸와 마오마오의 눈이 마주쳤다.

"밤새 서둘러 가는 건 매우 위험합니다."

"그래서 2,000달러는 모험할 만한 가치가 있는 거잖아요?"

마오마오는 스페인어로 운전기사를 설득했다.

"속도를 높여요!"

두 시간 뒤, 마오마오는 백미러에 비친 자동차 불빛을 보고 얼른 운전기사의 등을 가볍게 두드렸다.

"속도를 높여도 소용없어요."

운전기사는 중얼거리며 도로 한복판에 차를 세웠다. 앞쪽에는 타이어 더미가 불타고 있었다. 고속도로에 재앙이 높이 치솟아 있었다. 불길 주변에 사람들이 모여드는 모습이 어렴풋하게 보였다. 마오마오가 창문을 내리자, 수염이 덥수룩한 노인이 얼굴을 들이밀었다.

"부인, 안녕하세요."

마오마오는 달콤한 미소를 지었다.

"안녕하세요. 지금 뭘 하시는 거죠?"

노인은 차창에 두 손을 얹었다.

"정부에 항의하는 겁니다. 그들은 우리 목장을 미국인에게 팔고, 유전은 중국인에게 팔았어요. 알파카는 풀을 먹을 곳이 없고, 아이들은 학교에 못 가고 있습니다."

백미러 속의 자동차 불빛이 점점 가까워지는 것을 보고 마오마오의 눈이 빛났다.

"할아버지, 남편이 심장마비를 일으켜서 주립병원으로 급히 가야 해요."

노인은 눈을 감고 있는 잉푸를 힐끗 쳐다보며 고개를 저었다.

"혹시 자녀분들에게 1,000달러를 기부하면 어떨까요?"

마오마오는 100달러짜리 지폐를 노인 앞에 흔들었다. 노인도 눈을 반짝이며 지폐를 받고 다시 불길 쪽으로 돌아갔다. 노인은 하수인들에게 불길에서 타이어를 옮기라고 지시하고 통로를 열었다. 마오마오는 운전기사에게 차를 길가에 세우게 한 다음, 차에서 내려 노인에게 다가갔다.

"고마워요, 할아버지. 1,000달러 더 갖고 싶으세요?"

노인은 눈이 휘둥그레졌다.

"어떻게 하면 됩니까?"

"시위를 더 격렬하게 하세요. 타이어를 전부 불태우고, 오늘 밤에는 한 대도 통과시키지 마세요."

그렇게 말하면서 마오마오는 다가오는 자동차 불빛에 시선을 돌렸다.

"옳거니! 이 돈은 내가 챙겨야지."

노인은 사납게 눈을 부릅뜨고 다가오는 차를 보며 웃었다. 노인과 수십 명의 하수인이 모든 타이어를 불 속에 던져넣었다. 타오르는 불길 옆에서 노인과 격렬하게 말다툼을 시작한 세 명의 선원을 향해 그녀는 손을 흔들었다.

6

"마오마오, 왜 네가 나타나면 나는 구사일생으로 살아나게 되는 거지?"

부에노스아이레스의 팰리스 호텔 바에서 잉푸는 마오마오에게 이렇게 말했다. 그래서였을까? 한 달 후 베이징으로 돌아왔을 때 두 사람은 바로 헤어졌다.

아르헨티노 호수에서 도망친 다음 날 오후 9시, 검은 수염의 퇴역군인은 바에서 술을 마시고 있던 잉푸와 마오마오를 발견했다. 마오마오가 스페인어로 말하자 그는 눈이 휘둥그레졌다.

"당신 팁은 줄 수 없어."

그가 가이드 요금을 계산하는 것을 보고 마오마오는 냉정하게 말했다.

"돈이 다 떨어졌거든!"

마오마오가 어깨를 으쓱하자, 검은 수염도 어깨를 으쓱하면서 입을 삐죽 내밀었다.

"당신들 중국인한테 돈이 없을 때도 있나?"

"없을 때가 없으니까 호수에 던져버렸지."

마오마오는 웃었다. 새하얀 치아가 불빛을 받아 조금 누렇게 보였다.

"그렇다면 팁을 호수에 주우러 가라는 뜻인가?"

"응, 맞아. 비명횡사한 두 구의 시체도 끌어올릴 수 있을지는 모르지!"

마오마오는 상대를 쳐다보며 치아 틈새로 소리를 내어 말했다. 그러더니 오른손을 들어서 목을 베는 시늉을 했다. 검은 수염은 웃었다. 두 손으로 수염 끝을 좌우로 말아 올렸다.

"이것 좀 봐. 어젯밤 불길 때문에 내 수염이 반이나 타버렸다고. 그러니 술 한 잔쯤 얻어 마셔도 되지 않겠어?"

"여기 위스키가 비싼데."

주류 진열대를 바라보며 마오마오는 카운터를 가볍게 두드렸다.

"됐어, 그만해."

잉푸는 손을 들어 주의를 끄는 제스처를 하고 카운터 뒤에 있는 바텐더를 가리켰다.

"26년산 보우모어(스코틀랜드 보우모어 증류소에서 이름을 딴 싱글몰트 스카치위스키) 한 잔!"

"얼음 넣어드릴까요?"

검은 수염은 손가락으로 카운터를 빠르게 두드렸다.

"아니, 스트레이트로!"

검은 수염을 보면서 잉푸는 바텐더에게 손을 흔들었다.

"다 마시면 바로 갈 거요."

검은 수염은 잉푸를 힐끗 쳐다보더니 마오마오 쪽으로 고개를 돌리고 유리잔을 들어 올렸다.

"대단해! 좋은 남편을 가졌어. 그것도 부자라니!"

"돈을 가졌다는 게 좋은 일일까?"

검은 수염이 가버린 후 잉푸는 그렇게 말하는 마오마오에게 시선을 돌렸다.

"그럼! 좋고말고. 하지만 한 가지 할 일이 있어. 재앙을 피하려면 돈을 탕진해야 해!"

"어떻게 탕진하지?"

술김에 하는 도발을 듣고 마오마오는 두 손으로 그의 얼굴을 자기 쪽으로 돌렸다.

"회사를 팔고 나와 함께 자연을 즐기는 거야."

"그럼, 내가 평생 헛되게 살았다는 뜻이 되잖아."

잉푸는 눈앞 선반에 진열된 눈부신 술병 하나를 물끄러미 바라보며 중얼거렸다.

"헛되게 죽는 것보단 낫지 않나?"

끝내 마오마오의 눈물이 한 방울, 한 방울 카운터에 떨어졌다.

"내가 죽어도 굽히지 않으면 어떻게 할 거지?"

"그럼, 헤어져야지! 덩달아 죽고 싶지는 않거든!"

마오마오는 손을 들어 귀 주위의 머리카락을 묶으며 말했다.

"자기 여자는 자기가 사랑해 주고, 자기 프로젝트는 자기가 팔아야지."

잉푸는 고개를 돌려 보우모어 한 잔을 다 마신 다음 그를 쳐다보는 바텐더에게 고개를 끄덕였다. 그리고 36년산 스페이사이드(Speyside)를 가리켰다.

"스트레이트로!"

"당신 생각은 어때?"

"인육 수프! 내 고기로 말이야."

나지막이 그렇게 말하더니 잉푸의 눈이 촉촉하게 젖었다.

"좋아, 알았어."

마오마오는 웃으며 손뼉을 쳤다.

"자 그럼, 사양은 하지 않을게."

그러자 잉푸는 오른손을 흔들고 카운터를 힘껏 두드렸다. 갑자기 술집이 조용해졌고 모두가 그를 쳐다보았다.

"자, 아가씨! 수고스럽게도 총구에서 구해 주시고, 호수에서 구해 주셨군요. 당신 뜻에 따르지 못하여 참으로 송구할 따름입니다."

잉푸는 카운터에 놓인 마오마오의 오른손을 잡았다.

"베이징에서 대륙의 끝 남미까지 끌고 와서 협상하려면 체면은 세워줘야지. 이렇게 하자고. 돌아가면 그 두 사람에게 이렇게 말해줘. 앞으로 3년만 더 기다려 달라고, 동방몽도 1기가 완공되면 내가 반드시 내려놓겠다고. 당신도 당신 몫을 받을 수 있고, 그들도 원하는 걸 얻을 수 있을 거라고 말이야. 다만…."

잠시 멈칫하더니 그는 한 마디 한 마디 정확하게 말했다.

"자금은 충분히 준비해야 한다. 기한이 지나면 기다리지 않는다. 기한에 늦으면 진짜 86식 권총이 책상 위에 놓여있을 거라고."

"알았어. 자 그러면 3년으로 매듭짓자고. 그때 가서 당신이 당신 돈을 가져가야 나도 내 몫을 정산할 수 있어."

마오마오는 길고 긴 한숨을 쉬었다.

"누가 당신한테 빚졌어?"

잉푸는 마오마오의 눈을 뚫어지게 쳐다보았다.

"그들 두 사람! 전생의 빚!"

"여기 계산!"

잉푸는 오른손을 머리 위로 치켜들려다 말고 카운터에 내려놓았다.

"아니, 석 잔만 더 마시고."

마오마오는 바텐더를 보며 손을 저었다. 잉푸는 옆눈으로 마오마오를 보았다.

"내일부터 당신은 당신 사장을 처리하고, 나는 내 소송을 처리해야지. 당신은 적어도 3년은 살 거야. 나한테 정산할 시간이 생기는 거지."

마오마오는 웃었지만, 긴 속눈썹은 눈물에 젖어 있었다. 술집의 희미한 조명은 노르스름한 빛을 띠고 있어서 그녀의 눈물은 피어날 듯, 금세 시들 듯한 가을 국화 같았다.

"오늘은?"

잉푸는 술에 취해 눈물을 글썽였다.

"넌 오늘 내 종마야!"

그러면서 마오마오는 오른손을 뻗어 잉푸의 엉덩이를 세게 쳤다.

"가자! 위층에 가서 얌전히 내 침대에 올라가는 거야!"

그렇게 말하면서 그녀는 눈을 부라리며 웃었다.

"이번엔 헛걸음이 아니었어."

잉푸의 허리를 껴안은 그녀는 드디어 사냥감을 포획한 사람처럼 의기양양했다.

"침대에 올라가면 '울지 말아요, 아르헨티나의 노래(Don't cry for me

Argentina, 뮤지컬 '에비타(Evita)'의 주제곡으로 극 중 아르헨티나 영부인 에바 페론의 노래)를 불러줄게."

쉽지 않을 거예요, 이상하겠죠
내 감정을 설명하려 할 때
여전히 당신의 사랑이 필요해요
그 모든 일을 했음에도
당신은 믿지 않겠죠
당신이 보게 될 건 그저 한때 알았던 소녀일 뿐

"나? 당신은 누구지? 내가 당신을 사랑했던가?"

2013. 05. 19. 오전 7시

잉푸는 눈을 떴다. 갑자기 1만 킬로미터 앞이 눈에 들어왔다. 그는 고개를 가볍게 흔들고 천지를 둘러보았다. 아까까지는 환상 속에 있었던 것인지, 지금도 그러한지 분명히 하고 싶었다. 바로 맞은편에 있는 초오유 산이 하얀 머리를 높이 치켜들고 구름 사이로 이쪽을 바라보고 있었다. 별 희한한 일도 다 있네, 저 녀석이 어떻게 아직도 살아있지? 하고 깜짝 놀랐을 것이다.

뒤쪽의 로체봉(에베레스트 남동쪽에 있는 해발 8,516미터의 세계에서 네 번째로 높은 산. '로체 남벽' 혹은 '에베레스트 남벽'으로 부르기도 한다)은 방글라데시 만에서 불어오는 기류를 잇달아 불어넣고 있었다. 오늘은 너까지 소란 피울 셈이냐? 라고 생각하며 사방을 둘러보았다.

로체봉에서 남동 방향에 있는 마칼루산 정상에서는 날씨가 차츰 개고 있었다. 그 위로 햇빛이 붉게 물들고 있었다. 마치 고개를 높이 들어 경례하는 보초병처럼 이 지구의 주인에게 가장 겸손한 경의를 표하고 있었다.

'아, 그렇지! 서쪽을 보자.'

초오유산 왼쪽에 있는 7,952미터의 갸충칸봉(초오유산과 에베레스트산 사이에 있는 최고봉으로 세계에서 열다섯 번째로 높은 산)도 색을 바꾸고 있다. 초오유에서 반사된 햇빛을 빼앗아 가는 것이다. 처음에는 약간 노란 빛을 띠다가 점점 어두워지고 기운이 사라지는 듯이 보였다. 그러나 잉푸가 눈을 감았다 뜬 순간, 그것은 갑자기 위로 뻗어 올라 산 정상에 있는 구름을 힘차게 몰아냈다. 한 줄기의 금빛이 가장 먼저 산 정상을 찬란하게 비추었다.

나를 따뜻하게 해줘야겠지? 잉푸는 고개를 동쪽으로 돌렸다. 이박삼일이 지나고 있었다. 신이든 악마든 살아있는 생명을 이렇게까지 잔인하게 다루어서는 안 된다. 더군다나 이 생명은 이미 그 부름에 응해서 회개하고 있으니까 말이다.

비록 그녀가 한껏 차려입었다 해도
당신과 함께했던 혼란한 시절의 모습으로
나는 그래야만 했어요
변해야 했죠
내 평생을 가난하게 보낼 순 없었어요
창밖을 바라보며
햇빛이 닿지 않는 곳에 머물면서

'들으셨습니까, 하늘의 신이시여? 지하의 악마여? 오전 해로 나를 비춰주신 이상, 다시 어둠에 묻어둘 수는 없습니다. 1996년, 마돈나(Madonna Louise Ciccone, 영화 '에비타'에서 농촌 출신으로 아르헨티나의 영부인이 되어 민중 혁명을 이끈 주인공 에바 페론을 연기했다)는 아르헨티나 대통령의 관저 발코니에서 당신에게 고백했습니다. 2010년, 나의 마오마오도 부에노스아이레스의 팰리스 호텔 침대에서 나에게 털어놓았습니다. 지금, 이런 내가, 벌 받아 마땅한 자가 이 세상 가장 높은 곳에서 당신께 고백합니다.'

 그래서 난 자유를 택했어요
 여기저기 뛰어다니며
 모든 새로운 것을 시도했지만
 아무것도 나를 감동시키지는 못했어요
 나는 아예 기대도 하지 않았죠
 울지 말아요 아르헨티나
 진실은 내가 당신을 버린 적 없었다는 것
 내 거친 날들에도
 광기 어린 내 존재여도
 나는 약속을 지켰어요
 나를 멀리하지 말아요

'들으셨습니까, 하늘의 신이시여? 지하의 악마여? 팰리스 호텔에서의 그날 밤부터 이 노래가 계속 내 마음속에서 맴돌고 귓가에 울립니다. 오늘 나는 그 의미를 분명하게 이해했습니다. 들으셨습니까? 바로 제 이야기였습니다!'

 그렇게 생각하니 잉푸의 가슴이 설레면서 오전 바람 속에서 눈물이 났다. 오전 해가 곧 떠오른다! 모든 것이 새롭게 거듭난다! 나는? 다시 새롭게 거듭날 수 있을까? 아니면 세계의 정점에서 거부당할 것인가?

사랑해요, 나를 사랑해줘요
하지만 당신은 그저
나를 보고 알게 될 거예요
모든 말이 진실이라는 것

그러나 오전 해는 뜨지 않았다. 7시 15분경, 오전이 밝아오려는 순간 천둥소리가 울려 퍼졌고, 고고도(지상에서 7~15㎞의 높이)에서 초속 60미터의 바람이 하늘 높이에서 수직으로 내려왔다. 잉푸가 주위를 둘러볼 시간조차 없었다. 산들은 이미 회색 구름바다에 잠겨 있었다. 천둥이 일직선으로 북벽의 심연을 내리쳤고, 잠자던 악령이 갑자기 나타난 스콜라인 속에서 울부짖었다.

'나는 버림받았다!'

그의 마음은 벼락이라도 맞은 듯이 떨렸다. 잉푸는 이마에 쓴 방풍 고글을 내렸다. 눈앞의 세상이 다시 어두워지면서 얼어붙기 시작했다. 다시 환각이 찾아왔다. 그의 눈에 밝고 높은 문이 보였다. 문 안에는 엄청나게 넓은 길이 뻗어 있었다. 그는 발을 내디뎠다.

'좁은 문으로 들어가라. 멸망으로 인도하는 문은 크고, 그 길은 넓어 그리로 들어가는 자가 많고, 생명으로 인도하는 문은 좁고 길이 협착하여 찾는 이가 적음이니라(마태복음 7장 13~14절)'

마오마오가 그의 등 뒤에서 그렇게 목청 높여 외치고 있었다.

7

2013. 05. 19. 오전 8:00

    2013년 5월 19일 오전 8시는 수도의 몇몇 사람들에게도 획득과 상실의 중요한 시간이었다.
    7시 정각, 예성 사장은 쯔주위안공원 남쪽 입구에 자신의 검은색 아우디를 검은색 산타나 2000(중국 시장 전용으로 개발한 폭스바겐의 세단형 자동차) 오른편에 주차했다. 시동을 끄고 백미러를 보면서 빨간 넥타이를 정리하고 회색 정장의 목선을 매만졌다. 그러고는 끼고 있던 흰 실크 장갑에서 실밥을 조심스럽게 집어내고 안도의 한숨을 쉬고 나서 운전석 문을 열었다. 차에서 내린 그는 곧장 트렁크 쪽으로 갔다. 트렁크 뚜껑을 열자, 왼쪽에 있는 산타나 2000의 트렁크가 자동으로 열렸다. 그는 허리를 굽혀 자기 차에서 산타나 2000 트렁크로 후지 사과를 한 상자씩 모두 네 번 옮겼다. 산타나 2000의 오른쪽 앞문으로 가서 손을 뻗으려 하자 문이 안쪽에서 열렸다. 그는 좌석에 앉았다.
    "수량은 충분한가?"
    예성 사장이 앉자마자 운전석에 선글라스를 쓴 중년 남자가 입을 열었다. 운전대를 움켜잡고 있는 그는 언제든 차를 뺄 준비가 되었다는 듯이 정면을 똑바로 주시하고 있었다.
    "충분합니다. 약속한 건 다 지켰어요."
    예성 사장은 미소를 지으며 몸을 옆으로 돌려 그 남자를 공손하게 바라보았다.
    "정말 충분해?"

중년 남자는 오른쪽 검지로 핸들을 가볍게 두드리며 옆눈으로 그를 힐끗 쳐다보았다.

"그럼, 내려서 세보시죠?"

예성 사장은 하얀 비단 장갑을 낀 손을 얼굴 높이로 들어 보였다.

"그럴 필요 없어. 묻는 말에 대답이나 해. 대답이 맞으면 수량이 맞는 거니까."

중년 남자는 전방에 보이는 하늘을 향해 고개를 끄덕였다. 그곳에는 큰 까치 떼들이 뒤엉켜 있었고, 까마귀 한 마리를 에워싸고 달려들어 싸우고 있었다. 까마귀 깃털이 오전 노을 속에서 한 가닥, 한 가닥 공중에서 휘날리고 있었다. 까마귀는 의심할 여지 없이 죽는 길밖에 없어 보였다.

"알겠습니다. 말씀해 보시죠."

예성 사장은 죽어가는 까마귀를 바라보며 눈을 더욱 크게 떴다.

"전부 몇 상자인가?"

예성 사장은 왼쪽 손가락, 네 개를 세웠다.

"사과는 전부 몇 상자 있나?"

"50상자입니다."

"개당 무게는?"

"1,141.1그램입니다."

예성 사장은 왼손을 움켜쥐었다.

"다 합친 무게는?"

"57,055그램입니다."

예성 사장은 열 손가락을 깍지 껴서 눈앞에 들어 올려 예를 표했다. 중년 남자가 웃으면서 오른손으로 핸들을 두드리자 뜻하지 않게 경적이 울렸다. 그 소리에 하늘의 새들이 허둥지둥 날아가 버렸다. 까마귀는 하늘에서 떨어져 꼼짝도 하지 않았고, 복부의 깃털만 오전 바람에 팔랑팔랑 흔들렸다. 까마귀 사체를 보고 예성 사장은 웃음을 터뜨렸다.

"멍(蒙) 국장님, 당신을 속이려다가는 제가 저 까마귀 신세가 되겠지요?"

"집요하다고 생각하진 말게. 자, 먼저 이 서류부터 봐."

중년 남자는 까마귀를 쳐다보며 운전석 옆에서 작성 용지 한 묶음을 꺼내면서 예성 사장을 힐끗 쳐다보았다.

"오, 다섯 가지 주요 흐름이 보이는군요."

예성 사장의 표정이 어두워졌다.

"알겠지? 이 주주들의 변경 절차는 하나, 하나 연결되어 있어. 그래서 한 명씩 찾아가 머리를 숙여야 해. 50명인데, 모두에게 나눠줄 수 있겠나?"

중년 남자는 의자 뒤에 머리를 기댄 채 양손을 깍지 꼈다.

"건당 500만 위안입니다. 그것도 모두 현금으로요. 여기서 더 모으려고 하면 제 목숨이 위태로울 것 같았어요."

예성 사장은 얼굴을 붉히며 모든 손가락을 다시 깍지 껴서 폈다 오므렸다 반복했다. 중년 남자는 까치 떼가 돌아와 까마귀의 가슴을 쪼아 먹기 위해 싸우는 광경을 보고 있었다.

"광고 간판 대금 말이야!"

"얼마나 필요하세요?"

예성 사장은 가슴을 쓸어내렸다. 얼굴에 웃음을 띠고서 까마귀가 까치에게 찢겨나가는 모습을 지켜보았다.

"1기 때 라이트박스하고 모니터 포함해서야."

그러더니 중년 남자는 고개를 저으며 말했다.

"어느 집이나 각자 사정이 있잖나. 내 의붓동생은 변변찮은 놈에다 도박도 하고, 마약도 하고, 아주 성가신 물건이야. 광고 대행사를 만들어

줬으니, 밥이라도 벌어먹게 해주겠나?"

예성 사장은 공손히 손을 모으고 웃으면서 고개를 끄덕였다.

"멍 국장님. 기꺼이 해드리죠. 국장님 인의 덕분에 저는 미래를 얻었는걸요."

"예성 사장, 그 인의에 우리 집안 재산과 목숨이 걸려있다네."

예성 사장은 멍 국장의 중후한 말투를 듣고 고개를 흔들며 왼쪽 손가락 세 개를 세웠다.

"멍 국장님, 첫째, 그 녀석이 살아서 내려오지 않을 것을 보장합니다. 둘째, 그 녀석과의 주식 양도 계약서에는 그 녀석 서명이 들어 있습니다. 셋째, 오늘 밤 8시에 리츠칼튼 호텔에서 금융기관 주주들을 만나 공동으로 과반수 주식을 보유할 방법에 대해 협의할 예정입니다."

"그 녀석이 위에서 죽었다는 걸 어떻게 확인할 수 있지?"

멍 국장의 얼굴이 굳어졌다.

"오늘 오후 3시, 구호를 포기한다고 발표할 겁니다."

"누가 그러던가?"

"멍 국장님. 너무 많이 아시면 국장님께도 좋지 않습니다."

예성 사장은 오른손 검지를 세워 입술에 댔다.

멍 국장은 고개를 돌려 검은 선글라스 너머로 예성 사장을 바라보았다.

"주식 양도 계약서에는 그 사람이 직접 서명했나?"

"그럴 겁니다. 장단단 비서가 그의 이름으로 서명했거든요."

"권한 위임장이 있었나?"

예성 사장이 고개를 끄덕였다.

"4월 30일부입니다."

"4월 30일? 그가 초모랑마에 있을 때 아닌가?"

중년 남자는 선글라스를 벗고 부은 얼굴에 금붕어 같은 눈을 가늘게 떴다. 눈 밑의 처진 살이 떨리고 있었다.

"그날 그는 은밀히 베이징에 들어왔다가 같은 날 밤 다시 아무도 모르게 초모랑마로 돌아간 거지요."

예성 사장은 웃으며 암송하듯 고개를 흔들었다.

"좋아, 그 논리라면 말이 되는군."

멍 국장의 눈을 크게 뜨고 다시 운전대에 손을 얹었다.

"첫째, 그의 서명과 위임장을 위조한 건 당신들이고, 나는 모르는 일이야. 둘째, 다른 두 사람이 당신에게 주식을 양도하는 건 반드시 본인 서명이 있어야 해. 살아있는 사람이기 때문에 일단 태도를 바꾸면 나한테까지 불똥이 튈 테니까."

"안심하세요. 둘 다 아주 친한 동료들입니다. 그 사람들 주식은 세 배 이상 프리미엄을 주고 샀으니까요."

예성 사장은 다시 오른손을 가슴에 대고 말했다.

"셋째, 오늘 오후 5시에 상공행정관리국 5번 창구로 가서 주식 변경 접수 통지서를 받아오게. 그러면 당신이 회장이 될 테니까 빨리 각종 증명서를 갱신하라고."

"와! 말씀을 듣고 있자니 정신이 혼미하네요. 당신은 정말 제 평생의 은인이십니다."

예성 사장의 입바른 소리를 듣고 중년 남자는 냉소했다.

"우선 정신부터 차리라고. 한 가지 잊어버린 게 있는데, 수리 통지서를 받으려면 영업허가증과 회사 인감이 필요해."

"꼭 있어야 하나요?"

예성 사장은 고개를 돌려 중년 남자를 쳐다보았다.

"창구 직원이 그 자리에서 자료를 확인하지 않고 어떻게 수리 통지서를 내주겠나?"

예성 사장은 눈앞이 캄캄해졌다. 잠시 침묵하다가 다시 고개를 들자, 까치가 남은 먹이를 먹어 치우고 있었다.

"나중에 보완하면 안 됩니까?"

그는 중년 남자를 바라보면서 양손의 엄지를 빙글빙글 엇갈리며 돌렸다. 멍 국장은 다시 뒤로 기대어 팔짱을 끼고 길게 한숨 쉬었다.

"예성 사장, 당신은 불 속의 밤을 줍고, 나는 칼의 피를 핥는 거야."

그는 예성 사장의 왼쪽 어깨를 가볍게 두드렸다.

"알고 있나? 우선은 사람을 시켜서 홈페이지의 접수 사이트를 조작하라고. 그런 다음, 그 가짜 서류를 심사할 때 눈감아 달라고 청탁해야 해. 하지만 창구 직원은 매일 바뀌니까 단 한 번만이라도 진짜 서류를 제출할 순 없나?"

예성 사장은 눈을 감고 자문자답하는 듯했다.

"국장님, 그거 아세요? 진짜 영업허가증하고 회사 인감은 강제로 빼앗아야 합니다."

"그럼, 빼앗아버려. 당신은 대주주잖아?"

중년 남자는 까치가 까마귀의 창자를 바닥에 굴리는 광경을 보며 싸늘하게 웃었다.

"누가 승인합니까? 국장님?"

예성 사장은 중년 남자를 쳐다보았다.

"나지 누구야? 잊어버렸어? 난 진짜 상공행정국 부국장이라고!"

경적이 울렸다. 예성 사장이 재빨리 왼손을 뻗어 멍 국장의 허벅지를 두드리려다 도중에 깨닫고는 방향을 바꿔 핸들의 한가운데를 친 것이다. 그 경적 소리는 날카롭고 길었다. 까치들은 놀라서 일제히 도망쳤다. 황금빛 오전 햇살 아래 대지에 온기가 돌기 시작했다. 까치가 먹다 남은 까마귀의 잔해는 아직 싸놓는지 얼마 안 된 개똥과 함께 돌풍에 날아가 버렸다.

"아! 예성 사장, 설마 내 차를 바꿔줄 생각은 아니지?"

중년 남자는 손을 비비며 개똥과 까마귀의 잔해를 보며 싱긋 미소를 지었다.

"와, 대빵 부장은 한 시간 반쯤은 늦어야 중요 인사로 쳐주나 봐?"

8시 30분, 마오마오가 금융가에 있는 리츠칼튼 호텔 로비에 들어서자, 카페에서 누군가가 구석 쪽 소파에서 일어나 손을 흔들었다. 그녀가 차가운 시선을 돌리자, 예성 사장이 냉정하게 자기를 보며 고개를 끄덕였다.

그녀는 이빙의 말을 듣고 냉소하며 코웃음을 치고는 이빙의 맞은편에 앉았다. 왼쪽에는 굳은 표정의 예성 사장이, 오른쪽에는 걱정스러운 듯 눈썹이 축 처진 팅팅이 앉아 있었다.

메뉴를 건네주러 온 여종업원은 그 긴장된 분위기에 불안한 기색을 감추지 못했다. 멀리서 손을 흔드는 손님을 보고 그녀는 얼른 그쪽으로 가려 했다.

"천천히 보세요. 나중에 다시 오겠습니다."

그녀가 돌아서려 하자 마오마오는 가만히 메뉴판을 접었다.

"됐어요. 톄관인 한 잔 주세요."

"좋은 선택이네. 오늘은 정말로 자비로운 관음보살님이 되시면 좋겠어."

이빙은 마오마오의 눈앞에 대고 가볍게 손뼉을 쳤다.

"농담이 과하시네. 당신들은 이 시대의 구세주이자 선구자인데 관음보살에게 소원을 빌다니. 관음보살한테도 개혁개방 정책을 펴시려고?"

마오마오는 눈가에 슬픔을 감추지 못한 채 이빙의 머리 너머로 시선을 보냈다. 오전 햇살 아래 차갑게 우뚝 서 있는 금융가의 철회색 고층 빌딩을 바라보았다.

"오오, 오전부터 의욕이 넘치는데."

예성 사장은 방금 흰 비단 장갑을 벗은 오른손으로 손가락 세 개를 꼽아 내밀었다.

"예성 사장님, 당신의 '3점 이론'이라면 관두세요. 당신이 손가락을 내미는 것만 봐도 내가 메스꺼워한다는 걸 모를 리 없을 텐데?"

마오마오는 그러면서 옆눈으로 째려보았다.

"오늘 나 기분 별로니까 침 뱉지 않게 조심하세요."

손을 허공에 두고 예성 사장이 얼굴을 붉히며 입을 떼려는데 팅팅이 나섰다.

"아가씨, 진정해요, 여긴 리츠칼튼이지 투기장이 아니에요."

팅팅은 오늘 화장이 짙었다. 뺨에 붉은 산호색을 칠하고 체리 색 립스틱을 발랐다. 은회색 프라다 정장을 입었으며 검은 벨트가 달린 하이힐을 신었다.

마오마오는 세 사람을 둘러보았다.

"알았어, 다들 자기가 인간이라고 생각한다면 인간다운 말과 이치로 얘기하자고."

이빙은 빙긋이 웃으며 눈앞에 있는 커피를 한 모금 마셨다. 그러면서 다리를 꼬고 짙은 녹색 악어가죽으로 만든 바르티프렌치 신발이 눈에 띄도록 발목을 들어 올렸다.

마오마오를 옆눈으로 보면서 청색 줄무늬 셔츠의 옷깃에서 갈색 넥타이를 풀자, 햇빛을 받은 에메랄드색 커프스단추가 반짝거렸다. 그것은 날카로운 녹색 가시처럼 마오마오의 눈을 찔렀다.

"대빵 부장, 나를 이 프로젝트에 끌어들인 게 당신이지?"

"맞아!"

마오마오는 오른손을 눈앞에서 흔들었는데 긍정인지 부정인지 애매

했다.

"당신 아버지를 위해서!"

마오마오는 웃으며 마치 덫에 걸린 쥐를 보듯 이빙을 바라보았다.

"아버지와는 어떤 관계지?"

"그가 아니었으면 난 와튼 스쿨로 공부하러 가지 않았을 거야."

마오마오는 투우사가 투우를 놀리듯 눈썹을 치켜세웠다.

"무슨 뜻이야?"

눈앞에 있는 투우사의 움직임을 경계하는 투우처럼 이빙의 말투가 냉랭했다.

"당신과 친해지기 위해서였어."

마오마오는 검지로 이빙를 가리키며 말했다.

"개혁개방의 스위치는 당신 아버지 같은 고위 관료의 손에 있잖아. 당신 몫을 가지려면 당신 아버지 덕을 봐야 하거든."

"그렇군! 계산적이네."

이빙의 얼굴이 돼지 간처럼 부풀어 오르고 손에 든 컵도 떨렸다.

"뭐? 당신과 당신 아버지는 계산적이지 않아? 게다가 단물을 빨아먹을 수 있게 내가 도와줬잖아?"

"하지만 그것 때문에 내가 돈을 낸 거 아냐?"

이빙은 마오마오를 냉정하게 쳐다보았다.

"맞아. 그런데 당신 돈은 깨끗해?"

"당신이 서명해 주면 티 하나 없이 새하얗게 될 거야."

마오마오는 눈썹을 치켜올리며 웃었다.

"그래! 역시 세계 일류 경영대학원 출신 엘리트들답네. 입을 열어도 쓸데없는 말은 하지 않지."

"아가씨, 엊그제 저와 이빙의 난제를 해결해 줘서 고마웠어요."

팅팅이 카푸치노를 한 모금 마시자, 컵 안쪽에 그려진 양귀비꽃의 한쪽 끄트머리가 드러났다.

"오늘은 관음보살처럼 세상을 구하지도 말고, 아수라처럼 문제를 일으키지도 말자고요. 그저 비즈니스 하듯 현황 파악 제대로 하고, 각자 자기 몫 잘 챙기면 되는 거예요. 자, 그럼 저는 갈게요!"

하더니 그녀는 마오마오 옆에 놓인 초록색 샤넬 핸드백을 슬쩍 쳐다보았다.

"정산 확실히 해서 주머니에 넣고 나면 유쾌하게 빠이빠이 하자고요."

그녀가 말을 마치자 모두 시선을 내려서 자신의 컵을 바라보았다. 마오마오는 이미 식어버린 톄관인 차를 입에 머금었다.

"똑똑하네. 팅팅, 내가 일부러 하버드까지 공부하러 간 이유도 너를 만나기 위해서였는데. 그 반년이 헛된 건 아니었어. 너도 이 판에 발을 들여놓았으니까."

"그럼, 말해 봐요. 지금 나는 천국에 있는 건가요? 지옥에 있는 건가요?"

팅팅은 허리를 가볍게 좌우로 흔들었다.

"비지니스맨은 아담과 이브 중 어느 쪽일까 하는 일은 텍사스 홀덤이야. 카드를 보여주기 전까진 침착해야 해."

"어머, 아가씨! 뭐 그렇게 심오해요? 그럼, 알려줘요. 어떻게 하면 침착할 수 있어요?"

"내기하고 싶으면 패배도 받아들일 줄 알아야지!"

"알았다!"

이빙이 오른손으로 소파 팔걸이를 두드리며 일어섰다. 그러나 주위의 시선을 느끼고는 다시 자리에 앉아 '빙고!'라고 하면서 마오마오를 쳐다보았다.

"아가씨, 로얄 플러시를 했다고 들었는데 포커의 여왕이셨군."

마오마오는 눈썹을 치켜세우고 알아채지 못하도록 이를 악물었다.

예성 사장을 잠시 쳐다보던 이빙은 팔짱을 꼈다.

"당신은 이 게임에 계속 참여하고 있어. 처음에는 당신이 딜러였지. 그래서 나와 팅팅이 이 게임에 참여하게 된 거야."

마오마오의 표정을 살피면서 그는 고개를 끄덕이며 말했다.

"그때는 우리가 중국으로 돌아온 지 얼마 안 된 때여서 당신이 정한 규칙에 따라 플레이할 수밖에 없었는데 이번에는 다른 방식으로 하자고."

"좋아, VAM 계약에 따르면 동방몽도 프로젝트의 대주주는 이미 패배했어. 우리는 이제부터 우리 권리를 행사할 거야!"

팅팅은 고개를 끄덕이며 마오마오의 얼굴을 바라보았다.

"프로젝트 정산 기한이 아직 석 달이나 남았는데, 왜 지금 권리행사를 하는 거지?"

마오마오는 소파에 기대어 양손을 가슴 위에다 깍지를 꼈다. 이빙도 깍지를 꼈다.

"사람이 죽는다는 건 등불이 꺼지는 것과 같아!"

"그가 죽었다고 누가 그래?"

"내가!"

예성 사장이 냉정하게 오른손을 치켜들었다. 마오마오는 그를 옆눈으로 쏘아보았다.

"당신은 지금 그가 건강하게 내려왔다는 사실을 모르나 봐?"

예성 사장은 오른손을 꽉 쥐어서 오른쪽 허벅지를 세게 쳤다.

"남자는 여자와 싸우지 않는다. 당신과 말다툼할 시간 없어."

그렇게 말하면서 그는 이빙과 팅팅을 바라보다가 마오마오에게 시선을 돌렸다.

"뭐, 상관없어. 이 프로젝트를 위해 노력해 준 것도 있으니, 이번에는 참아 주지. 만약 그가 살아서 내려오면 나는 내 주식과 헤이 부장, 펑 부장 몫의 주식을 모두 무상으로 돌려줄 거야."

"음, 재미있네. 왜 당신이 또 주주가 된 거지?"

마오마오는 눈꼬리를 치켜들고 옆눈으로 예성 사장을 바라보았다.

"합리적이고 합법적으로 주식을 되찾았어. 내일 '훙둔(중국의 국가 기업신용 정보 공시시스템 조회망)'에서 확인해 봐."

그렇게 말하고 그는 오른손으로 가슴을 쓰다듬으며 몸을 약간 앞으로 기울였다.

"난 지금 동방몽도 프로젝트 주식의 17퍼센트를 보유하고 있다. 이빙의 10퍼센트, 팅팅의 20퍼센트를 더하면 우리는 대주주로서 게임을 주도할 수 있다고."

"설령 당신이 말하는 17퍼센트의 주식이 돌아왔다고 쳐도 53퍼센트의 지배주주는 아직 발언권을 갖지 못했는데?"

"그가 아직 발언이란 걸 할 수는 있대?"

"대신 발언할 사람이 있어. 예를 들면 나!"

이빙은 웃으며 일어서서 마오마오를 향해 고개를 숙였다.

"친애하는 누님, 어째서 그를 대신해 발언할 수 있다는 거죠?"

"법이 그렇잖아!"

"법이라고? 법 좋아하시네!"

팅팅도 일어서서 팔짱을 끼고 마오마오를 내려다보았다.

"우리 VAM 계약은 당신들이 직접 협상해서 정한 거잖아요. 그가 죽으면 누가 돈을 돌려주나요?"

"내가 돌려주지."

이빙은 빙긋이 웃으며 자리에 앉았고, 팅팅은 창밖으로 시선을 돌려서 지나가는 자동차를 바라보았다.

"당신이 무슨 자격으로? 어디 내놔 봐요."

팅팅의 눈빛이 싸늘해졌다.

"계약 만료일에 자연스럽게 공표될 거예요."

그렇게 말하면서 그녀는 알코올램프로 가열된 찻주전자를 집어 들고 자기 찻잔에 차를 따랐다.

"그럼, 그렇게까지 준비했다니 몇 가지를 물어볼게."

이빙은 마오마오를 뚫어지게 쳐다보았다.

"그 전에 누군가가 싫증이 나서 그만두려고 한다면 어떻게 하지?"

"간단해. 대금 결제해 주고 재고 처리하면 돼."

마오마오는 살며시 찻잔에 입을 대고 후 불었다.

"만약 누군가가 추가로 투자한다면? 60억 위안을 더 넣으면 새로운 투자 협정을 맺을 수 있나?"

이빙은 손을 뻗어서 가운데 세 손가락을 접고 새끼손가락과 엄지손가락을 세워서 '6'을 나타냈다.

"이전 투자는 기한이 지난 거야?"

마오마오는 손에 든 찻잔을 다시 테이블에 올려놓고 고개를 들었다.

"아니. 하지만 그때까지 더 기다리기는 싫어서."

마오마오는 웃으며 고개를 저었다.

"그런 방식이라면, 더럽네. 원래 융자금은 1기 때 필요했어. 그래서 잉푸 회장을 설득해서 당신들이 내민 까다로운 조건을 받아들였지. 2기 때는 현금 흐름이 큰 프로젝트여서 돈이 부족할 리가 없어."

그녀는 찻잔을 들어 한 모금 마신 다음 말했다.

"당신들은 남의 약점을 이용해서 힘으로 빼앗으려는 거야."

"'설중송탄(눈 속에 고립된 사람에게 땔감을 보내준다는 말로서 곤경에 처한 사람에게 베푸는 요긴한 도움을 뜻하는 고사성어)'이라는데 눈 속에 갇힌 사람한테 숯이라도 보내겠다는 말은 왜 안 하지? 우리를 구해 줄 투자자라고."

팅팅은 허리를 세우고 얼굴을 높이 들었다. 마오마오는 그녀를 보고 고개를 끄덕였다.

"좋아, 너희 둘이 그렇게 할 수 있게 해줄게. 그분들을 구하고 싶으면 석 달 뒤에 청산해. 그럼, 모두 원만하게 해결될 거야. 그가 내기에서 지면 당신들이 가진 60억 위안을 투자해서 이 프로젝트를 가져가면 돼. 그러면 아무도 불평하거나 후회하지 않을 거야."

"이미 늦었어요. 60억은 벌써 계좌에 들어갔고, 기한도 이자도 계산이 시작됐다고요."

팅팅이 흥분해서 말했다.

"아, 당신들 정말 이렇게 우격다짐으로 빼앗을 거야? 진짜로 이 돈이 되는 나무를 애완견 오줌 갖다 키울 속셈인 거네."

마오마오도 흥분했다.

"당신 돈이 계좌에 있다고 한들 그게 나와 무슨 상관이지?"

이빙이 일어서서 마오마오에게 가볍게 고개를 숙이며 말했다.

"누님, 누님이 주선해 준 덕분에 팅팅이 통로를 만들어 줬어. 이제 우리는 완벽한 콤비야. 하지만 돈은 1기 청산 때까지 기다릴 수가 없다고."

"그럼, 어떻게 하고 싶은데?"

마오마오가 고개를 들자 하얀 목이 드러났다.

"좀 도와줘. 추가 서명을 해줬으면 좋겠어. 보충 협정을 만들었는데, 날짜를 1기 투자협정이 체결된 날로 앞당겼거든. 그때 누님이 잉푸 회장의 전권 대리인이었잖아."

마오마오는 눈을 감았다가 다시 떴다.

"기억나네. 당신 말이 맞아."

"와, 다행이다! 그럼, 이 보충 협정서에 서명 좀 해줘요."

그렇게 말하면서 팅팅은 가방에서 협정서를 꺼내 마오마오에게 건네주었다.

"재미있네. 1기 투자 협정을 체결하면서 합의했잖아. 1기가 끝나고 청산할 때 원래 투자 금액에 이윤을 더하고, 새로 집어넣는 60억 위안까지 더한 자금을 2기 프로젝트에 계속 투자하기로. 그를 증명하라는 거군."

건네받은 보충 협정을 꼼꼼히 읽은 마오마오는 고개를 들고 날카로운 눈빛으로 이빙과 팅팅을 각각 쳐다보았다.

"내가 증인이 될 수 있어. 내일이라도 회사 인감을 찍어 줄게."

예성 사장이 손을 들고 말했다.

"역시 외국에서 공부한 사람이라 실력이 있군."

마오마오는 고개를 저으며 웃었다.

"내가 서명하면 잉푸 회장이 살아서 내려와도 이 프로젝트는 너희 것이 되겠지."

"그렇지. 그는 이제 못 내려와. 다른 투자자한테도 손대지 못하게 할 거야."

이빙은 그렇게 말하면서 다시 한번 팅팅과 시선을 마주쳤다.

"협정서에는 우리가 우선 투자권을 가진다고 규정되어 있을 텐데!"

팅팅도 미소를 띠고 말했다.

"나한테 무슨 이득이 있지?"

눈물을 머금고 마오마오가 다시 이빙을 쳐다보았다.

"통로를 만들어 준 5,000만은 약속대로 지불하고, 거기에다 1억 위안의 서명료를 추가할게!"

마오마오는 눈물을 참을 수 없었다. 눈물은 옷깃까지 흘러내렸다.

"만약 서명하지 않겠다고 하면?"

"네가 안 하면 내가 대신 서명할게. 회사 인감이 증거가 될 거야!"

예성 사장은 냉정하게 말했다.

"공문서 위조죄에 걸릴까 봐 두렵지는 않아?"

마오마오는 손을 들어 얼굴을 감쌌다.

"두렵지. 그래도 싸워야지!"

예성 사장은 웃으며 입을 삐죽 내밀었다.

"생각해 봐, 넌 누구와 싸우고 있는 거지?"

그렇게 말하면서 그는 손으로 얼굴을 가리고 있는 마오마오를 쳐다보았다.

"넌 법률 전문가잖아. 그 소송을 제기한다고 해서 일 년 안에 판결이 날 것 같아? 설령 최종적으로 이긴다고 해도 그게 뭐, 어쩌라고? 모두가 싸우고 투자하는 건 이 프로젝트를 돕기 위해서라고. 서명 위조도 불법으로 횡령하기 위해서가 아니고."

"알았어. 내일로 미루자. 잠시 생각할 시간을 줘."

마오마오는 팔을 늘어뜨리고 피곤한 얼굴로 창밖을 바라보았다. 바깥의 고층 빌딩은 철회색과 암홍색의 광채를 띠고 차갑게 반짝거리며 그녀의 절망적인 눈빛에 화답했다.

8

예성 사장 일행이 리츠칼튼 호텔에서 자기들의 지불 금액을 계산하고 있을 때 정 서기와 궈 구청장은 구위원회 건물에서 정부의 예산회계를 살펴보고 있었다.

오전 8시 정각, 구위원회 건물 입구에 대형 버스 다섯 대가 멈춰 섰다. 빨간색, 파란색, 회색, 보라색, 주황색 등 다양한 색상의 유니폼을 입은 노동자들이 차에서 내리더니 줄지어 문 양쪽으로 걸어 들어갔다. 우두머리가 호각을 불자 일꾼들은 그 자리에 앉았다. 호각이 다시 울리자, 노동자들은 흰 바탕에 검은 글씨로 쓰인 현수막을 일제히 펼쳤다. 현수막 다섯 장에는 모두 같은 문구가 쓰여 있었다.

'즉각 청산하라! 집으로 돌려보내라!'

구의 리 경찰서장이 정 서기의 집무실 문을 열자, 궈 구청장과 정법위원회(중국공산당의 정보, 치안, 사법, 검찰, 공안 등 부서를 관장하는 기구)의 리 서기가 벌써 와서 앉아 있었다.

"정 서기님, 저들은 분명히 누군가에 의해 조직된 겁니다."

리 경찰서장의 보고를 듣고 정 서기는 눈살을 찌푸리며 작은 회의용 테이블 앞에서 일어서더니 창가로 가서 아래층 풍경을 바라보았다.

"궈 구청장, 이건 뒤에서 누군가가 조종하고 있어요."

궈 구청장은 정 서기의 말을 듣고 그 또한 일어서서 창가로 갔다.

"서기님, 누군가 우리 솥단지를 부숴버렸으면 하는 것 같습니다."

"쥐를 죽여야 하는데, 그 후의 영향도 생각해야겠고 말이야."

정 서기는 손으로 궈 구청장에게 테이블로 돌아가라고 손짓했다. 그는 리 서기와 리 경찰서장을 보자 두 손을 들고 허리를 세우고 말했다.

"어젯밤에 이 난국을 어떻게 타개할지 생각하느라 밤새 한숨도 못 잤습니다."

이 말을 들은 궈 구청장은 탁자를 가볍게 두드렸다.

"서기님, 쾌도난마로 처단하셔야 합니다. 자금을 투입해서 문제를 근본적으로 해결하시죠."

정 서기의 얼굴에 미소가 떠올랐다.

"말해 보지요."

궈 구청장이 일어섰다.

"이런 대규모 프로젝트는 애초에 일개 민간 기업이 단독으로 시행할 만한 사업이 아닙니다. 일단 프로젝트를 손에 넣으면 경영자는 수단과 방법을 가리지 않고 여기저기서 자금을 조달합니다. 심지어는 자기 아내나 어머니를 담보로 내놓는 것조차 주저하지 않습니다. 문제는 이익이 없으면 솔선해서 움직이지 않기 때문에 투자한 사람, 돈을 빌려준 사람은 누구든 호시탐탐 그의 목을 노리게 됩니다. 누가 더 흉악한지를 겨루고, 인맥을 겨루지요. 우리 정부가 많은 노력을 기울여 궤도에 올려놓았는데, 결국 그들의 자본 게임으로 전락해 버리는 겁니다."

"그렇군요."

리 서기가 끼어들었다.

"가장 심각한 건 그 민간 기업의 경영자들이 인정사정 안 본다는 겁니다. 창업할 때는 동료애를 중시하지만, 일단 이익을 내면 치열한 내분이 벌어지죠. 단순한 내부 분쟁이라면 모를까, 각자 후원자를 찾아서 그 신통력으로 지역 정치 시스템과 사회 시스템을 망가뜨립니다. 여러분도 보셨겠지만, 이 동방몽도 프로젝트는 살인사건, 노동쟁의, 소송사건이 뒤엉켜서 엉망진창입니다."

귀 구청장이 정 서기를 쳐다보았다.

"서기님, 이제 때가 됐습니다. '마땅히 끊어야 할 것을 끊지 않으면 도리어 그 난을 받고 만다(당단기단 반수기난, 《사기》 '춘신군열전' 중에서)'라고 하지 않습니까?"

리 서기의 말을 듣고 정 서기는 리 경찰서장을 바라보았다.

"서기님, 그 두 건의 살인사건은 수사가 거의 끝났는데 다만…."

"말해봐! 여기 있었던 사람이 밖에 나가서 무언가 누설한다면 당규와 국법에 따라 처벌받게 될 거야."

리 서기는 테이블을 톡 두드렸다.

리 경찰서장은 찻잔을 들어 한 모금 마셨다.

"제가 중앙기율검사위원회 동지들하고 의견을 교환해 봤습니다. 우리는 이번 사건이 일반적인 살인사건은 아니라고 인지하고 있습니다. 동방몽도 프로젝트를 둘러싼 사건인 만큼 반드시 금전적 목적이 있을 겁니다. 사업주를 제외하고 이 프로젝트에서 가장 큰 이득을 보는 사람이 가장 의심스럽습니다."

여기까지 듣더니 정 서기는 고개를 끄덕였다.

"과연 그렇군요. 리 경찰서장이 아는 범위에서 가장 큰 이득을 보는 사람이 누군가요?"

"두 개의 금융기관입니다. 하나는 해외 부동산펀드, 다른 하나는 신탁펀드죠."

"투자자가 누굽니까?"

귀 구청장이 눈을 부릅뜨고 말했다.

"말씀해 주시죠!"

정 서기는 리 경찰서장의 눈이 자신을 향하고 있는 것을 보고 엄숙하게 고개를 끄덕였다.

"해외 부동산펀드 투자자는 우 이사장의 아들인 우이빙입니다. 신탁기금의 트레이더는 치 주석의 딸인 치팅팅이고."

"맙소사! 어쩐지! 그래서 이 프로젝트가 이렇게 엉망진창이 된 거였군요!"

궈 구청장은 테이블을 가볍게 두드리며 다시 일어섰다. 창가로 가서 아래층 현수막을 확인한 후 고개를 흔들며 다시 자리에 앉고는 정 서기의 눈을 바라보며 말했다.

"그 자제들은 예전에는 모두 외국계 기업에서 수석대리나 중개 역할을 했어요. 지금은 유행에 편승해서 펀드에 손을 대고 금융 사업을 하고 있습니다. 어떤 틈새도 놓치지 않고 이용하고, 이익이 난다면 손대지 않는 일이 없어요. 막으려 해도 막을 도리가 없습니다."

그러면서 궈 구청장은 고개를 저었다.

"서기님, 애초에 우리가 어리석었어요. 그렇게 간단히 이 프로젝트에서 손을 떼는 게 아니었는데."

정 서기의 얼굴은 이미 창백해져 있었다.

"궈 구청장, 당신 말을 들으니 내가 의심스럽다는 소리로 들리는데요."

궈 구청장은 입을 반쯤 벌리고 말끝을 흐리며 말했다.

"서기님, 절대 아닙니다. 그렇게 생각하지 마시지요."

그는 일어서서 서기에게 정중하게 머리를 숙였다.

"서기님, 저는 이 프로젝트가 정말로 기대됩니다. 솔직히 말해서 이 프로젝트가 아무리 혼란스럽다고 해도 본래 의도했던 혜택은 이미 나타나고 있습니다. 구민들도 다 압니다. 이건 서기님의 비약적 발전 전략의 하이라이트라는 것을요. 하지만…."

그는 리 서기와 옆에 있는 리 경찰서장을 번갈아 보았다.

"저도 같은 생각이라 이런 훌륭한 프로젝트가 엉망진창이 되는 걸 그냥 두고 볼 수만은 없습니다."

"그렇군요. 궈 구청장은 어떻게 하면 좋겠나요?"

정 서기의 눈이 빛났다. 궈 구청장은 정 서기 쪽으로 몸을 내밀었다.

"원점으로 돌려서 다시 시작해야 합니다. 내일 프로젝트의 관련자 전체 회의를 열어서 각각의 투자와 공사 대금을 명확히 밝힐 겁니다. 우리 국유자산감독관리위원회를 투입해서 30억 위안 범위에서 청산할 계획입니다."

"프로젝트 실행 주체는 어디지요?"

"우리 구의 부동산 회사입니다."

"리 서기, 당신 의견을 말씀해 보시지요."

정 서기는 눈썹을 살짝 치켜떴다.

"정 서기님, 시간은 기다려 주지 않습니다. 지금이 가장 좋은 기회입니다. 현재까지 파악한 정보로 볼 때 그 경영자가 정말 초모랑마에서 죽었다면 반드시 격렬한 투쟁이 벌어질 것입니다. 지금 당장 행동에 나서지 않으면 우리가 정치적 책임을 져야 할지 모릅니다. 다만…"

리 서기가 잠시 멈췄다가 말을 맺었다.

"다만 리 서기님이 그것 때문에 사람들의 원한을 사지 않을까 그게 걱정입니다."

리 서기의 말을 듣고 정 서기의 얼굴이 어두워졌다.

"그 호의에 감사드립니다."

그는 이번에는 궈 구청장을 바라보았다.

"궈 구청장, 당신도 다 봤겠지요? 윗사람의 원한을 사지 않으면 난 모든 구민들의 원망을 살 겁니다."

"서기님, 그럼, 시가지 재개발 자금은 어떻게 합니까?"

궈 구청장은 인상을 찌푸렸다.

"궈 구청장, 지금은 자네하고 나의 정치생명이 걸린 중요한 시기라고. 자네는 아직도 모르겠나?"

그는 오른손으로 주먹을 쥐고 적당히 힘을 주어 테이블을 두드렸다.

"시가지 재개발 자금에 영향이 없다면 우리야 기뻐할 일이지만. 만약에 사라진다면, 동방몽도 프로젝트에서 보충해야 할 거야!"

그러더니 정 서기는 창가로 가서 아래를 내려다보며 궈 구청장에게 말했다.

"저 밑에 있는 것들 깨끗이 청소해요!"

그는 고개를 들어 하늘의 흰 구름을 바라보았다. 구름은 난기류와 오전 바람에 휩쓸려 격렬하게 움직이고 있었다. 한참 동안 어느 구름이 남쪽을 향하고, 어느 구름이 서쪽을 향하는지 알 수 없었다. 그리고 시계를 보며 말했다.

"9시로군. 앞으로 여섯 시간만 지나면 잉푸의 구조 중단을 발표해야 하는구먼…."

"형님, 안심하세요. 그 녀석은 죽게 되어 있습니다."

오전 8시, 펑쉐에민 부장은 철회색 랜드로버 운전석에 앉아 있다가 전화를 받았다.

"상부에서 연락받았습니다. 오늘 오후 3시 이후에는 아무도 구조하러 갈 수 없다고 합니다."

"뭐라고요! 내 주식이 위조된 서명으로 예성 사장이라는 놈에게 넘어갔다고?"

펑쉐에민 부장은 미소를 지으며 눈을 가늘게 떴다. 오른쪽을 돌아보니 조수석에 앉은 서른 살가량의 날씬한 여자가 보였다. 오른쪽 뺨에는 긴 흉터가 남아 있었다.

"형님, 안심하세요. 이게 우리 함정이거든요. 그 녀석에게 팔았을 때는 프리미엄이 고작 세 배밖에 안 붙었었죠. 하지만 위조가 끝나면 그놈한테 찾아갈 겁니다. 1억은 내놔야지, 그렇지 않으면 속 편하게 잠들긴 어렵게 해줄 겁니다."

수화기 너머에서 들리는 소리에 펑쉐에민 부장의 얼굴이 어두워졌다.

"형님, 내 말투가 싸구려이긴 한데, 신경 쓰지 마세요. 허베이 현장으로 가라고 하면 가겠지만, 이건 진짜 바지 벗고 방귀 뀌는 꼴이라, 아주 그냥 삽질이라니까요."

그렇게 상대방의 대답을 듣더니 그는 또다시 고개를 저었다.

"형님, 이 정도 일로 잠을 못 주무신다고요? 걱정 붙들어 매십쇼. 정 뭣하면 그 녀석한테 당근 몇 개 더 던져주면 됩니다."

상대방의 말을 또 한 번 듣더니 그는 무표정해졌다.

"알겠습니다. 안전에 유의하겠습니다. 징카이고속도로를 타면 오후 3시에 돌아올 겁니다. 6시에 '다냥쟈오쯔관'에서 뵙겠습니다."

9

2013. 05. 19. 낮 12:00

루어뿌는 분노에 찬 호전적인 야크로 변해 있었다. 지휘 텐트에서 티엔차를 조금 마신 후 그는 짜증이 나서 눈보라 속을 뛰어다니며 양손에 담배를 들고 피웠다. 산꼭대기에서 천둥소리를 듣고 그는 일종의 부름이고, 산신이 내리는 시련이라고 느꼈다. 머리 위에서 작렬하는 번개는 산신이 칼집에서 빼낸 날카로운 칼날이며, 그 모든 것이 산 정상에 있는 잉푸에게 향하는 중이라고 생각했다.

'부처님, 저를 베어 주십시오! 산 정상에 있는 저 사람을 구해내지 않으면 저는 죄인이 됩니다.'

그렇게 생각하자마자 그는 왼쪽 손목에서 염주를 풀어서 한 알씩 굴리면서 산 정상을 바라보았다. 눈보라를 맞으며 육자대명주(라마교 신자가 외는 주문)를 외웠다. 몇 번 외웠을 뿐인데 얼굴은 이미 눈물로 흠뻑 젖어 있었다.

그 시점의 노스콜은 이미 스콜라인에 휩싸여 있었다. 심연의 오물이 전부 기세 좋게 높이 솟아올랐다. 그것이 영혼의 흐느낌이라면 사람의 마음을 천지 사방으로 찢어발길 리가 없다. 만약 그것이 늑대의 울부짖음이라면 사람의 귀를 떨게 하고, 소리치고 싶게 만들 리가 없다.

하염없이 자라나는 마법의 머리카락 같은 굵은 눈발은 공중에서 채찍을 휘두르고 있었다. 그 눈발은 북벽에서 쏟아져 나와서 천만 마리의 전투마처럼 캠프장을 지나쳐 날아갔다. 장쯔펑과 격돌하고 에베레스트의 얼음 골목을 빠져나왔다. 그는 몇 번이고 캠프로 되돌아와서 루어뿌를 열심히 이용해 먹으려 했다. 그의 지휘 텐트 안으로 들어가서 그가 서 있는 자리까지 빼앗으려 했다.

그래, 이제 슬슬 올라갈 시간이다. 등반가에게는 몸을 두는 장소가 곧 집이요. 산에 오른 사람은 모두 가족이다. 한 사람이라도 잃는다면 가족 모두의 불행이다. 긴 밤이든, 밝은 낮이든. 고립무원의 인간에게 불어오는 바람은 그의 외침이고, 내리는 눈은 그의 눈물이다. 오늘의 바람은 천지를 뒤덮고 있었다. 오늘의 눈도 모든 것을 휩쓸고 있었다.

루어뿌가 올라가기로 결심했을 때, 지휘 텐트의 무전기가 울렸다.

"노스콜, 노스콜, 여기는 전진캠프, 응답하라!"

그 외침을 들으면서도 루어뿌는 눈보라 속에서 꼼짝도 하지 않았다. 눈보라가 그를 필사적으로 밀어붙였으나 상체만 흔들릴 뿐이었다. 발이 바위에 뿌리를 내린 듯 그는 끄떡도 하지 않았다.

"루어뿌, 루어뿌! 여기는 베이스캠프다!"

그때 루어뿌는 연기를 깊게 들이마셨다. 고개를 숙여 반쯤 피운 담배를 버리고 발로 밟으려는 순간 놀랍게도 그 담배는 돌풍을 타고 땅에서 날아올라 뿌연 안개와 눈보라 속을 뚫고 산 정상을 향해 날아갔다. 눈물이 그렁그렁한 눈으로 올려다보니 하늘에 못 박아 놓은 듯한 금빛 광채가 빛나고 있었다.

"전진캠프! 여기는 루어뿌!"

텐트로 돌아온 루어뿌는 무전기를 손에 쥔 채 눈으로는 장비를 하나하나 확인했다. 검은색 아이젠은 수납 가방에 있다. 위아래가 하나로 연결된 다운 재킷은 침낭 뒤에 있다. 미디움 사이즈의 영국산 산소마스크는 즉석 라면 상자 안에 있다.

"루어뿌, 여기는 바이마! 잘 지냈어?"

"아니요."

바이마는 전진캠프의 지휘 텐트 안에서 갑자기 현기증을 느꼈다. 캔버스 의자에서 몸이 뒤로 자빠지면서 뒤집힐 뻔했다. 황급히 다리를 들어 올려서 눈앞에 있는 탁자 밑바닥에 갖다 대고 자세를 잡았다.

"어디 아파?"

"가슴이 아픕니다."

"빨리 산소를 마셔."

바이마는 곧바로 소리 질렀다.

"산소는 소용없어요."

루어뿌의 눈시울이 다시 젖었다.

"선생님, 한마디 해주세요."

"뭐라는 거야? 내려가려고?"

"아니요. 올라가라고 해주세요."

바이마는 펄쩍 뛰었다. 지휘 텐트에서 뛰쳐나와 눈보라 속에서 산 정상을 향해 소리쳤다.

"너, 제정신이야? 올라간다고? 이런 눈보라 속에 무슨 도움이 된다고 그래?"

"도움이 됩니다. 그를 구할 겁니다."

루어뿌의 눈빛이 차분해졌다. 그도 지휘 텐트에서 나와 모든 것을 뿌리째 뽑아버리는 굴삭기처럼 휘몰아치는 눈보라 속에서 산 정상을 올려다보았다.

"선생님, 그가 살아 있는지 어떤지는 모르겠습니다. 하지만 죽었는지 어떤지는 선생님도 확신할 수 없잖아요. 그럼, 저를 보내주세요. 왕뚜어와 라빠는 이미 2호 캠프에 도착해서 어택캠프로 출발하려고 합니다. 그들은 오후 3시에 어택캠프에 도착할 겁니다. 잠시 휴식을 취한 후 산소를 가지고 오후 6시에 세컨드 스텝에 도착할 거고요."

"그럼, 넌 올라가서 뭘 하려고?"

바이마는 무전기를 들고 있는 오른손이 떨렸다. 그는 발소리를 내며 제자리에서 빙글빙글 돌았다. 그러다 문득 시선을 올렸다가 깜짝 놀랐다. 야크 떼가 눈보라 속에서 조용히 서로 몸을 기대고 있었다. 그들의 온몸은 눈에 뒤덮였고, 목에 걸린 구리 방울은 무거운 얼음덩어리로 변하여 가만히 흔들리고 있었다. 야크들은 춥다고 불평하는 것 같기도 하고, 주인의 무자비함을 비난하는 것 같기도 했다. 그들은 눈을 크게 뜨고 그를 차갑게 쳐다보고 있었다. 긴 속눈썹이 날카로운 칼날처럼 그의 심장을 파고들었다.

"적어도 우리는 포기하지 않았습니다."

루어뿌는 산 정상을 올려다보았다.

"바이마, 무슨 일 있었어?"

베이스캠프에 있는 지펑의 외침을 듣고 바이마는 숨이 가빠졌다.

"안심해, 형. 난 멀쩡해."

"멀쩡하다고? 그럼, 왜 루어뿌를 위로 올려보냈어?"

"가지 않으면 산악 가이드라고 할 수 있겠어?"

"산악 가이드는 사람을 돕지. 하지만 목숨을 걸지는 않아!"

지펑은 베이스캠프 지휘 텐트 옆의 깃대 아래에 서서 눈보라 속에서 진홍색 국기와 흰색 바탕에 붉은 글씨가 쓰여 있는 등산 깃발이 펄럭이는 모습을 올려다보고 있었다. 그는 말하면서도 자기도 모르게 좌우 양쪽 발을 구르고 있었다.

"사람을 살리려면 목숨을 걸어야 할 때도 있는 거야."

"그건 내가 결정할 일이 아니야. 그거 알아? 어제부터 오늘까지 휴대전화로 전화가 얼마나 많이 왔는지 폭발할 지경이라고!"

지펑은 허리를 굽히고 양손으로 무전기를 들었다.

"아니, 내가 결정해!"

바이마는 가슴을 활짝 폈다. 지펑은 깃대 밑을 한 바퀴 돌면서 두 발을 계속 굴렀다.

"알았어. 그럼, 어떤 준비를 했는지 말해줘."

무전기 너머에서 눈보라 소리, 그리고 바이마의 헐떡이는 소리도 들렸다.

"3시에 왕뚜어와 라빠가 어택캠프에 도착하면 지시를 기다린다. 바람이 약하면 최대한 빨리 올라간다. 바람이 여전히 강하면 현지에서 대기한다. 날씨에 따라 다르지만 3시에 루어뿌는 2호 캠프에 도착할 거다. 바람이 약하면 계속 올라간다. 바람이 강하면 역시 현지에서 대기한다."

지평은 고개를 저었다. 그리고 입을 여는 순간 한 덩어리 눈이 그의 입으로 들어왔다. 뱉어내려고 하자 눈은 이미 혀 위에서 녹아버렸다. 목을 움직였더니 눈 녹은 물은 금세 뱃속으로 흘러 내려갔다. 그럼, 괜찮겠지. 그는 몸과 마음이 모두 얼어붙었다.

"너는? 설마 올라가지는 않겠지?"

그의 말투도 차가워졌다.

"아니, 내가 올라가 봐야 도움도 안 돼. 애석할 뿐이야. 목숨을 걸어야 할 때 밑에서 동료들이 돌격하는 모습이나 지켜볼 수밖에 없다니. 지금은 초모랑마 얼음 골목에서 철수한 부상자들을 치료하고 있어. 눈보라가 잦아들면 노스콜 등반로를 복구할 대원들을 수배할 거야."

"자, 그럼, 나는 뭘 하면 좋을까?"

지평은 마지못해 웃으며 허리를 세우고 산 정상을 올려다보았다.

"형은 손을 놓지 말고 빨리 각 팀에 연락해서 사람을 준비시켜 줘. 내일부터 올라가서 다음 등반을 준비하는 거야!"

"고맙다. 이제 우리는 산 위와 산 밑에 있으면서 서로 협력할 수 있겠어."

말을 마친 지평은 무전기를 끊었다. 머리 위에서 펄럭펄럭 깃발 날리는 소리가 들렸다.

10

지평이 무전기를 끊었을 때 잉푸는 눈보라 속을 이리저리 둘러보고 있었다.

'왜 아직 아무도 오지 않을까?'

머리 위에서는 오전 내내 기침하듯 울리던 천둥도 조금 누그러진 듯했다. 번개도 멀어졌다. 몇 번 푸른빛을 보고 열까지 세고 나자 그제야 천둥소리가 들렸다. 얼굴에 쓴 방풍 고글에 모래가 부딪히는 느낌이 들기 시작했다. 눈이 우박으로 변해서 공기 중에 눈의 양이 줄었기 때문이다.

'오후 3시가 되어도 아무도 오지 않는다면 나를 포기한 것이다! 왜지? 내가 왜 죽어야 하지? 왜 그렇게 많은 사람이 내 목숨을 원하는 걸까? 왜 산신도 내가 살아있기를 원하지 않을까? 내가 돈 좀 벌었다고 그러나? 그것이 더러운 돈이란 말인가? 아니면 내가 한낱 민간 기업가에 불과하기 때문일까? 4월 30일 그날, 중앙기율검사위원회의 류는 민간 기업이 중국 개혁개방의 중요한 힘이라고 말하지 않았던가.'

그렇게 생각하자 잉푸의 눈앞에 진지한 표정의 얼굴이 떠올랐다.

2013. 04. 30. 오전 9:00

수도 서부 산악지대에 있는 마을 안뜰에서였다. 잉푸는 류 씨 뒤에서 삐걱거리는 문을 닫았다.

"운치가 있네. 이런 낡은 문소리는 몇 년 만에 들어 보는지."

쉰 살에 가까운 류 씨는 등줄기가 곧았고, 머리는 오른쪽으로 가르마를 탔다. 얼굴은 거무스름했고 잉푸를 보자 속을 들여다보듯이 눈빛이 날카로워졌다.

"이 집은 정취가 느껴지는 옛날식 사합원(가운데 마당을 두고 건물을 미음[ㅁ]자로 배치한 중국식 전통가옥)입니다."

류 씨는 고개를 끄덕이며 잉푸에게 말했다.

"수리가 잘 되어 있어요. '쌴위안탕(중국 후베이성 소재 목조 도교 사원으로, 건축

연대는 미상)'이라든가 이런 집은 정말 분위기가 좋고 운치가 있습니다."

류 씨는 감탄하며 잉푸의 맞은편에 앉았다.

"나는 내가 어떤 고생을 했는지 다 기억하고, 왜 만족할 줄 알아야 하는지도 모르지 않습니다."

잉푸는 오른손을 가슴에 대고 류 씨를 향해 고개를 끄덕였다.

"정말인가요?"

류 씨는 눈을 크게 뜨고 잉푸를 쳐다보았다.

"물론입니다. 개혁개방이 없었다면 저는 여전히 사회 밑바닥을 헤매고 있었을 겁니다. 다행히 좋은 시대를 만났어요."

"지금 시대를 어떻게 생각하십니까?"

류 씨는 황친차(한방에서 널리 사용되는 식물인 황금의 뿌리에서 추출된 차)를 천천히 음미했다. 마을 입구에서 돌계단을 올라온 터라 목이 말랐다.

"훌륭하지요. 위로 올라가는 길을 개척해서 모든 사람에게 기회를 주었습니다. 나 같은 최하층민도 시장경제에 참여할 수 있게 해주었으니까요."

"그것이 사업에 뛰어든 원동력이었습니까?"

그렇게 말하면서 류 씨는 창밖으로 눈을 돌렸다. 창밖 처마 끝에는 십여 마리의 작은 참새들이 햇볕을 쬐고 있었다. 그 가운데 몇 마리는 주위를 두리번거리며 베란다에서 말리고 있는 옥수수나 해바라기를 먹으러 내려갈지 망설이는 모양이었다.

잉푸 역시 참새들을 잠시 바라보며 한동안 만나지 못한 오랜 친구처럼 고개를 끄덕였다. 참새들은 금세 내려와 옥수수와 해바라기를 쪼아 먹고 지저귀며 날아다녔다.

"네, 그렇습니다! 이 시대의 흐름을 탔던 거죠."

"말씀 잘하셨습니다."

류 씨는 손뼉을 치며 일어섰다. 손짓해 부르려 하자 참새가 놀라서 처마 밑으로 돌아갔다. 그는 혀를 내밀더니 다시 앉았다.

"당과 국가는 사회주의 시장경제 건설에서 민영기업의 지위와 역할을 매우 중시하고 있습니다. 고용과 세수의 80퍼센트를 민간 기업의 기여에 의존하기 때문에 민간 기업의 활력이 필수적이라는 점도 잘 알고 있지요. 잉푸 회장, 그건 옳은 결정이었어요."

그는 다시 처마 끝을 쳐다보았다. 참새들이 모두 옥수수와 해바라기 위에 내려앉아 시끄럽게 지저귀는 모습을 보며 그는 웃음을 지었다.

"역사는 틀림없이 당신들을 기록할 것이고, 인민들도 여러분을 잊지 않습니다."

류 씨의 말을 듣고 잉푸는 눈시울을 붉혔다.

"인정해 주셔서 감사합니다. 모두가 당신과 같은 의견이라면 우리 민간 기업은 어떤 고통이라도 감수할 수 있습니다."

잉푸의 허심탄회한 이야기를 듣더니 류 씨는 찻잔을 들고 한 모금 더 마셨다.

"아무래도 아직 불만이 남은 있는 듯한 말로 들리는데요?"

"그럼요, 있고말고요! 자, 차 한 잔 드시고 한 시간만 시간을 주시면 제가 겪은 부정부패에 대해 보고해 드리겠습니다."

"가슴 아픈 이야기로군요."

잉푸의 보고를 들은 류 씨는 고개를 가로저었다.

"우리도 그 상황을 어느 정도는 알고 있었지만, 이렇게 많은 증거를 가지고 있을 줄은 몰랐습니다. 역시 중앙부처 출신이군요."

그는 창가의 참새를 바라보면서도 계속 이야기했다.

"고맙습니다. 생명의 위협을 무릅쓰면서까지 초모랑마에서 내려와 주셔서."

그는 잉푸에게 가볍게 고개를 숙였다.

"당신 협조가 필요합니다. 확고한 증거만 있으면 결국에는 확실하게 일망타진할 수 있습니다."

그는 그렇게 말하면서 이번에는 고개를 저었다.

"정말로 힘겨운 일이에요. '부패 반대, 청렴 장려'를 그렇게 강조하는데도 일부 간부들은 사리사욕을 앞세워 당규와 국법을 내팽개치고 있어요. 목이 날아가는 것도 두렵지 않은 걸까요?"

잉푸는 참새가 놀라지 않도록 몸을 낮추어서 보온병을 꺼내 류 씨에게 차를 더 채워주었다. 그리고 보온병을 조심스럽게 자기 발밑에 놓았다.

"그렇게 많은 간부가 처벌받았는데, 왜 그들은 멈추지 않을까요. 정말로 두려운 게 아무것도 없는 걸까요?"

잉푸의 한숨을 듣고 류 씨는 다시 고개를 저었다.

"두려워하지 않는 것이 아니라 유혹을 이기지 못하는 겁니다."

그는 두 손으로 얼굴을 비비며 말했다.

"어렵군요. 부패가 만연하게 되면 개혁과 역사 앞에 면목이 서지 않을 뿐만 아니라 국민에게는 뭐라고 변명하겠습니까?"

그는 눈을 동그랗게 뜨고 잉푸를 바라보았다.

"그러니 이 동방몽도를 둘러싼 부패 행위는 명백한 증거에 근거해서 처벌하고, 본보기로 삼아야 합니다."

"할 수 있겠습니까?"

잉푸는 고개를 저었다.

"저는 어엿한 그곳 시민입니다. 돈 몇 푼 손에 넣었다고 해서 신세를 망칠 정도로 재앙을 부를 줄은 몰랐어요. 영문도 모른 채 납치당하고, 부지불식간에 박해받는 처지가 되고, 몇 번이나 암살당할 뻔했습니다. 초모랑마로 도망쳐도 여전히 암살자들이 쫓아옵니다."

암살자라는 말을 하면서 잉푸는 눈을 감고 고개를 저었다.

"류 선생은 알고 계십니까? 당신을 만나기 위해 그저께 밤부터 픽업트럭에 숨어 하룻밤을 꼬박 달려서 거얼무에 도착했어요. 어제 다시 비행기를 타고 지난으로 날아가 거기서 택시를 타고 밤낮을 가리지 않고 여기까지 달려왔습니다."

"무서우십니까?"

류 씨의 날카로운 눈빛이 잉푸의 눈빛과 마주쳤다.

"네, 무섭습니다. 죽고 싶지 않습니다."

류 씨는 잉푸의 시선을 따라 하늘을 올려다보았다. 검은 매 한 마리가 하늘을 선회하고 있었다. 조용해진 참새들은 작은 찐빵처럼 베란다에 웅크리고 있었다.

"해야 할 일을 아직 다 못했습니다."

잉푸는 고개를 들어 선회하는 매를 쫓으며 목에서 쥐어짜는 듯한 소리로 이야기했다.

"동방몽도를 완수하면 사업을 접고 세계를 떠돌아다닐 생각입니다."

"알겠습니다. 어려운 상황에서도 정보를 제공해 주셔서 감사합니다."

류 씨는 웃으면서 말했지만, 눈빛에서는 슬픔이 묻어났다.

"당신은 다시 아무도 모르게 산으로 돌아가야 합니다. 절대로 수도에 얼굴을 내밀지 마십시오. 안건 조사 정보가 이미 유출되었어요. 당신에게 불상사가 있어서는 안 됩니다. 일을 매듭지을 때 당신이 증언해 주셔야 하니까요."

잉푸가 웃었다.

"류 선생님, 당신들도 조심해야 합니다. 3월 21일, 누가 나를 출국금지시켰는지 당신들 쪽에서 조사한다고 결정하자마자 곧바로 우리 회사 예성 사장이 알고 있더군요."

"아니, 그가 또 뭘 알고 있을까요?"

류 씨는 눈이 휘둥그레졌다.

"그건 그에게 물어봐야 합니다. 하지만 이빙의 해외 부동산 기금과 팅팅의 신탁기금에 대한 정보를 조사하고 있다는 건 저도 압니다."

잉푸는 눈썹을 살짝 치켜떴다.

"아, 당신도 우리 내부를 들여다보고 있었군요."

류 선생은 고개를 흔들었다. 그러고는 지붕을 바라보았다. 매는 이미 사라지고 없었다. 참새들은 작은 털 뭉치처럼 몸을 웅크리고 눈을 반쯤 감은 채 햇볕 아래서 낮잠을 자고 있었다. 배불리 먹은 모양이었다.

"그러지 않았으면 제가 어떻게 목숨을 부지했겠습니까?"

잉푸는 그렇게 말하며 일어섰다. 베란다의 참새들은 손님을 배웅하듯 일제히 날아올라 처마 끝에 일렬로 줄지어서 정원을 내려다보았다.

잉푸는 '끼익' 소리를 내며 문을 닫았다. 손목시계를 보니 12시 정각이었다. 30분 후, 그는 집을 나와 마을 입구 주차장에 도착했다.

그는 산둥 지역 번호판이 달린 택시에 올라타고는 졸고 있던 운전기사를 툭툭 쳤다.

"자, 출발하지요!"

마을 입구에서 5킬로미터 떨어진 108번 국도 분기점에 도착하자 그는 운전기사의 오른쪽 어깨를 가볍게 두드렸다.

"여기서 내릴 테니 혼자 돌아가시지요."

쉰 살 안팎으로 보이는 운전기사가 뒤돌아보며 산둥 방언으로 말했다.

"와요? 손님, 갑자기 취소하실라꼬예?"

"오해는 말고요. 여기, 5천 위안입니다."

운전기사는 얼굴을 붉히며 말했다.

"손님, 오실 때 5천 위안 받았으니 3천 위안만 더 주시면 충분함니더."

잉푸는 고개를 끄덕이며 웃었다.

"나머지 2천 위안에는 조건이 있어."

"조건이요?"

운전기사는 눈을 크게 떴다. 졸음이 확 달아난 표정이었다.

"휴게소 외에는 마음대로 차를 세우지 말고, 지난까지 단숨에 돌아가면 됩니다."

운전기사가 웃었다.

"알았심더, 손님. 안심하시소. 지도 손자놈도 보고 싶고 하니깐예."

108번 국도에서 좌회전하는 택시를 보면서 잉푸도 국도를 걸었다. 길 우측을 따라 100미터 정도 걷다가 가로수 밑에 세워져 있는 올리브색 팔라딘(중국에서 정저우닛산자동차가 생산하고 닛산 브랜드로 판매하는 스포츠형 다목적 승용차) 차량에 올라탔다. 팔라딘은 엔진 소리를 내며 국도를 따라 허베이를 향해 달렸다.

2013. 05. 19. 오후 3:00

베이징 번호판을 단 회색 랜드로버 차량이 징카이고속도로를 타고 베이징을 향해 달리고 있었다.

"이봐, 더 밟아!"

"더요? 벌써 130인데요."

운전대를 꽉 움켜쥔 여자가 불평하자 펑쉐에민 부장은 두통이 더 심해졌다. 말하려다 말고 어지러워서 눈을 감았다.

낮 12시, 펑쉐에민 부장의 랜드로버를 팅위쉬안 앞에 차를 세우자 사십 대로 보이는 주인이 바로 마중을 나왔다.

"이게 얼마 만입니까, 펑쉐에민 사장님."

차에서 내린 펑쉐에민은 인사에 답하지도 않은 채 주위를 한참 둘러보았다.

"아, 얘는 좀 귀엽네!"

주인의 품평을 듣고 펑쉐에민 부장은 미소를 지었다.

"어때? 죽이지?"

"그런데 사장님, 여기는 더 이상 팅위쉬안이 아니에요. 술은 마실 수 있지만 차는 안 됩니다."

펑쉐에민 부장은 간판이 걸렸던 자리를 본 다음 흡족하다는 듯이 고개를 끄덕였다.

"어때? 확 끌리지?"

주인이 여자의 가슴을 눈으로 핥듯이 바라보자, 그는 갑자기 주인의 등을 두드렸다.

"허튼 생각 하지 말고! 형수님이라고 불러!"

"아, 형수님이 행차하셨군요. 이거 실례했습니다."

주인의 아내가 1층 거실에서 나왔다. 그녀는 솔방울을 너무 많이 먹은 다람쥐처럼 살이 쪘고, 얼굴은 작은 편에 턱이 뾰족했다. 배는 임신 7개월 차로 보일 만큼 불룩했고, 엉덩이는 팬더처럼 둥글둥글했다. 본분에 안주할 것 같지 않은 작은 눈을 한 바퀴 휙 굴리더니 미소를 머금으며 눈을 감았다.

"영업 허가가 취소됐나?"

그러면서 펑쉐에민 부장은 주인 아내의 배와 옆에 있는 여자의 배를 견주어 보고 나서 주인을 돌아보며 물었다.

"사장님, 그럴 염려는 없습니다."

펑쉐에민 부장은 질문을 하면서 또 한 번 주인 아내의 엉덩이를 보고, 고개를 돌려서 여자의 가슴을 보았다.

"천만에요. 여기가 누구 영역입니까? 찻집을 차리는데 영업 허가를 받고 세금까지 내가면서 하겠습니까?"

"그만 해요."

주인 아내가 말을 가로막고 펑쉐에민 부장의 소매를 잡아끌었다.

"펑쉐에민 사장님은 대기업 사장님이시라 우리 가게에 오시면 VIP세요. 술 한 잔 드시고, 차도 맛보신 다음 위층에서 마음껏 즐기세요. 경비나 보초는" 그녀가 손으로 자기 배를 두드렸다. "이 아줌마한테 맡기시고요!"

펑쉐에민 부장은 옆의 여자를 보며 말했다.

"먹고 마시는 건, 딸꾹질 한 번이면 그 맛을 잊어버리지. 화조풍월의 정은 바지를 입으면 깨끗이 잊어버리고 말이야."

그는 여자의 뺨을 살짝 꼬집고는 웃으면서 간판이 사라지고 없는 1층 입구를 바라보았다.

"사장님, 부인께서는 마치 하늘에서 내려온 선녀 같습니다. 사장님께 큰돈이 굴러들어 오겠어요. 잘 어울리십니다."

"그래 보이세요? 잊지 마시고 우리한테도 복을 좀 나눠주세요."

주인의 아내도 맞장구를 치며 애교 섞인 웃음을 지었지만, 복이라는 말에는 표정이 침울해졌다.

"재미있네, 오늘은 둘 다 듣기 좋은 말만 하는군."

펑쉐에민 부장도 정색했다.

"기억해 두라고. 당신네 집에 온 것은 이번이 처음이야."

부부가 황급히 고개를 끄덕이는 것을 보고 그는 다시 원래 간판이 걸려 있던 입구를 바라보았다.

"손님으로 온 게 아니야. 공사 건으로 협의 차 온 거라고. 40만 제곱미터짜리."

"세상에, 무릎 꿇어! 어서!"

사장은 오른손으로 아내를 밀치면서 말했다.

"아니, 관둬. 그런 거 관두라고. 내 진지하게 얘기하지."

펑쉐에민 부장은 고개를 저으며 성가시다는 듯이 두 손을 눈앞에서 흔들었다.

"사장님, 무엇이든 분부만 내리십쇼."

주인은 무릎을 꿇으려다 말고 연신 굽신거리며 고개를 끄덕였다.

"공사 인력은 당신한테 맡길게. 인건비는 다시 의논하자고."

"사장님, 그러면 자재는? 저희한테도 조금만 나눠주시죠?"

"뭘 원하나?"

"나사용 강철과 석재입니다."

"좋아. 다만 한 가지, 비용은 대납해 주면 좋겠는데."

펑쉐에민 부장은 고개를 끄덕이며 손을 내밀어 절까지 하려는 주인을 제지했다.

"그러면 조금 더 비싸게 받아야 합니다."

"그건 나중에 다시 얘기하자고."

펑쉐에민 부장은 주인 아내를 힐끗 쳐다보았다.

"뭐, 서로 잘 얘기해 보자고. 공짜 노동은 안 시킬 테니까."

주인 아내는 두 팔을 벌리고 이야기했다.

"대단하세요. 정말로 저희의 은인이세요. 지난 몇 년 동안 사장님을 보필한 보람이 있네요."

주인이 살짝 꼬집자, 그 아내는 깜짝 놀랐지만, 이내 큰소리로 말했다.

"진짜 귀인이세요. 오늘 처음 뵈었는데 이렇게 큰 행복을 안겨 주시다니."

그러면서 그녀도 고개를 돌려서 간판이 사라진 입구를 보았다.

"보셨죠? 여기는 남편과 근근이 입에 풀칠만 하고 사는 곳이에요. 누가 차 맛 좀 볼 수 있냐고 묻는다면 그놈의 입을 째 버리고 조상까지 저주했을 거예요!"

펑쉐에민 부장은 안도의 한숨을 쉬었다.

"처음 방문했는데 술 한 잔도 안 줄 셈이야?"

"벌써 진즉에 준비해 뒀습니다. 마오타이 30년산으로요."

"아니, 얼궈터우 줘. 샤오얼로! 샤오얼을 마시고 겨우 두각을 나타냈거든. 오늘은 마지막 샤오얼을 마시고 싶군."

불길한 이야기를 들은 주인은 눈동자를 한 바퀴 굴리고는 오른손으로 허벅지를 툭툭 치며 말했다.

"대단해. 역시 교육자답게 본분을 잊지 않는군요."

그는 두 사람에게 허리를 굽혀 절했다.

"선생님의 이야기를 듣는 것이 십 년 공부보다 백배는 낫습니다. 사람의 도리를 가르쳐 주셨습니다. 그럼, 우선 자리에 앉으시죠. 술을 마시고 나서 위층에 올라가 잠시 쉬십시오."

옆에서 머릿속으로 계산기를 두드리던 아내를 밀치고 그는 다시 여자의 가슴을 쳐다보았다.

"과연 교육자다워."

펑쉐에민 부장이 크게 웃으며 여자의 허리에 손을 대려고 할 때 주머니에서 휴대전화가 울렸다. 그는 수신 번호를 한 번 훑어본 뒤 재빨리 옆으로 자리를 피해서는 전화기를 귀에 바짝 갖다 댔다. 보고를 마치고 상대방의 이야기를 들으며 눈썹을 찌푸렸다. 그리고 손목시계를 확인했다.

"3시, 오후 3시에 꼭 돌아가야 합니까?"

그는 전화를 끊고 1층 입구로 향했다.

"이봐, 주인장! 음식 좀 빨리 내와. 먹자마자 바로 가야 해."

"술만 마시고, 화조풍월의 정은?"

"됐어. 이미 다 했어. 벌써 임신 2개월째야."

주인 아내는 환호성을 지르며 여자의 어깨를 부드럽게 안아주었다.

"그럼, 더 해야지. 처음 왔으니 우리 집에도 대박 좀 나게 해주세요."

그렇게 말하면서 주인 아내는 주먹을 쥐고 어깨를 흔들었다.

"오늘은 오빠가 축하받는 날이네. 실컷 마시고 힘내세요!"

술은 적당히 마셨다. 많이 마시지 않고 샤오얼 두 병으로 끝냈다. 그러나 침대에 오르자, 댄서 출신의 여자는 자신의 특기를 유감없이 발휘해서 펑쉐에민 부장이 날이 밝는 대로 혼인 신고를 하겠다고 약속하자 곧바로 잠이 들었다.

오후 2시에 주인이 방문을 세게 두드렸다. 시간을 알자 펑쉐에민 부장은 당황했다. 바지를 입고 양말을 신자마자 차에 올라탔다. 조수석에 앉아 안전띠를 매는데 주인 아내가 달려와 대추와 땅콩을 차에 넣어주려는 순간 여자가 시동을 걸었다.

"서두르지 말고, 대추하고 땅콩 가져가세요. 아이도 빨리, 많이 낳으세요."

차가 출발하는 것을 보면서 주인집 아내가 소리쳤다.

"더 밟아. 걱정하지 마. 이 차는 차대가 무겁고 타이어도 두꺼워서 괜찮아."

펑쉐에민 부장은 여자에게 가속하라고 말하더니 눈을 크게 뜨고 오른쪽 사이드미러를 보았다. 랜드로버의 넓은 사이드미러 안에는 흰색 도요타 4500이 뒤따라오고 있었다.

펑쉐에민 부장은 문득 그 차를 본 기억이 났다. 그가 주인집 건물 앞에 차를 세웠을 때 차가 천천히 지나갔었다. 다시 징스고속도로(베이징과 허베이성의 스좌장을 잇는 고속도로)에 진입해서 아직 졸리기 전에 술에 취한 눈으로 백미러를 통해 보이는 차를 기억해 낸다.

'누구의 차일까?' 필사적으로 기억을 되살리기 위해 얼굴을 옆으로 돌리자, 하얀색 차량이 속도를 내서 자기 차와 나란히 달리기 시작했다.

'아, 이 녀석이군!' 하얀 차의 운전자는 창문을 내리고 웃으면서 손을 흔들었다. 그가 응답하려고 하자 그 녀석은 가운뎃손가락을 들어 보였다. 검은 뿔테 안경을 쓴 학생 같은 얼굴에는 살기가 감돌았다.

"속도 줄여!"

펑쉐에민 부장이 히스테릭하게 소리친 순간 하얀 차가 급가속을 하며 랜드로버의 앞으로 튀어나왔다.

"젠장!"

펑쉐에민 부장이 절망적으로 울부짖으며 눈을 감았을 때는 이미 흰색 차가 앞을 가로막고 있었다. 랜드로버는 소리도 없이 가드레일 쪽으로 파고들었다. 충돌 직전 차체가 튀어 올랐다. 상처 입은 멧돼지처럼 펑쉐에민 부장의 차는 공중에서 회전했고, 열린 문으로 펑쉐에민 부장이 튕겨 나갔다.

펑쉐에민 부장은 그 정도로 높게 던져진 적이 없었다. 공중에서 처음으로 회전했을 때 그는 태양을 정면으로 마주했다. 햇빛이 그의 눈을 찔렀다. 눈앞이 깜깜해지더니 이내 칠판 앞에 서 있는 자신을 향해서 중학생 때 반 아이들이 모두 가운뎃손가락을 치켜세우고 자신을 비웃는 모습이 보였다. 두 번째 회전할 때 그는 몸을 옆으로 돌렸다. 5월의 들판에 초록색 장막이 파도처럼 일렁이고 있었다. 상쾌한 풀냄새가 코끝을 스쳤다.

이건 무슨 풀이었지? 아, 맞다, 조생종 옥수수다!

김이 모락모락 나는 뜨거운 옥수수를 들고 한 여자가 안고 있는 아기를 달래는 모습이 떠올랐을 때 그는 세 번째로 회전했다. 이번에는 엎드린 자세였다. 랜드로버가 반대편 추월 차선까지 굴러가서 컨테이너 트럭에 정면으로 부딪쳐 산산조각이 난 것을 보고 그는 소름이 끼쳤다.

차에서 내리는 여자를 끌어내기 위해 손을 뻗으려고 생각한 순간, 그는 여자가 자기를 차갑게 쳐다보며 고개를 젓는 모습을 보았다. 그녀는 자신을 향해 두 손을 뻗어 가운뎃손가락을 똑바로 세웠다. 그러면서 입을 크게 벌려 피 섞인 침을 뱉어냈다.

그가 바닥에 떨어질 때가 왔다.

급브레이크를 밟고 부자연스럽게 뒤틀린 버스 하나가 킹콩처럼 돌진해 왔다. 버스를 피하려다 도로에 내동댕이쳐진 순간, 그는 그 버스에 치여 산산조각이 난 채 사방으로 흩뿌려졌다. 두 눈알은 충돌을 피했으나 버스 앞 유리를 튕기고 다시 공중으로 날아올랐다.

'아, 40만 제곱미터가 어쩌다 이렇게 순식간에 사라졌을까? 누구 소유가 될 것인가?'

초모랑마 정상에서 내려오는 잉푸가 보였다. 그때는 베이징 시간으로 정확히 오후 3시였다.

12

2013. 05. 19. 오후 3:00

예성 사장은 동방몽도 프로젝트 회사 공문서실에 도착했다.

"예성 사장님, 뭘 하시려고요?"

우징 주임이 유리문 앞에 서 있었다. 그녀의 왼편에는 추메이 부장이 있었고, 정라이칭과 챠오첸 부장은 오른편에 서 있었다.

"우징 주임, 비켜요. 영업허가증과 회사 직인을 가지러 온 거니까."

예성 사장은 흰 비단 장갑을 낀 양손을 들어서 쫓아내는 손짓을 했다. 그의 왼편에는 헤이이지에가 좋아서 어쩔 줄 모르겠다는 듯이 검은 얼굴에 입을 헤벌리고 있었다. 오른편에는 공사 현장에서 이곳으로 이동해 온 지 얼마 안 된 경비대장이 있었다. 그는 꼿꼿한 자세로 우징을 바라보았다.

"무슨 자격으로 그걸 가지러 오셨습니까?"

추메이 부장이 입을 삐죽 내밀었다.

"너야말로 무슨 자격으로 질문하는 거지?"

그 말이 끝나자마자 장단단이 예성 사장 뒤에서 불쑥 나타났다.

"오늘이 무슨 할로윈데이인가요? 어째서 쇠똥구리 떼가 똥통에서 기어 나왔지?"

우징 주임은 눈앞에 서 있는 사람들을 둘러보며 차갑게 미소 지었다.

"저는 법무부장이에요!"

추메이 부장은 한 걸음 앞으로 나섰다.

"여기 예성 사장은 현재 대주주라고요!"

장단단도 냉소를 띠고 우징 앞으로 나갔다.

"그만해."

예성 사장은 오른손을 들어 두 사람 사이를 떼어놓았다.

"쓸데없는 말다툼은 그만둬. 우징 주임, 4월 30일 잉푸 회장은 양심에 가책을 느껴서 일부러 초모랑마에서 내려와 나한테 주식을 돌려준 거라고."

"그걸 누가 증명하죠?"

"내가 할게. 그가 나한테 자기 이름으로 서명할 권한을 위임했거든."

장단단은 검지로 자기 코를 가리키며 말했다.

"권한 위임장 있어요?"

"물론 있지!"

추메이가 쳐다보자, 장단단도 똑같이 쏘아보며 말했다.

"믿든 말든 자유지만 나중에 '훙둔' 사이트에서 검색해 보면 알 수 있을 거야."

예성 사장은 오른팔을 밖으로 벌리더니 나오라고 손짓했다.

"자, 대주주로서 부탁하지. 비켜주게."

우징 주임은 싸늘하게 웃으며 말했다.

"좋아요. 그야 어렵지 않죠. 회장님이 돌아오시면 바로 비켜드릴게요."

"아니, 주임님. 정신적 외상이라도 입으셨어요?"

헤이이지에 부장은 웃으며 뒷짐을 지고 무대 위를 걷는 배우처럼 몸을 앞뒤로 흔들었다.

"모르겠어요? 당신네 회장님이 지금 삼도천을 건너고 있다고요."

"그거, 당신이 봤어요?"

우징 주임은 눈물을 참으며 말했다.

"더는 못 볼 거야. 이제 곧 그에 대한 구호 중단 발표가 나올 거거든."

"말도 안 돼!"

우징 주임은 소리를 지르며 그렇게 말하는 예성 사장을 노려보았다. 하지만 예성 사장은 희미하게 미소 지었다.

"괜찮아, 오늘이 너의 마지막은 아니니까 히스테리 부릴 필요 없어."

돌연 장단단이 한 발짝 앞으로 나가더니 재빨리 오른손을 휘둘러 우징의 뺨을 때렸다. 우징 주임이 얼굴을 문지르는 사이에 경비대장이 장단단을 쑥 밀어내고 유리문을 발로 차서 박살 내버렸다.

우징 주임은 경비대장을 제치고 오른손을 뻗어 예성 사장과 함께 뛰어들려고 하는 장단단을 붙잡았다. 왼손을 치켜들자, 헤이이지에 부장이 그 손을 막았다.

"때리지 마! 내일부터 우리 사장의 부인이 될 사람이야."

사장 부인이라는 말을 듣고 장단단은 에르메스 플래티넘 골드 백을 우징에게 자랑하듯 내보이며 몸을 비스듬히 기울여서 문서실로 들어갔다.

"쮜 씨! 담당자 쮜 씨 어디 있나?"

예성 사장은 뒤돌아보며 고개를 숙여 테이블 아래까지 들여다보았다.

"우징 주임, 쮜 씨를 어디로 보냈지? 당장 그녀를 데려와. 내 일을 방해하면 내일 너부터 제일 먼저 쫓아낼 거야!"

우징 주임은 쩔쩔매는 예성 사장을 보며 팔짱을 낀 채 천천히 사무실 의자에 앉았다. 그리고, 다리를 쭉 뻗었다.

"당신한테 불가능한 일은 없잖아요? 두드리기만 하면 땅에서 솟아나지 않겠어요?"

"그래, 역시 우징 주임이야. 대단해."

예성 사장은 이를 악물고 헤이이지에 부장을 돌아보았다.

"헤이이지에 부장, 망치 가져와서 금고 부숴버려!"

헤이이지에 부장은 고개를 저었다.

"그놈이 살아있을 때 당신은 그놈을 두려워했지. 이미 죽었는데도 여전히 두려워하는 거야?"

예성 사장은 날카로운 말투로 따져 물었다. 헤이이지에 부장은 계속 고개를 저었다.

"사장님, 무서워서가 아니에요. 매일 흰 장갑을 끼고 계시니 모르시겠지만, 이 금고는 불에 타지 않고 부서지지 않는 내화 및 도난 방지 처리가 되어 있어요. 망치로 두드려도 깨지지 않습니다."

예성 사장은 눈을 번뜩이며 헤이이지에 부장을 쳐다보았다.

"어떻게 하면 열 수 있나?"

"열쇠공이요!"

"장단단, 당장 열쇠공 불러와!"

그렇게 말하면서 예성 사장은 시계를 보았다. 이미 오후 4시였다.

"정라이칭 부장, 112에 신고해!"

우징 주임은 창백한 얼굴로 정라이칭을 보았다.

112라는 말을 듣고 예성 사장은 문밖으로 나가 휴대전화를 꺼냈다.

3시 정각에 루어뿌가 2호 캠프의 텐트에 들어서자마자 주머니 속의 무전기가 울렸다.

"루어뿌, 루어뿌! 여기는 바이마! 응답하라!"

한숨을 쉬며 루어뿌는 응답 키를 눌렀다.

"여기는 루어뿌! 선생님, 말씀하세요!"

"베이징에서 온 지시 사항을 전한다. 구호를 중단하고 최대한 빨리 철수하라!"

루어뿌는 입을 쩍 벌리고 무전기를 응시했다.

"최대한 빨리 철수하라고요?"

루어뿌는 고개를 갸웃거리며 텐트에서 얼굴을 내밀어 산 정상을 바라보았다.

"선생님, 스콜라인 날씨가 곧 지나갈 겁니다. 왕뚜어와 라빠는 이미 어택캠프에 도착했습니다."

"쓸데없는 소리 그만하고 당장 철수해!"

바이마는 고함을 지르며 무전기를 끊었다.

추위 탓에 갈라지고 얼어 터진 루어뿌의 얼굴에서 소리 없이 눈물이 흘러내렸다. 두 손으로 얼굴을 감싼 채 한동안 고개를 숙이고 있었다. 그러고는 허리를 꼿꼿이 세우고 무전기를 집어 들었다.

"왕뚜어, 왕뚜어! 여기는 루어뿌!"

"루어뿌! 여기는 왕뚜어! 지시하세요!"

"위쪽 날씨는 어때?"

"눈보라가 약해지고 있습니다."

"산 정상이 보여?"

"보이기는 하는데 안개가 자욱하게 끼어 있습니다."

반가운 소식을 듣고 루어뿌는 숨을 크게 들이마셨다.

"명령이다! 라빠를 연락책으로 삼고, 너는 지금 당장 올라가. 언제든 연락하고."

"그럼, 당신은?"

"2호 캠프에서 올라가서 지원해 줄게."

13

 서른여섯 살의 캄파 사나이 왕뚜어는 회사에 들어온 지 16년, 초모랑마에는 이미 일곱 번 등정했다. 3시 전에 그와 라빠는 8,400미터의 어택 캠프까지 올라갔다. 7,900미터의 2호 캠프에서 나오고부터는 쭉 오르막길이었다. 위대한 초모랑마 북동쪽 경사면은 어머니의 품처럼 넓고 고요했다. 왕뚜어는 초모랑마가 오랫동안 애지중지 키운 아이처럼 온갖 군데의 바위를 머릿속에 꿰뚫고 있었고, 온갖 냄새를 구분할 줄 알았다. 매년 등산 시즌이 되면 왕뚜어는 더는 못 기다리겠다는 마음으로 등반에 나서곤 했다.

 초모랑마는 기분이 좋을 때 오전부터 저녁까지 모든 경사면에 햇볕이 비춘다. 그 위를 걸으면서 왕뚜어는 또 한 번 태양의 생령이 된 기분이었다. 독수리가 그의 곁을 지나가고, 자갈 하나하나, 모든 바위, 모든 잔설과 만물이 반짝거렸다. 아이젠이 부딪혀 불꽃이 튀는 순간 왕뚜어는 바위가 상하지 않게 하려고 최대한 살며시 밟았다. 그럴 때면 왕뚜어는 자신의 가라앉은 숨소리를 들으며 충만함을 느꼈다. 멋진 남자는 높은 산에 있는 법이니까.

 하지만 산신이 일단 화를 내면 경사면에는 오전부터 저녁까지 모래와 바위가 어지럽게 날아다니고 눈과 바람이 몰아친다. 그런 날씨를 만나더라도 왕뚜어는 변함없이 여유롭게 걸었다. 매년 같은 속도로, 같은 시간을 들여 같은 방법으로 산 정상에 올랐다가 돌아왔다. 마치 계속 걷는 것만이 그의 삶의 방식인 듯이…. 돌이켜보면 자신의 세월은 그 어떤 거금으로도 살 수 없는 것임을 문득 깨달았다. 자신은 이미 냉철하고 강인하며, 그 어떤 것에도 집착하지 않게 되었기 때문이다. 한 마디로 자기 인생의 주인은 바로 자신이기 때문이다!

오늘은 상황이 달랐다. 날씨와는 무관했다. 이것이 바로 산악인의 삶이었다. 누구와 관련이 있을까? 위에 있는 저 남자다. 인간으로 태어난다는 것은 불교에서 이보다 더 큰 영광이 없다. 그를 구하고 산 채로 하산시키는 것이 산악 가이드의 천명이다. 포기란 곧 수치였다. 이 위에 있는 인간을 눈보라 속에서 고독하게 죽게 만드는 것은 단순한 산악회사의 실패가 아니라 인간성의 비극이었다.

두근거리는 가슴을 억누르며 왕뚜어는 다 올라오자마자 캠프장을 확인했다. 믿기지 않아서 고글을 들어 올리자, 그는 거의 기절할 뻔했다. 연일 몰아치는 광풍이 눈을 모두 날려버렸을 뿐만 아니라 산소를 저장한 텐트까지 갈기갈기 찢어놓은 것이다.

라빠도 서둘러 왕뚜어와 함께 살펴보았다. 바위틈에 비스듬히 박힌 두 개의 산소봄베을 제외하고 수십 개의 산소봄베이가 몽땅 강풍에 의해 경사면으로 날아가 버린 상태였다.

"라빠, 조심해. 산소봄베 몇 개 가져와서 텐트에서 기다려. 눈도 가져와 세 시간 후에 끓여주고."

왕뚜어는 쓸데없는 말은 하지 않았다. 이 예기치 못한 상황을 알게 되자 즉시 라빠가 바위틈에 묻어뒀던 텐트를 끄집어냈다. 둘이서 그것을 설치하고 보온병을 꺼내 티엔차를 한 모금 마셨다. 그리고 라빠의 가방에서 보온병을 꺼내 자기 배낭에 넣었다. 라빠에게 주의시키면서 왕뚜어는 조심스럽게 산소봄베 두 개를 배낭에 넣었다. 침낭도 넣으려는 순간 라빠가 벌컥 화를 냈다.

"왕뚜어!"

라빠가 거의 미친 듯이 화를 내며 자신에게 소리치자, 왕뚜어는 깜짝 놀랐다.

"왜 그래?"

라빠는 왕뚜어가 손에 들고 있는 침낭을 가리켰다.

"가져가지 마세요."

왕뚜어는 라빠의 손을 뿌리쳤다.

"만약을 대비해서다."

"만약? 만약이란 건 없어요."

라빠는 소리 내어 울었고, 먼지투성이 얼굴에서 눈물이 뚝뚝 떨어졌다.

왕뚜어의 눈도 붉어졌다. 그는 라빠의 머리를 쓰다듬고 자기 얼굴도 쓱 훔쳤다.

"그러길 바라자고요. 부처님의 가호가 있다면요."

"절대 죽지 않을 거예요. 제 스승님이 절의 모든 사람과 함께 밤낮으로 그를 위해서 불경을 외우고 있으니까요."

왕뚜어는 웃었다.

"라빠, 그를 다시 데려오면 어떤 보상을 줄 거야?"

"'캄파 사나이' 노래도 불러주고, '궈장(장족의 민간 무용)' 춤도 춰줄게요."

라빠는 울음을 멈추고 미소를 지었다.

3시 정각에 왕뚜어는 로드 로프를 연결했다. 루어뿌의 지시는 그가 다시 마음을 다잡게 했다.

"그래, 우리 캄파 사나이는 포기한 적이 없지. 정말로!"

바람이 약해지는 듯했다. 라빠가 텐트 밧줄에 타르초를 걸자 타르초는 바람에 찢어지지 않고 바로 나부꼈다. 그리고 라빠가 '웨이상(뽕나무를 불태운다는 뜻으로 화로에 노송나무, 뽕잎 등을 넣고 태워서 연기를 피우고 복을 기원하는 티베트 장족의 전통 종교의식)' 향에 불을 붙여 바위틈에 세우자, 연기는 곧 경사면으로 퍼져나갔다.

라빠는 산 정상으로 가서 바위 위에 바르게 앉았다. 그는 보온 장갑을 벗어서 조심스럽게 주머니에 넣더니 경건하게 합장했다. 그리고 산신과 위쪽에 있는 사람을 향해 손으로 커다란 연꽃 모양을 만든 다음 여섯 글자의 진언을 되뇌었다. 그러자 모든 것이 깨끗해졌다. 마음속부터 천지까지 모든 더러움이 사라졌다.

라빠는 일어서서 주위를 둘러보고 돌을 옮겨와서 텐트 근처에 웨이상을 위한 난로를 만들었다. 그는 바위틈에서 불타고 있는 웨이상의 향을 난로로 옮기고, 텐트 안의 배낭에서 남은 향을 꺼내다 난로에 넣었다. 불이 타오르는 것을 보고 배낭 바닥에서 소나무와 노송 가지를 꺼내 불 위에 올려놓았다. 산바람이 힘차게 웨이상을 계속 불타게 했다. 라빠는 돌 틈에서 눈을 몇 움큼 파내어 불타는 웨이상 위에 덮었다.

불길은 꺼졌지만 연기는 계속 피어올랐다. 라빠가 배낭을 짊어지고 웨이상 연기 속에서 여섯 글자 진언을 외우고 있을 때, 산밑에서 바람이 불어와 웨이상 연기가 흔들리며 산 정상으로 올라갔다.

라빠는 매우 흡족했다. 그는 북벽 아래쪽 경사면을 향해 걷기 시작했다.

'벌써 3시인데 왜 아무도 오지 않을까?'

왕뚜어가 올라가고 있을 때, 잉푸의 마음은 가라앉아 있었다. 며칠 동안 밤낮을 가리지 않고 절규하던 바람도 차츰 잦아들었다. 집으로 돌아가듯 바람의 결들은 천천히 서로 겹치더니 60킬로미터 두께로 압축되어 경사면에 겹겹이 쌓여 있었다.

축축하고 무거운 눈도 한 층, 한 층 쌓여갔다. 머리 위의 공기가 건조해지기 시작하더니 눈은 완전히 싸라기로 변했다. 모든 것이 가라앉자, 하늘이 밝아지기 시작했다. 그때 잉푸는 저 멀리 번개를 보았지만, 천둥은 거의 들리지 않았다. 정신이 몽롱한 가운데 여러 생령이 그의 발밑에서 일어섰다. '블루부츠'라고 불리는 그 남자가 기어 올라왔다.

세컨드 스텝에서 몇 년 동안 공중에 매달려 있던 산악인은 레더맨사의 등반용 칼로 자신을 묶고 있는 밧줄을 자르고 있었다. 8,600미터 지점에서는 프랜시스라는 미국인 여성이 이쪽을 향해 애원하고 있었다.

"두고 가지 마세요, 저를 두고 가지 마세요!"

갑자기 바람과 눈이 또다시 몰아쳤다. 발밑에서 수십 미터 떨어져 있는 중국인 등산객이 침낭에서 고개를 내밀었다.

"이봐요? 나 너무 추워요."

'춥다고? 누가 춥지 않다고 하겠나? 이 세상에 따뜻함이란 게 있기나 한가?'

추위를 느낀 잉푸는 산소를 확인해 봐야겠다는 생각이 들었다. 고산지대에서 산소가 부족하면 몸이 차가워지기 때문이다.

큰일이다. 산소는 두 시간도 채 못 버틴다. 산소봄베의 바늘은 5바를 가리키고 있었다. 잉푸의 심장이 덜컥 내려앉았다. 심장이 내려앉을 때 슬픔과 더불어 발밑의 계곡이 점차 선명하게 드러났다. 안개와 눈이 미친 듯이 몰아칠 때 잉푸는 아직 여러 가지 환각을 겪고 있었다. 그 탓에 가밀이 산소를 가져다준 것처럼 누군가가 발밑의 눈보라 속에서 나타나 자신을 데리고 돌아가 줄 것이라고 기대했다.

그러나 이 세상이 선명하게 보이기 시작하자 그는 오히려 이 현실에 놀라고 말았다. 초오유는 고개를 들어 차갑게 이쪽을 응시하고 있다. 무엇을 보는 거지? 인간의 죽음을 관찰하려는 걸까? 마칼루는 경멸하듯 옆을 돌아보며 입을 삐쭉 내밀었다. 왜 입을 삐쭉거리는 거야? 모든 생령을 비웃는 건가? 로체봉은 초모랑마 뒤에 숨어서 조용히 흔들리고 있었다. 왜 흔들리는 거지? 내가 그토록 고생하며 등반한 이유가 그저 이곳에서 죽기 위해서였다고 나를 조롱하는 건가?

아니, 그렇지 않다! 죽음에 생각이 미치자 잉푸는 궁지에 몰린 늑대처럼 진심으로 비명을 질렀다.

'나는 절대로 죽지 않는다, 나는 반드시 내려간다, 나는 동방몽도를 성공시켜서 내 인생을 완성할 것이다.'

더욱 황량해지는 계곡을 보며 잉푸는 점점 더 일어나고 싶은 마음이 커졌다. 문득 어택캠프의 경사면에서 실낱같이 희미한 연기가 피어오르는 것이 보였다. 곧이어 소나무와 송백나무의 상쾌한 향기가 났다.

수일 째 말라 있던 그의 눈에서 눈물이 흘렀다.

나는 버림받지 않았다!
나는 구원받는다!
하늘을 올려다보며 잉푸는 기도했다.
신이시여, 도와주소서!
나에게 번개를!
나에게 천둥을!

성찬을 받는 불량소년처럼 그가 손을 합장했을 때는 이미 오후 4시였다. 그때 왕뚜어는 이미 퍼스트 스텝에 올라가서 마음속으로 노래를 부르며 험준한 동북산릉을 걷고 있었다. 라빠는 산소봄베를 세 개 찾아내어 그것을 배낭에 집어넣고 퍼스트 스텝을 향해 올라갔다.

루어뿌는 어택캠프에 가까운 돌계단에 서서 바닥에 드러누운 셰르파 가이드를 향해 합장하고 염불했다. 그리고 고개를 들어 점점 맑아지는 산 정상을 바라보았다. 바이마와 지펑은 둘 다 천체망원경에 오른쪽 눈을 딱 붙이고 2호 캠프에서 산 정상을 관찰하고 있었다.

14

"물러서! 경찰이다!"

2013. 05. 19. 오후 4:30

 동방몽도 프로젝트 문서실에서 사복 형사가 우징 일행을 뒤로 밀어내고 있었다. 거기서 사십 세 전후로 보이는 남자는 우징을 흉포한 눈빛으로 노려보면서 험악한 말투로 이야기했다.

 "경찰? 어디 경찰인데? 순전히 도적 아니야?"

 챠오첸 부장은 얼굴이 빨개져서 눈알이 튀어나올 듯이 그 남자를 노려보았다.

 "수갑 채워!"

 사십 대의 남자가 소리쳤다. 그 사람 옆에 있던 두 명의 젊은 사복 형사가 벨트에서 반짝반짝 빛나는 수갑을 얼른 꺼냈다. 예성 사장은 미소를 지으며 헤이이지에 부장과 힐끗 눈빛을 교환하더니 금고 앞에서 어찌할 바를 모르고 있는 열쇠공에게 입을 삐죽여 신호를 보냈다.

 "그만해! 모두 멈춰!"

 두 명의 사복 형사가 챠오첸 부장을 제지하고, 자물쇠공이 쪼그리고 앉아 공구함을 여는 순간 리 경찰서장이 경찰 몇 명을 데리고 들어왔다.

 "우린 지금 공무집행 중이야. 왜 막는 거지?"

 사십 대의 남자는 얼굴이 굳어져서 말했다.

 "제복은 어떻게 된 거야?"

 리 경찰서장도 얼굴이 굳어졌다.

"입을 필요 없어. 우리는 경찰본부 경제수사대 소속이다."

그 대답을 듣고 리 경찰서장은 더욱 화가 치밀었다.

"시 본부의 경제 수사라고? 민간 기업 문서실에 수갑 채우러 온 이유는 뭐야?"

"신고가 들어왔으니까."

예성 사장이 고개를 끄덕이는 모습을 보고 리 경찰서장도 끄덕였다.

"그건 우연이야. 우리도 신고받았어."

"신고, 내가 했어!"

우징 주임이 앞으로 나서서 큰소리로 말했다.

"좋아, 두고 보자!"

그렇게 말하고 경제 수사 경찰관들은 나가버렸다.

열쇠공이 작업을 시작하려고 눈을 들었을 때, 리 경찰서장의 차가운 눈빛을 보고 황급히 일어섰다.

"신분증!"

리 경찰서장의 요구대로 그는 신분증을 꺼냈다.

"허가증!"

젊은 경찰관이 휴대전화로 신분증을 확인하고, 리 경찰서장이 추가로 자물쇠 개방 허가증도 확인하겠다고 하자 서른 살 전후의 열쇠공은 눈살을 찌푸리며 허가증을 건넸다.

"시간만 무지 잡아먹었네. 이 일은 관두겠습니다. 하지 않겠습니다."

열쇠공이 이 지저분한 일에서 손을 떼고 공구함을 정리해서 나가려 할 때 아까 그 경제 수사 형사가 다시 돌아왔다.

"누가 돌아가도 좋다고 했나?"

그는 열쇠공을 노려보았다.

"저한테 관둘 권리는 없습니까?"

열쇠공은 문밖을 바라보며 말했다.

경제 수사 형사는 다시 리 경찰서장을 힐끗 쳐다보았다.

"수년간 경찰로 일했지만 이렇게 막무가내인 사람은 본 적이 없어."

"나야말로 경찰대학을 졸업한 뒤로 이렇게 사건을 엉터리로 다루는 사람은 본 적이 없다고."

리 경찰서장은 코웃음을 쳤다.

"좋아, 눈 크게 뜨고 잘 보라고!"

경제 수사 형사가 그렇게 말하자마자 리 경찰서장의 주머니에서 휴대전화가 울렸다.

"여보세요? 접니다. 누구시죠?"

상대방의 목소리를 듣더니 리 경찰서장은 허리를 꼿꼿이 세웠다.

"장 국장님이십니까? 지시하시죠!"

경제 수사 경찰관은 차갑게 미소 지었고, 예성 사장은 이를 악물고 우징을 노려보았다.

"네? 물러서라고요?"

다시 물어보려 했지만 이미 전화는 끊어져 있었다. 리 경찰서장은 조용히 손을 흔들며 경제 수사 형사 뒤로 물러났다.

"뭐야? 비었어? 아무것도 없어?"

열쇠공이 서둘러 금고를 열자, 예성 사장은 깜짝 놀랐다.

경제 수사 형사는 쪼그리고 앉아서 슬쩍 보더니 고개를 흔들었다. 리 경찰서장도 쪼그리고 앉아서 앞 사람의 다리 틈새를 통해 고개를 좌우로 흔들면서 들여다보았다. 그리더니 텅 빈 금고를 보고 웃었다.

"감히 나를 놀려?"

예성 사장은 이성을 잃고 오른손으로 주먹으로 쥐어서 우징의 얼굴 앞에서 휘둘렀다.

"당신을 놀린 거 아니야! 원숭이를 놀린 거지!"

우징 주임이 목소리를 높였다.

예성 사장은 입 주위가 씰룩거렸고 눈은 가만히 빈 금고를 응시하고 있었다. 그리고 몸을 흔들더니 손목시계를 힐끗 쳐다보았다.

5시 정각이었다. 그는 현기증이 일면서 눈앞에 끝없는 어둠이 펼쳐졌다.

4시 30분, 마찬가지로 사복을 입은 형사 몇 명이 수도 국제공항 T3 출발 터미널의 유나이티드 항공 체크인 카운터에서 마오마오의 발목을 잡았다.

"따라오시오!"

리더인 중년 남자가 마오마오를 보며 냉정하게 명령했다.

마오마오는 그 사람들을 힐끗 쳐다보았다.

"왜 따라가야 하죠?"

"국가 안전에 위험을 초래한 혐의가 있소."

중년 남자는 신분증을 보여주며 차갑게 말했다.

"증거 있어요?"

마오마오가 목소리를 높였다. 절차를 밟고 있던 미국인들이 모두 돌아보았다.

"지금 당장 증거를 내놔 봐요!"

"수갑 채워!"

중년 남자는 무표정한 얼굴로 명령했다.

"멈추세요!"

마오마오에게 막 쇠고랑을 채웠을 때 중년 여성의 목소리가 들렸다. 그녀가 돌아보니 무테안경을 쓴 중년 여성이 젊은 남자 두 명을 데리고 마오마오와 국가안전국 직원 사이에 서 있었다.

아무 말도 하지 않은 채 한 청년이 국가안전국 직원에게 신분증을 보여주었다.

"우리는 중앙기율검사위원회에서 왔습니다. 이 사람은 우리가 데려갈 겁니다."

"이 여자는 우리가 체포할 용의자입니다."

국가안전국 남자는 눈을 크게 뜨고 말했다.

"이 여자는 우리가 보호해야 할 증인입니다."

중년 여성은 그렇게 말하면서 국가안전국 사람들을 냉정한 눈빛으로 쳐다보았다.

"그 사람, 수갑 풀어주세요!"

국가안전국 형사들은 서로 얼굴을 마주 보았다.

"안 풀어요?"

중년 여성은 부하에게 고개를 끄덕였다.

"자, 신분증 제출받으세요. 어느 부서인지 적어두고, 누구 명령으로 국제공항 로비까지 체포하러 왔는지 알아내야 합니다."

리더는 황급히 오른손을 흔들더니 부하들에게 고개를 끄덕였다.

"좋아요. 이 여자 수갑을 풀겠습니다. 중앙기율검사위원회 업무를 방해해서는 안 되니까요."

그때 로비 어디선가 전자시계의 알람이 다섯 번 울렸다.

15

  마오마오가 출국장 로비에서 전자시계의 알람 소리를 들었을 때, 잉푸는 마침내 자리에서 일어섰다.

  가밀이 가져온 산소는 유량을 '1'로 설정한다면 약 40시간 동안 사용할 수 있었다. 하지만 19일 오전 7시, 잉푸는 산소봄베를 교체할 때 무의식적으로 유량 레벨을 '2'로 설정해 놓았다. 그 유량으로는 산소가 10시간 정도밖에 지속되지 않았다. 비교적 많은 유량으로 산소를 흡입하면 산소 소모가 빨라지지만, 그만큼 잉푸의 체력도 빠르게 회복되었다. 심장 쇼크 증상은 사라졌고, 수두증도 악화하지 않았다.

2013. 05. 19. 오후 4:00

  오후 4시, 바람과 눈이 잠시 멈췄다. 갑자기 찾아온 적막이 오히려 잉푸의 심장 박동을 조금 불쾌할 정도로 빠르게 만들었다. 발밑의 밧줄을 따라 세컨드 스텝까지 쭉 내다볼 수 있었다. 그리고 그 아래는 어택캠프였다. 아까 보였던 웨이상의 연기는 순식간에 사라졌다. 바람에 날린 것인지, 자신의 착각인지는 알 수 없었다. 내려가자는 생각이 잉푸를 초조하게 만들었다. 줄지어 선 산봉우리들이 병풍처럼 의기양양하게 고개를 쳐들고 있었다. 햇볕은 아무 거리낌 없이 마음 내키는 대로 산 정상에 내리쬐고 있었다. 마치 수천 년 동안 이어져 온 노래가 곡조를 단 한 번도 바꾸지 않은 것처럼 말이다.

  잉푸는 구명 담요 밖으로 손을 뻗고 몸을 조금 일으켜서 클라이밍 하네스에 연결된 고리를 잡아당겼다. 고리가 로프를 흔들었다. 산신이 그를 살리려고 내려준 구명줄 같았다.

그 순간, 산 정상은 불타오르듯이 붉게 물들었다. 이 대지의 젖꼭지는 이 세상이라는 아이를 키우기 위해 언제라도 감미로운 젖을 뿜어낼 준비가 되어 있는 듯했다. 고공에서 불어오는 바람이 산 정상에서 상승하는 뜨거운 기류에 가로막혀 있었다. 며칠 동안 맹위를 떨치던 편서풍은 잦아들었다. 스콜라인 날씨를 바꾸는 강한 대류는 먼 산에서 느긋하게 번개와 시시덕거리고 있었다.

그나저나 왜 아무도 오지 않는 걸까? 잉푸는 화가 났다. 어택캠프의 연기를 본 것 같은데 왜 아직 오지 않을까. 만약 오늘도 누군가가 오지 않는다면 나는 틀림없이 죽을 것이다. 죽음을 생각하며 잉푸는 다시 방풍 고글을 이마까지 올리고 자기 뒤에 얼음 속에 잠든 산악인의 등에 기대어 하늘을 올려다보았다. 저 위는 천국일 것이다. 희미하게 흔들리는 검푸른 하늘에서 노래하고 춤추며, 슬퍼서 우는 그 어떤 생명체도 없다.

그러니 지금 손을 들고 천국의 문을 두드릴 수 있는 사람은 나 혼자뿐이다. 여러 가지 생각이 말과 야크처럼 머릿속을 뛰어다녔다. 잉푸의 마음속에는 힘이 솟아났다. 환각 속에서 자신이 마치 하늘을 향해 입을 벌리고 날카로운 이빨을 드러내고 있는 궁지에 몰린 늑대처럼 느껴졌다.

'신이여, 당신은 단 한 번도 나를 구해 준 적이 없었습니다. 한밤중에 악몽에서 깨어나 빗줄기처럼 눈물을 쏟으며 울부짖어도 당신은 나를 방치했습니다. 당신은 나의 지위와 명예를 잃게 했고, 오랜 노력을 물거품으로 만들어 버렸습니다.'

하늘을 원망하면서 잉푸의 감정은 천둥처럼 폭발했다. 하늘에서는 아무런 대답이 돌아오지 않자, 그의 눈에서 눈물이 솟구쳤다. 다시 주위를 둘러보며 갇힌 짐승처럼 필사적으로 탈출구를 찾고 있을 때, 새카만 구름이 산에서 솟아올라 순식간에 산을 에워싸고 있었다. 발밑의 어택캠프는 둘러보는 사이에 이미 자욱한 무설에 휩싸여 있었다. 그리고 그 무설 층이 살기등등하게 위쪽으로 다가오고 있었다.

잉푸는 더욱 짜증이 나서 다시 하늘을 올려다보았다. 구원의 손길도 베풀지 않는 존재에게는 심판할 권리 따위 없다.

'신이시여, 들리십니까? 구원해 주지 않으신다면 당신의 존재를 증명할 방법이 없습니다.'

그가 토해내는 심장의 울부짖음에서는 인류의 절망까지도 흘러넘치는 듯했다. 그가 그렇게 절규하는 순간, 뒤쪽 로체봉에서 천둥이 울려 퍼졌다. 그가 본능적으로 눈을 크게 뜨고 뒤를 돌아보려 하자 저 멀리 초오유산 정상에서 눈부시게 찬란한 빛이 반짝였다.

잉푸는 단념했다. 그러자 격렬했던 감정이 갑자기 차분해졌다. 틀림없이 죽는다는 생각이 그의 몸을 맥없이 늘어지게 했다. 모든 용기와 힘이 하늘에 떠 있는 풍선처럼 초오유의 벼락을 맞고 터져버렸다.

그는 알고 있었다. 스콜라인 날씨는 다시 돌아올 것이다. 잉푸는 어두운 황야의 묘지에 무덤들이 차례로 무너졌다가 다시 일어서는 모습을 보고 있는 듯이 잔뜩 긴장해서 손으로 가슴을 움켜쥐었다. 가슴 속의 성물이 만져지자, 눈물이 쏟아졌다.

"자기 회사를 잘 운영하는 것이 최고의 수행입니다."

잉푸는 초모랑마에 오기 전 타쉬룬포 사원에 갔던 일을 떠올렸다. 불교학에 정통한 활불(티베트 불교에서 부처, 보살, 또는 고승 등 누군가의 환생이라 지명되어 그 전생의 제자들의 가르침을 받아 후생으로서 훈련받는 존재를 말한다)은 날개가 달린 신성한 둥카르를 그에게 건네줄 때 그의 눈을 보면서 그렇게 말했다.

"대사님, 저는 몹시 피곤해서 이제 더는 버티지 못하겠습니다."

그렇게 말하면서 그는 생불의 간절한 말을 듣고 마음은 떨렸다. 그는 성물을 두 손으로 꼭 붙잡고 가슴에 바짝 가져다 댔다.

"인연은 공에서 비롯됩니다. 수행은 업을 소멸하기 위해 존재합니다. 피곤하다는 것은 욕심 때문입니다. '용광로는 작고 불은 강하다'는 말을 기억하세요."

활불은 부드럽게 웃으며 두 눈을 깜빡여 기다란 눈썹을 움직였다. 마치 잉푸의 마음을 꿰뚫어 보는 듯했다. 그 말이 옳다. 세상 끝자락에 갇혀서야 비로소 활불의 가르침을 깨달았다. 수년간의 회사 경영은 돌이켜보면 욕심에 불과한 건 아니었을까. 프로젝트는 무조건 크게 해야 한다. 돈도 더 많이 벌어야 한다. 남들보다 훨씬 더 출세해야 한다. 예전의 궁핍과 실의는 그러한 욕심들로 득의양양하게 뒤바뀌어 있다. 하지만 이제 그 모든 것이 연기처럼 사라져 버렸다.

뒤쪽 로체봉에서 번개가 작렬했다. 산신이 숨을 불어넣은 듯이 즉각 시야가 환해졌다. 발아래 계곡의 얼음과 눈은 꿈결 속의 풍경 같고, 바위는 새 같았다.

'내려갈까?' 그 바위들이 교활한 까마귀처럼 달려들어 나를 찢어놓지 않는다고 장담할 수 없다. 그래도 내려갈까? 화려한 도시는 바로 인간의 감옥 아닌가? 누가 온전히 자유롭게 살아가면서 화내거나 원망하지 않고, 지치지 않을 수 있겠는가?'

'둥카르야! 너는 불교의 소리를 전하는 신성한 악기, 만물을 길러내는 천상의 소리를 상징한다. 나는 여기서 생을 마감하고 너를 인류의 제물로 가슴에 품은 채 신의 심판을 받으리라. 위대한 죄인으로서 하계의 더러움 속에 묻혀 있는 빛을 밝혀주리라.'

밤낮을 가리지 않던 공포와 슬픔이 마침내 잉푸를 짓눌렀다. 벗어날 수 없다는 생각이 그를 체념하게 했다. 그는 고개를 돌려서 자신이 기대고 있는 영면한 산악인을 가볍게 밀었다.

"선배님, 나도 잠 좀 자게 자리 좀 양보해 줘요. 당신은 계속 남쪽만 보면서 수년째 고향만 그리워하고 있잖아요. 나는 북쪽을 바라보고 싶다고요. 내 나라, 내 고향을 보지 않고는 죽어도 편히 가지 못한답니다. 동방몽도는 아직 완성되지도 않았거든요."

그 산악인의 유해 오른쪽은 눈 속에 파묻혀 있어서 잉푸가 세게 흔들어도 깊은 잠을 방해받지 않으려는 듯 꿈쩍하지 않았다. 앞뒤로 흔들어도 자리를 양보하려고 하지 않았다.

또다시 천둥이 울려 퍼졌다. 이번에는 산 정상이었다. 하지만 잉푸는 위에서 번쩍이는 번개를 보지 못했다. 그 순간 그는 너무 놀라 정신을 잃었기 때문이다. 조난하여 죽은 산악인 등 뒤의 눈 덩어리가 녹으면서 그의 배낭이 드러났다. 40리터 용량의 어택백(프레임이 가방 안쪽에 설계된 등반용 배낭으로 고산 등반이나 극한지 탐험 활동에 주로 사용한다)으로, 눈 속에 파묻힌 덕에 가방의 하늘색 빛깔은 여전히 선명했다. 하지만 더 눈길을 끈 것은 배낭에서 모습을 드러낸 주황색 산소봄베였다.

"오, 산소다!"

잉푸는 믿을 수 없다는 듯이 소리쳤다. 그러나 목소리가 나오지 않은 것은 그가 산소마스크를 쓰고 있어서 숨을 크게 쉬지 못했기 때문이다. 그것도 그의 환각을 증폭시켰다. 조난으로 죽은 산악인의 산소봄베를 쓰다듬으며 잉푸는 고개를 들고 기도하듯 두 손을 깍지 꼈다.

"죄송합니다. 신이시여! 제가 실수로 당신을 비난했나이다."

그는 몸을 조금 틀어서 조난으로 죽은 산악인의 배낭에서 산소봄베를 꺼냈다. 러시아산 산소마스크의 커넥터를 분리하고 자세를 원래대로 바로잡았다. 그런 다음 그는 산소봄베를 가슴에 안고서 천천히 조심스럽게 자신의 영국산 산소마스크의 노치에 연결했다. 그리고 자기 배낭에서 빈 산소봄베를 꺼내 버섯 모양의 돌 뒤에 놓았다.

"아니, 이것도 빈 통이잖아!"

잉푸가 유량을 1로 조절하자 그의 호흡이 더욱 가빠지기 시작했다. 급히 산소를 들이마시며 몇 번 크게 심호흡하자 폐에서 경련이 일어날 것 같았다. 심장이 다시 아프기 시작했다.

'신이시여, 당신은 잔인하십니다. 무관심과 신비로움으로 도움을 요청하는 사람들을 괴롭히고 계십니다. 나는 겨우 참회했는데도 구원받을 수 없나이다. 당신은 성스러운 존재로서 중생을 제도할 책임이 있습니다. 당신을 따랐는데도 왜 용서받지 못하는 겁니까. 인간의 죄라는 것이 정말 이렇게 무거운 것입니까?'

마음속으로 절망스럽게 소리치면서 잉푸는 자신의 그때가 왔다는 것을 알았다. 그러나 다시 돌아본 순간 그는 또 한 번 터질 것처럼 눈을 크게 떴다. 아까 산악인의 배낭에서 산소봄베를 꺼냈기 때문에 그만큼 공간이 생겼다. 잉푸가 하늘을 올려다보며 신을 원망하고 있을 때 그 남자의 몸이 뒤집혔다. 그는 또 하나의 주황색 산소봄베를 두 손에 들고 있었다.

잉푸는 단번에 알아차렸다. 예전에 이 산악인도 자신처럼 이곳에 앉은 채로 일어서지 못했다. 동료들은 도리 없이 그를 이곳에 눕히고 가슴에 산소봄베를 놓아둔 채 체력을 회복하기만을 바랐을 것이다. 하지만 그는 지쳐서 다시는 일어나지 못했다. 그리고 이 산소봄베를 들고서 흡사 신이 준비해 둔 조력자인 양 잉푸를 몇 년 동안이나 기다린 것이다.

잉푸는 두 손을 하늘 높이 치켜들고 소리 없이 통곡했다.

'신이시여, 잘 알겠습니다. 지난 며칠간의 천둥과 번개는 저에 대한 마지막 심판이었습니다. 이제야 비로소 당신이 나를 구해 주셨나이다. 당신의 인애와 존재를 증명하기 위해 이제부터 나는 당신을 신앙하겠습니다. 산에서 내려가면 타쉬룬포 사원에 가서 귀의(依)하고 새사람으로 거듭나 수행하면서 업보를 청산하겠습니다.'

그가 그렇게 생각하기 시작했을 때, 머리 위에서 번개가 요란하게 번쩍거렸다. 순식간에 계곡 전체가 불을 켠 듯 밝아졌다. 신기하게도 잉푸는 만분의 일 초 동안 누군가가 세컨드 스텝에 서서 자기를 향해 손을 흔드는 것이 보였다. 그 남자의 주황색 옷은 등산 회사 유니폼이었다.

잉푸를 더욱 흥분시킨 것은 잇달아 들리는 천둥소리였다. 그는 돌연 어떤 힘이 넘쳐흘러 벌떡 일어서야 했다. 너무 갑작스럽게 움직이는 바람에 클라이밍 하네스에 연결된 보호 포인트의 하켄이 뽑히고 말았다.

산악인의 품에서 산소봄베를 꺼냈지만, 조급하게 굴다가 산소봄베의 밀봉 밸브를 바로 열지 못했다. 당황한 그는 자기 품속에 있는 성물을 떠올렸다. 신기하게도 품속에서 둥카르를 꺼내 반짝반짝 빛나는 구리 날개로 산소봄베의 봉인된 밸브를 열려고 하자 가볍게 건드렸을 뿐인데도 밸브의 볼트가 쉽게 풀렸다. 안도의 한숨을 쉬며 잉푸는 고개를 들고 오른손에 든 성물을 하늘 높이 치켜들었다.

'감사합니다, 신이시여. 이것이 바로 당신이 영원히 존재한다는 증거입니다.'

잉푸는 신에게 감사를 표한 후 재빠르게 움직이기 시작했다. 그는 우선, 둥카르를 품속에 넣고 산소마스크를 연결한 후 유량을 갑자기 '4'로 올렸다. 산소가 한꺼번에 폐를 가득 채웠다. 그는 또 가밀이 남긴 덱사메타손을 주머니에서 꺼냈다. 몸을 꿈틀거려서 구명 담요를 벌린 다음 오른손을 뻗어 주저 없이 바늘을 꽂았다.

이제 내려갈 시간이 왔다.

발을 딛으려는데 다리가 말을 듣지 않았다. 발밑을 보고는 자기도 모르게 웃음이 터져 나왔다. 너무 기뻐서 2박 3일 동안 몸에 두르고 있던 구명 담요를 발밑에서 걷어내야 하는데 깜빡 잊은 것이다. 구명 담요를 걷어내고 품속에서 둥카르를 꺼냈다. 그는 하늘을 올려다본 다음 골짜기를 내려다보았다. 그리고 주위를 또 한 번 둘러보니 초오유는 산들을 이끌고 진동하고 있었다. 산들은 고개를 숙인 채 꼿꼿이 서서 부처님의 소리를 기다리고 있었다.

"뿌우우, 뿌우우!"

산소마스크와 고글을 벗은 잉푸는 둥카르의 구멍을 하늘로 향하게 해서 두 손으로 둥카르를 치켜들었다. 그리고 둥카르의 끄트머리를 입에 물고 온 힘을 다해 숨을 불어넣었다.

"뿌우우"

하늘에서 울려 퍼진 소리는 메아리가 되어 사방으로 퍼져나갔고, 시야에 들어오는 모든 산이 "뿌우우, 뿌우우"하고 화답했다. 햇살 아래서 모든 산봉우리가 금빛으로 빛났다.

"뿌우우"

골짜기의 메아리는 몇 겹이고 층을 이루어서 거대한 파도처럼 빠르게 흘러내려 모든 바위를 진동시켰다. 산바람은 금빛 빗자루가 되어 단숨에 세상으로 통하는 길을 깨끗이 쓸어냈다.

"뿌우우"

잉푸는 다시 태어났다. 어머니 뱃속에서 갓 태어난 아기처럼 이 세상으로 돌아가는 길로 발을 내딛으려 했다.

이제 그는 개운하고 후련했다. 심판의 세례를 받았기 때문이다. 그는 자신감이 넘치고 마음이 평온했다. 생은 죽음을 위해, 죽음은 생을 위해 존재한다는 이치를 알았기 때문이다.

눈물을 흘리면서 그는 경건하게 둥카르를 비단으로 감쌌다. 두 손으로 그것을 머리 위로 들어 올려서 하늘과 땅, 바람과 구름, 그리고 과거, 현재, 미래를 향해 차례로 경배를 올렸다. 그런 다음 버섯바위 위에 조심스럽게 올려놓고 봉헌의 문구를 외쳤다.

"신이시여, 당신의 불구(佛具)를 돌려드립니다. 고통도 주셨으나 저를 구해 주기도 하셨습니다. 이제부터 우리는 서로에게 빚이 없습니다. 내려가면 거듭난 자로서 과감하게 인생을 다시 시작하고 싶습니다. 당신을 위해 새로운 세상을 이룩하겠습니다."

봉납의 문구를 외우고 나서 이번에는 비할 데 없이 맑은 산과 끝없이 펼쳐진 대지를 내려다보았다.

"악마여, 나를 놓아주었으나 나를 괴롭히기도 했다. 너와 나는 이제부터 음양으로 갈라질 것이다. 돌아가면 나는 거듭난 인간이 된다. 나는 진지하게 수행하여 악업을 청산할 것이다. 그리고 중생이 성불하도록 힘을 기울일 것이다. 중생이 성불하지 않는 한 나 역시 성불하지 않겠다고 맹세한다."

뒤를 돌아보니 8,200미터 북벽 아래에서 독수리 떼가 급상승하고 있었다. 독수리들보다 앞에서 걷고 있는 사람은 캄파 사나이를 흥얼거리며 세컨드 스텝에 이제 막 올라온 왕뚜어였다.

발을 들자마자 발밑의 구멍 담요가 산바람에 날아가 버렸다. 그것은 상승기류를 타고 계곡 위로 날아갔다. 마치 사나운 독수리 같기도 하고, 열반에 든 봉황 같기도 했다. 한 걸음 내딛다 말고 다시 돌아서서 곤히 잠든 산악인에게 허리를 깊이 숙여 절을 했다. 그리고 아래쪽 침낭 속에 잠든 산악인에게도 고개를 숙이고 손을 흔들었다.

'형제들이여, 저승에서 다시 만나자!'

2013. 05. 19. 오후 5:00

"본래무일물, 본래 가진 것이 없으니, 어디에서 먼지가 묻으랴."

예성 사장이 깜짝 놀라 눈을 떴을 때, 정라이칭 부장이 깨달았다는 듯이 한마디를 툭 뱉었다. 그는 비어있는 금고를 뚫어지게 쳐다보며 웃는지 우는지 모호한 얼굴을 하고서 금방이라도 피를 토할 것 같은 표정을 지었다. 그는 증오스러운 표정으로 자신을 향해 비웃고 있는 우징 주임과 정라이칭 부장, 챠오첸 부장을 둘러보았다. 옆눈으로 자신을 쳐다보는 추메이를 돌아보았다.

"뻔뻔한 놈들! 오늘은 공성계(적을 빈 성으로 유인해 미궁에 빠뜨리는 계략)로 나를 놀리는군."

그는 또 자칭 경제 안건 정찰의 리더라는 자도 보았다.

"내일 정오까지 '귀'라는 사람이 영업허가증과 회사 인감을 주지 않으면 나는 상부에 보고하고 용의자를 구속할 거요."

경제 안건 정찰 리더는 우징을 돌아보았다.

"내일까지 기다릴 필요 없어요. 이미 오늘 우리가 사건을 신고했거든요."

추메이 부장은 우징 주임 앞에 서서 냉정한 눈빛으로 예성 사장을 쳐다보았다.

"무슨 사건으로 신고했소?"

경제 안건 정찰 리더는 날카로운 눈빛으로 리 경찰서장을 보았다.

"서명 위조, 회사 재산 불법 횡령, 대주주 이익 침해요."

리 경찰서장은 여유롭게 경제 안건 정찰 리더에게 말하면서 예성 사장을 돌아보았다.

"대주주가 숨 좀 돌렸답니까?"

"와아아!"

정찰 리더의 말이 끝나기 전에 휴대전화로 문자메시지를 보던 우징 주임이 두 주먹을 쥐고 귀에 대면서 갑자기 무릎을 푹 굽히더니 풀쩍 뛰어올랐다. 그녀의 입에서는 인생에서 가장 높고 날카롭고 놀라움으로 가득한 탄성이 터져 나왔다.

그 자리에 있던 사람들은 모두 어리둥절했다.

"멍청한 년!"

장단단이 고개를 흔들며 중얼거렸다. 그 순간 엉겁결에 펄쩍 뛰어올랐던 우칭이 바닥에 발이 닿자마자 그녀에게 달려들었다. 좌우로 날렵하게 손을 움직여서 맹렬하게 장단단의 따귀를 때렸다.

장단단이 손으로 얼굴을 가리고 반격하려 하자 우징 주임은 양손으로 그녀의 어깨를 움켜잡았다. 그녀가 몸부림치자, 우징 주임은 얼굴을 가까이하고 두 볼에 입을 맞췄다.

"이 여자가 미쳤어!"

정찰 리더는 깜짝 놀라며 리 경찰서장과 서로 마주 보았다.

"맞아, 나 미쳤어!"

예성 사장의 매서운 눈을 보자 그녀는 이를 악물고 이번에는 두 손으로 손뼉을 쳤다.

"너무 기뻐서 미쳐버렸어."

예성 사장은 날카로운 눈빛으로 우징을 쳐다보았다.

"당신 보스가 다시 태어나기라도 했나?"

우징 역시 예성 사장을 쏘아보면서 희미하게 고개를 저었다. 그리고 눈을 동그랗게 뜨고 그 자리에서 한 바퀴 돌면서 모두를 둘러본 후 휴대전화를 높이 치켜들고 화면을 예성 사장 쪽으로 내밀었다.

"2013년 5월 19일 오후 5시, 잉푸 회장은 산 정상에서 일어섰다. 이 순간, 그는 이미 구조대와 합류했다!"

예성 사장의 얼굴색이 순식간에 죽은 사람처럼 변했다. 장단단은 큰소리로 울기 시작했다.

"회사, 기업 및 기타 종업원이 직무상 편의를 이용하여 직장의 재산을 불법으로 점유, 횡령한 경우, 금액이 비교적 큰 경우는 5년 이하의 징역에 처한다. 거액의 경우 5년 이상 징역에 처하고 재산을 몰수할 수 있다!"

추메이 부장은 싱글싱글 웃으면서 장단단이 눈물을 닦는 모습을 보며 법조문을 한 글자 한 글자 또박또박 암송했다.

"찰싹!"

장단단은 예성 사장의 뺨을 때렸다.

"이 새끼! 네가 내 배를 부르게 했어. 목적은 단 하나. 회장님의 서명과 위임장을 위조하기 위해서였던 거야."

장단단이 예성 사장의 범행을 적나라하게 폭로하는 소리를 들으면서도 방에 있던 사람들은 즉각 반응하지 못하고 침묵했다. 그들은 모두 예성 사장을 쳐다보며 그가 입을 열기만을 기다렸다.

"나는 그저 내 몫을 되찾고 싶었을 뿐이었어."

예성 사장의 목소리는 떨렸다. 그는 양손의 흰 비단 장갑을 벗었다.

"아무래도 당신은 감옥에 가겠네요."

우징 주임은 기뻐하며 일행을 둘러보았다.

"이혼이야!"

장단단은 예성 사장을 힘껏 밀쳤다. 울음을 멈춘 그녀의 눈빛은 험악했다.

"뭐라고?"

우징 주임은 눈을 크게 뜨고 그녀를 쳐다보면서 예성 사장에게 입을 삐죽거리며 물었다.

"어제 혼인 신고했거든."

장단단은 두 손으로 얼굴을 가리고 다시 울기 시작했다.

"그만 돌아가자. 이 인간들 대체 무슨 소리를 하는지 모르겠네."

아까의 그 리더라는 자는 부하들에게 눈짓으로 철수를 지시했다. 그는 예성 사장의 시선을 피하면서 리 경찰서장에게 손을 흔들었다.

"잠깐만!"

리 경찰서장은 만면에 미소를 띠고 손을 내밀어서 떠나려는 그들을 가로막았다.

"이거 왜 이래?"

리더의 표정이 어두워졌다.

"시 경찰청 감사본부 양 부단장이 당신들 신분증 번호를 적어두라고 지시했어."

정찰 리더의 얼굴이 돼지 간처럼 새빨갛게 달아올랐다.

"왜 그래야 하지?"

리 경찰서장은 왼팔의 경찰 배지를 가리켰다.

"인민 경찰이니까!"

그 말이 끝나자마자 문서실의 궈 씨가 웃으며 문 앞으로 나왔다.

"다 잡아들여!"

"무슨 일이세요?"

수갑이 풀리자 마오마오는 즉시 주머니에서 휴대전화를 꺼냈다. 단문 메시지를 보자마자 그녀는 가슴을 움켜쥐고 쪼그려 앉더니 그대로 바닥에 주저앉았다.

리 주임도 깜짝 놀라며 황급히 쪼그리고 앉아서 마오마오의 어깨를 잡아주었다.

출국수속을 위해 줄을 서 있던 중년의 미국 여성 몇 명이 곧장 달려와 걱정스러운 표정으로 말을 걸었을 때, 마오마오는 폐가 찢어질 듯이 격렬하게 울음을 터뜨렸다. 줄을 서 있던 외국인 남성들도 달려왔다.

"고마워요, 아무것도 아니에요."

군중을 바라보며 마오마오는 눈물을 닦고 외국인들에게 고개를 끄덕였다.

"이 사람은 내 친구예요."

그는 친절을 베푼 사람들에게 리 주임님을 가리키며 설명했다.

"내 수호신이에요!"

사람들이 다시 줄을 서자 마오마오는 일어서서 조용히 휴대전화를 리 주임 앞에 내밀었다.

"리 주임, 믿어져요? 잉푸 씨가 산 정상에서 내려왔어요!"

저녁 6시, 뉴욕 어드벤처 클럽의 공식 웹사이트에는 뉴스 하나가 빠르게 퍼져나가고 있었다.

2013. 05. 19. 오후 5:00

"8,750미터 높이에서 53시간 내내 꼼짝없이 갇혀 있던 우리 국제 시니어 회원 잉푸 씨가 마침내 초모랑마 산 정상에서 내려왔다. 이번 구조는 성공적이었고, 이는 세계 고산 구조 역사에서 기적이나 마찬가지다. 또한 중국 산악구조의 새로운 성과를 보여주었다."

그 뉴스를 다 읽은 정 서기는 차 뒷좌석에서 궈 구청장의 휴대전화로 전화를 걸었다.

"궈 구청장, 들었나요?"

"네, 들었습니다."

정 서기는 부드럽게 한숨을 쉬었다.

"들었으면 됐어요. 그가 내려왔다면, 회사는 여전히 그의 것입니다. 우리가 끼어들 일이 아니군요."

"뭐라고요?"

"당신은 정말 모르겠나요? 이런 삶과 죽음의 시련까지 극복했으니 경쟁자 따위가 뭐 더 필요하겠어요?"

"그를 응원하겠습니다. 최선을 다해서!"

귀 구장은 고개를 끄덕이며 교차로의 녹색 신호를 보았다.

"민간 기업을 보호하는 건 우리에게는 피할 수 없는 책임입니다."

교차로를 건너면서 정 서기는 왼손을 불끈 움켜쥐고 구호를 외치듯 귀 근처에서 앞뒤로 흔들어 댔다.

"그렇다! 우리 구는 민간 경제를 지원하는 모범이 되어야 한다!"

에필로그

가쯔가 죽었다. 따뜻한 여름날 저녁 수도에서 죽었다. 경찰서의 장 부경찰서장처럼, 주사 한 대로 불안해 마지않는 생명을 진정시킨 것이다.

어떤 의식도 치르지 않고 왕냥과 마인화 노인이 좌우에 한 명씩 서서 고개 숙인 채로 가쯔의 얼굴을 한참 동안 바라보았다. 그때도 그의 얼굴은 언제나처럼 평온했다. 그러나 그가 웃고 있다는 것은 누가 보더라도 분명했다.

도죠, 리사, 시먼췌이쉬에도 그를 둘러싸고 절을 한 후 고인에게 꽃잎을 뿌려주었다.

"좋은 유골 항아리를 사자. 인촨에 돌아가면 묘지를 사야겠어."

마인화 노인은 왕냥을 보았다.

"아니요! 그는 평생 철창 안에서만 살았어요."

그러면서 왕냥은 냉정하게 스스로를 다독였다.

"이젠 흙으로 돌아가야 하는군요."

마인화 노인은 피곤하다는 표정으로 주변 사람들을 한 명씩 보았다.

"그럼, 이 세상의 그 어떤 것도 오염시키지 말고 흙에 잘 묻어주게. 유골 항아리는 마지막 집이니까."

"알겠습니다. 그럼, 어르신은 어떻게 하실 건가요?"

마인화 노인은 고개를 저으며 왕냥을 바라보았다.

"그의 재를 포도밭에 뿌리면 좋겠는데!"

"좋은 생각이에요."

왕냥이 말하자 도조가 고개를 끄덕였다.

"겨울이 되어도 흙 속에 있으면 춥지 않아요."

리사도 고개를 끄덕였다.

"봄이 오면 매일 햇볕을 쬘 수 있잖아요."

시먼췌이쉬에가 고개를 들어 가쯔를 비추고 있는 천장조명을 바라보았다.

"가을이 되면 내가 포도 따는 모습을 볼 수 있겠지."

왕냥은 두 손으로 얼굴을 감쌌다.

"그래, 됐어, 됐어. 죽음이란 등불이 꺼지는 것과 같은 것."

마인화 노인은 긴 한숨을 내쉬며 왕냥을 가만히 바라보았다.

"너부터 잘 챙겨라. 내일 내가 이 아이의 조카를 데리고 인촨으로 돌아갈 테니."

"아니요."

왕냥이 고개를 들었다.

"그건 내 책임이에요!"

"어째서?"

마인화 노인은 왕냥의 목소리가 너무 커서 화들짝 놀라며 고개를 들고 왕냥을 뚫어지게 쳐다보았다.

"내 뱃속에 그의 아이가 있어요!"

마인화 노인은 눈물을 주르륵 흘렸다.

"그럼, 너도 나와 함께 집으로 가자꾸나."

마인화 노인은 왕냥을 지그시 바라보았다.

"가쯔를 위해, 우리 닝샤(중국 서북부 오르도스 고원 지역 중심에 있는 닝샤후이족자치구) 강제 이주자의 핏줄을 위해서!"

"그래요! 할아버지하고 같이 갈게요. 그의 조카도 데리고요."

왕냥은 웃었다. 눈물의 반이 속눈썹에 맺혔고 나머지 반은 땅에 떨어졌다.

발가락 열 개를 모두 잃은 시먼췌이쉬에가 한숨을 쉬며 리사와 도조가 앞뒤로 서서 지하철역으로 내려가는 것을 배웅했다. 얼핏 불룩해 보이는 도죠의 배를 햇빛이 잠시 비추나 싶었는데 그녀의 모습이 사라졌다. 그는 그녀를 영원히 얻을 수 없는 여자, 몸도 마음도 캄파 사나이에게 바친 여자라고 생각했다.

시체안치소에서 방금 나온 탓인지, 대낮인데도 시먼췌이쉬에가 보기에 그녀는 마치 묘지로 가는 사람을 배웅하는 것처럼 느껴졌다. 그녀는 정말로 지옥에 가기를 원하는구나. 그런 생각이 들자, 시먼췌이쉬에는 지하철역에 들어갈 엄두가 나지 않았다. 그는 발걸음을 돌려 버스 정류장으로 걸어갔다. 버스 한 대가 정차하자마자 승객이 뛰어내렸고, 그는 버스 안으로 몸을 밀어 넣었다.

에필로그

2

    7월의 수도는 버드나무가 울창하다. 버드나무 가지가 무겁게 늘어지고 가지 끝이 수면 위에 뻗어 있어서 마치 창포가 자라고 있는 것처럼 보인다. 강물 속에는 보이지 않는 물고기와 벌레들이 곳곳에서 나뭇가지 끝을 둘러싸고 장난을 쳤다. 나무마다 새들이 쉴 새 없이 날아다녔다. 강변에는 광장에서 춤을 추지 못하는 노인들이 새들과 놀거나 개를 산책시키고 있었다.

    위는 검은색, 아래는 회색의 야외용 속건성 옷을 입은 잉푸는 강변을 따라 걷다가 버드나무 거목 밑에 섰다. 두 달 전 햇볕에 그을리고 동상에 걸렸던 얼굴은 많이 좋아져 있었다. 하지만 피부에는 껍질을 벗긴 자몽처럼 부드럽고 붉은 반점이 생겼다.

    강물 위에 햇살이 반짝반짝 빛나고 있었다. 초모랑마 정상에 쌓인 눈가루처럼 무자비하지는 않았지만, 잉푸의 마음을 따뜻하게 해줄 만큼도 아니었다.

    그래! 이 물속에는 어떤 물고기와 새우, 거북이가 있을지 아무도 모른다. 물속에 갑자기 익숙한 그림자가 나타났다. 잉푸가 황급히 얼굴을 들자 마오마오가 그의 눈앞에 서 있었다. 오늘 마오마오는 버드나무의 정령 같았다. 나뭇잎의 이슬처럼 부드럽고, 가볍게 만지면 햇살에 녹아내릴 것 같았다.

    잉푸의 놀란 표정을 보고 그녀도 눈을 크게 떴다. 짙은 낙타색 면 드레스를 입은 그녀는 허리선이 매우 매력적이었다. 세 가닥으로 땋아서 머리에 빙 둘러 늘어뜨린 머리채가 가느다란 목을 한층 돋보이게 했다. 곧고 매끈한 콧날이 살짝 위로 향한 코끝은 슬픔을 간직한 봉황 같은 눈동자와 어울려 특유의 청초함이 드러나 있었다. 귓바퀴가 둥근 귀는 사파이어 귀걸이로 장식했다.

"나, 치옌안하고 우톄빙에게 다녀왔어."

마오마오는 담담하게 말했다.

"이 게임은 끝났어."

"이 게임 때문에 네 인생의 절반을 허비했군."

"아니, 평생이야!"

마오마오는 잉푸의 손을 어깨에서 떼어냈다. 그리고 잉푸를 뚫어져라 쳐다보았다.

"1966년 8월 20일, 어머니가 학교 축구장 골대에 목을 매어 죽었을 때부터 나는 이 게임에 뛰어들 수밖에 없었어."

잉푸의 가슴에 얼굴을 묻고 그녀는 흐느껴 울었다. 부드럽게 마오마오의 머리를 쓰다듬으며 잉푸의 시야도 흐려졌다.

"넌 게임에 심판으로 들어갔잖아. 그들이 죄인인가?"

"만약 내가 당신을 대신해서 보충 계약서에 서명하지 않았다면 내가 죄인이 되었을 거야."

강물 위에는 잠자리 몇 마리가 버드나무 가지를 빙빙 돌고 있었다.

"감탄했어. 네 배짱과 식견에…."

잉푸는 잠자리를 바라보며 눈을 감고 마오마오의 머리를 가볍게 토닥였다.

"배짱이란 손을 내밀어야 할 때 주저하지 않는 걸 말해. 식견이란 계략을 짜고 좋은 먹이를 고르는 안목이야."

마오마오는 고개를 들고 잉푸의 손을 두 손으로 잡았다.

"백방으로 손을 써서 당신을 거들었던 건, 당신만이 이 거대한 프로젝트를 감당할 수 있다고 봤기 때문이야. 그들만이 당신을 지원할 수 있었기 때문이지."

"나를 지원하지 않았다면 네 복수 계획을 완수할 수 없었잖아?"

"물론!"

마오마오의 눈물이 하염없이 흘러내렸고, 잉푸가 고개를 숙이자, 눈물이 그의 발에도 떨어졌다.

"내가 어머니의 의미를 알았을 때부터 내 인생은 복수를 위한 거라 다짐했어!"

마오마오가 이를 악물고 하는 말을 들으며 잉푸의 눈빛이 한결 부드러워졌다.

"그들의 자식을 선택한 건 조금 심하지 않았나?"

"심하다고?"

마오마오가 갑자기 잉푸를 밀어냈다.

"그 아이들에게 기회를 줬다는 말은 왜 안 하지?"

마오마오는 손을 들어 이마에 헝클어진 머리카락을 뒤로 쓸어 넘겼다.

"만약 이빙과 팅팅이 규칙에 따라 프로젝트를 완수한다면 누구에게나 좋은 투자 행위가 되지 않겠어?"

"하지만 너의 복수 계획은 인간성을 판단한 후 거기에 근거한 일이었잖아. 그들이 이 시대에 개입해 오리라는 사실, 반드시 적극적으로 관여할 인물들이라는 걸 간파하고 있었어."

"맞아! 하버드와 와튼스쿨에서 이빙과 팅팅을 봤을 때, 원하는 건 반드시 손에 넣을 수 있다는 기운을 느꼈지."

"그 무엇도 두려워하지 않고, 무슨 일이 생기면 바로 세상 탓하는 식이군."

잉푸는 고개를 저었다.

"그들은 처음엔 경력을 쌓기 위해 해외로 나갔고, 돌아와서는 이제 외자기업의 중국 대표가 됐지."

"현대판 매국노로군!"

"그 후 그들은 금융에 손을 댔고, 사모펀드와 신탁, 증권까지 주물럭거렸지."

마오마오는 다시 고개를 저었다.

"막대한 자금을 손에 쥐고 있고, 뒤에는 유력한 아버지가 버티고 있으니 두려울 게 뭐가 있겠어."

잉푸는 강물을 바라보았다.

"당신을 미끼로 삼은 건 당신이 허수아비에 불과하다는 걸 눈치챘기 때문이야."

마오마오가 말하는 동안 잉푸의 얼굴이 빨갛게 달아올랐다.

"그럼, 나에게 접근한 건 나를 끌어들여서 게임을 하려고 했다는 거야?"

"난 당신을 도와주려고 접근한 거지."

잉푸는 아무 말도 하지 않았다.

"그 납치 사건 때 내가 무슨 역할을 했는지 당신이 계속 추측했다는 거, 나도 알아. 당신은 분명히 내가 그들과 공모해서 당신을 쫓아내려 한다고 생각했지?"

그녀는 눈물을 글썽이며 잠자리가 다시 돌아온 것을 바라보았다. 확실히 그들에게 수면은 넓은 곳이지만, 물과 연결된 이 버드나무 말고 그들이 머물 곳이 있기나 할까?

"아르헨티나의 호수에서 내가 연극을 한 게 틀림없다고 당신은 믿었을 게 뻔해. 내 목적은 화를 면하고 재산을 없애서 프로젝트를 양도하게 만드는 것이었어."

"망상은 그만하라는 말인가."

잉푸의 눈시울이 촉촉해졌다.

"사업에 발을 들여놓자마자 나는 정글을 헤매는 배고픈 늑대가 되었지. 먹이를 찾을 때는 다른 사람의 먹이가 되지 않으려고 안간힘을 썼어."

그렇게 말하면서 그는 두 손을 뻗어 마오마오의 어깨를 자기 쪽으로 돌렸다.

"말해봐, 아르헨티나에서 돌아온 후 왜 나한테서 멀어진 거지?"

마오마오가 웃었다. 잠시 침묵하다가 고개를 들어 잉푸의 눈을 뚫어지게 쳐다보았다.

"우리 아이가 생겼으니까!"

"이리 와, 잉쯔!"

그녀는 고개를 들고 근처 강가에서 중년 여자와 물놀이하고 있던 어린 여자아이의 이름을 불렀다.

"엄마!"

여자아이는 기쁘고 행복한 표정으로 마오마오의 가슴에 뛰어들었다. 마오마오는 여자아이의 두 어깨를 잡고 잉푸 쪽으로 돌려세웠다.

"잉쯔, 아빠라고 불러!"

"4년 전 내가 치옌안의 제자로 들어가지 않았다면 우리 가족은 진즉에 끝났을 거야."

베이비시터가 여자아이를 주차장으로 데려가는 모습을 보면서 마오마오의 얼굴이 차분해졌다. 그녀는 다시 고개를 숙이고 가방에서 클리어 파일에 끼워진 서류를 꺼냈다.

"그때 내가 당신한테 주권에 대한 전권 위임장에 서명하라고 강요했던 건 당신의 생명을 지키기 위해서였어. 그들은 내 비장의 카드가 두려워서 당신에게 손대지 못했던 거야. 하지만 결국에는 당신이 자제력을 잃고 그들을 궁지로 몰아넣었지."

"나는 기꺼이 사인했어."

잉푸의 얼굴이 가라앉았다.

"만약 내가 내 재산을 지키지 못한다면 차라리 너한테 빼앗기는 게 나을 테니까."

"왜?"

"사랑하니까! 너에게만은 안심하고 등을 보일 수 있었어. 너만이 내 가슴속에서 '아르헨티나여, 울지 말아요'를 불러줬으니까."

"이 사기꾼!"

마오마오는 화가 나서 얼굴이 붉어졌다. 조금 전 헤어진 여자아이가 뒤돌아보는 것을 보고 마오마오는 손을 흔들며 미소를 지었다. 그리고 다시 잉푸 쪽으로 돌아서서 분노를 드러냈다.

"아르헨티나에서 그날 밤, 당신은 피곤하다며 은퇴하고 싶다고 했어. 하지만 자기 아이를 낳은 지금에 와서도 당신은 여전히 만족하지 못하고 이번에는 프로젝트를 완수하겠다고 하다니."

"내 사업을 완수하는 게 뭐가 잘못됐지?"

"내 실수는 당신을 과소평가한 거였어."

마오마오는 울먹이며 웃었다.

"당신이 떠나면 아이와 나는 안전할 테고, 당신은 아무것도 신경 쓸 필요가 없어지겠지. 어차피 당신은 구사일생으로 살아남아서 이 개싸움에서 승리했으니까."

"너도 복수를 이루었잖아."

"하긴 완벽하게 말이지."

마오마오는 웃으며 주권 위임장을 잉푸의 손에 쥐어 주었다. 마오마오는 차로 돌아와 운전석에 앉았다. 그리고 고개를 돌려서 딸에게 미소를 지으며 입맞춤하고 휴대전화를 꺼냈다.

"여보세요, 팅팅 아버님이십니까?"

그녀의 얼굴에 서늘한 웃음이 떠올랐다.

"어떻게 됐나? 얘기가 어떻게 됐어?"

상대방의 말에서 초조함을 느끼며 그녀는 나뭇가지에 걸려있는 새장을 보았다. 새장 안에 든 꾀꼬리가 큰소리로 외치고 있었다.

"보스 안녕하세요?"

그녀는 운전석에 깊숙이 기대어 한 마디 한 마디 또박또박 이야기했다.

"그 사람이 한 마디만 전해달라더군요."

마오마오는 이를 악물고 말했다.

"'단 한 사람도 놓치지 않겠다'라고요."

"뭐라고? 넌 대체 뭐 하는 녀석이야?"

마오마오는 냉소했다.

"기억하시죠, 1966년 8월 20일, 학교 축구장에서 목을 매 숨진 여교사요."

"잊을 수가 없다고 했지? 그럼, 가르쳐주지. 내가 그 딸이야."

상대방은 전화를 끊었다. 하지만 마오마오는 조금 웃고는 다시 우톄빙에게 전화를 걸었다.

마오마오가 당당하게 떠날 때, 구급차 두 대가 연이어 장칭루 부지로 달려와 치옌안과 우톄빙의 건물 밑에 정차했다.

마오마오가 가버린 뒤에도 잉푸는 여전히 강변에 멍하니 서 있었다. 고개를 들자, 햇살이 눈부시게 빛나서 그는 다시 눈을 감았다. 바지 주머니에 손을 넣고 천천히 원래 있던 곳으로 걸어갔다.

"우징 주임, 간부들한테 한 시간 뒤 '동방과학기술금융센터' 프로젝트

검토 회의에 참석하라고 연락해 줘. 설계원 사람들도 반드시 참석하라고 하고."

잉푸는 눈을 비비면서 휴대전화를 꺼내 우징 주임에게 지시했다.

"알겠습니다. 회장님, 어느 회의실입니까?"

"16층."

"어느 문으로 들어가시겠습니까? 모두가 줄지어 서서 환영할 겁니다."

눈을 감은 잉푸의 얼굴에 두 줄기 눈물이 흘렀다.

"좁은 문으로!"

그는 고개를 들어 태양이 거대한 흰 구름에 가려지는 것을 보았다.

에필로그

3

"쫓기는 짐승!"

2013년 8월 1일 오전 7시, 잉푸는 사무실 벽을 파서 만든 수조의 상어에게 먹이를 주고 있었다.

상어의 길이는 약 60센티미터 정도였다. 잉푸가 집게손가락으로 두꺼운 유리를 가볍게 두드리자, 상어는 금세 몸을 돌려 사람을 향해 다가왔다. 한쪽 눈은 산소 파이프 끝에 부딪혀 시력을 잃었는데 마치 머리에 박힌 커다란 수수 알갱이처럼 보였다. 다른 눈은 차가운 빛을 발산하면서 잉푸를 알아보고는 꼬리를 살짝 흔들었다. 그 눈은 잉푸의 손에 들린 커다란 하얀 그릇을 응시하고 있었다.

잉푸는 발끝으로 서서 왼손을 들더니 1센티미터 남짓한 물고기 수십 마리를 수조에 쏟아부었다.

물속에 들어간 작은 물고기들은 꼬리를 흔들기 전에 바로 머리부터 처박는다. 생존 본능은 작은 물고기들이 포식자의 냄새를 감지할 수 있게 한다. 이 수족관에서 함께 키우기에는 적합하지 않은 물고기들이다. 지금 그들은 영리하게도 서로 몰려 있지 않고 사방으로 흩어져 도망쳤다.

굶주린 상어는 놀라운 속도로 달려들어 조금 늦게 반응하는 작은 물고기들을 따라잡았다. 그런 다음에는 그 크고 납작한 입을 벌리고 닫는 모습밖에 보이지 않았다. 그리고 나서 상어는 잉푸를 돌아보며 입을 벌리고 약간 헐떡이는 듯 하더니 날카롭고 가느다란 두 줄의 이빨을 내보였다.

"이것 봐, 당황한 작은 물고기를 잡을 때는 서두르지 않아."

잉푸는 집무실 책상 맞은편에 앉아서 상어의 사냥을 지켜보는 예성 사장의 차가운 눈빛이 유리창에 비친 것을 보며 이빨 사이로 말했다. 상어는 그의 의도를 알아챈 듯 깔끔하게 몸을 뒤집더니 등 위를 스쳐 지나가려던 작은 물고기를 냉큼 삼켜버렸다.

예성 사장의 등 뒤에 있는 티테이블에 검게 빛나는 권총이 놓여있었다. 수족관에 비친 그 권총은 잉푸에게 선명하게 보였다. 이십 대의 마른 청년이 소파에 앉아 무표정하고 어두운 얼굴로 고개 숙여 권총을 응시하고 있었다.

"회장님!"

예성 사장은 상어가 무자비하게 두 번째 작은 물고기를 삼킨 광경을 보고 흥 하고 콧방귀를 뀌고서 입을 열었다.

"이렇게 오전 일찍 서둘러서 만나러 온 건 물고기를 보고 싶어서가 아니라고요. 오늘은 우리가 결판을 봐야 하지 않겠어요?"

상어는 오직 작은 물고기를 쳐다보는 일에만 집중하고 있었다. 그때 그 청년은 얼굴을 들고 티테이블 위에 놓인 헝겊 인형을 가만히 들여다보았다. 그 작은 인형은 금색 머리를 두 가닥으로 땋아서 묶고, 왼손은 가슴에 대고, 오른손을 내밀어 위로를 구하는 듯한 모습이었다. 분홍색 얼굴의 미소는 마치 봄에 막 피어난 장미 같았다.

"어제 같은 시간에 헤이이지에 부장의 부인이 찾아왔어. 너를 고발하러 왔더군."

잉푸의 얼굴이 얼음처럼 차갑게 굳어지며 오른손 검지를 예성 사장을 향해 곧게 폈다.

"뭐라고요?"

예성 사장은 웃으면서 양손으로 가슴을 꼭 끌어안았다.

"쓸 만한 내용이 많던가요?"

그가 물었을 때 잉푸는 진즉부터 수조 안을 빙빙 돌면서 점점 더 사나워진 상어를 향해 고개를 끄덕였다.

"더할 나위 없더군! 너에게 20년 이상의 징역형을 내리기에 충분해. 네가 헤이이지에 부장에게 부동산 관리회사 계좌에서 천만 위안을 이체하라고 지시했을 때, 그걸 녹음했더라고."

예성 사장이 웃었다.

"이렇게 큰 회사에 자금이 들어오고 나가는 일인데 그게 무슨 문젭니까?"

"이 한 건은 장부 조작 사건이야. 넌 가상의 경호 서비스 계약서를 위조한 거지. 그 대금을 헤이이지에 부장과 시 부구청장의 처제가 운영하는 합자회사에 줬어. 나를 암살하기 위해서!"

예성 사장의 얼굴이 한순간에 창백해졌다.

"그걸 누가 증명하죠?"

잉푸가 웃었다.

"나를 죽이려고 몇 명을 고용했는지조차 잊어버렸나? 그날 나를 납치해서 차에 밀어 넣기 전에 지하 주차장의 감시카메라는 모두 꺼져 있었어."

"우연히 전기가 합선됐나 보죠."

예성 사장도 고개를 젓더니 얼굴을 옆으로 돌리고 왼쪽 눈 끝으로 흘겨보았다.

"합선이라니, 잘도 갖다 붙이는군."

잉푸는 한 걸음 앞으로 나가서 오른손으로 책상 위의 서류를 가볍게 두드렸다.

"내가 풀려난 뒤에 천만 위안은 원래대로 돌려놨더군."

"나쁘지 않네!"

예성 사장은 싸늘하게 웃었다.

"부부는 공영공존하는 경제공동체 아닌가?"

잉푸는 대답하지 않고 다시 돌아서서 상어가 마지막 한 마리의 작은 물고기를 수족관 구석으로 몰아넣은 모습을 보았다. 잉푸는 유리에 비친 그림자에서 예성 사장이 눈을 가늘게 뜨고 있는 것을 보았고, 상어의 차가운 한쪽 눈도 보았다. 잉푸는 수조를 가볍게 두드렸다. 상어가 물 밖으로 머리를 내밀며 뛰어올랐다.

"희소식 두 가지를 알려주지."

"첫째, 위만리 부장이 가진 증거는 아주 차고도 넘친다는 거야. 그녀는 재무부 금고에 네가 그녀에게 송금할 때 통화했던 음성 녹음을 보관하고 있었어."

잉푸는 웃으면서 손에 들고 있던 흰 그릇으로 허리를 두드렸다.

"둘째, 지난 5년 동안 넌 그녀와 호텔에 예순일곱 번이나 갔더군."

"역시 뒷골목 윤락가 출신이라, 그렇게 살아 온 여자다워!"

예성 사장이 싸늘하게 쳐다보자 잉푸는 머리를 긁적이며 말했다.

"이제야 알겠어. 넌 마조히스트(피학대 성애자)였어."

예성 사장은 앞으로 나와 양손으로 테이블을 쾅쾅 두드리더니 그 기세로 고개를 들어 잉푸를 노려보았다.

"마조히스트가 아니면, 당신 밑에서 이렇게 오랫동안 버틸 수나 있었겠어?"

"왜? 더는 못 참겠다 이건가?"

잉푸는 냉정하게 물었다. 예성 사장도 냉소적으로 한 발짝 물러서며 뒤에 숨겨놓은 암살자를 불렀다.

"나쁘게 생각하지는 말아요. 사방이 막히면 결국 공멸하는 길밖에 없잖아요?"

내내 입을 다물고 있던 청년이 고개를 들어 잉푸를 똑바로 바라보면서, 수족관의 상어가 다시 구석으로 다가가는 것을 힐끗 쳐다보았다.

"예성 사장님은 저를 5년 동안 키워주셨습니다. 지하 주차장 경비원으로요."

잉푸는 미소를 지으며 그릇을 테이블에 내려놓았다. 그런 다음 천천히 티테이블로 가서 권총을 집어 들었다.

"오오, 총알도 들어있군."

잉푸는 웃으면서 청년에게 총을 돌려주고, 돌아서서 예성 사장을 바라보았다.

"으음! 역시 군 관사에서 자란 사람다워. 이렇게 귀한 비장의 무기까지 꺼내 들고 온 걸 보면 말이야."

"당신도 좋은 물건이란 걸 아나 봐?"

예성 사장의 얼굴이 굳어졌다.

"그럼, 내일 경찰에 신고는 하지 말아줘! 옛 우정을 생각해서라도 그냥 넘어가 주면 안 될까? 부하로서 목숨 걸고 싸운 사람을 죽게 내버려 두면 안 되잖아."

예성 사장의 눈에 눈물이 맺혔다.

"나를 수도 없이 죽이려고 했던 건 너희 부하 아니었나?"

잉푸의 눈도 붉어졌다.

"당신이 죽어야 했기 때문이야!"

"그럼, 오늘은 내가 두려워서 부탁이라도 해야겠던가?"

"그래!"

예성 사장은 크게 고개를 끄덕였다.

"예성 사장, 네가 나를 수년간 따라다닌 게 다 헛수고였구나."

잉푸는 한숨을 쉬더니 예성 사장을 보고 고개를 저었다.

"사람은 죽일 수는 있어도 완전히 굴복시키기는 어려운 법이야."

"회장님!"

청년은 고개를 들고 잉푸에게 말했다. 예성 사장은 청년을 노려보았다.

"말해봐!"

잉푸는 굳은 표정을 풀고 젊은 암살자를 바라보았다.

"이걸 누구한테 받으셨습니까?"

청년은 귀여운 인형을 양손으로 들어 올리며 물었다.

예성 사장의 표정이 무거워지자 잉푸는 수족관 쪽으로 시선을 돌렸다. 수조 안에는 맑은 바닷물이 출렁이고 상어가 마지막 먹이를 노리고 있었다.

"26년 전, 어느 자선 파티에 초대받은 적이 있었어. 연회에서 한 스님이 두 살배기 남자아이를 안고 있었지. 그 아이는 아무에게도 안기지 않았는데, 왜인지 내가 손을 내밀자마자 내 품으로 뛰어들었지."

잉푸는 청년이 손에 들고 있는 인형을 쳐다보았다.

"스님이 말하길 어느 해 한겨울이었는데 한밤중에 아기 울음소리가 나서 잠에서 깼다더군. 절 문을 열었더니 남자아이가 이불에 쌓여서 문 앞에 놓여 있더라는 거야. 아기의 윗입술이 찢어져 있었지만 말이지. 그래서 그 아이를 절로 데리고 와서 교대로 가슴에 안아서 따뜻하게 해주면서 밤새도록 돌봤다는 거야."

그렇게 말하면서 잉푸는 눈물을 훔치고 있는 청년을 보았다.

"다음 날 한 자선단체가 이 소식을 듣고 베이징에서 모금 활동을 벌이기에 내가 다 맡겠다며 10만 위안을 기부했어. 사실 구순열 수술비는 기껏해야 몇천 위안이면 충분하거든."

잉푸는 양손으로 잠시 얼굴을 가렸다.

"불쌍하게도 아이는 찢어진 입술로 태어났을 뿐인데 부모는 그 아이를 버렸어. 아이의 수술이 끝난 후 내가 그 아이를 스님에게 돌려보낼 때 스님이 그 인형을 건네주셨어. 그날 파티의 선물이었는데, 스님은 언젠가 이 아이가 보답할 테니 잘 보관해 두라고 하셨지."

"흑흑"

잉푸와 예성 사장은 문득 울음을 터트린 청년의 애절한 울음소리에 깜짝 놀랐다. 청년은 인형을 내려놓고 두 손으로 권총을 들고 몇 걸음 걸어가더니 잉푸 앞에 푹 무릎을 꿇었다.

"회장님은 제 은인이세요. 저는 그것도 모르고. 이 총으로 저를 쏴 죽여주세요!"

그는 고개를 들더니 양손으로 머리 위까지 총을 받쳐 들었다.

"제가 그 아이입니다. 저도 같은 인형을 가지고 있는데 두 살 때부터 안고 잤습니다."

그 믿기 어려운 말을 듣고 잉푸는 고개를 갸웃거리며 청년을 바라보았다. 확실히 윗입술에 희미하게 수술 자국이 있었다.

"세상에, 악인이 운도 좋네!"

잉푸와 청년이 하염없이 눈물을 흘리고 있을 때 예성 사장은 긴 한숨을 내쉬었다.

청년은 얼굴을 닦고 일어서서 총을 들고 예성 사장을 겨냥했다.

"당신이야말로 진짜 악인이야, 죽어야 할 사람은 바로 당신이라고!"

"어서 쏴. 그래 내 탓이다. 부처님께 공양을 제대로 하지 않은 탓!"

예성 사장은 눈을 감고, 입술을 부르르 떨었다.

"저 자를 가게 해주게!"

잉푸는 오른손으로 문을 가리켰다.

"눈감아주는 겁니까?"

청년은 돌아서서 잉푸를 보았다.

"죽이는 게 바로 묵인이야. 내일 신고는 할 거다."

이 말이 끝나자, 수조에서 큰소리가 났다. 세 사람이 고개를 돌리고 보니 상어는 구석에 몰아넣은 마지막 작은 물고기를 괴롭힐 만큼 괴롭혔는지 갑자기 달려들어 한입에 물어뜯어 버렸다.

에필로그

4

2013. 09. 19. 오전 11:30

잉푸는 용문호텔 3층에 있는 전용실에 앉아 손에 든 샤오얼을 들어 올렸다. 오전에 열린 동방몽도 2기 기공식에서 지구위원회와 구 정부 지도자들은 모두 이 프로젝트에 강한 기대를 표명했다. 샤오얼 병을 통해 호텔 창밖의 흰 구름을 바라보며 초모랑마를 떠올리고 여유로운 기분을 만끽하고 있었다. 민간 기업을 격려하는 정 서기의 말을 귓등으로 들으며 그는 정면을 바라보고 있었다.

"여러분, 수고하셨습니다!"

잉푸는 추메이 부장, 정라이칭 부장, 챠오첸 부장과 궈 구청장을 바라보며 눈을 찌푸렸다.

"무슨 일이야?"

잉푸는 오른쪽의 공석을 보고 끓고 있는 훠궈를 다시 바라보았다.

"우리 우징 주임은 또 어디 가서 귀신 퇴치라도 하고 있나?"

그때 우징 주임은 눈앞에 서 있는 장단단를 웃으며 바라보았다.

"아무래도 예성 사장과 함께 있었던 게 헛수고는 아니었나 봐. 얼굴 가죽이 아주 두꺼워졌어!"

우징 주임은 고개를 까딱이며 그녀를 위에서 아래로 훑어보았다.

"이 철면피!"

"나한테 작은 수치심이라도 남아 있긴 해?"

장단단은 낄낄거리며 웃었지만, 둑이 터지듯 눈물을 왈칵 쏟았다. 고개를 들자 제멋대로 흘러내리는 눈물에 햇빛이 반짝거렸다.

"아니 그럼, 무슨 일로 온 거야?"

우징도 고개를 들었다. 따듯한 햇살이 그녀의 안색을 부드럽게 만들었다.

"잉푸 회장님이 한마디만 해주면 좋겠어. 장단단 잘못은 눈감아 주겠다고…."

우징 주임은 온몸이 흔들릴 정도로 크게 웃었다.

"너, 자신을 과신하고 있어."

"응, 맞아!"

장단단은 먼 곳을 바라보며 말했다.

"회장님이 주신 돈도 다 날려버렸어."

"뭐라고? 넌 투자 협정에 서명했잖아. 회사 재산 횡령죄로 복역하고 나면 그 후엔 투자자 의사 위반에 대한 재판을 기다려야 해."

"나도 알아. 그 돈을 사용할 때 투자자 동의를 얻는다는 전제로 계약했으니까. 내 돈은 예성 사장에게 사기당했어."

"예성 사장?"

우징 주임은 분개하여 이를 악물고 장단단을 노려보더니 주먹을 쥐었다.

"잉푸 회장은 이제 저세상 사람이니 내 돈을 자기 기금으로 입금하면 연이율 30퍼센트의 수익이 생긴다고 꼬드겼어. 결국 지난달 말에 그가 감옥에 갔을 때 기금의 펀드 매니저가 야반도주했고, 내 계좌도 깡통이 됐고."

우징 주임은 장단단의 초췌한 눈빛을 보고 관자놀이를 가볍게 문질렀다.

"남편한테 돌려달라고 해."

"소용없어! 그 사람, 자기 돈 7천만 위안도 허공에 전부 날려버렸거든."

우징 주임은 잠시 침묵하고, 손과 입술을 떨고 있는 장단단을 바라보았다.

"이제 가도 돼."

"어디로?"

장단단은 우징을 멍한 눈으로 쳐다보며 고개를 저었다.

"네가 원하는 대로 어디든 가면 돼!"

우징 주임은 짜증이 났다.

"오, 하느님"

장단단은 갑자기 두 손을 휘두르며 자기 가슴을 두드리고, 뺨을 때렸다. 코피가 나는데도 하늘을 향해 더 크게 소리 질렀다.

"빨리 어떻게 좀 해봐. 나 미친 것 같아. 빨리 병원에 데려다줘."

우징 주임은 손을 흔들어서 회사 미니버스를 불렀다.

미니버스가 떠나는 것을 보면서 우징 주임은 또다시 눈물이 났다. 눈물을 닦고 2층으로 올라가려는데 잉푸의 운전기사 리 씨가 눈에 들어왔다.

"기사님은 그만두셔야 해요!"

그녀는 리 씨를 불러서 냉정하게 말했다.

"나보고 그만두라고요? 그럼, 회장님은요? 그만두지 않으시나요?"

우징 주임이 웃으며 손가락으로 그를 가리키며 말했다.

"바보 같은 소리. 이건 그 사람 회사예요. 기사님만 나가 주세요!"

"어디로 가라는 겁니까?"

리 씨는 팔짱을 꼈다.

"경찰서!"

리 씨는 웃으며 입을 삐죽 내밀었다.

"그건 당신이 자주 가는 곳이지, 내가 왜 갑니까?"

"자수하세요. 회장님의 납치 공범이잖아요!"

우징 주임은 이를 악물고 말했다.

리 씨는 또다시 팔짱을 끼고 얼굴을 가까이 들이대며 우징을 쳐다보며 말했다.

"증거 있어요?"

우징 주임은 웃으며 리 씨를 바라보며 고개를 저었다.

"회장님이 납치되던 날, 약속된 시간에 왜 차가 지하 주차장에 오지 않았죠?"

"오는 길에 고장이 났으니까요."

"회장님이 납치된 다음 날 기사님 계좌에 입금된 백만 위안은 어떻게 된 거죠?"

"친구에게 빌렸어요!"

리 씨의 얼굴이 새파랗게 질렸다.

"좋아요. 경찰서에서도 어떤 친구인지 잘 설명해 주세요."

리 씨가 계속 눈을 깜빡였지만, 우징 주임은 그의 시선을 피해서 머리 위 간판을 올려다보았다.

"그럼, 한 가지 더 물어볼게요. 지난 몇 년 동안 기사님은 왜 항상 차에 위치추적기를 가지고 다녔죠?"

"몰라요. 그건 나랑 아무 상관 없어요."

리 씨의 입이 떨리기 시작했다.

"상관없다고요? 그럼, 말씀해 보세요."

우징도 뒷짐을 지고 제자리에서 빙글빙글 맴돌았다.

"도대체 누가 일 끝나고 귀가한 기사님 주머니에 매일 그런 걸 집어넣겠어요?"

"그 회장님은…."

리 씨는 고개를 들더니 위층을 힐끗 쳐다보았다.

"진짜 대단하세요! 오랫동안 나를 돈 받는 도구로 이용하셨지요. 우 씨 일가와 치 씨 일가 모두 감옥에 보냈는데, 난 그들에게 신세 진 적 없어요."

"그들은 벌 받아 마땅해요. 기사님도 감옥 안에서 그 사람들 시중들면 되겠네요."

우징 주임은 빙긋이 웃었다.

"몇 년이나 지내면서도 회장님은 나한테 큰소리 한 번 친 적이 없으신데."

갑자기 그렇게 말하면서 리 씨는 온몸을 떨고는 무릎을 꿇었다.

리 씨가 정오의 햇살 속에서 무릎을 꿇고 있을 때, 용문주점의 젊은 지배인은 잉푸에게 아부하고 있었다.

"회장님, 축하드립니다!"

잉푸는 웃으며 샤오얼 한 병을 단숨에 마셔버렸다.

"그게 뭐 축하할 일인가."

잉푸가 웃으며 주저 없이 다 마신 것을 보고 지배인도 똑같이 샤오얼을 집어 들더니 뱃속에다 콸콸 쏟아부었다.

"잉어가 용문을 뛰어넘었습니다. 천만 가지 어려움을 극복하고 잉어가 거듭나서 용이 되지요."

"용이 되었다고 해서 그게 무슨 소용 있나?"

잉푸는 조금 취기가 돌았다.

"그런 다음 백마가 됩니다."

지배인은 기분 좋게 이야기를 이어갔다.

"백마가 되어서 뭘 하는데?"

"우리를 데리고 서쪽으로 경전을 얻으러 가 주세요."

지배인과 지금 막 들어온 우징, 정라이칭, 추메이, 챠오첸이 이구동성으로 소리쳤다.

"하지 마!"

잉푸가 테이블을 치자, 일행 앞에 있는 훠궈 냄비의 국물이 더 요란하게 끓어올랐다.

"그럼, 난 또 남의 손에 끌려가서 말을 타야 하는 건가?"

"샤오얼! 그의 눈에 뜨거운 눈물이 맺혔다.

"세 병 더!"

에필로그

5

"정상에 오른 사람은 반드시 내려와야 한다."

2014. 05. 17. 오전 11:00

잉푸는 취쫑춘 마을 외곽 자락 강변에서 초모랑마 정상의 깃발 구름을 바라보며 이렇게 말했다.

그날 오전 9시, 강변의 비탈에서는 기도를 위한 뽕나무 연기가 처음에는 곧게 솟아오르다가 공중에서 깃발구름처럼 천천히 휘어져 몇 줄기는 남쪽으로, 몇 줄기는 동쪽으로 흘러가고 있었다.

푸르른 대지 위에는 봄철 농사를 짓는 사람들이 여기저기서 화려하게 장식한 소와 말을 쫓아다니고 있었다. 티베트 눈 꿩은 일가가 총출동해서 들판과 강가에서 벌레와 풀씨 따위를 찾아다녔다. 마음을 가라앉히면 흙이나 바위틈에서, 혹은 개울에서 "딸랑딸랑" 소리가 들렸다. 그러나 그 소리는 바람과 함께 금방 사라졌다. 머리 위에서 구름이 움직이면 언덕 꼭대기에서 바람이 불어오기 때문이다. 바람은 산비탈을 천천히 이동하는 야크 떼의 꼬리처럼 좌우로 흔들리면서 티베트 눈 꿩들의 환호성을 흙과 눈 더미, 그리고 강물 속으로 쓸어내렸다.

"당신이 왔으니 나는 이제 돌아가야겠어요."

언덕 경사면에 앉아서 뽕나무 연기에 휩싸인 채 예나는 손으로 무릎을 끌어안고 먼 들판을 바라보며 잉푸의 어깨에 머리를 기대고 있었다.

"우리가 지금 함께 있는 건 작별 인사를 하기 위해서인가?"

잉푸는 산 정상에서 점점 더 짙어지는 깃발 름이 서쪽에서 동쪽으로 흘러가는 것을 보며 혼잣말했다.

"여기 온 건 돌아가기 위해서예요."

예나는 어깨에 늘어뜨린 티베트식 땋은 머리를 만지작거리며 공중을 선회하는 독수리를 보면서 낮은 목소리로 말했다.

"만약 오지 않았다면?"

잉푸는 깃발구름이 초모랑마 정상에서 계곡으로 흘러내리는 것을 보며 침울한 표정을 지었다.

"오지 않았으면?"

예나는 벌떡 일어서서 잉푸를 쳐다보았다.

"나는 잠도 못 자고, 밥도 못 먹고, 살지도 못했을 거예요."

그녀의 눈시울이 촉촉해졌다. 잉푸는 뒷짐 진 채 위를 올려다보며 모여드는 독수리 수를 셌다.

"저 먼 곳에서 나한테 저주를 퍼부을 만한 가치가 있었나?"

"그건 당신 생각일 뿐이에요."

그러더니 예나는 참다못한 독수리 몇 마리가 뽕나무 연기 근처에 내려앉아서 소고기를 먹어 치우는 모습을 보았다. 그녀는 고개를 돌리고 잉푸를 바라보았다.

"아저씨의 성적 환상은 롤리타(러시아 작가 블라디미르 나보코프가 1958에 미국에서 영어로 출간한 소설. 마흔 목전의 남자가 13세의 소녀 롤리타를 사랑하여 성적 욕망을 느낀다)에서 벗어나지를 못하는군요."

그녀는 왼손으로 잉푸의 가슴을 밀었다.

잉푸는 밀려서 손에 힘이 풀리자, 땅에 드러누웠다. 그대로 누워서 엷게 감도는 풀 냄새를 한껏 들이마셨다. 하늘에는 커다란 구름이 살아있는 것들을 어여삐 여겨 이불을 덮어 주려는 듯이 떠돌아다녔다.
"저승에서 만나자."
"저승에서도 아저씨 몫은 없어요!"
"아무리 무정해도 그렇지."
예나의 무정한 말을 듣고 잉푸는 다시 일어나 앉았다.
"무정하다고요?"
예나는 뽕나무 연기에 흥분한 독수리를 보고 콧방귀를 뀌었다.
잉푸의 얼굴이 어두워졌다.
그는 독수리 한 마리가 자기 머리보다 몇 배나 더 큰 고기를 뼈에서 떼어 삼키는 모습을 보고 몹시 놀랐다. 그리고 무심코 손을 꽉 움켜쥐었다.
예나도 진지하게 이야기하려는 듯 몸을 일으켜 꼿꼿하게 앉았다.
"3월부터 취쭁춘 마을에 와서 연구에 필요한 자료를 다 모으기는 했지만, 그래도 돌아가고 싶지 않았어요. 왜 그런지 아세요?"
"설마 내가 늑대에게 먹이를 주러 올 때까지 기다린 거야?"
"달리 누구를 기다리겠어요?"
"내가 그렇게 좋아?"
잉푸는 웃으며 예나를 놀렸다.
"아니요! 당신이 나쁜 사람이기 때문이에요."
잉푸는 고개를 흔들며 독수리가 마침내 뼈에 붙은 고기를 남김없이 삼키는 것을 보고 주먹을 불끈 쥐었다.
"이 세상에서 내가 좋은 사람이라고 말하는 사람은 한 명도 없어."
그는 하늘을 바라보는 예나의 눈을 흘끗 쳐다보았다.
"하지만 네가 보기에 내가 얼마나 나쁜 사람인지 듣고 싶구나."
예나가 눈을 감고 있자 그는 갈색 재킷의 왼쪽 주머니에서 빈 약병을 꺼냈다.

"아가씨, 여기를 좀 봐. 이것 때문이야?"

예나는 눈을 치켜뜨고는 갑자기 그것을 빼앗아 경사면에 벌러덩 드러누워 눈물을 흘렸다.

"그때 왜 나를 8,400미터에서 밀어서 떨어뜨리지 않았어요?"

깊이를 알 수 없는 텅 빈 푸른 하늘을 올려다보며 그녀는 큰소리로 말했다.

"너를 떨어뜨린다고?"

잉푸는 웃으며 하늘을 가리켰다.

"이 세상에는 밀어내야 할 사람이 수두룩해서? 하지만 넌 그 안에 들어가지 않아."

"그럼, 당신은 단순한 악이 아니라 극악무도한 악인이네요!"

예나는 다시 일어섰다가 앉아서 붉어진 눈으로 잉푸를 뚫어지게 쳐다보았다.

"당신은 속으로는 나를 경계하면서도 매일 밤 나를 안아주었으니까요."

"그럼, 당연히 너를 안아줘야지."

잉푸는 빙그레 웃으며 예나의 전신을 훑어보았다.

"롤리타, 누가 바지를 갈아입혀 줬지?"

"바보!"

예나의 얼굴이 온통 빨갛게 물들었다.

"남의 약점을 노리다니."

"내가 너를 위기에서 구해 준 거 아니야?"

예나는 입을 다물었다. 잉푸는 독수리들이 남은 고기를 두고 다투기 시작하는 것을 보며 고개를 저었다.

"8,400미터에서 그날 밤 네가 소변 통의 뚜껑을 제대로 닫지 않아서 침낭이 젖었다고. 그래서 너를 내 침낭에 들였을 때."

그는 엎드려서 예나의 손에서 약병을 가져다가 그것을 치켜들고, 빙글빙글 돌리면서 보았다.

"결국 이걸 찾아낸 거지."

"그래서 넌 노스콜 캠프에 올라간 뒤로는 내 보온병에 담긴 물을 마시지 않았지?"

예나도 잉푸의 손에 들린 약병을 보았다. 그때 밝은 햇살이 병을 뚫고 들어가 병 속에 가득 차서 넘쳐흐르고 있었다. 그 병은 마치 가득 차서 넘칠 것 같은 이야기를 들려주고 싶다는 듯 반짝반짝 빛났다.

"그때 내 가슴 위에 바윗덩어리가 얹혀 있는 기분이었어. 힘들었다고!"

"내가 비열해서인가요?"

"확인했기 때문이지."

"그럼, 왜 그때 나를 죽이지 않았죠?"

"죽인다고?"

잉푸는 웃으면서 왼팔을 뻗어 예나를 가슴에 안았다.

"네가 내 로리타라서 그런 거잖아!"

"그럼, 왜 내가 어택캠프에서 갑자기 토하고 설사하고 그랬을까요?"

"올라갈 때 보온병에 든 물을 마셨기 때문이야."

잉푸는 고개를 끄덕였다.

"시먼췌이쉬에가 안에 설사약을 넣었거든!"

"그거 알아요?"

예나는 잉푸의 귓불을 만졌다.

"당신이 산 정상에서 일어나자마자 자시빙추오와 쌍빠가 바로 베이스캠프에서 당신의 침낭을 준비했어요. 그들이 나를 발견했을 때 나는 악몽을 꾸고 있었어요."

"무슨 꿈을 꿨지?"

눈물을 흘리며 잉푸는 예나의 이마를 쓰다듬었다.

"굶주린 늑대가 당신을 잡아먹는 꿈이었어요."

"작은 암컷 늑대였겠지?"

잉푸의 웃는 얼굴에 눈물이 반짝였다.

"지난 일 년 동안 나는 계속 후회하고 있어요."

예나도 웃었다. 긴 속눈썹에 맺힌 눈물은 풀잎 위의 이슬처럼 맑고 투명하게 빛났다.

"왜 2호 캠프에서 해초 수프에 파두를 넣지 않았을까 하고요. 그랬으면 당신은 산 정상에서 그 많은 고통을 겪지 않아도 됐을 텐데."

"장애인도 되지 않았을 테고."

"무슨 말이죠?"

예나는 두 손으로 입을 가리고 눈을 동그랗게 떴다.

"왼쪽 새끼발가락과 넷째 발가락, 그리고 오른쪽 첫째와 셋째 발가락을 절단했거든!"

잉푸는 싱글거리면서 눈물을 흘리는 예나를 바라보았다.

"아아, 정말 정에 이끌려 가는 게 아니었어요."

예나는 얼굴을 일그러뜨리며 주먹을 쥐고 자기 관자놀이를 때렸다.

"이런 바보! 네가 상냥하게 대해 준 덕분이었어. 그래서 내가 너를 좋아했고."

잉푸는 예나의 이마를 톡톡 두드렸다.

"이 병에 뭐가 들어있는지 알아?"

"설사약이겠죠."

예나는 몸을 일으키더니 다시 앉아서 잉푸를 바라보았다.

"가쯔가 가르쳐 줬어?"

"네, 그래요. 그는 내 앞에서 조금 마셔서 이 약이 뭔지 보여줬어요. 당신을 산에서 죽지 않게 하기 위해서라고 했어요."

잉푸는 자못 즐겁다는 듯이 웃었다. 하지만 눈에는 눈물이 맺혀 있었다. 그런 다음 뽕나무 연기 속에서 독수리가 뼈에 붙은 고기를 놓고 목숨 건 싸움을 벌일 듯한 광경을 바라보았다.

"'사람은 돈 때문에 죽고, 새는 먹이 때문에 죽는다'라고 하더니 정말 맞는 말이네. 내 돈 때문에 너를 이용해서 나를 죽이려고 했다니."

잉푸는 또다시 오른손에 든 약병을 눈앞에 들어 올렸다.

"이 약병에는 파두 말고도 나를 죽일 수 있는 약이 들어있어."

"그게 뭔데요?"

"페니실린이야!"

예나는 눈을 동그랗게 뜨고 눈을 깜빡이자, 속눈썹에 맺혔던 눈물이 떨어졌다.

"그것도 독약은 아니겠죠?"

잉푸는 초모랑마 쪽으로 얼굴을 돌렸다.

"난 페니실린 알레르기가 심해! 냄새만 맡아도 의식을 잃고 경련이 일어나거든!"

"정말인가요?"

예나는 얼굴이 새파랗게 질려서 풀린 눈으로 싸움을 시작하려는 독수리를 멍하니 바라보았다.

"인간은 왜 그다지도 잔인할까요?"

"그래서 너의 연구 주제는 실패할 수밖에 없는 거야."

잉푸가 일어서자, 멀리 계곡에서 타시와 감바가 울부짖으며 달려오는 것을 발견했다.

"이제 왔으니, 돌아가자!"

예나는 타시와 감바가 자기를 부르러 왔다는 것을 알았다. 이미 지아뿌의 집에서 마중 나온 차가 도착해 있었다.

"왔으니까 돌아가야지!"

잉푸가 예나를 바라보며 말했다. 예나는 잉푸의 말이 끝나자 이렇게 말했다.

"일 년 걸렸지만 결국 내 연구가 헛수고였다는 사실을 알았어요."

"아니, 헛수고가 아니야! 너는 인간의 본성을 확인했잖아."

잉푸는 예나의 어깨에 두 손을 얹으며 말했다.

"한 인간은 위대한 재판관처럼 세상 사람들을 심문해야 해. 그리고 위대한 죄인이 되어 자신을 심판하는 자에게 자기의 선함을 설명해야 해."

"누가 그런 말을 했어요?"

예나는 눈이 휘둥그레졌다.

"루쉰(魯迅, 근현대 중문학을 가장 대표하는 인물. 현실을 직시하는 날카로운 비판과 혁신적인 문체로 중국 문학과 사상의 변화를 주도했다)!"

"아!"

예나는 손뼉을 치며 고개를 들어서 잉푸의 두 손을 자신의 어깨에서 내려 꽉 움켜쥐었다.

"그 사람이야말로 진정한 생태사회학자군요. 내 논문의 진짜 주제를 그가 알려주었어요."

"오오!"

잉푸는 눈을 가늘게 뜨고 웃었다.

"축하해! 넌 다시 태어난 거야!"

예나는 잉푸의 가슴에 얼굴을 대고 말했다.

"아니요, 난 죽었어요!"

그녀는 잠시 침묵하다가 고개를 들고 다시 말했다.

"삶은 곧 죽음! 죽음은 곧 삶이니까."

"아까 그 말, 누가 했는지 알아요?"

예나는 백마를 타고 계곡으로 내려갈 때 잠시 뒤돌아서서, 배웅하는 잉푸에게 큰소리로 물었다.

"총카파(宗喀巴, 티베트 정통파 불교의 개혁자로서 현교와 밀교를 융합한 신교도의 종교개혁 운동을 일으켰다)"

잉푸는 큰소리로 대답했다. 그 여운이 골짜기와 높은 산비탈에 울려 퍼졌다. 야크들도 고개를 들고 크게 소리치기 시작했다.

한 마리의 거대한 독수리가 느닷없이 날갯짓하자 다른 독수리들이 일제히 달아났다. 그 독수리는 유유히 앞으로 나아가 마지막으로 뼈에 붙은 고기를 한입에 삼켰다.

"나하고 같이 가요!"

언덕마루에서 예나는 말을 멈추고 크게 소리쳤다.

"안 돼!"

잉푸 역시 큰소리로 외치며 고개를 세게 흔들었다.

"머리 사냥당할까 무서워!"

그리고서 잉푸는 휙 뒤돌아서서 손목시계를 보았다. 11시 정각이었다.

고개를 돌려 초모랑마를 바라보니 지금까지 본 적 없는 길고 넓고 두꺼운 하얀 깃발구름이 천천히 아름답게 퍼져나갔다. 휙 바람이 불었다. 그는 다시 돌아보며 예나의 등을 향해 소리쳤다.

"아가씨, 또 만나!"

그는 이어서 말했다.

"저승에서!"

멀리 지평선 너머에서 들려오는 목소리 같았다. 예나는 백마를 재촉하여 계곡으로 내려갔다.

먹이를 다 먹은 독수리들은 서로를 향해 소란을 피우기 시작했다. 잉푸는 그 독수리들이 몇 발짝씩 도움닫기를 하다가 바람을 거슬러 날아오르는 모습을 보았다. 그의 머리 위를 몇 번 선회한 후 멀리 날아가 버렸다.

먼 골짜기에서 한 줄기의 뽕나무 연기가 높이 솟아오르고 있었다. 잉푸는 그곳에 조장 장례를 치르는 조장대가 있다는 것을 알고 있었다.

에필로그

옮긴이의 글

> "
> 세계 최고봉 초모랑마와 베이징을
> 무대로 펼쳐지는 압도적인 대작
> "

초모랑마(에베레스트의 티베트 이름)는 '세계의 여신'이라는 뜻을 담고 있고, 여신이 사는 신성한 산, 생명을 잉태하고 양육하는 '어머니 산'으로 숭배받는 산이다. 지구에서 이보다 더 높은 곳은 없다. 그러나 아무리 오르고 올라도 하늘에는 도착하지 못한다. 주인공 남자는 도망치기 위해 초모랑마에 오르지만 결국 세상으로 돌아온다. 현실에서도, 초모랑마에서도 생과 사는 하나이며, 그것이 평행선을 이룰 때 온전히 살아갈 수 있다는 것을 깨닫는다. 절체절명의 상황에서 산은 그에게 자비를 베풀었다. 산은 그를 돌려보냈다. 넘어진 곳에서 주저앉지 말라고 등을 밀어주었다. 초모랑마는 어떠한 절망 속에서도 다시 일어설 수 있다는 믿음을 갖게 해주었다. 그는 대가를 치렀고 용기를 얻었다. 이 소설은 고산등반의 백과사전과도 같고, 에베레스트를 등반하다 죽은 산악인들, 특히 그곳에서 죽어 내려오지 못한 채, 산이 되어버린 산악인들에 대한 진혼곡과도 같다.

막대한 부를 손에 넣은 한 남자를 둘러싼 갖가지 음모를 복선으로, 개혁 개방 후 끓어오르는 현대 중국의 어둠을 수도 베이징과 세계 최고봉 에베레스트를 무대로 펼친 압도적인 대작이다.

이 소설에는 중국의 고대로부터 근현대에 이르기까지 방대한 세계가 바탕에 깔려 있다. 문혁(文革)과 홍위병(紅衛兵), 통제에서 개혁 개방, 정치와 통치 이념, 역사서와 고사성어, 영웅호걸, 당시와 한시, 소설, 음식과 술, 차 문화 등. 그리고 서양의 회화와 문학까지도 망라되어 있다. 이 역작을 번역하면서 황누보(怒波) 작가의 초인적인 지적 능력에 놀랐고, 문학적, 철학적 사유에 깊이 감동했다.

　1995년 중쿤그룹을 설립하여 손꼽히는 대기업으로 키워낸 기업인으로서, 시와 소설, 동화 등을 창작하는 문인으로서, 세계 7대륙의 최고봉을 등반한 산악인, 탐험가로서 그는 인간의 극대치를 보여주었다. 이러한 풍부한 체험과 가늠할 수조차 없는 폭넓은 지적 세계가 이 소설에 그대로 녹아들어 있다.

　나는 2009년 '베이징 아시안 시 축제'에서 황누보 작가를 처음 만났다. 그가 경영하는 기업에서 후원한 시 축제 기간에 해외 시인들과 동행하며 소박하고 겸손하게 대하는 그의 모습이 경이로웠고, 대인의 경지가 느껴졌다.

　황누보 작가와의 귀한 인연을 만들어 주신 티엔 위안(田原, 일본에서 활동하는 중국 시인, 번역가, 조사이대학 교수) 시인께 감사드리며, 중국어에서 일본어로 번역하신 도쿠마 요시노부(間佳信) 번역가의 노고에 박수를 보낸다. 무엇보다도 나에게 일본어에서 한국어로의 중역 번역을 기꺼이 맡겨 주신 저자께 고개 숙여 감사드린다.

　세 번이나 초모랑마의 정상에 올랐던 저자에 의한 묘사가 압권인 이 소설이 한국 독자들에게도 널리 사랑받기를 바란다.

옮긴이 한성례

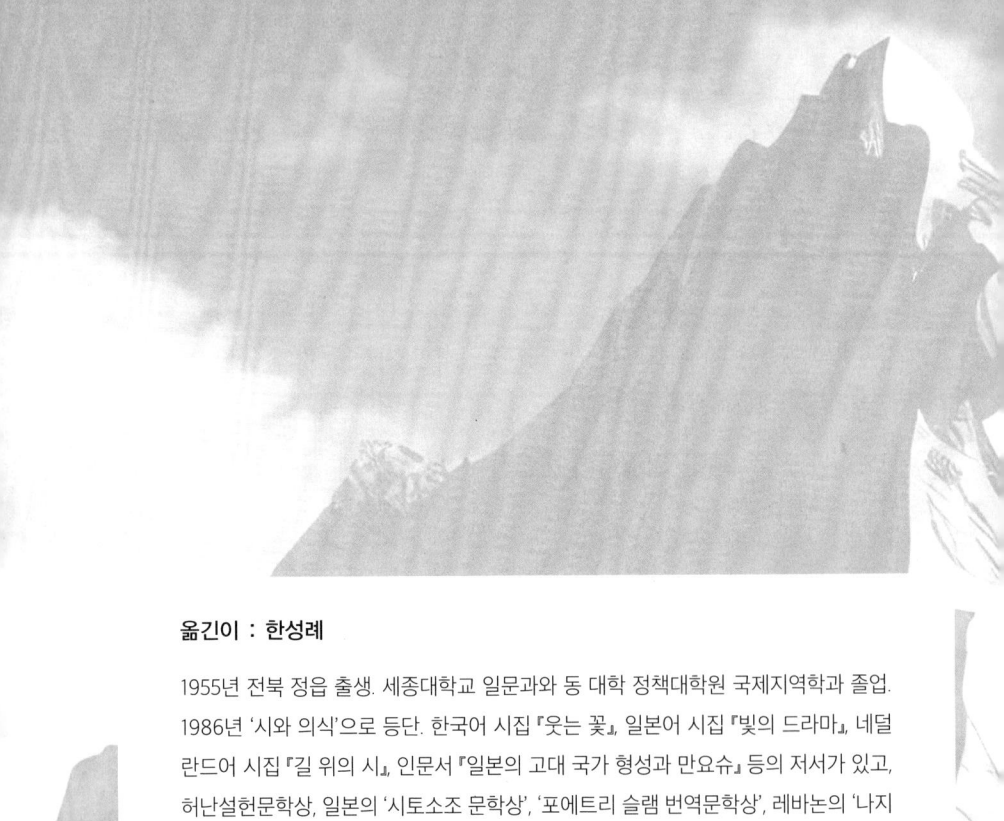

옮긴이 : 한성례

1955년 전북 정읍 출생. 세종대학교 일문과와 동 대학 정책대학원 국제지역학과 졸업. 1986년 '시와 의식'으로 등단. 한국어 시집 『웃는 꽃』, 일본어 시집 『빛의 드라마』, 네덜란드어 시집 『길 위의 시』, 인문서 『일본의 고대 국가 형성과 만요슈』 등의 저서가 있고, 허난설헌문학상, 일본의 '시토소조 문학상', '포에트리 슬램 번역문학상', 레바논의 '나지 나만 문학상' 등을 수상했다. 번역서로서는 소설 『구멍』, 에세이 『세계가 만일 100명의 마을이라면』, 인문서 『또 하나의 로마인 이야기』 등 한국과 일본에서 200여 권을 번역했다. 특히 많은 시집을 번역했으며, 김영랑, 정호승, 김기택, 안도현 등의 한국 시집을 일본어로, 다카하시 무쓰오, 티엔 위안, 고이케 마사요 등의 일본 시집을 한국어로 번역했다. 현재 세종대학교 객원교수.